이
노
하
의 붉
은
바
람

이노하의 붉은 바람

1판 1쇄 찍음 2022년 9월 22일
1판 1쇄 펴냄 2022년 9월 30일

지은이 | 단 효
펴낸이 | 정 필
펴낸곳 | (주)뿔미디어

기획·편집 | 심은지
표지 디자인 | 우 물

출판등록 | 2002년 9월 11일 (제1081-1-132호)
주소 | 경기도 부천시 소향로17, 303(두성프라자)
전화 | 032)651-6513 팩스 | 032)651-6094
E-mail | dahyangs@naver.com
블로그 | http://blog.naver.com/dahyangs
비북스 | http://b-books.co.kr

값 12,000원

ISBN 979-11-6895-810-4 04810
ISBN 979-11-6895-807-4 04810 (세트)

DAHYANG
ROMANCE
STORY

이노하의 붉은 바람

下

단효 장편소설

목

차

봄의 잔상 II

"냉큼 이리들 모여 봐. 다들 소문 들었어?"

"소문? 소문이라면 혹시 그……? 그러니까, 그 소문 말이야?"

돌담 아래 삼삼오오 모여든 궁녀들이 경계하듯 주위를 두리번거렸다. 그러나 서로 눈치만을 살필 뿐 선뜻 먼저 말을 꺼내지 못하고 주저하는 기색들이 역력했다.

한참을 뜸만 들이고 있던 그들 중 하나가 도저히 더는 입이 근지러워 못 참겠던지 침을 꿀꺽 삼키고는 작심한 듯 말문을 열었다.

"그 소문이 참말로 사실이야? 폐하께서 참으로 벙어리가 되신 게야?"

그러자 기다렸다는 듯 너도나도 앞다투어 입을 열었다.

"어디 벙어리뿐이면 다행이게? 반편이가 되셨다는 소문도 무성하다니까? 상대의 얼굴을 알아보지도 못하시고 상대와 눈도 맞추지 않으신다고 말이야."

"어휴, 우리 황제 폐하…… 가엾어서 어째. 하기야, 아무리 건장하신 분이셨어도 그렇지, 그리 몸이 망가지시고도 정신이 말짱하시면 어디 그게 사람이겠어?"

"쉿, 말조심들 해. 이리 함부로 입들을 놀리다 경을 칠라. 어디서 누가 들을 줄 알고 겁들도 없이 이리들 지껄이는…… 히익!"

둥글게 모여 선 채 쑥덕거리던 궁녀들이 저만치 모퉁이를 돌아 나오는 사내를 보고는 사색이 되어 순식간에 뿔뿔이 흩어졌다. 공기를 베어 낼 듯 날카로운 시선이 잠시 그런 그들을 매섭게 뒤좇았지만 사내는 묵직한 한숨을 내쉬었을 뿐 다시금 묵묵히 전방을 향해 걸었다.

저벅저벅 큰 보폭으로 한참을 걸어 다다른 평지 너머에는 너른 호수가 펼쳐져 있었다. 오후의 볕이 쏟아지는 호수의 전경은 눈을 뜰 수 없을 만큼 찬란하고 눈부셨다. 호숫가를 빙 둘러싼 크고 작은 바위들 역시 제 몸에 닿아 반짝이는 찬연한 태양 빛을 뽐내기 바빴다. 그중 크지도 작지도 않은 하얀 바위에 걸터앉은 인영이 고요히 사내의 시야에 들어왔다.

"……."

바람이 잠시 멈추어 자박자박 자갈이 밟히는 소리가 유난히 크게 울렸지만, 바위 위의 인영은 호숫가에 시선을 던진 채 미동조차 하지 않았다. 자함은 무겁게 한숨을 내쉬며 앙상히 마른 인영의 등 뒤로 다가가 바닥에 떨어진 외의(外衣)를 집어 들었다.

"……볕이 참 좋습니다, 폐하."

"……."

"하오나 아직은 바람이 거세니 의복을 든든히 입으셔야 합니다."

"……."

옷에 묻은 흙먼지를 털어 내 어깨에 걸쳐 주는 손길에도 단휘는 아무런 반응조차 보이지 않았다. 자함은 숨죽여 한숨을 삼키며 단휘의 흐트러진 옷매무새를 바로 해 주곤 그 앞에 무릎을 꿇고 앉았다.

단휘가 깨어난 지도 벌써 보름째. 보이는 것에도, 들리는 것에도 아무런 반응도 보이지 않는 그를 곁에서 보필하는 이들은 속이 이만저만 타들어 가는 것이 아니었다. 궁인들이 떠먹여 주는 음식을 겨우 받아 삼킬 뿐, 스스로의 의지로는 무엇도 하지 못하는 황제의 모습은 궁인들의 눈과 귀를 통해 은밀히 황궁 안팎으로 퍼져 나갔다.

황제께서 참말로 백치가 되어 버리신 것은 아닌가, 감히 대놓고 수군덕거리는 이들은 없었으나 궁을 드나드는 이들의 수심 어린 낯빛들은 그러한 소문들을 이미 사실로 믿고 있음을 증명하는 것이나 다름없었다.

공교롭게도 해주에 전쟁을 선포한 직후 단휘의 의식이 돌아와 자함은 해주의 계획을 잠시 보류해 둔 상태였다. 아라하에서는 이곳의 사정을 알 리 없으니 기세 좋게 선전 포고를 해 놓고서는 여태껏 잠잠하기만 한 이쪽의 행태가 영 의아스럽고 꺼림칙할 터였다.

마침내 제 주군인 황제 단휘가 깨어났다는 그 큰 기쁨을 온전히 만끽할 여유도 없이, 아라하와의 전쟁에 대한 고민이 다시금 자함의 머릿속에 똬리를 틀었다. 어찌해야 좋을지 도무지 갈피를 잡을 수가 없었다. 계획대로 아라하와의 전쟁을 감행해야 할지, 아니면 지금은 만사를 제쳐 두고 제 주군의 안위에만 신경을 써야 할지. 사실 후자 하나에만 신경을 쓰기에도 모자랄 때가 아닌가.

자함은 지끈거리는 이마를 지그시 누른 채 뻣뻣해진 목을 들었다. 무심코 치켜든 시야로 일순 바람을 머금은 꽃잎들이 춤을 추듯 흩날리는 모습이 들어왔다.

팔랑거리며 떨어져 내린 하얀 꽃잎 하나가 제 주군의 머리에 살며시 앉았다가 이마 위로 스르르 미끄러져 내렸다. 떨어지는 꽃잎을 따라 무심히 옮겨지던 자함의 시선이 이내 무언가를 발견하고는 얼어붙은 듯 고정되었다.

"……!"

분명 아무런 자각도 없다 여겼던 제 주군의 붉어진 눈시울에서 투명한 물방울이 툭툭 떨어져 내렸다.

"……폐하……?"

물기가 번져 얼룩진 그의 앞섶을 혼란스럽게 바라보던 자함은 다시금 단휘의 얼굴을 올려다보았다.

황후궁의 시화호…….

봄볕이 찰랑거리며 무수한 빛을 흩뿌리는 저 찬연한 호수 너머…….

봄의 잔상 같은 그곳에서, 그는 과연 무엇을 보고 있는 것일까…….

뺨을 타고 후드득 떨어져 내리는 눈물을 무연히 닦아 낸 그가 제 손가락 끝에 묻은 반짝이는 물기를 물끄러미 응시했다.

"……."

어째서 눈물이 흐르는 것인지, 아니, 눈물이란 것이 무엇인지조차 모르는 얼굴을 하고서, 그럼에도 눈가에서 그치지 않고 쏟아져 나오는 투명한 액체를 연신 제 손가락으로 한참이나 닦아 내던 그가 이내 서서히 얼굴을 일그러뜨리며 제 앞섶을 거칠게 틀어쥐었다.

혼돈과 불안이 가득 내려앉은 얼굴로 괴로운 숨을 몰아쉬는 그였지만, 그 미묘한 표정을 보건대 가슴을 부여잡게 하는 고통의 진정한 까닭은 깨닫지 못한 기색이었다.

까닭도 모른 채 속절없이 흐르는 눈물에 아연히 넋을 놓은 그를, 자함은 뭐라 말을 꺼내는 것도 잊은 채 망연자실 바라보았다.

무릇 이별이란 지나고 보면 딱히 대단하고 특별나지도 않은 것일 테지만, 감히 지금의 제 주군을 짐작해 보건대 적어도 피로 얼룩진 처참한 이별이 그녀와의 마지막이 되는 것만큼은 도저히 용납할 수 없었던 모양이다…….

어쩌면 그가 비겁하게 의식 뒤에 숨은 채로 현실을 외면하며 고통을 회피하던 그 순간에도 어디선가 홀로 지옥 같은 시간들을 견뎌 내고 있었을지 모를 그녀를, 그는 아마 도저히 더는 모른 척할 수 없었던 모양이다…….

아마도 그런 때문일 것이라고, 자함은 다만 그리 짐작했다.

텅 빈 듯, 혹은 가득 찬 듯…… 묘하게 초연한 눈동자가 호수의 빛을 가득 머금은 채 파랑(波浪)처럼 일렁였다.

고요히 몰아치는 눈길이 가닿는 곳마다 봄의 기운이 만연했다.

마치 오래전 그 어느 봄날을 그대로 옮겨 놓은 것처럼…….

□ ■ □

아침 햇살이 화단의 꽃들 위로 눈부시게 내려앉았다.

볕이 잘 드는 마당의 화단은 퍽 작고 아담했지만 벌써 봄꽃들이 형형색색 만개하여 보는 사람마다 감탄을 자아내게 하고 있었다.

운서촌의 사가로 거처를 옮긴 후 아리는 화단의 꽃들을 가꾸는 데 날마다 온 정성을 쏟았다. 시들거나 병든 잎들을 하나하나 세심히 골라내고, 성한 잎 위로 밤새 뽀얗게 내려앉은 흙먼지를 정성 들여 닦아 내고, 흙이 마르지 않도록 흠뻑 물도 주고…… 그리 소일거리를 하다 보면 더디만 가던 시간도 야금야금 흘러 어느덧 그렇게 하루가 저물었다.

소류가 아라하로 떠난 지 오늘로 이레째였다. 그녀가 이곳에서 지낸 지도 그와 꼭 같은 이레가 흘러 있었다.

거처가 달라졌으니 생활에 관련된 모든 것이 바뀌는 것이 당연지사겠지만, 체감하기로 그 이레 동안 가장 확연히 달라진 점을 꼽자면 무엇보다도 단연 몸의 변화가 첫 번째였다.

속이 울렁거려 음식을 제대로 먹지 못한 탓인지 며칠 새 그녀의 얼굴은 부쩍 핼쑥해지고 까칠해져 있었다. 얼굴뿐만이 아니라 원래 말랐던 몸조차도 쇠꼬챙이처럼 더욱 말라만 가는데, 젖가슴만 유독 날이 지날수록 눈에 띄게 부풀어 올라 잘 맞던 상의가 이제는 하나같이 꽉 꼈다. 뾰족하게 솟아오른 유두는 손끝만 스쳐도 몸서리치게 쓰라렸고, 분홍빛이었던 유두와 그 주위로 넓게 퍼진 유륜은 그 색이 거뭇하게 변해 있었다.

이레 전, 시녀들의 부름에 허겁지겁 다녀간 의원의 목소리가 여태도 생생하게 귓가를 맴돌았다.

'회임이 맞사옵니다. 감축드리옵니다. 마마.'

생각지도 못한 회임 소식……. 그것은 기분을 하늘로 붕 떠오를 듯 기쁘게 만들기도, 또 땅으로 푹 꺼질 듯 서글프게 만들기도 했다. 불확실한 미래는 마냥 밝은 희망을 품을 수만은 없게 만들었지만, 아리는 복잡한 심사들을 애써 덤덤히 흘려보내기로 했다.

언제 현실이 버겁지 않았던 적이 있었던가? 미래 또한 불확실하지 않은 적이 없었다. 그러니 새삼 그것을 문제 삼을 필요는 없을 터였다. 차마 바란 적조차 없었던 간절하고 애틋한 꿈이, 벅찬 새 생명이, 그 커다란 희망이 감격스럽 게도 저를 찾아와 주었건만, 어떤 시련이, 어떤 고통이 그런 자신을 시름에 들 게 한단 말인가.

더 이상은 예전처럼 지독한 어둠 속에 저를 가둬 둘 수 없는 그녀였다. 그리 하기엔 너무도 애틋하고 소중한 생명의 빛이 제 안에 단단히 뿌리를 내려 자라 나기 시작했으니까.

"아가야……."

아리는 꽃잎을 어루만지던 것을 멈추고, 가만히 제 배 위에 손바닥을 올려놓 으며 나직이 속삭였다. 납작한 배 속에서 무언가 느껴질 리 만무하건만, 한참을 미동 없이 서 있던 아리의 얼굴 위로 서서히 벅찬 미소가 피어올랐다.

제 안에서 꿈틀대는 찬란하고 고귀한 생명……. 눈물겹도록 눈부신 환희의 감 정들이 일순 전신을 휘감으며 그녀를 아찔하고 혼미한 세계 속으로 몰아넣었다.

"……!"

그렇게 벅찬 감격 속에 흠뻑 빠져들어 있는 그녀를, 돌연 무언가가 현실로 강하게 이끌었다.

작은 소리조차 들리지 않았건만 등 뒤에서 갑작스럽게 느껴지는 인기척에 아리의 눈동자가 커다랗게 떠졌다. 놀란 기색이 완연하던 그녀의 얼굴 위에 이 내 서서히 희미하게 화색이 감돌았다.

뒤돌아볼 찰나의 시간조차 허락지 않은 채 그녀의 가는 허리를 단번에 휘감 은 투박한 손이, 가만히 제 배를 어루만지던 그녀의 손 위에 따스하게 포개졌 다.

거칠지만 따스한 손길……. 그립고 그립던 그 손길에 가슴이 떨려 오고 어 느새 눈가에 그렁그렁 눈물이 차올랐다. 아리는 서둘러 손등으로 눈물을 닦아 내고는 떨리는 목소리를 애써 가다듬었다.

"……소류……. 이제 돌아온 거예요?"

"기다렸나……."

"그럼요. 이제나저제나 하며 기다렸지요. 닷새면 돌아온다 큰소리를 쳤잖아요……. 이틀이나 늦어 놓고선…… 순 거짓말쟁이……."

토라진 척 볼멘소리를 늘어놓자 소류가 그녀를 안은 팔에 더욱 힘을 주었다.

"미안해. 잠시 들렀다 올 곳이 있었어."

그의 진지한 사과에 아리가 슬며시 미소 지었다.

"장난이니 그리 진지하게 사과하지는 말아요. 그래서 볼일은 잘 마치고 온 거예요?"

"응. 아마 그대가 날 몹시 칭찬하고 싶어질지도 몰라."

"칭찬이요?"

알 수 없는 말을 한 그는 품에 안았던 그녀를 놓아주고는 방금 전 자신이 들어선 출입문을 향해 돌아섰다. 아리가 의아한 얼굴로 그런 그를 따라 출입문을 물끄러미 응시했다. 아무런 변화도 없는 출입문을 괜스레 긴장한 채 바라보던 아리의 눈동자가 일순 더없이 커다랗게 떠졌다.

"……!"

출입문으로 머뭇머뭇 들어서는 두 사람을 놀란 눈으로 바라보며 아리는 저도 모르게 제 입을 틀어막았다. 너무 놀라 제대로 숨도 쉬지 못한 채 아리는 그저 돌처럼 굳어져 서 있기만 했다. 꿈일까, 생시일까. 머릿속 사고가 완전히 멈추어 버린 듯 아무런 행동도 할 수가 없었다.

그녀가 그리 얼어붙어 있는 사이, 그중 하나가 저벅저벅 다가와 그녀 앞에 멈춰 섰다. 잠시 말없이 그녀를 내려다보던 사내의 입에서 불평하듯 짧은 한숨이 새어 나왔다.

"하……. 뭐예요, 그 반응은?"

"……."

"하나도 안 반갑다 이거예요, 지금? 우리야 죽든 살든 여태 혼자서 잘 살고 계셨다 이거냐고요, 예? 나 참, 기가 막히고 코가 막혀서 원……!"

"……유와……?"

특유의 익살맞은 표정과 늘 그녀에게 지겹도록 잔소리를 늘어놓곤 하던 그 립디그리운 목소리…….

믿기지 않는다는 듯 멍하니 바라보던 아리의 눈에 눈물이 그렁그렁 차올랐다.

"아, 아니…… 누, 누가 뭐랬어요? 제가 뭘 어쨌다고 울어요, 울기는? 아무튼 무슨 말을 못 하게 한다니까……."

"……흐흑…… 유와……!"

아리는 그예 큰 소리로 울음을 터뜨리며 구시렁대는 유와의 품에 와락 달려들어 안겼다. 당황스러웠는지 작게 비명을 내지른 유와도 이내 그런 그녀를 조심스럽게 안아 달래듯 토닥거렸다.

불순한 마음 따위는 전혀 없는 행동이었지만, 마당 뒤편에서 조용히 그런 자신들을 지켜보고 있는 왕이란 사내의 시선을 도저히 의식하지 않을 수가 없는 유와였다. 어느 날엔가 저 사내를 그녀의 사람이라 끝내 인정해 버린 이후로, 그를 대하는 것이 어쩐지 퍽 어려워졌다.

유와는 저도 모르게 이마에 삐질삐질 솟는 식은땀을 손등으로 슬쩍 닦아 내며 그녀로부터 슬금슬금 한 걸음 물러났다. 유와가 물러나자 아리가 젖은 눈가를 소매로 연신 문지르며 울먹이는 목소리로 입을 열었다.

"다들 살아 있었어……. 고맙게도 이리 멀쩡히, 무탈히……."

"너무 늦은 것을 용서하십시오, 마마. 심려를 끼쳐 드려 송구합니다."

"백하……."

아리는 제 앞으로 다가와 선 또 다른 사내를 북받치는 눈으로 바라보았다. 도무지 믿기지가 않았다. 도저히 믿을 수가 없는 일이었다. 멀쩡히 제 발로 걷고 움직이는 그들을 다시 만날 수 있게 되리라고는 차마 단 한 순간조차 떠올려 본 적이 없었다. 그 바람마저 죄가 될 것 같아서, 행여 꿈꾸는 것조차도 죄가 되어 도리어 그들에게 해가 될까 두려워서…… 차마 꿈꿔 본 적조차 없는 일이었다.

"다들 몸은…… 몸은 다 나은 거예요? 부상이 심하였는데……."

퍼뜩 정신을 차린 아리가 두 사람을 걱정스러운 얼굴로 번갈아 훑어보았다. 두 사람 모두 얼굴이 많이 야위고 전보다 체격이 마른 듯했지만 다행스럽게도 운신하는 데 어려움은 없어 보였다. 무인에게 고작 운신이 가능한 것이 능사겠

냐마는 지금으로서는 그것만으로도 감사하고 또 감사한 그녀였다.

심려가 가득 내려앉은 그녀의 얼굴을 보며 유와가 턱을 치켜든 채 젠체하듯 대꾸했다.

"마마께서도 잘 아시잖습니까? 사혼단주 저 양반이나 저나 어디 보통 맷집입니까? 이만하면 뭐 웬만큼 검도 부리고 싸움질도 할 정도는 됩니다. 그러니 염려 마시고 마마 걱정이나……."

무슨 영문인지 말을 멈춘 유와가 뒤에 있는 소류를 흘끗 쳐다보며 들으라는 듯 부러 큰 소리로 떠들었다.

"아니지. 이젠 마마가 아니라 아가씨라고 불러 드려야 되나? 이제 황후 마마도 왕비 마마도 아니시잖아요, 예? 안 그렇습니까, 전하?"

소류가 대꾸 없이 고요히 저를 응시하자, 유와가 딴청을 피우듯 어깨를 으쓱해 보였다.

"아니 뭐 제 말은…… 아니면 말고요."

유와는 손을 내젓고는 돌연 미간을 모은 채 심각한 얼굴로 아리를 한참 동안 들여다보았다.

"보아하니 성에서도 쫓겨나신 모양이고…… 얼굴도 많이 상하신 게 뭔 일이 생겨도 단단히 생긴 것 같은데…… 마마야말로 괜찮으신 거예요?"

"나……?"

"그래요. 마마 말이에요."

"난…… 나는…… 행복해……. 정말로 행복해……. 두 사람에게 미안한 말이지만…… 이제는 나…… 행복해지려고……."

아리가 겨우 내뱉고는 죄인처럼 고개를 푹 숙이자, 유와가 눈을 동그랗게 뜨며 눈썹을 치켜들었다.

"아니, 그게 왜 저희에게 미안하실 일입니까? 당연히 그러셔야지요. 제발 좀 행복해지세요, 예? 그리 미안하시면 더는 저희들 신경 쓰이게 만들지나 마시고요."

"응……. 미안해, 유와……. 미안해요, 백하……."

미안함과 고마움에 울컥하여 눈물을 글썽이는 아리에게 백하가 허리를 숙여 깊이 국궁했다. 이내 조용히 고개를 든 그가 부드럽게 미소 지으며 조용히 입을 열었다.

"마마께서 행복해지시는 것이 저희들의 바람입니다. 어쩌면 그 빚을 갚으려고 소신 지금껏 살아 있는 것인지도 모르겠습니다, 마마……."

"백하. 그런 말 말아요. 난 아주 오래전에 이미 그대를 용서했어요. 그대도 부디 그대의 소중한 삶을 살아가기를 누구보다도 간절히 바라고 있어요. 그리고 그건…… 내가 그대에게 내리는 마지막 명이자 당부입니다."

"마마……."

옛일을 떠올리듯 아련한 얼굴로 먼 곳을 응시하던 그녀의 눈가에 젖은 미소가 맺혔다.

"10년이라는 긴 세월을 무거운 죄책감을 안은 채로…… 나를 위해 목숨마저 내던질 만큼 그토록이나 애를 써 줘서…… 떠올리면 늘 가슴이 저밀 만큼, 내내 그대에게 감사하고 또 감사했습니다, 백하……."

그녀의 진심 어린 감사의 인사에 백하가 다시금 깊이 허리를 숙여 보였다.

"마마께서 이리 무탈히 살아 주셔서…… 소신이야말로 죽어서도 감읍할 일입니다, 마마."

두 사람은 한참을 말없이 서로를 응시했다. 어디선가 불어온 미풍이 그런 그들 곁을 부드럽게 스쳐 지나갔다. 눈부시게 쏟아져 내리는 아침 햇살이 그들의 머리 위로 따스하게 내려앉고 있었다. 간절한 재회의 순간은 그렇듯 계절이 가져다준 선물과 함께 때론 순수한 기쁨으로, 혹은 미처 떨쳐 내지 못한 슬픔으로, 또 때로는 벅참과 희망으로 그들을 온통 휘감아 흔들고 있었다.

소류는 마당의 담벼락에 기대어 선 채 재회의 벅찬 감동에 흠뻑 젖어 든 세 사람을 묵묵히 지켜보았다. 아라하에 다녀온 닷새간의 일정을 마치고 열 일 제쳐 둔 채 아리에게로 달려오던 중에 문득 저들에게로 생각이 미친 것은 어쩌면 당연한 일이었다.

본래의 계획대로라면 저들이 조금 더 회복된 후에 데려올 작정이었지만, 홀로 적적히 지내며 마음 헛헛해할 그녀를 생각하니 지금 당장 그녀에게 필요한 명약이 저들 외에는 없을 듯싶었다. 하여 계획을 변경하여 시기를 조금 앞당긴 것이었다.

아리의 호위무사와 제국의 천관이라는 자, 사유와와 담리백하. 두 사내 모두 의원마저 놀랄 회복력으로 빠르게 상처가 아물어 당초 의원이 예상한 기간보다 도 훨씬 빨리 기력을 되찾았다.

본래의 몸 상태를 되찾으려면 아직 한참 멀었겠지만 당장은 운신이 가능해 진 저들이 여태 그곳을 떠나지 않고 있었던 건, 소류가 종종 서신을 띄워 아리 의 소식을 전하며 겁박 아닌 겁박을 늘어놓았기 때문이었다.

물론 그들도 눈치라는 것이 있으니 소류가 정말로 그녀에게 어떤 위해를 가 할 것이라 생각지는 않았겠지만, 의원의 말을 빌리자면 그들은 하릴없이 시간 을 축내면서도 그곳을 선뜻 떠나지 못한 채 소류의 다음 서신이 날아올 때만을 이제나저제나 목 빠지게 기다렸다고 했다.

소류는 나직이 웃음을 흘렸다. 저의 감시 아닌 감시 아래 섣불리 그곳을 떠 나지도 못한 채 제게 얼마나 큰 원망을 품으며 부득부득 이를 갈고 있었을까.

"그만하면 회포들은 다 푼 건가?"

소류의 목소리에 아리가 고마움과 벅찬 감정이 뒤섞인 얼굴로 그를 돌아보 았다. 소류가 그런 그녀를 보며 슬며시 웃었다.

"내 분명 칭찬하고 싶어질 거라 했지. 어때. 내 말이 옳은가, 그른가."

"소류……."

아리는 울음을 참으려는 듯 입술을 깨물었다. 지금 당장 그에게 달려가 그 품에 힘껏 안기고 싶은 심정이었지만, 터질 듯한 마음들을 꾹꾹 눌러 담은 채 아리는 그저 벅찬 미소로 대신했다.

유와는 제 사람이니 그렇다 치더라도 차마 황제를 모시는 백하 앞에서 그런 모습을 보일 수는 없었다. 이제 백하에게 자신은 아무런 자격도 면목도 없는 사람이 되어 버렸지만, 그에 대한 최소한의 예의나마 지키고 싶었다.

그런 그녀를 헤아린 소류가 백하와 유와를 돌아보며 말했다.

"먼 길 오느라 고생들 했을 테니 그대들도 좀 쉬어야 할 테지."

말의 내용은 분명 배려였으나 어딘지 강압적인 느낌이 짙게 드는 묘한 말투에, 눈치로는 둘째가라면 서러운 유와가 호들갑을 떨며 맞장구를 쳤다.

"암요, 그렇고말고요. 이놈들은 몹시 피곤해서 내일모레까지는 푹 쉬어야겠습니다. 어찌나 피곤한지 더는 이리 서 있을 힘도 없지 뭡니까? 그러니 저희는 괘념치 마시고 두 분 볼일 보십시오. 얼른 물러가 드릴 테니 눈에 쌍심지 켜고 보시지는 마시고요, 전하."

유들유들 내뱉은 유와가 빨리 들어가자는 듯 백하의 등을 툭툭 치며 재촉하자, 백하가 아리에게 고개를 숙여 보이고는 시녀들이 안내한 방 안으로 들어갔다. 뒤따라 들어가던 유와가 '내일모레 가지고 되겠어, 어디? 닷새를 꼬박 쉬어도 부족할 판인데?' 하고 떠들어 대며 부러 요란하게 방문을 닫자 소류가 픽하고 웃음을 터뜨렸다.

유와와 백하가 방 안으로 사라지자, 아리가 소류에게로 한달음에 다가갔다.

"소류, 어떻게 된 거예요? 왜 진작 말하지 않은 거예요?"

기쁨이 채 가시지 않은 상기된 얼굴로 묻는 아리의 뺨을 소류가 가만히 어루만졌다.

"조금 더 회복되면 데려오려 했는데 생각보다 빨리 좋아졌더군. 그대가 보고 싶어 할 것 같아서."

"고마워요…… 정말 고마워요. 저들을 구해 줘서……. 천궁인 당신으로서는 쉽지 않은 일이었을 텐데, 날 위해 어려운 결정을 해 줘서……."

"그대의 사람들을 살렸을 뿐이야. 당연한 걸 고마워하는군."

"당연하다니요. 너무 과분한 일인걸요."

아리가 말하며 소류의 품에 가만히 안겼다. 소류의 말대로 유와는 제 사람이니 그럴 수 있다손 치더라도, 뼛속까지 황제의 사람인 백하를 살리기로 작정하기까지 그가 얼마나 갈등하고 고뇌했을지를 짐작하기란 어렵지 않은 일이었다. 언제라도 제 등 뒤에 칼을 꽂아 넣을 수도 있는 적국 군주의 측근을 살린다는 것이 어찌 쉬울 수 있을까.

그에게 더없이 고마우면서도 한편으론 또 그를 곤란하게 만든 것 같아 마음이 무거워진 그녀의 낯빛이 금세 어두워졌다. 소류가 그런 아리를 으스러질 듯 품에 꼭 끌어안았다. 그녀도 그의 품 안에 더 깊이 파고들어 안기려는데, 어째서인지 소류는 그녀를 금세 품에서 놓아주었다. 아리가 의아한 눈으로 그런 그를 올려다봤다.

"오다 보니 마을 근처에 저자가 있던데."

"예? 아…… 시녀들에게 말은 들었습니다."

"내내 집 안에서만 지낸 건가?"

"그저…… 딱히 나갈 일도 없고 해서…….'

"하면 잘되었군. 나와 저자 구경이나 갑시다."

"저자 구경이요?"

눈을 동그랗게 뜬 채 묻는 아리를 보며 싱긋 웃은 소류가 돌연 그녀의 손을 잡아끌며 성큼성큼 앞서 걷기 시작했다. 아리는 그와 나란히 손을 잡은 채 서둘러 잰걸음을 놀리며 그를 뒤따랐다.

대문을 나서 한적한 길을 걷는 동안 친위대가 뒤에서 조용히 두 사람을 호위했다. 운서촌에서 그다지 멀리 떨어지지 않은 곳이라 그들은 얼마 안 가 금세 저자에 도착했다.

"와……."

저도 모르게 입을 벌린 채 나직한 탄성을 내뱉는 아리를 보며 소류가 엷게 웃었다.

"놀랐나."

"예. 조금…… 아니, 많이요. 근처에 저자가 있다는 말만 전해 들었지 이리 규모가 클 줄은 몰랐어요."

"아마 도성의 저자와도 비슷할 거요. 그만큼 낙안은 상업이 발달한 곳이니까."

아리는 가만히 고개를 끄덕였다. 아직은 이른 아침이어서인지 일찌감치 나와 가게의 물건들을 정리하는 상인들이 분주히 움직이고 있을 뿐 거리는 한산

19

한 편이었다. 소류와 함께라서 안심이 되는 것도 사실이었지만, 아직은 한산한 까닭에 아리는 이리 밖에 나와 있는 것이 조금은 덜 버겁게 느껴졌다.

그러나 그런 아리의 느낌과는 달리 이 순간 저자의 모든 이목은 아리와 소류에게도 온통 집중되고 있었다. 그도 그럴 것이, 물건을 고르는 손님들은 아주 간간이 눈에 띌 정도로 적은 데다가, 소류와 아리는 그들 중에서도 특히나 더 눈에 띄는 외양을 지니고 있었다. 뒤따르는 친위대의 위압감이 두 사람을 더욱 경외스러운 존재로 만들고 있는 까닭도 있었지만, 그보다는 두 사람의 훤칠하고 고운 외모와 타고난 듯 몸에 밴 기품이 모두의 시선을 잡아끄는 데 크게 한몫하고 있었다.

물론 개중에는 소류와 아리의 신분을 알아본 이들도 몇몇 있었다. 낙안성이 이미 오래전 아라하에 함락되었다는 사실은 마을의 어린아이들조차 알고 있는 사실이니, 눈치가 있는 이들이라면 충분히 알아볼 만도 했다.

적국에 성을 빼앗긴 사실은 분명 통탄할 일이나, 아라하의 군대가 민가에는 전혀 해를 입히지 않고 있으니 그나마 다행이라며 가슴을 쓸어내리는 이들이 기실 부지기수였다. 하여 새로운 성주인 아라하의 왕과 그의 여인에게 그들이 품고 있는 감정은 경외심과 적대감, 고마움과 경계심이 복잡하게 섞여 무어라 딱 정의 내리기 힘든 것이었다.

그런 그들과는 전혀 관계없는 타국의 사람들도 예외랄 것 없이 두 사람을 흥미롭게 지켜보고 있었다. 약재상 앞에 모여 있는 한 노파와 그의 일행들. 세워 둔 말들에 잔뜩 실린 약재 꾸러미와 각종 물품들, 그리고 이곳 낙안성 주민들과는 다른 까무잡잡한 피부를 보건대 대륙의 서부 가달 평원의 부족민들이 필요한 물자들을 구하러 먼 길을 나선 듯싶었다. 낙안의 풍부한 물자와 우수한 지리적 요건은 제국뿐 아니라 이국의 사람들도 자주 낙안의 저자를 찾아오게 만들었다.

장사를 개시하자마자 약재를 잔뜩 판 약재상 주인이 싱글벙글한 얼굴로 약재를 말에 실어 나르는 동안, 일행은 두런두런 이야기를 주고받았다. 그들의 시선은 멀리 장신구 가게 앞을 서성이는 두 남녀에게 꽂혀 있었다.

"저자가 아라하의 왕이라 합니다. 곁의 여인은 그의 폐비이고요."

"폐비?"

"예, 미루."

미루라 불린 노파의 시선이 멀리서도 한눈에 띄는 훤칠한 사내에게 고정되었다. 여인을 향해 돌아선 사내가 여인의 머리를 다정히 쓰다듬어 주고 있었다. 멀리서 보기에도 만지면 닳기라도 할까 조심스럽고 애틋한 손길이었다.

"폐비씩이나 만들어 놓고선 뭐 저리 애틋하누."

노파가 말하며 혀를 끌끌 차자, 곁에 선 청년이 노파에게 공손히 대답했다.

"소문으로는 저들도 부족 간 분쟁이 상당하다 하던데, 아마 그 희생양이 아닐까요?"

"부족 분쟁이라……. 쯧쯧. 저치도 제 여인 하나 지키지 못하는 퍽 가엾은 사내로고."

노파는 그리 말하고는 청년에게 이만 가자고 턱짓해 보였다. 어느새 약재를 다 싣고 사람 좋게 웃고 있는 주인에게 두둑이 약재값을 치른 노파는 청년의 도움을 받아 자신의 말 위에 올라탔다.

말에 탄 노파의 시선이 잠시 두 남녀에게로 흘긋 향했다. 그림처럼 잘 어울리는 한 쌍을 보고 있자니 괜스레 안타까운 마음이 일었다. 노파가 가만히 고개를 저으며 나직이 중얼거렸다.

"꽃과 나비가 저러할까. 참으로 그림처럼 어여쁜 한 쌍이로구나. 하여 이리 애잔한 마음이 드는 게지……. 하기야, 이 늙은이 눈에 꽃이든 나비든 그 무엇인들 어여쁘지 않을까마는……."

"예?"

혼잣말처럼 나직한 노파의 말을 제대로 듣지 못한 청년이 송구한 듯 조심히 되묻자 노파가 클클 웃고는 가만히 말고삐를 당겼다.

"아니다. 시장하니 요기나 하자꾸나."

"아…… 예, 미루. 저 골목을 돌면 주막이 있습니다. 모시겠습니다."

"그래, 따끈한 국물이 그립구나. 어서 가자."

노파와 일행이 탄 말들이 또각또각 말굽 소리를 내며 천천히 이동했다. 그들은 골목 어귀의 장신구 가게 앞에 서 있는 소류와 아리, 그리고 친위대의 곁을 차례로 지나쳐 골목으로 사라졌다.

유난히 눈에 띄는 이국인 무리의 동선을 날카롭게 주시하던 친위대가 그들이 사라지자 서로 눈짓을 주고받고는 다시금 주변을 경계했다.

아직은 거리가 한산했지만 친위대는 어느 때보다도 바짝 신경을 곤두세운 채 경비에 열을 올리고 있었다. 사방이 훤히 트인 완전히 노출된 장소에서 군주 내외를 호위하고 있으니 찰나도 긴장을 늦출 수는 없었다.

친위대가 자신들의 임무를 묵묵히 수행하고 있는 동안, 소류와 아리는 장신구 가게 앞에 선 채 심각한 얼굴로 좌판을 내려다보고 있었다.

두 사람은 세상 진지한 표정으로 각자 신중히 골라 집어 든 물건을 서로의 눈앞에 조심스레 펼쳐 보였다.

"이건 어떤가."

"음…… 이건요?"

서로의 손에 들린 물건들을 흘끗 바라보는 두 사람의 미간에 누구랄 것 없이 슬며시 주름이 잡혔다. 영 탐탁지 않은 서로의 반응에 두 사람은 집었던 물건을 슬며시 내려놓고는 또 한참을 고민하다 또다시 각자 다른 물건들을 집어 들었다.

"그럼 이건 어때요?"

"하면 이건……?"

그리하기를 벌써 일각을 넘긴 지가 한참이었다. 친위대는 그런 주군과 왕비를 겉으로는 태연한 척 지켜보며 속으로는 식은땀을 뻘뻘 흘리고 있는 중이었다. 대체 저 알록달록한 장신구들이 뭐 그리 대단한 물건이라고 일각을 넘기도록 여태도 저러고들 계시단 말인가.

장신구 가게 점주의 갑갑증은 그런 친위대보다 몇 배나 더하면 더했지 덜할 리가 없었다. 오금이 저려 감히 말 한마디 권해 보지도 못한 채 점주는 그저 꿔다 놓은 보릿자루처럼 간신히 그들 곁에 버티고 서 있을 뿐이었다. 돈 한 푼 못 받아도 좋으니 제발 아무거나 얼른 나눠 갖고들 이제 그만 제 가게를 떠나 주었으면 하는 게 이 순간 점주의 솔직한 심정이자 유일한 소원이었다.

어질어질 현기증마저 느낀 점주가 진심으로 하늘에 빌고 또 빌며 애타는 눈으로 두 사람을 바라보던 순간이었다.

"하면 이것⋯⋯."

"아⋯⋯!"

마침내 두 사람이 같은 것을 동시에 집어 들었다. 점주가 속으로 쾌재를 부르며 감격에 찬 얼굴로 잠시 하늘을 올려다보았다. 당장에 삼천배라도 올리고 싶은 심정이었지만 하늘이 주신 기회를 놓칠 수는 없었으므로 점주는 겨우 용기를 쥐어짜 내어 바짝 말라붙어 있던 입술을 간신히 뗐다.

"타, 탁월하신 선택이십니다요! 참으로 안목이 뛰어나십니다! 그, 그 칠보 지환으로 말씀드릴 것 같으면⋯⋯ 저 깊은 산골짜기 마을 가락골에 은신하던 장인이 몇 달간 공들여 색을 입히고 가마에 굽기를 수차례 반복하여 만든 가락지입지요! 그것에 쓰인 유약 또한 설유국에서 들여온 양질의 재료들로만 만든 것으로, 어찌나 힘들게 구한 재료들인지를 말씀드리려면 이틀을 꼬박 새도 모자랄 것입니다요. 암요, 그렇습죠! 하온지라 그 값은, 그⋯⋯ 그러니까 그 칠보 지환을 값으로 따지자면⋯⋯."

방금 전까지만 해도 돈 한 푼 못 받아도 좋다고 생각한 점주였으나, 장사치란 어쩔 수 없는 족속이었다. 머릿속으로 빠르게 값을 불리고 있는 그에게 돌연 묵직한 주머니가 툭 하고 날아들었다.

"이거면 되겠나."

"예?"

얼떨결에 받아 든 주머니를 슬쩍 열어 본 점주는 너무 놀라 하마터면 뒤로 나자빠질 뻔했다.

"적은가?"

"예? 저, 적다니요. 천부당만부당하신 말씀입니다요. 소인 아무리 장사치지만 이, 이것은 너무 큰 금액이온지라⋯⋯."

"내게는…… 아니 우리 둘에게는 그만한 값어치가 있는 물건이니, 사양 말고 넣어 두게."

"차, 참말……이십니까? 하오면 가, 감사히 넣어 두겠습니다요, 나리. 참으로, 참으로 감사합니다요!"

연신 허리를 굽히며 감읍하던 점주가 돌연 어딘지 숙연해진 얼굴로 고개를 들며 입을 열었다.

"소인이 다른 것은 몰라도 이것 하나는 참으로 장담을 드립지요. 그 칠보 지환을 만든 건 가락골에 살던 꼬부랑 노인네이온데 그치는 참말로 장인이라 불릴 만큼 솜씨가 뛰어난 이였습니다요. 그치가 살아생전 마지막으로 만든 한 쌍의 칠보 지환이 바로 그 녀석들입지요. 그것에 발린 유약이 진귀한 것도 사실이지만, 그보다 더 진귀한 솜씨를 지녔던 이의 마지막 세공품이니 그것만으로도 분명 그만한 값어치는 있는 물건일 것입니다요."

점주의 열띤 설명에 소류의 시선이 잠시 칠보 지환에 머물렀다.

"그리 귀한 물건을 한눈에 알아보지 못하였으니 미안한 일이로군."

소류가 말하자 점주가 사색이 되어 펄쩍 뛰며 손사래를 쳤다.

"아, 아닙니다요! 그런 뜻으로 말씀 올린 것이 아니오라……!"

"곡해 말게. 나 역시 자네의 뜻을 곡해하여 그런 것이 아니니."

소류가 점주에게 나직이 웃어 보이고는 곁에 선 아리를 돌아보았다. 아리가 그런 소류와 시선을 마주치며 조용히 미소 지었다.

"마음에 드나."

소류의 물음에 아리는 손바닥 위에 올려놓은 칠보 지환 한 쌍을 유심히 들여다보며 천천히 고개를 끄덕였다. 은으로 된 한 쌍의 지환은 특이하게도 남녀가 한 짝씩 나눠 끼도록 만들어진 것인 듯 그 크기와 두께가 달랐다.

사내의 것으로 보이는 커다란 지환의 겉면에는 목단화 한 송이가, 여인의 것에는 호접 한 마리가 섬세하게 새겨져 있었고, 지환 두 짝을 겹쳐 놓으면 흡사 목단화 꽃잎 위에 호접이 살포시 내려앉은 형상처럼 보였다. 그리 하나로 합쳐 놓은 모습이 아마도 원래의 그림인 듯했다.

또한 지환의 바탕면은 밤하늘처럼 검푸른 짙은 남청빛이었는데, 보는 각도에 따라 그 색이 오묘한 빛으로 변했다. 아리는 그 영롱하고 신비한 빛깔을 넋을 잃은 듯 바라보았다.

"예. 참으로 일찍 알아보지 못한 것이 미안해질 만큼, 마음에 쏙 듭니다."

"하면 내 부러 이짐을 부린 것이 도움이 된 것이로군?"

"예? 부러 이짐을 부리다니요?"

당황스러운 듯 눈썹을 치켜올리며 되묻는 아리를 보며 소류가 호탕하게 웃음을 터뜨렸다.

"우리가 처음으로 함께해 보는 즐거운 유희에 나 역시 열의를 다해 동참하고 싶어서 말이야. 내 그리 쓸데없는 고집을 부리면 그대가 어찌 나올지 궁금했던 것도 사실은 사실이고……."

그제야 조금 전 지환을 고를 때의 그답지 않던 유별스러운 반응들을 이해할 수 있게 된 아리가 살짝 눈을 흘기며 샐쭉하게 대꾸했다.

"열의를 다한다고요? 혹 유난이나 까탈을 잘못 말씀하신 것은 아니고요?"

"내 그리 유난스럽고 까탈스러워 보였나?"

"음…… 솔직히 말하면, 심각할 만큼이요?"

"심각할 만큼? 한데도 아무런 내색도 않고 있었던 건가?"

소류가 미간을 모은 채 짐짓 염려스러운 투로 말했다.

"그대는 제 감정을 드러내는 것에 너무 인색해서 탈이야. 솔직히 말하면, 심각할 만큼."

진지하게 말하면서도 뒷말은 부러 앵무새처럼 제 말을 그대로 따라 하는 그를 보며 아리가 풋 하고 작게 웃음을 터뜨렸다.

"인정해요. 그래도 소류 당신 덕에 조금씩 나아지고 있는 중이니 그렇게 어린아이 꾸중하듯 보진 말아요."

"이게 어디 꾸중인가. 걱정이지."

소류가 말하며 아리의 콧잔등을 살짝 잡아 흔들었다. 잠시 그녀와 마주 보며 웃던 그의 시선이 이내 아리의 손바닥에 올려진 지환으로 천천히 옮겨졌다.

둘 중 작은 것을 가만히 집어 든 그가 그녀의 다른 한 손을 잡아 제 앞으로 끌어다 놓았다. 그가 무엇을 하려는 것인지 알아차린 아리가 조심스레 손가락을 펴자, 소류가 그런 아리의 약지에 지환을 끼워 주었다. 지환은 그녀의 손가락에 맞춘 듯이 꼭 들어맞았다.

"부러 맞추기라도 한 듯이 꼭 맞는군."

소류가 신통하다는 듯 말하자 어느새 멀찍이 물러선 채 이쪽을 흘끔거리던 점주가 냉큼 그 말을 거들었다.

"그렇습니다요, 나리! 가락골 노인네가 죽기 전에 선견지명이라도 생겼었나 봅니다. 맞춤도 그런 맞춤이 또 없습니다요. 마님께 드리려고 그리 열성으로 만들고 갔나 봅니다요."

"그런가? 하면 내 것은 어떨지."

점주의 호들갑스러운 맞장구에 씩 웃은 소류가 아리를 향해 천천히 제 손을 내밀며 말했다. 장난과 기대감이 반쯤 섞인 그의 얼굴을 조용히 바라보던 아리는 제게 내밀어진 그의 손을 물끄러미 내려다보았다.

흉터투성이의 거칠고 투박한 손⋯⋯.

처음 만난 그날부터 지금껏 늘 저를 위험에서 보호하고 감싸 주던 그 미덥고 강인한 손⋯⋯.

이제는 도저히 놓을 수 없는, 도무지 놓고 싶지 않은 그의 손⋯⋯.

"미리 말해 두지만, 이건 내가 당신에게 채우는 족쇄예요."

지환을 끼워 주려다 말고 잠시 멈춘 아리가 마치 겁박하듯 은근한 말투로 속삭였다.

"한번 차고 나면 영원히 풀 수 없을지 몰라요. 그러니 겁나면 지금이라도 얘기해요."

그 말에 소류의 눈동자가 가늘게 휘었다.

"내가 먼저 채운 것을 잊었나? 그러고 보니 내 그 말을 해 준다는 것을 깜빡했군."

그러면서 그는 어디 한번 채워 보라는 듯이 그녀 앞에 손가락을 펼쳐 보였다. 아리는 그런 그를 보며 잠시 웃고는 그의 약지에 천천히 지환을 끼워 넣었다. 긴 손가락을 타고 들어간 지환이 굵은 손마디를 넘을 때마다 굴곡을 따라 물결치듯 작게 요동쳤다.

"아……!"

마침내 그의 약지 가장 안쪽에 자리 잡은 지환은 그곳이 원래 제가 있었던 곳인 양 안성맞춤으로 꼭 들어맞았다. 아리가 저도 모르게 작게 탄성을 내뱉자 소류도 적잖이 신기한 듯 지환이 끼워진 제 손가락을 한참이나 들여다보았다.

궁금증을 이기지 못한 점주가 용기를 내 한달음에 곁으로 달려와 소류의 손가락을 흘끔거렸다. 소류의 약지에 딱 맞게 끼워진 지환을 본 점주의 얼굴이 그새 흥분으로 달아올랐다. 지환이 둘 모두에게 잘 맞으리란 기대는 애당초 품지조차 않았건만, 모두에게 더없는 행운임이 분명한 그런 필연 같은 우연이 믿기지 않게도 바로 지금 제 눈앞에서 벌어진 것이었다. 점주가 흥분을 감추지 못한 채 소리를 높여 외쳤다.

"그, 그것 보십시오! 소인의 말씀이 참말입지요? 노인네가 참으로 선견지명이 있었던 게 틀림없습니다요! 이 칠보 지환은 필시 두 분을 위해 만들어진 것이 분명합니다요, 나리!"

점주가 신이 나 떠들자 소류가 씩 웃으며 말했다.

"하면 덕담 한마디 하게. 그 노인장을 대신해서."

"예?"

소류의 갑작스러운 요구에 점주의 낯빛은 다시금 사색이 되고 말았다.

"더, 덕담이라니요. 소, 소인이 어찌 감히……."

"개의치 말고 한마디 해 주게."

"그, 그리해도 어찌 소인이……."

단순히 농을 하는 게 아닌 듯한 소류를 보며 황망한 얼굴로 한참을 고민하던 점주가 곧 무언가 생각해 낸 듯 눈을 빛내며 진중하게 입을 뗐다.

"어흠, 흠…… 하오면 소인이 두 분께 감히 몇 말씀 올리겠습니다요. 두 분께서 이 칠보 지환을 서로 나눠 끼고 계신 한, 지환 속의 꽃과 나비처럼 꿈을 꾸듯 영원토록 서로의 곁에 함께하실 것입니다요. 이 지환의 이름도 화접지몽 (花蝶之夢)입지요. 노인네가 직접 지은 이름인데 아마 그치도 그런 뜻으로 지은 이름일 것입니다요."

"화접지몽이라. 마음에 드는군."

점주의 덕담과 설명에 소류가 슬며시 미소를 떠올렸다. 소류는 그제야 자리를 뜨려는 듯 아리의 손을 가만히 깍지 껴 쥔 채 몸을 돌려세웠다.

"덕담 고마웠네."

발길을 돌리는 소류와 아리를 향해 점주는 황송하게 머리를 조아린 채 연신 허리를 굽실거렸다. 깍듯이 인사를 올리는 점주를 뒤로하며 두 사람은 조용히 장신구 가게를 벗어났다.

그새 저자는 사람들로 조금씩 붐비고 있었다.

해가 높아진 데다 그새 사람들이 늘어나 그러한 것인지 저자의 공기는 아침의 쌀쌀했던 공기에 비해 퍽 포근해져 있었다. 한데 소류는 어째서인지 오히려 더 걱정스러운 얼굴로 아리의 안색을 유심히 살펴보고 있었다.

"춥지 않나."

걱정스레 묻는 소류에게 아리가 가만히 고개를 저어 보였다.

"괜찮아요. 볕이 들어 따뜻한걸요."

그러자 그 역시 고개를 저었다.

"아니야. 이만 들어가는 게 좋겠어."

그러면서 그는 저와 깍지 낀 그녀의 손을 슬며시 잡아끌며 처음 왔던 길로 방향을 틀었다. 아리가 그에게 잡힌 손을 가만히 빼내며 그런 그를 멈춰 세웠다.

"소류. 난 정말 괜찮아요. 모처럼 밖에 나와 바람을 쐬니 이제야 좀 살 것 같은 기분이에요. 당신만 괜찮다면 조금 더 걷고 싶어요."

"아니야. 아무래도……."

자신의 제안을 만류하는 그를 아리가 물끄러미 응시했다. 분명 지금의 공기는 아까보다 포근하건만, 그가 어째서 갑자기 이러는 것인지 도무지 모를 노릇이었다. 작게 한숨을 내쉬던 아리는 퍼뜩 스치는 생각에 아차 싶은 얼굴로 그를 올려다봤다.

"혹시…… 성으로 돌아가야 하는 거예요? 하긴 이틀이나 더 늦었으니 다들 당신이 오기만을 목 빠지게 기다리고 있겠네요. 여기서 이러고 있을 시간이 없겠어요."

그와 함께 있는 것이 그저 너무 벅차고 행복해서, 하마터면 내내 잊고 있을 뻔했다. 그는 이리 한가하게 여유를 부릴 수 있는 사람이 아니라는 걸. 다시 그와 헤어져야 한다는 사실에 밀려드는 서운함을 가까스로 몰아내며 아리가 짐짓 밝게 입을 열었다.

"우리 저자 구경은 다음에 더 해요. 사실 조금 춥기도 하고요. 어서 가요."

그에 소류가 옅은 한숨을 내쉬었다.

"성에 기별을 넣어 뒀으니 난 조금 더 있다 가도 돼. 그대 안색이 좋지 않아 걱정이 되어 그러는 것이지."

그가 걱정스러운 듯 미간을 좁힌 채 아리의 얼굴을 한참이나 살펴보았다.

"혹 어디가 아픈 것 아닌가?"

"……."

"얼굴이 어찌 이리 수척한가. 게다가 손목은 또 어찌 이리 더 가늘어진 거지?"

아리는 그새 심각해진 얼굴로 이리저리 제 상태를 살피는 그를 물끄러미 바라보았다. 그가 저렇게까지 자신을 염려하는 까닭이 무엇인지를 그제야 뒤늦게 깨달은 그녀의 마음은 더없이 복잡하기만 했다.

그에게 어찌 말을 하면 좋을까…….

당신의 아이를 가졌다고…… 사실대로 말해도 괜찮은 걸까.

"소류…… 실은…… 나 말이에요……."

잠시 고민하다 머뭇머뭇 말문을 연 아리는 그의 염려 가득한 시선을 마주 보기가 버거워 그예 가만히 고개를 떨구었다.

"……실은…… 그저 조금…… 아니, 아주 많이 피곤해요……. 어젯밤에 잠을 좀 설쳤더니…… 그래서 그런가 봐요."

결국은 얼버무리고 마는 그녀였다. 사실대로 말할까 잠시 고민이 되지 않았던 것은 아니었다. 제 배 속에서 자라나고 있는 이 벅찬 환희의 생명을, 눈부신 빛과도 같은 그 찬연한 존재를 알아야 할 자격과 권리가 그에게도 분명 있으니까.

그러나 아리는 그에게 알리는 것을 조금 보류하기로 했다. 문득 두려워졌다. 그에겐 이 사실이 어쩌면 순수한 기쁨으로만 받아들여지지 않을지도 모른다는 생각이 머릿속을 스치자 순간 커다란 공포가 그녀를 휘감았다.

"뭘 말하려다 마는 거지? 하려던 말은 따로 있지 않나."

"아니에요. 정말로 그저……."

"그대는 거짓말이 참 서툴러. 표정에 다 드러나거든."

아리가 슬며시 시선을 피하자, 그가 그녀의 손을 힘주어 잡았다.

"물론 이유가 있을 테지. 이대로 돌아가면 궁금해 잠도 안 올 것 같지만, 지금은 그대가 말하길 원치 않는 듯하니 더는 묻지 않을게."

"……."

"그 대신 다음에 다시 왔을 때는 꼭 말해 주겠다고 약속해."

"……네, 그럴게요."

아리는 그의 손을 꼭 마주 잡은 채 애정 어린 눈길로 조용히 그를 올려다봤다.

약속해요. 그땐 꼭…… 꼭 말해 줄게요…….

행여 당신이 잊더라도, 그땐 내가 먼저 알려 줄게요.

이 소식이 당신에게도 진심으로 오롯이 기쁜 소식이 될 수 있을 때……

이 소식을 전해 들은 당신의 마음에 한 치의 안타까움도 들지 않을 그런 순간에……

기쁘게, 기꺼이 당신에게 이 벅찬 소식을 전할게요.

나의 아기가, 우리의 소중한 아기가 당신에게 단 한 순간이라도 자책이나 슬픔으로 머물러서는 안 될 테니까…….

"……곧 그대를 다시 성으로 데려갈 거야."

진중한 목소리가 나직이 귓가를 울렸다.

"일이 잘 마무리되면, 금방 그리될 거야. 그러니 조금만 기다려 줘."

"소류…… 뭘 어쩌려는 거예요?"

아리가 불안한 듯 입술을 잘근거리며 낯빛을 흐렸다.

"바로잡아야지. 그릇된 모든 것들을."

"혹 나 때문이라면 그러지 말아요……."

"물론 그대 때문이기도 해. 하지만 그 이전에 아라하를 위한 일이야. 나를 위한 일이기도 하고……."

아리는 서서히 가슴을 짓눌러 오는 불안감과 전신으로 스며드는 한기에 가만히 몸을 움츠리며 양손으로 제 팔을 감쌌다. 까닭 모를 지독한 두려움이 엄습해 오는 것은 아마도 생명을 잉태한 여인의 예민함 탓이리라.

"그럼 내게 맹세해요. 위험한 일은 없을 거라고……."

"……."

불안함에 그리 청하는 그녀에게 그는 대답 대신 묵묵히 고개를 끄덕였다.

저를 올곧이 바라보는 그의 진중한 눈빛 속에 서린 결의와 각오가 어쩐지 그녀를 더욱 불안하게 만들고 있었지만, 아리는 마음을 가라앉히려 부단히 애썼다. 배 속의 아이를 위해서도 근심과 불안은 삼가야 할 덕목일 테지만, 지금은 그런 것을 다 떠나 진심으로 그를 믿고 싶은 마음만이 절실했다.

"천신께서 당신을 가호하실 거예요. 당신은 아라하의 천궁이니까…… 천신께서 반드시 당신을 지켜 주실 거예요……."

마치 하늘에 빌기라도 하듯 간절히 읊조리는 그녀의 뺨을 그가 가만히 감싸 쥐었다.

"그대는 천궁의 비이니, 그대 또한 천신께서 가호하실 거야. 그러니 그대는 아무 걱정 할 것 없어."

소류는 불안해하는 그녀를 안심시키듯 등을 토닥이고는 문득 제 왼손을 가만히 들어 보였다.

그의 약지에 끼워진 지환의 남청빛 칠보 장식이 햇빛을 받아 영롱히 반짝거렸다.

"이 지환의 이름이 무엇이라 했지?"

"화접지몽이요⋯⋯?"

"그래, 화접지몽⋯⋯. 꽃과 나비가 서로를 그리는 그런 꿈⋯⋯."

"⋯⋯."

"어쩌면 우린⋯⋯ 이미 그 꿈속에 있는 건지도 모르지⋯⋯."

그녀는 꿈을 꾸듯 아득하게 흘러나오는 그의 목소리에 조용히 귀를 기울인 채 먹먹한 눈으로 그를 올려다봤다. 소류가 그런 아리를 품 안으로 가만히 당겨 안았다.

"꽃은 나비를 꿈꾸고, 나비는 꽃을 꿈꾸고⋯⋯ 그리 서로를 꿈꾸고 꿈꾸다 어느 날엔가는 꿈속에서처럼 영원토록 함께하겠지⋯⋯. 기억해, 아리⋯⋯. 이 화접지몽처럼 우리도 그렇게 곧 다시 하나가 되어 평생토록 함께하게 될 테니까⋯⋯."

"응⋯⋯ 꼭⋯⋯ 꼭 그리될 거예요⋯⋯."

"금방 데리러 올게⋯⋯. 조금만, 아주 조금만 기다려 줘⋯⋯."

아리는 그의 어깨에 얼굴을 묻은 채 고개를 끄덕였다. 그러고는 이내 가만히 고개를 들어 저를 내려다보는 그의 애틋한 두 눈동자와 시선을 맞춘 채 환하게 미소 지었다.

"기다릴게요⋯⋯. 기꺼이⋯⋯."

그리고 그때는 꼭⋯⋯.

나와 당신의 어여쁜 아기가 우리에게 찾아왔노라고⋯⋯.

꼭 내가 먼저 당신에게 말해 줄게요⋯⋯.

기꺼이⋯⋯ 더없이 기쁘게⋯⋯.

격동의 아라하

정오를 조금 넘겨 성에 도착한 소류는 하루쯤 휴식을 취하시라 청하는 주변을 물리치고 그 즉시 군장 회의를 소집했다.

급할 것 없는 작은 용무일지라도 바로 처리하여야 직성이 풀리는 천궁의 성미를 잘 아는 바, 군장들은 아라하에 다녀온 천궁이 일의 경과를 알리고자 형식적인 회의를 연 것이라 여기며 다소 가벼운 마음으로 회장에 자리해 있었고, 그들의 짐작대로 시작은 가벼운 사안이었다.

"설유에 보낼 데오니의 수확과 이동에 대한 모든 사항을 신녀께 빠짐없이 전하여 일임하였소. 정해진 대로 순탄히 진행시킬 것이니 설유의 보상 문제에 대해서는 더는 신경 쓰실 것 없소."

군장들은 천궁의 노고에 황송하다는 듯 길게 읍했다. 그 뒤로 형식적인 문답들이 몇 차례 더 오가고, 이만하면 용무가 끝난 것이라 여긴 군장들은 이내 슬그머니 찾아온 정적 속에서 천궁이 회의를 파하기만을 기다렸다. 그러나 어쩐 일인지 천궁은 입을 굳게 다문 채 골몰한 얼굴로 계속 자리를 지켰다.

"전하, 더 하달하실 말씀이 있으십니까?"

누군가 묻자 군장들의 시선이 일제히 소류에게로 쏠아졌다. 자세를 고쳐 앉은 그가 그런 그들과 시선을 마주쳤다.

"금일 군장 회의를 소집한 진짜 용건은 따로 있소."

천궁의 심상치 않은 분위기에 군장들 또한 자세를 바로 하며 소류의 말에 집중했다.

"모두에게 내 여쭤볼 것이 있소."

"하문하십시오, 전하."

차분한 시선으로 좌중을 둘러본 소류가 천천히 입을 열었다.

"그대들에게 천궁이란 무엇이오?"

덤덤히 내던져진 화두에 군장들의 얼굴이 일순 굳어졌다. 그 의중을 명확히 헤아리긴 어려웠으나 천궁이 언급한 용건이란 것이 결코 가볍지 않은 사안임을 그제야 간파한 까닭이었다.

마치 자문자답하듯 천궁의 말이 느릿하게 이어졌다.

"연맹의 허울 좋은 대표……?"

몇몇 군장들이 헛숨을 삼켰다. 또 몇몇은 불편한 심기를 얼굴에 고스란히 내비친 채 천궁의 속내를 헤아리려 애쓰고 있었다. 그런 그들을 하나하나 둘러보며 소류가 말을 이었다.

"혹은 그대 군장들의 대리자에 불과한 그런 존재?"

"전하! 천부당만부당하신 말씀이십니다!"

아태부의 군장 아타란이 참지 못하고 소리쳤다. 그 말에 소류가 기다렸다는 듯 고개를 끄덕였다.

"천부당만부당하다. 옳으신 말씀이오. 하여 나 천궁은 그런 나의 오해를 불식시키고자 여기 계신 모두의 앞에서 천궁과 군장의 관계를 명확히 정립하고자 하오!"

기세 좋게 뱉어 낸 천궁의 말을 곱씹으며 군장들은 긴장 어린 얼굴로 마른침을 삼켰다.

천궁과 군장의 관계를 명확히 정립한다라……. 지금껏 유지해 온 천궁과 군장의 관계로 말미암아 볼 때 그것은 군장들을 향한 천궁의 선전 포고와도 다름 없었다.

잠시 들썩이던 군장들의 웅성거림이 소류의 서늘한 시선에 고요히 가라앉았다. 소류가 다시금 차분히 입을 열었다.

"천궁은 아라하 부족 연맹의 군주이며, 각 부족의 군장은 천궁의 신하요. 내 말이 맞소?"

"……맞습니다."

"예, 맞습니다."

천궁의 저의를 알 수 없으나 그것은 추호도 의심할 여지가 없는 사실이었기에 군장들은 내심 껄끄러운 마음이 들어도 마지못해 수긍했다. 소류가 그런 그들을 보며 묘한 웃음을 짓고는 다시 입을 열었다.

"하면 다시 묻겠소. 군(君)과 신(臣), 이는 곧 주종의 관계요. 이 둘에게는 절대적인 상하의 계급이 존재하지. 둘은 결코 동등할 수 없는 관계라는 뜻이오. 이 또한 동의하시오?"

"……동의……합니다."

"예…… 동의합니다."

떨떠름한 대답들이 다시금 이어졌다. 그들의 대답을 묵묵히 듣고 있던 소류가 이내 단호한 얼굴로 군장들을 응시했다.

"하면 나 천궁은 주인 된 자로서 그대들에게 명하겠소."

깨질 듯한 적막 속에서 군장들의 긴장 어린 시선이 소류를 향해 날카롭게 날아들었다.

그 시선들을 의연히 받아 낸 소류는 이후에 몰아칠 폭풍을 각오하며 나직이 입을 뗐다.

"금일부로 폐위된 왕비를 복위시킬 것이오."

"……!"

"또한 황룡의 인으로 말미암았던 그간의 폐단들을 지금 이 자리에서 모두 바로잡고자 하오."

"저, 전하!"

청천벽력 같은 소리였다. 군장들은 잔뜩 흥분한 채 술렁거렸다.

"전하, 폐비를 복위시키다니요?"

"폐단을 바로잡다니 그게 무슨 말씀이십니까, 전하!"

강하게 반발하는 군장들 가운데 서문진 한 사람만이 예외적으로 아무런 동요 없이 꼿꼿하게 자리를 지키고 있었다. 진은 회의에 참석하기 전 소류에게서 간략하게나마 그의 의중에 대해 전해 들었다. 소류의 생각이 옳은 것인지 그른 것인지는 그것을 판단할 만큼의 시간이 흐른 후에나 알 수 있으리라. 진은 늘 그래 왔듯 그저 묵묵히 제 친우의 뜻에 따르기로 마음을 굳혔다.

소류를 향한 무조건적인 신뢰와 지지…… 혹자는 그런 저를 어리석다 할지도 모를 일이지만, 진은 지금까지 그래 왔듯 앞으로도 그리 살아갈 작정이었다. 그것이 제게 주어진 삶이라는 것을 그는 단 한 순간도 의심해 본 적이 없었다. 천궁께서 돌아오셨다는 수하의 보고에 한달음에 달려 나온 제게 소류가 여상히 툭 던지던 말이 떠올랐다.

'진, 너는 나의 편인가. 그 어떤 경우에라도……'

뜬금없는 물음에 시큰둥하게 그를 쳐다보면서도 진은 당연하다는 듯 대답했었다.

'언제 그렇지 않은 적이 있었나?'

그것이 전부였다. 서로에게 다른 말은 굳이 필요치 않았다.

군장들의 거센 항의에도 그저 침묵만을 지키고 있는 소류를 진이 조용히 응시했다. 고요한 시선 속에 묻어나는 짙은 신뢰에는 일말의 흔들림도 없었다. 잠시 그런 진을 일별한 소류가 다시 군장들에게로 시선을 돌렸다.

"다시 한번 분명히 말하겠소. 폐비를 왕비로 복위시키고, 수많은 병폐를 낳아 왔던 신탁을 대신하여 새로운 왕비 간택법을 마련할 것이오."

"전하! 말도 안 되는 처사이십니다! 어떤 명분으로 폐비를 복위시키려 하시는 것입니까!"

"신탁을 대신할 간택법이라니 가당치 않습니다! 감히 무엇으로 신탁을 대신

한단 말입니까!"

예상한 대로 개혁파의 군장들은 왕비의 복위를, 온건파의 군장들은 신탁이 아닌 새로운 왕비 간택법을 강하게 거부하고 나섰다.

마치 전투태세를 갖추듯 바늘 하나 들어가지 않을 것처럼 단단히 무장한 얼굴들로 저와 마주하고 있는 군장들을 묵묵히 바라보며 소류는 쓴웃음을 지었다. 그러나 그리 쓴웃음을 짓는 까닭은 따로 있었다. 그가 진정으로 목표하는 바는 단순히 왕비의 복위나 새로운 간택법 따위가 아니었기 때문이었다.

아라하를 더 이상 나아가지 못하게 만드는 그것, 신탁을 향한 맹신…….

소류는 결국 그 오랜 맹목적 신앙을 과감히 놓아 버리기로 결심했다. 신녀 별리하에게는 면목 없는 일이나 그녀도 이런 저를 이해하리라.

연맹 왕국 아라하의 개국 이래 천신은 신탁을 통해 천궁의 모든 결정을 주관해 왔으며, 모든 부족원들에게 맹목적으로 추앙되어 왔다. 흩어져 있던 여러 부족들을 하나 되게 한 것은 바로 그 천신임이 분명했지만, 한편으로는 끊임없이 천궁의 발목을 잡는 족쇄가 되어 왔고, 모순적이게도 현재에 이르러서는 아라하를 더 이상 나아가지 못하게 만드는 가장 큰 걸림돌이 되어 있었다.

하여 오래도록 고민하여 소류가 내린 답은 이러했다.

천신은 오직 상징적이고 추상적인 존재로서 추앙되어야 하며, 실질적으로 나라를 다스리는 것은 천궁이 되어야 한다.

신탁을 부정한다는 점에서는 어쩌면 개혁파와 뜻을 같이하는 것이라고도 할 수 있겠으나, 가장 중차대한 사안이 아직 남아 있으니 따지자면 그것이 다는 아니었다.

기실 어느 한쪽의 손을 들어 줄 수 없는 그였다. 소류가 진정 목표하는 것은 온건파와 개혁파 그 둘 모두를 아우르며 진정한 군주로서 거듭나는 것이었다. 더는 군장의 대표도 천신의 대리자도 아닌 오롯한 군주로서 이 나라 아라하를 다스리는 것, 그것이 소류가 끝내 이루고자 하는 궁극적 목표였다.

하여 신탁을 내세워 아리를 다시 왕비로 복위시킴으로서 온건파의 손을 들어 주고, 또한 한편으로는 신탁에 반하는 새로운 왕비 간택법을 마련하여 왕비의 복위에 대한 개혁파의 반발을 잠재우고자 했다.

저들 모두의 구미에 맞춰 설득한다는 것은 불가능에 가까운 일이었다. 얻는 것이 있다면 잃는 것도 있을 것임은 자명했다. 하지만 잃을 것을 두려워한다면 무엇도 바꿀 수 없으리라. 더는 그 자신도, 또 후대의 천궁도 이와 같은 불합리한 문제들로 금쪽같은 시간을 허비하지 않기를 간절히 바랄 뿐이었다. 하여 그같은 염원으로 수백 년간 신궁에 고이 모셔 둔 맹약의 서마저 꺼내 든 그였다.

"오로지 신탁에만 의존하였던 천궁의 혼인은 천궁에게도 문제가 되어 왔을 뿐 아니라 부족 간의 분쟁 또한 끊임없이 불러일으켜 온 골칫거리였소. 난 더 이상 선대의 이 비합리적인 방식만을 고집하지 않을 생각이오."

회장의 공기는 이미 뜨겁게 과열된 지 오래였다. 폐비를 복위시키겠다는 천궁의 공표는 이제 더 이상 중요한 사안이 아니었다. 천궁의 혼인을 더는 신탁에 의존하지 않겠다는 천궁의 청천벽력 같은 선포에 온건파 군장들이 눈에 핏대를 세우며 달려들었다.

"전하! 어찌 신탁을 거스르려 하십니까! 이는 천신의 권위에 대한 명백한 도전입니다!"

그 말에 소류가 눈썹을 치켜올렸다.

"도전? 천궁이 성년을 치르고 10년째 신탁은 내려지지 않았소. 덕분에 한창 혈기 왕성할 나이의 천궁은 왕비 내정자가 있음에도 혼례를 치르지 못했고 여태 후사도 잇지 못했지. 어디 그뿐이오? 그렇게 10년을 기다려 온 황룡의 인은 왕비의 운을 타고났다던 혜노군장이 아니라 엉뚱한 이에게서 나타났소. 지금은 또 어떻소? 떠밀리듯 왕비가 된 그 여인은 황룡의 인이 사라졌다는 이유로 이제는 다시 폐비가 되어 있지."

반박의 여지가 한 치도 없는 천궁의 말에 온건파 군장들이 심란한 얼굴로 고민에 빠졌다. 소류는 그런 그들을 쉴 틈 없이 몰아세웠다.

"신탁이 불합리하다 함은 그러한 뜻이오. 그럼에도 10년을 기다렸고, 단 한 순간도 거스르지 않았으며, 또한 응당 죽는 날까지 신탁을 따를 것이오. 적어도 누구들처럼 증표가 잠시 사라졌다 하여 숫제 없었던 일인 양 신탁을 부정하는 짓 따위는 하지 않겠다는 말이오!"

"……!"

"천신의 권위에 대한 명백한 도전이라 하였소? 진정 천신의 권위에 도전했던 것이 누구요? 바로 그대 군장들이 아니오?"

군장들은 정곡을 찔린 듯 선뜻 반박하지 못하며 난색을 지었다. 소류는 허리를 꼿꼿이 세운 채 그런 그들을 느긋이 둘러보았다. 일자로 다물려 있던 그의 입꼬리가 슬며시 휘었다.

모두가 꿀 먹은 벙어리처럼 입을 다물고 있을 때, 아태부의 군장 아타란이 조용히 물어 왔다.

"하오면 전하, 새로운 왕비 간택법에 대해 여쭈어도 되겠습니까."

제각기 고민에 빠진 채 침묵하던 군장들의 시선이 아타란에게로 일제히 향했다. 천궁의 갑작스러운 선언에 불편한 기색을 내비치고는 있으나 기실 왕비 간택법은 개혁파로서는 반대할 까닭이 전혀 없는 사안이었다. 아타란의 질문을 시작으로 드디어 조금씩 반응을 보여 오는 군장들에게 신경을 집중하며 소류는 그의 물음에 차분히 답했다.

"태조께서 혜노부의 왕비를 맞으신 이후로 그들의 독점적인 왕비 배출은 관습처럼 행해지며 오늘에까지 이어져 왔소. 이는 분명 분쟁의 씨앗이오. 하여 난 모든 부족에게 왕비 후보를 선출할 수 있는 동등한 기회를 주고, 그 지아비가 될 천궁 본인이 왕비 후보로 선출된 이들 중 하나를 선택하게 만들 것이오."

그러자 이번에는 의도치 않게 도마 위에 오른 혜노부의 차기 군장 유하가 질문해 왔다.

"하오면 황룡의 인이 나타나기 전이라도 다른 여인과 혼인을 맺을 수 있다는 뜻입니까? 만일 혼인을 맺은 후 다른 여인에게서 황룡의 인이 나타나면 어찌 되는 것입니까?"

숨죽여 내쉬는 숨소리마저 선명히 들릴 만큼 회장은 긴장감과 정적에 가득 휩싸였다. 모두가 한껏 청각을 곤두세운 채 천궁이 과연 어떤 답을 내놓을지를 기다리고 있었다.

누군가에게는 썩 만족스러운 대답이, 또 누군가에게는 경악스러운 대답이될 것이다. 소류는 조용히 입을 열었다.

"후에라도 황룡의 인이 나타난다면 신탁이 정한 왕비는 원비(元妃)가 되는 것이오. 새로운 왕비 간택법을 마련코자 한 것은 나의 대와 마찬가지로 오랜 세월 신탁이 나타나지 않을 경우에 대비하고자 한 까닭일 뿐, 신탁 자체를 부정하겠다는 뜻이 아니오."

"그 말씀은…… 원비(元妃)와 차비(次妃)를 따로 두시겠다는 말씀이십니까?"

"피치 못할 상황이라면 말이오. 후궁도 여럿 두는 마당에 차비 하나쯤 더 들인다 하여 문제 될 것 없지 않소?"

엷은 미소를 떠올린 채 태연자약 대꾸하는 천궁을 바라보며 곰곰이 턱을 문지르던 아타란이 재차 질문했다.

"하오면 반대의 경우는 어찌 되는 것입니까? 이미 신탁이 내려져 왕비를 맞으셨다면, 더 이상 차비를 들이실 일은 없는 것이 아닙니까?"

차비의 존재는 개혁파에게는 솔깃한 이야기였다. 굳이 그 속내를 감추려고도 하지 않는 아타란의 노골적인 질문에 소류가 쓴웃음을 지었다. 차라리 속을 다 드러내고 나오니 오히려 이쪽에서도 상대하기는 더 편했다.

"그것을 어찌 딱 잘라 장담할 수 있겠소? 사정에 따라 필요하다면 차비를 들일 수도 있겠지. 가령……."

일부러 뜸을 들이듯 말을 끊고는 군장들을 천천히 둘러본 소류가 나직이 말을 이었다.

"원비에게서 후사가 생기지 않는다거나……."

말하는 소류의 얼굴 위에 묘한 미소가 설핏 드리우다 사라졌지만, 워낙 찰나였던 데다가 다들 경황이 없는 탓에 그것을 눈여겨본 이는 아무도 없었다.

"이만하면 충분한 설명이 되었으리라 믿소. 내가 주장하는 것은 왕비의 복위와 새로운 왕비 간택법의 마련이오. 이에 대한 그대들의 의견을 묻고 싶으나, 그전에…… 가장 중요한 것이 아직 남아 있으니 마저 끝마친 후에 듣도록 하겠소."

곰곰이 머리를 굴리던 군장들이 가장 중요한 것이 남았다는 말에 의아한 얼굴로 천궁을 응시했다.

"왕비를 복위시키고 또한 새로이 간택법을 마련코자 결심한 것은 솔직히 말하자면 폐위된 왕비 때문이었소. 아니, 더 정확히는 그것을 막지 못한 천궁의 무력함 때문이었지."

다시금 숨 막힐 듯한 정적이 주위를 에워쌌다. 군장들은 알 수 없는 기분에 사로잡혔다. 그것은 머리털이 쭈뼛 솟을 정도로 소름 끼치는 것이기도 했고, 또한 까닭 없이 오금이 저려 올 만큼 두려운 것이기도 했다.

제 스스로 자신의 무력함을 드러낸 천궁이 과연 이제부터 군장들에게 꺼내려 하는 이야기가 무엇일까.

"이미 신탁이 내려진 여인을 감히 부정하며 폐위를 종용하던 그대들을 막지 못한 것은 그대들이 옳아서가 아니라 천궁의 권위가 바로 서지 못해서였소. 그 사실이 오래도록 나를 괴롭혀 왔소. 그에 몹시도 통탄스러운 바, 나 천궁은 왕비의 복위와 새 간택법의 마련에 앞서 더는 이 같은 일이 되풀이되지 않도록 오늘 이 자리에서 천궁과 군장의 그릇된 관계부터 바로잡고자 하오."

말을 마치고는 불쑥 자리에서 일어난 소류가 성큼성큼 회장 한편으로 가 무언가를 집어 든 뒤 다시 제자리로 되돌아왔다.

탁자 위로 툭 내던져지듯 놓인 물건을 향해 군장들의 시선이 일제히 내리꽂혔다.

"이것이 무엇인지 알아보시겠소?"

한눈에 물건의 정체를 알아본 군장들의 눈빛에 깊은 긴장감이 어렸다.

"그, 그것은……!"

"맹약의 서요."

"신궁에 비장해 온 그것을 어째서……."

도무지 영문을 모르겠다는 듯 아연히 묻는 말과는 달리 돌아가는 사태의 심각성을 본능적으로 감지한 군장들이 한껏 굳어진 표정으로 무연히 천궁의 얼굴을 응시했다.

"아라하는 천신의 보우 아래 하나가 된 여덟 부족이 만든 연맹 국가요. 이

맹약의 서는 초대 군장들이 그 맹세를 피로 새긴 증서이지. 나는 이것을 오늘 이 자리에서 파기할 것이오."

"저, 전하!"

"맹약의 서를 파기하다니요! 어찌 그런 말씀을……!"

"똑똑히 들으시오! 나 아라하의 5대 천궁 단목소류는 오늘부로 아라하 부족 연맹을 해산하겠소!"

사자후처럼 우렁차게 내지른 위엄찬 목소리가 쩌렁쩌렁 회장을 울렸다. 군장들의 얼굴이 경악과 충격으로 물들었다.

"전하! 연맹을 해산하다니 당치 않습니다! 속히 명을 거두어 주십시오!"

"선대 어느 시대에도 이 같은 일은 없었습니다! 연맹의 존망을 어찌 독단으로 결정하려 하십니까! 부디 명을 거두어 주십시오!"

목에 핏대를 세운 채 항변하는 군장들을 차갑게 바라보던 소류가 단호히 고개를 가로저었다.

"묵은 관습과 폐단에 찌들어 분란만이 난무하는 아라하를 나는 더 이상 존속시킬 생각이 없소. 썩은 살점을 도려내 새살을 얻듯, 부패한 나라를 멸하여 그 자리에 새로운 나라를 세울 것이오."

"전하!"

"더는 부족의 연맹이 아닌, 천신이 선택한 군주 천궁이 다스리는 오롯한 나라…… 만인지상의 천궁 아래 모인 모두가 오직 그의 신하로서 존재하며, 충심을 다하여 그를 보필하고 나라를 위해 목숨을 바치는 그런 나라 말이오."

"……."

신념에 가득 찬 목소리로 흔들림 없이 제 주장을 펼치는 천궁을 망연자실 바라보던 군장들은 차마 말을 잇지 못한 채 충격 속에 빠져들었다.

천신이 선택한 군주 천궁이 다스리는 오롯한 나라…….

만인지상의 천궁 아래 모인 모두가 오직 그의 신하로서 존재하며, 충심을 다해 그를 보필하고 나라를 위해 목숨을 바치는 나라…….

신분을 막론하고 모든 부족민이 천궁의 신민(臣民)이 되는…… 절대 군주의 나라.

그러니까 애초에 천궁이 원한 것은 이것이었다. 왕비의 복위와 새 간택법의 마련은 그런 천궁의 본뜻을 감추기 위한 눈속임에 지나지 않았다. 굶주려 날뛰는 맹수들에게 그저 먹이를 던져 준 것뿐이었다. 오로지 가두어 사육하기 위해서…….

"천궁은 아라하 부족 연맹의 군주이며, 각 부족의 군장은 천궁의 신하이다. 군(君)과 신(臣), 이는 곧 주종의 관계이며 이 둘에게는 절대적인 상하의 계급이 존재한다. 둘은 결코 동등할 수 없는 관계다…….."

"……."

"조금 전 그대들 모두가 동의한 사실들이오. 그에 동의하고도 내 결정을 독단으로 받아들였다니 유감이군."

군장들은 아무런 대꾸도 하지 못한 채 소류가 하는 말을 망연자실 듣고 있을 뿐이었다. 그 누구도 연맹이 영원히 존속되리라 여긴 적은 없으나, 이리 한순간에 판도가 완벽하게 뒤집힐 수도 있다는 사실 또한 전혀 예상치 못했다.

"강요하지 않겠소. 우격다짐은 필시 또 다른 문제를 낳을 터. 남느냐 떠나느냐는 전적으로 그대들의 선택에 맡길 것이오."

강요치 않겠다고는 하나 과연 누가 그것을 거부할 수 있을까. 천궁이 교묘하게 쳐 놓은 덫에 완벽하게 걸려들고 말았다는 사실을 그제야 깨달은 그들이었지만, 미리 알았다 한들 그것을 막아 낼 수는 없었을 터였다.

이미 판세를 바꾸기로 작정한 천궁의 뜻을 거스른다는 것은 그와 적이 되기를 자청하는 것과 다름없었다. 지금껏 군장들이 자신들의 구미에 맞게 천궁을 주무를 수 있었던 것은 지금껏 천궁이 보여 온 한결같은 태도에 대한 확신이 있어서였다. 이제껏 천궁이 제 목숨처럼 지켜 오던 것은 오로지 연맹의 화합과 아라하의 평안뿐이었다. 그리고 지금, 그러한 자신들의 맹신이 보기 좋게 와장창 깨어지고 있었다.

"나의 신국(新國)에 모두가 함께해 주기를 간절히 바라는 바이나, 행여 뜻이 다르다면 나 역시 도리가 없겠지……. 훗날 아군으로 만나게 되든 혹은 적으로 만나게 되든, 나와 다른 길을 선택한 그 뜻을 존중해 연맹에 대한 마지막 예우를 다하여 보내 드릴 것이오."

에둘러 말하고는 있지만, 말인즉슨 성을 떠나는 그 즉시 적으로 간주하겠다는 소리였다. 온건파, 반대파 할 것 없이 군장들 모두가 입을 꾹 다문 채 혼란스러운 얼굴로 자리를 지키고 있었다.

소류가 여유로운 얼굴로 그런 그들을 응시했다.

"충분한 시간을 드리겠소. 어느 쪽이든 후회 없는 선택이 되어야 할 테니까. 또한 어렵게 선택한 그 길이 모쪼록 나와 다르지 않기를 진심으로 바라겠소."

말을 마친 소류가 길었던 회의를 마침내 파하며 자리에서 조용히 일어섰다. 진이 망설일 것 없이 그런 소류를 따라 일어섰다. 진의 그러한 행동은 딱히 재고 자시고 할 것도 없이 세절부의 서문진은 천궁의 뜻을 굳게 따르겠다는 무언의 의사 표시나 다름없었다.

성큼성큼 제 곁을 지나치며 먼저 문 쪽으로 향하는 진을 흘끗 일별한 소류의 얼굴 위에 엷은 웃음이 드리웠다가 이내 빠르게 사라졌다.

아라하 연맹에서 세절부가 떨치는 위세는 결코 작지 않았으나, 그가 합세한다 해도 이후의 상황을 섣불리 예측할 수는 없었다. 각 부족의 군장으로서 오랜 세월 연맹에 몸담아 온 저들에게 부족 연맹국이 아닌 군주국으로서의 아라하를 받아들이는 일은 결코 쉬울 리가 없었다.

특히 염려스러운 것은 개혁파의 두 부족이었다. 세절부의 군권을 견제하며 늘 그와 힘겨루기를 일삼아 오던 아태부와 천궁의 세습에 대해 꾸준히 이의를 표명해 왔던 아밀부……. 새 간택법이라는 그럴싸한 미끼를 던져 주기는 하였으나 천궁의 진짜 속내를 친절히도 알려 주었으니 그들이 그것을 순순히 물어 줄지는 의문이었다. 그들이 현 사태에 과연 어떤 결단을 내리게 될지는 소류도 감히 장담할 수 없었다.

모든 것을 확신할 수 없음에도 강경하게 밀어붙이고자 한 것은 이 모든 불안이 언제고 기어이 타오르고 말 불씨라는 것을 너무도 잘 아는 까닭이었다. 또한 연맹의 나약한 천궁으로서는 더 이상 어느 곳으로도 나아갈 수 없다는 사실을 뼈저리게 깨달았기 때문이었다.

그리고 이 모든 결단의 기저에는 어렵게 차지한 낙안을 저들 또한 쉬이 포기할 수 없을 것이라는 막연한 믿음이 깔려 있었던 것도 사실이었다. 무슨 수를 써서든 그녀를 제 곁에 두겠다고 다짐했지만, 낙안을 차지하지 못했더라면 과연 이 마지막 패를 기어이 꺼내어 들 수 있었을까.

"이틀의 말미를 드리리다. 다음 회의는 이틀 후 유시, 이곳에서 모이는 것으로 하겠소. 모두 조심히 돌아들 가시오."

회장에는 어느 때보다도 무거운 정적이 감돌고 있었다. 선뜻 자리를 뜨지 못하는 군장들을 뒤로한 채 두 사람은 밖으로 나섰다.

"……."

멀리 보이는 성벽 너머로 칠흑 같은 밤하늘이 끝도 없이 펼쳐졌다. 어둠으로 물든 성은 적막하고 을씨년스러웠다. 어느덧 봄이 한창이었음에도 그 따사롭고 눈부신 기운 뒤에는 늘 그렇게 봄을 시샘하듯 음습한 어둠들이 도사리고 있었다.

밤이 짙게 내리깔린 성안을 저만치 앞서 걷던 진이 돌연 자리에 멈추어 선 채 소류를 돌아보았다. 소류가 뒤따르던 걸음을 멈추곤 그런 진을 물끄러미 응시했다. 한참을 말없이 시선을 마주치던 진이 영 못마땅하다는 듯 미간을 좁히며 시큰둥하게 입을 열었다.

"……후회 안 할 자신 있어?"

무슨 말을 하려는 건가 싶어 진지하게 마주 보던 소류가 나직이 웃음을 터뜨렸다. 참 일찍도 묻는다 싶어서였다. 또한 그것이 너무도 서문진다워서였다.

"왜, 자신 없다 하면 이제라도 무르고 싶나."

그 말에 진이 피식 코웃음을 치더니 이내 뻐딱하게 팔짱을 낀 채 건들거리며 대꾸했다.

"천만에. 그리 물렁하게 굴면 정신 차리라고 이 서문진이 한 방 날려 줄까 했지."

그러면서 익살맞게 제 주먹을 들어 보이는 진을 소류가 물끄러미 응시했다. 아마도 저를 위해서라면 지옥 불구덩이 속이라도 주저 없이 뛰어들 제 오랜 벗……. 어쩌면 또 다른 자신과도 같을 소중한 벗의 말간 얼굴 속에 한결같이 자리한 굳은 신의를 마주하며 소류는 새삼 그 숭고한 진심에 전율마저 이는 느낌에 사로잡혔다.

늘 그렇게 변함없이 저를 믿어 주는 누군가가 있다는 사실이 얼마나 큰 힘이 되는지를 아마 진 역시도 모르지 않을 것이다. 하여 제가 힘이 들 때마다 귀신같이 알아채 매번 무조건적인 지지와 굳은 신뢰를 넘치도록 보여 주는 것일 터였다.

순간 뜨겁게 북받쳐 오르는 무한한 신의와 우애의 감정들을 굳이 숨기지 않은 채 소류가 불쑥 제 팔을 뻗어 진의 한쪽 어깨를 투박하게 안았다.

"……고맙다, 진."

숙여진 머리가 진의 귓가에 닿을 듯이 스쳤다. 가슴에 품은 신의만큼이나 단단하고 뜨거운 기운이 맞닿은 어깨로부터 슬며시 퍼져 나갔다. 둘 사이에 이런 식의 표현은 참으로 흔치 않았기에 순간 당황한 진의 얼굴에 찰나 파르르 경련이 일었다.

"뭐, 뭐야……. 뭐 하자는 거야, 지금……?"

한참을 돌덩이처럼 굳어진 채 쭈뼛거리던 진이 이내 더는 못 참겠다는 듯 손끝으로 슬쩍 소류를 밀어 내며 뜨악하게 내뱉었다.

"두, 두 번만 더 고마웠다간 아주 사달이 나겠네. 이런 취미라면…… 절대 사양이야!"

정색하며 제게서 달아나듯 황급히 뒷걸음질 치는 진의 반응에 소류가 이마를 짚은 채 호탕하게 웃음을 터뜨렸다. 투덜투덜 늘어놓는 지청구와 호탕한 웃음소리가 한데 섞여 한참을 끊이지 않고 두 사람 주위를 맴돌았다.

돌이켜 보면 격변을 앞둔 폭풍 전야와도 같은 그런 밤이었다.

불어오는 바람도 유난히 고요하고 스산하게 두 사람의 곁을 스쳐 가고 있다.

□ ■ □

개혁파의 두 부족, 아태부와 아밀부의 군장 아타란과 사미타는 심각한 얼굴로 마주 앉은 채 각자 골몰히 생각에 잠겨 있었다. 연맹의 해체와 신국의 개국이라는 뜻하지 않은 사태에 직면한 그들은 경악한 마음을 추스르며 신중하게 대책을 논의하는 중이었다.

자신들을 향한 천궁의 도발……. 아니, 차라리 도박이라고 해야 할까.

전혀 대비치 못한 느닷없는 상황에 무방비 상태로 급소를 얻어맞기라도 한 듯 충격의 여파가 상당한 그들이었다.

"천궁이 이리 나올 줄은 차마 몰랐소."

긴 침묵을 깬 아타란이 깊은 한숨과 함께 시선을 들었다. 그가 내쉰 한숨에 호롱불이 춤을 추듯 작게 일렁였다.

"누가 아니오. 계집에 미치면 그리되는 것인지."

씹어뱉듯 내뱉은 제 말에 사미타가 이죽거리자 아타란은 짙은 실소를 떠올린 채 말을 이었다.

"예전에 떠돌던 괴소문을 기억하시오? 남쪽에서 온 붉은 여우가 왕을 홀리고 나라를 망친다던 그 소문 말이오. 작금이 딱 그러하지 않소?"

"허, 그러게 말이오. 참으로 선조들께서 대로하시어 무덤에서 뛰어나오실 노릇이오."

신탁을 추호도 의심치 않는다는 고고한 명분을 앞세워 폐비를 복위시키고, 동시에 그 불합리함을 일부 인정하여 새로운 왕비 간택법이라는 차선책을 함께 두겠다는 천궁의 제안…….

개혁을 바라던 그들에게 혜노부족이 아닌 다른 부족 출신의 여인이 왕비가 된다는 사실은 기실 반길 만한 일이었기에 폐비의 복위가 새삼스레 문제 될 것은 없었다. 그들을 당혹케 만든 것은 아라하를 부족 연맹국이 아닌 군주국으로서 새로이 세우겠노라 선포한 천궁의 강압적 태도였다.

"폐비를 복위시키기 위해 연맹을 버린 것이든, 연맹을 버리기 위해 폐비를 이용한 것이든, 무엇이 먼저였는지는 우리에게 중요치 않소. 중요한 것은 그가 수백 년간 이어 온 아라하 부족 연맹의 맹약을 스스로 깨뜨려 버렸다는 사실이오."

아타란이 굳은 얼굴로 나직이 중얼거리자 사미타가 조용히 고개를 주억거렸다.

"그렇소. 천궁은…… 아니, 이제 천궁도 아니지. 단목소류 그자는 연맹의 변절자요. 낙안을 손에 쥐고 나니 우리 연맹 부족 한둘쯤은 쉬이 휘두를 수 있다고 자만한 듯한데, 그것이 얼마나 어리석고 위험한 판단이었는지를 곧 뼈저리게 깨닫게 될 것이오. 천신 아래 자발적으로 모여 이룬 연맹을 저버리고 감히 그 위에 군림코자 한 그 독단과 자만을, 천신께서는 분명히 심판하실 것이오."

뜻이 다름을 탓할 생각은 없었다. 옳고 그름을 논할 마음도 없었다. 하지만 분명한 사실은, 이 싸움은 그가 시작했다는 것이다. 모두를 배신하고 변절한 것은 분명히 그 단목소류가 먼저였다.

"우리 두 부족만이라도 이리 뜻을 모았으니 얼마나 다행인지 모르오. 혼자였다면 아마 쉬이 아라하를 등질 결심을 하지는 못했을 것이오. 이리 낙안을 쉬이 놓지도 못했을 테고 말이오."

"마찬가지요. 천궁 역시 그 점을 맹신하여 강경히 나올 수 있었던 것이 아니겠소? 빤한 속내를 알면서도 그 속셈대로 따라 줄 수는 없지. 우린 낙안을 포기하는 것이 아니오. 그가 저만의 나라를 세우고자 연맹을 버린 것처럼, 우리가 지금 낙안을 버리는 것 또한 이곳의 진정한 주인으로 거듭나기 위한 과정일 뿐……."

"맞는 말씀이오. 차라리 진작 이리되었어야 했소. 길이 다름을 알면서 언제까지 그에게 끌려다닐 수는 없는 노릇이니……. 천궁이 어떤 얼굴을 할지 심히 기대가 되는구려. 아마 모두가 못 이기는 척 저를 따라 줄 것이라 자신하였을 텐데 말이오."

"적어도 뱉은 말을 물릴 수는 없을 거요. 떠나겠다면 예우를 다해 보내 주겠다 큰소리를 쳐 놓았으니, 남은 부족들의 눈을 의식해서라도 호언한 대로 곱게 보내 줄 수밖에 없을 것이오."

물론 천궁의 치밀한 성격상 일말의 우려조차 들지 않는 건 아니었다. 자신들이 이리 나올 것을 얼마쯤은 염두에 둔 채 그런 결정을 내린 것일 터였다. 품을 수 없다면 이제는 확실히 잘라 내겠다는 심산이었으리라. 그러니 예우를 다하여 보내 주겠다는 그 말은 어쩌면 그의 진심일 수도 있었다.

"하나 순순히 떠나 줄 수 없는 건 오히려 이쪽이지. 안 그렇소? 하여 내 생각한 것이 있는데, 들어 보시겠소?"

아타란의 말에 사미타가 뒷말을 재촉하듯 가만히 상체를 당겨 앉았다. 그런 그를 흘끗 쳐다본 아타란이 말을 이었다.

"조용히 떠나 주면 그도 섭섭해할 것 같아 말이오. 그간의 정도 있으니, 떠나는 길에 이 모든 일의 원흉이 무엇인지 그에게 똑똑히 알려 주고 갈까 하오만."

"원흉이라면……."

"……여우 사냥을 할까 하오."

사미타가 눈을 빛내며 아타란을 응시했다.

"여우 사냥이라……. 나쁘지 않은 생각이오. 그리해야 조금이나마 이 분이 풀릴 듯싶으니…… 또 선조들 뵐 낯도 생길 듯하고 말이오."

모든 일의 원흉…….

돌이켜 보면 정말로 그러했다. 오래전의 그 소문은 틀리지 않았다. 지금의 이 광풍은 분명 그녀가, 남쪽 나라의 붉은 여우가 아라하에 나타난 그 순간부터 일기 시작한 것이다.

"일이 생각보다 급박하게 돌아가게 생겼소. 시간이 많지 않으니 서둘러야겠소."

"뭐든 말씀만 하시오. 이쪽에서도 차질 없이 준비하리다."

살벌하게 치켜뜬 눈동자들이 어둠 속에서 섬뜩하게 빛났다.

달도 별도 섬뜩하리만치 시리게 빛나는 밤, 또다시 그렇게 광풍이 불어오고 있었다.

35
조락(胙落)의 계절

"지금…… 뭐라고……?"

더없이 평온한 아침의 공기와는 사뭇 어울리지 않는 소식이었다.

소류는 무흔이 보고한 사실에 잠시 제 귀를 의심했다. 지난밤 군장들에게 답을 정할 이틀의 말미를 주었다. 다시 모이기로 한 군장 회의까지는 아직 하루라는 시간이 더 남아 있었다.

한데, 그리 충분한 시간이 남아 있는 지금, 가장 우려했던 바로 그 두 부족 아태부와 아밀부가 답을 해 온 것이다. 조금도 곡해할 여지 없이, 아주 명료하게.

"아태군장과 아밀군장이 병사들을 이끌고 성문 앞에 도열해 있습니다. 지금 떠나고자 하니 마지막으로 천궁께서 윤가를 내려 주십사 청하고 있다 합니다."

예상치 못한 상황이었다. 당혹감에 얼굴을 굳힌 소류가 쓴웃음을 지었다.

"내 간과하였군. 저들도 벼르고 벼르다 터지기 직전이었다는 것을. 그러니 이리 단 하루 만에 내 뒤통수를 치듯 답을 내놓은 것일 테지."

두 부족의 이탈을 조금도 우려치 않았던 것은 아니었지만, 그저 우려일 뿐이라 안일하게 여기고 있었던 것이 사실이었다. 저에게는 서문진이 이끄는 세절부와, 세절부를 위시한 온건파 부족들의 대대적인 지지가 있었으니까. 또한 누구도 결코 쉬이 놓지 못할 풍요로운 낙안이 제 손안에 들어와 있음을 과신한 것 또한 사실이었다. 결국은 못 이기는 척 저를 따를 수밖에 없으리라, 자만했던 것이다.

이리돼 버리고 나서야 경솔한 처사였음을 뼈저리게 깨닫는다. 입 안이 쓴 것은 어쩔 수 없었다. 그들은 제가 건 싸움에 제대로 답을 하려는 모양이었다.

"척을 질지언정, 오롯한 군주로는 죽어도 섬기지 못하겠다 이거군."

소류는 씁쓸히 자조했다. 그래, 어쩌면 차라리 잘된 일인지도 몰랐다. 겉껍데기를 새로 바꾼다 한들 곪은 속이 나아질 리 만무하니까. 표면적으로는 나아진 것처럼 보일 수 있으나 속은 더 썩어 들어갈 것이 자명하지 않은가.

그럼에도 이러한 선택을 내린 것은 저들에게 명백한 선전 포고를 하기 위함이었다. 잔뜩 썩은 살점을 도려내고 새살을 돋게 하기 위해서라면, 앞으로 닥쳐올 유혈과 고통쯤은 기꺼이 감수하겠노라는 엄포나 다름없었다. 분명 그들도 그것을 모르지 않았으리라. 그런 그들이 이리 가감 없이 제 속내들을 드러내며 부득부득 둥지를 떠나 그와 척을 지겠다 하니, 한편으로는 앓던 이가 빠진 듯 후련했다.

다소 뜻밖이기는 하나, 분명 일말의 각오는 해 두었던 일이었다. 소류는 더 지체할 것 없이 자리에서 일어섰다.

"성문으로 가겠다. 떠나겠다니 배웅하는 것이 인지상정이겠지."

"하오면 소신이 앞장서겠습니다. 이미 부족 모두가 나와 그들과 대치하고 있습니다."

"대치라……."

잠시 멈춰 선 소류가 그 말을 씁쓸히 되뇌었다. 때론 다투기도 하였지만 수백 년간 화합하며 한길을 함께 걸어온 이들이었다. 이유와 명분을 막론하고, 그 오랜 유대를 깨뜨린 것이 바로 자신임을 부인할 수 없었다. 하여 무흔이 고저 없이 뱉은 그 무심한 단어가 가슴 한편에 이리도 뼈아프게 박혀 오는 것인지도 몰랐다.

밖으로 나서자 서늘한 바람이 전신을 할퀴고 지나갔다. 그들과 진정으로 대치하게 될 미래의 어느 날들이 스쳐 가는 그 바람처럼 불현듯 눈앞에 아스라이 스쳐 갔다.

어깨로 스며드는 시린 한기에 옷깃을 여민 소류는 성문으로 향하는 발걸음을 묵묵히 재촉했다. 바람이 불어올 때마다 흙먼지가 일어나 뿌옇게 시야를 가리다 잠잠히 가라앉기를 반복했다. 가슴에 똬리를 튼 지독한 번뇌와 씁쓸함도 그 흙먼지처럼 뿌옇게 가슴속을 휘돌다 사라지기를 반복하고 있었다.

□ ■ □

아라하를 떠나겠노라 선언한 두 부족이 천궁과의 마지막 대면을 끝으로 낙안성의 성문을 넘던 바로 그 시각, 아리는 이른 아침부터 유와와 백하를 데리고 저자에 나와 있었다. 아기의 배내옷을 만들 옷감이 필요해서이기도 했지만, 그보다는 집 안에만 틀어박혀 무료해할 두 사람을 즐겁게 해 주고 싶은 마음이 더 컸다.

아리는 우선 면주전에 들러 색을 입히지 않은 하얀 명주 천을 골라 값을 치른 뒤, 저자를 몇 바퀴나 더 돌며 구석구석 구경을 했다. 전날 소류와 함께 구경할 때엔 미처 보지 못했던 것들이 새록새록 눈에 들어왔다. 그와 함께 보았더라면 좋았겠다 싶은 것들이 참으로 많아 잠시 아쉬움이 일었지만, 꼭 오늘이 아니어도 앞으로 많은 날들이 있으니 언제라도 다시 나오면 될 일이었다.

시선이 향하는 곳마다, 발길이 닿는 곳마다 활기가 넘쳐흘렀다. 성안에 있을 때만 해도 방 안에만 틀어박힌 채 스스로를 가두듯 숨어 지내던 그녀였다. 그것이 제 자신을 얼마나 갉아먹는 일이었는지를 이곳에 오고 나서야 아리는 새삼 깊이 깨달았다.

이곳의 활기는 빛을 잃었던 그녀의 생명력에 끊임없이 생기를 불어넣어 주고 있었다. 어쩌면 그렇게, 다시 생에 대한 뜨거운 열망을 품은 채 살아갈 수 있을지도 모른다는 아릿한 희망을 품게 만들었다. 단 하나, 저를 심연 같은 어둠 속으로 끝도 없이 끌어당기는 그 존재를 영영 잊을 수만 있다면 말이다.

늘 묵직하게 가슴 한편에 박혀 있는 그것은, 백하와 재회하게 된 순간 다시 날카롭게 벼리어져 그녀의 심장을 찔러 대기 시작했다.

"백하……."

"예, 마마."

"혹시……."

그녀의 조용한 부름에 나직이 대꾸한 백하가 곁으로 다가와 섰다. 혹시 그의 소식을 아느냐고, 목 끝까지 차오르는 그 물음을 그러나 아리는 차마 묻지 못했다.

"아니에요. 그저…… 아무것도……."

"……."

마치 그런 그녀의 속을 안다는 듯, 백하 역시 더는 아무것도 묻지 않았다. 궁금한 것을 묻고 그에 답한다 한들, 무엇도 달라지지 않을 것이란 사실을 두 사람 모두가 너무나 잘 알고 있는 까닭이었다.

날카로운 칼날에 심장을 베이듯, 떠올리면 가슴이 아려 와 견딜 수 없게 만드는 그 사내……. 한때는 저의 지아비라 불렸던…… 부대껴 사는 내내 제게는 참으로 뻔뻔하기 그지없던 그런 사내였으나, 그 속은 지독히도 여려 늘 스스로 깨어지고 산산조각 나 버리곤 하던 그, 주단휘…….

그는…… 살아 있을까.

살아 있다면…… 어떤 모습으로 살아가고 있을까…….

행여…… 여태도 저로 인해 괴로워하며…… 살아도 사는 것이 아닌 혹독한 나날을 보내고 있지나 않을까…….

마지막 그 모습이 가슴에 각인처럼 새겨져, 잊으려 하면 할수록 오히려 선명하게 저를 덮쳐 와 끝내 눈물 바람으로 밤을 지새우게 만들던 저의 그 아픈 날들처럼…… 그도 숱한 날들을 힘겹게 보내고 있는 것은 아닐까.

'바보같이…….'

바라건대, 그만은 부디 그 모든 것을 기억하지 않기를…….

10년 전처럼 모든 것을 지워 낸 듯이 잊은 채 살아가기를…….

그리해 준다면…… 저도 조금쯤은 편히 모든 것을 잊은 척 살아갈 수도 있을 텐데…….

하지만 기실, 여태 저를 잊지 못한 채 바보같이 살고 있다 해도 상관없었다. 그보다 더욱 견딜 수 없이 두려운 것은, 어쩌면 그가 더는 이 세상 사람이 아닐지도 모른다는 그 끔찍한 사실이었다. 그의 소식을 묻기가 두려운 것이 아니었다. 그의 생사를 묻는 것이 몸서리치게 두려웠다.

손에 든 명주 천 꾸러미를 가슴에 꼭 끌어안은 채, 아리는 휘청거리는 다리에 힘을 주며 걸음을 재촉했다. 잠시 한눈을 팔던 유와가 갑자기 걸음을 빨리하는 그녀를 황급히 뒤쫓으며 구시렁댔다.

"혼자 가시지 마세요, 마마. 그러다 또 뭔 일이라도 생기면 그거 다 마마 책임인 거 이제 아실 때도 됐잖아요, 예?"

지청구를 놓는 그를 그녀가 볼멘 얼굴로 바라보았다.

"그래. 적어도 네 그 입이 방정맞은 탓이라고 하진 않을 테니 안심하렴."

"아휴, 진짜…… 마마는 제 누이로 태어나지 않으신 걸 천만다행으로 여기십시오. 진심으로 그리 여기셔야 합니다, 예? 그랬으면 아마 죽을 때까지 제 몸에 묶어 놓고 다녔을 테니까요. 다음 생에는 꼭 제 누이로 태어나시라고 오늘부터 매일매일 물 떠 놓고 빌 겁니다."

"뭐? 그리 끔찍한 소릴 어쩜 아무렇지도 않게 하니?"

"마마야말로 무슨 그런 적반하장 같은 말씀을 아무렇지도 않게 하십니까? 마마께서 절 자꾸 끔찍하게 만드시는 건 요만큼도 생각 안 하시고요?"

유와가 일부러 더 과장스럽게 시비를 걸어오는 것은, 의기소침해진 그녀를 그가 이미 알아챘다는 뜻이다. 사유와는 괜히 사유와가 아니니까……. 하여 그것이 고마워 그녀 또한 매번 이리 적당히 장단을 맞춰 주었다. 그리하다 보면 유와의 의도대로 또 그렇게 거짓말처럼 금세 기분이 나아지곤 했다.

어느새 한결 나아진 그녀의 표정을 살핀 유와가 그제야 늘어지게 기지개를 켜며 볼멘소리를 해 댔다.

"아무튼, 제가 여길 다시 따라 나오면 그땐 사람이 아니라 붕업니다, 붕어!"

아리가 그런 유와를 보며 슬며시 미소 지었다.

"실컷 구경만 잘해 놓고. 제일 신나서 돌아다니던 사람이 누군데?"

"예? 그게 누군데요? 설마 제 얘기예요?"

구경하는 내내 투덜투덜 갖은 불평을 늘어놓으면서도 실은 그녀보다도 더 열성으로 이곳저곳 들쑤시고 다닌 것이 바로 그였다. 집 안에서 소일거리라도 할 요량인지 그의 두 손 가득히 들린 짐들을 보며 아리가 못 말린다는 듯 웃었다.

"하여간 시치미 떼는 거 하나는 천하제일이라니까? 그 손에 든 것들이나 어디다 좀 숨기고 와서 그런 소릴 하지 그래?"

"아, 그거야 가만히 따라다니기 지루하니 그런 것 아닙니까!"

"어련하겠니."

"쳇, 나 참……. 그건 그렇고 어디 가서 요기나 해요. 시장해 죽겠다고요!"

말을 돌린 유와가 먼저 앞장서 성큼성큼 걷기 시작했다. 덩그러니 선 아리가 그제야 조용히 제 곁으로 다가와 서는 백하와 마주 보며 웃고는 유와의 뒤를 따랐다.

골목 어귀에 다다르니 주막이 나타났다. 세 사람이 주막으로 들어서자 주모가 그들을 반기며 서둘러 자리를 내주었다. 아직은 이른 시각이어서인지 주막 안은 손님이 없어 한적했다.

"크, 냄새 죽이네."

음식이 나오기도 전에 숟가락부터 집어 든 유와가 입맛을 다시며 중얼거렸다. 구수한 국밥 냄새가 솔솔 풍겨 오니 한층 시장기가 더해졌다. 입덧으로 내내 고생하던 아리도 지금만큼은 어쩐지 속이 멀쩡해져 입 안 가득 군침이 고였다. 유와와 백하 역시 아직 식전이라 몹시 시장해져 있던 참이었다.

각자 편안히 자리에 앉아 휴식을 취하며 주문한 음식이 나오기만을 기다리고 있을 때였다.

"......!"

백하와 유와가 돌연 얼굴을 굳히며 자리에서 벌떡 몸을 일으켰다. 잔뜩 경계한 채 담벼락 너머를 쏘아보던 그들이 별안간 검을 뽑아 든 것과 동시에, 공기를 찢는 날카로운 금속성이 귓전을 파고들었다.

쉬익—!

놀란 얼굴로 그런 그들을 올려다보던 아리의 얼굴이 차츰 고통스럽게 일그러지기 시작했다. 담 너머로부터 번뜩이며 날아온 화살이 아리의 왼쪽 어깨에 깊이 박혀 들어가 있었다. 두꺼운 상의가 붉게 물들어 갔다.

"꺄악!"

때마침 음식을 내오던 주모가 아리를 보곤 사색이 된 채 비명을 질러 댔다.

"마마!"

"왕비 마마!"

아리에게 달려간 유와가 쓰러지는 그녀를 받쳐 안았다. 그 순간 귀신처럼 나타난 친위대가 그들 주위를 보호하듯 빙 둘러쌌다. 소류가 혹시 모를 위험에 대비하여 왕비의 호위를 맡긴 것이었으나, 아무리 그들이라 해도 갑작스러운 습격에는 어찌 손을 써 볼 도리가 없었다.

그녀를 향해 겨누어진 철태궁의 활시위를 아슬아슬하게 쳐 낸 덕에 다행히 화살이 그녀의 심장을 비껴가기는 하였으나, 왕비를 온전히 지켜 내지 못하였다는 죄책감이 이 순간 그들의 마음을 무겁게 짓눌렀다. 그러나 자책하고 있을 시간이 없었다. 왕비의 심장을 노린 공격이 실패로 돌아가자, 숨어 있던 자객들이 나타나 떼로 공격해 왔다.

챙—! 채앵—!

검과 검이 부딪치는 굉음이 여기저기서 고막을 찢을 듯 울려 퍼졌다. 친위대의 다급한 외침이 굉음 속에서 절박하게 터져 나왔다.

"왕비 마마를 보호하라!"

모습을 드러낸 자객의 수는 열 명 남짓이었다. 실력은 알 수 없으나 수적으로는 이쪽이 분명한 열세였다. 활을 쏜 자객을 쫓아간 둘을 제외하면, 지금 이곳에 남아 있는 친위대원의 수는 다섯이었다. 유와와 백하가 공격에 가세한다 해도 아직은 완전히 회복되지 않은 그들이었기에 제 몫을 제대로 해낼 것이라 기대하기는 힘든 상황이었다.

"필살(必殺)!"

자객의 수괴가 섬뜩한 소리로 외치자 자객들이 일제히 공격을 퍼부었다. 오로지 왕비를 죽이는 것만이 그들의 목적인 듯 가차 없이 휘두르는 검 끝에는 살의(殺意) 외에는 다른 어떠한 계산도 들어 있지 않았다. 목적이 명료하니 공격은 무섭도록 집요했다.

아리를 향해 무시무시하게 쏟아지는 공격을 친위대와 유와, 백하가 온 힘을 다해 필사적으로 막아 내고 있었으나, 한눈에 보기에도 저쪽이 월등히 강했다.

"……하아…… 하아……!"

고통스럽게 숨을 몰아쉬는 아리를 유와가 온몸으로 보호하며 감싸 안았다. 아직 몸이 온전치 못한 데다가 지켜 내야 할 이가 있어 그는 제대로 싸울 수조차 없었다. 아리를 향해 날아오는 공격을 막느라 온몸 곳곳에 입은 낭자한 창상에서 울컥울컥 피가 솟아 나오고 있었다.

아리는 혼미해지는 정신을 겨우 붙들며 흐릿한 시선을 들었다. 뿌옇게 열린 시야 너머로 붉게 물든 소맷자락이 어른거렸다. 아마도 유와의 것이리라. 너무도 익숙하여 서럽기 그지없는 과거의 어느 날과 같은 광경에 아리의 얼굴 위에 절망과 두려움이 짙게 스쳤다. 하필 이런 때 부상까지 입어 스스로 운신조차 할 수 없으니 절망감이 더욱 클 수밖에 없었다.

"……유……와……."

"마마, 조금만 견디십시오. 곧 괜찮아지실 겁니다."

생사조차 장담할 수 없는 최악의 상황이건만, 어디 믿을 구석이라도 있는 사람처럼 호언을 내뱉은 유와가 이내 그런 제 자신이 우습다는 듯 입술을 깨물며 비소를 머금었다.

지금 당장 자신들을 도울 이들이 나타나지 않는다면 괜찮아질 방법 따위가 있을 리 없었다. 아마도 이것이 모두의 마지막이 될 터였다. 때마침 주막 안으로 들어선 저 이국인 무리들이 이 싸움에 끼어들어 자신들을 돕는 요행이 벌어지지 않는다면 말이다.

"아침부터 대체…… 이게 무슨……."

불청객의 등장에 자객들의 시선이 일제히 그쪽을 향했다. 느긋하게 주막 안으로 들어선 노파가 얼이 빠진 얼굴로 주막 안을 휘휘 둘러보고 있었다. 노파의 곁을 지키는 장정들의 기운이 결코 예사롭지 않았다.

자객들의 얼굴에 일순 낭패감이 짙게 번졌다. 생각지도 못한 방해꾼이 달가울 리 없는 그들이었다. 잠시 뒤면 이곳의 사정을 전해 들은 천궁의 병사들이 몰려올 것이 뻔했다. 상부의 명령대로, 그 전에 반드시 폐비를 처치해야만 했다.

채앵—!

자객들의 공격이 자신들을 향하자 노파의 곁에 선 장정들이 재빨리 검을 뽑아 들었다. 이국인의 정체를 알 수는 없지만 최소한 적이 아님을 확신한 친위대와 백하가 그들과 합세하여 협공을 펼쳤다.

치열한 검투가 벌어지고 있는 사이, 노파가 쓰러져 있는 여인에게로 다가갔다. 낯익은 느낌에 고개를 갸웃하던 노파의 눈동자가 이내 커다랗게 떠졌다. 일흔이 가까운 나이였지만 한 번 본 얼굴은 결코 잊는 법이 없는 그녀였다.

"수야, 어제 보았던 그이가 아니더냐?"

"제가 보기에도 그렇습니다, 미루."

"저런, 어제만 해도 제 낭군과 다정히도 거닐던 이가, 오늘은 어쩌다 이리 험한 꼴을 당했누?"

낯선 목소리가 들려오자 아리가 그쪽으로 힘겹게 시선을 들었다. 하지만 시야가 흐릿해 그저 사람의 형상만 겨우 보일 뿐 얼굴을 알아볼 수는 없었다.

"으…… 으윽……!"

화살이 박힌 어깨가 타들어 가듯 뜨거워져 아리는 괴로운 신음을 내뱉었다. 도움을 청하고 싶지만 입술이 바짝 말라 한 마디 내뱉는 것조차 힘에 부쳤다.

"……도…… 도와……."

아리가 가까스로 입을 떼며 도움을 청하자 노파가 고민하듯 미간을 좁혔다. 한가할 때였다면 고민할 것도 없는 부탁이었겠지만, 지금은 사정이 여의치 않았다. 곧 마을에서는 기우제가 열릴 예정이었고, 제사에 필요한 물자를 구하여 이제 막 돌아가려던 길이었다. 좋지 않은 일에 휘말려 마을로의 귀환이 늦어진다면 곤란했다. 흉한 액운이 들어서도 곤란했다. 자신이 바로 기우제를 주관하는 무녀였기 때문이었다.

"어쩐다……."

"미루, 이미 꽤 지체했습니다."

기실 동트기 전 이미 이곳을 떠났다가 깜빡 빼먹은 것이 있어 잠시 돌아온 것이었다. 어차피 이리된 것 마지막으로 국밥이나 한 그릇씩 먹을 요량으로 주막에 들른 참이었다. 여유가 있다면 딱 그만큼의 여유뿐이었으나, 여인의 사정이 몹시도 딱해 보여 쉬이 발길이 돌려지지 않았다.

노파가 딱한 얼굴로 여인을 바라보며 고민하고 서 있는데 다시금 여인의 입술이 힘겹게 달싹였다. 워낙 작은 소리라 잘 들리지 않자 노파가 여인의 얼굴 가까이로 귀를 가져갔다.

"응? 뭐라 하였소?"

들릴 듯 말 듯 한 여인의 음성에 더 바짝 귀를 가져다 대던 노파의 얼굴이 서서히 심각하게 굳어졌다. 잠시 충격을 받은 듯 멍해져 있던 노파가 곧 곁에 선 청년을 올려다보며 다급히 소리쳤다.

"수야! 안아 들어라!"

"예?"

"당장! 여기서 데리고 나가야겠다."

이유가 무엇이건 더 물을 필요는 없었다. 수라 불린 청년은 일언반구 없이 노파의 말대로 서둘러 아리를 안아 들었다. 노파가 아리를 데리고 피신하려는 것을 눈치챈 자객들이 그들에게 일제히 공격을 퍼붓자 이국인 장정들과 친위대 그리고 백하가 필사적으로 그것을 막았다.

유와는 아리를 안아 든 청년과 노파의 곁을 단단히 지키며 간신히 퇴로를 열었다. 마침내 무사히 주막을 빠져나온 그들은 서둘러 말을 매어 둔 곳으로 달렸다. 말에 묶어 둔 자루에서 연장을 꺼내 든 노파가 아리에게로 다가와 화살대를 바짝 잘라 냈다. 우선은 이곳부터 뜨는 것이 급선무였다. 화살촉을 뽑아내고 상처를 처치하는 것은 안전히 피신한 이후에나 할 수 있는 일이었다.

청년이 아리를 번쩍 안아 올려 제 말에 태운 뒤 뒷자리에 훌쩍 올라탔다. 부상을 입은 유와는 노파의 말에 함께 탔다.

잠시 후, 그들을 태운 두 필의 말이 이내 땅을 힘껏 박차며 쏜살같이 내달렸다.

목적지를 묻고 답할 새도 없이, 그들은 온 힘을 다해 전속력으로 그곳을 벗어나고 있었다.

아리를 구해 준 이국의 노파는 카다르 부족의 무녀였다.

장정들이 깍듯이 부르던 미루라는 호칭은 카다르 부족의 제사를 주관하는 최고의 무녀에게 내려지는 성스러운 칭호였다.

카다르 부족은 이노하 대륙의 서부에 자리한 드넓은 평야, 가달 평원의 기백이 넘는 수많은 부족 가운데 하나였고, 그들이 사는 하시티엔 마을은 해마다 이맘때쯤이면 기우제를 지낼 준비로 눈코 뜰 새 없이 바빴다. 무녀와 그녀의 수행원인 장정들은 제사에 필요한 물품을 구하기 위해 해마다 빠짐없이 낙안성의 저자에 들르곤 했었는데, 수년간 다녀가면서도 오늘처럼 별스러운 일에 휘말린 것은 이번이 단연코 처음이었다.

"……흐읍!……으윽……!"

재갈을 물린 입에서 고통스러운 신음을 터뜨리는 여인을 무녀가 안타까운 얼굴로 내려다보았다. 거칠지만 따스한 무녀의 손이 창백하고 가느다란 여인의 손을 안쓰럽게 움켜쥐고 있었다.

"이제 다 되었으니, 조금만 참으시오."

여인의 앙상한 어깨에 박힌 화살촉을 빼내는 건 무녀에게도 청년에게도 진땀을 빼게 할 만큼 쉽지 않은 일이었다. 화살촉이 생각보다도 깊게 박혀 들어

간 까닭도 있었지만, 그보다는 그녀가 홑몸이 아니란 사실을 알아 버린 탓이었다.

청년이 온 신경을 곤두세워 손을 쓴 덕에 다행히 단번에 실수 없이 화살촉을 빼내어 적절한 처치를 신속히 끝마칠 수 있었다. 물론 여인이 생각보다 잘 버텨 주었기에 가능한 일이기도 했다. 시료를 마친 그가 한숨을 내쉬고는 이마에 흐르는 식은땀을 훔쳐 냈다.

"수야, 고생 많았다."

"이분이 잘 버텨 주어 다행입니다. 하면 저는 탕약을 살펴보고 오겠습니다."

치료는 잘 마쳤으나 행여 상처가 덧나기라도 하면 큰일이었다. 마침 상처에 용한 약재가 있어 객잔의 부엌에서 탕약을 달이고 있는 중이었다.

조용히 방을 나선 청년이 한참 후 탕약이 든 사발을 들고 다시 돌아왔을 때, 주막에 남겨 두고 왔던 장정들이 그곳에 도착했다.

"미루, 모두 무사히 돌아왔습니다."

그들이 모여든 장소는 성 외곽의 허름한 객잔이었다. 저자 근처의 객잔에 빈 객실이 없을 때면 어쩔 수 없이 묵어가곤 하던 곳이었다. 아리를 곁에서 세심히 살피던 무녀가 돌아온 그들을 보며 안도 섞인 한숨을 내쉬었다. 워낙 무예에 출중한 이들이라 크게 걱정할 일은 없을 거라 여기면서도 내심 그들에 대한 염려로 가득 차 있던 그녀였다.

"그래, 고생들 했다. 누구 다친 사람은 없느냐."

"예, 미루. 모두 경미한 부상뿐이니 심려치 않으셔도 됩니다."

"다행이구나. 한데…… 여인의 또 다른 무사는 함께 오지 않았느냐?"

벽에 몸을 기댄 채 깜빡 잠이 들었던 유와가 무녀의 말에 고개를 번쩍 쳐들곤 그쪽을 쳐다보았다. 그런 유와를 흘끗 일별한 장정이 다시금 무녀를 보며 공손히 대답했다.

"부상이 심해 데려올 수 없었습니다. 누구에게도 행적을 노출해서는 안 될 듯하여 혼란을 틈타 황급히 빠져나왔습니다."

"그랬구나. 어쩌겠느냐. 도리 없는 일이었으니……."

무녀가 고개를 끄덕이자 장정이 깊이 허리를 숙여 보이곤 물러났다. 자객들은 도모했던 일이 결국 실패로 돌아가자 더는 미련 두지 않은 채 서둘러 공무니를 뺐고, 친위대가 그런 그들을 부리나케 뒤쫓는 사이 장정들은 황급히 자리를 떠 외곽으로 내달렸다. 쏜살같이 내빼는 그들을 부상당한 백하가 따라올 수 있을 리 만무했다.

"제길……."

백하의 소식을 들은 유와가 나직이 욕설을 내뱉으며 주먹을 그러쥐었다. 꽤오래 함께 지내다 보니 저도 모르는 사이 퍽 깊게 정이 들어 버린 모양이었다. 부상이 심하다 하니 걱정이 되고 심란해지는 것은 어쩔 수가 없었다.

불안한 눈으로 허공을 노려보던 유와가 이내 사념을 떨치듯 머리를 세차게 흔들고는 침상 위에 눕혀진 아리에게로 시선을 돌렸다. 그녀의 상태가 염려한 것보다는 괜찮다는 걸 알고 있지만, 안색이 너무도 창백하여 꼭 죽은 사람을 보는 듯해 일순 심장이 철렁 내려앉았다. 쿵쿵 뛰는 심장을 애써 진정시킨 유와는 수심 가득한 얼굴로 침상 가까이 다가갔다.

"마마……."

그런 유와를 보며 무녀가 안심하라는 듯 인자하게 미소 지었다.

"출혈로 인해 안색이 창백한 것이니 염려할 필요 없소. 직접 보았으니 잘 아실 테지만 화살촉도 무사히 빼내었고 지혈도 잘되었소. 마침 구해 놓은 용한약재가 있어 이리 탕약도 준비해 두었으니 마음 놓으시오."

안심시키는 무녀의 말에 잠시 머뭇대던 유와가 이내 뚝뚝하게 내뱉었다.

"……고맙수다, 할멈."

경황이 없어 여태 인사하는 것도 잊고 있던 유와였다. 진심이었으나 무례한 어투에 발끈한 장정들이 유와를 노려보자, 무녀가 그런 그들을 진정시키듯 손사래를 치고는 유와에게 가볍게 핀잔을 주었다.

"그놈의 말본새하고는. 공손히 말하는 법부터 배우셔야겠구려."

"아니 할멈을 할멈이라 하고 고마운 걸 고맙다고 하는데, 대체 뭐가 문젭니까?"

"쯧쯧. 하면 이 늙은이도 굳이 예의를 차릴 필요는 없겠구먼. 예끼, 이놈. 뭐가 문제냐고 물었느냐? 네 그 버르장머리가 문제지, 뭐가 문제겠느냐? 삼척동자도 척 보면 아는 것을, 쯧."

오만불손하기는 하나 악의 없는 행동임을 아는 탓인지 노파는 유와를 타박하면서도 진심으로 불쾌해하는 기색은 아니었다. 오히려 한편으로 말썽꾸러기 손자를 대하듯 나긋하고 친근한 태도였다. 그러고 보면 유와에게는 상대가 쉬이 벽을 허물게끔 만드는 그런 재주가 있었다. 아마도 본인이 먼저 스스럼없이 상대와의 벽을 허무는 탓이겠지만.

"네 이놈! 당장 미루께 네놈의 무례함을 사죄드리지 못하겠느냐! 기껏 구해 주었더니 은혜도 모르는 놈 같으니!"

"나 참, 별스럽게들 굴기는. 아, 예. 무례하게 굴어 죄송하게 됐습니다요, 노인장? 할머니? 이 미천한 놈이 뭐라 불러 드려야 할지는 모르겠지만 아무튼 무례했다니 사죄드립니다요, 예? 자, 이제 됐수들?"

서로에게 턱을 치켜든 채 한껏 눈을 부라리며 기 싸움을 벌이고 있는 다 큰 사내들을 흘끗 일별한 무녀가 못 말린다는 듯 고개를 저었다. 기실 유와도 무녀나 장정들이 악한 이들이 아니라는 걸 본능적으로 감지한 까닭에 이리 나올 수 있는 것이었다. 신세 지는 동안이나마 저들이 아리와 자신을 불편하게 여기지 않으면 싶어 부러 더 유치하게 저들을 긁어 대는 것이었다. 서로 날을 세우며 경계하는 것보다는 실없이 다투는 이쪽이 백번 나으니까.

성난 장정들과 유와가 그렇게 서로 한 치도 물러서지 않고 입씨름을 해 대는 탓에, 적막하던 방 안이 어느새 사람 사는 곳처럼 시끌시끌해졌다. 그 소란스러움 때문일까. 잠든 듯하던 아리의 눈이 스르륵 떠졌다. 그런 아리를 알아챈 무녀가 그녀를 향해 상체를 바짝 기울이며 말을 건넸다.

"어찌 벌써 깨어난 게요? 이런, 소란스러워 깼나 보구려."

그리 말하며 눈짓으로 주위를 조용히 시킨 무녀가 다시 아리에게 시선을 돌렸다.

"조금 더 자 두시오. 푹 자야 상처도 잘 아문다오."

"……고맙……습니다……. 덕분에…… 화를 면하였습니다……."

아마 이들이 아니었다면 저와 유와는 필시 목숨을 부지하지 못하였으리라. 철렁 내려앉은 심장을 애써 달래며 아리는 거듭 감사의 마음을 전했다.

"다 그대의 운이지. 그만하길 천만다행이오. 화살을 조금만 비껴 맞았다면 참으로 큰일 날 뻔했소."

"……예……. 한데……."

아리는 말끝을 흐리며 방 안을 둘러보았다. 시야가 선명치 않았으나 사람을 분간 못 할 정도는 아니었다. 아무리 방 안을 둘러봐도 백하가 보이지 않았다. 그리고 보니 이곳에 온 이후로 백하의 목소리조차 듣지 못했다.

"……제 무사가…… 한 명 더 있습니다…… 그는…… 어디에 있습니까……."

힘겹게 묻는 물음에 노파가 잠시 뜸을 들이다 나직이 대답했다.

"이곳에 함께 오지 못하였소."

아리의 얼굴이 일순 서글프게 일그러졌다.

"……혹…… 그가……."

차마 내뱉지 못한 질문이 입 속에서 사그라졌다. 그럼에도 그다음 말을 충분히 알아들었다는 듯 노파가 고개를 저었다.

"염려 마시오. 분명 살아 있는 것을 보고 왔다 하니."

"참말……이십니까?"

"참말이오."

"참으로…… 참으로 그가 살아 있습니까……?"

"허허, 그렇대도."

몇 번을 더 묻고 나서야 한시름 놓는가 싶던 아리의 얼굴이 이내 다시금 어두워졌다. 무언가 더 묻고 싶은 얼굴 위로 짙게 스며든 불안과 두려움을 읽어 낸 무녀가 온화한 표정으로 입을 열었다.

"배 속의 아이가 걱정되어 그러시오? 아이 또한 무사하니 염려 놓으시구려. 앞으로 각별히 더 조심을 해야겠지만 말이오. 자, 하면 깨어난 김에 이 탕약부터 드시는 것이 좋겠소. 힘들겠지만 억지로라도 한 술씩 삼켜 보시오.”

아이가 무사하다는 대답을 듣고 나서야 숨죽인 한숨을 묵직하게 토해 낸 아리가 저도 모르게 눈시울 아래로 주르륵 흘러내리는 눈물을 황급히 닦아 냈다. 흐르는 눈물을 내버려 둔다면 이대로 슬픔에 잠식당해 버릴지도 몰랐다. 적어도 지금은 슬픔에 빠져 있을 때가 아니었다.

울음을 참는 기색이 역력한 얼굴로 떠 주는 탕약을 꾸역꾸역 받아먹는 아리를 안쓰럽게 바라보던 무녀가 잠시 숟가락을 내려놓곤 땀에 젖은 아리의 머리카락을 가만히 쓸어 넘겨 주며 조심스럽게 물었다.

“한데…… 돌아갈 곳은 있는 거요?”

“……아, 저는…….”

저자의 훤히 트인 주막 앞마당에서 그 같은 습격을 당한 여인의 신분은 다름 아닌 폐비가 아니던가. 거처로 돌아간다 한들 과연 여인이 안전할 수 있을까 싶은 마음이 드는 것이 당연했다.

아리가 쉬이 말을 잇지 못한 채 시선을 피하듯 천장만 망연자실 바라보자, 무녀는 알 만하다는 듯 고개를 내젓곤 나직이 입을 열었다.

“자세한 사정은 내 모르겠으나…… 정 갈 곳이 없다면 우리와 함께 가지 않겠소?”

“……예……?”

뜻밖의 권유에 당황한 아리의 눈동자가 커다랗게 떠졌다. 흔들리는 시선이 그제야 무녀를 향해 다시금 혼란스럽게 가닿았다.

“우린 가달 평원의 서북부에 있는 작은 마을에서 온 사람들이오. 곧 있을 기우제에 쓸 물건들을 구하러 낙안에 왔다가 마을로 돌아가는 길이었지. 시일이 촉박하여 내 다른 것은 돕기 어려우나, 갈 곳이 마땅치 않다면 우리 마을에 머물게 해 줄 수는 있다오.”

“……참으로…… 그리해도…… 되겠습니까?”

선뜻 그러겠노라 말하지 못하고 조심스레 되묻는 여인의 가냘픈 음성에서 말할 수 없는 절박함이 묻어났다. 무녀는 여인을 안심시키듯 싱긋 웃었다.

"물론이오. 그대가 원한다면 말이오."

"……원치 않을 이유가 있겠습니까……. 그리해 주신다면…… 신세는…… 꼭 갚겠습니다……."

"신세랄 게 무에 있겠소. 이렇게 만난 것도 다 하늘의 연이거늘. 그보다 단단히 마음을 먹어야 할 것이오. 아주 먼 여정이 될 테니까."

여인에게는 갑작스러운 호의일 게 분명했지만, 생명의 잉태를 무엇보다도 성스러이 여기며 숭상하는 카다르 부족에게는 아이를 품은 잉부의 위험을 외면하는 것은 감히 신을 모독하는 것과도 다름없는 불경한 죄였다.

만일 여인이 아니라 토끼나 멧돼지 혹은 작은 풀벌레 한 마리였어도 새 생명을 잉태한 것이라면 무엇이 되었든 카다르 부족인 자신들은 위험에 처한 그들을 분명 그냥 지나치지 못했을 터였다. 그러니 이리 만나게 된 것이 참으로 하늘의 인연인 듯도 싶었다. 적어도 여인에게는 자신들의 존재가 아마 평생의 귀인 중의 귀인일는지도 모를 일이 아닌가.

실없는 생각에 나직이 웃던 무녀가 아리의 이불을 가슴께까지 덮어 주며 다정히 말을 건넸다.

"어서 눈을 좀 붙이시오. 늦어도 저녁쯤에는 출발을 해야 하니…… 조금이라도 기운을 차리려면 두어 시진쯤은 자 두어야 좋을 거요."

몸이 그 지경이니 당장 까무러치듯 잠에 빠져들어도 조금도 이상스럽지 않을 일이건만, 지금껏 정신을 붙든 채로 제 이야기를 듣고 있는 것을 보면 깡말라 부실해 보이는 몸과는 달리 의외로 속은 단단한 모양이었다. 어쩌면 그런 덕에 배 속의 아이가 여태 무사할 수 있었던 것인지도 몰랐다. 그 몸이 언제까지 버텨 줄지는 모르지만, 우선은 이만한 것만으로도 신께 감사해야 할 일이었다.

"자, 이이가 푹 잘 수 있도록 다들 옆방으로 건너들 가세."

무녀가 어서 나가라 재촉하듯 사내들에게 눈짓을 하자 여태 유와와 신경전을 벌이던 장정들이 먼저 우르르 방을 빠져나갔다. 잠시 망설이는 듯하던 유와도 이내 군소리 없이 자리를 떴다. 아리에게도 혼자 스스로를 추스를 시간이 필요할 것이라 여긴 까닭이었다.

무녀가 마지막으로 방에서 나가고 나자 그제야 방 안 가득 고요한 적막이 내려앉았다. 방문 앞 복도를 지키고 선 유와의 작은 기척을 귀에 담으며 아리는 조용히 눈을 떴다.

"……."

무거운 눈꺼풀을 들어 천장을 멍하니 바라보고 있노라니 제 얄궂은 운명이 힘에 겹고 서글퍼 속에서 울컥 울음이 차올랐다. 이런 일에는 이골이 났다고 생각했는데도, 막상 이런 상황에 처하게 되니 새삼 또다시 형용할 수 없는 서러움이 북받쳐 올랐다.

지금은 특히나 더 그러했다. 생전 처음 몸에 화살이 박혀 죽을 듯한 고통을 겪은 것은 아무것도 아니었다. 어미 된 몸으로 아직 세상에 나지도 못한 여린 생명을 스스로 지켜 낼 수 없을지도 모른다는 지독한 불안감과 자괴감이 그녀를 늪처럼 깊은 절망과 고통 속으로 몰아넣고 있었다.

하지만 언제까지 그런 제 운명을 탓하며 비탄에 잠긴 채로 누군가의 삶의 대신일지 모를 이 소중한 시간들을 허비하고 있을 수는 없었다. 전에는 미처 깨닫지 못했던 사실이 이제야 뒤늦게 그녀의 뇌리에 박혀 왔다. 스스로를 절망 속에 가둔 채 미처 깨닫지 못하였던 그것, 끔찍한 불운이라 여긴 그 모든 순간들마다 천운 또한 어김없이 그녀를 뒤따르고 있었다는 사실이었다.

절체절명의 위기를 숱하게 겪어 오면서도 여태 자신의 숨이 붙어 있는 것이 그 증거였다. 오늘 같은 위험 속에서도 어김없이 자신과 유와, 백하를 구해 준 이들이 있었다는 사실이 또한 그 명백한 증거였다.

하여…… 살아야겠다 마음먹었다.

제게 주어진 이 삶을 더는 불평 말고, 더는 약해지지도 말고, 때론 불행 끝에 매달려 온 작은 희망에조차 감사해 하면서…… 이 악물고 살아 내야겠다, 마음먹었다.

그리 악착같이 살아서, 제게 어렵게 찾아온 이 귀하고 소중한 빛과 같은 여린 생명을 반드시 지켜 내겠다고…….

노파가 함께 가지 않겠느냐고 물었을 때 일말의 망설임도 없이 그러겠다고 대답한 것은 분명 그러한 저의 심경의 변화가 있었던 때문이기도 했지만, 그렇다고 제 선택에 어떤 뚜렷한 확신이 있었던 것은 아니었다. 이성적인 판단이 서기도 전에 본능적으로 이곳을 떠나야만 한다는 생각이 강하게 들었다. 그것은 아마도 어미의 본능 같은 것일 터였다.

어제 아침 저자에서 소류가 말했었다. 성으로 돌아가면 그릇된 모든 것들을 바로잡을 것이라고……. 그가 돌아가고 난 후 단 하루 만에 이 같은 일이 벌어졌다. 그가 바로잡고자 한 것이 정확히 무엇인지는 알지 못한다. 하지만 분명한 것은 오늘 제게 일어난 일이 그의 그러한 결심과 무관하지는 않을 것이라는 사실이었다.

운서촌의 사가로 돌아간다면 아마 지금보다 더 큰 위험이 도사리고 있을지도 모를 일이다. 요행히 그에게 무사히 닿는다 해도, 그의 곁에 머무는 한은 늘 살얼음판을 걷듯 아슬아슬한 나날들을 보내게 될 것임에 틀림이 없었다.

그런 불안을 안은 채 성안에서 남은 달을 무사히 버텨 낼 자신이 없었다. 행여 배 속의 아이가 견뎌 주지 못할까 두렵고 또 두려웠다. 만일 아이가 잘못된다면…… 그 고통과 죄책감을 자신이 과연 감당해 낼 수 있을까. 힘겹게 버티며 겨우 지켜 내고 있던 모든 것들이 한순간에 무너져 내리고 말 터였다.

앞으로 여덟 달……. 혹 여의찮게 달수를 채우지 못한다면 그보다 짧은 시간이 될 수도 있었다. 그 시간쯤 그에게서 떠나 있는다 해도 천지가 뒤바뀌거나 세상에 종말이 찾아오진 않을 것이다.

그러니 배 속의 이 아이가 무사히 태어날 때까지만…….

적어도 그때까지는 서로에게 없는 사람처럼 지내는 것이 두 사람, 아니 세 사람 모두를 위한 최선의 길이리라.

아이가 무사히 태어났다 하여 위험이 완전히 사라지는 것은 아닐 테지만, 적어도 태 안에 품고 있는 동안만큼은 사력을 다해 아이를 지켜 내었으니 할 수 있는 최선을 다한 것이라고, 또다시 서글퍼질지 모를 어느 날인가에는 그리 위안이나마 삼아 볼 수도 있을 터였다.

떠나 있는 동안 그에게 어떤 식으로든 저의 소식을 전하기는 할 것이다. 행여 그가 저의 생사를 염려하고 애태우느라 시간을 헛되이 보내는 일은 없어야 할 테니까……. 그러니 함께하지 못하는 그 시간 동안 그 역시 자신을 더욱 공고히 추스르며 강건하게 저를 기다려 주기를 부디 바랄 뿐이었다.

제게 닥친 피치 못할 사정들을 모두 안다면, 아이의 존재에 대해 알게 된다면…… 그의 곁을 떠나고자 한 저의 진심을, 이 힘겨운 결단을 그 역시도 분명 헤아려 주리라.

아리는 덮고 있는 이불 밖으로 왼손을 빼내었다. 힘겹게 들어 올린 왼손 약지에 끼워진 칠보 지환이 호롱불에 비쳐 반짝였다. 지환에 새겨진 나비 한 마리가 금세라도 허공으로 날아올라 사라져 버릴 듯 날개를 활짝 편 채 제 자태를 드러내고 있었다.

'이 지환의 이름이 무엇이라 했지?'

순간 그리운 목소리가 꿈결처럼 아릿하게 귓가를 맴돌았다. 아리는 마른 입술을 힘겹게 달싹였다.

"……화접……지몽……."

'그래, 화접지몽……. 기억해, 아리……. 이 화접지몽처럼 우리도 그렇게 곧 다시 하나가 되어 평생토록 함께하게 될 테니까…….'

북받쳐 오르는 슬픔을 삼키며 아리는 지환을 움켜쥐듯 힘겹게 주먹을 그러쥐었다.

"응……. 꼭…… 꼭 그리될 거예요……."

가닿지 않을 대답을 서럽게 뱉어 낸 아리는 이내 지친 듯 눈을 감았다.

눈꺼풀을 내리깔자 겨우 붙들고 있던 의식이 순식간에 아득하게 흐려졌다. 마치 그때를 기다렸다는 듯 지독한 수마가 그녀를 덮쳐 왔다.

실제로는 이제 겨우 정오를 넘긴 시각이었지만, 마치 하루가 훌쩍 지나 버리기라도 한 것처럼 까마득한 기분에 사로잡힌 채, 아리는 겨우 붙들고 있던 의식을 그제야 온전히 놓아 버렸다. 지칠 대로 지쳐 버린 심신이 안쓰러우리만치 힘겹게 깊은 잠 속으로 빠져들고 있었다.

해 질 무렵쯤이면 길고 험한 여정에 고된 몸을 실어야 할 터였다.

끝나지 않은 힘겨운 여정이 또다시 그렇게 시작을 알리고 있었다.

마치, 천신의 마지막 유희처럼…….

□ ■ □

달뜬 소망을 품게 만들던 찬연한 봄은 뼈아픈 상처만을 남긴 채 소리 없이 물러가고, 깨어진 꿈의 절규에도 산천을 온통 생명의 푸른빛으로 물들였던 녹음이 또 그렇게 계절의 뒤안길로 사라져 갔다.

약동과 성장의 찬란한 두 계절을 누리는 것조차 호사라는 듯, 어느새 조락(凋落)의 계절이 눈앞으로 성큼 다가와 있었다.

바래진 잎들 사이로 아직은 때 이른 붉은 단풍이 뻐죽뻐죽 성마르게 고개를 내밀었다. 그녀가 신기루처럼 홀연히 사라져 버린 지도 벌써 반년 가까이 흘러 있었다. 인간사야 어찌 흘러가든 자연은 그렇게 제게 주어진 섭리를 따라 고고히 흐를 뿐이었다.

"전하. 율타의 약탈에 대한 보고 올립니다. 이번 기습으로 피해를 입은 가구는 총 열여섯, 그중 절반은 방화로 전소하였고 나머지 절반도 그 피해가 만만치 않은 것으로 압니다."

무흔의 보고에 소류의 미간에 깊게 주름이 파였다. 다섯 달 전, 아라하 연맹 탈퇴를 선언한 아태부와 아밀부, 두 부족이 기달 평원의 부족들을 끌어들여 세운 나라가 바로 율타였다.

그들은 번번이 낙안의 외성을 습격하여 민가를 벌집처럼 들쑤셔 놓고는 했는데, 이를 제대로 방비하려면 내성을 지키는 군사들을 외성으로 대거 이동시키는 방법 외에는 없었다. 하지만 섣불리 그리했다가 자칫 외성이 뚫려 버리기라도 한다면 내성의 방비마저 힘겨워질 것이 뻔했다.

지금 저들의 도발이 그것을 노리는 빤한 수작이라는 사실을 아는 까닭에, 소류와 군장들은 그저 속수무책으로 저들의 만행을 지켜보며 골머리를 앓는 수밖에 없었다. 전쟁에서 완전히 발을 뺀 설유의 도움은 기대할 수조차 없는 상황이었다. 작금의 아라하는 그렇게 철저히 혼자인 상태였다.

낙안이 지금껏 강성할 수 있었던 것은 파안제국이라는 강대한 뒷배가 있었기 때문이었다. 도움을 청하면 언제든 달려와 줄 해주나 자난, 교하, 은라의 원군이 없었다면 아무리 물자가 풍부한 낙안이라 해도 자력으로는 가능하지 않았을 이야기였다.

물자가 풍족한 만큼 도처에 깔린 적들 또한 많은 곳이 낙안이었다. 그러니 소류가 이리 고전을 면치 못하는 것은 당연했다. 꼭 율타국뿐만 아니라 제국의 치하에 놓이지 않은 낙안을 노리는 세력은 도처에 산재해 있었다. 어쩌면 당연한 순리처럼 낙안은 철저히 고립된 채 서서히 쇠퇴해 갔고, 민심은 돌이킬 수 없이 흉흉해져만 갔다.

"폐가를 손봐 임시 거처를 마련해 주고 식량을 나눠 주도록 해."

"예, 전하. 그리고……."

아직 보고할 것이 남았는지 무흔이 잠시 뜸을 들이고 서 있자, 소류가 피로한 얼굴을 들어 그런 무흔을 응시했다.

"운서촌의 담리백하가 떠나겠다는 기별을 보내왔습니다."

"……."

아리가 자객의 습격을 받고 사라져 버린 날, 그는 큰 부상을 입은 채 운서촌으로 실려 왔다. 몸에 끊임없이 상처를 입어 내력이라도 생긴 것인지, 이번엔 꽤 빠른 호전을 보여 이미 홀로 거동을 하게 된 지도 오래라 들었다. 하여 곧 떠날 것이라 짐작은 했었다. 아리도 유와도 없는 그곳에 그가 홀로 남아 있어야 할 까닭이 없을 테니까.

"이제 퍽 거동할 만한가 보군."

"예, 몸을 겨우 일으켜 앉은 날부터 악착을 떨더랍니다. 제대로 앉기도 힘든 몸을 수련이랍시고 기를 쓰고 이리저리 운신을 해 대고, 해 주는 음식과 탕약들도 두말 않고 받아 들고, 치료도 성실히 받고 말입니다."

"그리할 만도 하지. 제 주인이 눈앞에서 그런 변을 당하였으니……. 게다가 생사마저 알 길이 없고……."

덤덤히 말을 내뱉던 입매가 이내 뒤틀리듯 어그러졌다. 누구는 충심이 차고 넘쳐 성치 않은 몸으로도 애를 태우며 안달이건만, 정작 제 반쪽과도 다름없는 여인을 지키지 못한 자신은 이리 사지가 멀쩡한 채로도 내성 안에 처박혀 있는 것이 할 수 있는 전부일 뿐이니 그 속이 짓이겨지는 것은 당연했다.

백하 외에도 그날 그 시각 함께 있던 친위대원들 모두가 큰 부상들을 입었으나 다행히 큰 차도를 보여 이제는 안정을 되찾아 가고 있었다. 홀연히 사라져 버린 그녀 때문에 세상이 무너진 것처럼 암담한 심정이었지만, 그녀의 무사가 함께 사라졌다는 사실에 그나마 위안을 얻고 있었다. 언제 끊어질지 모를 미약한 희망의 끈이라 할지라도 그에게는 너무나 절실했으니까.

그러나 소류가 이만큼이나마 평정을 유지할 수 있는 것은 단지 그러한 이유 때문만은 아니었다.

그녀의 생사를 장담할 수도, 행방을 찾아낼 수도 없어 죽고 싶을 만큼 괴로운 나날들을 보내던 그에게 어느 날 불쑥 당도한 한 통의 서찰이 아니었다면, 아마 지금껏 제정신으로 버티고 있지는 못하였으리라.

「나는 굳건히 잘 지내고 있어요. 그러니 당신도 부디 굳건하기를……」

간결한 서체로 써 내려진 짧디짧은 서찰은 간단한 안부와 당부 한마디가 전부였을 뿐, 행적에 대한 단서가 될 만한 그 어떤 것도 언급하고 있지 않았으나 그 무정함에 일말의 서운함조차 들지 않았다. 애가 타는 것은 당연지사였으나 그리할 수밖에 없었을 그녀의 뜻을 헤아려 알 것 같았기 때문이었다.

서찰이 그에게 전달되기까지의 경로를 집요하게 파헤치고 또 파헤쳤지만 끝내 그녀에게 닿지는 못했다. 그리 철저히 숨어 버린 것은 필시 그녀의 뜻이리라. 그녀로서는 오로지 그것이 최선이었을 것이다. 하여 일말의 서운함이나 원망조차 느낄 새도 없이, 또박또박 써 내려진 서체 속에 깃든 여유로움 너머로 고스란히 전해져 오는 그녀의 무탈함에 다만 가슴을 쓸어내리며 진심으로 천신께 감사하였을 뿐이었다.

그녀의 서찰을 읽고 또 읽어 내리며 가슴을 쓸어내리던 것이 석 달 전의 일이었다. 그 석 달 새 달라진 것이라고는 율타의 도발이 더욱 잦아졌다는 사실뿐이었다. 그녀의 행방은 여전히 묘연하기만 했다.

"하여 황궁으로 돌아가겠다 하던가."

"아닙니다, 전하. 홀로 왕비 마마를 찾아 나설 모양입니다."

"그 몸으로, 홀로? 아직 온전치는 못할 터인데……. 하긴, 거동을 한 지도 오래이니 좀이 쑤시기도 할 테지."

가만히 고개를 끄덕이자 무흔이 염려 섞인 투로 물었다.

"전하, 저자를 저리 그냥 놓아주실 생각이십니까?"

"놓아주지 않으면?"

시큰이 되물은 소류가 대수롭지 않게 말을 이었다.

"왜, 언젠간 그가 내 목에 칼이라도 들이댈까 겁이라도 나나."

무흔이 자약히 웃는 소류를 보며 불퉁스럽게 미간을 좁혔다.

"막말로 사실이지 않습니까. 저자는 언제라도 전하의 목에 검을 겨눌 수 있는 자입니다."

"그렇겠지. 하지만 적어도 지금은 아니야. 지금의 그는 황제의 사람이 아니라 오로지 그녀의 사람이니까. 다시 황제의 사람이 되면 그때 상대해도 늦지 않아."

무흔에게 큰소리친 것과는 달리 자조 섞인 헛웃음이 소류의 입가에 매달렸다. 담리백하라는 사내에 대한 제 터무니없는 맹신이 스스로도 어이없게 느껴진 탓이었다. 하나 이것만큼은 분명히 단언할 수 있었다. 지금 그 사내는 오로지 그녀의 행방을 찾는 일 하나에만 혈안이 되어 있으리라는 사실을. 그런 그를 굳이 막을 이유가 제게 있을 리 없었다.

"가달 평원에 셀 수 없이 많은 부족들이 뒤엉켜 살아가고 있다는 것은 내 진작 알고 있었지만…… 평원이라는 곳이 이리도 광활하고 이리도 소름 끼치도록 막막한 곳이라는 걸 이제야 뼈저리게 깨닫는 중이야."

소류가 그런 저를 비웃듯 쓴웃음을 머금었다.

"나만큼 간절한 그 누구의 손이라도 기꺼이 빌리고 싶은 심정이니, 그녈 찾아 나서겠다면 굳이 막을 생각은 없어. 그게 누구든, 그녀를 찾아내 안전히 보호해 줄 수만 있다면……."

"전하……."

무흔은 더 대꾸하려던 것을 멈추고 제 주군을 물끄러미 응시했다. 상처 입은 맹수의 눈빛처럼 무겁게 침잠한 눈동자가 허공 어디쯤을 위태롭게 배회하고 있었다.

"지금쯤이면…… 몸도 많이 무거워졌을 테지……. 보내온 서찰처럼 참으로 그리 무탈히 지내고 있는 것인지……."

일그러진 얼굴 위로 뼈아픈 고통이 내려앉았다. 아무렇지 않다는 듯 애써 평정을 가장할 체면 따위는 이미 내던진 지 오래라는 듯 미간에 파인 주름이 그의 얼굴에 깊은 그늘을 만들었다.

광활한 가달 평원에는 크고 작은 무수한 부족들이 터를 잡고 살아가고 있었다. 기백이 넘는 부족들 가운데 아리를 도운 이국의 무리를 찾아내는 것은 실로 모래사장에서 바늘을 찾는 것보다도 더 어려운 일이었다.

저자의 상인들을 모두 모아 그들에 대한 정보를 캐내고 캐낸 끝에 겨우 알아낸 것이라고는 그들이 가달 평원 서북부의 작은 마을에서 온 부족민들이라는 사실과, 조금 더 정확히는 부족의 무녀와 그 수행원들로 그들 마을에 열리는 기우제 준비를 위해 해마다 그맘때쯤이면 낙안의 저자에 반드시 다녀간다는 사실이었다.

부족의 이름도, 살고 있는 마을의 이름도, 수년간 저자에 다녀간 이들이었음에도 그들에 대해 소상히 알고 있는 이들이 없었다. 그도 그럴 만한 것이, 낙안의 저자는 가달 평원의 수많은 부족들과 크고 작은 주변국들 출신의 행인들이 끊임없이 오가는 곳이었기에, 오가는 모든 이들의 이모저모를 정확히 기억하기란 결코 쉬운 일이 아닐 터였다. 또한 그들 스스로가 자신들을 군이 드러내려 하지 않는다면 알아낼 방도가 없는 것이 당연했다.

"새로 알아낸 사실은 없나."

나직한 물음에 무흔이 면목 없다는 듯 고개를 숙이며 답했다.

"송구합니다, 전하. 저자의 상인들 누구도 그들에 대해 정확한 정보를 가진 이들이 없습니다."

소류는 무겁게 한숨을 내뱉었다. 그날, 그 같은 변고가 일어나고 난 후에야 운서촌 사가의 시녀들에게서 아리의 몸 상태에 대해 전해 들었다. 그녀가 아이를 가졌다는 사실을 알게 된 순간 심장을 엄습하는 고통에 숨을 쉴 수 없었다.

홑몸도 아닌 몸으로 끔찍한 변고를 당하고도 그녀가 과연 무사할 수 있을까. 두려움에 얼어붙은 가슴이 쩍쩍 갈라지듯 고통스러운 비명을 내질렀다. 그런 몸으로, 그런 마음으로 낯설고 힘겨운 길을 떠나야 했을 애처로운 그녀를 떠올릴 때마다 심장이 갈기갈기 찢기고 불화살에 맞은 듯 가슴이 타들어 갔다.

만에 하나 그녀가 무사하지 못하다면 죽어서도 제 자신을 용서할 수 없으리라. 행여 이대로 영영 그녀를 볼 수 없게 된다면 결코 살아서 이 지옥 같은 삶을 버텨 내고 싶지도 않았다.

"전하! 급습입니다! 율타국이 외성의 북문을 치고 있습니다!"

집무실로 뛰어 들어온 병사의 외침에 소류는 이를 악물며 주먹을 그러쥐었다. 이 모든 것이 제 경솔함에 대한 대가임을 어찌 부인할 수 있을까……

애당초 두 마리 토끼를 한꺼번에 잡으려 했던 것부터가 과욕이고 자만이었다. 그녀를 지키겠다는 명분으로 보다 강력한 왕권을 얻고자 하였으나, 뒤집어 보면 결국 왕권을 세우기 위해 그녀를 사지로 내몬 것이나 다름없었고, 결과적으로는 이렇듯 도리어 적을 만들어 낙안의 몰락과 쇠퇴를 불러왔을 뿐이었다.

저를 과신하였고, 또한 저들을 만만히 보았다. 아태부의 군장 아타란은 처세와 책략에 뛰어난 자였다. 그런 그를 다독여 끌어안지 못하고 내몰아 쳐 낸 것부터가 돌이킬 수 없는 과오였음을 소류는 이제 와 인정하지 않을 수 없었다. 조급함과 경솔함에는 늘 화가 뒤따른다는 그 단순한 순리를 끝내 외면한 대가가 이렇듯 뼈저린 고통으로 제게 고스란히 돌아오고 있었다.

얼굴을 잔뜩 일그러뜨린 소류는 탁자 위에 벗어 둔 투구에 어렴풋이 비치는 제 모습을 망연히 응시했다. 어떤 결과가 벌어지든 언제고 반드시 겪어야만 할 과정임에 틀림없다고, 꼭 지금이 아니라 해도 언젠가는 반드시 넘어야 하는 관문일 뿐이라고, 치졸한 명분 뒤에 꼭꼭 숨어 버린 채 무력하게 웅크리고 있는 못난 사내가 한껏 뒤틀린 얼굴로 저를 비웃듯 킬킬거렸다.

탁一!

잡아채듯 투구를 집어 들며 자리를 박차고 일어선 소류가 이내 성큼성큼 걷기 시작했다.

분노와 불안, 그 사이 어디쯤일까……

폭발할 듯한 감정을 가까스로 삭인 채 서릿발 치듯 대차게 걷는 소류의 뒤를 무흔이 묵묵히 따랐다.

스산히 떨어지는 붉은 잎들이 마른 땅 위에 눈처럼 쌓여만 가는 조락(凋落)의 계절…….

머지않아 다시금 사납게 덮쳐 올 혹한이 작게 입김을 내뿜듯 바람이 제법 싸늘히 곁을 지나쳐 갔다.

그녀가 그의 곁에서 신기루처럼 사라져 버린 지 반년이 아직 채 지나지 않은, 어느 이른 가을이었다.

36
짙어진 가을

파안제국의 황성, 여미성.

황궁 심처에 자리한 황후의 전각, 태현궁의 시화호…….

청명한 가을 하늘이 고스란히 내려앉은 시화호의 푸른 수면 위로 붉고 노란 낙엽들이 하나둘 짝을 지어 떠다녔다.

"폐하, 하늘이 참으로 푸르옵니다. 과연 가을은 가을인가 보옵니다."

황제의 앙상한 어깨 아래로 흘러내린 외의를 조심스레 고쳐 입혀 준 상궁이 여상한 목소리로 입을 열었다. 황제와 함께 있음에도 긴장한 기색이 없는 것으로 보건대 여인이 황제를 곁에서 보필하게 된 게 하루 이틀 일은 아닌 듯 보였다.

어쩌면 황실의 주인인 황제보다도 더 태현궁에 있는 것이 당연하게 여겨지는 여인이었다. 황궁 안의 누구라 해도 분명 그리 여길 터였다. 평생을 그곳 태현궁에서 황후와 함께 지내 온 그런 여인이었으니까.

"날이 이리 청명하온데, 참으로 이상하옵지요. 오늘따라 비가 무섭게 퍼붓던 그런 날이 떠오르니 말이옵니다."

장 상궁은 말하며 잠시 하늘을 올려다보았다. 아리와 함께 아라하 천궁의 옥사에 감금되었다가 사혼단의 도움으로 겨우 행궁으로 돌아온 장 상궁은 참혹했던 내란 속에서도 천운으로 살아남아 지금껏 쭉 주인 없는 태현궁을 지켜 오고 있었다.

황후를 적국에 두고 홀로 돌아온 죄인이었음에도 어떠한 처벌도 받지 않은 채 태현궁의 상궁 자리를 지켜 올 수 있었던 것은 아마 모르긴 몰라도 대장군 자함의 뜻이 컸을 터였다. 지금의 황제는 제 의지라는 것이 전무한, 그저 숨만 붙어 있는 산송장과도 다름없었으니까.

그렇게 주인도 없는 태현궁의 최고 상궁으로 지내 오던 어느 날 우연찮게 시화호에 서 있는 황제를 발견한 이후부터, 장 상궁은 이곳에 황제가 찾아오는 날이면 기다렸다는 듯 이리 그의 곁에 서서 황후의 예전 이야기들을 들려주곤 했다. 실로 오랜만에 황제의 존안을 다시 뵌 그날, 괜한 감상에 젖어 무심코 황후의 이야기를 조곤조곤 꺼내 놓은 것이 그 시작이었다.

어차피 황제는 제 말을 듣지 못할 것이 분명했기에, 당시엔 차마 입에도 올리지 못한 과거의 퍽 난감했던 일들을 그에게 들려주곤 하였는데—가령 황후가 제 앞에서 황제에게 퍼붓던 험담이라든가, 소소하게 그를 속이거나 골탕 먹였던 일들 등—, 그럴 때마다 황제는 늘 아무런 반응 없이 그저 시화호 수면 위로 멍하니 시선을 던진 채로 묵묵히 시간을 흘려보낼 뿐이었다.

"황후 마마께서 행궁으로 떠나시던 날을 기억하시옵니까, 폐하?"

"……."

오늘 역시도 황제는 늘 그랬듯 느리게 눈만 껌벅거릴 뿐 딱히 이렇다 할 반응을 보이지 않았다. 평소라면 서글프게 가슴을 짓눌렀을 그의 반응이 어쩐지 오늘은 오히려 마음을 편하게 만들었다. 지금 자신이 꺼낼 이야기가 그동안과는 달리 그에게 생채기를 남길 것을 잘 알아 그러한 것인지도 몰랐다.

"그날은 장대비가 억수같이 퍼붓던 그런 날이었사옵니다."

장 상궁은 매섭게 폭우가 쏟아지던, 이제는 까마득하기만 한 그날을 떠올렸다. 초혜 소의의 회임 소식에 상심한 황후가 장대비를 맞으면서도 부득부득 출궁을 고집하던 그날을…….

황제가 반편이가 되어 버린 지금이 아니라면, 제 사고뭉치 상전이 까닭 없이 그리워지는 오늘이 아니라면, 감히 언제 또 이런 원망들을 꺼내 볼 수 있을까.

"그날 하필 비를 피해 찾아간 장소가 다른 곳도 아니고 휘월루였지 무엇이옵니까? 소인은 참으로 평생을 잊을 수 없을 것 같사옵니다. 그날, 화주실이라이름 지어진 그 객실에 들어 내부를 둘러보시던 황후 마마의 모습을…… 말없이 금침을 바라보시던 그분의 그 무너질 듯한 표정을 말이옵니다."

잠시 말을 멈추고 흘끗 돌아본 황제는 여전히 넋이 나간 무감한 얼굴로 아무런 말이 없었다. 그저 하염없이 호수를 바라보고만 있는 그는 누가 보아도 정신이 온전치 못한 사람 같았다.

풀어진 눈동자는 생기를 잃어 흐릿했고, 표정에는 아무런 변화가 없었다. 차라리 실성한 사람이라면 아무 때고 실없이 웃어 보이기라도 할 텐데, 황제는마치 산송장처럼, 몸만 겨우 살아남은 채 영혼이 모두 빠져나간 사람처럼, 실성한 이와는 또 다른 의미로 몹시도 온전치가 못했다.

그런 황제의 모습에 울컥하는 마음이 들어 잠시 그를 원망스럽게 바라보던장 상궁은 이내 측은한 얼굴로 황제의 척안(隻眼: 외눈)을 안쓰럽게 들여다보았다.

"……아시옵니까? 폐하께서는 지금 아주 제대로 벌을 받고 계신 것이옵니다."

잘 들으라는 듯 느릿느릿 힘주어 읊조리고 나니, 어쩐지 이 가시 돋친 말들이 그에게보다는 제 말썽쟁이 상전에게 더 큰 비수가 될 것 같다는 생각이 들어 장 상궁은 통쾌히 내뱉고도 오히려 입 안이 껄끄러워졌다. 참 미련스럽게도그런 분이셨다. 제가 모시던 황후 마마는……. 아마 황제는 죽었다 깨나도 그녀가 저에게 그런 마음이었다는 것을 알 수 없을 테지만.

황후가 지독하게 상처받았던 그날, 황제가 그녀를 그저 조금만 다독여 주었더라면…… 마음에 없는 말이더라도 그저 미안하다 한마디만 건네주었더라면…… 아마 그리했더라면 부부의 연이 조금은 돈독해졌을지도 모를 일이다.적어도 이렇게 모든 게 완전히 어긋나고 틀어져 버리지는 않았을 것이다.

하지만 인간사라는 것이, 인연이라는 것이, 어디 사람이 마음먹은 대로만 흘러가던가. 이리되어 버린 것도 다 그들의 운명이라 생각하면, 또 한편으로는 아무리 애를 썼어도 끝내 지금에서 벗어날 수 없었을 것이란 허무한 체념이 들기도 했다. 만일 이 모든 것이 오직 신의 뜻이라 한다면, 그 신이라는 작자, 참으로 몹쓸 심성을 지닌 존재라 하지 않을 수 없었다.

"……그것 말고도 평생토록 잊을 수 없는 것이 또 하나 있사옵니다."

그날을 다시금 떠올리자 절체절명의 급박했던 순간들이 마치 어제 일인 듯 주마등처럼 생생하게 뇌리를 스쳐 갔다. 자객들이 아슬아슬하게 내리치던 서슬 퍼런 검날들…… 귓가에서 쟁쟁 울리던 소름 끼치는 금속성과 무시무시한 공기의 파열음…… 바로 그 일촉즉발의 순간에 나타난 흑의의 사내…….

"그날, 자객들과 맞닥뜨려 생사조차 장담할 수 없었던 위험천만한 순간에…… 바로 그자가 나타났지요."

"……."

잠시 황제의 어깨가 굳어진 듯한 착각이 들었지만, 불어온 바람 탓이라 여기며 장 상궁은 조용히 말을 이었다.

"폐하께는 불충일 터이오나, 소인에게는 그자가 제 평생의 귀인 중의 귀인이옵니다. 소인, 황후 마마의 남은 생 모두가 그의 것이라 감히 폐하께 고할 수도 있을 듯싶사옵니다. 그자가 아니었다면 황후 마마께서는 이미 그날 이 세상 사람이 아니게 되셨을 테니 말이옵니다…….."

"……."

"그자의 곁에서 지내시는 동안 황후 마마께서는 그에게서 참 많이도 도망치려 하셨사옵니다. 하오나 인연이란 그런 것 아니겠는지요……. 억지로 붙들어 가둔다 하여 가둬지지 않고, 억지로 숨고 피한다 하여 피할 수 없는…… 불가항력적인 그런 것 말이옵니다…….."

이리 모진 말들을 서슴지 않고 내뱉을 수 있는 건, 황후의 가장 가까이에서 그녀의 모든 슬픔을 눈으로 마음으로 함께 겪어 온 이가 바로 자신이기 때문일 터였다. 더욱 독하고 모진 말들도 얼마든지 뱉어 낼 수 있었다. 지금이 아니라면, 황제가 정신을 놓고 있는 지금이 아니라면 아마 영영 꺼내지 못할 테니까.

불충일 터이나 또한 어찌 불충이라고만 할 수 있을까. 평생을 황제와 황후 그들 두 사람을 위해 살아온 자신이니, 장 상궁은 이런 기회에나마 황후를 대신해 황제에게 쓴소리 몇 마디쯤 건넬 자격이 제게도 조금쯤은 있는 것이라 여겼다.

"아무렴요. 진정한 인연이란 그런 것이 아니겠사옵니까……."

가을이어서일까. 오늘따라 제 사고뭉치 상전이 유난히 그립게 느껴졌다. 하여 이리 황제에게 상처 될 만한 말들만 골라 하고 있는 것인지도 몰랐다.

"……."

너른 호수를 백치처럼 멍하니 응시하던 황제가 이내 천천히 몸을 일으켰다. 비쩍 마른 몸이 잠시 위태롭게 휘청거렸다. 마른 어깨에 아슬아슬하게 걸려 있던 외의가 끝내 툭 하고 바닥으로 떨어졌다.

"폐하……. 침전으로 드시겠사옵니까? 소인이 모시겠사옵니다."

비록 그의 정신이 온전치 못하여 과연 제 말을 듣고나 있었던 것인지 차마 알 길이 없었지만, 이만하면 충분하다 여긴 장 상궁은 서둘러 바닥에 떨어진 황제의 외의를 주워 들었다. 그러곤 다시 그의 어깨에 조심스레 걸쳐 준 뒤 허리를 굽힌 채 한 걸음 뒤로 물러섰다.

잠시 텅 빈 시선을 호수 위로 던진 채 미동 없이 서 있던 황제가 이내 뒤돌아 저벅저벅 걸음을 옮기기 시작했다.

바닥에 쌓인 낙엽이 그의 발치에서 모였다 흩어지기를 끊임없이 반복했다.

어느덧 가을이 조금 더 짙어져 있었다.

단휘가 장 상궁과 함께 태현궁의 시화호에 나가 있는 동안, 낙안성에 대한 보고를 위해 황제를 찾은 자함은 주인 없는 침전에서 그가 오기만을 기다리고 있었다.

기실 그를 꼭 기다릴 필요는 없었다. 지금의 그에게 보고를 올린다는 것 자체가 무의미한 일이었으니까. 황제가 온전치 못한 지금, 제국의 정사는 오로지 자함 한 사람의 뜻대로 돌아가고 있다 해도 과언이 아니었다. 행여 그가 역심을 품기라도 한다면 황제를 갈아 치우는 반역쯤은 어려운 일도 아니었다.

그럼에도 자함은 중요한 사안을 결정해야 할 때마다 꼬박꼬박 단휘의 침전을 찾아 벙어리처럼 아무 대꾸도 없는 그에게 낱낱이 보고를 올리고, 또한 그의 윤허를 구하는 일을 절대 빠뜨리지 않았다. 언제쯤 그가 온전히 정신을 차려 이런 제 충심을 진심으로 치하해 줄까, 속상한 마음이 시도 때도 없이 치밀어 올라 자함을 낙심하게 만들었지만, 자신마저 무너진다면 지금보다 더욱 끔찍한 결과를 초래할 것이었기에 자함은 행여 그 같은 마음을 차마 누구에게도 내색하지 않았다.

황제가 돌아왔음을 고하는 소리가 침실 문 너머로 고요히 들려왔다. 자함은 자리에서 일어섰다. 조용히 침실 문이 열리고 익숙한 얼굴의 사내가 안으로 들어섰다.

"폐하. 산보를 나가셨다 들었습니다. 오늘따라 날이 참 맑습니다."

자함은 말하며 상석에 조용히 자리한 사내의 수척한 얼굴을 물끄러미 응시했다. 너무나도 익숙한 얼굴이었지만 또한 날마다 낯설었다. 보고 또 봐도 익숙해지지 않는 척안 때문만은 아니었다.

텅 빈 눈빛⋯⋯. 아무 것도 깃들어 있지 않은 생기 없는 눈동자⋯⋯. 그것은 때때로 자함을 숨 막히게 만들었다. 폐부가 뻐근하게 저려 올 만큼 두렵게 만들었다. 텅 빈 껍데기만 남은 채 영혼은 죽고 없는⋯⋯ 소름 끼치도록 낯설기만 한 제 오랜 벗이자 주군인 주단휘의 모습⋯⋯.

"율타국의 침략이 잦아져 낙안이 고전을 면치 못하고 있다 합니다. 민심은 이미 그에게서 돌아선 지 오래고, 강성하던 낙안은 그렇게 서서히 무너져 가는 중입니다, 폐하."

"⋯⋯."

"전쟁을 치르기에는 지금이 적기입니다. 이대로 더는 낙안을 두고 볼 수 없습니다."

열변을 토하며 보고하고 있었지만 단휘는 역시나 묵묵부답이었다. 그저 멍한 시선을 허공에 던진 채, 듣는 것인지 마는 것인지 도무지 모를 얼굴로 침묵을 지키고 있을 뿐이었다.

자함은 낮게 한숨을 내쉬었다. 이럴 것을 모르지 않았지만 이러할 때마다 속절없이 무맥해졌다.

"하오면 소신, 폐하께서 윤허하신 것으로 알고 속히 출정을 준비토록 하겠습니다."

결국 또다시 홀로 처결하여 통보하듯 황제에게 고해 올린 그가 막 자리에서 일어서려 할 때였다. 바깥이 소란스러워지는가 싶더니, 이내 내관이 황망한 목소리로 외쳤다.

"폐하! 성문지기가 급히 뵙기를 청하옵니다!"

자함은 침전의 문을 벌컥 열고 밖으로 나갔다.

"무슨 일이냐."

한달음에 달려온 듯 거칠게 숨을 몰아쉬던 병사가 다급히 고해 올렸다.

"사, 사혼단주가 돌아왔습니다! 성문에서 입궁을 청하고 있습니다!"

자함이 묘한 얼굴로 눈썹을 꿈틀거렸다. 사혼단주, 백하가 돌아왔다……. 하지만 어째서 이제야……? 제가 알기로는 분명 더 일찍 돌아올 수 있는 많은 기회가 있었다.

반가움과 의구심, 무엇이 더 큰지는 알 수 없었다. 자함은 열린 문틈으로 단휘의 얼굴을 흘끗 보았다. 표정도 생기도 없는 그의 얼굴은 여전히 아무것도 담기지 않은 채 그저 텅 비어 있을 뿐이었다.

하명을 기다리는 병사에게 자함은 황제를 대신하여 입을 열었다.

"윤허한다! 즉시 이곳으로 데려오도록 하라!"

"존명!"

병사가 헐레벌떡 뛰어가는 것을 말없이 지켜보던 자함은 다시 침전 안으로 되돌아왔다.

아직은 온전치 못한 제 주군과 침묵 속에서 마주 앉은 채로, 그는 실로 오랜만에 황궁으로 돌아온, 황제의 측근이라 일컬어지던 한 사내를 묵묵히 기다렸다.

□ ■ □

"……"

결국…… 돌아오고야 말았다.

백하는 성곽 꼭대기에서 바람에 나부끼는 제국의 휘장을 물끄러미 응시했다.

불충은 반드시 죽음으로 갚아야 할 테지만, 그 전에 반드시 지켜 내야 할 마지막 소임이 남아 있었으므로, 뻔뻔하게도 이리 살아서 다시 황궁의 땅을 밟게 된 것이었다. 낙안에서 출발해 딱 보름째 되는 날이었다. 작정하고 달렸다면 아마 더 일찍 도착할 수도 있었겠지만, 오는 동안에도 갈등이 끊이지 않아 지체한 시간들이 꽤 길었다.

애당초 홀로 황후 마마를 찾아 나설 작정이었으나, 율타의 약탈이 심해지고 낙안의 사정이 흉흉하게 돌아가니, 그러지 않아도 불편한 몸으로 혼자서는 도저히 그녀를 찾아내는 것이 역부족이란 사실을 절감하게 된 그였다. 정보를 기대할 수 있는 건 오직 저자의 상인들뿐이건만, 흉흉해진 민심은 그들의 입마저 다물어 버리게 만들었다. 하여 결국은 이렇게 염치없게도 황궁으로 돌아오고야 만 것이다.

어떻게든 반드시 황후를 지켜 내라던 제 주군의 명을 지켜 내지도 못한 주제에 이리 뻔뻔하게도…… 반년 전 부상당한 몸으로 홀연히 사라져 버린 그녀의 소식을 이제라도 뒤늦게나마 제 주군에게 전하기 위해서 말이다.

백하는 얼굴을 굳힌 채 말을 몰아 천천히 성문으로 다가갔다.

"멈춰라! 신분을 밝혀라!"

그가 성문 가까이 다가서자 망루를 지키는 병사들의 날카로운 외침 소리가 사위를 날카롭게 울렸다. 말을 멈춰 세운 백하가 그런 그들을 올려다보며 조용히 대꾸했다.

"사혼단주, 백하. 환궁하는 길이다. 폐하를 뵙고자 한다."

"사, 사혼……단주?"

"단주……님? 정말 단주님이십니까?"

망루 위는 삽시간에 혼란스러워졌다. 우왕좌왕하는 그들의 당혹감이 백하에게까지 고스란히 전해져 왔다.

"단주님께서 돌아오셨다! 어서 폐하께 가서 아뢰어라!"

명을 받고 허둥지둥 뛰어가는 병사를 무심히 바라보던 백하는 이내 고개를 뒤로 더 젖혀 하늘을 올려다보았다.

지독히도 청명한 하늘이 성곽 너머로 가득 펼쳐져 있었다. 따갑게 내리쬐는 가을 햇살에 눈을 찡그린 채로, 백하는 한참을 그렇게 푸르디푸른 하늘을 질리도록 응시하며 자신이 이곳에 온 까닭을 곱씹고 또 곱씹었다.

가당키나 할지는 모르겠으나, 폐하를 알현하면 군대를 내어 달라 감히 청할 것이다. 하여 초원의 무수한 부족들을 모조리 깨부숴야 하는 한이 있더라도, 어떻게든 황후 마마를 찾아내 하루빨리 제 주군께로 반드시 모셔 오리라.

백하는 굳게 다짐하고 또 다짐했다. 그것이 그가 황궁으로 돌아올 수밖에 없었던 유일한 이유였다.

"신(臣) 사혼단주 백하, 이제야 환궁하였습니다. 이리 늦게 돌아온 것을 용서하십시오, 폐하."

근 1년 만의 재회였다. 억눌러 온 회한이 울컥 터져 나오려는 것을 꾹꾹 참아 겨우 군주에 대한 예를 갖추고 그 앞에 부복한 지 한참이 흘렀는데도, 황제는 그런 제게 환대도 역정도 그 어떤 반응조차도 보이지 않고 있었다.

한참을 고개조차 들지 못한 채 부복해 있는 백하를 무거운 한숨과 함께 일으켜 세운 것은 다름 아닌 대장군 자함이었다.

"그만 일어나게. 용서는 후일 구해도 될 것이네. 폐하께서는 지금 자넬 알아보지도 못하실 테니……."

"예……? 그게 무슨…… 성심이 온전치 못하시다는 말씀이십니까……?"

불안함이 가득한 표정으로 백하가 자함을 위태롭게 응시했다. 그런 백하를 보니 자함은 그간 폐하의 상태를 알리지 않았던 것이 새삼 죄스러워 마음이 무거워졌다. 황제가 처한 그 참담한 상태에 대해, 자신만큼이나 평생토록 황제에게 충정을 다 바쳐 온 사혼단주에게조차 철저히 쉬쉬해 왔던 그였다.

백하를 믿지 못해서가 아니었다. 그에게까지 소식이 닿는 경로의 안전을 차마 장담키 어려워 그러한 것이었다. 민가에 떠도는 황제에 대한 흉흉한 소문들을 겨우 잠재워 놓았건만, 기밀이 잘못 새 나간다면 겨우 안정을 되찾은 도성이 다시금 시끄러워질지 몰랐다.

"미안하네. 서신 따위로 전할 수 있는 사안이 아니었네."

"……이해합니다, 합하."

억장이 무너질 듯한 심정을 추스르며 고개를 끄덕인 백하는 상석에 말없이 앉아 있는 사내에게 천천히 시선을 옮겼다.

"폐하……."

근 1년 만에 마주한 제 주군이란 사내는 너무도 낯설었고, 기괴했다. 일순 서늘해진 등줄기를 타고 불안인지 두려움인지 모를 알 수 없는 감정이 찌릿찌릿 흘렀다.

백하는 한참 동안 망연자실한 눈으로 제 주군을 하염없이 응시했다. 과연 제가 모시던 그분이 맞는 것인지 찰나 의구심이 들 만큼 엉망이 되어 버린 사내가 풀린 듯한 시선으로 저를, 혹은 제 앞의 허공 어딘가를 바라보고 있었다.

짐작했던 것보다도 훨씬 더 처참한 황제의 모습에 가슴 가득 형용할 수 없는 격통이 일었다. 내색하지 않으려 애를 썼지만 백하는 저도 모르게 가슴께로 손을 들어 올린 채 옷자락을 고통스럽게 움켜쥐었다. 제 모습 또한 성치 않을 테지만 그런 저를 보고도 무감하기만 한 황제의 반응은 그가 지금 어떤 상태인지를 충분히 짐작게 해 주고 있었다.

도움을 청하고자 왔으나, 그에게 아무것도 기대할 수 없을지도 모른다는 지독한 무력감이 엄습해 왔다. 당초 세워 둔 계획들이 맥없이 무너져 내릴 수도 있다는 생각에 잠시 허무한 체념도 스쳤다. 하지만 그렇다 하여 여기까지 와서 지레 포기할 수는 없는 노릇이었다.

"폐하. 신 사혼단주 백하, 폐하께 반드시 보고드려야 할 것이 있어 이리 뻔뻔스럽게도 환궁하였습니다."

백하는 심란한 마음을 애써 가라앉히며 시선을 들어 다시금 황제를 차분히 응시했다. 무슨 말부터 어찌 시작해야 할지 머릿속이 복잡했지만 명료한 사실만큼 효과적으로 전달될 말은 없을 터였다. 백하는 마른 입술을 혀로 축이고는 있는 그대로의 사실을 간결하게 고해 올렸다.

"황후 마마께서…… 행방불명이 되셨습니다. 불충하게도 환궁조차 미룬 채 황후 마마의 곁을 지키고자 하였으나, 그 같은 참담한 일을 막지 못하였습니다."

"……."

저의 착각일까. 그리 말하고 난 순간 분명히 황제와 정확히 눈이 마주친 것 같은 느낌이 들었다. 백하는 제 쪽으로 향해 있는 황제의 오른쪽 눈에 온 신경을 집중한 채로 그녀에 대한 보고를 계속해서 이어 갔다.

"다섯 달쯤 전의 일입니다. 아침 일찍 저자에 나서셨던 황후 마마께서 자객들에게 습격을 받으셨습니다. 어깨에 화살을 맞으신 채 쓰러지셨는데, 한 부족 무리가 나타나 그런 마마를 도와 어디론가 데려갔습니다. 그들과 함께 그렇게 사라지신 후 황후 마마께서는 그대로 종적을 감추셨습니다."

"……."

"저 또한 그 자리에 있었으나 황후 마마를 뒤쫓으려는 자객들을 막느라 미처 마마를 따를 수가 없었습니다. 면목 없습니다, 폐하."

그때를 떠올리니 또다시 심장이 묵직한 돌덩이에 짓눌리듯 숨을 쉬기가 버거웠다. 그날 이후로 단 하루도 마음이 편한 적이 없었다. 황후 마마를 끝내 지키지 못했다는 지독한 자책이 날마다 집요하게 그를 따라다니며 괴롭혔다. 백하는 훅 하고 심호흡을 내뱉고는 다시금 침통히 말을 이었다.

"마마를 도운 자들은 서방(西方) 부족의 무리들이온데, 부족의 이름이 무엇인지도, 가달 평원의 어디쯤 터를 잡고 살아가고 있는지도 알아낼 수 없었습니다. 그저 '미루'라고 불리는 노파가 그 부족의 무녀라는 것과, 봄이 되면 그들 마을에 열리는 기우제에 쓸 물자들을 구하기 위해 낙안의 저자에 다녀간다는 사실이 제가 알아낸 전부입니다. 또한…… 그 정도의 정보는 분명 아라하의 왕도 알고 있을 것입니다."

백하는 거기까지 보고하고는 입을 다문 채 깊은 고민에 빠졌다. 어쩌면 다분히 의도적으로, 그에게 아직 알리지 않은 사실이 하나 있었다. 굳이 알리고 싶지 않은 이 사실을 과연 제 주군께 알려야 하는 것인지 심각하게 고민이 되었으나, 백하는 곧 그러한 저의 고민을 거둬들였다.

정보로서의 사실은 명료하여야 하며, 티끌만큼의 숨김 또한 없어야 한다. 그것이 어떤 사실이 되었든…….

"황후 마마께서는 당시…… 홑몸이 아니셨습니다……. 시녀들에게 들은 바로는 그때가 회임을 하신 지 두 달쯤 되는 시기였다고 합니다."

"……."

"당시의 상황으로는 복중의 태아가 여태 무사할 가능성은 거의 희박……."

말을 하던 백하는 퍼뜩 정신을 차리며 황망히 입을 다물었다. 보고할 사실은 이미 전달하였음에도, 심경이 복잡하여 저도 모르게 불필요한 제 사견을 덧붙이고 만 것이다.

백하는 황공한 듯 고개를 숙이다 여전히 말없이 상석에 앉아 있는 제 주군을 조심스럽게 올려다보았다. 생기 없는 얼굴을 한 황제는 그저 허공 어딘가를 멍하니 응시하고 있을 뿐이었다. 그 모습에 울컥하여 애먼 입술을 잘근 깨물다 백하는 각오한 듯 비장하게 입을 열었다.

"폐하. 소신, 황후 마마를 끝까지 지키지 못한 죄 죽어 마땅하오나, 마마를 찾아내는 것이 우선이란 생각에 이리 뻔뻔하게 폐하께 돌아왔습니다. 신 사혼단주 백하, 면목 없사오나 감히 폐하께 간청 올립니다."

백하는 황제에게 향했던 시선을 조심히 거둬들인 뒤 다시 처음처럼 깊이 부복했다. 어떤 청을 올린다 해도 지금의 상태로는 황제에게서 윤가를 얻어 낼 수 없을 것이란 사실을 백하는 모르지 않았다. 그러니 이것은 어쩌면 황제에게 올리는 간청이 아니라, 대장군을 향한 선포라 하는 편이 옳을 터였다.

"폐하, 소신에게 군대를 내어 주십시오."

"……!"

예상치 못한 백하의 요청에도 여전히 무감한 반응뿐인 황제와는 달리 대장군의 얼굴이 눈에 띄게 굳어졌다. 일순 내실의 공기가 그대로 얼어붙었다. 당혹스러운 듯 한참을 침묵하던 자함이 곤란한 투로 입을 열었다.

"그게 무슨 소린가? 군대를 내어 달라니."

"황후 마마를 찾아야 합니다. 군대가 필요합니다, 합하."

차분히 대꾸하는 백하를 응시하며 자함이 낮게 한숨을 내쉬었다.

"곧 낙안으로 출정을 할 것일세. 그곳에 조금이라도 더 병력을 보태야 하는 판국에, 군대를 내어 줄 수는 없네."

"합하. 황후 마마께서 행방불명이 되셨습니다."

"나 역시 이루 말할 수 없이 침통하고 안타까운 심정이네. 하지만 현 시국으로는 도저히 불가한 일이네."

자함은 곤란한 기색을 표하며 단호하게 잘라 말했다. 비정하다고 저를 욕한다 해도 어쩔 수 없었다. 제국과 황후, 그중 하나를 택해야 한다면 응당 전자여야 함이 마땅했다. 그것은 저 혼자만의 대의 따위가 아니었다. 그것이 모두를 위하는 길임에 틀림없다고 자함은 굳게 믿고 있었다.

실로 오랜만에, 늘 고요하기만 했던 황제의 침전에 팽팽한 기운이 감돌았다. 소름 끼치도록 고요한 정적이 숨소리 하나 허락지 않을 듯이 내실을 가득 채우고 있었다. 길어지는 침묵을 깨뜨리며 자함이 먼저 입을 열었다.

"당장 결정할 수 있는 문제가 아니니 차차 이야기하세. 먼 길 달려왔을 터인데 자네도 하루쯤은 푹 쉬어야 하지 않겠나. 금일은 이만 돌아가 쉬도록 하게."

"……."

두 사람의 신경전을 종결지은 자함이 더는 백하와 나눌 이야기가 없다는 듯 단호히 몸을 돌려세웠다. 황제가 자신의 본분을 다하지 못하고 있는 지금, 그를 대신하여 절대적인 권력을 행사할 수 있는 이는 단연 대장군이었다. 백하는 지그시 입술을 깨문 채 황제를 향해 돌아선 대장군의 뒷모습을 말없이 응시했다.

물론 그의 충심에는 한 치의 의심조차 없으나, 그가 이리도 확고히 저와는 뜻이 다르다 하니 참으로 곤란하지 않을 수 없었다. 그런 그를 이해 못 하는 것은 아니었다. 군부의 수장으로서 낙안을 지켜 내지 못한 치욕과 자책이 어떠하리라는 것을 어찌 짐작하지 못할까. 황후 마마를 지켜 내지 못했다는 죄책감에 괴로워하던 저의 그 시간들과도 감히 견줄 수는 없을 터였다. 자신이 목숨을 걸고 황후 마마를 찾아내려 하는 것처럼, 대장군 또한 목숨을 걸고 낙안을 되찾으려는 것이리라.

그렇기에 그를 설득한다는 것이 얼마나 어려운 일인지를 백하는 절실히 깨닫고 있었다. 생각지 못한 장애물에 가로막힌 것처럼 막막한 기분에 사로잡힌 채, 백하는 그만 물러가려는 듯 황제를 향해 깍듯이 예를 갖추는 대장군을 착잡한 시선으로 응시했다.

"폐하. 하오면 소신 폐하의 명 받들어 속히 출정을 준비토록 하겠습니다. 낙안의 전투에 만전을 기할 것이니 폐하께서는 심려치 마십시오."

자함은 마지막으로 쐐기를 박듯 황제에게 고해 올렸다. 물론 쐐기를 박고자 한 대상은 황제가 아니라 자신의 등 뒤에 조용히 서 있는 백하였다. 백하 역시 그것을 너무도 잘 알고 있었지만, 지금은 그저 조용히 한발 물러날밖에 다른 도리가 없었다.

감히 황제의 안전에서 기 싸움을 벌이던 두 사람이 각자 가슴속에 저마다의 사명을 굳게 다지며 자리를 파하려 할 때였다. 물러가려던 두 사람의 걸음이 동시에 우뚝 멈추었다.

"……다."

죄스러움에 내내 고개를 숙이고 있던 백하는 물론이거니와, 돌아서기 직전 꾹 닫힌 황제의 입술이 슬며시 벌어지는 것을 본 자함 역시도 전혀 알아채지 못했다. 그 소리가 무엇을 의미하는지를……. 그저 여느 날과 같이 갑작스러운 기침이나 각혈 소리라 여겼을 뿐이다. 태건궁에서 참담한 변을 당해 심한 내상을 입은 황제에게 기침과 각혈은 흔하디흔한 증상이었으니까.

"……한다……."

한데, 그가 분명 어떤 말이라는 것을 뱉었다.

너무도 미약한 소리라 청각을 한껏 곤두세워야만 겨우 알아들을 수 있는 소리였지만, 그것은 분명 황제가 뱉어 낸 목소리였다.

자함은 일순 온몸에 전율이 일며 정신이 얼얼해졌다. 온몸을 엄습해 오는 심장의 격렬한 떨림을 가까스로 추스르며 그는 황제를 향해 황망히 몸을 돌려세웠다.

"폐하……?"

황제가 고요한 시선으로 그런 그를 바라보고 있었다. 자함의 눈이 커다랗게 떠졌다. 저를 향해 정확히 날아든 황제의 한쪽 눈동자는 더 이상 예전과 같이 혼탁하지 않았다. 안대에 가려진 눈동자마저 그 안에서 형형하게 빛나고 있을 것이란 착각이 들 정도였다.

"……출…… 킥! 쿨럭, 쿨럭……!"

"폐하!"

무언가를 말하려던 황제가 한바탕 피를 토해 내자 말끔하던 그의 입언저리가 일순 새붉게 물들었다. 평소라면 응당 지척의 궁인들이 한달음에 달려와 닦아 주었겠지만, 황제는 그들이 채 다가오기도 전에 제 손으로 직접 입언저리를 쓱 문질러 닦아 내고는 조용히 고개를 들었다. 그런 황제를 자함과 백하는 물론 내실의 궁인들 모두가 경악한 얼굴로 황망히 응시하고 있었다.

"……출정……을…… 보류……한다…….”

"……!"

오래도록 말을 하지 않아 가늘고 탁한 목소리였지만 정적에 휩싸인 내실을 뒤흔들기에는 충분했다. 모두가 숨을 집어삼킨 채 미동조차 하지 못하고 자리에 그대로 얼어붙어 버렸다. 척안의 무심한 눈동자가 느리게 움직여 그런 그들을 건조하게 훑었다.

닫혀 있는 창이 일순 바람에 덜컹 소리를 내며 몸체를 흔들었다. 창문 밖 마당 한편에서는 수북이 쌓여 있던 낙엽들이 스산한 바람에 흐트러지며 춤을 추듯 바닥을 나뒹굴었다.

어느새 짙어진 가을…….

실로 오랜만에 맞는 세 사람의 재회였고, 실로 오랜만에 내려진 진짜 황명이었다.

□ ■ □

"대체…… 언제부터입니까? 대체 언제부터 정신이 들어 계셨던 겁니까?"

지난 1년간 그에 대한 걱정으로 쏟아부은 정성과 시간들을 생각하면 절로 원망이 치솟는 것이 당연했다. 다소 격앙된 목소리로 자함이 추궁하듯 묻자 단휘는 저 역시도 모르겠다는 듯 고개를 모로 기울인 채 그저 골몰한 표정을 떠올릴 뿐이었다.

"그것이…… 중요한가……."

아무러면 어떠냐는 듯 무심히 되묻는 단휘를 보고 있자니 또다시 울컥했지만, 한편으로는 이제야 그가 자신의 벗이자 주군인 바로 그 주단휘로 돌아온 것이 틀림없다는 깊은 안도감에 자함의 심장이 짜르르 울렸다.

"아닙니다. 전혀 중요치 않습니다, 폐하……. 소신 그저 너무도 감개무량하여 그러합니다……. 이리 돌아와 주셔서…… 다시 돌아와 주셔서…… 참으로 감읍할 따름입니다, 폐하."

몇 날 며칠 따지고 원망할 기세이던 자함은 돌연 단휘의 앞에 황감히 엎드리곤 뜨거운 감루를 쏟아 냈다. 그런 자함을 말없이 응시하는 단휘의 성한 한쪽 눈가에 설핏 어렸다 사라진 엷은 미소는 제 벗에 대한 미안함과 고마움이 잔뜩 뒤섞인 감정의 표현이었으리라.

"다행이로군……. 행여 날 한 대 치기라도 하면 어쩌나 했지……. 자네도 보다시피…… 이젠 내 몸이 예전 같지도 않은데 말이야……."

불편한 몸으로도 실없는 농지거리를 던지는 것을 보니 그 또한 제가 아는 주단휘가 틀림없었다. 자함은 도무지 현실감이 들지 않아 행여 꿈인가 하고 잠시 제 허벅지를 꼬집어 보았다. 욱신욱신 아파 오는 것이 꿈이 아닌 생시임이 분명했기에 심란하던 얼굴 위로 그제야 짙은 안도감이 퍼져 나갔다.

단휘는 우직하리만치 한결같은 친우의 모습에 하릴없이 가슴이 먹먹해져 낯없이 웃어 보이고는 곧 화두를 돌리며 진지한 얼굴로 입을 열었다.

"다시 말하지만…… 낙안을 치는 것은 보류하겠네……."

한껏 감격에 젖어 있던 자함이 단휘의 그 말에 정색을 하며 이의를 제기했다.

"폐하, 어째서 보류하겠다 하십니까. 낙안을 되찾기에 지금만 한 호기는 다시없을 겁니다."

"낙안이…… 홀로 지켜 내기에 얼마나 버거운 곳인지…… 스스로 깨닫게 해
주는 것도 나쁘지 않을 터……. 감히 다시는…… 제국의 영토를 함부로 욕심내
지 않도록……."

아직은 길게 말하는 것이 힘에 부쳐 가빠진 숨을 고르던 단휘가 제가 뱉은
말을 곱씹다 피식 코웃음을 흘렸다. 스스로 깨닫게 해 주겠다니. 누가 들어도
궁색하기 짝이 없는 이유가 아닌가. 하지만 아무래도 상관없었다.

아리가 행방불명되었다. 그깟 성 하나를 어찌 그녀와 견줄 수 있을까. 굳이
군대를 써야 한다면 그 목표물은 낙안 따위가 아니라 응당 그녀가 꼭꼭 숨어들
었을지 모를 저 가달 평원이 되어야 마땅했다.

"낙안은…… 좀 더 관망하겠네. 그 대신…… 서쪽 영토를 넓혀 보면 어떨까
하는데."

단휘는 좀 더 뻔뻔히 제 속내를 드러내고는 자함의 뒤편에 조용히 서 있는
백하에게로 천천히 시선을 옮겼다. 퍽 초췌한 몰골인 것은 차치하고 몸 상태가
자신만큼이나 성하지 않아 보였기에 절로 미간이 찌푸려졌다.

"……이리 돌아오기까지 자네에게도 많은 사정이 있었을 테지……. 궁금한
것투성이지만…… 회포는 찬찬히 풀도록 하고……."

백하의 사정이 궁금하지 않은 것은 아니었지만 그의 긴 이야기를 들어 줄 여
유와 인내심이 지금은 없었다. 여생을 그저 반편이 행세나 하며 덧없이 살아가
려던 저를, 단 한 순간에 정신이 번쩍 들게 할 만큼 충격적인 소식을 그가 가져
다주었으니.

"……그녀가…… 행방불명이 되었다고……?"

"면목 없습니다. 폐하……."

"……홑몸도 아닌 몸으로…… 변을 당한 채 사라져 버렸다고……."

차가운 흙바닥을 구르던 그녀의 마지막 모습이 방금 전 일어난 일처럼 너무
도 생생하게 뇌리를 스쳐 갔다. 욱신거려 오는 심장의 고통에 단휘는 주먹을
움켜쥔 채 천천히 숨을 몰아쉬었다.

생살을 베어 내듯 처절하게 이별하였건만…… 어째서 그대는 그의 곁에서도 행복하지 못한가…….

내 감히 그대를…… 이렇게 또다시 욕심내고 싶어지게…….

아리가 자객의 습격을 받고 종적을 감춰 버린 당시, 아라하의 수뇌부는 두 파벌로 갈라져 금세라도 터질 듯이 갈등이 극에 달해 있었고, 어지러운 정세의 중심에 놓여 있던 그녀는 어떤 변고를 당한다 해도 전혀 이상하지 않을 만큼 위태로운 상황에 처해 있었다.

백하로부터 당시의 사정을 간략히 보고받은 단휘는 착잡한 시선을 떨군 채 마른세수를 하듯 얼굴을 쓸었다. 조금 더 자세히 들어야 할 이야기들이 많았지만, 지금 단휘에게 중요한 것은 오로지 하나뿐이었다.

그의 아이를 갖고서도 성에서 쫓겨났고, 그것으로도 모자라 자객의 습격을 받았으며, 화살을 맞은 채 행방불명되어 생사조차 알지 못한다…….

심장이 폭주하듯 거세게 뛰었다. 그러다 산산조각 나 부서지듯 끔찍하게 아려 왔다.

"감히 다시 찾을 생각조차 하지 않았었지……. 나보다 행복하게 해 줄 사람이라는 걸…… 부정할 수 없었으니까……."

"……"

"한데…… 대체 나와 무엇이 다르지……? 그리 힘들게 하고, 아프게 할 거면서…… 끝내 제게서 도망치게 만들 거면서……."

기실 다른 누구를 향한 원망도 비난도 아니었다. 그저 제 자신을 향한 자조와 한탄이었을 뿐. 단휘는 제 말에 뭐라 대꾸할 말을 찾지 못한 채 황망히 고개를 숙인 백하를 응시하다 조용히 시선을 들어 허공을 뚫어지게 응시했다.

단목소류, 그러면 반드시 그녀를 지켜 줄 것이라 믿었다. 못난 자신과는 달리…….

그 신뢰가 와장창 깨어져 버리고 나니, 염치없게도 제 마음도 다시 원점으로 되돌아가려 하고 있었다. 더는 그녀를 찾지 않을 까닭이, 아프도록 그리운 이 마음을 더는 모른 척 내버려 둬야 할 까닭이 없는 것이다.

"서방의 부족이라 하였나……."

돌연 화제를 바꾸자 황급히 고개를 든 백하가 서둘러 대답해 올렸다.

"그러합니다, 폐하. 상인들이 말하길 분명 가달 평원에서 온 부족이라 하였습니다."

"가달 평원이라……."

단휘는 백하의 말을 따라 되뇌었다. 미세하게 일그러진 창백한 얼굴 위로 그의 복잡한 심경이 고스란히 내려앉아 있었다.

"……큭…… 큭큭……하하!"

미동 없이 앉아 있던 그의 마른 어깨가 이내 거칠게 들썩거리기 시작했다. 어디에 그런 기운이 남아 있었나 싶을 만큼 요란하게 박장대소를 터뜨린 그가 문득 몸을 웅크리며 고통스럽게 가슴을 틀어쥐었다. 백하와 자함이 놀라 소리치며 그에게로 다가갔다.

"폐하, 괜찮으십니까!"

자지러지는 기침을 토해 내며 황급히 입가를 틀어막은 손바닥이 다시금 붉게 물들고 있었다. 단휘는 숨이 넘어갈 듯 각혈을 하면서도 비식비식 새어 나오는 웃음을 그치지 못한 채 이죽거리듯 중얼거렸다.

"귀머거리…… 장님…… 벙어리로…… 남은 평생을 살면…… 혹 이젠 날 놓아줄까 했지……."

참으로 그리 살면…… 이제 그만 저를 어여삐 여겨 주지 않을까 생각을 했더랬다. 사는 내내 이만하면 참 많이도 아팠으니까.

"한데…… 그 신이라는 작자가…… 내게 또 장난을 걸어오는구나……."

그 지긋지긋한 신이, 또 이리 잔인하리만치 짓궂게…….

잊으려 하였더니, 숨도 쉴 수 없어 차라리 지워 보려 하였더니…… 언감생심 꿈도 꾸지 말라는 듯 이리 무정하고 지독하게…….

"그러니 별수 있나……. 내 한낱 미물답게 이 또한 운명이겠거니 하며…… 한판 거하게 놀아 드리는 수밖에……."

근 1년을 산송장처럼 지내 온 사람이라고는 도무지 믿기지 않을 만큼 형형하게 빛나는 눈동자가 생기를 가득 머금은 채 허공을 쏘아보듯 응시했다. 잔뜩 메말라 허옇게 갈라진 입술이 실로 오랜만에 길게 호선을 그리고 있었다.

"그리하려면…… 내 이리 비실비실 맥없이 굴어서는 곤란할 테지……."

터진 입술에서 느껴지는 통증 따위에는 조금도 개의치 않는다는 듯 한참을 킬킬거리던 그가 문득 밖을 향해 서슬 푸른 호령을 내질렀다. 잔뜩 갈라진 목소리였지만 황제의 추상같은 위엄이 가득 실려 있었다.

"밖에 있느냐!"

"예, 폐하! 하명하소서!"

"수라를 내어 와라!"

"예……? 수…… 수라를 말씀이옵니까? 화, 황공하옵니다, 폐하. 속히 대령하겠나이다!"

황제가 손도 대지 않은 채 그대로 물린 수라상을 내어 간 것이 한 식경쯤 전의 일이었다. 당황한 상궁이 말까지 더듬거리며 황망히 대꾸하고는 나인들에게 다급히 눈짓을 보내자 문밖이 어수선해졌다. 잠시 혼란이 일었지만 태건궁 궁인들의 얼굴에는 모처럼 화색이 돌고 있었다. 황제가 이리 위엄찬 옥음을 내뱉은 것도, 이리 명확한 의사를 표명한 것도 근 1년 만에 처음 있는 일이었기 때문이었다.

"수라도, 탕약도…… 내 앞으로는 절대 거르지 않을 것이니…… 꼬박꼬박…… 제때 들이도록 하라!"

"예, 폐하! 명대로 시행하겠사옵니다!"

있는 힘을 다해 호령하고는 한참 가쁜 숨을 몰아쉬던 단휘가 백하를 돌아보았다.

"그리고 백하."

"예, 폐하."

"군대를 내어 달란 그 청…… 진심인가?"

"예……?"

여전히 혼란스러움이 가시지 않은 얼굴로 백하가 황망히 되묻자, 단휘가 지엄히 답했다.

"자신 있느냐 묻는 것이다."

"폐하! 여부가 있겠습니까. 소신, 이 목숨을 다 바칠 것입니다!"

"윤허하겠다."

"……!"

"필요하다면 그보다 더한 무엇도 내어 줄 테니…… 가능성 있는 모든 방법을 총동원하여 황후를 찾아라!"

백하는 너무 놀라 대답하는 것도 잊고 멍하니 단휘를 올려다보았다. 뻔뻔하게도 황궁으로 돌아올 수밖에 없었던 단 하나의 이유였고 목적이었다. 오는 내내 바라 왔으나 쉽게 이루어지리란 기대는 하지 않았기에 제 귀로 직접 듣고도 실감이 나지 않았다. 북받쳐 오르듯 요동치는 마음을 겨우 진정시키며 백하는 뒤늦게 온 힘을 다해 외쳤다.

"존명!"

깊이 부복하는 백하의 얼굴이 기쁨과 감격으로 상기된 반면, 자함의 얼굴은 실망과 낙담으로 굳어져 가고 있었다. 단휘는 두 친우의 상반된 표정을 번갈아 응시하다 아무러면 어떠냐는 듯 복잡한 시선을 거둬들이곤 가볍게 자조했다.

덧없는 인생사, 연연할 게 무엇이랴. 이리 살든 저리 살든, 그저 한 번 살다 가면 그만인 것을…….

"하면…… 내 어디 한번 놀아 볼까? 저 신 나부랭이란 작자와…… 신명 나게…… 크큭…… 하하하!"

발작적인 웃음소리가 고통스러운 기침 소리와 한데 섞여 고요한 내실 안에 기괴하게 울려 퍼졌다. 그러다 또다시 울컥 내뱉어진 붉은 피가 그의 앙상한 손목을 타고 흘러 침의의 소매를 흥건히 적셨지만, 단휘는 그것이 불쾌하다거나 끔찍하게 느껴지지 않았다. 지금 그의 의식을 지배하는 건 단 하나, 오로지 그녀뿐이었으므로…….

신이 다시 제게 내민 손이 저를 향한 악의인지 호의인지는 알 길이 없었다. 하지만 그는 기꺼이 그 손을 마주 잡기로 했다. 설령 그것이 또다시 저를 격통

속으로 몰아넣는 잔악한 손길이 된다 해도, 그녀를 앞세워 내밀어 온 손길을
거부할 의지 같은 건 애당초 그에게는 없었다.

모두가 물러간 밤⋯⋯.

잠자리에 든 단휘는 이리저리 몸을 뒤척여도 도무지 잠이 오지 않자 조용
히 밖으로 나섰다. 정처 없는 걸음 끝에 닿은 곳은 늘 그렇듯 태현궁의 시화호
였다. 오늘 낮에도 다녀갔었지만 이곳의 밤은 낮과는 또 다르게 그윽하고 깊은
정취를 풍기고 있었다.

"⋯⋯."

달빛 아래 펼쳐진 고요한 호수의 수면이 가을바람에 잔잔히 일렁였다. 찰랑
이며 흐르는 물결에 시선을 빼앗긴 채 한참을 서 있는데, 그가 온 것을 알고 한
달음에 달려온 장 상궁의 숨 고르는 소리가 등 뒤에서 들려왔다.

"폐하. 밤이 깊었사온데 이곳에는 어인 걸음이시옵니까."

장 상궁의 목소리는 평소와는 다르게 가느다랗게 떨려 나오고 있었다. 황제
가 갑작스레 방문한 탓도 있겠지만 그것이 다는 아닐 터였다. 필시 낮 동안 황
궁 안은 물론 도성 밖까지 소문이 퍼져 나갔으리라. 반편이가 되었던 황제가
제정신으로 돌아왔다더라 하고⋯⋯. 그러니 그간 정신이 나갔던 황제를 자못
격 없이 대하여 왔던 장 상궁의 간담이 서늘해지는 것은 너무도 당연한 일이었
다.

"⋯⋯그저 잠이 오지 않기에⋯⋯. 괜한 걸음을 하여 자네를 곤란케 하였나
보군⋯⋯."

"처, 천부당만부당하신 말씀이옵니다. 소인이 어찌 그리 여기겠사옵니까. 주
인도 없는 이곳을 잊지 않고 찾아 주시는 폐하를 뫼시는 낙으로 소인 여태껏
버티며 살아왔사옵니다."

죄스러움과 황공함에 금세라도 울음을 터뜨릴 듯한 얼굴로 고해 올리는 장
상궁을 보며 단휘는 엷게 미소 지었다.

"나 역시 고맙게 생각하네. 이곳을 한결같이 지켜 주는 이가 있어 더없이 든

든하고…….”

“망극하옵니다, 폐하.”

인연이란 참으로 알 수 없는 것이었다. 아리가 이곳에 있을 적엔 장 상궁과 저는 덩달아 데면데면하고 사이가 좋지 못하였는데, 아리를 잃고 나니 저이와 자신 사이에 동지애랄지 동병상련이랄지 하는 퍽 애틋한 감정이 생겨난 듯도 싶었다.

하여 못내 서운하기도 했었다. 낮에 장 상궁이 들려준 뼈아픈 말들은 그의 가슴에 사무치도록 아프게 박혀 있었다.

“장 상궁.”

“예, 폐하…….”

“……나 또한…… 숨고 피하여 보려 안간힘을 썼었다……. 한데도 그런 날 이리 부득부득 찾아내어…… 멋대로 휘젓고 뒤흔드니…….”

“……폐, 폐하…….”

장 상궁이 사색이 된 채 황망히 그를 올려다봤다. 분명 낮의 이야기를 하고 있는 것이었다. 덤덤한 용안에서는 노기나 불쾌감 따위는 느껴지지 않았다. 그저 이 계절처럼 처연하고 쓸쓸한 눈빛을 한 그가 지독히도 공허한 미소를 띤 채 우두커니 허공을 응시하고 있을 뿐이었다.

“그러니…… 비록 악연 같았다 한들…….”

“…….”

“이 또한 인연이라면…… 인연이라 할 수도 있지 않겠는가.”

시리도록 아릿한 그의 얼굴을 차마 더는 우러러보지 못한 채 장 상궁은 이마를 땅에 찧을 듯이 넙죽 엎드리며 통곡하듯 울음을 터뜨렸다. 감히 황제의 안전에서 불경하기 짝이 없는 행동이었지만, 자책과 회한과 안타까움이 뒤섞여 봇물처럼 터져 나오는 눈물을 장 상궁은 도저히 참아 낼 재간이 없었다.

단휘는 그런 장 상궁의 어깨를 조용히 다독이고는 말없이 뒤돌아서서 달빛이 내리는 호수를 물끄러미 응시했다.

검푸른 호수 위로 부서져 내리는 고고하고 아름다운 저 달빛…….

고아한 달빛이 제아무리 아름다워도 호수는 달빛을 붙들어 가둘 수 없고, 컴컴한 호수가 제아무리 두려워도 달빛은 호수로부터 숨거나 피할 수 없다.

인연 또한 그런 것이라 하지 않았나.

억지로 붙들어 가둔다 하여 가둬지지 않고, 억지로 숨고 피한다 하여 피할 수 없는…… 불가항력적인 그런 것…….

마치 저 호수와 달빛처럼…… 멀리 떨어져 있어도 끝내 서로에게 가닿고야 마는 그런 것…….

꼭 지금의 나처럼…… 그리고 그녀처럼…….

일렁이는 수면 위로 눈부시게 부서져 내리는 은빛 잔광을 홀린 듯 바라보던 단휘는 조용히 몸을 돌려세웠다. 때마침 선선히 불어오는 가을바람 탓일까. 늘 묵직하게 억눌려 있던 숨통이 조금은 트이는 듯해 그는 숨을 깊이 들이마시며 호수 주변을 느릿느릿 걷기 시작했다.

폐부가 아려 오도록 찬 공기를 한껏 들이마시고 내뱉기를 반복하며 힘겹게 내딛는 걸음은, 아직 온전한 모양새는 아니었지만 분명 이전보다는 한결 가뿐해져 있었다. 휘청거리는 걸음을 멈춘 채 가만히 제 발끝을 내려다보던 단휘의 입술 끝이 일그러지듯 휘었다.

살고 싶어졌다…….

다시 온전히 걷고도 싶어졌다…….

하여 혹 재회할 그 어느 날에는, 처절한 이별이 아닌 서로가 그리도 염원하던 봄처럼 찬란한 끝을 맞이할 수 있게 되기를…… 제 짓궂은 신에게 또 속는 셈 치고 간절히 빌어도 보고 싶어졌다…….

하 미련스럽게도…… 그리 다시 한번 살아 내고 싶어졌다…….

……그녀가 있는 세상에서.

37

어느 봄날의 조우

"쏴요! 지금이야."

가달 평원 서북부의 작은 부락 하시티엔 마을.

곧 열릴 지신제를 앞두고 마을에서는 추수와 사냥이 한창이었다.

창응의 깃털이 달린 자색 머리띠를 두른 족장의 원비(元妃) 샤하티가 수신호를 보내며 나직이 외치자, 곁에서 활시위를 힘껏 당긴 채 목표물을 겨누고 있던 여인이 기다렸다는 듯 활시위를 놓았다.

쉬익―!

풀이 무성한 초원 한복판에서 풀을 뜯어 먹던 토끼가 바로 옆으로 쌩하고 스쳐 가는 화살에 놀라 후다닥 꽁지를 빼며 달아났다.

"이런. 놓쳤네요."

"놓친 게 아니라, 놓아준 거겠죠."

샤하티가 짐짓 핀잔하듯 슬며시 눈을 흘기며 웃어 보이자, 활을 거둔 여인이 겸연스레 따라 웃었다. 여인은 카다르 부족의 여느 여인들과는 달리 새하얀 피부와 가느다란 체구를 지니고 있었는데, 보다 특이한 점은 장작처럼 삐쩍 마른 팔다리와는 달리 배가 만삭처럼 불러 있다는 것이었다.

"솔직히 의외예요. 두 달 만에 이 정도로 실력이 늘 줄은…… 내게 활 쏘는 걸 가르쳐 달라 했을 때 사실 터무니없는 소리라고 생각했었거든요. 뭐…… 제대로 써먹지는 못하겠지만……."

"칭찬이에요, 핀잔이에요?"

"음…… 둘 다요?"

농 섞인 대답에 두 사람은 마주 보며 웃었다.

"도움이 못 돼서 미안해요. 과녁만 맞힐 땐 이럴 줄 몰랐는데 막상 살아 있는 짐승을 쏘려니 도저히…… 차라리 사냥보다는 추수를 돕는 편이 낫겠어요."

"추수를요? 아서요, 아리. 그 몸으로는 절대 무리니까."

"숨이 좀 차서 그렇지, 거동하는 데는 아무 문제 없어요. 이제 일곱 달밖에 안 된걸요."

안심하라는 듯 웃어 보이며 대꾸하는 아리의 얼굴을 흘끗 일별한 샤하티가 그녀의 부른 배를 향해 시선을 내리곤 미간을 좁히며 중얼거렸다.

"흠, 진심으로 그렇게 생각해요? 지금 당신 상태를 보면 마치……."

아직 산달이 되려면 석 달이나 더 기다려야 했지만 그녀의 배는 이미 만삭을 훌쩍 넘긴 것처럼 불뚝 불러 있었다. 그런 아리의 배에서 시선을 떼지 못한 채 샤하티는 골똘히 생각에 잠겼다.

'쌍생아가 틀림없어. 필시 쌍생아인 게야.'

아리의 배가 벌써 이만큼이나 불러 온 사실을 부족민들 모두가 의아하게 여기고 있었지만, 어느 누구도 그것을 함부로 입 밖에 내는 사람은 없었다. 생명의 탄생이라는 상서로운 일에 행여 부정이라도 탈까 알아서들 입조심을 하는 것이었다.

카다르 부족은 생명의 잉태를 무엇보다도 신성시하는 부족이었고, 그들 혈족은 대대로 씨가 귀해 아이가 태어나는 일은 마을의 가장 큰 경사였다. 게다가 지금껏 옛 선조들의 어떠한 기록에서도 쌍생아가 태어난 내용은 찾아볼 수 없었기에, 만일 그들의 짐작대로 아리가 쌍생아를 낳는다면 그것은 그들에게는 몹시도 특별하고 길한 일이었다.

아리 본인도 자신의 배가 달수에 비해 유난히 부르다는 걸 자각은 하고 있었다. 하지만 그녀는 아기가 아버지를 닮아 우람한 모양이라며 배시시 웃어넘길 뿐, 쌍생아나 조산의 가능성에 대해서는 아예 생각을 못 하는 눈치였다. 처음 겪어 보는 몸의 변화를 배우고 들은 지식만으로 정확히 판단하기는 어려웠으리라. 곁에서 지켜보는 샤하티로서는 그런 아리가 마냥 신경 쓰이고 걱정스러운 게 당연했다.

샤하티는 조심하라는 차원에서 조금쯤은 언질을 주어야겠다고 마음먹고는 굳게 다물었던 입을 열었다.

"아직 때가 안 되었다고 너무 안심하지는 말아요. 간혹 성미 급한 녀석들은 일찍 나오기도 하니까."

샤하티의 말에 아리의 눈이 커다래졌다.

"예? 설마요."

"칠삭둥이 몰라요? 우리 마을만 해도 아주 드문 일도 아니라고요."

겨우 일곱 달 된 배가 만삭보다 더 불렀으니 드물다면 그게 드문 일이지……. 샤하티는 목구멍까지 차오른 그 말을 겨우 삼키고는 그제야 아리의 배에서 시선을 떼며 말을 이었다.

"그러니 조심해요. 어디가 이상하면 즉시 내게 말하고요."

"……."

아리는 여전히 걱정스레 저를 응시하는 샤하티를 보며 뭐라 대답하는 대신 진심을 담아 웃어 보였다. 제가 아는 누군가와 참 많이도 닮은 여인이었다. 이목구비는 전혀 달랐지만, 웬만한 사내들에게 견줄 만큼 큰 키도, 까무잡잡한 피부도…… 물끄러미 바라보고 있노라면 매번 자연스레 아이혜를 떠올리게 만들었다.

하지만 아이혜와 정말로 닮았다고 생각되는 건 단순히 그런 겉모습이 아니었다. 하 미덥지 않고 의뭉스럽기만 한 타지의 여인인 제게, 샤하티는 마치 생전의 아이혜가 그랬던 것처럼 아무런 계산 없는 무한한 호의와 신뢰를, 또한 진실한 우정을 넘치도록 과분하게 안겨 주고 있었다.

카다르 부족민들 또한 그런 샤하티와 다르지 않았다. 그들은 순수하고 소박한 삶을 영위하는 사람들이었다. 탐욕을 모르는 이들이었고, 온정이 넘쳤으며, 생명의 존귀함을 무엇보다 최고의 가치라 여겼다. 그런 이들의 눈에 띄어 죽을 뻔한 목숨을 부지하고, 홀몸도 아닌 몸을 의탁하고, 이리 해산까지 도움의 손길을 받게 되었으니…… 더 이상 어찌 제 운명이 모질고 가혹하다고만 할 수 있을까.

지금의 이 모든 것들에, 아리는 진심으로 감사하고 또 감사할 뿐이었다.

걱정거리가 있다면 오로지 한 가지, 소류에 관한 것이었다. 간혹 낙안성의 저자에 다녀온 부족원들에게 그곳의 소식을 묻고는 했다. 아라하 연맹을 탈퇴한 두 부족이 세운 나라, 율타의 잦은 도발로 성안 사정이 그리 편치 못하다 들었다. 그것이 꼭 저의 탓인 것만 같아 때로 숨도 쉴 수 없을 만큼 가슴이 옥죄어 왔지만, 그녀가 할 수 있는 일은 그저 이곳에 조용히 머물며 무사히 아이를 낳는 것뿐이었다.

일전 낙안으로 떠나는 부족원에게 서찰을 부탁했었다. 부디 그 서찰이 소류에게 무사히 전달되었기를, 하여 그가 저에 대한 염려를 거두고 당면한 큰 문제들을 해결하는 데 전심전력을 다할 수 있기를 그녀는 진심으로 바랐다.

"어서 대답해요. 그리 웃어넘기지만 말고요. 어디가 이상한 것 같으면 그 즉시 내게 얘기해야 해요, 알았죠?"

"알았어요. 꼭 얘기할게요. 어미 배 속에서 뭐가 급하다고 설마 그리 일찍…… 아……!"

엷게 웃으며 대수롭지 않게 대꾸하던 아리가 말을 미처 끝맺지 못하고 갑자기 상체를 굽히며 제 배를 감싸 쥐었다. 샤하티가 놀라 그런 아리에게 다가갔다.

"왜 그래요, 아리?"

"……모…… 모르겠어요……. 갑자기 배가…… 조이는 것 같기도 하고…… 하아…… 뒤……틀리는 것 같기도…… 하고……."

"설마…… 벌써 산통이 온 거예요?"

"……산……통……?"

쥐어짜는 듯한 극심한 복통에 아리의 이마 위에 그새 식은땀이 맺혔다. 아리는 숨을 몰아쉬었다. 사실 며칠 전부터 이런 증상들이 간헐적으로 일어나곤 했었다. 잠깐씩 그러다 또 금세 잠잠해지기에 조금 더 지켜보고 나서 이야기하려 했는데, 설마…….

배를 감싼 채 고통스러운 신음을 흘리는 아리를 걱정스레 지켜보는 샤하티의 얼굴에 난감함과 미안함 그리고 염려가 동시에 뒤죽박죽 떠올랐다.

"이런, 아무래도 내 말이 씨가 되려나 봐요. 아리, 숨을 크게 천천히 쉬어요. 혹 하고 들이쉬고 혹 하고 내쉬고…… 알았죠? 잠시만 그렇게 하고 있어요. 사람들을 불러올게요."

"같이…… 가요. 걸을 수 있어요."

"진통이 더 심해지면 어쩌려고요. 여기 편히 앉아서 조금만 기다려요. 금방 올게요."

말을 마치자마자 쏜살같이 뛰어간 샤하티가 잠시 뒤 장정 넷을 이끌고 나타났다. 그들은 아리를 조심스레 들것에 눕히고는 지체 없이 빠른 속도로 이동하기 시작했다. 거의 뛰다시피 하고 있는데도 어찌나 조심히 다루고 있는 것인지 들것에 누인 아리의 몸은 그다지 요동치지 않았다. 고통과 긴장으로 경황이 없는 와중에도 그들의 배려가 고마워 코끝이 찡해졌다.

'고마워요, 모두들…….'

마음 깊이 감사를 전하던 아리는 또다시 엄습해 오는 산통에 고통스럽게 몸을 떨었다. 일순 복부로 강하게 밀려드는 고통만큼이나 지독한 두려움이 그녀를 덮쳐 왔다.

이제 겨우 일곱 달……. 샤하티의 말대로 만일 아이가 일찍 태어나게 된다면 과연 무사히 생명을 부지할 수 있을까. 그 여린 숨이 과연 이 천지의 버거운 기운을 버텨 낼 수 있을까……. 행여 아이가…….

거기까지 생각이 미치자 아리는 몸서리를 치며 제 배를 끌어안듯 감싼 채 세차게 고개를 저었다. 턱이 덜덜 떨리도록 이를 악물며 불길하게 덮쳐 오는 잡념들을 밀어내고 또 밀어냈다.

살 것이다. 반드시 살 것이다……! 까마득한 어둠을 뚫고 세상 그 어떤 빛보다 눈부시게 저를 찾아온 기특한 생명이었다. 어디 그뿐이던가? 세상 누구보다도 강건한, 바로 그 단목소류의 핏줄이었다.

그러니 무엇을 더 의심하고, 무엇을 더 두려워할까…….

행여 이 육중한 천지의 기운을 남들보다 서둘러 맞게 된다 해도…… 행여 세상의 이 눈부신 빛을 남들보다 서둘러 보게 된다 해도……!

내 기특한 아이는, 굳세고 미더운 그의 아이는…… 반드시 강건히 버텨 내어 그 찬란한 생을 살아 내리라……!

"그렇지! 조그만, 조금만 더……!"

무녀의 다정한 독려가 벌써 몇 시진째 이어지고 있었다.

"아악! 흐으읍…… 아아…… 아아악!"

"옳지! 이제 거의 다 되었소! 조금만 더 힘을 내시구려!"

해산을 돕는 무녀와 수족들의 얼굴에는 전에 없는 긴장감이 가득 감돌았다. 아직 아이가 나오기 전이었지만 그들은 이미 쌍생아가 태어나리란 것을 기정사실화하고 있었고, 여린 칠삭둥이를 둘씩이나 받아 내야 한다는 사실이 그들에게 무거운 부담감으로 다가오고 있었다.

벌써 자정에 가까워져 있었다. 낮부터 한밤까지 이어진 진통으로 아리는 이미 기진맥진한 상태였다. 다행인 것은 이제 거의 다 되었다는 무녀의 그 말이 빈말은 아니어서, 이제 정말로 입구가 벌어져 아기의 머리가 나오려 한다는 점이었다.

"흐으으…… 흐으읍!"

"옳지! 옳지, 요 녀석! 이제야 나오는구나! 이리 귀한 얼굴을 드디어 보여 주는구나! 기특한 녀석이로고!"

아기의 머리가 나오기 시작하자 무녀가 상기된 얼굴로 자세를 고쳐 앉았다.

아리는 본능적으로 아기를 밖으로 밀어내듯 힘을 주었다. 아리가 마지막 힘을 쏟아 내듯 비명을 내지르자, 마침내 작은 핏덩이가 그녀의 몸에서 쑥 빠져나와 세상의 빛을 마주했다.

"미루! 사내아이입니다!"

"그래, 늠름한 사내 녀석이로구나! 하하!"

머리를 감싸 쥔 채 능숙하게 아기를 받아 낸 무녀의 얼굴에 기쁜 미소가 피어올랐다. 하지만 그 환한 미소는 얼마 안 가 깊은 연민 뒤로 사그라졌다.

일곱 달 만에 세상 밖으로 나온 아기는 소리 내어 울지 못했다. 위태로우리만치 작디작은 아기는 제 탄생을 세상에 큰 소리로 고하지도 못한 채 파르르 여린 몸을 떨고 있었다. 경이로움과 측은지심이 반쯤 뒤섞인 눈으로 모두가 그 작은 생명을 애잔히 바라보았다.

"착하지……. 숨을 쉬거라, 아가."

무녀는 아기가 체온을 잃지 않도록 서둘러 강보에 감싸고는 아기의 얼굴에 귀를 가까이 가져다 댔다. 비록 우렁찬 울음소리를 들려주지는 않았지만, 성인의 손바닥만 한 작디작은 생명은 기특하게도 스스로 서툰 숨을 쉴 줄 알았다. 미약하나 끊이지 않는 여린 숨소리를 들으며 무녀는 깊은 안도의 한숨을 내쉬었다.

"장하다. 참으로 장하다, 아가."

하지만 아직은 마음을 놓을 때가 아니었다. 분명 아직 하나가 더 남아 있을 것이기 때문이었다. 무녀의 짐작대로 곧 아리가 또다시 진통을 하기 시작했다.

"하아, 하아…… 흐읍! 아아아……!"

"이런, 둘째가 벌써 나오려나 보오. 한 번만 더 해 봅시다!"

"……흐으…… 두…… 둘…… 하아…… 아아악!"

둘째라니 무슨 소리냐고 묻고 싶었지만 아리는 진통이 심해져 더 이상 말을 잇지 못한 채 신음을 흘리며 몸을 틀었다.

다행히도 이번에는 진통이 그리 길지 않았다. 두 번째여서 그런지 아기의 머리가 금세 내려와 자리를 잡았다. 짐작대로 쌍생아였다. 첫째보다 수월하게 나오는 둘째를 조심히 받아 낸 무녀가 참았던 숨을 내쉬자, 숨죽여 지켜보던 모든 이들이 기쁨과 감격에 찬 얼굴로 잠시 서로를 마주 보았다. 형용할 수 없는 깊은 감동이 그들의 가슴을 파고들고 있었다.

"참으로 장하고 기특한 형제로다……!"

무녀는 강보에 싼 둘째 아이를 기특한 듯 바라보았다. 둘째 역시 사내아이였고, 미약하지만 스스로 숨을 쉬고 있었다. 불규칙적으로 멈추었다 토해지는 여린 숨소리가 귓가에 선연히 박혀 오자 무녀는 그제야 긴장이 풀려 긴 한숨을 내쉬었다. 짙게 퍼지는 안도감에 가슴마저 저릿해지는 느낌이었다.

"잘하셨소. 참으로 대견하구려. 씩씩한 사내아이가 둘이나 태어났다오."

"……."

무녀가 강보에 싼 두 아이를 조심히 안아 아리의 곁에 뉘었다. 아리는 잠시 눈을 떠 보려 애를 쓰는 듯했지만 다시 질끈 감고는 괴로운 숨을 몰아쉬었다. 무녀가 그런 아리를 보며 고개를 갸웃했다. 보통은 아기를 낳고 나면 제아무리 지쳐 있어도 아기를 품에 안아 보고 눈도 맞춰 보려 하기 마련인데, 아리에게는 그럴 여유가 전혀 없어 보였다.

산모의 몸에 어떤 이상이 생겼다고 하기엔 그녀의 혈색과 맥은 지극히 정상이었기에 무녀는 찰나 이상한 기분에 사로잡혔다. 한 번에 둘을 낳으려니 여간 힘을 쏟은 게 아니겠지만 단순히 그리만 넘기기에는 분명 개운치 않은 구석이 있었다.

무녀가 석연치 않은 기분에 사로잡힌 채 의아한 시선을 던질 때였다.

"하아…… 아아아……!"

아리가 다시 괴로운 신음을 흘리며 아래에 힘을 주기 시작했다. 두 아이를 모두 낳고도 어딘지 여태 불편한 몸을 견디기 힘들어서였을까. 그리하라 누가 알려 주지도 않았건만 아리는 본능적으로 힘을 주며 다시금 몸을 틀었다. 무녀는 설마 하는 얼굴로 서둘러 다리 사이를 살펴보았다.

"……!"

벌어진 입구로 다급히 손을 가져간 무녀의 얼굴이 경악으로 굳어졌다. 부드럽게 손끝에 와 닿는 익숙한 감촉에 무녀는 하마터면 너무 놀라 그대로 나자빠질 뻔했다. 무녀가 얼빠진 얼굴로 믿을 수 없다는 듯 중얼거렸다.

"마…… 말도 안 돼……!"

"헉! 미, 미루! 머리가…… 세, 세상에나…… 머리가 또 나옵니다……!"

"둘이…… 아니었단 말이야……?"

해산을 돕던 곁의 수족들의 비명에 가까운 경악한 외침 소리를 들으며 무녀는 얼이 빠진 듯 너털웃음을 터뜨렸다.

"하하! 맙소사……!"

틀림없이 또다시 아기의 머리가 나오고 있었다.

"세상에! 쌍생아가 아니라 삼생아였어……!"

놀랍고 들뜬 마음을 애써 가라앉히며 무녀는 밖으로 머리를 밀고 나오는 셋째 아이를 떨리는 손으로 받아 냈다. 체구가 가장 작게 태어난 계집아이가 마치 제 무탈함을 모두에게 단단히 알리듯 그 작은 몸을 쉴 새 없이 바르작거리자, 모두가 숨죽인 채 이 놀라운 광경을 믿지 않는 눈으로 바라보았다.

"세상에, 세쌍둥이라니……! 제 눈으로 직접 보고서도 도무지 믿기지가 않습니다, 미루……."

"그러게 말이다. 누가 짐작이나 했을꼬. 참으로 경사 중의 경사가 아니더냐! 하하!"

칠삭둥이 삼생아. 제 어미 곁에 나란히 눕혀진 세 아이의 모습은 그들의 뇌리에 실로 경이롭고 신비로운 모습으로 각인되고 있었다.

"……하아…… 아…… 아기는……."

마지막 남은 힘까지 쏟아붓고는 잠시 혼절하듯 정신을 놓았던 아리가 그제야 힘겹게 눈을 뜨곤 불안한 듯 제 아기를 찾았다. 그런 그녀의 곁으로 바짝 다가앉은 무녀와 수족들이 세 아이를 나란히 안아 들어 그녀에게 보여 주었다. 산고에 지쳐 반쯤 풀려 있던 아리의 눈꺼풀이 믿을 수 없다는 듯 파르르 떨렸다.

"……이 아기들이…… 참으로……."

기력을 다 쏟은 탓도 있겠지만 이 놀라운 사실에 차마 말을 잇지 못하는 아리를 보며 무녀가 다정하게 웃으며 고개를 끄덕였다. 아리는 세쌍둥이를 하나하나 떨리는 눈으로 응시했다.

"……내…… 아가들……."

눈도 제대로 못 뜬 작고 여린 핏덩이들을 보고 있자니 서럽고 애틋한 마음이 북받쳐 올랐다. 저도 모르게 흐르는 눈물을 차마 닦지도 못한 채 벅찬 눈으로 아기들을 바라보고 있는데, 돌연 무녀가 그런 그녀에게 밝은 음성을 건네 왔다.

"이제 우리 부족은 그대를 성모라 불러야겠소. 내 직접 자히칸께 그리 청할 것이오."

"예……? 성모라니요…… 당치 않습니다……."

아리가 놀란 표정으로 황망히 고개를 젓자 무녀가 뭐가 문제냐는 듯 눈을 크게 떠 보였다.

"이리 상서로운 세 아이의 어미이거늘, 성모가 아니면 무어라 부른단 말이오?"

"제겐 너무 과분한 칭호입니다……. 그저 지금까지처럼…… 저를 편히 대해 주십시오……."

"절대 과분하지 않소. 우리 카다르 부족에게 충분히 그리 불릴 자격이 있는 여인이오, 그대는."

"하지만, 미루…… 저는……."

곤란한 얼굴로 극구 사양하는 아리의 품에 자신이 안고 있던 셋째 아이를 얼른 안겨 주며 무녀가 생긋 웃었다.

"자, 이 아이가 막내 공주라오. 어서 안아 주지 않고 무얼 하시오? 어여쁜 공주가 제 어미가 저를 봐 주길 기다리고 있지 않소?"

"……."

아리는 화제를 돌리는 무녀를 곤란한 듯 바라보다 무녀가 품에 안겨 준 작고 여린 생명을 물끄러미 바라보았다. 손바닥만 한 아기가 눈도 제대로 뜨지 못한 채 그 작디작은 입술을 벙긋거리고 있었다. 기특하게도 세 아이 모두가 그 작은 코로 숨을 쉬고, 그 작은 몸으로 이 버거운 천하의 기운을 버티어 내며 온힘을 다해 살아 내고 있었다.

"……흐흑……."

순간 뜨거운 눈물이 주체할 수 없이 흘러나왔다.

"이런, 이런. 이 좋은 날 어찌 우는 게요."

"그저…… 기뻐서…… 참으로 감사해서……."

웃는 것인지 우는 것인지 모를 얼굴로 하염없이 눈물을 쏟아 내는 아리의 어깨를 무녀가 다정하게 토닥거렸다. 주름진 얼굴 위에 애틋한 미소가 스쳤다.

숱한 시련과 격통의 시간을 겪어 온 여인임을 알고 나서부터는 그저 이이의 모든 것이 안쓰러웠다. 아마 하늘에서 굽어보고 계실 신께서도 분명 저와 같이 여기시리라. 그러니 이토록 기쁘고 감사한 선물을 내리신 것이 아니겠나……. 무녀는 그 대견한 어미와 세쌍둥이 아기들을 두고두고 기억하기 위해 한참 동안 시선을 떼지 않은 채 눈에 새기고 또 새겨 넣었다.

해산이 끝나자 산실은 여러모로 분주해졌다. 아기에게 젖을 나눠 줄 부족의 산모들이 급히 불려 왔고, 그들은 모두 놀란 눈을 감추지 못했다. 삼생아가 태어났다는 소식은 곧 마을 전체로 퍼졌다. 상서롭고 경이로운 세쌍둥이의 탄생을 부족민들 모두가 마을의 큰 경사라 여기며 진심으로 기뻐했다.

아마 곧 마을에서는 큰 축제가 열릴 터였다. 비록 혈족이 아닌 이방인의 출산이었지만, 자신들의 마을에서 삼생아가 태어났다는 사실 그 자체만으로도 이들 카다르 부족에게는 충분히 기념할 만한 가치가 있는 일이었다.

가달 평원의 서북부, 하시티엔 마을…….

유례없는 삼생아의 탄생으로 한껏 들뜨고 소란했던 환희의 밤도 그렇게 어느덧 깊은 밤의 고요 속으로 잦아들어 가고 있었다. 까만 융단처럼 펼쳐진 밤하늘 한편에는 마치 세 아이의 탄생을 알리기라도 하듯 생경한 별자리가 홀연히 나타나 명멸하듯 반짝이며 제 존재를 세상에 강렬히 각인시켰다.

무사히 해산을 마치고 나와 한숨을 돌리던 카다르의 무녀도, 주인 없는 천궁을 지키며 자국의 명운을 위해 기도하던 아라하의 신녀도, 황제의 군사들을 이끌고 초원으로 달려가고 있던 제국의 천관도, 잠시 멈춰 선 채 적요한 하늘 끝에 떠오른 그 세 개의 별을 주시했다.

천기를 헤아리는 혜안이 동시에 한곳에 머물며 제각기 신묘한 빛을 발하고 있었다.

초원에 뜬 세 개의 별…….

운명은, 그리고 인연은 또 그렇게 어디로 흘러갈런가…….

□ ■ □

달빛이 은은히 대지를 비추는 밤…….

소류는 새붉은 데오니 꽃이 만개한 화전을 그녀와 함께 걷고 있었다.

쏟아지는 달빛, 붉고 매혹적인 데오니…… 살갗을 스치는 모래바람과 발이 푹푹 빠지는 무른 주토는 기억 속에 고스란히 남아 있는 어느 날의 그 모습 그대로였다.

그리고…… 그녀의 이마에 둘린 붉은 띠까지도…….

소류는 제 앞에서 자박거리며 걷는 그녀의 손목을 가만히 잡아 세웠다. 그러자 그녀가 미소를 띤 채 그를 돌아보았다.

쏟아지는 달빛보다 눈부신 미소에 한참이나 홀린 듯 바라보던 그는 가만히 손을 뻗어 그녀의 이마를 가린 붉은 띠를 풀어냈다.

'……아…….'

눈앞에서 벌어지는 광경에 소류는 저도 모르게 깊은 탄성을 흘렸다. 심장이 욱신거리고 가슴이 터질 것처럼 벅차올랐다.

찬연한 황금빛으로 물든 그녀의 이마 가득 시리도록 눈부신 황룡의 인이 짙게 새겨지고 있었다.

소류는 기쁨에 잠긴 채 그녀를 품에 꼭 끌어안았다.

황룡의 인이 사라졌을 때 어마어마한 무게의 상실감이 그를 덮쳐 왔다. 자신이 그녀를 지켜 줄 수 없을 거란 걸 이미 알아, 죽을 만치 숨통이 막혀 왔던 것인지도 모르겠다.

자책과 회한에 그녀를 더욱 세게 품 안으로 당겨 안자, 그녀가 그의 품 안에서 버둥거리며 가슴을 슬쩍 밀어 냈다.

'소류……. 숨이 막힐 것 같아요.'

'응……?'

'너무 세게 안고 있잖아요. 조금만 놓아줘요.'

'아…… 내가 그만…….'

아차 싶어 얼른 놓아주자 그녀가 그를 올려다보며 배시시 미소 짓는다. 그 미소를 따라 가만히 웃는데 불현듯 잊고 있던 한 가지 사실이 떠올랐다.

소류는 떨리는 눈으로 천천히 그녀의 배를 내려다보았다. 이상했다. 은의의 치마는 제국의 것과는 달리 풍성하지 않은데도 그녀의 배는 홀쭉했다.

찰나 가슴이 아릿할 만큼 짙은 불안감이 엄습해 왔다.

제가 알기로는 분명 그녀는…….

'아리, 그대 홑몸이…….'

그가 걱정스레 입을 열자 그녀가 쉿 하고 입 모양으로 말하며 손을 들어 그의 입술을 막았다. 그러곤 아무 걱정 말라는 듯 잠시 환히 웃어 보이더니, 이내 눈동자를 반짝이며 수줍게 입을 열었다.

'소류, 나 당신에게 줄 것이 있어요.'

'응?'

'자요, 어서 손을 펴 봐요.'

그녀는 작게 말아 쥔 주먹을 내민 채 그녀답지 않게 그를 채근했다.

영문도 모른 채 손바닥을 펼쳐 그녀 앞에 내밀자 그녀는 천천히 제 주먹을 펴며 그의 손바닥 위에 무언가를 올려놓았다.

'…….'

소류는 제 손바닥 위에서 빛나고 있는 그것들을 가만히 내려다보았다.

천상의 빛깔처럼 오묘한 무지갯빛으로 빛나는 알밤만 한 옥돌 세 개…….

'이것은······.'

'내 선물이에요. 마음에 들어요?'

소류는 까닭 모르게 벅차오르는 마음으로 반짝반짝 빛나는 무지갯빛 옥돌들을 하염없이 바라보고 또 바라봤다.

어떤 말로도 그 아름다움을 형용할 수 없을 만큼 오묘하고 찬란한 빛의 결정······.

'들다마다. 이리 어여쁜 옥돌을 보는 건 태어나 처음인 것을.'

'다시 만나도 꼭 그리 말해 줘야 해요. 꼭······?'

'응, 꼭······ 약속할게, 꼭······.'

굳게 약속하자 그녀가 그를 향해 벅차게 미소 지었다.

소류는 떨리는 마음으로 그런 그녀를 다시 품에 안으려 손을 뻗었다. 하지만 어쩐 일인지 몸이 말을 듣지 않았다.

바위라도 매단 듯 무겁기만 한 팔을 내뻗으려 안간힘을 쓰고 있던 그때였다.

'······!'

찰나 사방이 대낮처럼 밝아진다 싶더니, 어느 순간 그녀도 화전도 눈앞에서 거짓말처럼 한순간에 감쪽같이 사라져 버렸다.

모든 것이 사라져 버린 까마득한 어둠 속에서, 무지갯빛 옥돌 세 개만이 여전히 그의 손안에 남아 반짝반짝 영롱하게 빛나고 있을 뿐이었다.

"······안 돼······ 가지······ 마······ 제발······ 아리······!"

그의 절박한 외침이 어둑한 침실 안에서 산산이 부서졌다.

"······하아······ 하아······."

번쩍 눈을 뜬 그가 받은 숨을 몰아쉬었다. 혼탁한 눈동자가 잠시 허공을 어지러이 배회했다.

이내 꿈인 것을 인지한 그가 돌연 몸을 벌떡 일으키고는 다급히 제 손을 내려다보았다. 꿈속의 옥돌을 움켜쥐듯 단단히 그러쥔 주먹이 미세하게 떨리고 있었다.

매끄러운 옥돌의 감촉이, 손바닥에 와 닿던 꿈속의 그 감촉이 너무도 생생해서 그는 부득부득 꿈과 현실의 경계에 머문 채 절박한 심정으로 제 손을 펼쳐 보았다.

"······."

텅 빈 손바닥······.

굳은살이 잔뜩 박인 손바닥 어디에도 남아 있지 않은 꿈의 흔적······.

너무도 벅차고 감미로워 꿈속에서조차 행여 꿈일까 봐 가슴 졸이던 애틋한 꿈이었다. 그것이 꿈인 걸 알았다 하여 이제 와 새삼 허탈해할 이유도 없겠으나, 꿈인 것을 깨닫던 그 짧은 순간에조차 그는 간절히 빌고 또 빌었었다.

그녀가 제게 주고 간 그 선물만큼은 꿈에서 깨어나도 부디 절대로 사라지지 않게 해 달라고······.

그녀가 그립고 그리워서······ 벼랑 끝에서 동아줄을 붙들 듯 절박하고 간절하게, 그녀의 무엇이라도 붙들어 그녀를 느끼고 그리고 싶어서······.

그렇게라도 그녀의 부재로 인한 이 고통을 버텨 내고 싶어서······.

사라지는 것이 당연한데도, 스스로조차 이해할 수 없을 만큼 엄청난 상실감이 폭풍처럼 그를 휘감았다.

그녀의 흔적이 사라져 버렸다는 사실이 못내 쓰라리게 그의 가슴을 후벼 팠다.

서글피 내려다보던 텅 빈 손바닥 위로 이내 뜨거운 눈물이 투둑투둑 떨어져 내렸다.

거리는 온통 봄의 빛깔로 물들어 있었다.

형형색색 피어난 꽃들이 병사들의 절도 있는 발걸음을 반기듯 담장 밖으로 빼꼼히 고개를 내밀었다.

진과 함께 친위대와 병사들을 이끌고 외성의 방비를 살피러 나섰던 소류는 외성과 민가의 순찰을 차례로 마치고 이제 막 저자로 들어서는 길이었다. 저자의 초입에 선 커다란 나무에서 풍기는 달큼한 꽃향기가 향기롭게 코끝을 스쳐 갔다.

율타의 잦은 습격으로 민가의 피해가 날로 커지자 이를 더는 묵과할 수 없었던 소류는 군장들의 만류에도 내성의 군대를 대거 이동시켜 외성의 경비를 강화했다. 내성의 안전과 백성의 목숨, 그 어느 것에도 우위를 두기란 쉽지 않았기에 결정하기까지는 많은 고민이 따랐지만, 끝내는 그리 마음을 굳힌 그였다.

성과 주민, 그 둘은 애당초 그에게는 분리할 수 없는 것들이었다. 비록 저의 백성으로 나고 자란 이들은 아니었으나, 지금은 엄연히 제가 다스리는 낙안의 백성이 아니던가.

결단을 내린 즉시 소류는 병사들에게 명하여 날마다 조를 짜 민가를 순찰하도록 했고, 오늘처럼 소류가 직접 친위대를 이끌고 순찰을 나오는 일도 잦았다. 그 결과 민가의 피해는 눈에 띄게 줄어들었고, 흉흉했던 민심은 누그러져 이제는 낙안의 주민들 대부분이 그를 성주님이라 부르며 따르고 있었다. 태생이 파안 사람인 자신들을 적국의 왕인 그가 그렇게까지 몸소 지키고 있는 것을 이해할 수 없으면서도, 그런 그라면 자신들의 남은 삶을 걸어 볼 만하다는 믿음이 모두의 마음속에 싹튼 것이다.

애당초 낙안에 이러한 위기를 가져온 것이 바로 그 아라하의 왕임에는 틀림없었지만, 원망을 산 만큼 보상해 주려 애쓰는 그의 모습에선 분명 진심이 묻어났다. 그것이 모두를 동요시켰다. 모국인 제국에 대한 도리로 차마 그를 왕전하라 칭하지는 않았지만, 낙안의 주민들은 이제는 소류를 성주님이라 칭하며 진심으로 낙안의 새로운 주인으로 인정하고 있었다. 물론 이 같은 민심의 빠른 변화는 낙안의 옛 성주가 반역을 꾀하다 참수된 손파영이었기에 가능한 것이기도 했다.

여전히 대외적인 위기는 잠재되어 있었지만, 이렇듯 위태로운 민심을 붙든 것은 소류에게는 분명 큰 성과였다. 낙안은 그렇게 잠시나마 한숨을 돌릴 여유를 되찾고 있었다.

헤쳐 나가야 할 난관은 끝도 없었지만, 그저 묵묵히 해야 할 일들을 해 나가는 동안 몇 달이 훌쩍 흘렀다. 그녀가 곁에 없어도 무심한 시간은 빠르게 흐르고 또 흘러갔다.

서로 득 될 것 없는 율타와의 지리멸렬한 전투가 이어지는 가운데 가을과 겨울이 비명처럼 지나가고, 또다시 무심히 찾아온 봄…….

그녀가 사라진 계절도 바로 이 눈부시고 화창한 봄이었다. 담장마다 꽃향기가 넘실거리고 봄볕이 따스하게 내려앉던 찬연한 계절……. 그 1년이라는 시간이 아득한 꿈처럼 흘러가 있었다.

그사이 율타와의 전투는 여전히 계속되고 있었고, 무정하리만치 짧은 서신 이후로 그녀의 소식은 어디에서도 들려오지 않고 있었다.

모든 것이 여전했다. 확신할 수 없는 하나를 제외하고는…….

그녀가 정말로 무탈하다면, 보내온 서신처럼 틀림없이 굳건히 지냈다면, 그녀는 아마 두어 달 전쯤에는 출산을 했을 테고, 어디에선가 홀로 아이를 기르고 있을 터였다. 그런 그녀를 생각하면 억장이 무너지고 또 무너졌다. 설령 돕는 이들이 있다 해도, 과연 어떤 곳에서, 어떤 대접을 받으며, 어찌 생활하고 있는 것인지를 알 길이 없어 시시각각 마음이 부서져 내렸다.

정예를 뽑아 편성한 별동대를 가달 평원으로 보내 샅샅이 뒤지는 중이었지만 그녀의 행방에 대한 이렇다 할 단서조차 얻지 못하고 있는 실정이었다. 별동대의 보고에만 의존할 수밖에 없는 갑갑한 상황에 때론 감당할 수 없을 만큼 울화가 치밀었지만 그렇다고 성을 비울 수는 없는 노릇이니 속만 타들어 갈 뿐이었다.

사정이 이러하건만, 뜻밖의 소식이 들려왔다.

지난겨울, 제국군이 움직이기 시작했다는 보고가 올라왔다. 이미 오래전에 전쟁 재개를 선포한 제국이었고, 하여 응당 이곳 낙안이 그들의 목표물일 것이라 모두가 당연한 듯 예측했었다. 율타와의 고전을 면치 못하는 그러한 때에, 제국의 공격까지 더해진다면 과연 얼마나 버틸 수 있을까. 당시 군장 회의를 진행하는 내내 절망과 탄식, 체념의 소리들이 뒤엉켜 흘러나온 것은 당연했다.

한데, 사정은 당시 짐작한 것과는 전혀 다른 방향으로 흘러가고 있었다.

"제국군이 가달 평원을 이 잡듯이 들쑤시고 다닌다?"

제국군의 이동 소식에 경계를 더욱 강화한 채 열흘을, 보름을, 한 달을, 그렇게 수개월을 기다렸지만 아무리 기다려도 제국군은 코빼기조차 보이지 않았고, 이를 의아히 여겨 다시금 파안으로 꾸려 보낸 정찰대가 조금 전 돌아와 뜻밖의 소식을 전해 올린 터였다.

"이런 시국에 뜬금없이 가달 평원이라니. 낙안을 탈환하는 것보다 그쪽에 더 급한 사정이 생겼다는 소린데."

이유야 뭐가 됐든 내심 다행이라는 투로 진이 심드렁히 내뱉자 소류가 가만히 고개를 끄덕이며 혼잣말처럼 대꾸했다.

"아마도…… 소문처럼 그 누군가가 제정신을 차렸다는 뜻이겠지."

홀로 그녀를 찾아 나서겠다던 백하는 아무래도 황제에게 돌아간 모양이었다. 응당 저를 향하리라 여겼던 제국의 칼날이 이곳 낙안이 아니라 그녀가 있을 가달 평원으로 향한 것을 보면…….

백하가 떠나고 난 후 얼마 되지 않아 황제가 제정신을 차렸다는 소문이 이곳까지 퍼졌다. 정말로 그가 황제를 찾아간 것이라면 그로서는 백번 타당한 결정을 내린 것일 터였다. 죽기마저 각오하며 해내고자 하는 일이라면 응당 보다 가능성 있는 쪽에 그 목을 거는 것이 현명한 처사일 테니까.

파안의 황제에 대한 소문은 낙안에도 무성하게 퍼져 있었다. 황제가 반편이가 됐네, 반송장이 됐네 하는 그 뜬소문들을 그저 소문이라고만 치부해 넘기기엔 그의 처참했던 마지막 모습을 너무도 소상히 보아 버린 자신이었기에, 기실 이 같은 상황은 전혀 예상 밖의 것이기는 했다.

황제가 제정신을 차렸다라…….

곧 죽어도 이상하지 않을 만큼 넝마가 되었던 그 사내가…… 끝내 살아났다라…….

"그건 곤란한데. 군장들 원성 듣는 것도 이제 지긋지긋하다고. 차라리 가달 평원이니 망정이지, 정신 들자마자 낙안으로 쳐들어왔어 봐. 그렇게 왜 적국의 군주를 살려 보낸 거냐고, 아주 득달같이들 달려들어 물어뜯지 않았겠어?"

진이 눈살을 찌푸리며 치를 떨었다. 언제고 불만들이 터져 나오리라는 것을 늘 염두에는 두고 있었지만 막상 발등 위로 불씨가 떨어지니 진 역시도 조바심이 드는 모양이었다. 소류는 저와 나란히 말을 몰고 있는 제 친우의 얼굴을 물끄러미 응시했다. 완벽한 군주가 아닌 나약한 인간 단목소류를 낱낱이 알고 있는 유일한 사람……. 그 서문진에게는 새삼 숨겨야 할 것이 없었다. 그것이 늘 미안하고 저를 염치없게 만들었다.

"물어뜯으면 별수 있나. 그저 뜯기는 수밖에. 나도 왜 그리한 것인지 도무지 모르겠으니까."

"미친놈."

나직이 내뱉는 욕설에 소류가 자조하듯 웃었다.

어찌 설명할 수 있을까. 그런 저를 감히 그 누구에게 이해시킬 수 있을까.

그들의 처참한 이별 앞에 잠시 군주로서의 모든 것을 내려놓았던 자신을…… 그 부정할 수 없는 진실을…….

다만 한 인간으로, 한 사내로 그들의 이별을 애도했었다. 아랑이라 이름 붙여 제 자신을 속이면서까지 그 순간만큼은 진심을 다했었다. 그것이 언젠가는 제 목을 조여 오리란 것을 알면서도, 기꺼이 군주답지 못한 그런 선택을 했었다.

지옥의 문턱에서 되돌아온 황제가 설령 제 목을 조여 온다 해도 그날의 그 선택을 후회하지는 않는다. 오로지 그녀를 위한 선택이었고, 그것은 그녀의 지난날에 대한 저의 도리를 다한 것이니까. 하여 조금은 저를 곤란케 만든다 해도 황제가 깨어난 사실 자체는 문제가 되지 않았다.

다만, 정말로 그가 깨어났고, 그런 그의 확고한 의지가 향한 곳이 뜻밖에도 이곳 낙안이 아니라 가달 평원이라면, 그것은 저에게 단순히 곤란한 정도로 그칠 문제가 아니었다. 황제에게 낙안을 제칠 만한 중요한 사정이란 게 생겼다면 그것은 제가 알기로는 오로지 하나뿐이었다.

그녀가 그곳에 있다는 사실을 황제 역시 알아챈 것이다.

죽었다 깨어난 이에게는 일말의 고민조차 없었으리라. 가슴에 가득한 것은 거칠 것 없이 절박한 그 마음 하나뿐일 테니까.

그것이 곤란했다.

등이 서늘할 만큼 두려웠다.

행여 그가, 그녀를 찾아내어 또다시 그녀의 삶을 송두리째 휘젓고 흔들어 놓을까 봐…….

"소류…….."

심란한 마음을 읽힌 것일까. 조심스레 저를 부르는 진의 목소리에 소류는 상념을 끊어 내고는 고개를 들었다. 그러나 응당 걱정스레 저를 살피리라 짐작했던 진의 눈동자는 제가 아닌 다른 곳을 향해 있었다. 진의 경직된 얼굴에 소류는 이유도 알지 못한 채 이상하게 심장부터 쿵 하고 내려앉았다.

"……."

천천히 진의 시선을 따라가자 골목 끝에 있는 낯익은 가게가 시야에 들어왔다.

정확히는 그 앞, 좌판의 물건을 들여다보고 있는 여인의 뒷모습…….

소류의 시선이 뒤돌아 서 있는 여인의 자그마한 등을 향해 날카롭게 날아가 박혔다. 못 박힌 눈동자가 이내 어지럽게 떨려 오기 시작했다.

생경한 이국의 옷차림에 쪽빛 너울을 쓴 여인…….

가슴이 철렁할 만큼 어딘지 눈에 익은 작고 여린 뒤태…….

"……!"

히히힝—!

"소류!"

다급히 저를 부르는 진의 외침을 뒤로한 채, 소류는 말릴 틈도 없이 무서운 속도로 장신구 가게를 향해 내달리기 시작했다.

요란한 말발굽 소리에 저자의 이목이 온통 그에게로 쏠리고 있었지만, 그는 개의치 않고 말을 달렸다. 그의 의식은 오로지 쪽빛 너울의 여인에게로 향해 있을 뿐이었다.

□ ■ □

1년 만에 찾아온 낙안의 저자는 여전히 활기가 넘쳤다.

율타의 잦은 습격으로 민가가 어려움을 겪고 있다는 소식을 듣고 염려했던 것과는 달리 사람들의 표정은 밝았고 호객을 하는 목소리에도 생기가 넘쳤다.

아리는 상인들이 늘어놓은 이런저런 수다로 그 이유를 어렵지 않게 알 수 있었다. 제국에서 나고 자란 제국의 백성들임에도 적국의 왕인 그는 그런 그들을 제 백성처럼 아끼고 위해 주는 모양이었다. 가슴이 찡하게 벅차올랐다. 제 아이들의 아비가 그리 큰 사내라는 것이. 또한 그가 자신의 당부대로 굳건히 그의 자리를 지키며 제 할 일을 해 나가고 있다는 사실이.

"아리. 잠시지만 돌아온 기분이 어때요?"

감회에 젖은 아리를 돌아보며 샤하티가 웃음 띤 얼굴로 물었다. 아리는 쪽빛 너울 너머로 아련히 펼쳐진 저자의 풍경을 벅차게 바라보았다.

"너무…… 벅차고 기뻐요……. 말로는 다 표현하지 못할 만큼……."

너울에 가려져 보이지 않았지만 샤하티는 아리가 어떤 표정을 짓고 있는지 그 떨림 가득한 목소리로 충분히 짐작해 알 것 같았다.

해마다 이맘때면 열리는 기우제를 위해 카다르 부족은 올해도 어김없이 낙안의 저자에 들렀다. 단 이번에는 그 구성원이 예년과는 달라져 있었다. 원래는 무녀 미루와 그 수행원들이 낙안에 다녀오곤 했었지만, 이번에는 원비 샤하티와 그 수족들이 그들을 대신해 일정을 소화하기로 했다.

혹여 미루와 수행원들의 얼굴을 기억하고 있을지 모를 상인들로부터 자신들의 존재를 감추어야 했기 때문이었다. 그것은 아리를 위한 배려였다. 향수에 시달리는 아리를 위해 그들은 이번 일정에 그녀를 포함시켰고, 혹여 모를 불상사를 막기 위해 얼굴이 알려진 구성원들을 모두 갈아 치워 버렸다.

"샤하티. 이렇게까지 신경 써 줘서 고마워요. 진심으로……."

설렘과 기쁨이 고스란히 담긴 들뜬 목소리로 아리가 감사 인사를 건네 오자 샤하티는 멋쩍은 듯 이마를 긁적거렸다. 그런 아리와 샤하티의 사이로 누군가 불쑥 끼어들었다.

"원비 마마. 고맙수다. 진심이우."

자기도 향수병이라며 부득부득 고집스레 따라나선 유와가 곁에서 껄렁거리며 인사하자 샤하티가 그런 유와를 믿지 않게 흘겨보았다. 저를 꼬박꼬박 원비마마라 부르는 그 우스꽝스럽고 과장스러운 호칭도 이제는 퍽 친근해져 있었다. 카다르 부족에게는 족장과 원비를 이르는 특별한 칭호가 따로 없었기에 퍽 낯간지러운 호칭이기는 했지만, 피차 장난인 것을 아니 크게 신경 쓰지 않기로 했다.

매사에 무심해 보이는 시큰둥한 얼굴을 보고 있자니 문득 아리가 세쌍둥이를 낳던 날 행여 그녀와 아이들이 잘못되기라도 할까 봐 사색이 된 채 산실 밖에서 동동거리던 그의 모습이 떠올랐다. 그때를 떠올리면 아직도 웃음이 났다. 무사히 세쌍둥이를 낳았다는 말에는 어째서인지 썩은 생선 같은 낯빛으로 망연자실하던 그였지만 말이다.

"두 사람 다 그리 기쁘다니 내 마음도 흐뭇하네요. 짧은 시간이지만 원 없이 눈에 담아 가도록 해요. 또 한참을 못 올 테니까. 우린 필요한 것들을 사고 있을 테니 한 시진 후 저자의 초입에서 만나요."

"그럴 것 없어요. 같이 가요. 물건 싣는 것을 도울게요."

"말은 고맙지만 사양하겠어요. 내 마음이 편치 않아 그래요. 그러지 말고 편히 둘러보고 와요. 또 언제 다시 오게 될지 모르잖아요."

샤하티가 저를 따라오려는 아리를 단호한 얼굴로 만류하자, 잠시 난색을 짓던 아리가 이내 작게 한숨을 내쉬며 순순히 고개를 끄덕였다.

"……알았어요. 그럼 한 시진 후에 초입에서 기다리고 있을게요. 고마워요, 샤하티."

순수한 배려임을 알면서도 부득부득 거절하는 것 또한 예의는 아닐 터였다. 아리는 진심으로 감사한 마음을 전하고는 유와와 함께 무리에서 떨어져 나왔다.

샤하티와 수족들이 마을에서 잔뜩 실어 온 짐승들의 가죽과 세공품을 팔고 필요한 약재와 각종 생필품을 사들이는 동안 아리와 유와는 여유롭게 저자를 구경했다. 낯익은 상점들과 상인들의 얼굴이 그들을 반겼다. 염려한 것과는 달리 건재한 저자의 모습에 다시금 안도하며 아리는 들뜬 마음으로 찬찬히 골목 어귀로 들어섰다.

"자자, 구경은 공짜! 결 좋고 빛깔 좋은 최상급 비단이오!"

"형형색색 질 좋은 종이들이 모두 모였으니 구경들 하고 가시오!"

"한 번 맛보면 꿈에서도 생각나는 쫀득쫀득 달콤한 꿀떡이 단 돈 두 냥, 두 냥이오!"

골목마다 정겨운 소란스러움이 가득했다. 화려한 비단 가게를 지나면 종이 냄새로 가득한 지물포가 색색의 종이를 뽐냈고, 떡과 엿을 파는 작은 가게 앞을 지날 때면 그 단내에 입 안 가득 군침이 고였다.

그리고…… 그 골목의 끝…….

그녀에게는 보다 더 특별하고 그리운 가게가 그곳에 어김없이 자리해 있었다.

"……."

아리는 장신구 가게에 다다라 좌판 앞에 가만히 멈춰 섰다. 좌판 위에 가득한 형형색색의 가락지와 머리꽂이, 비녀들이 봄 햇살에 눈부시게 반짝였다. 1년 전에 본 것과 크게 다르지 않은 모습에 어쩐지 가슴 한편이 찌르르하고 울렸다.

문득 제 왼손을 펼쳐 약지 손가락에 끼워진 가락지를 물끄러미 내려다보던 아리가 이내 퍼뜩 정신을 차리고는 황급히 주먹을 말아 쥐며 소매 속으로 제 손을 감췄다. 화접지몽이라 이름 붙여진 그 가락지는 산고로 몸이 부어 있던 얼마간을 빼고는 그녀의 손가락을 떠나 본 적이 없었다.

그녀에게 그것은 그리움이었고, 애틋한 연정이었으며, 벅찬 행복의 산물이었다.

추억에 잠긴 채 좌판을 멍하니 바라보고 있는 그녀를 발견한 장신구점 주인이 한달음에 달려와 손님을 반겼다.

"어서옵쇼! 마음에 드는 물건이 아주 많으실 겁니다요! 찬찬히 골라 보십시오, 손님."

"……."

호객하는 점주의 목소리까지도 기억 속에 선연히 남아 있었다. 평소의 그들답지 않게 티격태격하며 가락지를 고르던 그날의 일이 어제 일처럼 생생하게 떠올라 일순 가슴이 저릿해졌다.

아리는 가슴에 이는 따끔한 통증을 애써 몰아내며 그날처럼 좌판 위의 물건들을 하나하나 꼼꼼히 살펴보았다. 그런 그녀의 시선이 이내 왼쪽 모퉁이에 놓인 물건에 물끄러미 가닿자 점주는 속으로 옳거니 하며 그것을 냉큼 집어 들었다.

"이 물건이 마음에 드십니까요?"

그것은 향낭이었다. 진청색 비단으로 만든 둥그런 향낭 아래에 옥돌과 작은 술이 장식되어 있는, 모양도 색채도 퍽 단순한 향낭이었다. 그 단순하고 투박한 색채와 모양을 보건대 사내가 지니는 용도로 만들어진 듯싶었다. 특이한 점이라면 장식용 줄에 달린 세 개의 옥돌이 신비한 빛깔을 띠고 있다는 것이었다. 그 빛깔은 여러 색으로 몹시도 오묘했고 흡사 무지개 같기도 했다.

아리는 빛나는 세 개의 옥돌이 마치 제 세쌍둥이 아가들 같다고 생각했다. 단순히 셋이라는 그 수 때문만은 아니었다. 강가의 돌처럼 다듬어지지 않은 형태는 자연 그대로의 것인 듯 생김새는 제각각이었으나, 영롱한 빛깔만큼은 서로 꼭 같아 어디에 흩어 놓아도 응당 필연적으로 하나로 모이게 될 것만 같은 느낌이 강하게 들었다. 강하게 서로를 끌어당기는 운명처럼······.

훗날 이 의미를 전하며 그에게 이 향낭을 선물한다면 틀림없이 그도 기뻐하리라.

"이 향낭은 값이 얼마요?"

아리의 물음에 점주가 탁 하고 손뼉을 마주치며 고양된 목소리로 대답했다.

"참으로 탁월한 안목이십니다요! 이 향낭으로 말씀드릴 것 같으면 이 마을 저 마을 솜씨 좋기로 소문이 자자한 바느질 장인이 만든 것입죠! 하지만 바느질 솜씨보다도 더 값진 것이 있습니다요. 바로 이 세 개의 옥돌입지요!"

장신구가게 점주는 신이 나서 향낭 자랑을 늘어놓기 시작했다. 값을 올리려 수작을 부리려는 심산도 아마 없지는 않을 테지만, 그렇다 하여 거짓을 지어 말하는 것 같지는 않았기에 아리는 점주의 설명을 경청했다.

"이 옥돌의 영롱한 빛깔을 보십시오! 여러 빛깔이 오묘하게 섞인 게 꼭 무지갯빛 같다 하여 홍예옥이라 불리는 것입니다요. 조금의 가공도 들어가지 않은, 세상에 난 모습 그대로의 옥돌이지요. 참으로 구하기 힘든 물건이라는 건 두말하면 입 아픈 사실 아니겠습니까요?"

"참으로 귀한 물건인 것을 알겠소. 하여 그 값이 얼마요?"

"아, 예. 그것은 그러니까 못해도 열 냥은 받아야 하는 물건입니다요. 믿으실지 안 믿으실지 모르겠지만 참으로 열 냥을 받아야 본전을 건지는 물건입죠."

"열 냥……."

아리가 지닌 돈은 고작 다섯 냥이었다. 아리의 얼굴에 빠르게 스치는 짙은 아쉬움을 장사치답게 순식간에 읽어 낸 점주가 얼른 말을 바꿨다.

"여덟 냥! 여덟 냥에 드리겠습니다!"

"……."

"일곱 냥!"

"……미안하오. 아무래도 주인이 따로 있는 물건인 모양이오."

점주는 난감한 표정을 지었다. 단순히 흥정을 하는 것이라면 저도 배짱 좋게 나가겠지만 수년간 저자에서 잔뼈가 굵은 제 눈으로 판단하건대 쪽빛 너울을 쓴 이 여인은 정말로 값을 치를 돈이 없는 것이 분명했다.

"얼마에 드리면 사 가시겠습니까요?"

"아니오. 내 지닌 돈이 턱없이 부족하여……."

"말씀해 보십시오."

"……미안하오만 다섯 냥뿐이오."

점주는 길게 한숨을 푹 내쉬었다. 사실 아까 부른 열 냥도 설명한 대로 전혀 이윤을 남기지 않은 제가 매입해 온 값 그대로였다. 까닭을 설명하기는 힘들었다. 어쩐지 이 향낭의 주인이 반드시 저 여인이 되어야 할 것만 같은 느낌이 들었다. 점주 자신도 그런 저를 이해할 수 없었다.

"다섯 냥에 가져가십쇼. 그리 드리겠습니다요."

점주의 말에 아리가 놀라 눈을 크게 떴다.

"어찌 손해 보는 장사를 하려 하오?"

"그 물건의 주인이…… 아마 따로 있지 않은 모양이지요. 장사치가 이리 손해를 보면서도 굳이 내어 드리고 싶은 것을 보면 말입니다요."

참으로 그런 날이 있기는 했다. 장사치인 주제에 까닭 없이 손해 보고 싶은 그런 날이. 가뭄에 콩 나듯 한두 해에 한 번씩, 장사치의 마음을 까닭 없이 흔드는 묘한 손님이 찾아오곤 했다. 바로 지금처럼.

"참으로 괜찮겠소?"

"공짜가 아니니 다행이지 않겠습니까요?"

아리는 점주에게 진심으로 고마워하며 제가 가진 다섯 냥을 모두 건네주고는 향낭을 건네받았다.

값을 치르느라 돈주머니를 꺼냈다 넣었다 하며 잠시 분주하게 움직이던 그녀의 손을 별 뜻 없이 흘끔거리던 점주의 낯이 어쩐 일인지 잠시 굳어졌지만, 너무도 찰나였던 탓에 아리는 깨닫지 못했다.

"고맙소. 호의를 잊지 않겠소."

"귀한 향낭이니 소중히 간직하십쇼. 혹은 소중한 분께 선물을 하시거나 말입니다요."

"그리하겠소. 많이 파시오."

다시 한번 고맙다 인사하고는 돌아서려는데, 그때껏 곁에서 잠자코 기다리던 유와가 돌연 우악스럽게 그녀의 손목을 잡고 장신구 가게 옆으로 난 좁은 골목을 향해 냅다 내달리기 시작했다.

"유와!"

영문을 모른 채 놀라 소리친 것과 거의 동시에, 등 뒤에서 지척을 울리는 말발굽 소리가 귓전을 때릴 듯이 요란하게 들려왔다.

"골목으로 숨어요! 그예요! 단목소류!"

"……!"

미처 품 안에 갈무리하지 못한 향낭이 바닥으로 툭 떨어져 흙먼지를 뒤집어 썼다.

향낭을 손에서 놓친 것도 깨닫지 못한 채 아리는 찢어질 듯 쿵쾅거리는 심장을 부여잡으며 유와를 따라 있는 힘껏 내달리기 시작했다.

"이랴!"

히히힝—!

여인을 뒤쫓아 좁은 골목으로 다급히 말 머리를 돌리자 저만치 달아나는 쪽빛 너울의 여인이 보였다. 어째서인지 곁에 함께 있던 사내가 보이지 않았지만 그것까지 신경 쓸 여유는 없었다.

소류는 힘껏 말을 달려 여인의 지척까지 따라붙은 후 단숨에 말에서 뛰어내렸다. 그러고는 눈앞의 여인을 향해 거침없이 손을 뻗었다.

마침내 가느다란 여인의 손목이 그의 손에 닿았다. 단단히 붙잡은 손목을 제 쪽으로 잡아당기자 여인의 몸이 그와 부딪칠 듯 강하게 돌려세워졌다.

꼼짝없이 붙들린 여인이 헉 하고 숨을 삼켰다. 쪽빛 너울 아래로 늘어진 천자락이 놀란 여인의 심정을 대변하듯 어지러이 요동치고 있었다. 그 찰나의 흔들림이 잠잠해질 무렵이었다. 돌연 여인이 날 선 음성을 뱉어 냈다.

"이게 무슨 짓입니까!"

"……!"

소류는 굳어진 얼굴로 여인을 내려다보았다. 아리의 목소리가 아니었다. 황급히 손을 뻗어 너울을 들추자, 까무잡잡한 피부의 이국의 여인이 잔뜩 성이 난 얼굴로 그를 노려보고 있었다. 여인의 손목을 단단히 붙잡고 있는 손아귀에서 스르르 힘이 빠져나갔다.

"어찌 이리 무례한 짓을 하시는 겁니까!"

"……사람을…… 잘못 보았소. 미안하오. 결례를 범하였소."

"하면 그만 놓아 주십시오."

"아……."

소류는 그때껏 붙들고 있던 여인의 손목을 힘없이 놓아 주었다. 여인은 손목이 자유로워지자마자 그에게서 몸을 휙 돌리고는 뒤도 돌아보지 않은 채 빠르게 그의 시야에서 사라졌다. 소류는 여인이 사라진 곳을 망연히 응시한 채 한참을 허탈하게 서 있었다.

그런 그를 아리가 먼발치에서 안타깝게 지켜보고 있었다. 아리는 유와와 함께 주막에 몸을 숨긴 채였다. 그녀의 머리에는 쪽빛 너울 대신 샤하티가 쓰고 있던 챙 넓은 흑립이 씌워져 있었다.

저자에 들어선 소류를 먼저 발견한 샤하티는 그가 성주임을 바로 알아보고는 혹시 모를 사태에 대비하여 골목 뒤에서 아리를 기다리고 있었다. 마침 아리가 제가 있는 골목으로 피신하자 그녀의 너울과 자신의 흑립을 재빨리 바꿔 쓴 채 그대로 내달려 그를 눈속임한 것이었다.

다행히 소류는 그것을 눈치채지 못했고, 아리는 또다시 이렇게 그에게서 숨어 버렸다.

"하…… 꼭 이렇게까지 해야 하는 거예요?"

"……."

유와는 도대체 언제부터 그의 편이었는지 너무한 거 아니냐는 듯 미간을 좁힌 채 아리를 흘끗 쳐다보더니, 이내 그녀의 표정을 확인하고는 제 머리를 한대 쿵 쥐어박으며 입을 꾹 다물었다.

아리는 자리에 못 박힌 듯 우두커니 서 있는 그를 그립고 애틋한 눈길로 바라보고 또 바라보았다.

지금 그의 앞에 나설 수 없는 까닭은 시국이 불안함에 여전히 그의 곁이 위태로운 탓이었다.

그녀가 그의 앞에 나타난다 해도 그는 선뜻 그녀를 자신의 곁에 두지 못할 수도 있었다. 그리되면 그는 또다시 그런 자신을 탓할지 몰랐다. 아니, 분명 또다시 깊이 자책하며 괴로워할 터였다. 그에게 차마 그런 고통을 떠안기고 싶지는 않았다.

혹은 어쩌면 그는 또다시 그의 곁이 아닌 다른 곳에 그녀의 거처를 마련해 줄 수도 있었다. 아마 짐작건대 신녀 별리하가 지키고 있을 아라하에……. 하지만 그곳에 머무는 것 또한 아리에게는 불가능했다. 이제 겨우 생사의 갈림길에서 벗어난 여리고 여린 아가들에게 그곳의 기후는 견디기 힘들 것임에 틀림없었다.

그 둘 모두 아니라면 아마 그는 극구 그녀를 그의 곁에 두고자 할 수도 있었다. 하지만 그땐 군장들 사이에 또 다른 불만들이 터져 나올 것이 분명했다. 애당초 아라하가 둘로 갈라지게 된 데에는 분명 그녀의 탓이 컸던 것이 사실이니까.

그러니 아무리 생각해 봐도 아직은 때가 아니었다.

"마마, 또 들키기 전에 일행들과 합류하는 게 좋을 듯합니다."

"……응. 어서 가자."

흘끔 아리의 표정을 살핀 유와가 그녀를 데리고 주막의 뒷문으로 향했다. 후미진 뒷골목을 돌고 돌아 저자 초입으로 나서니 그곳에 심어진 큰 나무 아래 일행들 중 몇몇의 얼굴이 보였다. 아마 이곳의 소란을 눈치채고는 두 무리로 갈라진 듯싶었다. 최대한 눈에 띄지 않게 조용히 다가가 무리에 합류하자, 그들은 아무 일도 없었다는 듯 태연히 짐을 꾸리며 떠날 채비를 서둘렀다.

아리가 그렇게 카다르 부족의 무리에 합류하던 그 시각, 소류는 여전히 자리를 뜨지 못한 채 망연자실 서 있었다.

"잘못 본 거야. 나도 착각할 정도였으니까."

"……가자."

저를 위로하려는 진에게 괜찮다는 듯 고개를 끄덕이고는 착잡한 마음을 애써 누르며 병사들이 대기하고 있는 곳으로 돌아가려는데, 웬 사내 하나가 그런 그들에게로 쭈뼛쭈뼛 다가왔다.

"……저, 성주님께 감히 드릴 말씀이……."

잦은 순찰로 소류는 저자의 상인들의 얼굴을 하나하나 기억하고 있었다. 더욱이 이 사내의 얼굴은 잊으려야 잊을 수가 없었다. 장신구 가게의 점주였다.

"무슨 일인가. 편히 말하게."

"저…… 이, 이것을……."

점주는 우물쭈물 말을 흐리며 소류의 눈앞에 무언가를 내밀었다.

푸른 빛깔의 향낭이었다. 여인보다는 사내에게 어울릴 법한 퍽 투박한 모양 새를 지닌.

"이것을 왜……."

영문을 모르겠다는 듯 물은 것과는 달리 어째서인지 심장이 빠르게 뛰기 시 작했다. 소류는 답을 재촉하듯 점주를 빤히 쳐다보았다.

"조, 조금 전 그 여인이 제게서 사 간 물건입니다요. 그 마음이 어찌나 간절 해 보이던지, 열 냥이 본전인 물건을 다섯 냥에 팔았습죠. 하온데 그것을 그만 떨어뜨리고 갔지 뭡니까요?"

"한데 이것을 왜 내게……."

"저, 그것이…… 그러니까……."

뜸을 들이는 점주가 답답했던지 진이 끼어들어 버럭 역정을 냈다.

"아, 그러니까 뭐냔 말이야 대체!"

진이 다그치자 우물쭈물하던 점주가 냉큼 대답했다.

"여, 여인의 손가락에 예전에 성주님과 폐비 마마 두 분께서 제게 사 가신 가락지가 끼워져 있었습니다! 부, 분명히 제가 보았습니다."

소류의 눈동자가 크게 흔들렸다.

"……잘못 본 것이 아니라고, 확신할 수 있나."

"틀림없습니다요! 이 낙안에서 제 눈썰미를 따라올 자는 없을 것입니다요!"

소류는 제게 내밀어진 향낭을 손바닥에 받아 들고는 한참이나 뚫어질 듯 내 려다보았다. 단정한 모양의 향낭에 매달린 옥돌 장식이 그제야 그의 눈에 들어 왔다.

"……이건……."

신기하게도 꿈에서 본 무지갯빛 옥돌과 그 형태와 빛깔이 꼭 닮은 옥돌이었 다. 또한 그 수마저 꿈에서 본 것과 꼭 같은 세 개였다.

"하…… 예지몽을 꾸기라도 한 건가."

복잡한 얼굴 위에 일그러지듯 공허한 미소가 스쳤다.

"예지몽이라니? 무슨 소린지는 모르겠지만 지금 그게 문제가 아니잖아. 여기서 이러고 꾸물거리고 있을 거야? 그녀가 맞는다며? 안 찾을 거냐고."

"……그래. 안 찾아."

"뭐어?"

답답한 듯 닦달하던 진이 놀라 소류를 쳐다보았다. 분명 그녀가 맞다 하는데 찾지 않겠다니. 진의 경악한 얼굴이 제정신이냐고 묻고 있는 듯했다.

"……그녀가 그걸 바라는 것 같으니까."

도무지 모를 눈으로 저를 보는 진과는 달리 소류는 그 모든 까닭을 헤아려 알 것 같았다.

억장이 무너지고 가슴이 짓이겨져도, 현실을 부정할 수 없었다. 아직은 때가 아니었다. 지금의 그는 그녀를 온 힘으로 지켜 낼 수도, 혹여 태어났을지 모를 그녀와 저의 아이를 온전히 품어 줄 수도 없었으니까…….

그녀가 숨어 버린 이유도 그와 다르지 않을 터였다.

"……내성으로 돌아간다."

"소류……."

"아, 잊을 뻔했군."

말에 올라타려던 소류가 돌연 점주를 돌아보았다. 품에서 주머니를 꺼내 든 소류가 점주에게 엽전 꾸러미를 툭 건넸다.

"나머지 값일세."

얼떨결에 받아 든 돈의 액수를 확인한 점주의 입이 놀라 쩍 벌어졌다.

"예? 이건 스, 스무 냥이 아닙니까요. 너무 많습니다요. 정히 주시려거든 나머지 다섯 냥만 주십쇼! 참으로 그것이면 충분합니다요!"

"열 냥이 본전이라 하지 않았나. 장사치가 어찌 본전으로 충분할까."

소류는 점주를 향해 진심으로 웃어 보였다.

"자네가 대가 없이 베푼 그 호의 덕분에 내 이리 귀한 선물을 받았으니, 나머지는 나의 사례일세. 사양치 말게."

소류는 그리 말하고는 향낭을 품 속 깊이 갈무리한 채 말에 올라탔다. 점주가 머리가 땅에 닿도록 절을 올리며 소류에게 감사함을 표했다. 생각지도 못한 큰 이윤 때문이 아니라 제 진심을 알아준 것에 대한 벅찬 기쁨 때문일 터였다.

말을 몰아 저자의 초입에 다다른 소류는 그제야 속도를 올려 내성 쪽을 향해 무서운 속력으로 질주하기 시작했다. 어느새 그의 얼굴에선 착잡함도 안타까움도 절망감도 깨끗이 지워져 있었다. 혹 어디에서든 그녀가 저를 보고 있다면, 부디 저로 인해 가슴 아파하지 않기를 바란 탓이었다.

그녀의 오롯한 그 바람대로, 홀로 남은 이 힘겨운 시간들을 반드시 굳건히 버텨 낼 테니까……

가슴에 고이 품은 향낭 아래에서 뜨겁게 박동하는 제 심장을 느끼며, 그는 어딘가에 있을 그녀에게 간절히 당부했다.

그러니 바라건대…… 그대 또한 굳건하기를…….

우리 다시 만나는 그날까지, 부디…….

38
여름의 끝에서

"단주님, 생존자는 없는 것 같습니다. 젊은 여인이나 계집아이의 시신은 역시 보이지 않습니다. 이전의 마을과 똑같습니다."

……또다.

백하는 불에 타 폐허가 된 마을을 무거운 얼굴로 응시했다.

매캐한 냄새가 역겹게 후각을 자극했다. 타 버린 움막과 시신들은 형태를 분간하기 힘들 정도로 전소된 상태였다.

"역시…… 아르아키족의 소행인가."

"방화와 살육, 게다가 여인들을 데려간 것을 보면 틀림없이 그들입니다."

"이동한 방향은?"

"추적 중입니다."

조용히 고개를 끄덕인 백하는 피로로 묵직한 이마 한쪽을 지그시 누르며 잠시 천천히 눈을 감았다 떴다.

작년 가을부터 백하는 황제가 내어 준 군대를 이끌고 가달 평원을 샅샅이 수색하기 시작했다. 교하성의 서쪽 국경과 맞닿아 있는 평원의 동남부에서 시작된 수색은 계절이 세 차례 바뀌는 동안 이곳 서북부까지 이동해 있었고, 그사이 비록 황후 마마의 행방을 찾지는 못하였으나 수많은 부족과 마을을 거쳐 오는 동안 평원에 대한 크고 작은 정보들이 자연스레 쌓여 갔다. 그중 단연 가장 중대한 정보는 이들 아르아키족에 관한 것이었다.

평원의 약탈자라 악명이 드높은 아르아키족은 정착지를 두지 않은 채 평원을 떠도는 유랑 부족이었다. 유랑 부족이라고는 하나 그 부족원의 수가 실로 어마어마해서 평원을 통틀어 세력이 강대하기로는 이들 아르아키족을 따를 부족이 없었다.

그들은 터를 잡고 살아가는 다른 부족들의 마을을 찾아다니며 약탈을 일삼았는데, 그 성정이 몹시도 흉포하고 잔악하여 마을의 부족민을 모두 살육한 뒤 마을을 흔적도 남기지 않고 모조리 불태웠다. 다만 마을의 젊고 어린 여자들은 모두 생포하여 데려갔는데, 이는 자신들의 부족의 씨를 늘려 세력을 더욱 강대하게 만들기 위함이었다.

그 악명 높은 아르아키족이 평원의 서북부를 들쑤시고 다니며 활개를 치고 있었다.

흔적 없이 불타 버린 마을을 보며 백하는 폐부 깊숙이에서 피어오르는 불안감을 거두지 못한 채 얼굴을 흐렸다.

만일 황후 마마께서 지내시던 곳이 이 마을이라면…….

혹은 이전의 그 수많은 마을 중 하나라면…….

상상하는 것조차 치가 떨려 백하는 어지러운 잡념을 털어 내듯 머리를 세차게 흔들었다.

뻔뻔하게도 황궁으로 돌아가 황후 마마를 찾겠다는 명목으로 기어이 황제 폐하의 군대를 하사받은 그였다. 그 이상 폐하께 누를 끼치지 않고 어떻게든 지금의 힘으로 버텨 보고자 안간힘을 써 보았으나, 고작 제 면 따위를 신경 쓰다 정작 제 목숨을 걸고 이곳으로 달려오게 만들었던 일생일대의 사명을 끝내 지키지 못하게 될 수도 있었다.

그 얼마나 어리석고 불충한 일인가. 만일 그리된다면 그토록 한심하기 짝이 없는 자신을 죽어서도 용서할 수 없으리라. 결심을 굳힌 백하가 부관에게 명했다.

"부관."

"예, 단주님."

"폐하께 전서를 띄워라."

"준비하겠습니다."

부관이 눈짓하자 곁의 병사가 재빨리 지필묵을 대령했다.

백하는 잿더미만 남아 버린 폐허를 잠시 굳은 얼굴로 응시하다가, 이내 펼쳐진 종이로 시선을 내리고는 신중하게 서찰을 적어 내려가기 시작했다.

ㅁ ■ ㅁ

파안제국, 여미성.

어느덧 여름의 막바지였다.

여전히 늦더위가 기승을 부리고 있었지만, 제법 기력을 되찾은 몸은 푹푹 찌는 더위에도 웬만한 수련은 충분히 버텨 낼 만큼 꽤 회복되어 있었다.

"하아, 하아……!"

"그리 열성이면 백번 죽었다가도 백번 깨어나겠습니다. 하여도 뭐든 적당한 것이 좋은 법이니 쉬엄쉬엄하십시오, 폐하."

자함의 격 없는 농에 단휘가 검을 거두고는 이마 위로 흐른 땀을 닦아 내며 피식 입꼬리를 올려 웃었다.

"황태자 시절에 내 무술 스승이 그런 말을 했었지."

"뭐라 말입니까?"

"웬만큼 두들겨 맞아서는 죽지도 않을 맷집이라고. 칼을 맞고도 이리 살 줄은 아마 그도 몰랐을 테지만."

자함이 어련하시겠느냐는 얼굴로 시퉁하게 대꾸했다.

"그런 맷집으로 살아나셨으니 천운인 줄 아시고 귀하신 존체 더욱 귀하게 여기십시오.”

“더욱 귀하게? 이보다 어찌 더 귀하게 여기나.”

“흠…… 하긴 그건 또 그렇습니다. 지금은 외려 과할 만치 귀하게 여기고 계신 것이 사실이니…….”

“참으로 과할 정도지. 내 이만큼 회복되고도 지금껏 약주 한 잔 든 적이 없네.”

작년 가을, 백하에게서 아리의 소식을 전해 들은 후부터 지금까지, 근 1년 동안 단휘가 가장 공을 들인 일은 망가진 제 몸을 되돌려 놓는 것이었다.

운신조차 힘든 몸이었지만 그날부터 지금껏 수련을 빠뜨리는 날이 없었고, 진상되는 모든 진귀한 음식들과 약재들을 하루도 빠짐없이 때마다 꼬박꼬박 챙겨 먹는 것은 물론, 몸에 해롭다 하는 것은 일절 하지 않았다. 그리도 즐기던 약주 한 모금조차도 입에 대 본 적이 없는 그였다.

“내 멀쩡할 때조차도 내 몸을 이렇게 귀히 여겨 본 일이 있나 싶어. 하여 그 못돼 먹은 신이 이리 내 몸에 장난질을 친 건가 싶을 만큼.”

“애먼 신의 탓으로 돌리지 마십시오. 폐하께서 못돼 먹게 구셨으니 그 벌을 받으신 겁니다.”

“아무튼 하나같이…….”

단휘가 곁에 선 자함을 흘기듯 쳐다보았다. 자함도, 허 내관도, 장 상궁도 하나같이 제 곁에 있는 이들은 어째 갈수록 잔소리꾼에 쓴소리꾼이 되어 갔다. 자함은 원체 그런 이였고 허 내관도 이미 오래전부터 그런 이였었지만, 그러지 않던 장 상궁까지 두 사람에게 물든 것인지 종종 허물없는 말들을 늘어놓곤 했다. 우스운 것은 그런 그들이 조금도 노엽지 않다는 것이었다. 오히려 감사했다. 하늘 같은 군주에 대한 경외감 때문이 아니라 진심으로 저를 염려해 주는 이들이 제 곁에 있다는 사실이.

“폐하, 탕약을 드실 시간이옵니다.”

수련이 끝나기만을 기다리던 허 내관이 다가와 고하자 자함이 거들고 나섰다.

"오늘 수련은 이만 마치시지요. 탕약을 드시고 오수를 취하심이 좋을 듯합니다."

"그러지. 들어가세."

단휘는 검집에 검을 넣고는 몸을 돌려세웠다. 단 하루도 수련을 거르지는 않되, 몸에 무리를 줄 만큼 과도한 수련은 하지 않는 것이 지금까지 그가 지켜 온 철칙이었다.

궁 쪽으로 천천히 걸음을 옮기는데, 그때 멀리서 병사 하나가 이쪽을 향해 헐레벌떡 뛰어왔다.

숨도 제대로 쉬지 못한 채 달려온 듯 거친 숨을 터뜨린 병사가 황제 앞에 부복하고는 제 손에 들린 것을 머리 위로 번쩍 들어 올렸다.

단휘의 시선이 병사의 손에 들린 물건에 가닿았다.

붉은 장대(牸橩, 편지 봉투)였다.

"……전서인가."

"예, 폐하! 사혼단주가 보내온 것이옵니다!"

단휘는 병사의 손에 들린 전서를 빼앗아 들듯 낚아챘다. 지난 1년간 그리도 애타게 기다려 온 백하의 소식이었다.

그는 성마르게 장대를 열어 서찰을 펼쳐 들고는 그 안에 빼곡히 적힌 글자들을 떨리는 눈으로 읽어 내려갔다. 멀거니 곁에 서 있던 자함이 시시각각 어둡게 변하는 단휘의 표정을 염려스럽게 지켜보며 그의 입이 떨어지기만을 노심초사 기다리고 있었다.

「신 사혼단주 백하, 폐하께서 내리신 군대를 이끌고 황후 마마의 행방을 찾는 데 만전을 기하고 있사오나 미흡하게도 아직 어떤 단서도 입수하지 못하였습니다. 소신의 불충을 꾸짖어 주십시오. 평원의 남동부를 샅샅이 살피고 이제 서북부에 닿아 수색에 박차를 가하려던 참이었으나 예기치 못한 문제가 생겨 황공하옵게도 감히 이리 폐하께 서신을 띄웁니다……(중략)……평원의 약탈자라 불리는 아르아키족은 평원을 떠도는 유랑 부족이지만 그 세력이 막강할 뿐 아니라 성질이 잔악하고 흉포하여 방화와 살육을 일삼고, 여인들을 납치해 가는 것으로도 악명이 높은……(중략)……하여 심히 우려되는 바, 면목 없사오나 이곳 서북부로 지원군을 보내 주시길 간청하나이다.」

서찰을 구기듯 움켜쥔 손끝이 떨렸다. 단휘가 자함을 향해 고개를 들었다.

"……자함."

"예, 폐하."

자함이 즉시 대답하자 단휘가 그런 자함을 잠시 말없이 응시했다. 어딘지 결연한 그 눈빛이 사뭇 불안하여 자함은 저도 모르게 마른침을 삼키며 그의 뒷말을 기다렸다. 이내 단휘가 낮고 고요한 목소리로 입을 열었다.

"군대를 소집하게. 지금 당장."

"예? 군대라니요?"

"출정을 나갈 것이네. 목적지는 가달 평원의 서북부……. 선봉에 서는 것은 나야. 자네에게는 미안하지만 다시 도성을 부탁해야겠네."

"폐하! 어찌 또 이러십니까!"

붉으락푸르락한 얼굴로 소리치는 자함에게 단휘가 백하의 서찰을 툭 건넸다. 빠르게 내용을 읽어 내린 자함이 강하게 고개를 저었다.

"가달 평원 서북부까지의 행로가 어디 애들 장난인 줄 아십니까? 이만큼 회복되셨다고 그리 만만히 여기실 곳이 아니란 말입니다!"

"내 설마 만만히 여겨 그러하겠나."

"그런 것이 아니면 무엇입니까!"

"글쎄……. 사생결단이라 하면 자넬 설득할 수 있을까."

"폐하!"

단휘가 눈꼬리를 휘며 느리게 웃었다.

"내 이런 놈이었다는 걸, 자네도 나도 이미 진즉 알고 있었지 않나. 그러니 새삼스레 역정 내지 말게."

애당초 황제 될 재목이 아니었던 게지. 애당초 그 자리는 나의 자리도 아니었고……. 그러니 이만큼이나 지켜 온 것도 용한 일이지…….

아니 그렇사옵니까, 아바마마……?

피식 엷은 웃음을 흘리며 단휘는 늦여름 대지를 뜨겁게 내리쬐는 태양이 떠 있는 하늘을 흘끗 올려다보았다.

"……내 곰곰이 생각을 해 보았네. 저 짓궂은 신이라는 작자가 구태여 나를 살려 낸 까닭이 대관절 무얼까 하고 말일세."

다 죽어 가던 저를, 굳이 원수 같은 놈의 손에 맡겨 부득부득 살려 낸 그 까닭이 무얼까 하고…….

"다시 한번 더 내게 기회를 준 게지."

"……"

"인연의 실을 제대로 매듭지을…… 기회…….."

뒤죽박죽 엉켜 버린 그녀와 나의 이 질긴 인연의 실을 풀어내어…… 온전히 그 끝을 매듭질…… 그런 기회…….

아마도 다시는 오지 않을…… 어쩌면 마지막일 기회…….

단휘는 덤덤한 미소를 떠올린 채 저의 최측근이자 친우인 사내의 얼굴을 의연히 바라보았다.

"이 기회를 놓치면 다시는 잡지 못할지 몰라. 그러니 부디 말리지 말게…….. 이런 내가 원망스럽겠지만, 그저 이런 주군을 섬겨야 하는 자네의 운명이겠거니 생각하면 조금 덜 억울할 걸세."

또 이리 뻔뻔히 나오는 제 주군을 노려보듯 응시하던 자함이 이내 볼멘소리로 투덜거렸다.

"조금 덜 억울하긴 뭐가 덜 억울합니까. 끝까지 그리 억울한 말씀을 잘도 하시면서."

"……부탁하네, 자함…….."

끝내 황제를, 제 친우를, 그 주단휘를 말리지 못할 것을 안다……. 죽음의 문턱까지 밟고 돌아온 그가, 그녀라는 문제 앞에 무엇을 주저할까. 조금 전 그가 제게 뱉은 그 뻔뻔한 말마따나, 그런 그를 주군으로 섬겨야 하는 자신의 운명이겠거니 생각하면 그리 억울할 일도 아니었다.

"신 대장군 자함, 황명을 받잡습니다. 속히 군대를 소집하여 출정을 준비토록 할 것이오니, 떠나시는 날까지 부디 폐하께서는 심신을 굳건히 하십시오."

자함은 올곧은 눈을 들어 제 주군을 응시하며 우직하게 외쳤다. 자신이 오로지 해야 할 일은, 충직히 황명을 받들어 그가 없는 도성을 다시금 지켜 내는 것······. 그리하여 마침내 무탈히 돌아온 그가, 드높은 황좌에 다시금 강건히 자리할 수 있도록······.

"······고맙네."

후텁지근한 열기를 머금은 늦여름의 뜨겁고 눅진한 바람이 그들 사이를 스쳐 지나갔다.

영영 뜨겁게 타오를 것만 같던 태양의 계절이 이울어 가고 있었다.

여름의 끝에서······.

□ ■ □

여름이면 무더위가 찾아오는 제국과는 달리 가달 평원의 여름은 퍽 서늘한 편이었다. 평원의 동남부에 비해 이곳 서북부의 기후는 특히 더 그러하여 제국으로 치자면 흡사 가을에 가까운 날씨가 지난여름부터 쭉 이어지고 있었다.

계절의 모호함 때문인지 언제부턴가 시간의 흐름에 무뎌져 있었지만, 제법 쌀쌀해진 날씨에 이제는 조금씩 실감이 나는 것도 같았다. 지금쯤이면 제국에도 벌써 가을이 찾아와 있을 터였다.

1년 가까이 이어져 온 행군으로 인해 모든 것이 견디기가 버거운 지경에 이르러 있었지만, 한여름의 무더위에 시달리지 않아도 된다는 점은 개중 퍽 다행한 일이었고, 군량과 물이 부족한 때에 병사들에게 조금이나마 위안이 되어 주고 있는 것이 사실이었다.

하지만 오래 버틸 수는 없는 노릇이었다. 백하가 보낸 전서가 무사히 황제에게 닿아 하루빨리 지원군이 당도하기만을 백하를 비롯한 병사들 모두가 바라고 있었다. 전서를 보낸 지도 벌써 한 달 하고도 보름을 훌쩍 넘기고 있었다.

모두가 지쳐 있었지만 그렇다고 해서 수색을 멈추지는 않았다. 무작정 지원군을 기다리고 있기에는 이곳의 사정이 급박한 탓이었다. 서북부에 다다른 이후로 벌써 몇 번째 마을인지 모른다. 아르아키족의 습격으로 초토화된 마을을 볼 때마다 심장이 철렁 내려앉았다.

백하는 멀리 평원의 끝에 닿아 있는 하늘을 멍하니 응시했다. 1년 전, 평원의 서북쪽 하늘 끝에 떠오른 생경한 별자리……. 그것 하나만 믿고 이쪽으로 수색의 방향을 잡은 그였다. 천관이라 하여 하늘의 모든 기운을 읽을 수 있는 것은 아니었다. 하여 별자리의 정확한 뜻을 헤아리기는 힘들었지만, 그 별들의 기운이 자신을 이곳으로 인도했다는 사실만큼은 분명했다.

하늘이 저를 이곳으로 데려왔으니 분명 이곳 어딘가에 황후께서 틀림없이 살아 계시리라 믿고 싶었다. 제 목숨을 대신 잃는다 해도 그분만큼은 반드시 살아 계시기를, 백하는 진정으로 바라고 있었다.

"단주님! 정찰병이 돌아왔습니다!"

부관이 그에게 황급히 달려와 보고했다. 함께 달려온 병사 하나가 그런 부관의 곁에서 거친 숨을 몰아쉬었다. 앞서 보낸 정찰대의 대장이었다. 백하가 사내를 보며 심각한 얼굴로 입을 뗐다.

"보고하라."

"10리 앞에 마을이 있습니다. 그런데…… 병장기를 지닌 기마족이 마을을 에워싸고 있었습니다. 아르아키족 같았습니다."

얼마쯤 각오하고 있던 사실에 백하가 낮게 한숨을 내뱉었다. 그들과 자신이 선택한 행로가 다르지 않은 듯싶었다.

"……어림잡아 그 수가 얼마나 되던가."

"족히 육칠백은 넘을 듯 보였습니다."

"육칠백이라……."

백하는 미간을 좁힌 채 근심에 잠겼다. 그가 이끄는 군사들은 팔백이 조금 넘는 수였다. 처음 도성을 떠나올 때 폐하께서 천오백의 군사를 내어 주셨으나 1년이 지난 지금 그 수가 절반으로 줄어 있었다.

평원은 소름 끼치도록 광활했고, 평원의 부족은 헤아릴 수 없이 많았다. 평원을 떠도는 시간이 길어질수록 낙오병은 늘어만 갔다. 개중 사지가 멀쩡한 이들은 끝내 대열에 합류하기를 거부한 채 도망치기 일쑤였고, 그러지 못한 이들은 병들어 죽어 갔다. 하여 남아 있는 병사는 기껏해야 팔백이었다.

게다가 병사들은 몹시 지쳐 있었고, 수적으로도 그다지 우세하다 할 수만은 없는 상황이었다. 굳이 저들과 부딪칠 생각 말고 이 마을을 피해 차라리 다른 마을에 먼저 닿는 것이 낫지 않을까, 잠시 그런 생각이 백하의 뇌리를 스쳤으나 그는 이내 고개를 저었다.

황후 마마께서 계신 곳이 이 마을이 아니라고 어찌 장담할 수 있단 말인가.

"마을로 간다! 아르아키족에게서 마을을 지켜라!"

"존명!"

명을 내린 백하가 입술을 깨문 채 쓴웃음을 머금었다. 우스운 일이었다. 평원의 부족들을 굴복시켜서라도 황후 마마를 찾아내겠다는 각오로 떠나온 길이었다. 한데 뜻밖의 복병인 아르아키족의 출현으로 도리어 그들로부터 평원의 마을들을 지켜야 하는 처지로 뒤바뀌어 버리고 만 것이다.

"이탈자는 척결할 것이다! 뒤처지지 말고 전진하여 싸우라! 아르아키족을 멸하라!"

"와아아! 이탈자는 척결한다! 전진하라!"

"아르아키족을 무찔러라! 와아아아!"

마침내 백하에게서 출발 신호가 떨어지자 군사들이 우렁차게 따라 외쳤다. 선봉에 선 백하가 무시무시한 기세로 달려 나가자, 휘하의 군사들이 남은 힘을 불태우듯 그를 쫓아 무시무시한 기세로 질주했다.

뿌옇게 이는 흙먼지를 헤치며 질주하는 군사들의 장엄한 행렬이 마을을 향해 엄청난 속도로 가까워지고 있었다.

□ ■ □

가달 평원, 하시티엔 마을.

어느덧 평원에도 가을이 부쩍 다가와 제법 선선한 바람이 불어오고 있었지만 한낮의 볕은 여전히 뜨겁게 내리쬐고 있었다.

여느 날과 같이 나른하고 평화로운 한때였다.

아리는 곧 있으면 첫 돌이 되는 세쌍둥이의 새 옷을 짓는 중이었다. 고맙게도 원비 샤하티의 여동생들인 리나와 카라가 세쌍둥이에게 꽃잎 놀이를 시켜준다며 아이들을 언덕의 시리 숲으로 데리고 나가 준 덕분에 아침부터 지금까지 아무런 방해도 받지 않고 오로지 옷 짓는 일에만 열중할 수 있었다.

가을이 되면 마을 근처의 시리 숲에는 시리꽃이 만개했다. 시리꽃은 여름철 제국에서 피는 푸른 수레국화와 그 생김새가 꼭 닮은 꽃이었는데, 다만 키가 더 크고, 잎이 조금 더 억세며, 꽃잎의 색이 조금 더 연한 푸른빛이라는 차이가 있을 뿐이었다.

돌쟁이 세쌍둥이가 요즘 가장 좋아하는 놀이가 바로 그 시리꽃 꽃잎 놀이였다. 꽃잎을 따 양 손바닥 안에 한가득 모아서 머리 위로 흩뿌려 주는 놀이가 그것이었다. 흩날리는 꽃잎들을 보며 까르르까르르 숨이 넘어갈 듯 웃어 대는 그 모습들이 어찌나 어여쁘고 사랑스러운지, 노는 아가들을 보고 있노라면 절로 미소가 떠오르곤 했다.

즐겁게 놀고 있을 아가들을 생각하니 또 그렇게 저도 모르게 미소가 지어졌다. 아리는 마음 깊이 번지는 행복감에 감사해 하며 다시 부지런히 옷감을 집어 들었다. 이틀 전부터 만들기 시작한 첫째 강의 옷을 조금 전 드디어 완성하고 이제 막 둘째 운의 옷을 짓기 시작하려던 참이었다.

"……."

준비해 둔 천을 꺼내 바느질을 하려던 아리는 손을 멈추고 시선을 옆으로 돌렸다. 바닥 한편에 반듯하게 개어 놓은 첫째 강의 옷 위에 가지런히 포개어 둔 물건에 그녀의 시선이 가닿았다.

지난봄 낙안에 갔을 때 장신구 가게에서 운 좋게 반값에 샀던 향낭……. 사자마자 떨어뜨리고 온 것을 보니 그 향낭의 주인은 제가 아니었던 모양이다. 아리는 강의 새 옷 위에 놓아둔 물건을 집어 제 손바닥 위에 올려놓고는 한참을 들여다보았다.

헛돈을 쓴 것이 아깝기도 했지만, 돈보다도 그에게 선물하려던 것이라 내내 아쉬운 마음이 들어 최대한 비슷하게 만든다고 만들어 본 것이었다. 물론 저자에서 샀던 것과는 감히 비교도 되지 않는 비루한 결과물이었지만, 제 정성이 듬뿍 들어간 것이니 그러면 분명 기쁘게 받아 주리라. 아리는 조용히 미소 지으며 향낭을 다시 제자리에 놓고는 무릎 위에 내려놓았던 옷감을 집어 들었다.

막 바느질을 시작하려던 때였다. 느닷없이 움집의 천막이 찢길 듯이 걷혔다.

갑작스러운 소란에 놀란 아리가 고개를 번쩍 들었다. 어째서인지 들어온 이의 얼굴을 확인하기도 전에 심장부터 뛰었다. 카다르 부족은 느긋하고 여유로운 이들이었다. 이곳에서 1년 반을 지내는 동안 단 한 번도 저런 식으로 천막이 걷힌 적은 없었다.

"아리! 큰일 났어요! 빨리 여길 피해야 해요!"

"……!"

손에 들고 있던 옷감이 무릎 위로 툭 하고 떨어졌다. 천막을 걷고 움집으로 뛰어 들어온 샤하티가 흙빛이 된 얼굴로 다짜고짜 그렇게 소리쳤다.

"샤하티, 무슨 일이에요? 대체 무슨……."

"아르아키족이에요. 그들이 마을 근처에 와 있어요!"

"……!"

샤하티의 대답에 아리의 얼굴이 새하얗게 질렸다. 아르아키족에 관한 소문이라면 아리 역시 익히 들어 알고 있었다. 이 평원에서 그들의 존재를 모르는 이들은 없을 터였다. 파리하게 굳은 얼굴로 튕겨 오르듯 몸을 일으킨 아리에게 샤하티가 다그치듯 물었다.

"세쌍둥이는요? 아가들은요!"

"시리 숲에…… 리나와 카라가 꽃잎 놀이를 시켜 준다고……."

"맙소사! 하필 이런 때에……!"

샤하티가 비명을 지르듯 탄식했다. 시리 숲은 마을에서 3리쯤 떨어진 언덕배기에 있었다. 아리는 벽에 걸어 둔 활과 화살통을 황급히 집어 들고는 움집 밖으로 미친 듯이 뛰쳐나갔다.

두두두— 두두두두—!

밖으로 나가니 그제야 들려오기 시작했다. 천둥처럼 지축을 울리는 말발굽 소리가 서서히 가까워지고 있었다. 멀리 뿌옇게 인 흙먼지가 마을을 에워싸고 있었다.

"마마!"

움집을 향해 숨이 턱까지 차도록 달려온 유와가 아리를 발견하고는 다급히 그녀를 부르며 곁으로 다가와 섰다. 마을 밖의 상황을 살피다 한달음에 달려온 것인지 거친 숨을 토해 내는 그의 이마 위에서 땀이 턱까지 주르륵 흘러내려와 바닥으로 뚝뚝 떨어지고 있었다. 머뭇거릴 틈이 없었다. 아리는 서둘러 화살통을 메고는 활을 꼭 움켜쥔 채 소리쳤다.

"유와, 시리 숲으로 가자! 아가들이 거기 있어."

"뭐라고요? 젠장! 빨리 가요!"

샤하티가 부리나케 마구간으로 달려가 매어 두었던 말들을 모두 풀어 주었다. 본능적으로 위험을 직감한 말들이 잠시 흥분하여 날뛰었지만 카다르 부족민들은 그런 말들을 능숙하게 달랜 뒤 말 위에 올라타 경계 태세를 갖췄다.

아리와 유와도 서둘러 말을 잡아 올라탔다. 마을에 도열해 선 부족민들을 뒤로한 채 두 사람은 시리 숲을 향해 미친 듯이 내달렸다.

"아르아키족이다! 섬멸하라!"

"와아아! 아르아키족을 섬멸하라!"

선두에 선 백하가 포효하듯 외치자 병사들이 평원이 떠나갈 듯 함성을 내지르며 무시무시한 기세로 돌격했다. 마침내 아르아키족과 제국군의 전투가 뜨겁게 불붙고 있었다.

예상치 못한 제국군의 공격에 잠시 주춤하며 흐트러졌던 아르아키족의 대열은 족장의 신속한 대응으로 이내 빠르게 수습되었다. 그들은 제국군의 공격에 맞서 맹렬한 반공을 펼치기 시작했다. 평원을 누비는 유랑 부족이라 하여 결코 만만히 여길 상대가 아니었다. 잘 훈련된 병사들의 것과는 달리 야생의 거친 방식으로 익힌 그들의 무예는 두려움을 불러일으킬 만큼 위력적이었고, 지쳐 있는 제국군 병사들과는 달리 펄펄 나는 그들의 기세 또한 찰나 뒷걸음치게 만들 만큼 모두를 위압적으로 압박해 오고 있었다.

"물러서지 마라! 부딪쳐 싸워라!"

"와아아아!"

백하는 우렁찬 호령을 내뱉으며 거침없이 말을 내달려 적들을 베어 나갔다. 흡사 살인귀가 된 듯 그의 검은 정확히 아르아키족의 숨통을 끊어 놓고 심장을 꿰뚫었다. 온 신경을 곤두세운 채 어느 때보다도 싸움에 집중하고 있는 그였다.

어떻게든 살아남아야 한다. 그가 무너지면 끝이었다. 병사들의 사기는 장수의 상태로 결정되는 것이라 해도 과언이 아니었다. 그가 건재하여야 병사들도 건재할 수 있는 것이다.

병사들과 마찬가지로 그 역시 지쳐 있었지만 지친 내색조차 할 수 없었다. 회복이 덜 된 몸으로 여태 버티면서도 단 한 번 물러서 본 적이 없었다. 백하는 이를 악문 채 검을 치켜들며 적을 향해 거침없이 달려 나갔다.

"이…… 이게 무슨……."

그 시각, 카다르 부족은 제국군과 아르아키족의 전투를 아연실색한 채 지켜보고 있었다. 끝을 각오하며 아르아키족의 공격에 맞설 마음의 준비를 하고 있는데, 그들이 마을을 덮치기 직전 갑자기 나타난 정체불명의 군대가 아르아키족의 후미를 공격해 온 것이다. 마을 앞은 순식간에 아수라장이 되어 버렸지만 카다르 부족은 무사했다. 아마 저들이 나타나지 않았다면 자신들의 마을과 부족민 모두가 지금쯤 저 아수라장에 무력하게 휩쓸렸을 것이다.

"저 군사들은 대체……."

"갑옷과 복식을 보니 아마 남부 제국의 군대 같은데……."

카다르 부족의 족장이자 지아비인 자히칸의 말에 샤하티가 멀리 보이는 병사들의 행색을 유심히 살펴보았다. 남부 제국이라면 파안제국을 말하는 것이었다. 듣고 나니 그제야 제국의 복식이 눈에 들어왔다. 틀림없이 파안제국의 복식이었다.

"파안제국의 군대가…… 그들이 대체 왜……?"

혼란스러운 얼굴로 멍하니 중얼거리던 샤하티의 두 눈이 일순 커다랗게 떠졌다. 아리의 과거에 대해 그녀에게 직접 들은 이야기는 없었지만, 해마다 낙안의 저자에서 주워듣는 이런저런 소문들 속에서 그녀의 이야기는 빠지지 않는 단골 화제였다. 그때 들었던 소문들로 그녀의 과거를 어렴풋이 유추해 볼 수는 있었다.

파안의 황제와 황후 사이가 이렇다 저렇다 하는 소문들은 이미 모르는 이들이 없을 정도로 숱하게 나돈 풍문이었고, 거기에 한술 더 떠 재작년쯤이던가, 저자에는 제국의 황후가 북부 연맹국의 왕비가 되었다는 얼토당토않은 소문이 나돌았었다. 그리고 작년 봄, 낙안의 저자에 들렀던 미루가 당시 낙안성을 함락시킨 그 북부 연맹국 아라하 왕의 폐비인 그녀를 위기에서 구해 주고 마을로 데려왔다. 그렇게 폐비의 신분으로 아라하의 왕에게서 떠나온 그녀가 숨어 있는 이곳에 느닷없이 제국군이 들이닥친 것이다.

물론 그 전에 먼저 들이닥친 것은 아르아키족이긴 하지만……. 아르아키족의 습격은 굳이 까닭을 파헤치지 않아도 납득이 갔지만, 제국군이 아르아키족을 치는 것은 다른 이유로는 설명이 되지 않았다.

"설마…… 제국의 황제가 그녀를 찾고 있는 걸까요?"

"글쎄. 그야 우리는 알 길이 없지. 다만 신께서 우릴 도우려 하신다는 것만은 분명한 것 같군. 염치없지만 싸움은 잠시 저들에게 맡기고 우린 그동안 부족민들을 최대한 대피시켜야겠소. 은혜라는 것도 살아야 갚을 수 있으니까."

"예, 자히칸."

샤하티는 고개를 끄덕였다. 자히칸의 말이 옳았다. 의문투성이였지만 지금은 저들의 사정을 따질 때가 아니었다. 샤하티와 자히칸은 부족의 전사들과 함께 부녀자들과 노인들을 마을 밖으로 대피시키는 일에 온 힘을 기울였다.

"단주님! 부족민들이 마을 밖으로 대피 중입니다! 아직 피해는 없는 것 같습니다."

어렵사리 마을의 동향을 살피고 온 부관이 말을 달려 백하의 뒤에 선 채 아르아키족과 싸우며 그렇게 외쳤다.

아직 마을의 피해는 없다⋯⋯. 백하는 가슴을 쓸어내렸다. 검을 쥔 손에 조금 더 강한 힘이 실렸다. 하지만 이대로 얼마나 더 버틸 수 있을지는 의문이었다. 아르아키족이 쓰러진 수만큼, 아니 그 이상으로 제국군 병사들이 쓰러져 나갔다. 이대로 간다면 전세는 순식간에 저들 쪽으로 기울어질 것이다. 그리되면 섬멸되는 것은 저들이 아니라 자신들이 될 터였다.

전서는 제대로 전달된 것일까. 또다시 고개를 쳐드는 불안감을 억누르며 백하는 평정을 잃지 않으려 애썼다. 그의 흔들리는 눈빛 하나에 수십의 병사들의 목이 날아갈 수도 있었다. 백하는 정신을 다잡고 또 다잡았다. 어떻게든 버텨야 한다. 어떻게든⋯⋯!

그는 이를 악문 채 제게 달려드는 적을 향해 쉬지 않고 검을 휘둘렀다. 감각이 둔해질 만큼 이미 무리한 힘을 썼기에 움직임이 확연히 느려져 있었다. 검은 정확도를 잃은 지 오래였고 그의 몸에는 상처가 낭자했다. 베인 상처에서 느껴지는 아릿한 통증보다도, 바닥난 체력에 절망감이 엄습해 왔다. 몸이 더는 마음처럼 움직여 주지 않았다. 폐부 깊숙이 파고드는 암담함을 느끼며 백하가 고개를 쳐들었다.

"하아, 하아⋯⋯!"

평원의 가을하늘은 이런 순간에조차 시리도록 푸르기만 하다. 빌어먹게도⋯⋯.

울컥 튀어나오는 욕지거리를 삼키며 백하가 하늘을 일별하던 순간이었다.

삐이아— 삐이이아—!'

네 마리의 매가 특유의 날카로운 울음소리를 내며 하강을 시도하듯 푸른 하늘 위를 빙글빙글 돌고 있는 모습이 그의 시야에 잡혔다.

'⋯⋯창응⋯⋯? 넷⋯⋯ 분명 네 마리다⋯⋯! 원군⋯⋯인가⋯⋯!'

네 마리의 매를 띄우는 것은 전시 중 원군이 당도하였음을 알리는 제국의 신호였다. 곁에서 전력을 다해 싸우고 있던 부관 역시 네 마리의 매를 발견하고는 격양된 얼굴로 소리쳤다.

"단주님! 원군입니다! 원군이 당도한 듯싶습니다!"

부관의 외침에 몇몇 병사들이 하늘을 향해 고개를 쳐들었다. 모두의 얼굴에 짙게 깔려 있던 어두운 절망이 걷히고 벅찬 희망과 환희가 떠올랐다. 백하는 검을 번쩍 치켜든 채 주변을 향해 있는 힘을 다해 우렁차게 호령했다.

"모두 버텨라! 원군이 지척에 있다! 그들이 올 때까지 버텨라! 어떻게든 살아남아라!"

"와아아아! 원군이다!"

"원군이 도착했다! 와아아!"

그리도 기다렸던 원군의 소식에 병사들의 함성이 하늘을 찌를 듯이 울려 퍼졌다. 우렁찬 함성에 잠시 동요하던 아르아키족이 이내 다시금 무서운 기세로 공격해 왔다.

찰나 제 목을 향해 벼락처럼 내리쳐지는 적의 검을 있는 힘을 다해 막아 낸 백하는 피가 흥건한 손으로 검 자루를 단단히 틀어쥐었다.

조금만, 조금만 더 버티면 아르아키로부터 이 마을을 지켜 낼 수 있다……. 만일 이곳에 계신 것이라면 마침내 황후 마마를 찾아내 무사히 궁으로 모셔 갈 수도 있으리라.

그러니 죽는 것은 그 후가 되어야 한다. 행여 오늘이 신께서 정한 저의 마지막 날이라 해도…… 어떻게든 버텨 살아남아야 한다…….

"전군, 진격하라! 맞서 싸워라! 끝까지 버텨라!"

신이여…… 이 목숨 다하겠댔던 그 맹세 지금은 잠시 거두오니, 부디 가호하소서……!

백하는 사자후를 토해 내듯 기합을 내지르며 가공할 기세로 아르아키족을 향해 달려 나갔다.

□ ■ □

"하아, 하아!"

정신없이 내달려 시리 숲에 도착한 아리와 유와는 시리풀을 헤치며 조급히 앞으로 나아갔다. 키가 사람의 허리까지 오는 시리풀의 억센 줄기가 그들이 가는 방향으로 몸을 뉘어 길을 만들었다.

리나와 카라는 늘 그렇듯 언덕배기로 세쌍둥이를 데려갔을 터였다. 언덕배기에는 아담한 평지와 앉아 쉴 만한 바위가 있었고, 언덕 아래로는 평원의 너른 풍경이 끝없이 펼쳐져 있었다. 아가들에게 꽃잎 놀이를 해 주기에는 안성맞춤인 장소였다.

"여기서부터는 걷는 것이 좋겠습니다. 제가 앞장설 테니 마마께서는 숲에 몸을 숨기시고 제 뒤를 엄호해 주십시오."

유와가 시리 숲 밖까지 열 보쯤 남겨 둔 곳에서 그리 말하며 말에서 내렸다. 그러곤 그녀가 말에서 내리는 것을 도왔다. 혹 숲 밖의 사정이 그가 예상한 최악의 상황이라면 물론 이 모든 것이 무의미할 테지만 최대한 둘의 효율을 높이려는 것이었다. 그의 무기는 검이었고 그녀의 무기는 활이었다. 그러니 노출되는 것은 저 하나면 충분했다.

"그리고…… 만일 뭔가 잘못되었다면 마마 혼자서라도 도망치셔야 합니다."

"……!"

유와의 말에 충격을 받은 듯 아리가 떨리는 눈으로 그를 보았다.

"혼자 도망치라니…… 어째서 그런 말을 하는 거야……. 아가들이 여기 있는데……!"

"만에 하나…… 아기씨들이 잘못되셨다면 말입니다."

아리가 새하얗게 질린 얼굴로 눈에 핏대를 세운 채 유와를 노려보았다.

"그런 끔찍한 소리를 어찌 아무렇지 않게……! 그 입 다물어, 유와. 아무리 너라도 용서 못 해!"

몸을 벌벌 떨며 제게 분노하는 아리를 유와가 착잡한 시선으로 응시했다. 아기씨들의 생사를 장담할 수 없는 지금, 그가 해야 하는 일은 오로지 그녀를 지키는 일뿐이었다. 아르아키족은 동족의 씨를 늘리기 위해 여인들을 납치해 겁탈을 일삼는 야만족이라 했다. 제 주인이 또다시 그런 지옥을 겪게 된다면 그것을 막지 못한 저를 스스로 찢어 죽여도 시원찮을 터였다. 지금 저의 그 말이 제 주인에게 얼마나 잔인하고 끔찍하게 느껴졌을지 모르는 바는 아니었지만, 모질게 뱉어 내야 했던 제 심정 또한 어찌 편하다 할 수 있을까.

"……마마를 지키지 못하면…… 죽을 때까지 제가 절 용서 못 할 겁니다. 그러니까……."

차마 말을 끝맺지 못한 유와가 이를 악문 채 몸을 획 돌려 황급히 시리 숲 밖으로 사라졌다. 아리는 그런 유와의 뒷모습을 잠시 아프게 바라보았다. 그의 진심을 어찌 모를까. 자신의 목숨보다도 세쌍둥이의 목숨을 더 귀하게 여길 이가 바로 유와였다.

아리는 차오르는 슬픔과 심장을 조여 오는 두려움을 가까스로 억누르며 정신을 다잡듯 크게 심호흡을 했다. 그러고는 시리 숲에 몸을 숨긴 채 유와가 사라진 숲 밖을 향해 바짝 다가갔다. 흔들리는 시리풀잎 사이로 숲 밖의 전경이 어렴풋이 보이기 시작했다.

사방은 고요했다. 언덕배기의 평지를 향해 조심히 걷고 있는 유와 외에는 사람이나 짐승의 그림자 하나 보이지 않았다. 유와가 막 평지에 다다라 시야에서 사라질 무렵, 아리는 시리 숲에서 조용히 빠져나와 유와가 사라진 평지를 향해 서둘러 걸음을 옮겼다. 한 걸음을 옮겨 놓을 때마다 영겁이 흐르는 느낌이었다. 소름 끼치는 적막 속에서 들리는 소리라고는 쿵쿵 뛰는 제 심장 소리와 휘잉, 휘이잉 하고 귓가를 스쳐 지나가는 바람 소리뿐이었다.

평지의 상황을 파악했다면 어떤 식으로든 신호를 보내왔을 유와이건만, 어느새 모습이 완전히 보이지 않게 된 그에게서는 한참이 지나도록 어떤 신호도 오지 않고 있었다. 사위는 지나치게 고요했다. 그 끔찍한 고요가 그녀에게 말할 수 없는 공포를 불러일으키고 있었다.

내딛는 걸음이 점점 빨라졌다. 언덕진 땅을 힘껏 디뎌 마침내 그 정상에 있는 평지에 다다랐을 때, 아리의 눈에 들어온 것은 저만치 떨어진 곳에 선 채 사시나무 떨듯 떨고 있는 리나와 카라의 모습이었다.

"리나! 카라……! 아가들은…… 세쌍둥이는……!"

그녀들은 하얗게 질린 채 한곳을 응시하고 있었다. 다급히 그 시선을 따라가 보니 바닥에 엎드려 있는 유와가 보였다. 그의 검은 바닥에 가지런히 놓여 있었다.

"……유……와……?"

왜 그러고 있는 것이냐고 묻고 싶었지만 물을 엄두조차 나지 않았다. 입이 떨어지지 않았다. 그는 부상을 당해 쓰러져 있는 것이 아니었다. 그는 제 의지로 깍듯이 엎드려 부복하고 있었다.

아리는 휘청거리는 다리에 힘을 주고 선 채 그 대상을 혼란스럽게 눈으로 좇았다. 부복해 있는 유와의 서너 걸음 앞에, 황금빛 갑주를 입은 사내가 등을 보인 채 뒤돌아 서 있었다.

"……!"

머릿속이 하얗게 변해 갔다. 뒤돌아선 사내의 발치에 옹기종기 모여 선 세쌍둥이가 까르르하고 자지러질 듯 웃으며 사내의 양다리에 철썩 매달려 있었다.

"안 돼. 강아…… 운아…… 설아…… 이리 오렴……. 어미에게 오렴, 어서……!"

"까아아!"

"까르르!"

세쌍둥이는 아리를 보고도 자지러질 듯 웃을 뿐 어미에게 올 생각이 전혀 없는 듯했다. 아리는 피가 바짝 말라 갔다. 여전히 뒤돌아선 채 아이들을 내려다보고 있는 사내는 어째서인지 허리에 찬 검을 꺼내 들지조차 않고 있었다. 그런 이의 앞에서 무기를 버리고 투항한 유와가 이해되지 않았다. 제가 아는 유와라면 저런 상황에서 백이면 백 사내에게 달려들어 어떻게든 아가들을 구해 냈을 것이다.

아리는 활시위를 당긴 채 사내에게로 조금 더 가까이 다가갔다. 평지의 중앙쯤에 다다르고 나서야 그 이유를 알 수 있었다. 언덕배기 아래로 끝없이 펼쳐진 평원을 시커멓게 메운 군사들이 그녀의 시야를 가득 채웠다. 언뜻 보기에도 엄청난 수였다. 기백 따위의 규모가 아니었다. 수천은 족히 넘을 듯싶었다.

"까르르!"

또다시 세쌍둥이의 자지러지는 웃음소리가 들려왔다. 아리는 사내를 향해 다급히 시선을 돌렸다. 기이하게도 사내의 손에는 검 대신 시리풀이 잔뜩 들려 있었다.

시리풀의 꽃송이를 훑어 꽃잎을 따 모은 사내가 아이들의 머리 위로 꽃잎을 흩뿌렸다. 그러자 아이들이 또다시 까르르하고 숨이 넘어갈 듯 웃음을 터뜨렸다.

아리는 그 모습을 넋이 나간 듯 멍하니 바라보았다. 얼핏 보면 평화로운 광경이었지만, 아리에게는 이 모든 게 두렵고 괴이하기 그지없었다. 머릿속이 새하얗게 굳어 버려 생각이란 것을 떠올릴 수가 없었다. 뭐가 어떻게 돌아가고 있는 것인지 도무지 이 상황을 이해할 수 없었다.

혼란함과 두려움에 빠져 있던 그때였다. 사내가 돌연 한 아이를 한 팔로 번쩍 안아 올렸다. 아리는 본능적으로 활시위를 힘껏 당기며 사내를 향해 겨누었다.

"움직이지 마!"

활을 쥔 손이 덜덜 떨려 왔다. 심장이 터질 듯 뛰고 있었다.

"아이를…… 당장 아이를 내려놔……!"

잔뜩 악에 바친 그녀의 절박한 외침에, 등을 돌린 채 서 있던 사내가 멈칫했다. 사내의 머리 위로는 시린 가을 햇살이 부서져 내리고 있었다.

"……."

사내가 여전히 아이를 한 팔에 안은 채로 천천히 그녀를 향해 돌아섰다. 등 뒤로 쏟아지는 역광에 사내의 얼굴 위에 짙은 음영이 내려앉았다. 사내가 의외라는 듯 고개를 비스듬히 기울였다.

"……활도 쏠 줄 아나……."

희미한 음성에 이어 옅은 웃음소리가 바람결에 흩어졌다. 바람에 나부끼는 검은 머리카락이 일순 사내의 얼굴 앞으로 쏟아졌다가 다시 바람에 세차게 물러났다. 쏟아지는 햇살도, 불어오는 바람도, 이곳에 머무는 그 모든 것들이 오직 그를 위해 존재하는 듯했다.

역광에 흐려졌던 그녀의 시야가 차츰 선명해져 갔다. 사내의 얼굴에 드리웠던 짙은 그림자가 조금씩 걷혀 가고 있었다.

"……!"

활시위를 힘껏 당기고 있던 그녀의 팔에서 스르르 힘이 빠져나갔다. 저도 모르게 거두어진 활이 이내 바닥으로 툭 하고 떨어졌다.

아리는 믿을 수 없는 눈으로 사내를 멍하니 응시했다. 안고 있던 아이를 그제야 가만히 내려놓은 사내가 그런 그녀를 향해 천천히 걸음을 뗐다. 그녀 앞에 조용히 멈춰 선 사내의 황금빛 갑주 위로 햇살이 산란히 부서지고 있었다. 마주 선 사내의 입술이 조용히, 느리게 열렸다.

"오랜만이야, 아리……."

차마 깨닫지 못했던 그리운 음성이 바람을 타고 귓가에 전해져 왔다.

자각도 하지 못한 채 두 눈 가득 뜨겁게 차오른 눈물 너머로…… 그가 보였다.

"데리러 왔어……. 돌아가자, 황궁으로……."

쇄아아. 바람 소리가 들려왔다.

바람에 실려 와 흩날리는 연청빛 꽃잎을 온몸으로 맞고 선 채…… 척안의 사내가 그녀를 보며 시리게 웃고 있었다.

황궁에서의 참혹했던 그날 이후, 그녀는 의식적으로든 무의적으로든 그를 떠올리지 않으려 애를 썼다. 뇌리 한편에 날카로운 파편처럼 박혀 있는 그라는 존재를, 그렇게 기억 밖으로 밀어내려 안간힘을 썼었다.

아이를 가진 사실을 알게 된 이후부터는 그 안쓰러운 발버둥은 더욱 절박해졌다. 그와의 마지막은 그녀조차 감당하기 버거운 일이었기에, 굳이 그 끔찍한 고통을 배 속의 아이와 함께 나누고 싶지는 않았다.

아가들이 태어나고 나서는 너무도 여린 생명이 행여 제 곁을 떠날까 봐 매일매일 조마조마하고 애가 타서, 또 아가들이 건강해지고 나서는 벅차오르는 행복감에 마냥 취해서 그를 떠올릴 겨를이 없었다.

아니, 어쩌면 그 모든 순간들마다 필사적으로 '그' 라는 고통을 매몰차게 몰아내고 있었는지도 모른다. 설령 눈속임에 지나지 않는다 해도, 평생을 잊은 척 묻어 둔 채로 살아갈 수 있으리라 여겼는지도 모른다.

마치 그런 저를 비웃듯 그가 지금 제 눈앞에 나타나 있었다.

생사조차 알 수 없었던 그가, 마치 전설 속에 나오는 불사불멸의 존재처럼 그렇게…….

비록 세상의 반쪽을 잃었으나 여전히 건재한 모습으로…….

"설마 했는데…… 정말 그대의 아이였군. 평원의 아이들과는 달라 혹시나 하긴 했지만…… 설마 진짜일 줄은……."

"……."

어느새 아장아장 걸어와 또다시 제 다리 주변에 옹기종기 모여 선 아이들을 향해 그가 몸을 낮추며 무릎을 세워 앉았다.

"그래, 이 중 어느 녀석이지?"

아리는 선뜻 대답하지 못한 채 잠시 머뭇거리다 입을 열었다.

"……모두…… 제 아이들입니다……."

어째서인지 목소리가 나오지 않아 작은 소리로 겨우 대답하자, 아이들 하나 하나와 눈을 맞추던 그가 멈칫하더니 이내 시선을 들어 그녀를 쳐다보았다.

"모두?"

"……."

"세 아이 모두……?"

"……예."

그녀가 말없이 고개만 끄덕이자 넋 나간 얼굴로 재차 물은 그가 이내 당황스럽다는 듯 세쌍둥이의 얼굴을 번갈아 훑어보았다.

"세쌍둥이인가……? 그래, 그러고 보니 모두 닮았군."

그는 가만히 턱을 괸 채 묘한 눈길로 아가들을 한참 들여다보더니, 돌연 고개를 젖히며 큰 소리로 웃음을 터뜨렸다. 아리는 복잡한 심정으로 그런 그를 조용히 바라보았다.

"그거 아나? 예나 지금이나, 그대는 사람 놀라게 하는 데에는 상당한 재주가 있다는 거 말이야. 아…… 물론 화나게 하는 재주도……."

그가 팔짱을 끼며 심드렁히 덧붙였다.

"뭐, 화낼 자격이야 없겠지만…… 심기가 불편한 건 사실이니까."

지옥보다 더한 참담한 고통을 겪은 사람으로는 보이지 않을 만큼, 그는 여전히 뻔뻔하고 오만했다. 마치 그것이 주단휘 본연의 모습이라는 듯이.

"폐하 역시 여전하십니다."

"나야 늘 그렇지."

그의 입가에 슬며시 웃음이 걸렸다. 그의 척안에 가슴이 저리고 앙상한 얼굴에 심장이 조여 올 만큼 마음이 먹먹해져 왔지만, 그는 정작 그런 자신이 아무렇지도 않다는 듯 그렇게 여전한 모습으로 살아 숨 쉬고 있었다.

늘 차디차게 얼어붙은 채로 조여들던 심장이 어째서인지 조금씩 데워지며 느슨히 풀어지는 느낌이 들었다. 악몽 같던 그날 이후 그녀를 단단히 옭아매던 '그'라는 죄의식이 아주 조금은 그녀를 놓아주는 것만 같았다.

그리 느낀 순간 울컥 눈물이 치솟았다. 기쁨인지 안도인지 서러움인지 정확한 까닭을 알 수는 없었다. 아마 그 셋 모두이리라.

두 눈 가득히 차오른 눈물이 기어코 뺨을 타고 흘러내리자 아리는 황급히 눈물을 훔쳐 냈다. 그가 무사히 살아 있음에 몹시도 벅차고 감격스러웠지만, 지금은 마음껏 안도하고 기뻐할 수 있는 상황이 아니었다. 마을은 지금 이 순간에도 잔혹한 아르아키족에게 처참히 도륙 나고 있을 터였다.

"폐하, 도와주십시오……! 제가 지내던 마을이 위험합니다."

그가 이런 저를 뻔뻔하다 여긴대도 별수 없었다. 아리는 바싹 타들어 가는 입술을 축이며 간절히 청했다.

"평원의 야만족에게 마을을 습격당해서…… 저를 구해 주고 도와주던 이들 모두가 지금 위험에 처했습니다……. 제발 그들을 도와주십시오."

아이들의 복숭아 같은 뺨을 하나하나 돌아가며 부드럽게 쓰다듬던 단휘가 아리의 다급한 청에 그제야 앉아 있던 몸을 일으켰다. 행여 거절하면 어쩌나 싶어 염려했던 것과는 달리 그는 그녀의 청을 선뜻 받아들였다.

"그대를 구해 주고 도와준 이들이라면, 내 응당 도와야지."

"참말이십니까? 참으로 도와주시겠습니까?"

"물론이야. 단······."

잠시 말을 멈춘 그의 입꼬리가 슬며시 말려 올라갔다. 아리는 그의 저런 표정이 의미하는 바가 무엇인지 경험상 아주 잘 알고 있었다.

"돌아가겠다고 약속한다면."

"폐하."

"그게 내 조건이야."

이미 2천의 선발대가 백하의 군대와 합류했지만, 단휘는 그 사실을 군이 그녀에게 알려 줄 생각이 없었다. 대답하지 못한 채 머뭇거리는 그녀를 보며 단휘가 느긋하게 팔짱을 꼈다.

"마을이 위험하다더니, 아직은 고민할 여유 정도는 있는 모양이지?"

"······그리하겠습니다."

"······."

"황궁으로······ 돌아가겠습니다. 그러니 저들을 구해 주십시오."

각오를 한 듯 퍽 비장한 얼굴의 그녀를 물끄러미 응시하던 단휘가 만족스럽게 고개를 끄덕였다.

"······좋아. 그럼 지금 떠나지."

"예? 지금······ 말입니까?"

"그래, 지금 당장. 마을은 이미 백하와 선발대가 지키고 있으니 염려할 것 없어. 선후가 바뀌었지만 그렇다고 약속을 어길 생각은 마. 황명 한마디면 퇴각은 언제든 가능하니까."

그는 빈말은 하지 않는 위인이었다. 돌아가지 않는다 하면 아마 미련 없이 퇴각 명령을 내리고도 남을 사람이었다. 원하는 것은 어떻게든 취하고야 마는 성미를 지닌 그이니까.

"지금 바로 떠날 거니까, 저들과 작별 인사라도 나누든지."

"……."

그리 말하며 단휘는 리나와 카라가 있는 곳을 턱짓으로 가리켜 보였다. 그들은 여전히 사색이 된 채 오들오들 떨며 단휘와 아리가 이야기 나누는 것을 지켜보고 있었다.

리나와 카라는 단휘와 아리의 대화를 통해 마을에 아르아키족이 쳐들어왔으며, 그런 마을을 지금 자신들 앞에 있는 이 사내의 군대가 지키고 있다는 사실을 알았다. 또한 그가 남부 제국의 황제라는 사실도……. 망연자실 서 있던 리나와 카라가 일순 바닥에 넙죽 엎드렸다.

"폐, 폐하. 감사합니다! 저희 부족을 구해 주셔서 감사합니다!"

"폐하께서는 저희 부족의 은인이십니다! 참으로 감사합니다, 폐하!"

그런 그들을 흘끗 일별한 단휘가 바람에 살랑거리며 스쳐 가는 연푸른 꽃잎을 손안에 가두었다가 조심스레 손바닥을 펼치며 나직이 대꾸했다.

"뭐…… 감사는 내가 해야 할 듯싶군."

"예?"

"……그녀를 보살펴 줘서…… 진심으로 감사해. 그대들 부족 모두에게."

"……!"

그의 진심 어린 감사 인사에 그들이 깜짝 놀란 듯 커다랗게 떠진 눈으로 그를 바라보았다. 왠지 멋쩍어 시큰둥하게 몸을 돌려세운 그가 손바닥에 남은 꽃잎 하나를 한 아이의 머리 위에 뿌려 주었다. 마음 같아서는 마을에 으리으리한 성이라도 한 채 지어 주고 싶은 심정이란 걸 저들이 알까. 단휘는 진심으로 그런 심정이 들어 싱겁게 웃고는 아리에게 어서 가자고 눈짓했다.

그의 성화에 아리가 차마 떨어지지 않는 무거운 발걸음으로 터덜터덜 그들에게 다가갔다. 지난 1년간 매일같이 함께 지내 온 얼굴들과 헤어질 생각을 하니 울컥 눈물이 치솟았다.

"리나, 카라. 그동안 고마웠어요. 모두들……."

"아리……."

"샤하티와 자히칸…… 미루…… 그리고 모두에게 진심으로 감사하다고 전해 줘요."

울음을 참느라 눈시울이 빨개진 채로 아리가 그들에게 어렵게 작별 인사를 건네자, 리나와 카라의 눈에도 순식간에 눈물이 가득 차올랐다. 기어코 터져 나와 쉴 새 없이 흐르는 눈물을 소매로 거듭 훔쳐 내던 그들이 아리를 품에 꼭 안았다.

"아리, 잘 가요. 우리 꼭 다시 만나요."

"그래요, 꼭…… 언제든 꼭 다시 만나요."

"어디서든 세쌍둥이와 함께 행복하길 빌게요. 행운을 빌어요."

"고마워요."

그들이 작별 인사를 나누는 사이, 언덕배기 위에는 어느새 그녀와 아이들을 태울 마차가 준비되었다. 아리는 세쌍둥이와 함께 마차에 올라탔다. 그녀와 아이들이 모두 마차에 오르자, 이윽고 마차가 천천히 움직이기 시작했다.

서운함과 그리움이 가슴 가득 밀려 들어와 차마 창밖을 내다보지도 못한 채, 아리는 믿기지 않는 현실을 마음으로 되새기고 또 되새겼다.

황궁으로 돌아간다……. 생사조차 알 수 없었던, 그 주단휘와 함께…….

마치 아득한 꿈결 속을 헤매듯, 이 모든 현실들이 도무지 실감이 나지 않아 아리는 눈을 질끈 감았다 떴다. 그리하면 행여 이 혼란스러운 꿈에서 깨어나기라도 할 것처럼…….

하지만 아무리 눈을 감고 떠 봐도 덜컹거리는 마차의 감각은 여전했고, 마차가 덜컹거릴 때마다 까르르하고 터져 나오는 세쌍둥이의 웃음소리 또한 여전히 선명하게 귓가에 박혀 올 뿐이었다.

"퇴각, 퇴각하라!"

선발대의 합류로 전세가 역전되자, 아르아키족은 전선에서 빠르게 퇴각했다. 초원 안에서 이토록 굴욕을 당한 건 처음이었기에 물러나는 걸음이 결코 가볍지만은 않았지만, 불리한 전투를 고집스럽게 이어 갈 만큼 간절한 명분이 그들에게는 없었다.

"아르아키가 물러나고 있어요! 다행이에요. 이제 끝났어요!"

"오, 신이시여! 감사합니다."

아르아키족이 마을에서 완전히 퇴각하자, 카다르 부족은 그제야 가슴을 쓸어내리며 안도의 한숨을 내쉬었다. 마을의 피해가 적지는 않았지만 제국군의 도움이 없었다면 아마 지금쯤 카다르 부족은 전멸하였을 것이다. 족장 자히칸과 원비 샤하티는 제국군을 향해 정중히 허리를 숙이며 극진한 감사를 표했다.

"덕분에 저희 부족원들과 마을이 무사할 수 있었습니다. 이 은혜를 어찌 갚아야 할지……."

"아니오. 은혜는 오히려 이쪽에서 갚은 것이오."

"예……?"

놀란 듯 되묻는 샤하티의 물음에 백하는 군이 대답하지 않았다. 황후 마마를 찾겠다는 명목으로 군대를 하사받고 평원으로의 출정길에 오른 그였지만, 그것은 황제 폐하와 대장군 그리고 자신만이 알고 있는 극비였다. 이번 출정의 공식적인 명분은 가달 평원의 토벌이었다. 병사들의 입과 귀가 가득한 이곳에서 군이 황후 마마를 입에 올릴 필요는 없었다.

"은혜라니요? 저희 부족이 딱히 한 일도 없는데…… 마을을 구해 주셔서 다시 한번 진심으로 감사드립니다."

눈치껏 상황을 파악한 샤하티가 어물쩍 넘기며 다시금 깊이 허리를 숙이자 백하도 그런 그녀를 향해 정중히 고개를 숙이며 답례했다.

족장과 무녀, 부족의 장로들과도 짧게나마 정중히 인사를 나눈 후, 백하는 병사들에게 파괴된 마을을 수습하는 것을 도우라 명했다. 황후 마마를 도운 이들이 평생을 살아온 터전이었다. 엉망이 되어 버린 마을을 모른 척 내버려 둔 채 돌아갈 수는 없었다.

석양이 어스름히 깔릴 때쯤 마을의 보수가 그런대로 마무리되었다. 부관이 백하에게 다가와 상황을 보고했다.

"단주님, 거의 마무리된 것 같습니다."

"모두 수고 많았다. 이제…… 돌아간다, 황궁으로."

"존명!"

백하는 그제야 서둘러 군을 정비하고 황궁으로 돌아갈 준비를 했다. 백하의 명에 병사들은 빠르게 대열을 갖추었다. 백하의 군대와 선발대가 긴 행렬을 이룬 채 썰물처럼 빠르게 마을을 빠져나가기 시작하자, 마침내 마을을 떠나는 제국군을 카다르 부족이 멀리까지 쫓아 나와 환송했다.

기나길었던 혹독한 여정이 끝나 가고 있었다.

백하는 질주하는 말 위에서 자꾸만 흐트러지려는 고된 몸을 재차 반듯이 일으켜 세웠다. 도성에 당도하면, 이제 조금은 발을 뻗고 자 볼 수도 있으리라. 그때가 되면 조금쯤은 몸의 긴장을 풀어도 좋으리라. 목숨 건 사명을 끝내 지켜 낸 자신의 노고에 소박하게나마 상을 내려 스스로를 치하해도 좋을 터였다.

바라는 것은 단 하나였다. 도성으로 돌아가고 나면, 다만 며칠간만이라도 누구의 방해도 받지 않은 채 그저 푹 쉬고 싶었다. 긴 여정을 마친 그에게 다디단 휴식만큼 값진 포상은 없을 터였다.

그로부터 나흘 후.

가달 평원 남동부와 교하성의 접경지에 다다른 단휘와 아리는 마침내 국경을 넘어 무사히 제국의 땅을 밟았다.

백하의 군대와 선발대가 그런 그들의 뒤를 바짝 쫓아 평원의 남동부를 가로지르고 있을 무렵, 하시티엔 마을에는 수십의 정체 모를 장정들이 들이닥쳤다.

아르아키족의 보복이라 여겨 두려움에 빠졌던 카다르 부족은 곧 그들이 아르아키족이 아님을 알고는 깊이 안도했다. 그들은 더없이 정중한 태도로, 자신들을 아라하의 왕이 보낸 전령이라 소개했다.

"우린 왕비 마마를 찾고 있소. 낙안성의 저자에서 자객에게 습격을 당한 그분을 그대들이 구해 준 것을 알고 있소. 이곳에서 함께 지내고 있다는 것도……."

"……."

"그분은 지금 어디 계시오?"

낡은 행색과 지친 얼굴들을 보아 하니 꽤 오랜 시간 동안 평원을 헤맨 듯싶었다. 그들은 이곳에 오기 직전에 들른 한 마을의 부족민들로부터 하시티엔 마을에 이국의 여인이 살고 있다는 사실을 전해 들었다고 했다. 카다르 부족과 왕래가 있는 이웃 부족은 인근에 여럿 있었는데, 아마 그들 중 하나가 이들에게 그녀에 대한 사실을 말해 준 모양이었다.

샤하티는 아리가 이미 떠나고 없었음에도 괜한 노파심이 들어 그녀가 이곳에서 지냈다는 사실 자체를 모른 척 잡아떼려 했지만, 장정들 중 하나가 미루와 수의 얼굴을 알아보는 통에 사실대로 말할 수밖에 없었다.

"그녀는 떠났습니다. 나흘 전 마을이 아르아키족에게 습격을 당해서 위험해지자 그날 바로 호위 무사와 함께 마을을 떠났지요. 행선지는 저도 알 수가 없군요."

샤하티의 말에 장정들의 낯빛이 낭패감으로 굳어졌다. 샤하티는 그런 그들을 침착하게 응시했다. 그녀는 그들에게 그 외의 어떤 정보도 알려 주지 않을 생각이었다. 무엇보다 자신들의 마을을 구해 준 남부 제국 황제의 은혜를 거스를지 모를 그 어떤 행동도 하고 싶지 않았고, 또한 이리 정중한 태도를 취하고 있다고는 해도 이들이 과연 그녀를 구하러 온 자들인지, 해하려 온 자들인지 알 길이 없는 탓이었다. 이미 1년 전 저자에서 습격당한 전적이 있는 그녀가 아닌가.

하여 세쌍둥이에 대해서도 함구할 작정이었다. 당시 회임 중이던 그녀를 죽이려 했으니, 만일 이자들이 그때의 그 무리들이라면 세쌍둥이 또한 해하려 들 것이다. 물론 아리와 세쌍둥이는 이제 제국의 안전한 보호를 받고 있을 테지만, 조심해서 나쁠 것은 없었다.

"혹 그분께…… 아이는 없었소?"

"아니요. 그녀에겐 아이가 없어요."

"하지만 그분께서는 당시 회임을……."

"……당시의 상태로는 그녀 하나라도 산 것이 기적이었지요. 부상도 심한 데다 이 먼 길을 왔으니 오죽했겠습니까."

장정들은 아이가 없다는 말에 크게 낙담한 얼굴들이었지만 샤하티의 말에 수긍하는 눈치였다. 세쌍둥이가 무사히 태어난 일은 천운이나 기적이라는 말만으로는 부족할 만큼 카다르 부족에게도 몹시 초월적이고 경이로운 사건이었다. 그러니 저들이 자신의 거짓말을 저리 쉽게 믿어 버리는 것도 당연했다.

그들은 미련이 남는 듯 마을을 몇 차례 더 꼼꼼히 둘러보더니 이내 착잡한 얼굴로 이만 돌아가자는 듯 서로 눈짓을 주고받았다. 그들이 막 마을을 떠나려 할 때였다.

"아…… 저, 저기…… 잠깐……!"

샤하티의 동생 리나가 무언가를 들고 그들에게 뛰어갔다. 막 말을 출발시키려던 그들이 그녀의 행동에 말을 멈춰 세웠다.

"이, 이것을……."

"……."

"당신들이 정말로 아라하의 왕이 보낸 전령이 맞는다면, 이것을 당신들의 왕께 전해 주십시오."

"이것이 무엇이오……?"

별동대의 대장이 의아한 듯 물으며 그것을 받아 들었다. 쓰임을 몰라 물은 것은 아니었다. 제 손에 들린 물건의 정체는 서툰 솜씨로 만들어진 퍽 단아한 모양의 향낭이었다.

"그녀가 틈틈이 만든 것입니다. 그분께 드리려고 산 선물을 잃어버렸다고 내내 속상해하면서요."

"아, 그런 일이…… 고맙소. 전하께 반드시 전해 드리겠소. 귀한 물건을 전해 주어서 참으로 감사드리오."

"아닙니다. 별말씀을요. 꼭 그분께 전해 주십시오."

그들은 정중히 고개를 숙여 인사하고는 마을을 떠났다. 리나는 그들이 사라져 간 길 위에 뿌옇게 피어오르는 흙먼지를 멀거니 응시했다. 그런 리나의 곁으로 다가온 샤하티가 제 동생의 머리를 가만히 쓰다듬었다. 리나가 시선을 여전히 전방에 둔 채 멍하니 물었다.

"언니. 저 사람들…… 나쁜 사람들 같지는 않지? 왕의 전령이 맞는 것 같지?"

"그래."

"그런데 왜 알려 주지 않았어? 아리에게 세쌍둥이가 있다는 사실 말이야."

리나의 물음에 샤하티는 잠시 대답을 고민하다 이내 어깨를 으쓱했다.

"글쎄……. 알게 될 운명이라면 언젠가는 알게 되지 않을까? 굳이 내가 나서지 않아도."

"치이. 뭐야, 그게. 심보가 고약하잖아."

"후훗. 그러게."

샤하티는 나직이 웃으며 리나의 머리를 헝클어뜨렸다. 샤하티가 판단하기에 아리는 스스로 마음만 먹는다면 얼마든지 그에게 제 소식을 전할 수 있었다. 그런 그녀가 세쌍둥이의 존재를 정작 아비인 그에게 알리지 않았다면, 그러한 데에는 분명 그만한 이유가 있을 터였다.

낙안의 사정이 좋지 않은 지금, 아마도 그를 흔들 만한 어떤 여지도 남기고 싶지 않은 것이겠지. 그러니 감히 제가 끼어들 자리가 아니었다.

그들의 운명에 휩쓸린 것 또한 카다르 부족의 운명이겠으나, 자신들의 역할은 다만 관조자, 그것이면 충분할 터였다.

샤하티는 그리 결론지으며 흙먼지 이는 대지를 물끄러미 응시한 채 씩 미소 지었다.

□ ■ □

"황제 폐하! 만세! 만세! 만만세!"

"황제 폐하! 무사 귀환을 감축드리옵니다! 만세를 누리소서!"

황제의 귀환을 환영하는 민가의 들뜬 함성이 외성 문 밖까지 고막을 찢을 듯이 울려왔다.

아리는 황궁으로 돌아왔다는 것이 그제야 실감이 나기 시작했다.

보름 남짓의 기나긴 여정이었으나 도성까지 오는 길은 퍽 순조로웠다. 아르아키의 반격을 조금쯤은 염두에 두고 있었으나 그들은 반격해 오지 않았고, 염려했던 세쌍둥이는 그 고되고 지루한 여정을 생각보다도 더 잘 견뎌 주었다.

홀로 아이들을 돌보는 것이 힘에 부쳤지만, 끼니 해결과 휴식을 위해 군대가 행렬을 멈출 때마다 아이들은 병사들의 보호 아래 원 없이 뛰어놀았고, 마차에 오르면 기특하게도 잠이 들곤 했다. 그 덕에 이만큼이나마 버틸 수 있었던 것인지도 몰랐다. 하나도 둘도 아닌 셋이었다. 혼자 몸으로 세 아이를 돌본다는 것은 결코 쉬운 일이 아니었다.

아가들은 종종 실컷 놀고도 마차 안의 잠자리가 불편하여 잠들지 못하고 보챘는데, 그럴 때마다 마차 안의 사정을 알기라도 하듯 그가 불쑥 마차 안으로 들어와 아이들과 놀아 주고는 했다. 그런 그 덕분에 아리는 잠깐씩이나마 눈을 붙일 수 있었다.

물론 처음에는 이 좁디좁은 공간 안에 그와 함께 있는 것이 영 어색하고 불편하여 숨도 못 쉴 지경이었지만, 몸이 고되니 나중에는 그런 것을 신경 쓸 겨를도 없었다.

지금도 그렇게 깜빡 잠이 들었다가 함성 소리에 놀라 번쩍 정신이 든 참이었다. 눈을 떠 보니 맞은편에 앉은 그가 저를 물끄러미 바라보고 있었다. 세쌍둥이는 그의 품에서 모두 잠들어 있었다. 피로한 그의 얼굴을 보니 염치없는 기분이 들었다.

"이리 주십시오. 어찌 저를 깨우시지 않고……."

"너무 곤히 자고 있어서……. 그대 안색이 몹시 피로해 보여."

"그러시는 폐하께서는 당장 쓰러지셔도 이상하지 않을 안색이십니다."

"그런가."

단휘는 피식 웃고는 슬며시 눈을 감았다 떴다. 아닌 게 아니라 당장 쓰러지고 싶을 만큼 피로했다. 무리해서 나선 출정이니 오죽하겠느냐마는, 황궁이 지척에 가까워지니 되려 피로도가 극에 달해 더는 버틸 수 없을 지경이 되어 버렸다.

무거워진 눈꺼풀을 슬며시 내렸다가 다시 치켜뜨는 데 걸리는 시간이 퍽 길게 느껴졌다. 자꾸만 눈꺼풀이 뻑뻑하게 잠겨 들었다. 끔뻑끔뻑 몇 차례 눈꺼풀이 열렸다 닫히는 동안, 제게 무어라 말하는 그녀의 목소리가 귓전에서 희미하게 흩어졌다.

"폐하. 아이들을 이리 주셔요. 등받이에 편히 등을 기대시고 잠시라도 눈을 붙이십시오."

아리는 그의 품에서 잠든 아이들을 빼내 오려 했지만, 그가 양팔로 단단히 안고 있는 두 아이와 그의 허벅지 위에 엎드려 잠든 아이를 선뜻 떼어 내기가 쉽지 않았다. 아무리 조심해도 그의 몸을 건드리지 않을 수가 없었기 때문이었다.

"폐하……. 폐하……?"

그가 잠이 들었다는 사실을 알아차린 아리가 난감한 얼굴로 조심스레 그를 불렀다. 그는 아이들을 안은 팔을 풀지 않은 채로 곤히 잠들어 있었다.

"하아……."

그대로 두자니 깡마르고 수척한 얼굴이 내심 눈에 밟혔다. 아리는 별수 없다는 듯 조심히 그를 향해 상체를 기울였다. 아이를 안고 있는 그의 팔 한쪽을 가만히 들어 올려 옆에 내려놓고는 그의 허리에 기댄 채 잠든 아이를 살며시 안아 올렸다. 다른 팔에 안겨 잠든 아이도 조심히 안아 들어 원래의 제 자리에 눕혔다.

슬쩍 그를 살피니 깊이도 잠들어 있는 듯했다. 그의 허벅지에 몸을 반쯤 걸친 채 그의 배 위에 엎드려 잠든 둘째 운만 떼어 내면, 그도 이제 퍽 편히 쉴 수 있을 터였다. 이제 막 외성 문을 통과했으니 황궁까지는 아직 반 시진 가까이나 남아 있었다. 그에게는 휴식이 절실히 필요했다.

그의 허벅지에 엎어져 있는 운을 안아 올리려 양손을 뻗던 순간이었다. 덜컹, 하고 마차가 흔들리며 그 반동으로 그녀의 몸이 앞으로 쏠렸다.

그녀는 비명을 삼킨 채 중심을 잡으려 다급히 마차의 벽을 짚었다. 그녀 스스로가 생각하기에도 퍽 민첩한 행동이었지만 어쩐지 자세가 퍽 민망하다는 느낌이 들었다. 혹여 운이 제 몸에 눌릴까 봐 그녀는 엉덩이를 뒤로 쭉 뺀 채로, 그의 양어깨 위 벽면을 팔꿈치와 손바닥으로 가까스로 짚고서 몸을 지탱하고 있었다.

어쨌든 다행인 것은 그의 몸 위에 쓰러진 것은 아니라는 사실이었다. 안도하며 한숨을 돌린 그녀가 숙였던 고개를 바로 들던 때였다.

"……!"

흐릿하게 떠진 한쪽 눈동자가 빤히 그녀를 응시했다. 코앞으로 바짝 다가와 있는 그의 얼굴과 제 얼굴 사이에 놓인 거리는 기껏해야 한 뼘이었다.

그녀가 놀라 몸을 일으키려는 찰나 잠시 잠에서 깬 운이 꼬물꼬물 그의 몸 위로 기어 올라가더니 그의 옆자리로 떼구루루 굴러가 다시 잠들었다.

"……효자로군."

그가 잠겨 든 목소리로 나른히 말하며 웃었다.

"뭐, 내 자식은 아니지만……."

농처럼 내뱉은 그는 그녀를 물끄러미 응시했다. 그러곤 이내 머뭇머뭇 팔을 뻗어 자신에게서 달아나려는 그녀의 허리를 감싸며 다급히 붙들었다. 그가 잔뜩 잠겨 든 목소리로 그녀의 귓가에 절박하게 속삭였다.

"그래, 당장 쓰러져도 이상하지 않을 만큼…… 너무 지쳤어……. 찾느라…… 정말 힘들었거든."

"……."

"그러니까……."

어떤 대단한 결심이라도 하듯 그가 담담히 눈을 감았다.

"그러니까…… 한 번만…… 안아 주지 않을래……? 잠시만, 그저 잠시만……."

"……."

생각해 보면, 아주 오래전부터 주단휘는 진아리에게 그런 존재였었다.

세상 더없이 오만하고 뻔뻔하여 증오스럽기 그지없다가도, 또 세상 그 누구보다 처연하고 측은해서 가슴 한구석을 한없이 아릿해지게 만들곤 하던…….

경멸해 온 시간만큼 실은 경애하였음을, 끝내는 이리 참담히 시인하게 만들고야 마는…… 참 밉고 원망스럽기만 한 그런 사람…….

그의 손길에 그저 맥없이 끌려가 안기자 요동치는 그의 심장 소리가 귓가에 크게 울려왔다.

쿵, 쿵쿵…….

허상 같기만 한 지금 이 순간이 결코 꿈이 아님을 다시 한번 알려 주듯이, 천둥처럼 그녀의 귓전을 울리며 그의 심장이 뜨겁게 박동하고 있었다.

그 주단휘는, 아직 이렇게 살아 있노라고…….

39

어려운 조건

먼동이 어슴푸레 밝아 오고 있었다.

희뿌연 빛줄기가 대지에 짙게 스몄던 어둠을 조금씩 밀어 내는 것을 덤덤히 담아내던 눈동자가 조용히 일렁였다.

계절은 가을의 중턱을 밟고 선 채 바랜 잎들로 세상을 온통 붉게 물들였다. 그 붉은 잔상이 사그라지고 나면 곧 혹독한 계절이 찾아올 터였다. 그 자연한 섭리를 알려 주기라도 하듯 제법 사나워진 바람이 성안 곳곳에서 휘몰아치고 있었다.

드러난 목덜미에서 싸늘한 한기가 느껴지자 소류는 옷깃을 여몄다. 그는 밤새 두통에 시달리느라 밤잠을 한숨도 이루지 못했다. 바람에 머리를 식히면 좀 나아질까 싶어 동이 트기도 전부터 후원에 나와 있던 참이었다.

어젯밤, 가달 평원을 수색하러 떠났던 별동대가 마침내 돌아왔다. 별동대장은 면목 없다는 듯 차마 고개조차 들지 못한 채 그에게 무언가를 머뭇머뭇 내놓았다. 서툰 모양새였지만 저자에서 주웠던 것과 퍽 비슷한 느낌을 풍기는 향낭이었다. 그러고는 조심스레 덧붙이기를 그녀가 마을에 남겨 두고 간 것이라 했다.

그녀의 행적을 어렵사리 찾아낸 별동대가 마을에 도착하기 나흘 전, 평화롭던 그곳은 평원의 야만족에게 습격당했고, 마을이 아수라장으로 변해 버린 바로 그날 그녀는 마을을 떠났다. 별동대가 카다르 부족을 통해 알아 온 사실은 그게 전부였다.

광활한 평원을 헤치며 그녀를 찾아 헤매던 지난 1년 반 동안의 숱한 노력들이 무색하게도 그녀는 또다시 홀연히 종적을 감춰 버렸다. 물론 카다르 부족의 말을 전적으로 신뢰할 근거는 어디에도 없었지만, 그녀가 그곳에 머물렀던 사실만은 틀림이 없었기에 무턱대고 믿지 않을 근거 또한 없었다.

족장의 원비가 알려 준 사실에 의하면 아리에게는 분명 아이가 없다 하였다. 침통히 그 사실을 제게 고하던 별동대장을 멀거니 내려다보며 소류는 그저 조용히 고개를 끄덕였을 뿐이다. 당연한 소리였다. 심신이 피폐한 상태에서 치명적인 부상까지 당하였으니 무탈히 아이를 품고 낳았다고 한다면 오히려 그것이 더 비현실적인 일이었다. 하여 감히 꿈조차 꾸지 않았었다. 아이가 무사한 것까지는 감히 바라지도 않았다. 맹세컨대 그런 욕심까지는 언감생심 단 한 순간조차 품어 보지 않았었다. 다만 그녀가 무사하기만을 간절히 바라고 또 바랐을 뿐…….

분명 그러했다 자신하건만…… 가슴을 베어 내는 이 참담한 상실감은 무엇이란 말인가.

소류는 옷깃을 여미던 손으로 가슴께를 꾹 움켜쥐었다. 투박한 손등 위로 불거진 힘줄이 고통을 참듯 꿈틀거렸다. 지키지 못하였다. 그녀와 제 아이를……. 일국을 지켜 내야 할 군주라는 작자가, 고작 제 여인과 자식 하나를 지켜 내지 못하였다. 한심하기 짝이 없게도…….

발작적으로 터져 나오는 광기 어린 자조에 그의 굳은 어깨가 거칠게 들썩거렸다.

대체 어디서부터 잘못된 걸까. 주저 없이 선택해 왔던 모든 것들이, 대체 어디서부터 비틀어졌던 걸까.

처음 마주친 날 야왕패까지 내어 주며 부득부득 그녀를 돕던 그 순간부터?

스스로조차 이해할 수 없을 정도로 그녀에게 속절없이 빠져들던 그 감정을 그저 내버려 두기로 한 순간부터? 천궁의 후궁으로, 다시 또 왕비로, 그녀를 감히 제 곁에 붙잡아 두려 했던 그 순간부터……? 황제를 설득하겠다며 행궁으로 떠난 그녀를 끝내 잡지 못했던 그 순간부터……?

아니면…… 아이혜를 그예 기만하고 저버렸던 그 순간부터……?

언젠가는 반드시 그 대가를 치르게 될 것이라 각오해 왔다. 결국…… 그 벌을 받는 것인지도 몰랐다. 날카롭게 심장을 가른 비수를 뽑아낼 생각조차 하지 않고, 소류는 헤집어진 마음을 그대로 내버려 둔 채 참담히 눈을 감았다. 후회되는 순간들은 무수히 많아 나열할 수 없을 정도였지만, 후회한다 하여 돌이킬 수 있는 일이 어디 단 하나라도 있었던가. 감았던 눈꺼풀을 다시 힘겹게 들어 올린 그는 밝아 오는 하늘을 덤덤히 응시했다. 소모적인 감정에 잠식당하기 전에 또다시 선택해야만 하는 또 다른 골치 아픈 사안이 그를 기다리고 있었다.

엎친 데 덮친 격으로 율타는 또다시 전쟁을 선포해 왔다. 수일 전 공표한 대로라면 그들은 가달 평원의 무법자라 악명 높은 아르아키족과 함께 곧 낙안성을 협공해 올 것이다. 평원의 야만족 아르아키족에 대해서라면 소류도 들어 본 적이 있었다. 하지만 유랑 부족인 그들이 어째서 율타와 손을 잡고 둘로 갈라진 아라하의 싸움에 끼어들려 하는 것인지는 도무지 짐작조차 할 수 없었다. 다만 아르아키족의 가담으로 인해 이번 전투가 아라하에 상당히 불리하게 돌아가게 될 것이란 사실만은 분명했다.

아태부의 군장…… 아니, 율타의 수장 아타란이 수완 좋은 자이기는 하나 대체 무엇으로 평원의 저 야만족들을 구워삶은 걸까. 종족의 씨를 늘리는 것이 저들 아르아키족의 가장 큰 사명이라 하니 낙안의 여인들을 죄다 잡아다 바치겠다는 어처구니없는 조건이라도 내건 걸까.

하지만 그것이 사실이래도 그런 이유만으로는 납득이 가지 않는다. 낙안을 친다는 것은 표면적으로는 분명 아라하를 치는 것이겠지만, 제국의 입장에서 본다면 황제가 되찾아야 할 땅을 감히 넘보는 것이니 저들의 행위는 결국 제국을 적으로 돌리는 것과도 같았다. 낙안의 여인들을 얻고자 그런 위험 부담까지 안고서 굳이 이 무리한 싸움에 껴든다……? 아무리 미개한 야만족이라 해도 족장이라는 자에게 그 정도의 계산이 서지 않을 리는 없었다. 그렇기에 율타와 아르아키족의 결탁은 도무지 납득이 가지 않는 것이었다.

쉬이 납득할 수는 없었지만 제 사정이야 어떻든 율타와 아르아키족의 협공은 이미 기정사실화되어 있었고, 군장들을 포함한 모든 아라하 병사들의 염원은 부족한 병력을 보완할 만한 계책을 세워 어떻게든 반드시 승전을 이끌어 내는 것이었다.

문제는, 사실상 그러한 바람을 충족시킬 패가 전무하다는 점이었다. 그렇기에 그는 지금 어떻게 승전을 이끌어 낼지에 대해서가 아니라, 무엇을 포기할지에 대해서 고민하고 있었다.

선택지는 두 가지뿐이었다. 외성을 포기하느냐, 내성을 포기하느냐.

전자를 선택한다면 민가는 전쟁의 발발과 동시에 불바다가 될 것이고, 후자를 선택한다면 외성의 전투에서 밀리는 순간 아라하의 패망을 감수해야 할지도 몰랐다. 요행히 수성에 성공한다면 최악의 상황만은 피할 수 있겠지만, 그 역시 외성이든 내성이든 어느 하나에 남은 병력 모두를 쏟아부었을 때에나 가능한 이야기였다. 어느 하나를 과감히 포기하지 않고서는, 애먼 희생만 늘리다 종내에는 무너져 버리고 말 터였다.

소류는 무겁게 한숨을 내쉬었다. 어쩌면 답은 이미 나와 있었다. 아라하의 백성도 아닌 제국의 백성을 어째서 지켜야 하는 것인지 스스로를 납득시킬 만한 어떤 답도 찾지 못했지만, 민가를 냉정히 외면하고 내성에 숨어든다 한들 시간 벌기밖에는 안 된다는 결론을 내리는 것은 쉬웠다. 도울 원군이 없으니 시간을 버는 것만큼 무의미한 일이 또 어디 있을까. 그리 따지자면 외성을 지키는 것 또한 마찬가지였다. 원군이 없는 한은 그 또한 민가가 불바다가 되는 것을 그저 조금 뒤로 미루는 것에 불과한 일일 테니까.

"……."

저벅저벅 걸음을 내디딜 때마다 붉은 단풍잎이 발끝에서 소리 없는 비명을 내지르며 바스러졌다.

돌이켜 보면, 낙안을 함락시킨 이후 단 한 순간도 성을 온전히 차지한 적이 없었다. 성을 차지하고 있었던 것이 아니라, 성에 발이 묶여 있었다는 게 옳은 표현일 것이다. 그 사실을 소류는 이제야 절실히 깨달았다. 설령 제국이 제 스스로 성을 내어 준 것이었다 해도 아라하로서는 그것을 지켜 낼 힘이 없었다. 온전한 아라하였어도 버거울 판국에 반으로 쪼개진 지금이라면 더 말해 무엇할까. 애당초 손파영이라는 변수가 없었더라면 공성은 진작에 실패로 돌아가 이미 아라하로 퇴각하고도 남았을 상황이었는지도 모를 일이다.

그렇다고 이제 와 스스로 성을 버리고 아라하로 돌아갈 수도 없었다. 지난 10년간 천궁의 자리를 굳건히 지켜 오면서 군장들에게 내세울 체면 따위는 중요치 않다고 여겨 왔지만, 지금에 와 그것이 새삼 지독하게 그의 발목을 잡았다.

이대로 명분 없이 성을 버리고 퇴각한다면, 천궁의 체면과 권위는 땅바닥까지 곤두박질치고 말 것이다. 그리되면 아라하에는 지금보다 더 큰 혼란이 야기될 터였다. 진퇴양난의 상황에 머릿속이 복잡했다. 목덜미부터 머리끝까지 다시금 묵직한 통증이 일었다. 아라하는 그야말로 존망의 위기에 놓여 있었다.

소류는 잠시 숨을 크게 들이켜고는 이내 돌아서 빠르게 걷기 시작했다. 곧 군장 회의가 시작될 시각이었다. 진시에 모이기로 했으니 아마 지금쯤 모두가 자리해 있을 터였다.

전각 안으로 들어서자 집무실 앞 복도에 나와 있던 무흔이 소류를 발견하곤 재빨리 다가왔다.

"전하, 오셨습니까. 모두들 안에서 기다리고 있습니다."

"……들어가지."

소류는 무흔의 어깨를 가볍게 툭 두드리곤 집무실 안으로 앞장서 들어갔다.

원탁에 둘러앉은 군장들의 표정은 하나같이 어두웠다. 그들 사이에 조용히 앉아 있는 진의 표정 역시 크게 다르지 않았다. 중앙의 자리에 착석한 소류는 천천히 좌중을 둘러보았다. 곧 벌어질 전투의 대책 모의를 위해 마련된 자리였으나 뽀족한 대책이 없다는 것은 이미 모두가 알 터였다. 누구 하나 선뜻 입을 열지 못한 채 집무실 가득 내려앉은 무거운 정적에 그저 숨을 죽이고 있을 뿐이었다.

군주의 말이 떨어지기만을 기다리고 있는 군장들을 하나하나 훑어보던 소류가 지그시 입술을 깨물며 시선을 내리깔았다. 군장들은 아마 입에 거품을 물고 반대할 테지만, 기실 오래전부터 결심은 서 있었다.

이제는 인정해야 하리라. 명백한 시기상조였음을……. 그동안의 모든 노력들이 끝내 허사로 돌아가고 말 것임을……. 작금의 아라하가 떠안은 이 개탄스러운 시국은 오로지 군주인 저의 오판에서 비롯된 것이었음을, 황제에게든 제 자신에게든 퍽 굴욕적이더라도 이제는 순순히 시인해야만 하리라. 제가 딛고선 이 땅을 더는 무고한 피로 사무치도록 붉게 물들이기 전에.

"……내성을 버린다."

"……."

"난 결정을 내렸소."

소류가 침잠한 음성으로 나직이 내뱉은 말에 군장들이 놀라 얼굴을 굳힌 채 말없이 자신들의 군주를 바라보았다. 이내 경악으로 가득 찬 침묵이 깨지며 군장들의 거센 반발이 첨예하게 터져 나왔다.

"전하, 내성을 버리다니 말도 안 되는 처사이십니다. 내성을 버리면서까지 외성을 지켜야 할 까닭이 대체 무엇입니까! 지금은 오히려 외성을 버리고 내성의 방비에 힘을 써도 모자랄 때입니다, 전하!"

"그렇습니다, 전하. 내성을 버린다면 숨을 곳이 없습니다. 그리되면 외성이 무너지는 순간 아라하는 패망을 면치 못하게 될 것입니다. 부디 재고하여 주십시오!"

군장들의 격양된 목소리들이 귓가에서 윙윙거렸다. 소류는 내리깔았던 시선을 들었다. 피로로 붉게 충혈된 눈동자가 그들을 무연히 훑었다.

"……낙안은 지금 아라하의 치하에 있소. 그러니 낙안의 주민들 또한 나의 백성이오. 내가 그들을 지키지 않는다면 누가 그들을 지키겠소?"

적국의 왕을 향한 날 선 경계를 풀고 저를 믿고 따르던 얼굴들이 하나둘 스쳐 갔다. 물론 그조차 그저 자신의 달콤한 착각이었는지도 모를 일이다. 그렇지 않다고 장담할 수는 없었다.

"어불성설입니다, 전하. 그들은 뼛속까지 제국의 신민인 자들입니다."

"뼛속까지 제국의 신민이라⋯⋯. 하면 낙안의 주인인 나는⋯⋯ 난 대체 그들에게 무엇이지⋯⋯? 그저 자신들을 해치지는 않는, 여전한 적국의 왕⋯⋯?"

"그, 그것은⋯⋯."

소류의 물음에 군장들은 대답하지 못한 채 곤란한 듯 시선을 회피했다. 소류는 낮게 자조했다. 저들의 반발이 이해되지 않는 것은 아니었다. 다만 다가오는 끝을 피할 수 없다면 무고한 이들의 희생을 가능한 한 하나라도 더 줄이고 싶은 것이 그의 솔직한 심정이었다.

"내성에 꼭꼭 틀어박힌다고 해서⋯⋯ 어디 끝이 피해 가기라도 한다던가. 어불성설이란 그런 것이지."

소류는 냉랭하게 웃었다. 자조와 체념이 짙게 밴 웃음이었다. 어딘지 회의적이기도 하고 허무적이기도 한 그답지 않은 태도에 군장들이 심란한 마음으로 자신들의 군주를 바라보았다. 서문진만이 그런 소류에게서 시선을 돌린 채 탁자를 노려보고 있을 뿐이었다.

"민가의 부녀자와 노인들을 내성으로 대피시키고, 사내들은 외성에 남게 하여 함께 방비를 돕게 하도록 하시오!"

"전하⋯⋯!"

"천궁의 이름으로 명하는 바요. 그대 군장들은 부디 거역지 말고 따라 주시오."

천궁의 완고한 태도에 군장들이 무거운 탄식을 삼켰다.

"⋯⋯모든 것은⋯⋯ 천신의 뜻대로⋯⋯. 명을 받들겠습니다, 전하⋯⋯."

체념하듯 마지못해 대답한 군장들이 저마다 고개를 저으며 무겁게 한숨을 내쉬었다. 소류는 지체 없이 몸을 일으켰다.

"금일 회의는 이것으로 파하겠소. 먼저 일어나지."

가슴이 갑갑하게 조여 오는 듯해 서둘러 자리를 박차고 일어나자 부족한 수면 탓인지 찰나 핑, 하고 현기증이 일었다. 일순 폐부 깊숙이 쓰디쓴 패배감이 밀려들었다. 아무리 변명을 해 보려 해도…… 끝을 자초한 것은 결국 그 자신이었다.

탁자를 짚고 선 채 휘청거리는 몸을 잠시 가누던 소류는 이내 몸을 돌려 빠르게 집무실을 벗어났다.

□ ■ □

파안제국, 여미성.

황궁의 가을은 어느 계절보다도 특히 더 아름다웠다. 가을이 깊어질수록 울긋불긋한 단풍이 황궁 곳곳을 화려하게 물들여 보는 사람마다 탄성을 자아내게 만들었다.

무르익은 가을날 바스락대며 귓가를 간질이는 마른 낙엽 소리처럼, 황궁의 서쪽 끝에 있는 작은 별당 운서당에서는 얼마 전부터 아이들의 까르륵거리는 웃음소리가 끊이지 않고 흘러나오고 있었다.

정확히는 평원으로 출정을 나갔던 황제가 황궁으로 돌아온 날부터였다. 운서당의 낮은 돌담 앞에 모여 선 궁녀들이 놀란 눈으로 담장 너머의 별당을 흘끔거리며 대화를 주고받았다.

"그게 참말이야? 폐하께서 참말로 평원의 여인을 데려오셨단 말이야?"

"어디 여인뿐이면 다행이게? 그 자식들까지 데려오셨다니까? 저 봐. 저기, 저어기 보이지? 아이들 말이야."

"히익! 셋이나 있는데? 키가 다 고만고만한 게…… 설마…… 세, 세쌍둥이? 말도 안 돼."

그들 중 소문을 제일 늦게 접한 궁녀 하나가 경악한 얼굴로 담 너머 아이들의 모습을 한참이나 곁눈으로 살피며 호들갑을 떨더니, 돌연 고개를 갸우뚱한 채 곁의 궁녀에게 물었다.

"그나저나 저 여자, 우리는 뭐라 불러야 하는 거야? 승은을 입은 것도 아니고 품계도 없고……."

"글쎄. 뭐 딱히 폐하께서 내리신 칭호도 없고, 마땅히 부를 만한 호칭도 없어서 다들 그냥 서궁의 여인이라 부른다던데?"

서궁의 여인……. 오래전 아라하에서 그리 불렸던 것처럼, 공교롭게도 이제는 제국의 황궁에서마저 아리는 그때와 꼭 같은 호칭으로 불리고 있었다. 군주가 데려온 이국의 여인으로 말이다.

"서궁의 여인? 그럼 마주치면 뭐라 불러야 하지?"

"흠…… 글쎄? 그래도 폐하께서 데려오신 여인이니 마마라고 불러야 하지 않을까?"

"마마? 에이…… 아무리 그래도 그렇지. 폐하의 승은을 입지도 않은 이국의 여인을 마마라고 부르는 건 영 이상하지 않아?"

궁녀들은 한참 머리를 맞댄 채 이러쿵저러쿵 궁리들을 했다. 그러다 문득 그런 자신들이 한심하게 느껴졌던지 그중 하나가 불쑥 고개를 쳐들며 말했다.

"그런 걸 우리끼리 궁리하고 있어 봤자 무슨 소용이겠어? 어차피 운서궁에서 나오지도 않는다니까 우리하고는 아예 마주칠 일도 없을걸?"

"하긴…… 그것도 그렇네."

"그나저나 우리 너무 오래 있었던 거 아니야? 이러다 또 마마님들 불호령이 떨어질라."

"에구머니! 걸리면 경을 칠 게야. 빨리 돌아가자!"

수다를 떨던 궁녀들은 자신들이 너무 오래 꾀를 부리고 있다는 것을 깨닫고는 곧 각자의 자리로 허둥지둥 되돌아갔다.

황궁으로 돌아온 아리에게 단휘는 황궁의 서쪽 끝에 있는 작은 별당인 운서당을 하사했고, 궁인들은 자연히 하나둘 그녀를 서궁의 여인이라 부르기 시작했다. 하루에도 몇 번씩 어린 궁녀들이 서궁의 여인을 보기 위해 운서당의 담벼락 앞을 서성이며 그 너머를 흘끔거리다 돌아가곤 했는데, 지금처럼 본인들의 궁금증을 풀기 위해 찾아오는 경우도 많았고, 상궁의 궁금증을 대신 풀어 주기 위해 찾는 경우도 적지 않았다.

이처럼 '서궁의 여인'이라는 존재는 무료한 황궁 생활을 하는 궁인들 사이에서 큰 화젯거리로 떠올라 있었다. 저를 향한 그들의 관심이 아리에게는 달가울 리가 없었다. 아리는 처소인 운서당에서조차 차면으로 얼굴을 가리고 철저히 자신을 숨긴 채 생활했다.

폐위된 황후에게는 온갖 괴이한 소문들이 따라다녔는데, 휘월루의 자객에게 목숨을 잃었다는 둥 어디선가 여염의 아낙 행세를 하며 살아가고 있다는 둥 온갖 추측들이 난무했다. 그녀가 제국을 배반하고 아라하의 왕비가 되었더라는 소문 또한 도성에 무성하였으나, 단휘가 소문을 퍼뜨린 몇몇을 잡아들여 본보기로 엄히 다스린 이후로는 감히 누구도 그 소문을 입에 담지 않았다. 그러나 소문이라는 것은 또 언제 어떤 식으로 불거질지 모르니 조심하고 또 조심해서 나쁠 것은 없었다.

그렇게 아리는 철저히 이국의 여인 행세를 하며 그리 편치만은 않은 서궁에서의 생활을 이어 가고 있었다. 황제의 최측근인 자함, 백하, 허 내관 그리고 장 상궁, 그 넷을 제외하고는 그녀가 황후라는 사실을 어느 누구도 알지 못했다.

아리에게 태현궁을 돌려줄 수 없다는 사실이 내내 단휘의 마음을 괴롭혔지만, 다행스럽게도 예전의 사람만큼은 되돌려 줄 수가 있었기에 그는 빈 태현궁을 지키고 있던 장 상궁을 운서당으로 보냈다. 영문을 모른 채 운서당으로 간 장 상궁은 그곳에 있는 아리와 마주하고는 대성통곡을 하며 재회의 벅찬 기쁨을 나누었고, 그것은 아리 역시 마찬가지였다. 장 상궁이 살아 있을 것이라고는 상상조차 하지 못했던 그녀였기에 그 벅참은 이루 말할 수 없는 것이었다.

그날 아리와 장 상궁은 날이 새도록 못다 한 회포를 풀었다. 장 상궁은 처음 세쌍둥이와 마주했을 때 감격에 젖어 한참이나 말을 잇지 못했다. 처음에는 도무지 믿기지 않는 눈으로, 그리고 그다음에는 너무도 벅차올라 눈물이 그렁그렁한 눈으로 세쌍둥이의 얼굴을 하나하나 번갈아 바라보고 또 바라보면서 울다 웃기를 반복할 뿐이었다.

그런 장 상궁 덕분에 아리는 운서당에서의 생활에 그런대로 잘 적응해 가고 있었다. 오랜만에 돌아온 황궁은 더는 그녀를 주인으로 맞아 주지 않았기에 그 가공할 위압감에 눌려 숨도 쉴 수 없을 지경이었지만, 제 곁에 든든히 자리한 장 상궁 덕에 조금은 숨이 트이는 것이 사실이었다.

장 상궁은 세쌍둥이의 유모가 되기를 자처하며 지극정성을 다해 아이들을 보살폈다. 세쌍둥이 중 둘째 운은 유독 낯을 가리지 않고 사람들을 잘 따라서 모두가 특히 더 어여삐 여겼는데, 장 상궁 또한 예외는 아니어서 유난히 운을 챙기는 것이 표가 났다. 그것이 서운하다거나 싫다거나 하지는 않았다. 아리의 눈에는 그저 세쌍둥이 모두가 똑같이 어여쁘기만 했기에 사람들의 그런 반응이 어쩐지 조금 신기하게 여겨졌다.

오늘도 아리는 장 상궁과 함께 세쌍둥이를 데리고 별당의 앞마당에 나와 있었다. 즐겁게 뛰노는 아이들을 보고 있노라면 그때만큼은 모든 시름이 사라졌다. 아이들이 뛰노는 모습을 저의 곁에서 함께 흐뭇하게 바라보고 있던 장 상궁이 문득 그녀를 돌아보며 입을 열었다.

"마마. 이런 말씀을 드려도 될지 모르겠사오나…… 운이 아기씨는 어쩐지……"

운의 이야기를 꺼내 놓고는 돌연 제 눈치를 보며 말끝을 흐리는 장 상궁이 의아해 아리는 눈을 크게 뜬 채 바라보았다. 제 눈치까지 살피며 해야 할 운의 이야기라는 게 대체 무엇일까. 더없이 궁금해진 아리가 눈짓으로 어서 말하라고 재촉하자 한참 망설이던 장 상궁이 눈을 질끈 감은 채 대답했다.

"폐, 폐하의 용안을 닮으신 것 같사옵니다."

"……!"

"참말이옵니다, 마마. 이목구비가 묘하게 쏙 빼닮으셨사옵니다."

"장 상궁! 자네……!"

장 상궁의 말에 아리는 놀란 얼굴로 황급히 주변을 살폈다. 이내 아무도 없음을 확인한 그녀는 안도의 한숨을 내쉬었다. 아리는 잠시 꾸짖듯 장 상궁을 엄하게 쳐다보다가 심란해진 마음으로 운의 모습을 눈으로 좇았다. 아이의 얼굴을 한참을 바라보던 아리의 눈동자가 불안한 듯 떨려 왔다.

노여운 것도 당황한 것도 사실이었으나 어쩌면 영 터무니없는 소리는 아니었다. 이제 돌을 갓 넘긴 아이답지 않게 긴 눈매와 제법 오똑한 콧날은 희한하게도 두 사내 모두를 닮은 듯 보이기도 했다. 아마 장 상궁은 적국의 왕보다는 저의 군주인 그 주단휘와 더 닮았다고 여기고 싶은 모양이었다.

"장 상궁. 자넨 폐하를 싫어하는 줄 알았는데."

"예, 예에? 소, 소인이 어찌 감히 제국의 지존이신 폐하를 싫어할 수가 있겠사옵니까?"

"아니야. 예전에는 심지어 내 앞에서도 그분의 욕을 서슴지 않았었지, 아마."

"마, 마마! 그것은, 그때는 그럴 만한 사정이 있었지 않사옵니까."

허황한 소리에 구태여 동요하고 싶지는 않았기에 그저 농이나 하며 분위기를 바꿔 볼 요량으로 조금 골려 준 것뿐인데, 장 상궁은 울상을 지으며 펄쩍 뛰고는 마치 천지라도 잃은 듯한 얼굴로 하소연을 늘어놓았다.

"소인이 일평생 폐하와 마마 때문에 얼마나 속을 태웠는지 아시옵니까? 그것을 아신다면 그런 말씀은 마시옵소서. 소인 서운하옵니다. 소인이 어찌 감히 폐하를 싫어하겠나이까. 소인은 다만 두 분이 안타까웠을 뿐이옵니다. 지금도 여전히 그러하옵고 말이옵니다."

"……."

어찌 그 깊은 속을 모른다 할까. 원수만도 못한 사이라고 소문이 자자했던 그 황제와 황후가 부디 진실한 부부로서 서로를 보듬으며 안온히 살아가기를 누구보다도 간절히 바라 왔을 사람이 바로 장 상궁일 터였다.

격통 속에서 훌쩍 흘러가 버린 지난 세월은 그저 덧없고 덧없기만 해서 가슴 한구석이 아려 왔지만, 남은 세월을 또 그렇게 후회와 연민에 갇힌 채 허망하게 흘려보내고 싶지는 않았다.

지금에 와서야 인정하는 것이지만…… 과거에는 분명 그를 사무치게 은애하였던 때도 있었다. 외사랑에 지나지 않을지라도, 치열하게 그를 그리워하며 눈물짓던 날들도 많았다.

하지만…… 이제는 지나가 버린 과거의 시간들일 뿐이었다.

"하여도…… 행여 폐하 앞에서는 그런 말 말게."

그를 더는 연민하고 싶지 않았다. 아니…… 사실대로 말하자면, 두려웠다.

그를 향한 연민이 소류에게 품은 연정보다도 더 커져 버리게 될까 봐……

"장 상궁. 어서 대답하게. 내 분명히 말하지만 폐하 앞에서는 절대 그런 말을 해서는 아니 되네. 운이가 폐하와 닮았다는 말도…… 그와 내가 안타깝다는 말들도 모두 다 말일세."

"……염려 마시옵소서, 마마……. 폐하께는 절대 말씀 올리지 않겠사옵니다……."

마지못해 대답한 장 상궁이 저만치 앞에서 아장아장 걷는 아가들 곁으로 힘없이 돌아갔다. 잔뜩 풀이 죽은 장 상궁을 보며 아리는 마음이 심란해졌다.

황궁으로 돌아왔기 때문인 걸까.

곁을 지키는 이가 예전과 같아진 까닭인 걸까…….

아리는 알 수 없는 기분에 사로잡힌 채 멍하니 고개를 들어 운서당이라 적힌 현판을 눈으로 훑었다. 그가 이 너른 황궁에서 제게 내어 준 작은 별당, 운서당……. 그녀가 황후로서 태현궁에 머물던 그 예전의 시간들로 온전히 되돌려 놓을 수도 없을 거면서, 그는 대체 무슨 까닭으로 저를 부득부득 찾아내 자신의 곁으로 데려온 것일까.

그에게 따져 묻고 싶었다. 하루에도 몇 번씩 그에게 찾아가 묻고 싶었지만 차마 그리하지 못했다. 먼저 그를 찾아갈 용기도 없었거니와, 유와의 말로는 그는 황궁에 당도하자마자 실신하듯 쓰러진 이후로 여태 자리보전 중이라 했다. 유와에게서 그 말을 들은 후에는 괜스레 그를 찾아가고 싶은 까닭만 하나 더 늘어, 굳이 제게 그 사실을 알려 준 유와마저 원망하고 싶은 심정이었다.

참으로 그의 상태가 심각한 것은 아닌지 심장이 뻐근해질 정도로 걱정이 되어 견딜 수가 없었다. 서로 소식이 닿지 않을 만큼 멀리 떨어진 곳에서 지낼 때는 혹 그를 다시 만난다 해도 자신이 이리되어 버릴 것이라고는 감히 상상도

하지 못했다.

가슴이 서걱거리고 마음이 부서지듯 아팠다. 그 주단휘 때문에…….

쓸쓸히 저를 바라보던 그 척안이 떠오를 때면…… 예전과는 다른 그 마르고 창백한 얼굴이 떠오를 때면…… 하루에도 열두 번씩 마음이 무너져 내렸다.

그리고 그런 마음은 그녀를 이중으로 괴롭혔다. 그 감정이 연민이건 무엇이건 그것이 소류에게는 배덕이 될 것만 같아서…….

"황후 마마. 허 내관이옵니다."

문득 등 뒤에서 들려온 목소리를 향해 돌아서자 황제의 수족인 허 내관이 그녀를 향해 머리를 조아린 채 공손히 서 있었다. 그는 그의 측근들에게만큼은 그녀가 황후라는 사실을 숨기지 않았는데, 아마 그들만이라도 이 황궁에서 그녀를 예전처럼 황후로서 예우해 주기를 바랐던 듯싶었다.

그의 사람인 허 내관이 어쩐지 반갑기도 하고 한편으론 껄끄럽게도 여겨져 아리는 복잡한 심정으로 허 내관을 맞았다. 상반된 감정이 동시에 고개를 쳐들며 아우성을 쳐 댔다. 그런 제 속을 저조차도 도무지 모를 노릇이었다.

"허 내관. 어쩐 일인가."

"마마, 황제 폐하께옵서 마마를 뵙고 싶어 하시옵니다."

"폐하께서……? 폐하께서는 자리보전 중이시라 들었는데…….."

그가 깨어났노라 어서 확답해 주길 바라는 그녀의 마음을 읽기라도 한 것인지 허 내관이 슬며시 웃으며 공손히 대답했다.

"오전에 깨어나셨사옵니다. 피로가 쌓여 밀린 잠을 잔 것뿐이니 염려할 필요 없다고, 마마께 그리 전하라 하셨사옵니다."

허 내관의 그 같은 전언에 아리는 저도 모르게 한숨을 내쉬듯 나직이 실소를 흘렸다. 그로 인해 제 마음이 이리도 엉망이 되어 있다는 것을, 그는 과연 알고나 있을까……. 그런 그녀 자신에 대한 자조나 힐난은 아니었다. 그저 그의 그 변치 않는 뻔뻔함과 당당함에 이제는 차라리 존경심마저 들어 진심으로 실없이 웃음이 흘러나오는 것뿐이었다.

"태건궁으로 가면 되겠는가."

"아니옵니다, 마마. 운향정에서 기다리고 계시옵니다."

"운향정……? 날이 이리 쌀쌀한데 어찌 안에 계시지 않고……."

"오랜만에 운향정에서 약주를 드시고 싶으시다 하시온지라…… 삼면에 휘장을 두르고 화로를 여럿 밝혀 두었사오니 너무 심려치 마시옵소서."

허 내관의 대답에 아리는 미간을 찡그렸다. 물론 운향정은 그의 일신이 멀쩡했던 시절에 그가 약주를 들기 위해 즐겨 찾던 곳이니 그때의 기억이 문득문득 간절해질 수야 있다지만, 지금은 그때와는 사정이 전혀 다르지 않은가.

쌀쌀한 날도 날이었지만, 정신이 든 지 얼마 되지도 않은 몸으로 약주라니. 지난 1년간 그는 몸에 해로운 것들은 일절 가까이 하지 않은 채 건강을 되찾는 일에만 온 힘을 기울였다 들었다. 한데 저를 황궁으로 데려다 놓고서는 정신이 들자마자 약주부터 찾았다 하니, 그런 그를 도무지 이해할 수도 없었거니와, 마치 그것이 저 때문인 것만 같아 마음이 한없이 불편해지는 것이 사실이었다.

"가세."

가서 그에게 직접 따져 묻지 않고서는 영 마음에 걸려 밤에 잠도 오지 않을 것 같았다.

저를 향해 깊이 국궁하고는 조심스레 앞서 걷는 허 내관을 따라 아리는 걸음을 재촉했다. 그녀의 발길을 반기듯 어디선가 불어온 바람에 떨어진 단풍잎들이 길 위에서 춤을 췄다.

붉은빛에 취한 채 하염없이 걷다가 문득 고개를 들었을 때, 그녀는 어느새 운향정에 도착해 있었다.

운향정에는 언제나처럼 고즈넉한 정취가 흘렀다.

가을이 되어 붉은 단풍잎이 황궁을 온통 붉게 물들일 때면 이곳의 운치는 더욱더 깊어졌다. 황궁에서 풍경이 아름다운 곳을 꼽자면 아마 어화원 다음으로 단연 운향정을 꼽을 수 있을 터였다.

근 1년 만에 음미하는 달큼한 과실주는 달고도 쌉싸름하게 입 안을 감돌았다. 코끝을 스치는 과실주의 감미로운 향에 이곳에서의 옛 기억들이 주마등처럼 머릿속을 스쳐 갔다.

표독스럽게 쏘아보던 시선과 카랑카랑하게 날을 세우던 목소리는 지금도 기억 속에 선연했다. 저와 마주할 때면 그녀는 언제나 늘 가시를 세웠었다. 지금에 와 생각해 보면 그는 그녀의 그런 행동 속에서 왠지 모를 안도감을 느꼈던 것 같기도 했다. 그러한 모습으로라도 그녀는 영원히 제 곁에 남아 평생을 함께할 것이라고……. 하여 원망과 증오가 세월에 바래 희미해질 즈음에는, 조금은 편해진 얼굴로 서로를 마주 볼 수도 있을 것이라고…….

수척한 얼굴 위로 쓸쓸한 미소가 번졌다. 쥐고 있던 술잔을 원을 그리듯 빙그르르 돌리자 다시금 과실주의 다디단 향이 코끝으로 진하게 피어올랐다. 한모금 맛을 보려 술잔을 입에 가져다 대려는데, 술잔을 향해 있는 시선 끝에 여인의 치맛자락이 희미하게 어렸다. 어쩐지 눈에 익은 그 광경에, 되돌리고 싶던 과거의 어느 날이 불현듯 그의 뇌리를 스쳐 갔다.

문득 심장이 서걱거리는 소리를 냈다. 슬며시 스며든 바람에 술잔 속의 작은 수면이 마치 떨려 오는 그의 마음인 양 흔들렸다.

그는 덧없이 웃으며 술잔에서 시선을 떼고는 그녀를 향해 천천히 고개를 들었다.

"……."

그리워했던가…….

곁에 없어…… 아파했던가…….

다시는 볼 수 없음에…… 죽을 만큼 괴로웠던가…….

마침내 그녀와 눈이 마주치는 순간, 그야말로 만감이 교차했다.

가슴속에서 폭풍처럼 휘몰아치는 이 무수한 감정들을 세상의 어떤 말로도 다 형용할 수 없었다.

심장이 발작하듯 제 몸을 떨어 댔다. 숨 쉬는 것조차 버거워 호흡이 흐트러졌다. 그럼에도 아무렇지 않은 척 앉아 있자니 온몸에 식은땀이 배어날 지경이었다.

그녀와 함께 황궁으로 돌아오고 난 후 나흘을 내리 앓아누웠다. 피로가 극에 달했던 것도 사실이었고, 잔뜩 무리한 몸에 끝내 탈이 났던 것도 사실이었다. 하지만 그보다도, 그녀를 황궁에 데려다 놓고서는 정작 그다음엔 무엇을 어찌 하여야 할지를 도무지 모르겠기에, 차라리 당분간은 자리보전하는 걸 택하기로 한 것이었다.

그런 제 속사정을 과연 누가 알까. 아마 허 내관도 장 상궁도, 자함이나 백하 도 아무도 모를 터였다.

그런 저를 향해 실소가 흘러나왔다. 혹 그가 무엇 하나라도 잘못하여 그녀가 또다시 저를 벌레 보듯 하기라도 할까 봐 전전긍긍하며 잔뜩 겁을 집어먹고 있 는 제 자신이 한심스럽다거나 짜증스럽지는 않았다. 그저 지금의 이 모든 감정 들이 제게는 더없이 낯설고 생경할 뿐이었다. 그 낯섦과 생경함이 어쩐지 야릇 하게 그의 폐부를 간지럽혀 대고 있었다. 아마 조금은 들떠 있는 것도 같았다. 제 앞에 말없이 서 있는 그녀는 아마 이런 자신과는 다를 테지만……

가슴께에 아릿한 바람이 스쳐 갔다. 그는 그녀의 얼굴을 천천히 훑었다.

"……그래, 지낼 만한가."

"예…… 폐하의 은덕으로 편히 지내고 있사옵니다."

"은덕이랄 것까지야…… 아무튼 편히 지낸다니 다행이로군."

"……."

단휘는 꿔다 놓은 보릿자루처럼 정자 앞에 오도카니 서 있는 그녀를 물끄러 미 바라보다 술상 맞은편 자리를 눈짓해 보였다. 잠시 망설이는 듯하던 그녀가 이내 치맛자락을 움켜쥐고는 정자 위로 조심스레 올라왔다.

단휘는 술잔을 들어 과일주를 천천히 한 모금 삼키며 그런 그녀의 모습을 지 켜보았다. 그녀가 제 맞은편에 앉은 채 흐트러진 치맛자락을 가지런히 정리하 고는 저를 향해 고개를 들었을 때에야 그는 술잔을 내려놓고는 무언가 쉽지 않 은 말을 꺼내듯 슬며시 입을 열었다.

"……행여 그대가 나오지 않으면 어쩌나…… 내 걱정하였는데……."

그리 말하며 그는 한 손으로 마른세수를 하듯 입언저리와 뺨을 쓸었다. 그는 어쩐지 멋쩍어하는 듯도, 또 안절부절못하는 듯도 한 인상을 더러 풍기는 얼굴을 하고 있었다. 아리는 그런 그를 조금은 낯선 눈길로 바라보며 차분히 대꾸했다.

"나오지 않을 까닭이 무에 있겠사옵니까."

"그야 그렇겠지……. 어째서 그 말이 더 섭섭하게 들리는지는 모르겠지만……."

"……."

그녀가 물끄러미 시선을 마주치자 그는 슬며시 그녀의 눈을 피했다. 그의 눈빛이 어딘지 몹시 불안해 보였다. 아마 몸이 회복되지 않은 탓일 터였다. 꼭 이번 출정 때문만이 아니라, 이미 그 이전에 살아난 것 자체가 기적이라 여겨질 만큼 만신창이가 되었던 몸이 아니던가. 한데 그런 몸으로 약주라니. 아리는 그가 또다시 몹시도 못마땅해져 인상을 찌푸린 채 타박했다.

"약주를 끊으셨다 들었사옵니다. 어찌 또 입에 대시는 것이옵니까."

"적당히는 몸에도 좋다지 않나."

"적당히라 하셨사옵니까? 지금 폐하의 존체에 적당한 것은 오로지 금주뿐이옵니다. 잘 아시는 분이 어찌 또 이리 방탕해지려 하시옵니까?"

"하…… 약주 몇 잔에 방탕이라니. 노파심이 지나치단 생각 안 드나."

"이미 그리 살아오신 전적이 있는 분이시니 드리는 말씀이옵니다."

핀잔하는 말마다 족족 대거리를 해 대면서도 왕왕거리는 그녀의 모습이 싫지 않아 단휘는 슬며시 눈매를 휘었다.

"그저 몇 잔이야. 그 몇 잔에 기대어…… 하고픈 말들이 너무도 많아서……."

맨정신으로는 도저히 아무런 곡해 없이 허심탄회하게 이 속말들을 전할 자신이 없어서……. 그렇기에 조금은 술기운을 빌어 보려던 참이었다.

인상을 찌푸린 채 저를 못마땅하게 바라보는 그녀를 보고 있노라니, 조금 전 그녀의 치맛자락이 술잔 끝에 어리던 그 순간 뇌리를 스쳐 간 과거의 기억이 다시금 선명히 떠올랐다.

'그리도 아끼시는 후궁이 회임을 하였으니, 얼마나 기쁘시옵니까, 폐하?'

표독스레 내뱉던 그녀에게 그날의 저는 무어라 대답했던가.

기억하고 싶지 않았지만 그 또한 생생히 떠올랐다.

'그대가 축하해 준다면야.'

그는 더없이 잔인하고 뻔뻔하며 무심한 얼굴로 깨어질 듯 파리한 그녀를 향해 냉랭히도 내뱉었었다. 제 진심은 그저 마음속에 꼭꼭 숨겨 둔 채로……

"기억나나. 그대가 행궁으로 떠나기 전, 이곳으로 달려와 내게 쏘아붙이던 일……. 초혜가 회임을 했다는 사실을 듣자마자 득달같이 내게로 달려왔었지."

"기억나지 않을 리가 있겠사옵니까."

덤덤히 대꾸하는 그녀를 보며 씁쓸히 웃은 그가 작게 한숨을 내쉬었다.

"사실 난 그때…… 내가 너무 한심했었다. 그대를 볼 낯이 없었고……."

"……."

"부끄럽고 죄스러워 마냥 숨고만 싶었지. 그런 심정조차 들키고 싶지 않아서 더 뻔뻔히 굴었을 만큼……."

때늦은 고백이었지만, 그렇기에 서로에게는 더 진실하게 다가왔다.

물끄러미 턱을 괸 채 생각에 잠겨 있던 그가 돌연 헛웃음을 터뜨리곤 말을 이었다.

"그런 연유로 궁을 떠났던 그대가 이제는 남의 자식들을 주렁주렁 셋씩이나 달고 내게 돌아와 있으니…… 참 알다가도 모를 것이 인생이지 않나."

"인과응보인 게지요."

"촌철살인이로군."

단휘는 시인하듯 낮게 웃음을 터뜨렸다. 자신으로 인해 이 모든 일이 시작되었다.

"돌이켜 보면 후회되는 많은 순간들이 있지만, 유독 그날의 내가 후회스러웠어. 만일 내가 그때에라도 그대에게 솔직하게 굴었더라면…… 우린…… 조금은 달라질 수 있었을까."

아리는 화로 안에서 춤을 추는 작은 불길을 바라보며 희미하게 미소 지었다.

"……그리 기대했었사옵니다……. 그럴 리 없다 생각하면서도 어쩌면 폐하께서도 후회하고 계실지도 모른다고…… 그리 기대하며 스스로 위안을 삼았던 것 같사옵니다. 만약 그때 그런 폐하의 진심을 알았더라면…… 지나온 많은 시간들이 지금과 조금은 달랐을 테지요."

"역시 그러한가."

"하여도……."

"……."

"지금 이 순간은, 그저 이 순간대로 좋사옵니다."

그녀가 시선을 마주쳐 오며 나긋이 내뱉은 말을 그가 조용히 따라 되뇌었다.

"지금 이 순간은…… 그저 이 순간대로…… 좋다라……."

복잡한 얼굴 위에 엷게 떠오른 그의 미소는 미약하나마 온기를 머금고 있었지만, 지금만큼은 적어도 수긍의 의미는 아니었다. 그는 그녀의 말에 동의할 수 없었다. 지금으로 만족하기에는 아직 버리지 못한 미련이 남아 있는 까닭이었다.

그날, 손파영에게 끔찍하게 유린당하고 제 배다른 아우들에게 단죄받던 그날……. 남김없이 놓아 버린 줄로만 알았던 그 속절없는 미련들이 다시금 들끓는 열망으로 타올라 그의 가슴을 뜨겁게 데우고 있었다.

금세라도 깨질 듯 아슬아슬한 침묵이 잠시 둘 사이를 적요하게 갈라놓았다. 마치 그때를 기다렸다는 듯 허 내관이 허둥지둥 곁으로 다가와 조심스레 고해 올렸다.

"폐하, 대장군이 입궁하였사옵니다. 알현을 청하고 있사온데 어찌하올는지요."

"……자함이?"

그는 트적지근하게 되물으며 곤란함에 한쪽 눈썹을 치켜올렸다. 아리와 함께하는 지금의 시간을 방해받고 싶지 않았지만 이런 시각에 저를 찾아올 정도면 가볍지 않은 사안일 것이 분명했기에 단휘는 결국 마지못해 알현을 허락했다.

그에게서 윤허가 떨어지자마자 지척에서 대기 중이던 자함이 곧 정자 가까이로 다가왔다.

"자함. 이 시간에 궁에는 어쩐 일인가. 그래, 석찬은 자시고 오는 겐가."

"망극합니다, 폐하. 소신, 다름이 아니오라 급히 입수된 낙안의 소식이 있어 폐하께 고해 올리고자 입궁했습니다."

"……낙안의 소식……?"

단휘는 그리 나직이 따라 되뇌며 아리를 흘끔 쳐다보았다. 동요하지 않으려 퍽 애를 쓰는 듯했지만 낙안이라는 말에 그녀 역시 한껏 신경을 곤두세우고 있는 것이 그의 눈에 훤히 보였다.

"그렇군."

단휘는 잠시 골몰한 표정을 짓더니 이내 자함에게 올라오라는 듯 손짓해 보였다.

"그래, 어떤 소식인지 궁금하군. 함께 술 한잔 나누며 들어도 되겠지. 퍽 오랜만에 말이야."

"아닙니다, 폐하……. 두 분 함께 계시는 것을 알았다면 이리 급히 알현을 청하지는 않았을 것입니다. 속히 고해 올릴 소식도 아닌데 소신이 너무 서둘러 찾아뵌 듯싶습니다. 명일 다시 찾아뵈올 터이니 괘념치 마시고 말씀 나누십시오. 하오면 소신은 이만 물러가 보겠습니다, 폐하."

"아니, 그럴 것 없네."

서둘러 물러가려는 그를 단휘가 단호히 붙들었다.

"난 낙안의 소식이 무척이나 궁금하고, 지금 당장 이 자리에서 듣고 싶어. ……아리, 그렇지? 그대도 그곳의 소식을 알고 싶지 않나?"

"……."

"자함, 아리에게 굳이 숨겨야 할 까닭도 없지 않은가. 그러니 이곳에서 편히 고하게."

아리는 심란함과 초조함이 뒤섞인 얼굴로 단휘를 응시했다. 그는 내내 나긋하던 좀 전의 모습과는 달리 어딘지 퍽 집요하고 위험해 보였다.

그리고 자함 역시 그것을 느끼고 있었다. 그녀에게 굳이 숨겨야 할 까닭이 없다는 그의 말은 딱히 틀린 말이 아니었고, 그녀가 절대 들어서는 안 될 극비도 아니었다. 설령 극비라 한들 그녀가 알게 된다 하여 제국에 위협을 가져오게 되는 일 또한 없을 터였다. 다만 그 얽힌 관계들이 복잡하여 자함 자신이 퍽 곤란해졌다는 것이 문제라면 문제였다.

자함은 퍽 난처해져 괜스레 헛기침을 하고는 별수 없이 단휘가 권하는 대로 술상 한편에 자리를 잡고 앉았다.

"그래, 어떤 소식이지?"

"곧 전투가 벌어질 듯합니다. 율타와 아르아키족이 결탁을 하여 수일 내로 낙안을 협공할 것이라 합니다."

"아르아키족……? 그들이 율타와 결탁을 해……?"

"예, 폐하."

설마 제국군이 이번에 그들을 건드려 놓은 결과로 인해 벌어진 일일까. 애먼 곳에 불똥이 튄 꼴이었지만 만일 정말 그런 것이라면 그들의 그 뜬금없는 결탁이 어느 정도는 납득이 갔다.

"일전의 일로 제국에 앙심을 품기라도 한 모양이군. 낙안을 건드려 내 약이라도 올려 볼 참인가."

단휘가 피식 웃었다. 자함은 심각하게 미간을 모은 채 그런 단휘를 진중히 바라보았다. 지금이야말로 오래도록 억눌러 온 설욕의 갈망을 해소할 때였다. 이번만큼은 제 주군에게서 반드시 출정 승낙을 받아 내야만 한다고 각오를 다지고 또 다지는 그였다. 자함이 차분히 입을 열었다.

"그들 덕에 아라하가 더욱 곤경에 빠지게 되었으니, 혼란해진 지금이라면 낙안을 더욱 손쉽게 탈환할 수 있을 것이라 사료됩니다. 낙안에 주둔해 있는 아라하의 병력으로는 율타 하나와 싸우는 것조차도 버거울 겁니다. 거기에 아르아키족까지 가세한다면 아라하는 이번 전투에서 패망할 가능성이 큽니다."

"그래. 그렇겠군……."

단휘는 건성으로 대꾸했다. 중요한 보고임에는 분명했지만 사실 지금은 그런 것은 아무래도 상관없었다. 자함의 보고에 시시각각 굳어지는 아리의 창백한 얼굴이 그의 시선을 잡아끌고 있을 뿐이었다. 위태롭게 흔들리는 그녀의 눈 동자에 제 시선을 고정시킨 채로 단휘는 태연히 입을 열었다.

"자함. 자네가 시기를 정해 보게."

"예? 시기를 정하라 하심은…… 하오면 출정을 윤허하시는 겁니까?"

"뭐…… 이제 딱히 더는 미룰 까닭도 없지 않겠나."

아리를 흘끗 일별한 단휘는 가만히 술잔을 들어 올렸다. 행여 그녀가 그런 자신을 탓한다 해도 어쩔 수 없었다. 자신은 그저 정해진 수순을 밟는 것뿐이 었다. 이때껏 낙안의 탈환을 미뤄 두었던 것은 그녀라는 풀지 못한 과제가 남 아 있었던 까닭이었다. 과제를 해결한 지금, 더는 시간을 끌 필요가 남아 있을 리 없었다.

"모쪼록 준비에 차질이 없도록 하게."

"존명! 신 대장군 자함, 황명을 받들어 속히 군대를 소집하겠나이다!"

고양된 목소리로 외친 자함은 황제와 황후에게 깍듯이 예를 갖추고는 공손 히 물러났다. 빠르게 황궁을 벗어나는 그의 얼굴은 잔뜩 상기되어 있었다. 낙안 의 탈환, 가슴에 바윗덩이처럼 묵직하게 들어차 있는 이루지 못한 염원이 꺼내 달라 아우성치듯 뜨겁게 일렁이고 있었다.

길을 뒤덮은 붉은 낙엽들을 벅차게 바라보며 자함은 걸음을 재촉했다. 한시 가 급했다. 하루라도 더 빨리 군을 소집하고 만반의 준비를 마쳐야 할 것이다. 황궁을 물들인 저 붉은 단풍처럼 숱한 목숨이 흩뿌린 피가 곧 전장을 새붉게 물들일 터였다. 미루고 미뤄 두었던, 숙적과의 대전이었다. 지난날들의 수모를 설욕할, 어쩌면 단 한 번뿐인 기회였다.

자함이 벅찬 심정으로 서둘러 돌아가고 난 후, 아리는 차마 자리를 뜨지도 못한 채 애먼 치맛자락만 움켜쥐고 있었다. 덜덜거리며 발작적으로 떨려 오는 가녀린 몸은 지금 그녀가 얼마나 큰 충격에 빠져 있는지를 여실히 보여 주고 있었다.

치맛자락을 어찌나 꼭 움켜쥐고 있는 것인지 그새 하얗게 질린 그녀의 주먹 을 말없이 응시하던 단휘가 조금 전 궁녀가 놓고 간 그녀의 빈 술잔에 쪼르르

술을 따랐다. 술잔 가득 찰랑거리는 희뿌연 액체 위에서 이제 막 지기 시작한 석양빛이 붉게 일렁였다. 단휘는 어서 잔을 들라 채근하듯 제 술잔을 그녀의 눈앞에 흔들어 보였다. 그녀가 마지못해 술잔을 들자 슬며시 잔을 부딪친 그가 나직이 입을 열었다.

"어찌 아무 말도 하지 않나."

"……."

"도와 달라…… 내게 그리 청하고 싶지 않나."

아리는 잠시 그를 멍하니 바라보다가, 이내 술잔에 가득 담긴 과일주를 한 모금 삼켜 타는 목을 축였다. 마냥 달지만은 않은 쌉싸름한 맛에 절로 인상이 찌푸려졌지만 지금은 그깟 과일주 따위가 문제가 아니었다. 그의 의중이 대체 무엇인지는 몰라도 그는 부러 더 그러는 듯 계속해서 그녀를 자극하며 대답을 유도하고 있었다.

"응? 그렇지 않나. 여태 운향정을 떠나지 못하고 있는 건, 낙안을…… 그를 도와 달라 내게 청하기 위해서가 아닌가. 그게 아니라면 그대는 진작 운서당으로 돌아가고도 남았을 터인데……. 이리 해가 지도록 여태 나와 마주하고 있는 걸 보면 말이야."

예전부터 그는 퍽 눈치가 빠른 편이었다. 황제라면 응당 어떤 일이든 돌아가는 사정의 전후를 파악하고 있어야 할 테니 어쩌면 당연한 것이겠지만, 때로는 그의 예리한 통찰에 솜털이 쭈뼛 곤두서기도 했다. 지금 역시 그러했다. 단순히 그의 통찰 때문이라기보다는, 그의 말대로 그런 마음을 품고 있는 저의 뻔뻔함에 치가 떨린 탓이 아마 더 클 터였다.

"제가 어떤 대답을 하길 바라시옵니까."

"그저…… 솔직한 대답."

아무래도 상관없다는 듯한 그의 그 태연자약한 대답에, 아리는 입술을 깨물며 원망이 들어찬 눈길로 그를 응시했다.

"제발 도와 달라…… 그리 청한다면요. 그를 도와주실 수는 있으시옵니까. 제국의 군주이신 폐하께서, 적국 아라하의 왕인 그를요……."

"천하가 내 발아래 있는데 못 할 것도 없지."

특유의 오만한 얼굴로 그는 여유작작하게 웃었다.

"그러니…… 청해 봐."

"……"

"그대의 입으로 직접…… 내게 그리 청해 봐. 그를…… 도와 달라고……."

그는 표정 하나 변하지 않고 잔인하게 그녀를 몰아붙이고 있었다. 그리도 뻔뻔한 짓을 어디 한번 해 보라고……. 아리는 그런 그를 도무지 이해할 수 없었다. 무엇을 바라고 그리하는 것인지 그녀로서는 짐작조차 할 수 없었다.

"……제게…… 어찌 이러시옵니까. 어찌 그리 잔인하시옵니까……. 제게 원하는 게 대체 무엇이시옵니까."

그녀의 붉어진 두 눈 가득 차오른 눈물이 금세라도 후드득 떨어져 내릴 듯 아슬아슬하게 일렁였다. 그런 그녀를 향해 조심스레 뻗어진 그의 손끝에 스며든 그 말간 액체가 이내 그의 긴 손가락을 타고 또르르 흘러내렸다.

"……참 바보 같구나…… 그대는……."

"……"

"그럴 땐 그저 뻔뻔하게 하늘 끝까지 턱을 치켜들고서, 그를 도와 달라고 내 심장에 비수를 꽂아 넣으면 그만이야."

그녀를 바라보는 그의 눈동자가 혼란스럽게 흔들렸다.

"이런 순간에…… 어째서 눈물 따위를 보여서…… 나를 자꾸……."

눈물을 닦아 주던 손을 무연히 거두며 허공을 움켜쥐듯 주먹을 말아 쥔 그가 가만히 손을 내려 술잔을 쥐었다. 술잔을 움켜쥔 손에 조금만 더 힘을 주었다가는 잔이 깨어질 것만 같았다.

"그래. 차마 말하지 못하겠다면 내가 대신 하지. 그대가 원한다면 난 그놈을 도울 의향이 있어."

"……!"

"단…… 늘 그렇듯 조건이 있지."

아리는 떨리는 눈을 들어 그를 절박하게 응시했다.

"……그 조건이…… 무엇입니까."

창백한 안색으로 위태롭게 묻는 그녀의 눈동자에 짙은 불안감이 어렸다. 지금의 그는 어딘지 위험해 보였다. 그를 알게 된 이후로 처음으로 보는 나긋하고 살가운 태도였음에도 불구하고 오히려 지금의 그는 지금껏 그녀가 보아 온 모습 중에 가장 위압적이고 심지어는 사악해 보이기까지 했다. 심장이 경고하듯 요란하게 뛰어 댔다.

"여태도 그걸 모르나."

그가 나른하게 웃었다.

"내 조건은…… 늘 그대였는데."

그러고는 한순간 웃음을 지운 그가 그녀를 뚫어지게 응시하며 적요하게 입을 열었다.

"내 잠자리 시중을 들어 줘. 그게 내 조건이야."

"……!"

아리는 순간 너무 놀라 잠시 그대로 굳어진 채 그를 경악스럽게 바라보았다.

"밤마다 지독한 불면에 시달려. 겨우 잠들고 나면 어김없이 끔찍한 악몽을 꾸고……. 10년이 넘도록 그래 왔어. 한데…… 그대가 곁에 있으면 조금은 푹 잘 수 있을 것도 같거든……."

"……."

"금일부터 매일 밤 자시가 되면 태건궁으로 건너와."

"……폐…… 폐하……."

아리는 충격에 빠진 채 창백하게 질린 얼굴로 망연자실 넋을 놓았다. 그가 태연히 턱을 괸 채 그런 그녀를 관조하듯 응시했다.

"어려운 조건인가……? 그대만 받아들인다면 난 진심으로 아라하를 도울 참인데."

아리는 뭐라 대답조차 못 한 채 그의 의중을 살피려 애썼다. 하지만 아무리 그를 뜯어보아도 그저 농담을 하는 것 같지가 않았다.

"어렵다면 강요할 생각은 없어. 하면, 없던 얘기로 하지."

"……."

반강제적으로 집요하게 권유할 것이란 예상과는 달리 그는 그녀가 곤란해하자 자신의 그 경악할 제안을 선뜻 거둬들였다. 하지만 그가 그리 나오자 오히려 절박해진 쪽은 아리였다.

"……아니요……. 어려울 것도 없사옵니다……. 그게 무엇이건…… 폐하께서 원하신다면 그리해 드리지요……."

"진심인가."

"예…… 물론 진심이옵니다……. 물에 뛰어들라면 뛰어들 것이고, 혀를 깨물라면 깨물 것이옵니다. 그를 도와만 주신다면…… 무엇이든 하겠사옵니다……."

"……."

안쓰럽게 떨려 나오는 목소리와는 달리 그녀의 눈빛에는 더없이 결연한 각오가 서려 있었다. 그런 그녀를 보며 단휘는 불현듯 예전의 기억을 떠올렸다.

'그를 살릴 수 있다면 무엇이든 하겠다 하였나.'

낙안성의 옥사에 갇혀 온갖 고문을 당하느라 만신창이가 되어 있던 그때, 아라하의 왕은 그런 저를 볼모로 앞세워 그녀를 회유하려 들었었다. 꼭 지금의 자신처럼…….

그녀는 바보 같게도 그런 그의 계략에 순진하게 말려들었고…….

'그래요, 무엇이든. 물에 뛰어들라면 뛰어들 것이고, 혀를 깨물라면 깨물 것입니다. 그를 살려만 주신다면 무엇이든 하겠습니다.'

'그 말인즉, 지금 내가 하려는 제안을 무조건 받아들이겠다는 뜻으로 해석해도 되겠소?'

'물론이에요.'

상황이 어처구니없게 흘러가는 것을 알면서도 자신은 손끝 하나 까딱하지 못한 채로 방관하는 것 외엔 아무것도 할 수 없었다.

'좋아, 그럼 내 제안하지. ……나의 후궁이 되어 줘. 그리하겠다면 그를 성에서 내보내 주지.'

'……더는 털끝 하나 건드리지 않고, 그를 살려서 내보내 주겠다는 뜻입니까?'

'물론.'

'……그리만 해 준다면…… 당신의 후궁이 아니라, 시첩이라도 되어 드리지요……'

그럼에도 그녀의 선택은 오히려 자신을 더욱 비참하고 참담하게 만든 어리석은 결정일 뿐이었다고, 지금껏 그리 여겨 왔었다.

한데…….

"그를 도와주신다면 잠자리 시중이 아니라…… 그보다 더한 무엇이라도 해 드리겠사옵니다. 그러니 제발…… 그를 도와주십시오, 폐하……."

"……."

그런 것이었나……. 그때의 나 또한…… 그대에게는 그토록 귀하고 소중한 사람이었나…….

단휘는 손을 들어 제 눈을 가렸다. 이리도 늦어 버린 때에야…… 그것을 알아 버린 듯싶었다. 참으로 바보 같게도…… 지금에 와서야……. 뒤늦게 알아 버린 사실에 심장이 헤집어지는 듯한 고통이 밀려왔다. 안타깝게 놓치고 만 제 지난날들을 향한 깊은 회한이 그의 심장을 난도질하고 있었다. 가린 눈시울 가득 열감이 훅 끼쳐 오는 것을 느끼며, 그는 그녀에게서 도망치듯 황급히 몸을 일으켰다.

"……기다리지. 금일 자정, 태건궁에서……."

잊지 말라는 듯 마지막으로 다시 한번 제 조건을 상기시킨 그가, 더는 그녀에게 시선조차 두지 않은 채 휑하니 자리를 떴다. 진심을 숨긴 채 퍽 건조하게 내뱉은 그의 나직한 음성만이 그가 떠난 후에도 사라지지 않고 그녀의 귓가를 맴돌고 있을 뿐이었다.

40
바람이 남긴 잔상

무슨 정신으로 운서당으로 돌아온 것인지도 모르겠다. 돌아오는 내내 그가 제시한 충격적인 조건이 귓가에 왕왕거리며 메아리쳤다. 그리고 그와의 약속 시간인 자정이 코앞으로 다가와 있는 지금 역시 사정은 마찬가지였다.

잠자리 시중이라니……. 다른 사람도 아닌 그가, 그 주단휘가 제게 그런 것을 요구할 줄은…….

그에게서 직접 듣고서도 도저히 믿기지가 않았다. 아니, 믿고 싶지 않았다. 오만하고 뻔뻔하기 이를 데 없었어도, 떠올려 보면 결정적인 순간에는 늘 그녀를 위해 주던 그였다. 과거에는 그것을 깨닫지 못했지만 이제는 분명히 알고 있었다.

한데 그런 그가 어째서…….

"하아……."

무겁게 한숨을 내쉬자 눈앞에서 뿌옇게 피어오르던 수증기가 허공에서 흩어졌다. 제 주인의 심정이야 어떻든, 허 내관에게서 황명을 전달받은 장 상궁은 밤이 되도록 넋이 나가 있는 제 주인을 부득부득 끌어다 욕조에 앉혀 놓았다. 나인들을 모두 물리고 홀로 정성껏 목욕 시중을 들고 있는 장 상궁의 얼굴은 누가 봐도 신이 나 보였다.

"마마, 소인 이런 날이 오기를 얼마나 기다렸는지 모르옵니다. 황제 폐하의 침전에 드시는 마마를 제가 이리 씻겨 드리는 날을 말이옵니다."

"……."

정작 당사자인 아리에게는 피할 수만 있다면 어떻게든 피하고 싶은 순간일 뿐이었지만, 장 상궁에게는 황후를 가장 가까운 곁에서 모셔 온 이로서 응당 평생을 바라 온 순간이었다. 물론 잠시나마 아라하의 왕이 제 주인의 진정한 인연이라 여기고 싶던 적도 있었다. 비록 황제의 정신이 돌아오기 전이라고는 하나 감히 그에게 입에 담지 못할 간언을 올리기도 했을 만큼. 황제의 지어미로서의 황후의 삶이 여인으로서 얼마나 불행한 삶이었는지를 누구보다도 잘 알고 있는 까닭이었다.

하지만 지금은 그때와는 사정이 달랐다. 황제는 더는 정신이 온전치 못한 반편이도 아니었고, 더는 황후를 못 잡아먹어 안달인 예전의 그 무정한 지아비도 아니었다. 황후를 미워하기는커녕 성치 않은 몸으로 고된 출정을 나서 끝내 그녀를 되찾아 오기까지 하지 않았나. 게다가 제 자식도 아닌 아이들을, 더욱이 적국 군주의 아이들을 극진히 보살피라 제게 명을 내리기까지 했다.

장 상궁은 그제야 황제가 얼마나 황후를 애틋이 여기고 있는지를 절실히 깨달았다. 무엇보다 중요한 것은 제 주인은 이미 아라하에서 폐비가 되어 내쫓겼다는 사실이다. 알음알음 연줄이 닿은 그쪽의 세작을 통해 알아낸 정보이니 틀린 소문은 아닐 터였다. 그러니 이제 와 다시 그녀의 인연을 이야기하라 한다면…… 장 상궁은 단연 황제 폐하의 손을 들어 줄 것이다.

절로 신이 나는 것이 당연했다. 십수 년을 속에만 꾹꾹 눌러 둔 간절한 바람이 이루어진 그야말로 감격스러운 날이었다. 장 상궁은 눈시울이 뜨거워지고 코끝이 시큰거리는 것을 겨우 삭이며 황후의 몸을 정성껏 닦아 주었다. 가슴속에서 자꾸만 뜨거운 무언가가 울컥 올라왔다. 참으로 멀리 돌아온 인연이 아닌가. 인연이라는 것이 뭐 별건가. 원수처럼 물어뜯고 싸우다가도 미운 정이든 고운 정이든 정붙이고 살면 그게 인연인 것이지.

하늘이 내린 인연? 그런 것이 어디에 있다던가……. 기실 누가 됐든 상관없었다. 둘 중 누구든 간에 그녀를 더는 힘들게 하지 않는 이가 장 상궁이 생각하기에는 단연 최고의 연분이었다. 그리고 지금 그녀를 힘들게 하지 않을 이는 제 나라 하나 건사하기도 바쁜 아라하의 왕이 아니라 뉘우치고 뉘우쳐 새사람이 된 황제였다.

아리는 감격에 찬 얼굴로 묵묵히 저를 씻겨 주고 있는 장 상궁을 물끄러미 바라보았다. 기뻐하는 장 상궁의 감격스러운 심정도 이해는 갔다. 제 앞에서 그의 험담을 늘어놓으면서도 실은 그가 그녀를 찾아 주기를 얼마나 바라 왔을지……. 평생을 그리 속을 태우며 살아왔을 장 상궁을 생각하면, 저이의 삶이 참으로 딱하게 느껴졌다. 황제에게 사랑 한번 받지 못하는 황후를 모시느라 저 드높은 자존심은 또 얼마나 수없이도 무너졌을까.

하여 지금만큼은 아무 타박 않기로 했다. 신이 난 장 상궁에게 장단을 맞춰 주듯 얌전히 몸을 내맡긴 채로 아리는 초연히 마음을 다잡았다. 금일 제게 벌어질 일에 대해서는 그 어떤 것에도 의미를 두지 않으리라. 지금 제가 의미 두어 되새겨야 할 일은 아라하의 패망을 막는 것, 오로지 그 하나뿐이니까.

그때 나인 하나가 욕실로 들어와 장 상궁에게 귓속말로 무언가를 전하고는 공손히 자리를 떴다. 아리가 무슨 일이냐는 듯 쳐다보자 장 상궁이 나인이 전하고 간 사실을 그대로 고해 올렸다.

"마마, 폐하께서 조금 늦어도 좋다는 전갈을 보내오셨사옵니다. 천천히 치장을 마치시고 태건궁으로 드시면 될 듯하옵니다."

아리는 욕조 밖으로 나가려 몸을 일으키다 말고 장 상궁을 올려다보았다.

"늦어도 좋다고?"

"예, 마마. 폐하께서 준비하실 것이 있으시다고……."

"무엇을 준비하려 하시기에……."

매도 먼저 맞는 편이 낫다고 자정까지 기다리고 있을 여유도 없어서 차라리 일찍 나서야지 하던 차였는데, 그가 이리 나오니 겨우 진정시켜 놓은 마음이 또다시 엉망으로 흐트러졌다.

"……그 버릇이 어디 갈까. 내 피를 말리려고 작정을 하신 게지."

한껏 예민해져 있어서 그런지 예전의 불퉁스러운 말투가 버릇처럼 툭 튀어 나왔다. 아리는 그런 자신을 깨닫고는 헛헛하게 웃었다. 오래도록 잊고 지냈던 그 시절의 그와 자신이 잠시 생생하게 스쳐 간 탓이었다.

"늦지 않게 준비해 주게. 자정 전에 들 것이네."

"……예, 마마."

재촉하는 제 주인의 복잡한 심경을 모를 리 없는 장 상궁이 공손히 대답하고 는 분주히 손을 놀렸다. 몸에 남은 물기를 꼼꼼히 닦아 내고 준비해 둔 침의를 입혀 준 후 방으로 데려가 머리단장까지 완벽하게 마치고 나서야 장 상궁은 다 되었다는 듯 황후의 모습을 조심스레 눈으로 살피며 벅차게 미소 지었다. 머리 단장이라고 해 봐야 그저 긴 머리를 풀어 곱게 빗어 내린 것뿐이었지만 속살이 아슬아슬하게 비치는 침의 차림과 절묘하게 어우러져 지금껏 제가 보아 온 황 후의 그 어떤 모습보다도 고혹적이고 아름다웠다.

"다 되었사옵니다, 마마. 하오면 소인이 태건궁으로 모시겠나이다."

"……가세."

아리가 자리에서 몸을 일으키자 장 상궁은 얇은 침의 아래로 훤히 비치는 그 녀의 어깨 위에 두꺼운 겉옷 하나를 단단히 걸쳐 주었다.

굳이 침의 차림으로 태건궁에 들기로 한 것은 오로지 아리 자신의 뜻이었다. 머리 장식을 일체 하지 않고 아래로 길게 늘어뜨린 것 또한 그러했다. 구태여 거추장스러운 장식을 늘려 둘 모두에게 편치 않을 그 시간을 늘리고 싶지 않았 다. 가능하다면 어떤 손길도 어떤 몸짓도 기억하고 싶지 않았다. 짐승이 교미를 하듯 일을 치르고 나오면 될 뿐이었다.

그리 순순히 그의 잠자리 시중을 들고 나면…… 아라하를, 소류를 구할 수 있을 터였다.

태건궁, 황제의 침전.

200

아리는 침상 앞에 홀로 앉아 초조하게 입술을 깨물었다. 어느덧 자정이 지나 있었지만 침실 어디에도 그의 모습은 보이지 않았다. 허 내관은 황제 폐하께서 잠시 소사헌에 가 계신다고 송구한 듯 고해 올리고는 황공히 물러났다. 소사헌은 태건궁 안에 있는 그의 서고로 서책 이외에도 잡다한 집기들이 갖추어져 있는 곳이었다.

준비할 것이 있다더니…… 그래서 느닷없이 소사헌에 가 있는 걸까?

곳곳에 놓여 있는 화로 덕에 침실 안은 따뜻했지만, 얇은 침의 아래로 드러난 맨살에는 오소소 소름이 돋았다. 그를 기다리는 시간은 버겁고 또 버거웠다. 그가 제게 잠자리 시중을 들라 한 것도, 또 기껏 사람을 불러다 놓고 소사헌에 가 있는 것도, 그 의중을 도무지 헤아릴 수가 없으니 심란해 미칠 지경이었다. 차라리 태건궁에 오기 전 자신이 굳게 마음먹었던 대로 잠자리 시중만으로 끝낼 수 있다면 더 고민하고 마음 쓸 것도 없으련만…….

"하아……."

땅이 푹 꺼질 듯한 한숨을 내쉰 아리는 고개를 들었다. 마음이 심란한 것도 심란한 것이었지만 그것과는 별개로 이곳의 모든 게 제 눈길을 끌고 있었다. 황궁에서 지낸 지난 10여 년 동안 단 한 번도 그의 침실에 든 적이 없었다. 단연코 이번이 처음이었다. 아리는 이곳에 온 그 버거운 이유도 잠시 덮어 둔 채 얼마쯤 해탈한 얼굴로 방 안을 찬찬히 둘러보았다.

그의 침실은 그녀가 생각한 모습과는 많이 달랐다. 제국 황제의 위용을 드러내듯 넘치도록 화려하고 웅장할 것이란 짐작과는 달리 가구며 집기, 침상 위의 금침조차도 수수하고 단조로웠다. 그 의외의 모습에 서로를 모른 채 살아왔던 안타까운 세월의 파편들이 새삼 아릿하게 그녀의 가슴에 박혀 왔다. 아마 그 역시도 그녀에 관해 그다지 알지 못하리라. 허울뿐이었던 부부의 실상이란 그런 것일 터였다.

굳이 더 둘러볼 것이 없을 정도로 방 안은 썰렁했다. 문득 불면증에 시달린다던 그의 말이 떠오르자 아리는 저도 모르게 미간을 찌푸렸다. 이런 방에서 아무리 잠을 청해 본다 한들 쉬이 잠이 올까 싶었다.

"꽃가지라도 꺾어다 놓으라 할 것이지…… 아니면 그림이라도 걸어 놓든 가……."

귀신이나 나오지 않으면 다행이었다. 장 상궁에게 일러 뭐라도 가져다 놓으라 해야겠다 마음먹던 순간이었다. 드르륵하고 침실 문이 열리는 소리가 들렸다.

소리가 난 쪽을 황급히 돌아보니 열린 문틈으로 그가 성큼 들어섰다. 복도를 밝히고 있는 불빛이 그의 등 뒤에서 쏟아져 그의 얼굴 위에 옅은 음영을 만들어 내고 있었다.

"……오셨……사옵니까, 폐하……."

아리는 머뭇머뭇 자리에서 일어서 그를 맞았다. 그는 두 팔 가득 안아 든 물건들을 바닥에 내려놓고는 침상 앞 보료에 몸을 앉히며 대꾸했다.

"이리 기다리게 할 것 같아 내 미리 늦어도 좋다 전갈하였거늘."

"아니옵니다. 어디서 기다린들 기다리는 것은 매한가지가 아니옵니까."

"뭐…… 것도 그렇군."

그는 그녀에게 앉으라 눈짓해 보이고는 제 앞에 자리한 그녀의 차림새를 천천히 훑었다.

속살이 훤히 비치는 얇은 침의 차림의 그녀는 고혹적이면서도 다소 색정적이었다. 어딘지 못마땅한 듯 슬며시 미간을 구기다가, 또 헛웃음을 짓다가, 퍽 다채롭게 변하던 그의 표정이 평정을 되찾을 무렵, 무겁게 다물려 있던 입술이 다시금 여상히 열렸다. 말끝에는 조금 씁쓸한 웃음이 배어 있었다.

"일전 행궁에서 그대가 내게 말했었지. 내 그리 후안무치한 위인은 아니라는 걸 잘 안다고……. 한데, 그때 그 말은 순 거짓이었나 보군."

"……예?"

선뜻 이해할 수 없는 말에 아리는 뭐라 대꾸조차 하지 못한 채 혼란스러운 눈으로 그를 바라보았다. 그런 그녀를 마주 보던 그가 조금은 타박하는 투로 말했다.

"내 언제 그댈 잡아먹겠다 했나."

"……하오나…… 잠자리 시중을 들라고 분명 제게 그리……."

202

"말 그대로 내 잠을 청하는 동안 곁에서 시중을 들어 달라 한 것뿐이야. 내가 잠들 때까지."

"예……? 정녕…… 그런…… 뜻이었사옵니까……."

아리는 그의 말에 몹시도 다행스러워 가슴을 쓸어내리면서도 한편으로는 울컥 부아가 치밀어 그의 도움을 구걸해야 하는 제 처지도 잊은 채 볼멘소리로 따지듯 물었다.

"하오면 그리 말씀을 해 주실 일이지, 어찌 잠자리 시중을 들라 하셔서는 저를 종일 심란하게 만드시옵니까?"

"내 일부러 그런 것이 아니라고는 말 못 하겠지만, 심란하게 만들었다니 사과해야겠군. 옹졸함을 버리니 괴팍함만 남아서 말이야."

그렇게 말하며 뻔뻔히 웃어 보이는 그에게 아리도 지지 않고 대거리를 했다.

"그새 잊으셨나 본데 폐하께서는 원래도 옹졸함에 괴팍함까지 두루두루 갖추신 분이셨사옵니다."

"그러한가. 아아…… 그래, 그랬었지. 이제야 생각이 나는군. 그대 말대로 내 소싯적부터 그리 두루두루 갖춘 위인이었지."

이내 참았던 웃음을 쿡 하고 터뜨린 그가 크게 소리 내어 웃었다. 퍽 호쾌하게 터져 나오는 웃음이었다. 실로 오랜만에 그녀와 옥신각신 주고받는 대거리가 꽤 마음에 든 눈치였다.

태건궁에 오기 전까지만 해도 분위기가 이런 방향으로 흘러갈 것이라고는 조금도 생각지 못한 그녀였기에 지금의 상황이 그저 얼떨떨하기만 했다. 아리는 안도감에 얼마쯤 긴장이 풀어지는 느낌이 들었다. 조금은 마음의 여유를 되찾은 그녀는 그에게 조심스레 물었다.

"하오면…… 폐하께서 잠을 청하시는 동안…… 저는 무엇을 하면 되겠사옵니까."

"……이 중에 하나 골라 보겠나."

"예……?"

그는 바닥에 놓인 물건들을 눈짓해 보였다. 아리는 그가 소사헌에서 한 아름

가져온 것들을 그제야 눈여겨보았다.

지필묵과 색색의 안료들, 장기판과 장기 알, 그리고 아마도 민가에서나 읽을 법한 이야기책 몇 권이 바닥에 내던져진 듯 아무렇게나 놓여 있었다. 그의 의중을 정확히 파악하기는 힘들었지만, 그 의중이 무엇이든 저를 곤란케 만드는 일은 없을 것이란 확신이 미약하게나마 그녀의 마음에 똬리를 틀었다.

그는 바닥에 어수선하게 널브러져 있는 물건들을 보며 슬며시 미간을 좁히곤 입을 열었다.

"내 전갈한 대로 조금 천천히 왔더라면 보기 좋게 가지런히 정리해 두었을 것을. 성미가 급한 것은 예나 지금이나 어쩔 수 없는 그대의 병인가 싶어."

"……."

핀잔하듯 골리는 그를 저도 모르게 퉁명스레 올려다보니 그가 씩 웃음을 터뜨렸다. 그가 자신을 격 없이 편하게 대해 주어서일까. 아리 역시 마치 예전으로 돌아간 듯 천연덕스럽게 그를 대할 수 있었다. 아리는 여전히 볼멘 표정을 풀지 않은 채 예전처럼 조금은 카랑카랑한 목소리로 대꾸했다.

"하오면 미리 준비를 해 놓으시지 그러셨사옵니까?"

"나도 사내다 보니 그 말을 내뱉고 나서 꽤 오래도록 고민이란 것을 했지. 한데 행궁에서의 그 말이 영 뇌리를 떠나질 않아서 말이야……. 그리 쉬이 내 말을 곡해한 것을 보니 뭐 그대는 그저 뜻 없이 한 말이었던 것 같지만……."

"……되었사오니 그만하시옵소서."

속살이 비치는 그녀의 침의를 턱짓으로 가리키며 부러 보란 듯 과장되게 씁쓸한 표정을 지어 보이는 그를 잠시 쏘아보듯 바라보던 아리는 주의를 돌리려 지필묵과 안료를 집어 앞으로 내밀었다. 그의 농에 얼마든지 장단을 맞춰 줄 수도 있었지만, 지금은 그보다도 그가 이것으로 무엇을 어찌하라는 것인지가 더 알고 싶었다.

"저는 이것으로 하겠습니다."

단휘도 그쯤에서 장난을 멈추고는 그녀가 내민 것들을 진지하게 바라보았다. 둘둘 말린 화선지 뭉치를 슬며시 제 앞으로 끌어다 놓은 그가 구겨지지 않게 조심히 한 장을 빼 들어 그녀에게 내밀며 입을 열었다.

"잠들지 못하는 밤이면 종종 새벽녘까지 서화를 그리곤 했지. 금일은……
이리 마주 앉아서 함께 그려 보면 어떨까 하여 준비하였는데…… 마음에 들지
모르겠군."

"함께…… 그림을 말이옵니까……?"

예상치도 못한 제안에 그녀의 눈이 커다랗게 떠졌다. 그와 함께 그림을 그린
다라……. 뜻밖이기는 하였으나 꽤 마음에 드는 제안이었다. 그의 의중이란 것
이 너무도 순수하여 그의 말대로 그를 곡해했던 것이 더욱 미안해지는 게 문제
였지만.

"몹시 마음에 드옵니다. 무척이나요."

진심으로 마음에 들어 하는 눈치인 그녀를 보며 그가 흡족한 듯 웃었다.

"다행이군. 그럼 화제를 정할 기회는 그대에게 양보하지."

아리는 고민했지만 기실 오랜 시간이 필요치는 않았다. 황궁에서 지내는 동
안 지겹도록 그려 온 것이 있지 않던가. 매화, 국화, 동백, 모란……. 마음을 다
스린답시고 십수 년을 틈만 나면 그려 댔으니 아마 그려 보지 않은 꽃을 찾기
가 더 힘들 터였다.

"화제는…… 꽃이 어떻겠사옵니까?"

그가 마음에 든다는 듯 흔쾌히 고개를 끄덕였다.

"꽃이라…… 나쁘지 않군. 그럼 그댄 어떤 꽃을 그릴 텐가."

그의 물음에 아리는 이번에는 퍽 오래 고민을 했다. 눈을 감고도 그릴 수 있
는 꽃들은 부지기수였지만, 딱 하나 의식적으로 그리지 않았던 꽃이 있었다. 무
슨 변덕인지 지난 십수 년간 단 한 번도 그려 본 적 없는 바로 그 꽃을 그와 함
께하는 지금 이 순간 그리고 싶어졌다. 사가에서 지내던 어린 시절에는 분명
그녀가 가장 좋아하던 꽃이었지만, 황궁에 온 이후로는 단 한 번도 그려 본 적
없는 꽃…….

기품 서린 붉은 꽃잎과 그윽한 향이 어쩐지 까닭 없이 그를 떠올리게 만들
던…….

"저는…… 작약으로 하겠사옵니다."

그런 그녀의 속뜻을 알 리 없는 그가 담백하게 고개를 끄덕였다.

"하면 나는 목화를 그리지."

역시 그의 속뜻을 알 리 없는 그녀가 그의 선택에 가만히 고개를 끄덕였다.

두 사람은 말을 잊은 채 필요한 것들을 각자 제 앞에 가져다 놓으며 준비에 몰두했다. 궁인을 부르면 될 일이었지만 이 시간을 방해받는 것이 싫어 단휘는 누구도 들이지 않은 채 그녀와 직접 주거니 받거니 화구들을 나누어 가지며 하나하나 준비를 했다. 바닥에 흩어져 있는 것을 챙기며 때론 서로 손이 스치기도 하였으나 두 사람 모두 그것을 딱히 신경 쓰지 않았다. 그러다 문득 단휘가 고개를 들었다.

"……춥지는 않나."

그녀의 얇은 차림이 마음에 걸렸던 그가 희미하게 드러난 그녀의 어깨와 팔을 눈짓하며 묻자 아리의 얼굴이 일순 당황으로 물들었다.

"예, 화로 덕에 춥지는 않사옵니다. 다만……."

바지런히 화구들을 제 앞으로 옮겨 놓으며 머릿속으로는 서화 구상에 한창 몰두하고 있었던 터라 제 차림새에 대해서는 아예 까맣게 잊고 있었다. 그의 시선에 그제야 의식이 된 그녀가 몸을 움츠리며 말끝을 흐리자 그가 알아들었다는 듯 대꾸했다.

"춥지 않으면 됐어. 내 앞에 있는 건 그저 돌이다, 내 그리 여길 자신 있으니."

"……."

그의 말에 어찌 반응하여야 할지 몰라 그저 입을 꾹 다문 채 물끄러미 바라보자 그가 조용히 웃으며 덧붙였다.

"지금처럼 격식 없는 차림으로 우리가 이토록 편히 마주 앉아 있어 본 적은…… 아마 오늘이 처음이지. 10년을 넘게 함께 지내 왔음에도 말이야……. 하여 난 이대로가 좋아. 그대만 불편하지 않다면."

그의 속에 들어갔다 나오지 않는 이상은 그의 심정을 온전히 이해할 수 없을 테지만, 조금은 헤아릴 수 있을 것도 같았다. 그녀가 그를 마주 보며 엷게 미소 지었다.

"……편하기로는 침의만 한 것이 또 있겠사옵니까."

"아무렴. 그러니 이렇게 가장 편한 차림으로 가장 편하게 앉아서…… 이제부터 각자 그림을 그리는 거야. 그대는 작약을, 나는 목화를……. 서화이니 글도 몇 자 적어야겠지."

"예, 폐하."

대화를 마친 두 사람은 그 이후로는 짧은 말 한마디조차 섞지 않은 채 각자의 그림에 열중했다.

긴 정적이 이어지고 있었지만 두 사람 모두 각자의 그림에 무섭도록 몰두하고 있는 터라 무거운 분위기나 어색한 기운이 흐를 새도 없었다.

그렇게 그림을 그리기 시작한 것이 어느새 한 시진을 훌쩍 넘긴 듯싶었다. 확실하진 않지만 축시를 알리는 종소리가 한참 전에 울린 것 같았다.

"나는 거의 끝난 듯싶은데."

이미 그림을 완성한 지는 오래였고 그 곁에 적어 넣을 글귀를 잠시 고민하던 단휘가 마음을 정했는지 고개도 들지 않은 채 말을 던지며 거침없이 붓을 놀려 글자를 적어 내려갔다.

"마찬가지이옵니다."

아리 역시 이미 한참 전에 채색을 마치고 글귀 또한 정하여 이제 막 마지막 글자를 적어 넣던 참이었다.

"끝났사옵니다."

"나 또한."

두 사람이 거의 동시에 붓을 내려놓았다. 그제야 고개를 들어 한참 말없이 서로를 바라보던 두 사람이 돌연 누가 먼저랄 것 없이 쿡 하고 웃음을 터뜨렸다.

이 깊은 밤에, 망측스럽게 침의 차림으로 마주 앉아서, 이렇게까지 진지하게 열중할 일인가 싶은 생각이 문득 두 사람의 머릿속을 스쳐 간 탓이었다.

"내 잠자리 시중을 들어 달라 부른 것인데, 어째 잠이 더 달아나는 기분이군."

"저 또한 근래 들어 이 시각에 이리 또랑또랑한 것은 처음이옵니다."

아리는 슬며시 웃으며 맞장구를 쳤다. 세쌍둥이를 낳기 전에야 그와 마찬가지로 새벽녘까지 잠 못 들기 일쑤였지만, 아이들이 태어나고 난 이후에는 늘 잠이 부족하여 머리가 베개에 닿자마자 잠이 드는 날도 많았다. 이 야심한 시각에 이리 정신이 또렷한 것은 실로 오랜만이었다.

솔직히 말하자면, 묵은 피로가 반짝 사라질 정도로, 그와 함께 서화를 그리는 이 시간이 더없이 좋았다. 그와 이리도 편안히 마주 앉아서 함께 나누는 시간들이 눈물겹도록 아릿하고 소중했다. 정작 나눌 수 있을 때는 단 한 번도 나누지 못했기에 더 그러한 마음들이 드는 것인지도 몰랐다.

물기 어린 눈으로 말없이 바라보는 아리를 물끄러미 응시하던 단휘가 그녀의 서화를 향해 천천히 시선을 옮겼다.

"그대가 그린 작약은 어떠한지 궁금하군……. 그림을…… 서로 바꿔 보면 어떻겠나."

"예, 좋사옵니다. 저도 폐하의 목화가 궁금하옵니다. 하옵고 제 것은 돌려주지 않으셔도 되옵니다. 부족한 솜씨이오나 폐하께 드리고자 그린 것이옵니다."

"하면 바꾸어 가지면 되겠군. 나 역시 그대에게 주려고 그린 것이니."

"예……?"

그는 그리 말하고는 아직 마르지 않은 제 그림을 들고 일어섰다. 그가 곁으로 성큼 다가와 그녀의 그림과 제 그림을 바꾸어 들고는 자리로 돌아가 앉았다. 그러는 동안 아리는 제 앞에 놓인 그의 그림을 뚫어지게 바라보았다.

목화를 그린다기에 연노랑 꽃잎의 화사한 목화를 떠올리고 있었는데, 그가 그린 것은 그 꽃이 지고 난 후 그 자리에 다시금 따스하게 피어나는 목화 솜꽃이었다. 솜꽃이 주렁주렁 달린 목화 가지에는 정답게 마주 앉은 어여쁜 원앙 한 쌍이 그려져 있었다.

"……"

마주 앉은 원앙의 위에 가지런히 적힌 글자가 그녀의 시야에 고요히 맺혔다.

솜꽃 따다 원앙금침 지어

님과 함께 나누어 덮고서
천년만년 시름 잊고 살리라

가지런한 글자가 일순 뿌옇게 흐려졌다. 그예 왈칵 차오른 눈물에 눈시울이 뜨거워졌다. 원앙 한 쌍이 과연 누구를 의미하는 것인지는 알 수 없었다. 의미를 헤아리지조차 못했음에도 어째서인지 가슴이, 심장이 먼저 울고 있었다.

그가 제게 전하려 하는 그 깊디깊은 진심을 과연 자신이 제대로 알아들은 것일까. 꿈보다 해몽이라고 어쩌면 그저 저의 착각에 지나지 않을 수도 있었다. 하지만 어째서인지 눈물이 멈추지 않았다. 아리는 저도 모르게 툭 터져 나온 눈물에 당황한 채로 시선을 들어 희뿌연 그를 바라보았다.

"……."

단휘는 그런 아리를 눈치채지 못한 채 그녀의 그림을 내려다보고 있었다. 그녀가 그린 한 송이의 작약……. 붉고 화려한 꽃은 홀로 있어 더욱 고아한 기품을 자아내었고, 활짝 핀 꽃 위에 그려진 둥근 보름달은 꽃의 쓸쓸한 기운을 상쇄시켜 주고 있었다.

황후가 서화를 즐긴다는 말을 들었지만 이 정도의 실력일 줄은 몰랐다. 심히 감탄한 채로 한참이나 그림 속의 붉은 작약을 들여다보던 단휘는 보름달 아래에 적힌 글귀로 찬찬히 시선을 가져갔다. 단정한 서체는 퍽 그 주인을 닮아 있었다. 글귀를 가만히 읽어 내리는 그의 그윽한 눈가에 이내 아스라이 미소가 맺혔다.

홀로 고고히 피어난 꽃이여
취한 달빛이 밤새 꽃잎을 비추노니
어찌 고독하다 하리오

한 자 한 자 느릿하게 읽어 내리는 모양새를 보아 하니 꽤나 아껴 읽는 눈치였다. 한참을 곱씹어 읽던 그의 얼굴 위로 조금 더 짙은 미소가 피어올랐다. 그녀가 제게 전하고자 하는 바를 충분히 헤아린 탓이었다. 어딘지 쓸쓸하면서도 온기가 느껴지는 그런 웃음을 띤 채, 그가 마침내 고개를 들어 그녀를 바라보았다.

그제야 울고 있는 그녀를 알아챈 그가 잠시 당황한 얼굴을 하다 농처럼 내뱉었다.

"내 서화 그리는 솜씨가 그리 대단한 줄 몰랐군. 그렇게 울기까지 할 정도던가."

그의 농에 그녀가 못 말린다는 듯 미소를 지으며 대꾸했다.

"예, 이렇게 솜씨가 훌륭하시면서 이제야 제게 한 장 그려 주시니 억울해서 눈물이 다 날 지경이옵니다."

"그런가."

제 농을 받아치는 그녀의 말을 그저 가벼이 웃어넘기려던 그가 문득 덧없이 허공을 응시했다.

"듣고 보니 참으로 억울하긴 하군. 우리에겐 참 많은 시간이 있었는데 말이야……."

"……."

"아니지……. 이제라도 이리 나누었으니 감사해야 할 일이지. 아니 그런가."

그리 말하곤 쓸쓸한 얼굴을 거둬들인 그가 다시금 부드럽게 미소 지으며 그녀를 응시했다. 아리 역시 그를 마주 보며 조용히 미소 지었다.

지금 이 순간, 두 사람 모두가 간절히 바라고 있었다.

자신이 서화에 담은 의미가, 그 진심이 부디 상대에게 충분히 가닿기를…….

"하면 금일은 이만 잠을 청해 볼까 싶은데……."

분위기를 잘라 내듯 툭 말을 던진 그가 이내 몸을 일으켜 그녀의 그림을 침상 옆 탁자 위에 조심히 올려놓고는 침상 한편에 가만히 걸터앉아 그녀를 내려다보았다.

아리는 다소 당황한 눈으로 그를 바라보았다. 조금은 더 오래 이 감정의 여운을 함께하고 싶었는데, 그는 그렇지 않은 모양이었다. 잊고 있던 어색한 기운이 다시금 둘 사이를 짓누르는 것만 같았다.

"하오면 이제 제가 무엇을 해 드리면 되겠사옵니까."

"글쎄…… 무얼 하면 좋을까."

그녀의 물음에 그 역시 딱히 떠오르는 것이 없는지 턱을 괸 채 골똘한 표정을 짓던 그가 어쩐지 조금은 짓궂은 얼굴로 그녀를 흘끗 쳐다보며 입을 열었다.

"정히 할 것이 없으면 자장노래라도 불러 주든지."

"……예?"

아리는 못 들을 소리라도 들은 듯 질겁했다. 어릴 적부터 노래에는 영 재주가 없던 그녀였다. 하물며 그의 면전에서 노래를 부르다니. 곤란한 표정을 짓자 그가 눈썹을 모은 채 입을 열었다.

"어찌 곤란한 얼굴이지? 분명 무엇이든 하겠다 하지 않았나."

"……하오나, 폐하…… 어찌 노래를……."

"하면 내 차라리 그대를 꼭 껴안고 잘까? 죽부인처럼 말이야. 그리하면 잠이 더 잘 올 것도 같은데."

"아, 아니옵니다. 노래를…… 노래를 불러 드리겠사옵니다."

펄쩍 뛰며 극구 사양하는 그녀의 반응에 픽 웃음을 터뜨린 그가 그녀에게 침상으로 올라오라 손짓했다. 머뭇머뭇 주저하던 그녀가 이내 조용히 몸을 일으켜 침상으로 다가갔다. 그는 머리맡에 우두커니 선 그녀의 손목을 잡아 침상에 앉히고는 무릎을 베고 누웠다. 순간 그녀의 몸이 돌처럼 경직됐지만, 그는 개의치 않는 듯 편안히 눈을 감은 채 물었다.

"어미가 되었으니 재우는 데엔 도가 텄을 것 아닌가. 세쌍둥이를 재울 때는 어찌하나."

제 무릎을 베고 있는 그 때문에 아리는 손을 어디에 두어야 할지 몰라 당황한 채로 물음에 대답했다.

"……자장노래를 불러 주면서…… 등을 살살 토닥여 주면 모두 곧잘 잠이 들곤 하옵니다."

"그런가. 하면 내게도 그리해 줘. 자장노래를 부르면서…… 등을 살살 토닥이면서…… 그리……."

"……."

그의 요구에 안 그래도 굳어 있던 그녀의 몸이 더욱 경직되었다. 베고 누운 그녀의 몸이 더욱 경직되는 것을 느끼며 단휘가 감았던 눈을 슬며시 떴다.

"무엇이든 하겠다 하여 제안한 것인데, 그리 곤란해하면 이제 와 무를 수도 없는 나 역시 곤란하지 않겠나. 응?"

"누가 언제…… 못 하겠다 하였사옵니까."

말장난을 하듯 항의하는 그에게 시퉁하게 대꾸한 그녀가 체념의 한숨을 내쉬었다. 부스럭거리며 슬며시 옆으로 돌아누운 그가 어서 시작하라는 듯 자신의 등을 그녀 쪽으로 더 들이밀었다. 그는 아마도 그녀가 곤란해하는 것을 즐기고 있는 모양이었다. 무언의 집요한 재촉에 한참을 주저하던 아리는 이내 눈을 질끈 감고는 손을 뻗어 그의 등 위에 살며시 올려놓았다.

목소리가 자꾸만 떨려 나와 목을 몇 번이나 가다듬은 후에야 그녀는 어렵사리 노래를 시작했다. 고요한 자장노래가 떨리는 음성을 타고 실내를 아득히 적셔 갔다.

아가야 아가야 네 어찌 섧게 우느냐
단풍 지고 언덕 위 흰 눈 쌓이면
새하얀 눈꽃 길을 우리 함께 뛰놀 터인데
투정일랑 말고 이 품에서 곤히 잠들거라

자장노래답지 않게 조금은 구슬프고 애절한 곡조였지만 아이를 재우는 데에는 이만한 노래가 없었다. 황실과 민가에서 모두 자장노래로 즐겨 부르는 노래였다.

아리는 노래가 끊기지 않도록 곡이 끝나자마자 바로 첫 소절을 이어 불렀다. 반복되는 단순한 노래 구절을 듣고 있다 보면 어느덧 상념이 희미해지고 가물가물 눈이 감기기 마련이었다. 그것은 애고 어른이고 마찬가지였다.

"……아가야 아가야 네 어찌 섧게 우느냐…… 단풍 지고 언덕 위 흰 눈 쌓이면……."

떨리는 목소리로 계속해서 노래를 이어 부르고 손으로는 그의 등을 토닥이면서, 아리는 눈으로는 그가 잠들었는지 아닌지를 조심스레 살폈다.

불면증에 시달린다면서도 새벽녘까지 깨어 있는 것은 무리였던지 그는 오래지 않아 잠이 들었다. 편안히 감겨 든 눈꺼풀과 규칙적으로 오르내리는 어깨는 그가 분명 잠이 들었음을 알려 주고 있었다. 제 무릎에 위태롭게 걸쳐져 있던 그의 한쪽 팔이 금침 위로 툭 떨어졌다.

그가 잠든 것을 확인한 그녀는 그의 등을 토닥이는 것을 멈추지 않은 채 나머지 한 손을 조심스레 그의 안대 위로 가져갔다. 무슨 짓을 하려는 것인지 안다는 듯 심장이 벌써부터 미친 듯이 뛰어 대고 있었다.

"……새하얀…… 눈꽃 길을……."

다른 사내의 품에 안겨 있는 때조차, 단 한 번도 잊은 적이 없었다.

그의 눈가에 남은 뼈아픈 상흔을 단 한 순간이라도 제대로 눈에 담고 싶었다.

각인하듯 가슴 깊이 새겨 넣어 제 죄를 그렇게라도 평생 기억하고 싶었다.

"……우리 함께…… 뛰놀 터인데……."

긴장으로 거칠어진 숨에 끊어질 듯한 노래를 겨우 이어 부르며, 그녀는 그의 한쪽 눈 위에 씌워진 검은 안대를 조심조심 벗겨 냈다.

그리고…… 꼭꼭 감추어져 있던 것을 마침내 마주한 순간, 그녀의 얼굴이 고통스럽게 일그러졌다.

"……!"

참을 수 없는 격통이 심장을 찢어 놓을 듯 그녀를 옥죄어 왔다. 그의 눈가에 참혹히 새겨진 그날의 흔적이 그녀의 가슴을 날카롭게 후벼 파고 있었다.

"……흑…… 흐흑……."

안대 너머에 가려져 있던 참담한 모습에 다잡았던 마음들이 어찌할 도리도 없이 툭 하고 터져 나갔다.

그의 등을 토닥이던 손길이 끝내 맥없이 멈추었다. 격통이 이는 가슴을 움켜쥔 채 서러운 울음을 토해 내는 그녀의 여린 몸이 안쓰럽게 뒤흔들렸다. 잔뜩 숨죽여 흐느끼는 울음소리가, 들썩이는 몸의 떨림이 그녀의 무릎을 베고 누운 그에게 전해지지 않을 리 없었다.

"……."

미세하게 떨리던 그의 눈꺼풀이 이내 스르륵 떠졌다. 여전히 꿈속을 헤매듯 아득한 시선이 눈물로 범벅된 그녀의 얼굴에 가닿았다. 보이지 않는 눈 위에 와 닿는 서늘하고 허전한 느낌과 저를 보며 울고 있는 그녀의 모습에 그는 지금의 상황을 알아차렸다.

슬며시 미간을 구긴 그가 가만히 손을 들어 망가진 한쪽 눈을 가렸다. 감정을 억누르듯 잔뜩 갈라진 목소리가 그녀를 힐난하듯 낮게 울려 퍼졌다.

"손대도 좋다고…… 허락한 적 없어."

"……저 때문에…… 흐흑…… 제가 없었다면 그런 일은…… 그리 참혹한 일은…….'

"……."

흐느껴 우는 그녀를 조용히 바라보던 그가 무겁게 한숨을 내쉬었다. 이렇게 자책하며 괴로워할 그녀를 알아 꿈에서도, 죽어서조차도 보여 주고 싶지 않던 모습이었다. 한데 어째서…….

여전히 망가진 한쪽 눈을 가린 채로, 다른 한 손으로는 그녀의 목덜미를 감싸 쥔 그가 그녀의 얼굴을 제게로 바짝 끌어당기곤 어르듯 입을 열었다. 그녀를 향해 치켜뜬 척안에는 절박함과 안타까움이 스며 있었다.

"바보 같은 소리 마."

"……흑……."

"그대 때문에…… 내 여태도 이리 살아 있는 것이다…….'

그는 고통을 삭이듯 얼굴을 일그러뜨린 채 깨어질 듯 창백한 그녀의 얼굴을 아릿하게 바라보았다.

저로 인해 슬피 우는 그녀를 보니 억눌렀던 감정들이 서로 다투듯 고개를 쳐들며 애써 다잡고 있던 마음을 사정없이 뒤흔들었다. 끝내 전하지 못할 연정이 서럽게 날뛰어 대고 있었지만 홀로 삭여야 한다는 것쯤은 알고 있었다.

"그 참담한 끝이 우리의 마지막이라는 사실이 끔찍하게 싫어서…….'

"……."

"평생 그 기억을 안고 살아갈 그대가 가슴 아파서…….'

"……흑흑……."

"죽을 고비를 숱하게 넘기면서도, 내 이리 악착같이 살아 낸 것이다."

오로지 그녀라는 이유 하나 때문이었다. 신의 장난일 뿐이라고…… 혹은 운명이라고…… 아무리 치부하려 해도, 그가 여태도 이 모진 삶을 놓지 못하고 있는 것은 오로지 그녀 하나 때문이었다.

"그러니 다시는…… 두 번 다시는…… 그런 바보 같은 생각 마."

참담했던 우리 인연의 진정한 끝에서, 늘 꿈꿔 오던 찬란한 이별을 고대하는 내가…… 이제 와 그대에게 바라는 것이 있다면 오로지 단 하나뿐…….

그대가…… 부디 나로 인해 더는 아파하지 않기를…….

여린 목덜미를 감싸 쥔 손을 제 쪽으로 조심스레 더 당겨 온 그가 그녀의 이마에 서럽게 입을 맞추었다.

"기억해, 아리……. 나는 그대 덕에 이리 살아 있어……."

진심을 담은 애틋한 눈동자가 그녀를 향해 아프게 박혀 들었다.

그러니…… 지난 내 안타까운 사랑아…….

솜꽃 따다 원앙금침 지어…… 님과 함께 나누어 덮고서……

나라는 시름 잊고…… 부디…… 천년만년 정답게 살아가기를…….

□ ■ □

늦가을의 강한 햇살이 창을 통해 쏟아져 들어와 침상 위를 훤히 비추고 있었다. 붉은 금침 속에 파묻힌 여린 체구가 꿈결을 헤매듯 나른히 몸을 뒤척이다가, 그 밝고 따스한 기운을 느끼고는 이내 소스라치게 놀라며 벌떡 몸을 일으켰다.

"……!"

휘둥그레진 눈동자가 황급히 방 안을 둘러보았다. 꾸밈이 없이 간소하지만 위압적인 규모와 고유의 형태 자체만으로도 위용이 느껴지는 황제의 침실……. 아리는 당혹감을 느끼며 옆을 돌아보았다. 그의 모습은 보이지 않았다. 침상 위에는 그녀 홀로 남겨져 있었다.

새벽녘 우는 저를 품에 안아 달래며 등을 토닥이던 그의 손길에 저도 모르는 사이 스르르 잠이 들었던 것 같다. 잠이 부족하기도 했고, 너무 울어 기운이 빠지기도 했었다. 선잠이 들다 깨다 하다가 어느새 까무룩 잠이 깊게 들었던 것이 이렇게 늦잠을 잘 정도로 숙면을 취하고 만 모양이었다. 밀린 잠을 푹 자고 나니 온몸이 개운하기는 하였지만, 하필 그의 침전에서 긴장이 풀어져 버리다니……. 당혹스럽기 그지없는 일이었다.

창밖이 저리 훤한 것을 보니 해가 이미 중천에 걸린 듯싶었다. 한숨을 내쉰 아리는 덮고 있던 금침을 휙 젖히고는 서둘러 침상에서 내려섰다. 그녀가 깨어난 기척을 알아챘는지 문밖에서 낭랑히 고해 올리는 여인의 목소리가 들려왔다.

"마마, 기침하셨사옵니까. 장 상궁이옵니다. 소인 안으로 들어도 되겠사옵니까?"

홀로 남아 당황해 할 저를 배려해 그가 장 상궁을 대령시킨 모양이었다. 아리는 잠시 그를 떠올리다 나직이 대답했다.

"들게."

고이 개어진 의복을 양손에 들고 들어서는 장 상궁의 뒤로 운서당의 나인들이 따라 들어와 세숫물을 대령하고는 조용히 물러갔다. 아리는 어젯밤 이곳에 들었을 때의 침의 차림 그대로였다. 장 상궁의 시중을 받으며 서둘러 소세를 마치고 의복을 착용한 아리가 한시바삐 침전을 벗어나고자 문으로 다급한 걸음을 떼어 놓는데, 그런 아리의 앞을 장 상궁이 조심스럽게 막아섰다.

"마마, 조반을 대령해 놓았사옵니다. 드시고 가소서."

"예서 조반을? 장 상궁, 자네 지금 제정신인가? 폐하의 침전에서 조반을 들라니."

아리가 장 상궁을 당혹스럽게 쳐다보며 타박하듯 말하자 장 상궁이 나긋이 대답했다.

"황제 폐하의 명이시옵니다."

"……폐하……께서?"

"예, 마마. 꼭 이곳에서 조반을 들고 가게 하라 하셨사옵니다. 마마께서 늦게 기침할 것이라 하시면서…… 운서당까지는 한참을 걸어야 하니 가는 길에 시장해질 것이라며 절대로 그냥 보내지 말라 제게 거듭 당부하셨사옵니다. 이리 그냥 돌아가시면 소인이 폐하께 꾸지람을 듣사옵니다."

울상을 지으며 짐짓 우는소리를 해 대는 장 상궁을 기가 막힌 표정으로 바라보던 아리는 체념한 듯 돌아서서는 보료 위에 몸을 앉혔다. 장 상궁이 기꺼운 얼굴로 그녀의 곁에 자리했다.

"잘 생각하셨사옵니다, 마마. 폐하의 말씀대로 운서당까지는 한참이지 않사옵니까."

"누가 들으면 천 리 길이라도 되는 줄 알겠네."

아리가 볼멘소리를 하자 장 상궁이 수더분하게 웃으며 대꾸했다.

"마마를 그리 위해 주시는 폐하의 성심이 지극하시지 않사옵니까. 폐하께서 소인을 불러 친히 명하시는데 소인 그만 까무러치는 줄 알았사옵니다. 예전의 그 냉정하시던 분이 참으로 맞나 싶어 말이옵니다."

들뜬 얼굴로 그의 칭찬을 쉼 없이 늘어놓던 장 상궁이 밖의 나인들에게 조반을 들이라 지시하자 나인 둘이 상을 들고 들어와 아리의 앞에 조심히 내려놓았다. 공손히 물러가는 그들을 일별하곤 상 위에 차려진 맛깔스러운 음식들을 내려다보니 그제야 허기가 느껴졌다. 냄새만 맡아도 절로 군침이 돌아 조금 전장 상궁에게 제정신이냐며 펄쩍 뛰던 것이 다 민망해질 지경이었다.

새벽녘까지 잠들지 못한 채 기운을 뺐으니 그럴 만도 하다고 애써 스스로를 납득시키며 아리는 수저를 들었다. 기실 이제 와 그의 배려를 거절할 까닭도 없었다. 그보다는 그가 언제 기침을 하여 침전을 나섰으며, 지금 무엇을 하고 있는지가 더 궁금했다. 그런 그녀의 속을 훤히 안다는 듯, 장 상궁이 묻기도 전에 그의 일정을 전했다.

"폐하께서는 진시쯤 기침하시어 집무실로 나서셨사옵니다. 대장군께서 일찍 알현을 청해 오신 터라 여태 함께 출정을 논의 중이신 것으로 아옵니다."

"……출정 논의……?"

출정이라는 말에 별안간 목이 꽉 막혀 오는 것만 같았다. 아리는 입 안에 한 술 떠 넣은 밥을 꾸역꾸역 씹어 삼켰다. 조금 전까지만 해도 그리 좋던 밥맛이 그 말 한마디에 그만 싹 달아나 버리고 말았다.

그는 대체 어쩔 생각인 걸까. 위기에 몰린 아라하를 돕는 조건으로 그는 제게 잠자리 시중을 요구해 왔다. 그녀가 생각한 것과는 전혀 다른 잠자리 시중이기는 했지만 그녀는 분명 그가 제시한 조건을 이행했고, 그도 그 사실을 인정했다. 때로 옹졸하고 뻔뻔하게 굴기 일쑤였어도 그는 제 입으로 내뱉은 말을 번복하는 위인은 아니었다. 하지만 이번만큼은 그런 그의 대쪽 같은 성미에조차 회의감이 들었다.

제국의 황제인 그가 오랜 숙적인 아라하를, 그 군주인 소류를 도와주는 게 과연 말처럼 쉬운 일일까. 게다가 제국의 영토를 아라하에 빼앗긴 지금 같은 상황에…… 그로서는 아무런 명분조차 없는 황당무계한 그런 일을, 저와의 얼토당토않은 약속을 지키기 위해 감행한다는 것이 과연 가당키나 할까…….

답을 알 수 없는 의문들이 꼬리에 꼬리를 물고 이어졌다. 당장이라도 그를 찾아가 어떤 확답이라도 받아 내고 싶은 심정이었지만 차마 그리할 수는 없었다. 저에 대한 그의 진심이 어떠한지, 그것만큼은 분명히 알고 있었기에 더는 그에게 상처가 될 만한 어떤 행동도 차마 할 수가 없었다.

심란한 제 마음을 모를 리 없는 장 상궁이 염려 어린 시선으로 저를 보며 위로하듯 말을 건넸다.

"마마, 마음을 편히 가지시옵소서. 이제 폐하께서는 마마를 힘들게 만드실 분이 결코 아니시옵니다. 폐하께서 어떤 일을 하시든, 그로 인해 어떤 결과가 빚어지든…… 그 모든 건 마마를 위해서였을 것이옵니다. 소인은 그리 굳게 믿고 있사옵니다. 하오니 마마께서도 속는 셈 치시고 소인의 말씀을 한번 믿어 보소서."

아리는 진심을 다해 저를 위로하려 애쓰는 장 상궁을 물끄러미 바라보다가 마지못해 고개를 끄덕였다. 장 상궁의 말대로 믿는 것은 물론 어렵지 않았다. 하지만 그것은 또 그것대로 가슴이 먹먹해지는 일이어서, 아리는 어깨를 늘어뜨린 채 힘없이 대답했다.

"……알겠네……."

끝도 없이 밀려드는 잡념들과 사투를 벌이며 겨우 조반을 먹은 후, 아리는 운서당으로 돌아갈 채비를 했다. 침실을 나서니 허 내관이 기다렸다는 듯 다가와 공손히 읍하며 고해 올렸다.

"마마, 가마를 대령해 놓았사옵니다. 부디 처소로 편히 돌아가소서."

"아닐세. 가는 길에 단풍 구경도 할 겸 걷고 싶네."

"하오나……."

아리는 곤란해하는 허 내관에게 정말로 괜찮으니 개의치 말라 이르고는 서둘러 태건궁을 빠져나왔다. 안절부절못하는 모양새를 보아하니 아마도 그에게서 따로 지시가 있었던 모양이었다. 여전히 익숙지 않은 그의 넘치는 호의에 아리는 더더욱 마음이 심란해졌다.

다른 곳도 아닌 그의 침전에서 늦잠을 잔 데다 조반까지 먹었다. 당혹스럽고 황망한 마음에 경황이 없어 어제의 일을 채 떠올려 볼 새도 없었는데, 태건궁에서 조금씩 멀어지기 시작하자 그제야 간밤의 기억이 그녀를 옭아매듯 뇌리에 선명히 떠올랐다.

그의 눈두덩에 남은 처참한 상흔을 보고 난 후 무너지듯 울다 지쳐 잠들었었다. 그의 침실이란 것을 의식해서인지 새벽 내내 선잠이 들었다 깼다를 반복했던 것 같다. 잠에서 깬 몸을 뒤척일 때마다 조심스레 제 등을 다독이던 그의 손길이 뇌리에 선연히 스치자 일순 심장 한편에 따끔한 통증이 일었다.

제게 잠 시중을 들어 달라던 그는 정작 간밤에 한숨도 잠들지 못했을 터였다. 그런 상태로 출정 논의라니……. 복잡한 심사를 얼마쯤 가라앉히고 나니 그제야 그의 몸 상태가 걱정이 되었다. 당장 그를 찾아가 태건궁 침전에 끌어다 놓고 싶은 심정이 굴뚝같기만 했다.

그를 향한 이 마음은 대체 무엇일까……. 뒤죽박죽 뒤엉킨 머릿속이 시끄럽게 울렸다. 잠시 심각하게 고민을 해 보았지만 제 마음을 딱히 무어라 정의할 수가 없었다. 다만 머릿속으로 수없이 되뇌고 또 스스로에게 반문할 뿐이었다.

그에게 아직 남아 있는 신의, 그 외에 대체 무엇이 더 남아 있을 수 있겠느냐고……

터벅터벅 한참을 멍하니 걷고 있노라니 불현듯 하시티엔 마을을 떠나 황궁으로 돌아오던 까마득한 시간들이 떠올랐다. 그 고되고 심란한 시간들을 더욱 고되고 심란하게 만들었던 주단휘의 잔상 또한 자연스레 뇌리를 스쳐 갔다. 세 쌍둥이를 진심으로 어여삐 여기며, 서툴지만 다정한 손길로 어르고 달래던 그의 생경한 모습들……. 그에게 그런 면이 있는 줄은 꿈에도 몰랐다. 하물며 제 자식도 아닌 원수의 자식들을 그리 어여삐 여기고 살갑게 대해 줄 줄을 누가 알았을까…….

"하아……."

돌연 무겁게 토해져 나오는 한숨의 의미를 미처 알지도 못한 채로 아리는 운서당으로 향하는 걸음을 재촉했다. 걸을 때마다 발끝에 차이는 단풍 낙엽들이 바스락 소리를 내며 길 위에 흩어졌다.

저만치 분주히 걷고 있는 한 무리의 상궁과 나인들이 태건궁의 중문에서 나온 그녀를 놀란 얼굴로 흘끔거리며 귓속말을 주고받고 있었지만 딱히 신경 쓸 필요는 없었다. 자신은 그저 서궁의 여인일 뿐이었기에 궁인들의 입방아에 오른다 해도 크게 저어될 것이 없는 까닭이었다.

그러고 보면 요즘이 황궁에서 지내 온 모든 시간들을 통틀어 가장 마음 편한 날들이었다. 파안제국의 황후 진아리의 신분을 벗어던진 그녀의 삶은 황궁이라는 같은 공간 속이었음에도 그토록 홀가분하고 미련 없는 것이었다. 그 같은 자유로움과 홀가분함에 어느덧 익숙해져 버려, 다시금 무엇엔가 얽매인 채로 살아가야 한다면 그녀는 도저히 숨이 막혀 살아갈 수 없을 것만 같았다.

그러한 작금의 평온함과는 달리, 불현듯 까닭 모를 불안감이 그녀를 엄습해 왔다.

이제 자신은 누구로서의 삶을 살아가야 하는 걸까. 더는 진아리가 되어 살아갈 수 없는데…….

누구도 아닌 그저 세쌍둥이의 어미……. 하지만 어미에게도 아무개라는 이름 정도는 있어야 함이 마땅하지 않은가.

그것은 족쇄에서 벗어난 해방감과는 전혀 결이 다른 문제였다. 제국 황제의 비호 아래 일신이 평안해지니 별의별 배부른 고민을 다 한다고 자조하면서도, 아리는 가슴을 묵직하게 짓눌러 오는 그 막연한 상실감을 끝내 떨쳐 내지 못한 채 터덜터덜 운서당으로 돌아왔다.

툇마루에 힘없이 주저앉은 채 한참이 지나도록 멍하니 허공을 응시하는 그녀의 얼굴엔 공허함이 짙게 내려앉아 있었다.

□ ■ □

그 밤을 마지막으로 그는 더 이상 그녀를 태건궁으로 부르지 않았다.

이튿날 정오가 다 되어 운서당으로 돌아온 그녀가 약속 시간인 자정을 앞두고 또다시 태건궁으로 건너갈 채비를 서두를 무렵, 그는 허 내관을 통해 자신의 뜻을 간단히 전해 왔다.

조건은 이미 충분히 이행했으며, 더는 잠자리 시중을 들 필요가 없다고…….

어째서인지 안도감보다 서운함이 더욱 크게 그녀를 덮쳐 와, 아리는 그런 자신에게 당황해 하면서도 애써 태연한 얼굴로 서둘러 허 내관을 돌려보내야 했다.

그날 이후로는 그가 운서당을 찾아오는 법도 없었기에, 이 너른 황궁 안에서 두 사람이 마주치는 일은 더 이상 없었다. 운향정, 어화원, 시화호……. 평소 그가 즐겨 찾던 그 어디에서도 그는 일절 모습을 보이지 않았다. 마치 숨바꼭질을 하듯, 절대 들키지 않으려고 작정이라도 한 사람처럼…….

참다못한 장 상궁이 허 내관을 닦달해 겨우 알아낸 사실은, 그가 태건궁에 틀어박혀 두문불출한 채 출정 준비에 온 신경을 쏟고 있다는 것이었다. 황명을 받은 대장군이 신속히 대규모의 군대를 소집하여 이미 모든 준비를 마친 터라, 나흘 후에는 제국군이 마침내 출정을 나설 것이라고도 했다.

"나흘 후? 그렇게나 빨리?"

"예, 마마. 분명 그리 들었사옵니다. 낙안성 전투는 대장군께서 이미 오래전부터 준비해 왔기에, 폐하의 출정 윤허가 떨어지고 나니 일이 일사천리로 진행되는 듯하다 하옵니다."

낙안성 전투……. 그 말을 듣는 순간 일순 등줄기가 오싹해지고 심장이 내려앉는 것만 같아 아리는 잠시 심호흡을 하며 마음을 가라앉혔다.

결국은…… 파안과 아라하의 전쟁을 막을 수 없는 걸까.

양국을 농락하던 손파영은 이제 사라지고 없지만, 하여 반드시 전쟁을 막겠다던 아이혜와의 약조도 어쩌면 더는 유효하지 않을지도 모르지만, 그렇다 해서 그녀에게 이 전쟁이 달가울 리 없었다.

풀리지 않는 갑갑함과 불안감을 고스란히 가슴에 떠안은 채 하루하루 속절없는 시간이 흘러갔다. 흐르는 시간이 야속했지만, 어찌해도 붙잡을 도리가 없었다.

세월은 때로 악몽 같은 시간을 잊게 해 줄 만큼 자애로웠지만, 절박한 누군가를 기다려 줄 만큼 아량이 넓지는 않았다. 영겁 같기도 찰나 같기도 한 그 시간들이 흐르고 흘러 마침내 나흘이 훌쩍 지나갔다.

그는 끝내 그녀를 찾지 않았고, 그 어떤 소소한 작별 인사조차 나누지 못한 채 어느새 출정의 날이 오늘로 다가와 있었다.

"황제 폐하, 만세! 만세! 만만세! 승전을 기원하옵니다!"

정전의 너른 마당에 도열해 선 대소신료들과 병사들이 황제를 향해 국궁한 채 황궁이 떠나가도록 우렁찬 소리로 외쳤다. 황제가 그에 화답하듯 한 손을 높이 들어 보이고는 준비된 말에 올라타자 병사들의 터질 듯한 함성이 마당을 가득 울렸다.

"……."

아리는 마당 뒤편에서 그 모습을 지켜보았다. 세쌍둥이도 그녀와 함께였다. 꼭 그가 소류를 돕겠다 한 까닭 때문만은 아니었다. 어째서인지 아이들과 함께 그를 멀리서나마 배웅하고 싶었다.

그 마음이 무엇인지 그녀 자신조차 알 수 없었지만, 짧은 인사 한마디 없이 머나먼 출정길에 오르려는 그가 야속하다는 생각이 설핏 스쳤던 것도 같다. 비록 부부의 연은 다하였다지만, 얄팍한 신의 한 자락쯤은 서로에게 남아 있지 않던가.

"와아아! 황제 폐하 만만세!"

그가 탄 말이 중정을 지나 중문으로 향하고 있었다. 병사들의 함성이 끊이지 않고 들려왔다. 군대는 외성 밖에서 대기 중이었고, 차출된 기백의 병사가 앞뒤로 황제를 호위하고 있었다.

그 때문에 병사들에게 가려져 그의 모습이 제대로 보이지 않았다. 아마 그는 그녀가 이곳에 와 있다는 사실조차 모를 터였다. 선두에 선 병사들이 그녀가 서 있는 쪽으로 서서히 다가오기 시작하자 그녀는 재빨리 차면을 고쳐 쓰고는 고개를 숙였다.

그녀가 서 있는 곳에서 열 보쯤 떨어진 위치에 그들이 통과해야 할 중문이 있었다. 너무 가까이에 서 있었나 싶은 생각에 조금 후회가 되었지만, 이미 그가 이쪽으로 다가오고 있는 터라 이제 와 자리를 피할 수도 없는 노릇이었다.

선두의 병사들이 모두 중문을 넘어서자 마침내 병사들에게 가려졌던 그의 모습이 다시금 보이기 시작했다. 황금빛 갑주를 착용한 채 천천히 말을 몰고 있는 그는 예전만큼이나 위용이 넘치고 기품 있는 모습이었다. 그 모습에 적잖은 위안과 안도를 느낀 아리는 떠나는 그의 무탈을 마음속으로 기원했다.

기특하게도 세쌍둥이는 어미의 곁에 얌전히 있어 주었다. 어떤 곤란한 일도 일어나지 않았음에 감사해 하며 중문으로 들어서는 그를 일별한 아리가 막 자리를 뜨려던 때였다.

그대로 중문을 통과하려는 듯하던 그의 시선이 천천히 그녀에게로 향했다. 그녀를 발견한 그가 당황한 듯 눈썹을 치켜올렸다. 그는 그곳에 서 있는 아리와 아이들을 지금에야 발견한 듯싶었다.

물 흐르듯 이동하던 대열이 황제의 호령에 일순 움직임을 멈추었다. 그가 돌연 말에서 훌쩍 뛰어내려 그녀를 향해 성큼성큼 다가왔다. 큰 보폭으로 걸어온 그가 그녀 앞에 우뚝 멈춰 서자, 세쌍둥이가 그의 발치로 쪼르르 모여들었다.

"까아, 뿌뿌······!"

"빠뿌부, 까르르!"

종알종알 쉴 새 없이 옹알이를 해 대는 아이들을 내려다보는 단휘의 눈가에 부드러운 주름이 맺혔다. 단휘는 한쪽 무릎을 굽히고 앉아 아이들 하나하나와 살갑게 눈을 맞추었다. 아이들이 그의 팔과 다리에 대롱대롱 매달린 채 숨이 넘어갈 듯 까르르 웃어 댔다. 가만히 따라 웃던 그가 문득 짐짓 엄한 표정을 지으며 아이들을 휘둘러보았다.

"강아, 운아, 설아······. 낮에는 잘 먹고 잘 놀고, 밤에는 잘 자야 한다. 알겠느냐? 어미를 힘들게 하면 짐이 다녀와 혼쭐을 내 줄 것이니······."

엄포를 놓은 그가 세쌍둥이의 머리카락을 차례로 흐트러뜨리고는 조용히 몸을 일으켰다.

닿을 곳을 찾지 못한 채 주저하던 그의 시선이 끝내 그녀에게 가닿았다. 그녀를 눈에 담는 순간 그의 심장 한편이 찌르르 울렸다. 애써 마음을 갈무리하는 그를 향해 그녀가 머뭇거리며 한 걸음 다가왔다. 어쩐지 수척해 보이는 그녀의 얼굴에는 누굴 향한 것인지 모를 염려가 가득 들어차 있었다.

"······폐하······ 무탈히 다녀오시옵소서."

저를 올려다보며 조심스레 건네는 인사는 특별할 것 없었지만, 이 순간 오롯이 저만을 향해 있는 그녀의 눈동자가 찰나 그의 마음을 속절없이 뒤흔들었다. 이리 저를 흔들어 놓을 것을 알기에 그토록 피하려 한 것이건만······. 단휘는 제 심정이야 어떻든 여상히 웃어 보이며 저 역시 특별할 것 없는 인사를 건넸다.

"그대도 무탈히 지내고 있어. 혹 불편한 것이 있다면 언제든 허 내관에게 이야기하도록 하고."

"예, 폐하······."

"그리고······."

망설이듯 뻗어진 손이 한참 허공을 배회하다, 이내 차면에 가려진 그녀의 뺨 위에 조심스레 가 닿았다.

"돌아오는 날엔 아마 큰 선물을 가져올 거야. 그대가 마음에 들어 할지는 모르겠지만……"

"……"

대답할 말을 찾지 못해 혼란하게 허공을 부유하는 그녀의 눈동자를 애틋하게 좇던 그가 시선을 거두며 쓸쓸히 미소 지었다.

"그럼…… 다녀올게."

단휘는 그녀의 뺨을 어루만지던 손을 서둘러 떼어 내고는 황급히 뒤돌아섰다. 지체하는 시간이 길어질수록 가슴 밑바닥에 남은 미련이 눈덩이처럼 불어나 또다시 제 심장을 옥죄어 올 것이 분명한 탓이었다. 모질게 놓아주고자 한 제 진심을 스스로 퇴색시키고 싶지는 않았다.

성큼 걸음을 내딛는데, 그 순간 어디선가 바스락거리는 붉은 낙엽들이 바람에 실려 와 마른 땅 위를 빙글빙글 휘돌았다. 문득 그의 뇌리에 어화원의 붉은 단풍 길이 잔상처럼 아스라이 스쳐 갔다.

한 걸음 훌쩍 달아나는 가을의 끝자락에서도 여전히 새붉기만 한 그 길……

낙안성의 일을 마무리 짓고 돌아오면, 잔혹하도록 아름다운 그 붉은 길을 함께 걸어 보아도 좋으리라.

그 어느 날엔가 간절히 바라던 꿈처럼…….

그녀와…… 그녀의 아이들과 함께…….

비로소 찬란할 우리의 마지막을 기쁘게 맞이하면서, 그렇게…….

41
상실의 시간

도성에서 출발한 지 닷새 만에 해주에 도착한 제국군은 이곳까지 오는 동안 소모한 군량을 보충한 후 다시 행군을 시작했다.

천재지변이 일어나지 않는 한 해주에서 낙안까지는 이삼일 정도면 충분히 당도할 수 있는 거리였다. 전투가 시작되기 전에 조금은 여유롭게 사태를 관망할 수 있을 것이라 예측했던 대로, 이틀 반 만에 낙안 땅에 당도한 제국군은 한숨 돌리며 상황을 지켜볼 수 있었다. 율타와 아라하는 공성을 하루 앞둔 채 삭막하게 대치 중인 상태였다.

제국군은 외성 20리 밖에 진을 설치한 뒤, 오랜 행군의 여독을 풀며 하루를 꼬박 대기했다. 병사들은 전신을 옥죄어 오는 긴장감 속에서도 까마득한 기다림의 시간을 묵묵히 버텨 내고 있었다.

긴 하루가 저물고 적요한 새벽이 스산하게 흩어져, 마침내 캄캄했던 하늘이 조금씩 어둠을 거둬 내기 시작했다.

단휘는 막사의 휘장 아래로 스며드는 어슴푸레한 빛을 멍하니 응시하며, 여독이 채 가시지 않은 찌뿌둥한 몸을 반쯤 일으켜 침상에 기대앉았다. 아직은 몸이 회복되는 속도가 더뎠기에, 곧 시작될 율타와 아라하의 전투를 직접 관전하려면 틈나는 대로 휴식을 취해 둘 필요가 있었다.

자신의 출정 여부를 놓고 오는 내내 자함과 입씨름을 벌였던 게 불현듯 떠오르자 절로 진저리가 쳐졌다. 혼자서도 충분하니 이제라도 황궁으로 돌아가라고 어찌나 저를 들들 볶던지, 몸의 피로보다도 정신적인 피로감을 견딜 수 없어 고역을 치렀다. 어쩌면 그로 인해 몸의 피로를 상대적으로 덜 느낀 것인지도 모르겠다. 단휘는 그리 생각하며 헛웃음을 지었다.

조금 더 눈을 붙일까 고민하는 사이, 막사의 휘장이 조용히 걷히더니 어깨 너머에서 조용한 기척이 느껴졌다.

"폐하. 성곽을 살펴보고 오는 길입니다."

늘 깊은 신뢰를 불러일으키는 잔잔한 목소리의 주인공은 다름 아닌 백하였다. 그 역시 회복이 덜 된 몸으로 고집스럽게 이번 출정을 따라나선 터였다. 아무튼, 그 황제에 그 신하가 아니던가. 단휘는 저도 모르게 피식 새어 나온 웃음을 갈무리하고는, 그에게 알아보라 지시했던 것들에 대해 물었다.

"그래, 양측의 병력은 어느 정도던가."

"비슷한 규모였습니다. 아르아키의 가세로 율타가 조금 더 유리해진 상황이기는 합니다."

"그렇군. 하면 공성은 얼마나 걸릴 것 같나."

"양측 모두 전투를 오래 끌기에는 병력이 상당히 부족합니다. 아마 하루 이틀 안에는 판가름이 날 것 같습니다."

"하루 이틀이라……. 알겠네."

단휘는 조용히 고개를 끄덕였다. 그때 막사의 휘장이 다시금 조심스레 걷히더니 자함이 서둘러 안으로 들어왔다.

"폐하. 기침하셨습니까. 혹 어디 미편하신 곳은……."

"전혀 없네."

아주 넌더리가 난다는 듯 단칼에 말을 자르며 대답하자 자함이 머쓱하게 웃었다. 단휘는 느른히 기대앉았던 몸을 벌떡 일으켜 바르게 앉았다. 자함이 인상을 찌푸리며 항의하듯 말했다.

"폐하. 조금 더 편히 계시지 않고 어찌 저를 보시자마자 일어나 앉으시는 겁니까."

"날 병자 취급하는 자네가 보는 앞에서 늘어져 있자니 병자가 아니라 송장이라도 된 듯한 기분마저 들어서 말이야."

"불쾌하셨다면 용서하십시오, 폐하. 하오나 소신 도저히 염려를 거둘 수가 없어서……."

"뭘 정색을 하고 그러나. 그저 실없는 농 한마디 한 것을 가지고."

"전혀 농 같지가 않아서 말입니다."

단휘는 낯없이 대꾸하는 자함을 흘기듯 보고는 고개를 흔들었다.

"그건 그렇고, 용건은 뭔가."

"정찰병이 돌아왔습니다. 곧 전투가 시작될 모양입니다."

막사로 스며드는 새벽빛에 안 그래도 때가 되었겠다 싶던 참이었다. 단휘는 막사 입구에 드리운 휘장에 멀거니 시선을 둔 채 나직이 중얼거렸다.

"하면 슬슬 우리도 이동할 준비를 해야겠군."

"예, 폐하. 즉시 대열을 정비하고 병사들을 대기시키겠습니다. 하온데……
조금 이상한 점이 있습니다."

자함이 심각하게 미간을 모은 채 말을 멈추자, 단휘의 시선이 그런 그에게 조용히 날아들었다. 떨떠름한 얼굴로 골몰히 생각에 잠겨 있던 자함이 저를 응시하는 시선에 퍼뜩 정신을 차리며 입을 열었다.

"아라하군의 대응이 조금…… 이상합니다."

"이상하다니?"

"그게…… 정찰병의 보고로는, 군사를 모두 외성에 배치시킨 것 같다고 합니다."

자함이 어째서 떨떠름한 얼굴을 하고 있었는지 그제야 조금은 이해가 갔다.
단휘는 고개를 모로 기울였다.

"전군을 외성에?"

"예, 폐하."

"하면 지금…… 내성이 텅텅 비어 있다는 건가?"

"그렇습니다, 폐하."

내성이 비어 있다……. 내성만을 지키기도 버거운 상황에, 도리어 내성을 버려두고 외성의 방비에 전력을 쏟는다?

단휘는 손가락으로 가만히 미간을 쓸었다. 확신할 수는 없지만, 짐작이 가는 바는 있었다. 그리고 아마 그러한 제 짐작은 틀리지 않을 터였다.

"……민가를 지키겠다는 심산인가……. 제 백성도 아니면서, 끝까지 건방지게……."

빈정대듯 내뱉은 단휘의 시큰둥한 혼잣말에 자함과 백하가 조금은 놀란 듯 서로 눈길을 주고받았다. 어떤 다른 전략적인 이유가 있을 것이라고만 생각했지, 그런 쪽은 조금도 염두에 두지 않았던 것이다.

"설마 아라하의 왕이 그런 이유로…… 그자가 그럴 까닭이 없지 않습니까."

도저히 이해가 가지 않는다는 듯 이의를 제기하는 자함에게 단휘는 쓰게 웃으며 대꾸했다.

"그 잠깐 새에…… 진정을 쏟기라도 한 모양이지. 이곳 낙안에……."

"……."

"건방지기 짝이 없는 놈……."

예전의 제국처럼 둘로 갈라진 아라하가 서로 피 터지게 싸워 대는 꼴을 보며 잔뜩 조롱하고 멸시해 줄 심산이었는데, 감히 제까짓 놈이 뭐라고 내성을 버리고 민가를 지킨다는 건가.

정말이지, 끝까지 사람을 졸렬하고 구차해지게 만드는…… 빌어먹게 재수 없는 놈…….

단휘는 허공을 노려보듯 응시하며 저도 모르게 손을 들어 가슴께를 더듬었다. 가슴께에 짙게 남은 화상 자국을 매만지는 것은 그자, 아라하의 왕 단목소류로 인해 심기가 불편해질 때면 습관처럼 어김없이 나오는 행동이었다.

불덩이 같은 열기가 화상 자국에서부터 전신으로 화르르 번져 나갔다. 치욕스러웠던 그날의 기억에 쓰라린 분노가 트적지근하게 피어올랐다. 그 불쾌한 감정을 애써 삭이며 단휘는 서늘히 가라앉은 시선을 들어 나직이 뇌까렸다.

"전세가 한쪽으로 기울면, 바로 공격을 개시한다."

"존명!"

자함과 백하가 충직히 황제의 명을 받들었다. 전열 정비를 위해 막사를 나서는 그들을 일별한 단휘는 침상에서 내려왔다.

황제가 일어난 것을 알아챈 입구 밖의 병사들이 서둘러 막사 안으로 들어와 탁자 위에 조반을 대령했다. 입맛이 돌지는 않았지만, 무리 없이 버티려면 시장기는 없애야 할 터였다. 단휘는 간단히 조반을 먹은 뒤 갑옷을 걸쳐 입고 막사를 나섰다.

□ ■ □

전운이 짙게 감도는 음산한 대지 위로 반야(半夜)의 어둠이 장엄하게 내려앉았다.

외성의 긴 성벽을 사이에 둔 채 율타와 아르아키족 그리고 아라하의 군대가 서로 팽팽히 대치하고 있었다.

성벽 위에 미동 없이 서서 저 멀리 듬성듬성 어둠을 밝히고 있는 횃불들 사이로 보이는 적군의 대열을 조용히 노려보던 소류가 문득 고개를 쳐들었다. 끝내 결전의 시각이 다가오고 있음을 경고하기라도 하듯, 성벽에 내걸린 깃발이 요란한 소리를 내며 그의 머리 위에서 사납게 펄럭이고 있었다.

곁에 서 있는 진이 그런 소류를 따라 고개를 들어 물끄러미 깃발을 응시했다. 휘날리는 깃발 안에서 붉은 주작이 폭주하듯 날아올랐다.

"바람이 제법 사나운데."

"그렇군……."

고개를 끄덕이며 나직이 대꾸한 소류가 다시금 적진을 향해 고요한 시선을 던졌다.

이레 전 낙안에 당도하여 외성 밖에 진을 친 율타는 전쟁을 선포하며 친절하게도 공성 일시를 상세히 알려 왔다. 금일 묘시(卯時: 오전 5시~7시)……. 새벽 여명이 드리우면 적의 공격이 개시될 것이다. 야차의 붉은 입김이 이 평화로운 마을을 잔혹하게 집어삼키면, 결국 이곳은 끔찍한 아수라장으로 변해 버리고 말 터였다.

무덤덤한 표정으로 적진을 응시하는 소류를 흘끗 일별한 진이 영 내키지 않는다는 듯 입을 열었다.

"내성을 진짜 저대로 버려둘 셈이야? 소류, 지금이라도 다시……."

"수없이 고민하고 결정한 일이야. 몇 번을 물어도 내 대답은 같아."

소류의 단호한 대답에 진이 확 인상을 구겼다.

"그렇게나 고민한 결과가 고작 이따위란 말이야? 내성을 버려? 하, 이건 뭐…… 그냥 외성에서 구르다 다 같이 죽자는 소리밖에 더 돼?"

군장들 모두가 자신과 같은 불만과 불안을 품고 있었다. 천궁을 향한 무조건적인 맹신은 이미 흔들리기 시작한 지 오래였고, 남아 있는 믿음에조차 잔뜩 균열이 나 있었다. 가뜩이나 불안정한 때에 굳이 상황을 이렇게 더욱 극단적으로 몰고 가려는 소류를 진은 도저히 이해할 수 없었다.

"어차피 도망칠 수 없다면…… 온전히 지켜 내고 싶다, 진. 무고한 희생만큼은 막고 싶어. 이곳의 무엇도…… 망가뜨리고 싶지 않아."

낙안을 각별히 여기게 된 그의 마음을 모르는 것은 아니지만, 그 각별함을 도저히 받아들일 수 없었다. 진은 화를 삭이기 위해 입매를 비틀었다.

"성인군자 같은 소리 하고 있네. 무고한 희생? 그럼 우리의 희생은…… 너의 희생, 나의 희생, 우리 아라하 병사들의 희생은……!"

"그건…… 나 단목소류를 천궁으로 세운 아라하 왕조의 죄업이겠지."

쓴웃음을 지으며 나직이 대꾸하는 소류를 진이 노려보듯 쏘아보았다.

"뭐라고? 지금 그걸 말이라고……! 이 망할 자식! 하, 젠장! 망할이란 말은 취소야. 이 몹쓸 자식, 나쁜 놈!"

잔뜩 성이 나 욕설을 퍼붓는 와중에도 행여 말이 씨가 될까 저어되었던지 얼른 '망할'이란 말을 주워 담는 진을 보며 소류가 낮게 웃었다. 진이 몹시 못마땅하다는 듯 오만상을 찌푸리며 대거리를 해 대는데, 그런 두 사람 앞에 익숙한 얼굴의 사내 몇몇이 주춤주춤 다가와 섰다. 전투에 참가한 민가의 주민들이었다.

"무슨 일인가. 무슨 문제라도 생겼나."

"아, 아닙니다요, 성주님. 소인들 그저……."

사내들은 말을 미처 끝맺지도 못한 채 돌연 소류와 진의 발치에 넙죽 엎드렸다.

"혹여 마지막일지도 모르니 인사를 올리고자 온 것입니다요!"

"소인들과 소인들의 가족을 살펴 주셔서, 소인들의 터전을 지켜 주셔서…… 참으로 감읍할 따름입니다!"

"죽어 땅에 묻혀서도 이 은혜는 절대로, 절대로 잊지 않겠습니다요!"

바닥에 넙죽 엎드린 채 진심으로 감읍하는 사내들을 소류와 진이 복잡한 눈으로 바라보았다. 내내 눌러두었던 죄책감이 두 사람의 가슴을 묵직하게 스쳐 갔다. 애당초 낙안을 이런 위기에 빠뜨린 장본인이 바로 자신들이 아니던가.

"어찌 고맙다 하나. 애당초 그대들의 터전을 빼앗은 게 누구인데."

"빼앗고 뺏기고 하는 일이 어디 이번 한 번뿐이었겠습니까요. 하지만 성주님께서는 이리 진심으로…… 저희들의 소중한 것들을 지켜 주려 하시잖습니까."

"……소중한 것들을…… 지켜 준다……."

사내의 말을 멍하니 따라 읊던 소류가 씁쓸히 입꼬리를 당겨 올렸다.

그래……. 할 수만 있다면 지켜 주고 싶다…….

그녀와의 추억이 깃든 이 땅의 소중한 모든 것들을…….

살랑거리며 스쳐 가던 봄바람도, 은은히 풍겨 오던 꽃향기도…… 이곳에서 그녀와 함께했던 것이라면 그 어떤 소소한 것이라도…… 그 무엇이라 해도 진정으로 지켜 내고 싶다.

소류는 사내들을 일으켜 세워 투박한 손길로 격려하듯 어깨를 두드렸다. 군인이 아닌 평범한 시민이었던 이들은 자신들보다 더욱 전쟁이 두려울 터였다. 이들이 마지막을 각오한 채 제게 전한 절절한 진심은 이곳의 모든 것을 지켜 내고자 하는 소류의 각오를 더욱 단단히 만들고 있었다.

사내들이 각자의 위치로 돌아가는 것을 말없이 응시하던 소류가 그들이 보이지 않을 때쯤 입을 뗐다.

"진……."

나지막한 부름에 진이 조용히 소류를 돌아보았다.

"내성을 버리겠다 했지, 포기하겠다고는 하지 않았어."

"……."

"지켜 낸다, 반드시…… 낙안도, 아라하도……."

지켜 내고 싶은 만큼, 모든 것을 잃을 각오 또한 이미 충분히 해 둔 상태였다. 끝을 각오한 이상 최후의 하나까지도 지켜 내리라는 결의 또한 단단히 서 있음은 물론이었다.

한발 물러설 곳조차 없는 그가 당장 할 수 있는 것이라고는 오로지 그러한 각오와 결의를 다지며 필사적으로 싸우는 것뿐이었다. 다른 건 몰라도 그 하나만큼은 자신 있었다.

죽을힘을 다해 싸울 것이다. 하여 반드시 지켜 내리라…….

아라하의 왕비와 제국의 황후라는 신분을 모두 잃은 그녀가 언제든 돌아올 수 있는 장소는 아마도 이곳, 낙안만이 유일할 테니……. 그러니 어쩌면 그녀의 마지막 터전이 될지 모를 이곳을, 죽어서라도 반드시 지켜 낼 것이다.

동녘 하늘이 서서히 푸른빛을 띠기 시작했다. 어둠이 서서히 걷히고 있었다. 어느덧 예정된 묘시가 다가와 있었다.

소름 끼치는 적막이 전장의 뜨겁고도 싸늘한, 그 기묘한 기류를 한껏 고조시켰다.

터져 나갈 듯 팽팽한 긴장감이 폐부를 파고들며 모두의 숨통을 묵직하게 조여 오던 그 순간…….

쉬익―!

번쩍이는 불화살이 미명의 푸른빛을 날카롭게 가르며 성벽을 향해 매섭게 날아들었다.

그리고 그것을 신호로, 마침내 낙안성의 전투가 개시되었다.

"전원, 돌격하라!"

누군가의 외침을 시작으로 적진의 병사들이 우렁찬 함성을 터뜨리며 성난 파도처럼 전진하기 시작했다. 성벽과 성문을 향해 돌진하는 그들을 향해 성벽 위에서도 시커먼 화살비를 흩뿌리고 있었지만, 그들은 대열을 흐트러뜨리지 않은 채 악귀처럼 앞만 보며 사납게 달려 나갔다.

"멈추지 말고 진격하라! 성문을 부숴라!"

"와아아! 성문을 부숴라! 성벽을 무너뜨려라!"

율타와 아르아키족의 무시무시한 협공이 성문을 때려 부술 듯 사정없이 쏟아졌다. 두 연합의 맹렬한 공세에 성문을 지키는 아라하 병사들의 낯빛이 순식간에 어두워졌다. 흙빛으로 굳어진 얼굴들에서 숨길 수 없는 두려움과 불안감이 짙게 배어 나왔다. 그 표정만으로도 그들의 상태가 어떠한지를 짐작할 수 있었다.

소류는 입술을 깨물었다. 전투의 시작부터 병사들의 사기가 흔들린다는 것은 두말할 필요도 없이 치명적인 악재임이 분명했다.

□ ■ □

쿵! 쿵—!

성문을 부수는 소리가 천둥처럼 크게 성안 가득 울려 퍼졌다. 그 어떤 소리보다도 두렵고 소름 끼치는 굉음에 잔뜩 얼굴을 굳힌 아라하의 병사들은 성벽에 새까맣게 달라붙은 채 기어오르려 안간힘을 쓰고 있는 적병들을 향해 쉴 새 없이 화살을 쏴 댔다.

소류는 성문의 상태와 성벽 아래의 상황을 심각한 얼굴로 지켜보고 있었다.

"전하! 전하!"

돌연 병사 하나가 그에게로 헐레벌떡 뛰어왔다. 그 표정이 심상치 않았다. 남문 외 다른 성문들의 사정을 살펴보라 지시하여 보냈던 병사였다.

"전하! 큰일 났습니다! 동문이 뚫렸습니다! 방비가 무너지는 것을 보자마자 달려오는 길입니다. 지금쯤이면 완전히 뚫렸을 겁니다!"

"동문이…… 어찌 벌써……!"

녹록지 않을 것이라 충분히 예상은 했지만, 사태는 생각한 것보다도 훨씬 더 불리하게 돌아가고 있었다. 전투가 시작된 지는 이제 고작 반 시진이 지났을 뿐이건만, 그사이 벌써 성문 하나가 뚫려 버리고 만 것이다.

"지원하라! 두 대열은 속히 이동하여 동문을 도와라!"

"존명!"

소류는 다급히 명을 내리고는 저 역시 서둘러 동문으로 향했다. 긴박하게 말을 모는 동안에도 머릿속에는 온갖 우려와 고민들이 끊이지 않고 떠올랐다.

외성의 문은 총 네 개. 그중 하나를 반 시진 만에 잃었으니, 쭉 이런 기세라면 과연 앞으로 얼마나 더 버틸 수 있게 될까. 동서남북 어느 쪽이 됐든 성문이 두 곳 이상 뚫리게 되면 이곳은 전쟁터가 돼 버린다. 남은 성문을 지켜 내기가 몇 곱절은 더 어려워지는 것이다. 최악의 경우 단 한 시진도 채 버티지 못하고 외성이 완전히 뚫려 버릴 수도 있었다. 암담한 상황에 표정을 굳힌 채 동문에 도착하자 자줏빛 군복의 적병들이 뚫린 성문으로 개미 떼처럼 빽빽이 밀려들어 오고 있었다.

"성안으로 진입하라! 한 걸음도 물러서지 마라!"

"와아아아! 진입하라!"

율타의 사기는 하늘을 찌를 듯했다. 반면 아라하의 병사들은 이미 그 어두운 얼굴에 패색이 짙게 내려앉아 있었다. 군주인 자신과 군장들의 불화와 불안이 그들에게 전해지지 않았을 리 없었다. 소류는 이를 악물며 적군들이 밀려들어 오는 동문의 선두로 달려 나갔다.

"진입을 막아라! 한 놈도 성안에 들여놓지 마라!"

선두에 서서 성문으로 진입하는 적들을 무참히 베어 내며 포효하듯 외치는 자신들의 왕을 발견한 병사들이 그제야 정신을 차린 듯 함성을 내지르며 적을 향해 공격을 퍼부었다.

"전하께서 우릴 도우러 오셨다! 적들의 진입을 막아라! 한 놈도 남김없이 죽여라!"

병사들의 사기가 떨어진 데에는 아마 수많은 이유가 있겠지만, 저와 군장들의 불화보다도 더 큰 이유는 기실 이것이리라. 저 역시 철저히 외면하고자 하는 그 이유……

적국 율타……. 적이기 이전에 아라하 연맹의 한 부족으로서 오랜 세월 함께한 아군이었다. 그러한 이들을 베어 내는 손마디가 쓰라리지 않다면 거짓이리라.

하지만 적도, 아군도…… 어디 영원한 것이 있으랴. 삶이란 그리도 허망한 것임을 이제는 뼈저리게 알고 있지 않던가. 검을 쥔 손끝에 온정을 남겨 둔다면, 잃는 것은 오로지 저의 목숨뿐이리라. 혹은 현재를 함께하는 소중한 이들의 목숨을 허망하게 잃게 될 수도 있었다. 그러니 지금은 인정을 내세울 때가 아니었다.

"베라! 망설이는 순간 죽는 것은 너희들이다! 한순간도 잊지 마라! 저들은 오로지 적이다!"

누구를 향한 외침인지는 알 수 없었다. 소류는 비정한 얼굴로 외치며 사정없이 검을 휘둘렀다.

한때 얼굴 한 번쯤은 스쳤을 법한 누군가의 붉은 피가 공중으로 튀었다. 한때는 아군이었던 누군가의 목이 제가 휘두른 검에 토막 나 날아가고, 한때는 제 백성이기도 했던 누군가의 팔다리가 또 그렇게 잘려 나갔다. 자책할 것 없었다. 과거의 무엇이었든, 지금 그들은 오로지 아라하의 적일 뿐이니까.

"……큭……"

달려드는 적들을 가차 없이 베어 나가며 그가 악귀처럼 킬킬거렸다. 핏발선 눈이 광인처럼 번뜩였다. 누군가 흘린 붉은 피를 흠뻑 뒤집어쓴 채 야차처럼 날뛰는 그의 모습은 소름이 돋을 만치 괴기스럽고 두려운 것이었다. 아군에게도 그러할진대 적이 된 이들에게는 오죽할까. 파랗게 질린 채 뒷걸음질 치는 율타의 병사들을 향해 그의 서슬 퍼런 검이 집요하게 따라붙었다.

"으으! 제발…… 살, 살려 줘!"

"으윽! 으아악!"

비릿한 피 내음과 꺼져 가는 비명으로 가득 찬 치열한 전장 한가운데에서, 오랜 아군이었으나 이제는 적일 뿐인 율타와 사투를 벌이고 있는 지금……. 어째서 이런 때에, 오래전의 그 해괴한 소문이 불현듯 떠오르는 것인지 모르겠다.

남쪽에서 온 요사스러운 붉은 여우가 북국의 왕을 홀려 그의 나라를 멸하게 만든다던…… 말도 안 되는 소문이라 치부해 버린 채 어느샌가 까맣게 잊고 있던 그 괴소문…….

소류는 미간을 일그러뜨린 채 쓴웃음을 머금었다. 설령 소문처럼 그것이 진실로 신탁이었다 해도, 그녀와의 만남을 이제 와 후회하지는 않는다. 쉽지 않은 인연을 맺고, 힘겹게 서로의 마음을 내어 주던 그 모든 순간들이 그에게는 너무도 벅차고 소중하기만 해서…… 행여 신께서 제게 짓궂은 장난을 친 것이라 해도 그를 원망하거나 증오하고 싶은 마음은 추호도 없었다. 혹 누군가 군주로서 사사로운 정을 품은 저의 죄에 대해 묻는다면, 그 벌 역시도 기꺼이 달게 받을 터였다.

다만 바라건대, 이 생이 다하기 전에…… 단 한 번만이라도 그녀를 다시 볼 수 있게 되기를…….

아무리 짓궂은 신이더라도 그 하나만큼은 부디 제게 허락하시기를…….

"젠장! 소류, 어서 피해! 여기서 이러고 있을 때가 아니야!"

상념을 깨부수며 진의 목소리가 지척에서 들려왔다. 어느 틈에 동문 안쪽으로 쏜살같이 비집고 들어온 진이 적들을 베며 다급한 목소리로 제게 외치고 있었다. 대체 무슨 일이 일어난 것인지는 뒤이어 달려온 병사들의 외침으로 알 수 있었다.

"전하! 어서 피하십시오! 남문이 무너졌습니다! 적들이 몰려오고 있습니다!"

"서문과 북문도 거의 뚫렸습니다! 얼마 버티지 못할 듯싶습니다! 외성은 이제 가망이 없습니다! 어서 내성으로 피하셔야 합니다, 전하!"

병사들이 긴박하게 외치며 소류를 에워쌌다. 그들은 그 순간에도 뚫린 동문을 통해 새까맣게 밀려들어 오고 있는 적병들로부터 왕을 보호하며 퇴로를 만들고자 안간힘을 쓰고 있었다.

외성의 모든 성문이 뚫렸다……. 우려한 것보다도 훨씬 더 빨리 성벽의 방비가 무너져 버렸다는 사실은 아라하군의 전의를 너무도 쉽게 앗아 갔다. 모두의 마음속에 깊은 절망이 똬리를 틀고 있었다. 암담한 상황에 이를 악물던 소류가 눈을 치뜨며 병사들을 향해 호통치듯 소리쳤다.

"약해지지 마라! 고작 성벽 하나를 잃었을 뿐이다! 원래 없던 것이라 치면 그만이야. 피하지 않는다! 전투는 이제부터 시작이다!"

모든 병력을 외성에 집중시킨다면 율타와 아르아키의 공격을 막아 낼 가능성이 조금은 있을 것이라 막연히 기대하였건만, 그런 그의 기대가 와르르 무너져 내리고 있었다. 충분히 절망적인 상황이었지만 그것을 내색할 수는 없었다. 병사들이 사기를 잃으면 그야말로 끝이었다. 소류는 사자후를 토해 내듯 쩌렁쩌렁하게 외치며 병사들의 사기를 북돋웠다.

"율타의 병력은 결코 우리보다 월등하지 않다! 아르아키족이 가세했어도 그건 마찬가지다! 한 발짝도 물러서지 마라! 밟은 땅을 절대 내어 주지 마라! 버텨라! 이 악물고 싸워라! 천신께서는 더 절실한 쪽의 손을 들어 주실 것이다. 그러니 절실한 각오로 절실히 싸워라! 그리하면 반드시 승리가 따를 것이다! 천신께서 우리를 가호하시리라!"

"와아아아! 천신 가호! 싸워라! 승리하라!"

조금의 흔들림도 없는 왕의 위엄찬 호령은 병사들의 나약해진 마음에 큰 동요를 불러일으키며 다시금 굳센 심지를 다지게 했다. 뒷걸음치던 병사들이 군주의 명대로 딛고 있는 땅에 버텨 선 채 무기를 고쳐 쥐었다. 쏟아져 들어오는 적들을 향해 포효하듯 함성을 내지르며 맞서 싸우는 그들의 곁에는 군신 같은 용맹한 군주가 함께하고 있었다.

아라하의 병사들은 그 어느 때보다도 절실하게 전투에 임했다. 사방에 끔찍한 비명과 비릿한 선혈이 낭자했다. 창칼이 맹렬히 오가고 화살이 쏟아지는 아비규환 속에서 그들은 생사를 건 채 치열하게 적과 싸우며 밟고 선 땅을 지키려 안간힘을 썼다.

그러나 그 처절한 노력과 각오가 무색하게도 전세는 서서히 기울고 있었다. 적군의 피해도 결코 적지는 않았으나 이쪽의 피해가 확연히 커져 가고 있었다. 천신께서는 끝내 자신들의 절실함에 손을 들어 주시지 않는 것일까. 아라하 병사들의 얼굴에 다시금 짙은 절망감이 내려앉았다.

태양이 머리 위로 떠오른 오시(午時: 오전 11시~오후 1시)……. 아라하군은 외성의 절반 이상을 율타와 아르아키족에게 내어 준 채 어느새 내성 앞까지 바짝 내몰려 있었다. 전투가 벌어진 지 반나절 만에 빚어진 참담한 결과였다. 애당초 승리를 장담할 수 없었던 만큼 당연한 결과였는지도 몰랐다.

더는 물러설 곳도 피할 곳도 없었다. 굳게 닫힌 내성 안에서는 그곳으로 피신시킨 민가의 부녀자들과 아이들, 노인들이 전투에 참가한 자신들의 가족과 아라하 병사들의 무운을 간절히 빌고 있을 터였다. 또한 이곳이 무너질 경우를 대비해 그들과 내성을 지켜 낼 마지막 보루로서 남겨 둔 최소한의 병력이 성문을 굳게 지키고 있을 것이다. 지금 제가 선 이곳이 일생 최후의 결전지가 된다 해도 율타에게 순순히 성을 내어 줄 마음은 추호도 없었다.

소류는 달려드는 적병을 베어 내고는 단단히 검을 고쳐 쥐었다. 문득 가슴속에서 황량한 바람이 불었다. 아릿한 얼굴이 찰나 뇌리를 스쳐 갔다.

그저…… 단 하나를 꿈꾸었을 뿐이다.

꽃과 나비가 만나 천년만년 정답게 살아가는 꿈…….

이 평화로운 마을의 담벼락 어딘가에 피어난 살굿빛 꽃봉오리 위로…… 북풍을 타고 날아든 나비 한 마리가 한가로이 내려앉는 그런 꿈…….

그리될 수 있을 것이라 여겼던 마음이…… 이토록 오만하고 어리석은 것이었던가…….

"아라하를 섬멸하라! 배신자 천궁 단목소류를 처단하라!"

뒤엉켜 싸우는 병사들 너머로 아태부의 군장, 이제는 율타의 왕이 된 아타란의 모습이 선연히 스쳐 갔다. 그가 지나간 자리마다 단말마의 비명이 끊이지 않고 들려왔다. 소류는 핏물이 흥건히 배어든 검 자루를 움켜쥔 채 아비규환 속에서 스러져 가는 이들을 쓰디쓰게 응시했다.

"……."

어느 전장에서든 늘 수없이 끝을 각오해 왔다. 그것이 오늘이라 해도 새로울 것 없었으나, 심장이 갈라지는 듯한 격통과 상실감을 금할 길이 없었다.

목구멍 깊은 곳에서 지독히도 비릿한 쇠 맛이 올라왔다.

"전군, 물러서지 마라……. 싸워라……! 마지막까지 후회 없도록……!"

지척의 병사들에게나 겨우 전해졌을 나직한 호령이 사납게 불어오는 바람 사이로 스산하게 흩어졌다.

공멸 혹은 자멸……. 선택지는 단둘뿐……. 어떤 결말에 이르든, 기실 아라하의 존멸은 이미 결정된 것이나 다름없었다. 아타란의 선택 또한 이러한 결말을 부추겼음은 두말할 필요도 없으리라. 그러나 공멸을 감수할 만큼 저에 대한 배신감이 치가 떨리도록 깊은 것이었다 한다면, 딱히 이해 못 할 선택도 아니었다.

군장으로서 옳은 선택은 아니었다 해도, 그런 그를 비난할 자격이 제게는 없었다. 아라하를 끝내 파멸로 이끈, 아마도 마지막 천궁일 제게 그러한 자격 같은 것이 남아 있을 리 만무하지 않은가. 공허한 눈동자 속에서 쓰디쓴 자조가 피어올랐다.

깊은 자괴감에 무력하게 빠져들던 그 순간, 누군가의 다급한 목소리가 소란한 전장을 찢을 듯이 갈랐다.

"전하! 제국군입니다! 제국군이 외성 밖에 포진해 있습니다! 곧 공격을 감행할 것 같습니다!"

병사의 절규와 같은 외침에 주변의 공기가 싸늘하게 얼어붙었다. 소류의 얼굴 또한 암담하게 굳어졌다.

결국…… 공멸인가.

"전하, 이대로라면 전멸입니다. 제발 전하만이라도 내성으로 피하십시오!"

지척에서 친휘대장 무흔이 애타게 외치는 소리가 들렸다.

"젠장, 소류! 지금이 아니면 시간이 없어! 여기서 개죽음당하고 싶은 게 아니라면 더 늦기 전에 어서 내성으로 피신하라고!"

등 뒤에 선 진이 무흔의 말을 사납게 거들고 나섰지만, 소류는 완강히 고개를 저었다.

"……물러서지 않는다. 끝까지 지킨다."

"빌어먹을 자식! 가만두지 않겠어. 저승에서 아주 혼꾸멍을 내 줄 테니 기대하라고!"

"얼마든지……."

체념한 듯 이를 갈며 사납게 엄포를 놓는 진의 반응에 소류는 자조하듯 웃었다. 빼앗긴 성지 차라를 되찾고자 한 것이지, 누군가의 치열한 생의 터전을 앗아 가려던 것은 아니었다. 지금껏 치러 온 숱한 전투에서 흔하게 저질러 온 만행이었다는 사실은 부인할 수 없었으나, 낙안만큼은 그에게 예외일 수밖에 없었다. 이곳은 그녀에게 새로운 삶의 터전이 되어 줄 유일한 장소이니까…….

또한, 숨어 버린다 해도 끝은 이미 정해져 있었다. 제국군이 들이닥친다면 내성으로 숨어든들 그들의 공격을 끝내 피하지 못할 것이다. 어차피 그리될 바에야 그때까지 끈질기게 버텨 내성만이라도 완벽하게 지키고 있는 편이 나으리라. 제국군은 본래 저들의 것이었던 성과, 그 안에 피신해 있는 낙안의 주민들을 해치지는 않을 테니까.

어차피 패배가 결정되어 있다면, 적어도 무고한 생명의 희생만큼은 최대한 막아야 하리라. 패전을 앞둔 왕이기 이전에, 같은 인간으로서의 최소한의 양심이자 도리나마 지키려는 것이었다. 아라하의 천궁인 제가, 제국의 보잘것없는 신민 따위를 위해…… 우습기 짝이 없게도…….

"배신자! 죽어라!"

찰나 아슬아슬하게 그의 목 언저리를 스쳐 간 대검이 눈앞에서 번쩍 빛을 발했다. 성난 외침 소리가 귓전을 찢을 듯 벼락처럼 터져 나왔다. 소류는 날렵하게 몸을 돌려세우며 검을 고쳐 쥐었다. 너무도 익숙한 얼굴의 사내가 서너 걸음 떨어진 곳에서 저를 노려보고 있었다.

율타의 수장, 아타란이었다. 소류는 그와 정면으로 마주 선 채 날카롭게 소리쳤다.

"아타란! 네가 원하는 게 이건가. 아라하의 공멸인가!"

소류의 일갈에 아타란이 성난 얼굴로 코웃음을 쳤다.

"덮어씌우지 마라! 그것을 원한 자는 내가 아니라 바로 단목소류 네가 아닌가!"

"아니. 나는 공멸을 원하지 않는다. 그러니 지금이라도 멈춰라! 제국군이 외성에 와 있다는 것을 알고 있나. 곧 우리를 공격해 올 거다."

"……우리?"

소류의 말을 씹어뱉듯 되뇌며 아타란이 조소했다.

"연맹은 해체되었다. 바로 네놈 때문에……! 한데 우리라니, 네놈 하는 꼴이 하 가증스러워 도저히 못 봐 주겠군! 공멸을 원하느냐고? 응당 원치 않는다. 하지만 맹세컨대, 천신의 이름으로 배신자인 네놈을 기필코 처단할 것이다!"

아타란의 분노는 짐작한 것 이상이었다. 소류는 그를 설득할 수 없음을 새삼 확연히 깨달았다. 그의 마음을 되돌릴 수 있을 것이라 여겨 본 적은 한시도 없었지만, 실낱같은 기대마저 와르르 무너져 내려 절망과 체념만이 똬리를 튼 가슴속에 공허한 바람이 싸늘하게 스쳐 갔다.

"단목소류! 각오해라!"

소류는 무시무시한 기합을 내지르며 맹호처럼 달려드는 아타란을 향해 자신의 검을 무연히 치켜들었다.

쨍강—!

쇠붙이가 쩌렁쩌렁 맞부딪치는 요란한 굉음과 함께 맹렬한 검합이 오갔다. 냉정히 따져 아타란의 검술 실력은 소류보다 몇 수쯤 아래였다. 한데 이상스러울 만치 대결이 치열했다. 곁에서 적병들을 상대하던 진이 그들의 대결을 흘끗거리며 인상을 찌푸렸다.

소류는 아타란에게 전력을 쏟고 있지 않았다. 아니, 더 정확히 표현하자면, 도저히 전력을 쏟아 낼 수 없는 상태였다. 아라하를 무너뜨린 장본인이 바로 자신이라는 죄의식에 사로잡혀 버린 그는, 실로 엄청난 무게로 조여 오는 어마어마한 죄책감에 완전히 잠식당한 채 아타란의 공격만을 겨우 피해 내고 있었다. 아타란을 공격할 의지 자체가 그의 몸짓 어디에도 보이지 않았다. 진은 그런 소류를 향해 버럭 노성을 내질렀다.

"단목소류! 정신 차려! 그는 적장이다!"

진이 제게 달려드는 병사를 베어 내고 소류에게로 달려들던 순간, 그보다 빠르게 아타란의 거대한 대검이 소류를 향해 무시무시한 속도로 휘둘러졌다.

"소류! 피해!"

"죽어라! 이 배신자!"

"……!"

소류의 흔들리는 시선이 제게로 날아오는 검을 멍하니 응시했다. 어차피 끝을 앞둔 거라면, 제국군의 손에 목숨을 잃느니 차라리 아타란의 손에 단죄받는 것이 옳을 것이다. 소류는 그 순간 그러한 생각을 하고 있었다.

저를 향해 날아오는 아타란의 검의 움직임이 눈앞에서 느리게 펼쳐졌다. 충분히 피하거나 막아 낼 수 있는 공격이었음에도, 소류는 몸이 말이 듣지 않는 사람처럼 움직이지 않았다. 게다가 그것이 자신의 의지인지 아닌지조차도 인지할 수 없는 지경에 이르러 있었다. 아라하를 망국으로 이끌었다는, 그 숨 막히는 죄의식은 그렇게 그를 옴짝달싹 못 하게 하고 있었다.

"소류!"

진의 찢어질 듯한 고함 소리가 천지를 부술 듯이 울려 퍼졌다. 소류의 목을 노리며 매섭게 날아드는 아타란의 검을 가까스로 쳐 낸 진이 그의 어깨를 한 손으로 우악스럽게 잡아채 흔들었다.

"전투는 아직이다! 단목소류! 비겁하게 벌써 체념하는 거냐! 절실히 싸우라며 큰소리친 게 누군데!"

"진……."

"앞일은 누구도 모르는 거야. 천신께서도 모르실 거라고! 그러니 끝까지, 끝의 끝까지 죽지 말고 살아남아! 이 멍청아!"

진의 일갈에 소류는 정신이 번쩍 드는 기분이었다. 진의 말이 옳았다. 하늘이 무너진다면, 무너지는 하늘을 온몸으로 떠받쳐서라도 끝까지 살아남아야만 한다. 제게는 이리 쉽게 세상을 뜰 자격조차 없지 않은가. 죄의식이든 죄책감이든, 끝의 끝까지 제가 감당해야 할 몫이었다.

소류는 다시금 형형해진 눈빛으로 주위를 돌아보며 소리쳤다.

"단 한 보도 물러서지 마라! 죽을힘을 다해 싸워라! 내성을 지켜라!"

"와아아아!"

왕의 호령에 병사들이 우렁찬 함성을 내질렀다. 소류와 아타란의 검이 다시금 맞붙었다. 대결의 양상은 한순간 뒤집혀 조금 전과는 판이하게 달라져 있다.

맹렬히 퍼붓는 소류의 공격을 정신없이 막아 내던 아타란의 대검이 허공으로 붕 떠올라 빙그르르 회전하며 저만치 날아갔다. 망연히 시선을 떨군 아타란을 향해 다시금 검을 치켜들던 순간이었다.

천지를 뒤흔들 듯 우렁찬 함성 소리가 전장 한복판을 가득 메우며 장대하게 울려 퍼졌다.

"돌격하라! 적을 섬멸하라!"

"제국군은 황명을 받들라! 적군을 섬멸하라!"

우레와 같은 함성을 내지르며 새카맣게 몰아닥치는 제국군을 아연히 바라보던 소류가 이를 악물며 검을 고쳐 잡았다. 이제 전력을 다해 상대해야 하는 것은 율타나 아르아키 따위가 아니었다.

그러나 물밀듯이 밀려들어 오는 제국군을 향해 비장하게 검을 치켜든 소류는, 곧 달려 나가려던 것을 멈춘 채 형용할 수 없는 깊은 혼돈에 사로잡혔다.

"……저것들…… 뭐지……?"

진의 혼란스러운 목소리가 등 뒤에서 위태롭게 들려왔다. 그의 눈에도 분명 보였으리라. 제국군의 창칼이 정확히 율타와 아르아키만을 향해 있다는 것을……. 몇 차례나 눈을 부릅뜨고 확인해 보아도 제국군의 공격은 정확히 자줏빛 군복을 입은 율타와 아르아키의 병사들에게만 국한된 채 맹렬히 쏟아지고 있었다.

그것이 의미하는 바가 대체 무엇일까…….

"무슨 속셈인지는 모르겠지만…… 이 마당에 그딴 것을 고민할 필요는 없겠지."

진은 싸늘히 내뱉으며 제국군을 향해 성난 군마처럼 달려 나갔다. 소류 역시 상념을 떨쳐 내고는 그 뒤를 쫓아 제국군과의 전투에 사지를 던져 넣으며 전력을 다해 공격을 퍼부었다.

그러나 제국군과 검을 부딪치면 부딪칠수록 소류는 점점 더 괴이한 기분에 사로잡혀 갔다. 그것은 진 또한 마찬가지였다. 자신들의 공격을 기를 쓰고 피하려 들 뿐, 제국군은 적극적으로 공격해 오지 않았다. 소류와 진이 아라하의 왕과 군부의 수장이라는 것을 알아 두려움에 몸을 사린다고 하기엔, 그들은 주변의 아라하군 모두를 그리 대하고 있었다. 율타와 아르아키에게 맹렬한 공격을 퍼붓는 것과는 명백하게 다른 행태였다.

소류는 얼굴을 굳힌 채 잠시 심각하게 고민했다. 그러다 이내 확고해진 시선을 들어 주변을 향해 서슬 퍼렇게 외쳤다.

"아라하의 모든 병사들은 들어라! 나 천궁이 명한다! 율타와 아르아키만을 쳐라! 제국군은 공격하지 마라!"

"소류! 그게 무슨……!"

"나 역시 속셈은 모르겠지만, 분명한 건 제국군이 우리를 돕고 있다는 거야."

진이 아연실색한 얼굴로 대꾸했다.

"뭐? 말도 안 돼. 분명 꿍꿍이속이 있을 거야. 저러다 언제 우리를 칠지 모른다고!"

"그렇다 해도, 당장은 아닌 것만은 분명해. 진, 너도 보고 있잖나."

확신에 찬 소류의 말에 진이 혼이 나간 사람처럼 주변을 멍하니 훑었다. 소류의 말은 사실이었다. 기실 자신 역시 진작부터 이 기이한 상황을 알아차리고 있었다.

"하지만……."

"그래. 물론 도박이겠지. 그렇다 한들 무엇을 망설이는 건가. 우린 이미 길의 끝에 와 있는데……. 끝의 끝까지 살아남으라 하지 않았나? 난 네 말대로 그리해 보려는 거다."

진이 제국군을 향해 있는 혼란한 시선을 거둬들이지 않은 채로 멀거니 고개를 주억거렸다. 잠시 넋을 놓고 있던 그가 이내 정신을 차리곤 작심한 듯 주위를 향해 맹렬히 외쳤다.

"아라하군은 들어라! 제국군이 아라하를 돕고 있다! 믿기 힘들겠지만 이는 명백한 사실이다! 그들을 공격하지 마라! 율타와 아르아키만을 섬멸한다! 알았나!"

"존명!"

지엄한 군령이 파도처럼 외성 곳곳으로 퍼져 나갔다. 소류와 진의 명령 때문이 아니었더라도, 아라하의 병사들 역시 이미 제국군의 기이한 행동을 진작부터 눈치채고 있었다. 창칼을 직접 맞대고 있는 그들이 그것을 느끼지 못했을 리 없었다. 제국군이 자신들을 돕다니, 목에 칼이 들어온다 해도 믿을 수 없는 황당무계한 소리였지만, 생사를 넘나드는 절체절명의 순간에 눈으로 직접 목도하고 있는 그 광경을 믿지 않을 이유는 없었다.

"제국군이 우리 아라하를 돕고 있다! 율타와 아르아키를 섬멸하라!"

"와아아아!"

아라하 병사들의 사기가 하늘을 찌를 듯 솟아올랐다. 반면 율타와 아르아키의 병사들은 이미 흙빛으로 변해 버린 얼굴이 점점 하얗게 질려 가고 있었다.

전투는 오래가지 않았다. 율타와 아르아키는 제국군과 아라하군의 협공이 시작된 때로부터 반 시진을 채 넘기지 못하고 무력하게 투항했다. 기실 투항이라기보다는 전멸이라고 하는 편이 옳았다. 살아남은 병사들은 둘을 합쳐 1,000명이 채 되지 않았다. 율타의 수장 아타란과 아르아키의 족장은 사로잡힌 그 즉시 처형되었다.

이제 이 치열한 전장 한복판에 남은 것은, 파안제국과 아라하, 둘뿐이었다. 만일 제국의 창칼이 아라하를 향해 날아든다면, 아라하 역시 율타와 아르아키 처럼 전멸을 피할 수 없을 터였다. 제국과 아라하의 병력 차이는 비교 자체가 되지 않았다. 제국군의 십분지 일에도 못 미칠 병력으로 그들과 맞서 싸운다는 것은 계란으로 바위를 치는 것과 다름없는 일이었다.

그럼에도 만일 전투가 시작된다면, 생의 마지막 순간까지 강건히 맞서 싸워 야 하리라. 그리 끝까지 싸우며 지난했던 이 생을 마감해야 하리라……. 소류 가 비장한 각오를 되새기며 전방에 웅대하게 늘어선 제국군을 침잠하게 응시하 던 바로 그 순간이었다.

아라하군과 단 10보 정도의 거리를 둔 채 대치해 있던 제국군의 대열이 서 서히 물러나기 시작했다. 율타와 아르아키의 패잔병을 모두 포박하여 깔끔히 수습한 채 썰물이 빠져나가듯 빠르게 퇴각하는 제국군을 향해 소류와 진 그리 고 아라하 병사들의 혼란한 시선이 못 박힌 듯 고정되었다.

도무지 믿기 힘든 그 같은 광경에, 아라하군 모두가 아연실색한 시선을 거두 지 못한 채 제국군이 자신들에게서 멀어지는 것을 멍하니 지켜보고만 있을 뿐 이었다.

"병사들을 모두 철수시켰습니다. 아라하군은 내성 앞에서 대기 중입니다, 폐하."

외성 밖 진영에서 제국군의 퇴각을 묵묵히 지켜보고 있던 단휘에게 자함이 간단히 상황을 보고했다. 단휘가 말없이 고개를 끄덕여 보이자, 잠시 눈치를 살 피던 자함이 조심스레 물었다.

"이제…… 어찌하실 생각이십니까."

"고민 중이야."

"군대를 철수시키셨다는 것은, 곧 저들을 살려 두시겠다는 뜻이 아닙니까?"

"……글쎄."

단휘는 자함의 물음에 긍정도 부정도 하지 않고 모호하게 답하며 어깨를 으쓱해 보였다. 기실 다른 대단한 이유가 있어서가 아니었다. 자함에게 대답한 말 그대로였다. 그녀를 황궁으로 데려와 함께 지내는 내내, 그리고 낙안성의 탈환을 목전에 둔 지금까지도 그는 여전히 깊이 고민하고 있었다.

적국의 왕인 그를…… 죽여야 할지, 살려야 할지를…….

수백 년을 싸워 온 오랜 숙적 아라하를…… 섬멸시켜야 할지, 존속시켜야 할지를…….

그렇게 그녀를 끝내 제 곁에 붙잡아 두어야 할지…… 아니면 그에게로 보내 주어야 할지를…….

기실 그 같은 고민들에 대해서는 이미 오래전부터 확고하게 결심이 서 있었다. 그것을 부인할 수는 없었다. 다만, 미처 떨쳐 내지 못한 실낱같은 미련 한 자락 때문에…… 그 하잘것없는 마음 한 자락 때문에 이리 큰 번민 속에 빠져 허우적거리고 있다는 사실을 인정하고 싶지 않은 것뿐이었다.

단휘는 거칠게 마른세수를 하고는, 자함을 향해 건조하게 명했다.

"외성문 앞에 막사를 설치하게."

"예……? 막사를…… 말입니까?"

단휘의 의중을 조금도 파악하지 못한 자함이 심란한 얼굴로 되물었지만, 단휘는 조용히 고개만 끄덕여 보일 뿐 달리 이렇다 할 설명을 늘어놓지는 않았다. 다만, 뒤이어 들려오는 그의 다음 지시를 통해 자함은 그 까닭을 어렴풋이나마 짐작할 수 있었다.

"그리고…… 전령을 보내 나의 뜻을 전해. 내 친히 아라하의 왕을 막사로 초대한다고……."

황제의 얼굴에는 어느 때보다도 완고한 빛이 스며 있었다. 자함은 저런 얼굴을 한 제 주군과는 일말의 타협조차 할 수 없다는 것을 경험으로 알고 있었다. 자함은 그의 의중을 캐묻는 것을 순순히 포기하곤 황명을 받들어 속히 열다섯 필의 군마와 전령을 그 앞에 대령시켰다.

잠시 후, 황제의 전언을 품은 전령들이 군마에 올라타 무시무시한 속도로 외성 문을 향해 내달렸다. 천지를 뒤흔들 듯 요란하게 땅을 울리며 멀어져 가던 그들 모두가 성안으로 빨려들어 가듯 시야에서 완전히 사라지고 나자, 병사 하나가 달려와 막사가 완성되었음을 알려 왔다.

단휘는 전령의 무리가 사라진 자리에 뿌옇게 인 흙먼지를 흘낏 일별하고는, 새로이 지어진 막사를 향해 성큼성큼 걸음을 옮겼다.

그 사내를 마주하면 자신은 어떤 얼굴을 해야 할까…….

그녀가 진정을 내어 준 사내……. 세쌍둥이의 아비인 그를…… 대체 어떤 얼굴로, 어떤 마음으로 대해야 하는 걸까…….

여전히, 진심으로…… 그 사내를 죽이고 싶은 심정뿐인데…….

한 차례 사납게 불어닥친 거센 돌풍이 단휘의 풀어 헤친 머리칼을 어지러이 흩뜨려 놓았다. 잠시 우뚝 멈춰 선 채 시야를 방해하는 머리칼을 쓸어 넘긴 그가 이내 성마르게 걸음을 재촉했다.

제국군이 외성 밖으로 완전히 퇴각하고 난 후에야 아라하군은 혼돈 속에서나마 잠시 긴장을 풀며 한숨을 돌렸다. 그런 그들이 다시 긴장으로 몸을 굳히며 심란한 얼굴로 하나둘 전방을 응시하기 시작한 것은, 열댓 마리의 우람한 군마의 무리가 매서운 돌풍을 일으키며 내성을 향해 쏜살같이 질주해 들어오는 광경을 발견한 직후부터였다.

궁병들이 다급히 그들에게 활을 겨누자 소류가 한 손을 들어 올리며 서둘러 공격을 제지했다. 한눈에 보기에도 전투를 벌이러 오는 군사들이 아니었다. 짐작건대 황제가 보낸 전령인 듯싶었다.

내성의 단 몇 보 앞까지 쏜살같이 달려와 거대한 흙먼지를 일으키며 요란스레 멈춰 선 군마의 무리 가운데 흑마의 등 위에 앉은 사내가 말에서 훌쩍 뛰어내려 소류가 서 있는 쪽으로 성큼 다가왔다. 병사들이 호위하듯 소류의 곁을 둘러싸고 있었기에, 그가 아라하의 왕이라는 사실을 전령들은 아마 어렵지 않게 짐작할 수 있을 터였다. 사내가 소류를 향해 엄중한 목소리로 외쳤다.

"황제 폐하의 명을 전하러 왔소이다! 폐하께서는 아라하 왕과의 독대를 원하고 계시오! 외성 밖 막사에서 기다리고 계시니, 아라하의 왕은 부디 순순히 우리를 따라 주시오!"

"……"

다소 고압적인 태도로 황제의 전언을 전하는 사내를 소류는 차분한 시선으로 응시했다.

도대체 황제의 속셈이 뭘까. 짐작조차 할 수 없어 머릿속이 복잡했지만, 소류는 더 고민하는 것을 멈추고는 고개를 끄덕여 수락의 뜻을 비쳤다. 홀로 고민해 보아야 답이 나올 리 없었다. 황제와 마주한 후에는 설령 원치 않는다 해도 자연히 그 까닭을 알게 되리라.

소류는 전령이 건네준 말고삐를 순순히 받아 쥔 채 말 등 위에 훌쩍 올라탔다. 그가 곧장 말을 출발시키려 하자, 그때껏 묵묵히 지켜보고만 있던 진이 황망히 앞을 막아섰다. 진이 성난 얼굴로 황제의 전령들을 향해 검을 번쩍 치켜들며 버럭버럭 고함을 쳐 댔다.

"황제와 독대를 해? 적진 한복판에서 홀로 황제와 독대를 하라고? 지금 무슨 개수작들을 부리려는 거야! 웃기지 마라! 네놈들 중 단 한 놈도 여기서 못 나가! 단 한 놈도……!"

잔뜩 흥분한 채 악다구니를 써 대는 진을 착잡한 시선으로 응시하던 소류가 조용히 그를 타일렀다.

"진, 흥분을 가라앉혀라. 그 속내까지는 알 길이 없지만, 만일 황제가 나와 독대할 마음이 없었다면 이곳은 벌써 초토로 변했겠지. 단지 시간을 유보시킨 것뿐이라 해도 그와 만나야 할 이유는 충분해."

"하지만……"

진은 끝내 뒷말을 잇지 못한 채 고개를 떨구었다. 부정할 수 없는 말이었다. 황제가 기행을 벌이지 않았더라면, 지금쯤 아라하는 제국군에 의해 완전히 섬멸되었을 것이다. 만에 하나 자신이 지금 이 자리에서 황제의 전령들에게 어떠한 작은 위해라도 가하게 된다면, 이후 어떤 일들이 벌어지게 되는지는 삼척동자도 알 수 있을 것이다.

애당초 수락도 거절도, 그 어떤 선택권을 행사할 권리조차도 지금의 아라하에는 허용되지 않았다. 황제의 요구에 응하지 않을 방법 따위는 없었다. 터무니없이 불공정한 요구라 해도 묵묵히 받아들이는 것 외에는, 존멸의 기로에 놓인 아라하가 할 수 있는 일은 아무것도 없었다.

"그리고 나 역시 황제와의 독대를 원한다……. 그자와는…… 아직 풀지 못한 문제가 남아 있으니까……."

소류의 확고한 뜻을 읽은 진은 더는 그를 붙잡을 도리가 없다는 것을 깨닫고는 몸을 힘없이 뒤로 물리며 가로막았던 길을 터 주었다. 진이 물러서자 군마의 무리가 외성을 향해 폭풍처럼 달려 나가기 시작했다.

빠르게 멀어지는 무리를 침통히 좇던 아라하 병사들의 낯빛이 누구라 할 것 없이 참담하게 일그러졌다. 그들은 자신들의 왕이 황제의 전령들에게 둘러싸인 채 적진을 향해 몸을 던지듯 질주해 들어가고 있는, 그 비통하고 참담한 광경을 절망 가득한 눈길로 하염없이 바라보았다.

떠나는 왕의 뒷모습은 여전히 위풍당당하였지만, 흡사 불 속으로 뛰어드는 불나방과도 같이 위태롭기 그지없었다. 아니, 현재 놓여 있는 처지로 따지자면 불나방보다 나을 것이 없었다. 찰나 화르르 불타올라 한순간에 재가 되어 사라질 불나방의 운명은 차라리 축복일는지도 모른다. 적진으로 끌려간 왕이 아무런 고초도 겪지 않으리라고, 과연 그 누가 장담할 수 있단 말인가.

"……전하…… 크흑……!"

왕과 전령들이 외성을 완전히 빠져나가 더 이상 보이지 않게 되었을 무렵에야 병사들은 하나둘씩 비통한 울음을 토해 내기 시작했다. 군신의 입김이 훑고 간 참담한 전장 한복판에서, 병사들의 원통한 울음소리가 곡소리처럼 끝도 없이 울려 퍼지며 대지를 음산하게 뒤덮고 있었다.

곡소리가 잠시라도 들리지 않으면 당장 명줄을 끊어 놓으리라고 사신(死神)이 으름장을 놓기라도 한 것처럼, 그들은 목이 쉬어라 통곡하고 또 통곡했다. 그 불길하고 음산하기 짝이 없는 구슬픈 울음소리에 진이 결국 참지 못하고 버럭 역정을 터뜨렸다.

"다들 그 입 다물지 못해? 누가 죽으러 갔어? 누가 저길 죽으러 갔느냐고! 질질 짤 시간이 있으면 전하께서 무사히 돌아오시길 손이 발이 될 때까지 빌고 또 빌기나 하란 말이야! 저기 저 못돼 먹은 양반, 천신께 말이야! 내 말 알아들어?"

마치 하늘에 따지기라도 하듯 머리 위로 대차게 삿대질을 해 대던 진이, 분에 못 이겨 제 머리채를 쥐어뜯으며 고래고래 괴성을 내질러 댔다. 그는 한참을 광분해 길길이 날뛰더니 곧 기진맥진한 채 흙바닥에 벌러덩 드러누웠다. 후회 가득한 고통 어린 음성이 그의 메마른 입술을 타고 아릿하게 흘러나왔다.

"저승에서 혼꾸멍을 내 주겠다고 한 말은, 취소야……. 그러니까 꼭…… 살아서 돌아오란 말이야……."

일순 차갑게 곁을 스쳐 가는 바람 한가운데에서 겨울 내음이 희미하게 묻어나는 것을 느끼며, 진은 침통히 눈을 감았다.

그 혹한의 계절을, 언 땅 위로 휘몰아치는 그 사나운 눈보라 속을, 다시 한번 달려 볼 수 있을까…….

너와 내가…… 우리가 함께…… 다시…….

외성까지 단숨에 내달려 온 군마의 무리가 거센 바람을 일으키며 쏜살같이 외성 문을 통과해 성 밖으로 빠져나갔다. 소류의 앞뒤를 단단히 에워싼 채 절도 있게 이동하던 전령들이 어느 지점에 이르러 서서히 속력을 줄이기 시작했다. 마침내 목적지에 다다른 듯싶었다.

그들은 일제히 말을 멈춰 세우곤 곧장 말에서 내려 일사불란하게 움직였다. 잠시 후 흐트러짐 없이 도열해 선 그들이 막사 안에 있을 황제를 향해 깊이 국궁하며 극진한 예를 갖추어 올렸다. 그 모든 과정을 지켜보면서 묵묵히 기다리고 있던 소류에게, 곧 그들 중 하나가 다가와 말에서 내리라 지시하곤 따라오라는 듯 손짓해 보였다.

소류는 순순히 말에서 내렸다. 그가 서 있는 곳에서 단 열 보 떨어진 위치에 거대한 막사가 덩그러니 놓여 있었다. 소류의 싸늘한 시선이 불어오는 바람에 거세게 펄럭이는 막사 입구의 남청빛 휘장을 향해 날카롭게 날아가 박혔다.

저 휘장 너머에 그가 있다……. 파안의 황제가…….

오래전 어느 날 아량이라 착각했던 지독한 자만으로 구해 낸 그 사내가……
이제는 제 숨통을 틀어쥔 채 저 휘장 너머에서 오만하게 저를 비웃으면서…….

소류는 입매를 비틀며 쓰게 웃었다. 사내가 죽어 가던 그 순간, 숙적으로서
든 연적으로서든 그와 한번 제대로 맞부딪쳐 보고 싶다는 열망이 가슴을 뜨겁
게 데워서, 부디 그가 죽을힘을 다해 살아남기를 진심으로 바랐었다. 어리석은
자만이었고 과신이었음을 이리 치욕스러운 상황에 처해서야 절실히 깨닫는다.
그날 그를 살리고자 한 자신의 선택은, 그러한 자만과 독선이 빚어낸 일생 최
대의 과오일 뿐이었다.

"어서 들어가시오. 황제 폐하께서 막사 안에서 기다리고 계시오."

전령은 서두르라는 듯 막사를 눈짓해 보이곤 옆으로 비켜서서 길을 터 주었
다. 막사 가까이 다가가니 입구의 좌우를 지키고 서 있는 사내 둘이 보였다. 그
중 하나가 퍽 오래 소류의 시선을 잡아끌었다.

"……."

두 사람만 알아볼 수 있을 정도로 작게 고갯짓을 해 보인 백하가 이내 회피
하듯 시선을 떨구었다. 무탈한 그를 보니 뜻 모를 안도감이 스쳤으나 소류는
애써 그것을 몰아냈다. 이러한 관계로 재회하게 된 현실이 퍽 유감스러웠으나,
지금 소류의 의식을 지배하고 있는 것은 그러한 사실들뿐만이 아니었다.

백하가 황제에게 돌아갔을 것이라 짐작되던 그 시기에 제국은 가달 평원을
이 잡듯이 들쑤시고 다녔었다. 어쩌면 그녀가 또다시 사라져 버린 이유도 제국
의 그 같은 행보와 결코 무관하지 않을지도 모른다.

만일 저의 그러한 짐작이 맞는다면, 지금 그녀는 황제의 보호 아래 안온히
지내고 있을 가능성이 컸다. 설령 그녀가 다시 그의 여인이 되었다 해도, 기실
자신은 분노조차 일지 않을 것만 같았다. 그녀가 무탈하기만 하다면…… 그의
곁일지라도 제발 그녀가 무사하기만 하다면…….

막사의 입구에 우뚝 멈춰 서 있던 소류는 표정을 갈무리하며 휘장을 휙 거칠

게 걸어 냈다.

"……."

흔들리는 작은 등불 하나만이 컴컴한 어둠을 겨우 밝혀 주고 있는 어슴푸레한 내부가 일순 눈에 들어왔다. 시야를 온통 뒤덮어 오는 어둠 속에서 소류는 황제의 모습을 빠르게 찾았다.

오래 걸리지는 않았다. 사내는 막사 한가운데 놓인 기다란 탁자의 상석에 적요하게 앉아 있었다.

그의 시선이 자신을 향해 있는 것인지, 그저 허공을 바라보고 있는 것인지까지는 분간이 되지 않았다. 짙은 어둠 속에서 등불이 지직거리며 타들어 가는 소리가 들렸다. 상대방의 숨소리까지 고스란히 느낄 수 있을 정도로 숨 막히는 정적이 막사 안을 가득 채우고 있었다.

까만 장막을 뒤집어쓴 듯 컴컴했던 시야가 서서히 어둠에 익숙해져 갔다. 그러자 맞은편에 앉아 있는 사내의 모습이 더욱 또렷하게 눈에 들어왔다.

생각했던 것 이상으로 멀쩡한 외양에 적잖이 놀란 소류는 우두커니 서서 사내를 응시했다. 놀란 기색을 굳이 숨길 생각조차 하지 않은 채 한참을 관찰하듯 그를 훑어본 소류가 이내 의외라는 듯 건조하게 내뱉었다.

"……놀랍군. 사실 살아날 거란 기대는 조금도 하지 않았는데 말이야. 솔직히, 열에 아홉은 네놈이 죽을 거라 장담했었다."

소류의 말에 단휘가 픽 웃으며 가볍게 대꾸했다.

"골백번 죽었다 골백번 살아났지……. 네놈 덕분에."

"……."

소류는 마치 벗이라도 대하듯 나긋한 태도의 그를 삐뚜름히 쳐다보다가, 거침없이 탁자로 다가가 의자를 빼내 앉았다.

"하여, 이리 날 초대한 용건은?"

"그저…… 술 한잔과 담소."

"……."

황당무계한 대답에 입술을 깨문 채 단휘를 노려보는 소류의 얼굴이 미세하게 경련했다. 소류는 잇새로 내뱉듯 싸늘히 중얼거렸다.

"그래, 네놈에게는 지금이 그저 유희를 즐기는 즐거운 한때에 지나지 않겠지……."

소류가 힐난하듯 이죽거리자 단휘가 슬며시 미간을 모은 채 항변하듯 입을 열었다.

"오해를 산 모양이군. 좋은 상황으로 마주한 것은 아니지만, 네놈과 나…… 술 한 잔쯤 나누어도 충분한 사이라고 생각하는데……. 내 생각이 틀렸던 건가? 내 생명의 은인인 네놈에게, 살아생전 술 한 잔조차 대접하지 못한다면 일생토록 마음이 편치 않을 것 같아서 말이야."

"……제국의 황제가 그리도 인정이 넘치는 자인 줄 몰랐군."

"이제라도 알았으면 될 일이지."

단휘는 천연스레 대꾸하고는, 막사 밖을 향해 즉시 술 두 병을 들여오라 큰 소리로 명했다. 잠시 후, 병사가 술병과 술잔을 들고 들어와 단휘와 소류의 앞에 각각 하나씩 올려놓고는 깍듯이 물러갔다.

소류는 제 앞에 놓인 술병을 낚아채듯 집어 들어 술잔에 술을 가득 부었다. 도무지 황제의 속내를 알 수 없었지만, 어차피 자신에게는 그 어떤 선택권도 없었다. 아라하의 존속을 위해서라면 자신은 황제 앞에 기꺼이 무릎 꿇고 그 다리 사이를 기어서라도 그에게 선처를 구걸해야 하는 입장이었다. 영문을 모른다 한들, 그깟 술 한 잔쯤이 무어 대수랴.

술이 넘칠 듯 가득 부어진 잔을 들어 한 모금을 삼키니 독한 술이 알싸하게 목 안을 훑으며 넘어갔다. 이어 남은 술을 마저 입 안에 털어 넣은 소류가 빈 잔을 탁자 위에 탁 소리 나게 내려놓자, 단휘 역시 단숨에 술잔을 비우고는 잔을 내려놓았다. 잠시 둘 사이에 숨 막힐 듯한 싸늘한 정적이 흘렀다.

퍽 독한 술이 온몸의 혈관을 타고 흐르는 것이 느껴졌다. 단 한 잔으로 취할 정도의 독주는 아니었지만, 잔뜩 날이 선 신경을 조금이나마 누그러뜨려 준 것만은 사실이었다. 단휘는 맞은편에 앉은 소류를 노골적인 시선으로 천천히 훑어보았다.

아마도 그녀를 수없이 품고 안았을 사내의 그 기골이 장대한 체격과, 세쌍둥이와 빌어먹게도 닮은 반듯하고 시원시원한 이목구비까지, 구석구석 관찰하듯 뜯어본 후에야 단휘는 사내에게서 시선을 거두고는 나직이 입을 열었다.

"……용건부터 말하지."

그러나 그는 선뜻 말을 잇지 못하고 깊은 생각에 잠긴 채 한참이나 침묵했다. 치열하게 고민하던 무언가를 내려놓으려 안간힘을 쓰듯, 번민으로 짙게 물든 얼굴이 잔뜩 경직되어 미약한 경련을 일으키고 있었다.

한참이 지나서야 그가 침묵을 깨며 적요하게 입을 열었다.

"제국군의 무혈입성을 원한다."

"……!"

소류는 술잔을 들어 올리던 손을 허공에 멈춘 채, 혼돈을 감추지 못한 얼굴로 단휘를 응시했다. 전혀 예상치 못한 의외의 요구에 전율이 일듯 몸이 떨려 왔다.

무혈입성……. 피 흘리지 않고 성을 탈환하겠다는 그 말은, 무력을 행사하기 전에 순순히 성을 내놓으라는 협박성의 강경한 권고이기도 했지만, 그것만이 전부가 아니었다.

만일 제국군이 무력을 행사하려 든다면 어차피 피 흘리게 될 쪽은 제국군이 아니라 아라하였다. 그것은 너무도 자명한 사실이었다. 아라하는 지금 제국군에 대항해 버틸 여력이 조금도 남아 있지 않았다. 버티기는커녕 그들에 의해 완전히 섬멸될 위기를 눈앞에 두고 있었다. 그것을 누구보다도 잘 알고 있을 황제가, 새삼 제게 무혈입성을 요구해 왔다. 소류는 황제의 속내를 선뜻 짐작조차 할 수 없었다.

"퇴로를 내어 주지. 목숨 빚은 갚아야 할 테니까."

"……."

"북부로 돌아가라. 단 한 놈도 빠짐없이, 성에서 완전히 퇴각해. 앞으로 하루의 시간을 주겠다."

생각지도 못한 발언에 복잡한 얼굴로 단휘의 말을 한참이나 곱씹던 소류가 입을 열었다.

"아라하를…… 공격하지 않겠다는 뜻인가."

단휘는 말없이 고개를 끄덕였다. 그럼에도 조각상처럼 굳어진 사내의 얼굴에 짙게 드리운 의구심은 풀어질 기미가 보이지 않았다. 저를 향해 날카롭게 날아와 박히는 사내의 시선을 피하지 않은 채, 단휘는 그저 가볍게 어깨를 으쓱해 보였다.

그래, 충분히 믿기 힘들 테지. 결정을 내리고 통보한 자신조차도 지금 이 순간을 도저히 현실이라 받아들이고 싶지가 않으니까. 자조 섞인 한숨이 단휘의 입에서 낮게 흘러나왔다. 사내가 이해할 수 없다는 듯 중얼거렸다.

"……어째서지? 무슨 꿍꿍이속으로 그리하는 것인지 도무지 모르겠군."

"말했잖나. 목숨 빚을 갚으려 함이라고."

적국의 왕에게 진 목숨 빚 따위에 마음 쓸 양심이라는 것이 제국의 오만한 주인인 자신에게 있을 리 없었다. 그렇기에 그것은 그저 둘러대는 핑계였고 변명일 뿐이었다. 그녀가 돌아가야 할 곳이 바로 네놈의 곁이기 때문이라고, 그리 악을 쓰며 달려들어 사내의 목을 조르고 싶은 충동을 간신히 억누르며, 단휘는 가면을 쓰듯 무심한 얼굴로 같은 대답을 반복했다.

하릴없이 군자처럼 굴고 있는 제 자신이 문득 측은하리만치 억울해져서, 할 수만 있다면 지금 여기서 할 수 있는 모든 방법을 다 짜내어 눈앞의 이 사내를 괴롭혀 주고 싶어졌다.

단휘는 가만히 시선을 내리깐 채 한참을 골몰히 생각하다가 무심한 투로 내뱉었다.

"그녀가 사라졌다 들었다……. 아직 그녀를 찾지 못했나."

아마도 사내를 뒤흔들어 놓을 수 있는 것은 그녀만이 유일할 테니까……. 단휘는 제 말에 사내가 황급히 시선을 들어 저를 바라보는 것을 똑똑히 느낄 수 있었다. 가만히 고개를 들어 바라본 사내의 눈동자는 지독한 불안감과 혼란함을 가득 안은 채 위태롭게 흔들리고 있었다. 사내는 창백하게 얼어붙은 얼굴로 제게 묻고 있었다. 어째서 그것을 내게 묻느냐고. 그녀의 행방을 알고 있는 것은 네가 아니냐고…….

　제국군이 그리 요란을 떨며 가달 평원을 샅샅이 뒤지고 다녔으니, 제국의 황제인 자신이 먼저 그녀를 찾아냈을 가능성에 대해 사내가 조금도 고민하지 않았을 리 없었다. 만일 그것을 조금도 염두에 두지 않았다면 사내는 아마 천치 중의 천치이리라.

　도리어 저를 다그치고 힐난하는 듯한 사나운 표정을 보니, 사내는 영 천치는 아닌 모양이었다. 단휘는 턱을 괸 채 입꼬리를 올리며 나른히 내뱉었다.

　"아마 쉬이 찾긴 어려울 거야. 네놈 손이 닿지도 못할 곳에 꼭꼭 숨어 있을 테니까."

　"……역시…… 네놈이었나."

　마치 뻐기기라도 하듯 단휘가 의기양양하게 뱉어 낸 말에 소류의 얼굴에 찰나 분노인지 안도인지 모를 감정이 희미하게 스쳤다. 깊이 한숨을 내쉰 소류가 흘러내린 머리칼을 거친 손길로 쓸어 올리며 초조하게 중얼거렸다.

　"코앞에서 아슬아슬하게 그녀를 놓쳐 버렸지……. 네놈 덕분에, 매일 매 순간이 지옥이었다."

　소류는 쓰게 웃으며 말했다. 황제가 그녀를 데려갔다는 사실이 확실해지고 나니 도리어 안심이 되는 기묘한 경험을 하며 쓴웃음을 짓고 있는데, 어떤 한 가지 사실이 그의 뇌리에 번쩍 스쳤다. 소류는 긴장한 채 겨우 목소리를 쥐어짜 냈다.

　"아이는…… 아이는 무사한가……."

　카다르 부족의 족장비는 그녀에게 아이가 없노라 전해 주었지만, 소류는 혹시나 하는 실낱같은 희망을 차마 놓아 버릴 수가 없었다. 발작하듯 떨려 오는 심장을 겨우 억누르며 소류는 절박하게 황제를 응시했다.

　단휘는 소류의 물음에 대답하지 않은 채 깨어질 듯 위태로운 그의 얼굴을 빤히 바라보았다. 나라를 잃을 위기에 처한 사람이라고는 도무지 보이지 않을 만큼 당당하기 그지없던 사내의 얼굴이, 거짓말처럼 산산이 깨어져 무수한 균열을 일으키고 있었다.

지독한 초조감이 드리운, 한순간 흙빛으로 변해 버린 사내의 참담한 얼굴을 보자 단휘는 어쩐지 속에서 불길이 치솟아 올라 미칠 것만 같은 심정에 휩싸였다. 저 사내에게는 치욕임이 분명할 무혈입성을 목전에 두고 있음에도 불구하고, 승리감 따위는 조금도 들지 않았다. 승리감은커녕 오히려 짙은 패배감이 시시각각 저를 덮치며 괴롭히고 있을 뿐이었다.

그녀로 인해 도리 없이 폐부 가득 밀려오는 이 자괴감과 자격지심을 도저히 몰아낼 수가 없다. 주체할 수 없는 분노가 맹렬히 치밀어 올랐다. 그러나 그 분노의 대상이 눈앞의 사내가 아님을 단휘는 잘 알고 있었다.

진정 괴로운 이유는, 사내가 아니라 자신 때문이다.

결국은 이렇게, 그녀를 그에게 떠나보낼 수밖에 없게 만들어 버린 못난 자신 때문에, 나약하고 비겁했던 저 때문에…….

단휘는 폭발할 듯한 울분을 삼키며, 무슨 소리를 하냐는 듯 태연히 시치미를 뗐다.

"아이라니?"

그러자 일말의 기대를 품기라도 했던 모양인지 사내의 창백하던 낯이 금세 낙심으로 흐려지는 것이 확연히 보였다. 고통이 내려앉은 두 눈동자가 공허하게 일렁이고 있었다.

"그녀에게…… 아이가 있지 않던가."

소류가 힘겹게 질문을 뱉어 내자 단휘는 느릿느릿 고개를 저었다.

"……유감스럽게도."

그래, 매우 유감스럽게도…… 흩날리는 꽃잎에도 자지러지게 웃어 대고, 틈만 나면 이 두 다리에 찰거머리처럼 매달려 대는 성가신 녀석들이 셋씩이나 있지…….

한 손을 들어 마른세수를 하듯 얼굴을 쓸어내리던 단휘는, 손바닥으로 입을 가리며 발작적으로 비집고 새어 나오는 뒤틀린 미소를 감추었다.

고작 이것으로 어찌 속이 후련하다 할 수 있을까. 저 사내가 제게 준 고통이 얼마인데, 겨우 이 정도로……. 여전히 분한 것이 사실이었기에, 그 이상 갚아

줄 방법을 알지 못하는 게 심히 유감스러울 뿐이었다.

단휘는 술이 넘칠 듯 가득 따라진 술잔을 한 잔 더 비워 내곤 자리에서 일어섰다. 겨우 표정을 갈무리한 사내가 저를 무연히 올려다봤다. 단휘는 건조하게 내뱉었다.

"담소는 이쯤 해 두지."

"……."

"내일 오시(午時: 오전 11시~오후 1시)까지 시간을 주마. 성에서 완전히 퇴각해라. 오시 이후, 성에 남은 아라하군이 있다면 남김없이 즉결 처형할 것이다."

으름장을 놓듯 선언하자 사내가 굳게 입을 다문 채 잠시 눈을 감았다 떴다. 휘몰아치는 감정을 추스르듯 한참을 미동 없이 앉아 있던 사내가 이윽고 의자에서 몸을 일으켰다. 그가 막사의 입구로 뚜벅뚜벅 걸어가는 것을 보며, 단휘는 가만히 소매 안을 더듬었다.

막사의 입구까지 걸어간 소류가 남청빛 휘장을 걷으려 손을 뻗던 순간이었다. 큰 보폭으로 한순간에 소류를 따라잡은 단휘가 벼락처럼 멱살을 낚아채며 그를 거칠게 돌려세웠다.

"……!"

칼자루를 단단히 움켜쥔 채 사정없이 검을 내리꽂은 손안으로 둔탁한 파동이 일었다.

소류가 단휘를 밀어 내며 가슴께를 움켜쥐었다. 날카로운 칼날이 박힌 왼쪽 가슴 주위로 번지는 극렬한 통증에 일순 전신이 부르르 떨렸다. 시선을 들어 노려보자, 황제가 입매를 비틀어 웃으며 제 가슴께를 거칠게 풀어 헤쳐 보였다.

"하마터면 잊을 뻔했지 뭔가. 네놈에게 갚을 빚이 하나 더 남아 있었다는 것을 말이야."

소류는 눈썹을 꿈틀거렸다. 황제의 벌어진 옷깃 사이로 일그러진 상흔이 또렷이 보였다. 오래전 자신이 직접 그의 몸에 새긴 붉은 화상 자국이 두 사람 모두를 비웃기라도 하듯 지독히도 선명하게 남아 있었다.

"이래야 공평하지. 아니 그런가?"

동의를 구하며 자조하듯 웃는 황제를 보며, 소류는 끝내 따라 웃듯 쓴웃음을 지었다.

악행이든 선행이든, 행한 바가 있다면 어떤 형태로든 반드시 되돌아온다……. 증명할 길 없는 섭리였다.

생살을 파고드는 고통에 미간을 일그러뜨린 채 단숨에 단도를 뽑아낸 소류는 그것을 황제의 발치로 툭 던지고는 다시금 휘장을 향해 손을 뻗었다. 그러다 잠시 우뚝 멈춰 선 채, 마지막으로 그에게 확답을 받아 내듯 물었다.

"하면 이제…… 네놈과 나 사이에, 더는 아무런 빚도 남지 않은 건가."

황제가 슬며시 웃었다.

"왜, 혹 아쉬운가?"

"딱히."

무성의한 소류의 대답에 단휘가 다시금 픽 웃음을 터뜨리더니 어깨를 으쓱해 보였다.

"글쎄……. 이만하면 그럭저럭 깨끗이 청산된 관계라고 생각하는데, 난."

"지금 그 말, 번복하는 일은 없었으면 좋겠군. 적어도 내일 오시까지는 말이야."

"……물론, 그럴 일은 없어."

"……."

선뜻 답하는 황제를 말없이 일별하고는, 소류는 더는 미련 없이 입구의 휘장을 획 걷어 냈다.

밖으로 나서자 오후의 태양이 머리 위에서 쏟아져 내렸다. 강렬한 태양 빛에 잠시 얼굴을 찡그리는 사이, 제 곁으로 다가온 누군가가 그에게 말고삐를 건넸다. 가만히 손을 뻗는데, 들릴 듯 말 듯한 목소리가 빠르게 귓전을 스쳤다.

"괜찮으십니까……."

익숙한 목소리에 일순 아득한 옛 기억이 뇌리를 스쳤다. 이곳 낙안의 운서촌에 머물던 때의 그녀를 떠올리다 보면, 그녀의 곁을 지키던 백하와 유와 그 둘의 모습이 어김없이 스쳐 가고는 했었다.

소류는 백하를 향해 그저 묵묵히 고개를 끄덕여 보였다. 처음부터 줄곧 명백한 황제의 사람이었던 백하의 짧은 염려의 한마디가 신호라도 된 듯, 잔뜩 날이 서 있던 긴장감이 둑처럼 무너져 내리고 그 빈 자리에 혼돈이 가득 들어찼다.

일순 만감이 교차하고 복잡미묘한 심정이 폐부 가득히 차올랐다. 저 막사 안에서 도대체 무슨 일이 벌어졌던 건가……. 가슴에 입은 상처의 통증 따위는 느껴지지조차 않았다. 감당하기 벅찬 지금 이 현실이 엄청난 무게로 그를 순식간에 덮쳐 왔다.

아라하의 옛 성지인 차라, 이제는 제국의 영토가 된 지 오래인 낙안과 해주를 너무도 손쉽게 손에 넣고…… 또 손쉽게 단념하고…… 나라의 존속마저 위태로워진 채로 벼랑 끝까지 내몰려 쫓기듯 물러나게 된 지금……. 그 모든 게 그저 아득하고도 허무한 꿈처럼 느껴졌다. 쉼 없이 달려온 지난 이태 동안의 시간이 한순간에 허공 속으로 사라져 버린 것처럼 지독한 허탈감이 밀려들었다.

소류는 상실감에 잠식당하지 않으려 이를 악문 채, 훌쩍 말 위에 올라타 말고삐를 세차게 휘둘렀다.

"이랴!"

그의 우렁찬 기합에 놀란 군마가 앞발을 치켜들더니 이내 무시무시한 속도로 달려 나갔다. 그가 지나간 자리에 짙은 흙먼지가 희뿌옇게 피어올랐다.

소류가 탄 말이 외성 문 안으로 완전히 사라지자, 백하는 상황을 보고하기 위해 막사로 걸음을 옮겼다. 안으로 들어서자 홀로 묵묵히 술잔을 비우고 있는 황제가 보였다. 그는 손에 묻은 붉은 피를 닦아 내지도 않은 채였다.

"폐하. 그가 내성으로 돌아갔습니다."

단휘는 조용히 고개를 끄덕였다.

"명일 오시까지 아라하 전군이 퇴각할 거다. 그 후엔 백하 자네가 잠시 성을 돌봐 줬으면 해. 오래는 아니고, 새로운 성주를 임명할 때까지만."

"존명! 심려하시는 일 없도록 철저히 살피겠습니다."

"그리고……."

무언가를 말하려다 멈춘 단휘가 턱을 받치던 손으로 제 한쪽 얼굴을 마른세수하듯 한참 동안 쓸었다. 그러고는 이윽고 시선을 들어 입을 열었다.

"내 자네에게 물을 것이 하나 있는데……."

"하문하십시오."

백하는 단휘의 갑작스러운 말에 잠시 의아한 표정을 떠올렸지만, 이내 표정을 갈무리하고는 그의 다음 말을 기다렸다. 그리 머뭇거리고도 한참을 더 골몰한 표정을 짓고 난 후에야 단휘가 입을 열었다.

"어느 날 갑자기 하늘에서 다 큰 누이가 하나 뚝 하고 떨어진다면 기분이 어떨 것 같나."

"예……?"

뚱딴지같은 소리에 일순 할 말을 잃은 백하가 얼빠진 얼굴로 입을 벌린 채 황제를 쳐다보았다. 황제의 말은 의아한 것을 넘어 황당무계하기까지 해서, 그 어떤 대답도 일절 떠올릴 수가 없었다.

"……역시, 그렇군. 물론 몹시 황당할 테지."

당혹해 하는 백하를 보며 황제가 알 만하다는 듯 나직이 웃었다. 그러나 그는 더욱 알 수 없는 말을 중얼거리며 백하를 더욱더 혼란스럽게 만들 뿐이었다.

"마침 나이도 비슷하니, 쌍둥이도 나쁘지 않겠어……."

"예……? 송구하오나 폐하…… 무슨 말씀이신지 소신은 도무지 이해가……."

"내 아무래도 자네에게 큰 신세를 지게 될 듯하니, 미리 인사라도 해 둬야겠군……. 아무쪼록 잘 부탁하네."

"……."

제게 뚱딴지같은 당부를 건네는 황제의 음성에는 어쩐지 쓸쓸함이 짙게 배어 있었다. 백하는 더는 묻지 않고 깊이 부복했다. 기실 굳이 까닭을 캐물을 필요는 없었다. 이유를 불문하고, 자신은 그의 모든 명을 받들 테니까…….

"신 사혼단주 담리백하. 폐하의 명이시라면 그 무엇이든 따르겠습니다. 언제든 하명을 내려 주십시오."

"……고맙네."

단휘는 진심으로 웃어 보이고는 다시금 술잔을 들었다. 조용히 막사를 나서는 백하의 뒷모습을 멍하니 응시하며 술을 한 모금 더 입 안에 털어 넣으려는데, 불현듯 얼마 전 운향정에서 그녀가 저를 타박하던 일이 떠올랐다. 예전 같지 않은 그의 몸을 염려하며 그녀는 잔뜩 성을 냈었다. 어찌 또다시 방탕해지려 하는 것이냐고…….

그 카랑카랑한 목소리가, 저를 위한 그녀의 염려 가득한 잔소리가 이 순간 사무치게 그리웠다. 더는 자신의 것이 될 수 없을 그녀의 그 마음이…… 그 애틋했던 진정이…… 뼈에 사무치고 또 사무쳤다.

단휘는 순순히 술잔을 내려놓으며 뼈아프게 중얼거렸다.

"하여도…… 하는 수 없지……."

사랑인 줄 차마 몰랐던, 내 힘겨웠던 사랑…….

그대를…… 이제는 온전히 보내 주어야겠지…….

이번에는 틀림없을, 그대의 사람에게로…….

"내 사랑은 끝났으니까……."

지친 듯 처연히 눈을 감은 그가 갈라진 목소리로 서글피 속삭였다.

"……이제 내가 지킬 수 있는 건…… 그대의 사랑뿐이지……. 응……? 아리……."

일그러진 그의 얼굴 위에 고통 어린 미소가 스쳤다. 오래도록 고민했지만, 이제는 후회 없이 후련하게 마음의 결단을 내릴 수 있을 것 같았다.

뼈아픈 상실의 시간이 그를 송두리째 집어삼키듯 거세게 덮쳐 왔다.

흔들리는 남청빛 휘장 사이로 보이는 오후의 태양이 서서히 기울어 가고 있었다.

날이 저물기 시작할 무렵 아라하군의 대대적인 퇴각이 시작되었다.

내성으로 돌아간 소류는 진을 포함한 군장들에게 황제의 무혈입성 요구를 알렸고, 모두가 그것을 이견 없이 받아들였다. 끝을 각오한 그들이었으니 황제의 그 같은 치욕적인 요구에도 두말없이 손을 들었다.

부상자를 수습하고 식량과 말을 최대한 확보한 아라하군이 퇴각에 나선 시각은 하늘이 온통 핏빛으로 물든 유시(酉時: 오후 5시~7시) 무렵이었다. 엄숙하고 침울한 분위기 속에서 아라하군의 행렬이 마을과 외곽을 차례로 지나쳐 외성문을 빠르게 빠져나갔다. 행렬이 완전히 성 밖으로 빠져나가기까지 한 시진 남짓의 시간이 소요됐다.

제국군은 외성 앞에 포진한 채 철통같이 경계를 하며 그들의 퇴각을 지켜보았다. 아라하군이 모두 퇴각하여 제국군의 시야에서 완전히 사라졌을 때쯤에는 석양이 완전히 저물어 칠흑 같은 어둠이 천지를 집어삼키듯 짙게 내려앉아 있었다.

제국군은 수천 개의 횃불을 밝혀 사위를 뒤덮은 어둠을 몰아내며, 마침내 낙안성에 무혈입성했다. 병사들은 기쁨의 함성을 내질렀고, 단휘는 고생한 그들에게 술과 고기를 넉넉히 돌리며 금일 하루는 마음껏 쉬도록 지시했다. 명일이되면 또다시 도성까지 먼 길을 이동해야 하니 모두가 단단히 배를 치우고 푹쉬어 두어야 할 터였다.

단휘 역시 누구보다도 휴식이 절실히 필요한 상태였다. 긴 행군으로 피로가누적된 몸도 그렇거니와, 날뛰는 온갖 감정들로 인해 쌓인 정신적인 피로도 상당했다. 그는 성내를 큰 보폭으로 서둘러 걸으며 내성의 전각들을 눈으로 빠르게 훑었다. 조금도 바뀌거나 훼손되지 않은, 예전 그대로의 고즈넉한 전각들이눈에 들어왔다. 그중 유표히 눈에 띄는 한 전각 안으로 그가 성큼 들어섰다. 낙안성에 올 때마다 늘 머물곤 하던 곳이었다.

익숙한 침실에서 간단히 요기를 마치고 모처럼 개운하게 몸을 씻은 그는, 자꾸만 고개를 쳐드는 잡념들을 애써 누른 채 일찌감치 잠을 청했다. 불면에 시달리며 한참을 뒤척거린 후에야 겨우 잠에 빠져들 수 있었다.

　다음 날.

　밤새 충분히 휴식을 취한 병사들은 동이 트기도 전인 이른 새벽녘부터 내성의 연병장에 군집했다.

　도성으로의 행군을 앞둔 그들은 어느 때보다도 사기충천해 있었다. 마침내 행군을 개시하라는 황명이 떨어지자, 모두가 일제히 함성을 내지르며 파도치듯 웅장하게 이동하기 시작했다.

　끝나지 않을 것 같은 장대한 행렬이 물결처럼 성문을 빠져나가 서서히 낙안령을 벗어났다. 성문 앞에 선 채 저만치 멀어진 행렬의 후미를 하염없이 응시하던 백하가 보이지 않는 황제를 향해 깊이 국궁했다. 그의 뒤로 도열한 기백의 군사가 그런 백하를 따라 깊이 국궁하며 극진한 예를 갖추었다.

　백하가 단휘의 명을 받들어 기백의 군사와 낙안에 남아 성을 수습하는 데 힘쓰는 동안, 단휘는 자함과 함께 남은 군사들을 이끌고 도성으로의 귀환에 박차를 가했다.

　지친 병사들을 독려해 가며 휴식을 최대한 줄여 귀환을 서두른 결과, 그는 당초 예상한 날보다 이틀을 앞당겨 도성에 당도할 수 있었다.

　　　．

42

붉은 계절의 끝자락에서

갑작스러운 황제의 귀환으로 황궁은 떠들썩해졌다. 소식을 듣고 한달음에 입궁한 대소신료들과 황제를 맞이할 준비로 정신없이 오가는 궁인들로 궁 안은 온통 야단법석이었다.

그리고 그 소란스러움은 아리가 머물고 있는 운서당 또한 예외는 아니었다.

"마마! 황후 마마! 황제 폐하께서 돌아오고 계신다 하옵니다! 방금 전 외성의 보초에게서 연락이 왔다 하옵니다!"

숨이 넘어갈 듯 경망하게 달려와 다급히 고하는 장 상궁으로 인해 아리는 하마터면 들고 있는 수틀을 제 무릎을 베고 잠든 운의 머리 위로 떨어뜨릴 뻔했다.

"폐하께서 벌써……? 하지만 분명 이틀은 더 걸린다고……."

"예, 마마. 예정대로라면 분명 이틀은 더 걸렸을 것이온데, 폐하께오서 무슨 조화라도 부리신 것인지 이틀이나 일찍 당도하셨다 하옵니다. 허 내관도 몹시 놀란 눈치였사옵니다. 궁인들이 폐하를 맞을 준비에 아주 난리들이 났사옵니다."

"그래……."

아리는 멍하니 대꾸하며 저도 모르게 수틀을 움켜쥐었다.

그가 황궁으로 돌아왔다…….

심장이 주체할 수 없을 만큼 쿵쾅거리며 뛰었다. 아리는 불규칙적으로 내쉬어지는 숨을 애써 고르며 겨우 입을 뗐다.

"……존재는…… 무탈하시다던가."

"예, 마마. 선두에서 직접 말을 달리시어 성문을 통과하셨다고 하니, 그보다 어찌 더 무탈하실 수 있겠사옵니까. 무척이나 강녕하신 줄로 아옵니다. 하오니 염려 마시옵소서, 마마."

장 상궁의 든직한 말에 아리는 안도하며 고개를 끄덕였다.

그가 아라하군을 낙안성에서 스스로 퇴각하게 하고 무혈입성했다는 소식을 간밤에야 전해 들었다. 잠자리 시중을 조건으로 내건 그의 약속이 미덥지 않았던 것은 아니었지만, 제국의 황제인 그가 어찌 아라하를 도울 수 있겠느냐고, 기실 그 소식을 전해 듣기 전인 어제저녁까지만 해도 그리 더없이 회의적인 생각을 품고 있었더랬다.

그는 약조한 대로 분명 아라하를 도왔다. 제국의 황제로서 그가 할 수 있는 가장 타당한 방식으로……. 끝내 의심을 내려놓지 못한 제 자신에게 환멸이 느껴지는 만큼, 그에 대한 미안함과 죄책감이 눈덩이처럼 커져 그녀의 마음을 엉망으로 헤집어 대고 있었다.

아리는 수틀을 내려놓고 제 무릎을 베고 누운 운을 안아 보료 위에 눕히고는 자리에서 벌떡 일어섰다. 그러나 기세 좋게 일어선 것과는 달리, 그녀는 도로 앉지도 방을 나서지도 못한 채 한참이나 안절부절못하며 자리만 지키고 서 있을 뿐이었다.

그런 그녀를 안쓰럽게 바라보던 장 상궁이 문으로 다가가 닫혀 있던 문을 활짝 열고는 조심스레 권했다.

"마마, 이제 곧 폐하께서 환궁하실 것이옵니다. 응당 마중을 나가셔야 하지 않겠사옵니까."

"······그리······하는 것이 좋을까······."

"물론이옵니다, 마마. 무얼 망설이시옵니까. 폐하께서 몹시 기뻐하실 것이옵니다."

"······."

당연하다는 듯 대답하며 부드럽게 웃어 보이는 장 상궁의 얼굴을 물끄러미 바라보던 아리는 돌연 어두워진 얼굴로 고개를 크게 내저었다.

"······아니야······. 내가 무슨 낯으로······."

"마마······."

저로 인해 적국 아라하의 섬멸이라는 제국의 숙원을 끝내 포기하게 된 그가, 저의 마중을 달가워할 리 없었다. 자신을 원망이나 하지 않으면 다행일 터였다.

낙담한 얼굴로 힘없이 도로 자리에 주저앉은 아리를 차마 만류하지도 위로하지도 못한 채 한참이나 안타까운 얼굴로 바라보기만 하던 장 상궁은 이내 돌아서 깊이 한숨을 지었다.

그 시각, 황궁 밖은 황제의 귀환을 환영하기 위해 거리로 쏟아져 나온 사람들로 인산인해를 이루고 있었다.

거리 곳곳에서 터져 나오는 열렬한 환호성에 도성이 떠나갈 듯 쩌렁쩌렁 울려 댔다.

"황제 폐하! 만세! 만세! 만만세!"

"폐하! 승전을 감축드리옵니다! 만세! 만세! 만만세!"

낙안성을 탈환하고 돌아온 황제를 백성들은 소리 높여 칭송하고 또 칭송했다. 반편이가 되었다는 소문이 무성하던 황제는, 비록 척안이 되었으나 여전히 강건하고 위용이 넘치는 모습으로 군마에 올라탄 채 내성으로 향하고 있었다. 거리로 몰려나온 백성들 모두가 그런 황제의 모습을 감격에 찬 얼굴로 바라보며 진심으로 기뻐했다.

마침내 황제가 황궁 앞에 당도하자, 굳게 닫혀 있던 육중한 궁문(宮門)이 주인을 향해 활짝 열렸다.

단휘는 그 거대한 문을 잠시 멍하니 응시했다. 이제 이 문 안으로 들어가고 나면, 내내 사무치게 그리워하던 그녀를 만날 수 있으리라……. 비록 그녀를 떠나보내기로 모질게 마음먹었지만, 아직 남아 있는 그녀와의 시간을 누릴 권리 정도는 그에게도 있을 터였다.

단휘는 고삐를 휘둘러 멈춰 섰던 말을 움직였다. 궁문을 통과해 이윽고 황궁으로 들어서자 저 멀리 중정 가득 도열한 대소신료들과 궁인들의 모습이 보였다. 황제의 모습을 발견한 그들이 일제히 국궁하며 군주의 무사 귀환을 앙축하는 감격의 눈물을 쏟았다.

단휘는 그런 그들 사이를 빠르게 훑어보며 초조하게 그녀의 모습을 찾았다. 하지만 아무리 주위를 둘러보아도, 그가 애타게 찾아 헤매고 있는 그녀는 보이지 않았다. 단휘는 짙게 피어오르는 실망감을 애써 억누르며 태건궁으로 서둘러 말을 몰았다.

근 보름 만에 돌아온 태건궁은 여전한 모습이었다. 허 내관이 감격에 찬 얼굴로 그를 반겼다.

"폐하, 무사 귀환을 감축드리옵니다."

"고맙네. 허 내관 자네도 별일 없었겠지."

"예, 폐하. 망극하옵니다."

허 내관과 상궁 나인들의 수발을 받으며 전각 안으로 들어선 단휘는 무거운 갑옷과 며칠이나 입어 먼지에 찌든 옷가지를 벗어 던졌다. 당장 목욕 생각이 간절했다. 그의 마음을 알아차린 듯 이미 모든 것이 완벽하게 준비되어 있었다.

단휘는 목욕 시중을 들기 위해 욕실로 따라 들어오던 나인들을 모두 물린 채, 퍽 불편한 심기로 욕조로 다가가 뜨거운 목욕물에 몸을 푹 담갔다.

기어이 낙안을 탈환해 그를 쫓아내 버린 자신이 영 꼴도 보기 싫었던 것이리라.

하여도 그렇지, 마중조차 나오지 않다니…….

괘씸하다기보다는 서운함에 비틀린 심사가 도무지 풀어지지가 않았다. 자신이 어떤 심정으로 황궁까지 내달려 왔는데……. 단휘는 입술을 잘근잘근 씹다가 돌연 밖을 향해 외쳤다.

"허 내관! 거기 있나!"

"예, 폐하. 하명하시옵소서."

"당장 아리를 데려와."

"예……? 그, 그분을…… 지금…… 이곳으로 말이옵니까?"

당황한 허 내관이 말까지 더듬으며 되묻자, 단휘가 입매를 비틀어 웃으며 내뱉듯이 대꾸했다.

"그래. 지금 당장. 여기 내 앞으로……."

"부…… 분부 받잡겠사옵니다!"

저를 서운하게 만든 벌로, 조금 골려 주는 것 정도는 괜찮겠지…….

단휘는 제 치기 어린 마음에 피식 실소하고는, 이내 물속에 머리끝까지 풍덩 담근 채 한참 동안 숨을 참았다. 가슴이 답답하게 조여 오는 것이 참고 있는 숨 때문인지 그녀 때문인지 알 길이 없었다.

허 내관이 예고도 없이 불쑥 운서당으로 찾아온 것은, 그녀가 세쌍둥이를 막 재우고 심란한 마음으로 수틀을 들었다 놨다 하고 있을 때였다. 무어라 말을 꺼내 놓기도 전부터 이미 곤란한 기색이 만연한 허 내관의 얼굴을 보며, 아리는 단휘에게 무언가 문제가 생겼음을 직감했다.

무탈한 줄 알았던 그가, 혹 그렇지 못한 걸까. 어딘가 탈이 나기라도 한 걸까…….

"허 내관, 무슨 일인가. 폐하께서 혹…… 어디가 편찮으시기라도 하신 겐가."

아리는 불현듯 파고드는 불안감을 떨치지 못한 채 허 내관을 뚫어지게 응시하며 떨리는 목소리로 물었다. 그러자 허 내관이 황망히 손을 내젓다가 이내 자신의 경망한 행동에 놀라 어쩔 줄 몰라 하며 송구한 듯 머리를 조아렸다.

"아, 아니옵니다. 마마. 폐하께서는 강녕하시옵니다."

"한데, 어찌 자네 안색이 그러한가."

"그…… 그것이…… 폐하께오서 당장 황후 마마를 모셔 오라 명하신지
라……."

"……."

아리는 당황해 눈을 크게 떴다. 차마 그를 마중 나갈 면목이 없어 운서당을
지키고 있었지만, 마음을 추스르는 대로 그를 찾아갈 생각이었다. 물론, 자신이
그를 찾아가지 않는다 해도 아마 수일 안으로 그의 부름이 있었을 테지만, 그
가 이리 급하게 저를 찾을 줄은 몰랐기에 황망한 마음이 일었다. 여독을 풀기
는커녕 무장조차 제대로 풀지 못했을 시간이 아닌가.

아리는 당혹스럽기도 하고 어쩐지 반갑기도 한 모순된 감정을 동시에 느끼
며 서둘러 몸을 일으켰다. 그러다 문득 허 내관이 곤란한 낯을 하고 있는 게 의
아해 문밖으로 나서다 말고 무심코 내뱉었다.

"그게 무어 그리 어려운 전언이라고, 그토록 곤란한 얼굴로 사람을 놀라게
하나. 자네……."

"소, 송구하옵니다. 황후 마마."

"뭐, 되었네. 그건 그렇고 어디로 가면 되겠나. 침전에 계신가?"

"그것이…… 폐하께서는 지금 목욕 중이시온지라…… 하여…… 마마를 당
장 욕실로 모셔 오라 명하셨나이다……."

"……!"

아리는 허 내관의 대답에 그대로 돌처럼 굳어져 아무런 대꾸도 하지 못하고
입만 벙긋거렸다. 쩔쩔매며 그런 제 눈치를 살피고 있는 허 내관을 아연실색한
채 한참이나 멍하니 바라보다가 그녀는 겨우 정신을 차리며 물었다.

"……욕실로 나를……?"

"예, 마마……. 분명 그리 명하셨사옵니다."

아리는 한숨이 터져 나오려는 것을 꾹 참으며 겨우 고개를 끄덕이곤 허 내관
에게 앞장서라고) 눈짓해 보였다. 또 병이 도지신 게지. 갑자기 사람을 당황케

만드는 그 몹쓸 병……. 조심스레 앞서 걷기 시작하는 허 내관을 따라 자박자박 옮겨 놓는 발걸음 가득 초조함이 짙게 묻어났다.

그의 갑작스럽고 당혹스러운 부름을, 대체 어떤 의미로 받아들여야 할까……. 그날, 침의 차림으로 함께 서화를 그리고, 제가 불러 주는 자장노래를 들으며 안온히 잠을 청했던 것처럼…… 그저 부부로서 할 수 있었을 모든 일들을 사심 없이 해 보려는 것뿐일까, 그는…….

아리는 복잡한 생각을 떨치려 고개를 흔들었다. 그는 정말이지 그녀를 혼란스럽고 당혹스럽게 만드는 데엔 일가견이 있는 사람이었다. 주단휘는 진아리에게 아마 일생토록 그런 사내일 터였다.

태건궁에 가까워질수록 심장이 쿵쾅쿵쾅 뛰어 댔다. 오랜만에 그를 보게 되었다는 반가움과, 하필 목욕 중에 불려 가고 있다는 당혹감……. 그중 어떤 것이 더 큰지는 그녀도 알 수 없었다.

마침내 태건궁의 욕실 앞에 당도한 그녀가 조용히 문 앞에 멈춰 섰다. 살짝 열려 있는 욕실 문틈 사이로 불빛이 희미하게 새어 나오고 있었다.

"폐하, 운서당 마마를 모셔 왔사옵니다……."

곁의 궁인들을 의식해 운서당이라 호칭한 허 내관이 욕실 안을 향해 조심스레 고해 올리자, 곧 기다렸다는 듯 그의 대답이 들려왔다.

"……들어오라 전해."

"예, 폐하."

황제의 말이 떨어지자 허 내관이 송구한 듯 그녀에게 머리를 조아리며 문을 열어 주었다.

천천히 열리는 문틈으로 너른 욕실 한가운데 자리한 커다란 욕조에 홀로 덩그러니 몸을 담그고 있는 그가 보였다. 욕실에는 시중드는 이조차 하나 없었다.

아리는 욕실 문 안으로 한 걸음을 겨우 들여놓고는 더는 다가가지 못한 채 우두커니 멈춰 섰다. 그런 그녀의 등 뒤에서 드르륵 문이 닫히는 소리가 들렸다. 시선을 어디에 두어야 할지 몰라 바닥만 내려다보는데, 욕실 안의 고요함을 흩뜨려 놓듯 찰박거리는 고요한 물소리가 귓가에 들려왔다.

그 소리에 홀린 듯 가만히 고개를 들자, 물속에 머리끝까지 담갔다 뺀 그가 얼굴에 달라붙은 젖은 머리칼을 양손으로 쓸어 올리며 그녀를 향해 건조하게 내뱉었다.

"……이리 가까이 와."

"……."

아리는 무어라 대답조차 하지 못한 채 떨어지지 않는 발을 떼, 고작 몇 걸음을 더 다가가 욕조 앞에 섰다. 자신이 있는 쪽의 반대편에 선 그녀를 보며 그가 못마땅한 듯 미간을 좁혔다.

"그쪽 말고, 여기 내 옆으로 와."

욕조는 장정 열댓 명쯤은 거뜬히 들어가고도 남을 만큼 크기가 컸다. 그가 말한 대로 그의 옆으로 가려면 욕조를 빙 돌아 그의 뒤쪽으로 가야 했다. 아리는 그의 벗은 몸을 보지 않기 위해 고개를 푹 숙인 채 제 발끝만 쳐다보며 욕조를 돌아 조심조심 걸음을

마침내 그의 등 뒤로 주춤주춤 다가가 서자, 그가 그런 그녀를 돌아보지도 않은 채 무뚝뚝하게 말했다.

"그대는 참 인정머리가 없어. 예나 지금이나……."

"예……?"

느릿느릿 내뱉는 그의 말투는 어느새 희미해진 옛 시절의 것만큼이나 퉁명스러워서 그녀는 당혹감을 느꼈다. 너무 당황한 나머지 저도 모르게 고개를 들어 그의 뒤통수를 뚫어지게 바라보고 있는데, 그가 여전히 그녀를 등진 채로 딱딱하게 말을 이었다.

"어찌 마중조차 나오지 않은 건가. 내 누구 때문에 이리 달려왔는데."

"……."

"내 3만 병사들의 원성까지 사 가며 쉬지도 않고 달려왔건만…… 그대가 기뻐하는 것 하나 보자고 말이야."

"폐하……."

아리는 일순 몸이 떨려 와 양손으로 팔을 감쌌다. 그가 응당 저를 원망하고 있으리라 여겼다. 그것이 당연했으니까. 자신으로 인해 제국의 숙원을 목전에 두고도 이루지 못하지 않았던가. 한데 그는 그런 저를 원망하기는커녕, 오로지 자신이 그를 마중 나오지 않은 것에 대한 서운함만을 토로하고 있었다.

"……차마…… 폐하를 뵐 면목이 없어서…… 마중을 나갈 수가 없었사옵니다……. 저 때문에 아라하를 멸할 기회를 잃지 않으셨사옵니까……."

무겁게 흘러나온 자책에 단휘가 욕실 바닥이 꺼질 듯이 한숨을 내쉬곤 그제야 그녀를 향해 몸을 돌려 앉았다. 그녀는 잔뜩 풀이 죽은 채 제 곁에 맥없이 서 있었다. 그런 그녀의 얼굴을 한참이나 살피듯 들여다보던 그가 곧 고개를 저으며 한결 누그러진 투로 입을 열었다.

"그 덕에 무혈입성하여 낙안성을 손쉽게 탈환했어. 제국군 또한 불필요한 희생을 줄였고……. 잃은 것이 있는 만큼, 분명 얻은 것도 있어."

"하오나…… 제가 아니었다면 분명 폐하께서는……."

"쯧, 그 몹쓸 고질병을 여태도 못 고친 게로군. 그대의 잘못이 아니라 하는데도, 어찌 그리 매번 자신을 탓하나."

"저는…… 저는 다만……."

아리는 뭐라 반박하려던 말을 잇지 못하고 그대로 삼켜야 했다. 그가 그녀의 손목을 낚아채듯이 잡아 욕조 안으로 휙 끌어당긴 것이다.

"아……!"

너무 놀라 헉하고 숨을 들이켠 그녀의 입에서 찰나 새된 비명이 터져 나왔다. 그와 동시에, 균형을 잃고 크게 휘청거리던 그녀의 몸이 완력을 이기지 못하고 맥없이 끌려가 욕조 안으로 풍덩 빠져 버렸다. 행여 그녀가 다치지 않도록 자신의 품으로 그녀를 힘껏 당겨 안은 그가, 머리끝까지 흠뻑 젖은 얼굴을 들어 가쁜 숨을 몰아쉬는 그녀를 보며 통쾌하다는 듯 웃음을 터뜨렸다.

"폐, 폐하……! 이, 이게 무슨 짓이옵니까!"

"무슨 짓이긴. 벌이지. 감히 날 마중 나오지 않은 벌……."

"폐하!"

아리는 어쩐지 억울해져 입술을 앙다문 채 그를 노려보았다. 따지자면 먼저 서운하게 한 쪽은 그가 아니던가. 인사 한마디 없이 머나먼 출정길을 도망치듯 떠나려 했던 건 정작 자신이면서…… 적반하장이 따로 없지 않은가.

"또, 내 말은 귓등으로도 듣지 않는 벌."

씩씩대며 쏘아보는 그녀에게 능청맞게 웃어 보이며 그리 덧붙인 그가, 이내 얼굴에서 장난기를 싹 지워 내고는 진지한 표정으로 제 앞의 그녀를 물끄러미 응시했다.

"내 그대를 위한 선물을 가져오겠다 했던 말, 기억하나."

아리는 갑작스레 분위기를 바꾸며 화제를 돌리는 그를 잠시 볼멘 얼굴로 바라보다가, 마지못해 고개를 끄덕였다.

"금일 저녁 신료들과 담판을 짓기로 했으니, 오래 걸리진 않을 거야."

"예……? 담판……이라니요?"

"말이 담판이지, 별것 아니야."

"폐하……. 대체 무슨 일을 벌이시려는 것이옵니까."

물에 빠져 씩씩댈 땐 언제고, 금세 흐려진 얼굴로 걱정스레 묻는 그녀를 향해 그가 가만히 손을 뻗었다.

"……."

젖은 뺨을 쓰다듬자 그녀가 당황한 듯 시선을 피하며 고개를 숙였다. 그러다 무엇엔가 화들짝 놀란 듯 어깨를 움찔하더니, 돌연 황망히 고개를 들고 경악에 찬 눈으로 그의 얼굴을 뚫어지게 쳐다보았다. 꼭 못 볼 것이라도 본 듯한 표정이었다. 화등잔처럼 커다랗게 떠진 눈이 당황으로 물든 채 정처 없이 흔들리고 있었다.

단휘는 붉어질 대로 붉어진 그녀의 얼굴을 보며 슬며시 웃음을 떠올렸다. 당혹한 기색이 역력한 그녀의 얼굴이 점점 붉어지고 있는 것이 뜨거운 욕조 물 때문인지 아니면 다른 무엇 때문인지 명확히는 알 수 없었다. 다만 이쯤 했으면 그녀를 골려 줄 만큼 충분히 골려 주었다는 생각에 그는 알량한 치기를 부리는 건 그쯤 해 두기로 하고, 가만히 팔을 뻗어 욕조 밖에 던져두었던 침의를 집어 들었다. 침의를 대충 몸에 걸쳐 입고는 물속에서 뒤엉킨 옷자락을 무릎까지 펼쳐 내린 뒤 그녀를 향해 슬며시 고개를 들었다. 침의가 그새 흠뻑 젖어 들어 있었지만 문제 될 것은 없었다.

"자, 이제 됐나."

"……예…….."

그녀가 여전히 얼굴을 붉힌 채 모깃소리로 대답했다.

"사실 그대가 마중 나오지 않은 게 서운하여 골려 주려고 이리로 부른 것이었는데…… 뜨끈한 욕조 물에 함께 앉아 있다 보니, 이대로 그저 담소나 나누는 것도 나쁘지 않을 듯싶군."

"……."

아리는 그의 말에 안도하며 작게 한숨을 내쉬었다. 물속에 잠긴 그의 나신을 찰나지만 분명히 눈에 담아 버리고 말았다. 아직도 얼굴에서 홧홧한 열감이 느껴졌다. 분명 제 얼굴은 우스꽝스럽도록 딱딱하게 경직된 채 붉어질 대로 붉어져 있으리라.

그녀는 손부채질을 하며 얼굴에 오른 열을 식히려 애썼다. 그러는 동안 그는 고맙게도 어떤 짓궂은 농도 건네 오지 않았다. 그 상태로 얼마쯤 지나자 차츰 홍조가 가라앉는 것이 느껴지고 당혹스러운 마음도 안정되기 시작했다. 그렇게 조금은 자리가 편해지고 나니, 그제야 일전보다 훨씬 더 수척해진 그의 얼굴이 눈에 들어왔다. 몹시도 고되고 힘겨운 일정이었음을, 그의 창백한 낯빛이 알려 주고 있었다. 게다가 이틀을 앞당겨 왔다고 하니 더 말해 무엇 할까…….

"폐하, 피곤해 보이시옵니다……. 그만 침전으로 가셔서 눈을 좀 붙이셔야……."

"그대는 여전히 솔직하지 못해. 지금…… 그대가 걱정하고 싶은 것은 내가 아니지 않나?"

"예……?"

멍하니 되묻는 그녀에게 느릿하게 시선을 던지며 그가 건조하게 말을 이었다.

"행여 내가 그를 만났는지…….”

"……."

"혹 스치듯이라도 그를 보았다면, 그는 어떠하던지…….”

"……."

"두 팔 두 다리는 멀쩡하던지…… 살아는 있는지…….”

그는 쓴웃음을 짓듯 입 끝을 말아 올린 채 젖은 손으로 얼굴을 쓸었다.

"묻고 싶은 마음이 굴뚝같겠지만, 그런 것을 내게 물을 그대가 아니지…….
그렇지? 하여 그런 그대가 갸륵해서 내 이리 순순히 알려 주는 거야. 그는 사지
멀쩡히 제 땅으로 잘 돌아갔어. 그러니 안심해. 마음 푹 놓고 지금 그대 앞에
있는 내 걱정이나 실컷 하라고."

"……폐…… 폐하의 걱정은 늘 하고 있사옵니다…….”

"그거 고맙군."

단휘는 시큰이 웃으며 욕조 벽에 몸을 기대고는 피로한 듯 눈을 감았다. 아
리는 그런 그를 걱정스럽게 바라보았다. 소류가 무사하다는 소식에 가슴이 뼈
근해지도록 기쁘고 벅찬 것도 물론 사실이었지만, 쓰러질 듯한 얼굴로 제 앞에
서 힘겹게 버티고 앉아 있는 그의 수척한 낯빛이 그러한 기쁨을 얼마쯤 누그러
뜨리고 있는 것도 분명한 사실이었다.

이 이중적인 마음이 무엇이냐고 누군가 제게 따져 묻기라도 한다면, 그녀는
단 한마디도 대답할 수 없을 터였다.

"저녁엔 신료들을 만나신다 하지 않으셨사옵니까. 하오니 어서 침전에 드셔
서 조금이라도 잠을 청하시옵소서."

"그리하겠다 하면…… 그대가 일전처럼 내 곁에서 자장노래를 불러 줄 건
가?"

"예……?"

"그리하면 내 지금이라도 일어나지."

어찌하겠냐는 듯 저를 빤히 쳐다보던 그를 난감하게 바라보던 아리는 이내
마음을 먹고 고개를 끄덕였다.

"……하오면…… 당장 일어나시옵소서. 저도 지금 폐하와 함께 침전으로 들 겠나이다."

먼저 몸을 일으킨 그녀가 밖의 나인들에게 침의 두 벌을 가져와 달라 부탁했다. 그들은 이미 대령해 놓았던 듯 그녀의 말이 떨어지자마자 즉시 침의 두 벌을 들고 욕실 안으로 들어왔다. 단휘는 아리가 시키는 대로 순순히 욕조에서 나왔다. 두 사람은 서로에게서 뒤돌아선 채 각자 나인들의 시중을 받으며 침의로 갈아입은 후 함께 침전으로 향했다.

"……."

등불이 일렁이는 어둑한 복도를 그들은 말없이 걸었다. 묵묵히 앞서 걷던 단휘가 돌연 몸을 휙 돌려세우자, 뒤따라 걷던 그녀가 놀란 듯 걸음을 멈추며 그를 올려다보았다.

그는 망설임 없이 손을 뻗어 그녀의 손을 잡고는 제 옆으로 끌어당겼다. 손 안에 쏙 들어오는 작고 부드러운 손을 단단히 깍지 껴 잡은 뒤 다시금 성큼성큼 걸음을 떼 놓기 시작하자, 그의 큰 보폭에 맞추어 그녀도 바지런히 잰걸음을 놀렸다. 딱히 말이 오가지는 않았지만 어색함이 스며들 틈은 없었다. 서로 다정히 손을 잡은 채 함께 나란히 걷는 두 사람의 뒤를 허 내관과 상궁 나인들이 소리 없이 따르고 있었다.

침전에 들자마자 단휘는 곧장 침상 위에 쓰러지듯 드러누웠다. 기실 손 하나 까딱할 힘조차 남아 있지 않아서, 침상을 보자마자 제 의지와는 상관없이 몸이 제멋대로 반응한 것이라 해도 과언이 아니었다.

그녀는 그런 그의 곁에 앉아 약속한 대로 자장노래를 불러 주었다. 아니, 불러 주기는 했다. 끊길 듯 말 듯 겨우 노래를 이어 가던 그녀가 결국 그보다 먼저 잠들어 버린 것이 문제였지만…….

"하…… 그대만큼 뻔뻔한 이가 세상천지에 또 있을까……."

단휘는 잠든 그녀를 보며 헛웃음을 짓다가, 그녀의 곁에서 잠시 눈을 붙였다. 묵은 피로가 쌓이고 쌓여 오히려 잠을 이루기가 힘들 줄 알았는데, 그녀가 잠든 것을 물끄러미 바라보고 있자니 의외로 그 역시 쉬이 잠이 들어 버렸다.

반 시진쯤 그렇게 잠들어 있었을까. 눈을 떠 보니 어느새 창밖이 어두워져 있었다.

그녀는 저를 향해 돌아누운 채 여전히 색색거리며 잠들어 있었다. 단휘는 가만히 그녀의 **뺨**을 쓰다듬다가, 슬며시 손을 거두고는 자리에서 일어났다. 신료들을 설득하려면 지금부터 단단히 정신을 차려 두어야 할 터였다.

황제의 수발을 들기 위해 침전에 든 모든 궁인들이 잠든 그녀를 깨우지 않기 위해 까치발을 든 채 숨소리조차 내지 않으며 조심스레 오갔다. 이윽고 편전으로 나설 준비를 마친 단휘가 잠시 문 앞에 멈춰 서서 침상 위의 그녀를 일별했다. 그러고는 이내 예의 그 오만하고 서늘한 얼굴을 하며 문밖으로 성큼 걸음을 내디뎠다.

□ ■ □

편전의 공기는 끓어 넘칠 듯 과열되어 있었다.

전에 없이 팽팽한 설전이 오가고, 귀가 따가울 만큼 요란한 고성이 오갔다. 감히 황제의 면전에서 무엄하기 짝이 없는 경망한 행동들이었으나, 사안이 사안인 만큼 단휘는 너그럽게 보아 넘기기로 했다. 그저 심드렁하게 턱을 괸 채 그들의 하는 양을 잠자코 지켜볼 뿐이었다.

"사혼단주의 누이를 태수로 임명하시겠다니요! 이는 천부당만부당한 일이옵니다!"

"폐하, 어찌 여인에게 태수의 봉작을 내리신단 말씀이시옵니까! 선조들께서 개탄을 금치 못하실 것이옵니다! 이는 결코 폐하의 독단으로 결정하실 문제가 아니옵니다!"

"저들의 말이 옳사옵니다, 폐하! 신은 결코 폐하의 뜻을 받아들일 수 없사옵니다! 여인을 관직에 올렸다는 기록은 실록 어디에도 없사옵니다. 그 같은 폐하의 기행을 막지 못하는 것이야말로 충신의 도리가 아니라 사료되옵니다!"

어차피 예상한 반응이었고, 그들의 언사에 감정적으로 휘둘려야 할 이유가 없었다. 다만 그는 자신의 뜻이 그들 못지않게 확고하여 철회할 의사가 없음을 분명히 밝힌 뒤, 끝내 관철시키면 그뿐이었다. 공적인 명분으로는 부족했지만, 사사로이는 결코 모자라지 않을 사유가 있었다. 게다가 회유책 또한 마련해 두었다.

"충신의 잘난 아들도 역심을 품는 마당에, 여인이 성주가 된들 뭐 어떻다고 이 난리들인지 모르겠군."

손파영의 일을 에둘러 언급하자 신료들의 낯빛이 사색이 되었다. 그들은 실로 난감한 얼굴로 입만 벙긋거릴 뿐, 선뜻 항변하지 못했다.

"하, 하오나 폐하……."

"경들은 들으시오! 낙안은 짐에게 한때 충신의 영토였으나, 이제는 떠올리기만 해도 치가 떨리는 아주 끔찍한 곳이 되어 버렸소. 짐이 전적으로 믿는 이가 아니면, 이제 그 누구도 낙안의 태수로 앉혀 둘 수가 없소! 이런 내 심경을 경들은 조금도 헤아리지 않겠다는 것이오?"

"……."

"충신 담리백하의 누이는 황제인 나와 사사로이 알던 시절부터 오라비 못지않게 황실에 충정을 바쳐 온 여인이오. 내 알기로 이보다 더 낙안 태수에 적격인 사람은 없소. 내 이렇게까지 구구절절 이야기했는데도 반대한다면, 그 또한 짐에게는 역심을 품는 것만큼이나 괘씸한 일일 것이오!"

"폐하……!"

신료들은 황제의 완강한 뜻에 난색을 표했다. 이후에도 그들과 황제의 실랑이는 계속됐지만, 결국 하나둘 못 이기는 척 뜻을 굽혀야 했다. 역적 손파영이 다스리던 성이었다. 성별을 막론하고 오로지 충절 하나만 보고 성주를 세우고자 하는 황제의 뜻을 끝내 거역할 수 없으리라는 것을 그들 모두가 이미 깨닫고 만 까닭이었다.

그렇게 종국에는, 단휘가 원하던 바대로 사혼단주 담리백하의 쌍둥이 누이를 낙안 태수로 임명하는 것에 신료들 모두가 찬성의 뜻을 비쳤다. 역심 운운하던 황제의 으름장도 다소 영향은 있었겠지만, 기실, 그들이 뜻을 굽힌 것은, 단휘가 최종적으로 제시한 회유책 덕이 컸다.

강경한 황제 앞에서 감히 적국과의 화평과 교역을 주청할 엄두조차 내지 못하던 그들에게, 단휘가 준비한 것은 결코 거부하지 못할 가장 탐나는 먹잇감일 터였다. 어쩌면 그가 그리 억지스럽게 으름장을 놓은 것도, 회유책이 쉬이 먹혀 들게끔 하기 위한 꼼수에 지나지 않았는지도 모를 일이었다.

원하던 것을 얻었으니 굳이 더 시간을 끌 필요가 없었다. 단휘는 신료들의 찬성을 받아 내자마자 서둘러 회의를 파하고, 심란한 얼굴의 그들을 뒤로한 채 편전을 나섰다.

밖으로 나오니 사위에 온통 컴컴한 어둠이 내려앉아 있었다. 허 내관이 등롱을 든 채 종종걸음으로 앞서 걸었다. 등롱에서 새어 나온 은은한 불빛이 발치에 드리운 어둠을 걷어 내는 것을 물끄러미 응시하던 단휘는 침전으로 향하는 길을 재촉했다.

그가 다시 침실로 돌아왔을 때까지도, 아리는 여전히 너른 침상에 파묻힌 채 깊이 잠들어 있었다.

제국의 무혈입성 소식을 어젯밤이 되어서야 전해 들은 그녀였다. 심란한 마음에 잠들지 못하고 몸을 뒤척이며 밤을 꼬박 지새웠던 것이, 이렇게 그의 침전에서 숙면을 취하는 난감한 상황을 만들고야 말았다. 포근하기로 치자면 아마도 황제의 침상이 제국 제일일 테니, 세상모른 채 푹 잠들어 버린 것도 어쩌면 당연한 일이었다.

침상으로 다가가 앉은 단휘가 그녀의 이마 위로 흘러내린 머리카락을 조심스레 쓸어 넘겼다. 그러자 그 기척에 소스라치게 놀란 그녀가 눈을 번쩍 떴다.

"……!"

제 앞에 있는 존재가 그라는 것을 알았는지 그녀가 튀어 오르듯 몸을 일으켰다. 단휘는 잠시 쿡쿡거리며 그 모습을 지켜보다 짓궂게 농을 던졌다.

"내 그대와 침실을 바꿔야 할까 보아. 이곳에 올 때마다 세상 태평한 아이처럼 푹 잠드는 것을 보니……."

"가, 간밤에 잠을 얼마 못 자서 그런 것이옵니다."

"어찌 그리 잠을 못 잤나."

"그게…… 제국군이…… 낙안을 탈환했다는 소식을 들어서……."

그녀의 대답에, 그가 비뚜름히 팔짱을 낀 채 알 만하다는 듯 시큰둥하게 대꾸했다.

"아……. 하여 그 작자를 걱정하느라 잠 못 이룬 것이로군."

"그, 그런 것이 아니라……."

"아니긴 무어가 아니야. 설마 그대가 밤새 내 걱정을 했을 리는 없지 않나. 그를 죽이거나, 쫓아내러 간 나를 걱정했을 리가 없지."

시퉁하게 말하는 그를 보며 아리가 억울한 듯 미간을 찡그렸다. 기실 부러 통명을 떨며 그녀를 골려 대고 있는 그였지만, 그것을 알아차리기엔 여전히 그녀의 가슴에는 그를 향한 미안함과 죄책감이 크게 남아 있었다.

"……거듭 말씀드리지만…… 폐하의 걱정은 늘 차고 넘치도록 하고 있사옵니다. 아마 평생토록 그리할 것이오니 그 점은 염려 놓으시옵소서."

말을 마친 그녀를 물끄러미 응시하던 단휘가 가만히 고개를 가로저었다.

"……아니, 평생토록 그럴 일은 없을 거야."

"폐하……."

"신료들과 담판을 짓고 오는 길이야. 보기 좋게 내가 이겼지. 하여 이제…… 약속한 선물을 줄 수 있을 것 같군."

"……."

그리 말한 그가 침상 한편에 놓인 협탁으로 가 그 안에서 무언가를 꺼내 들고는 다시 제자리로 되돌아왔다. 그가 손에 쥐고 있는 것을 그녀 앞으로 말없이 내밀었다. 조심스레 그것을 받아 든 아리는 복잡한 얼굴로 한참을 내려다보았다.

적자색 비단 위에 금박 장식이 화려하게 박혀 있는 교축(敎軸: 교서를 말아 놓은 두루마리)이었다. 보통 적자색 교축은 관리를 임명할 때 썼다.

"이것은…… 임명 교지가 아니옵니까?"

"풀어 봐."

아리는 영문을 몰라 그의 얼굴을 한참 심란하게 응시하다가, 조심스럽게 두루마리를 펼쳤다. 반물색 청지 위에 쓰인 정갈한 서체가 빼곡히 드러났다.

「사혼단주 담리백하의 여제(女弟) 담리가흔을 낙안의 태수로 임명하노라. 武義十一年十一月十九日.」

교서에 적힌 내용을 읽은 아리가 소스라치게 놀라며 고개를 들었다.

"……여인에게…… 봉작을 내리시는 것이옵니까?"

그가 제게 준다던 선물이 대체 이것과 무슨 상관이 있는지는 알 수 없었지만, 그가 어째서 신료들과 담판을 짓겠다고 이야기했는지는 그제야 알 것 같았다.

"어째, 신료들과 똑같은 반응이로군."

"누구라 해도…… 응당 그런 반응이지 않겠사옵니까."

"충신의 잘나 빠진 아들도 역심을 품는 마당에…… 성주가 여인인 게 뭐 어때서?"

그는 대수롭지 않게 말했지만, 그 뜻은 결코 가볍지가 않았다. 찰나 손파영의 뱀처럼 교활한 눈동자가 뇌리를 스쳐 갔다. 그 악귀 같던 간악한 자를 떠올리니 일순 전신이 얼어붙은 듯 오싹한 한기가 들었다.

아리는 피부가 저려 올 만큼 쭈뼛하게 소름이 돋아난 제 팔을 두 손으로 감싸 문지르며, 그의 말을 얼마쯤은 수긍한다는 듯 고개를 끄덕였다. 물론 그렇게 한다고 해서 제국의 오랜 제도와 규율을 완전히 타파하기는 어려울 테지만, 낙안성의 전대 성주가 역적 손파영이었다는 사실이 낙안에 한해 한시적으로나마 그것을 뒤엎는 일을 가능케 만든 듯싶었다.

"신료들에게도 딱 그리 말했지. 다들 꿀 먹은 벙어리라도 된 것처럼 입도 벙긋 못 하더군."

그가 피식 웃고는 말을 이었다.

"사혼단주의 누이는 오라비 못지않게 내게 충정을 바쳐 온 여인이고, 내게 이보다 더 미더운 이는 없으니…… 끝끝내 반대한다면 역심을 품은 것으로 간주하겠다, 뭐 그렇게 으름장을 놓기는 했지만 말이야."

"그러셨사옵니까……."

그의 말을 조용히 듣고 있던 그녀가 걱정스러운 얼굴로 조심스럽게 입을 열었다.

"솔직히 염려가 되는 것이 사실이옵니다. 하오나…… 그만큼이나 미더워하시는 이가 있으시다니 지금으로서는 차라리 다행스러운 일이겠지요. 낙안성을 오래 비워 둘 수는 없을 테니 말이옵니다."

"당장은 백하가 남아 성을 돌봐 주고 있지만, 길어지면 곤란하긴 하지. 백하는 자함과 함께 황궁에서 날 보필해야 하니까."

"예……. 저, 폐하……. 하온데……."

선뜻 말을 꺼내지 못하고 망설이는 그녀에게 그가 어서 말해 보라는 듯 눈썹을 치켜올렸다.

"저, 그것이…… 백하에게 쌍둥이 누이가 있었사옵니까……? 저는 어째서 금시초문인지 모르겠사옵니다."

"뭐…… 나도 금시초문이야."

"예?"

"다 큰 누이가 어느 날 갑자기 하늘에서 뚝 하고 떨어졌거든."

아리가 황당하다는 듯 단휘를 쳐다보았다. 단휘는 그녀의 경악한 시선에도 아랑곳하지 않고 천연덕스럽게 말을 이었다.

"궁술 실력이 아주 뛰어난 여인이지."

"……."

"틈만 나면 다리에 매달려 성가시게 구는 세 꼬맹이들의 어미이기도 하고……."

"……!"

돌연 심장이 무섭게 뛰기 시작하는 이유를 그녀는 짐작조차 할 수 없었다. 그가 자신의 의중을 그토록 명징하게 드러내고 있는데도, 차마 그것을 사실로 받아들일 수가 없었다.

"……내 그대에게 선물을 주겠다 하지 않았나."

"폐하……."

아리는 크게 심호흡을 했다. 갈수록 알아들을 수 없는 소리만 해 대는 그를 지켜볼 인내심이 완전히 바닥나 버린 것 같은 기분이었다. 그런 그녀의 인내심을 다시 한번 시험하기라도 하듯, 그가 느릿한 동작으로 제 품 안에서 무언가를 꺼내더니 슬며시 내밀었다.

아리는 얼떨결에 그것을 받아 들었다. 기다란 모양새의 비단 주머니였다. 열어 봐도 좋다는 그의 허락이 떨어지기도 전에, 그녀는 주머니의 입구를 성급히 풀어 헤치고는 안에 든 것을 꺼냈다.

기다란 나무패였다. 그녀는 패에 새겨진 글자를 눈으로 빠르게 훑었다.

「담리가흔(潭梨苛痕). 정묘생(丁卯生). 낙안 태수(洛安 太守).」

이름과 출생년도, 그리고 관직이 새겨져 있었다.

"이것은…… 그 여인의 신분패가 아니옵니까? 어찌 이것을 제게……."

"이제…… 그대의 것이다."

"……예……?"

"무의대제의 정후 자완황후는 역도 손파영의 난으로 사거하였다……. 훗날 실록에 그리 한 줄 적힌다 해도 이제 그대에게는 불만을 품을 권리가 없어."

천연스레 말을 내뱉는 그를 그녀가 얼이 빠진 얼굴로 아연히 응시했다.

"폐하, 지금 무슨 말씀을 하시는……."

"진아리…… 이제 이 세상에 그 이름은 없다는 뜻이야. 그대는 이제부터 가흔이다. 사혼단주 담리백하의 쌍둥이 누이, 담리가흔……. 그대의 새로운 삶이야. 내가 그대에게 주는…… 마지막 선물이기도 하고……."

이해할 수 없는 그의 말들에 대한 혼란스러움보다도, 마지막 선물이라는 한마디가 불러일으킨 아릿한 격통과 알 수 없는 상실감이 그녀를 더욱 크게 뒤흔들어 놓고 있었다. 아리는 그런 제 감정이 대체 무엇인지 깨닫지도 못한 채 떨리는 목소리를 쥐어짜 내며 말했다.

"폐하……. 마…… 말도 안 되는 처사이시옵니다. 제가 어찌 백하의 누이가 되어…… 그리 막중한 임무를 맡는단 말씀이시옵니까……. 부디 명을 거두어 주시옵소서…….”

“그대만이 할 수 있는 일이야.”

“아니요, 불가한 일이옵니다. 다른 이의 행세를 하는 건 그렇다 치더라도, 내명부를 다스리는 것과 태수가 되어 성을 다스리는 것은 천지 차이이옵니다.”

“다를 것 없어. 곁에서 그대를 보필할 이들을 붙여 줄 거야. 그리고…… 낙안의 태수는 꼭 그대여야 해. 빌어먹을 아라하와…… 교역을 틀 생각이니까.”

그녀를 낙안 태수로 만드는 조건으로 신료들에게 쓴 회유책……. 그것은 양국 간의 불필요한 소모전에 종지부를 찍고, 화평을 이루어 교역의 물꼬를 트는 것이었다.

“예……? 아라하와…… 교역……을요……?”

더는 커질 수 없을 만큼 커다랗게 떠진 그녀의 두 눈이 그에게 고정된 채 혼란스럽게 흔들리고 있었다.

“아라하의 흑철과 홍염화……. 내가 원하는 건 그 두 가지야. 그대가 낙안의 태수로서 양국의 교역에 다리를 놓아 줘. 세쌍둥이의 아비라고 행여 후하게 쳐 줄 생각 말고, 그대의 나라인 제국의 국익을 생각해서, 내게 최대한 유리한 조건으로 말이야.”

“……”

“암만 봐도 내 지아비 노릇을 하는 건 영 글러 먹은 듯하니, 군주 노릇이라도 하려 함인데…… 그마저도 싫다 하면 그대는 참으로 매정하기 짝이 없는 여인이야.”

머리가 핑글핑글 도는 것만 같았다. 그의 완고한 태도로 보건대, 농을 하고 있는 것 같지는 않았다. 하지만 너무도 황당무계한 말들이라 선뜻 사실로 받아들일 수가 없었다. 아리는 제 손에 들린 나무패를 믿지 않는 눈으로 한참 동안 물끄러미 바라보았다. 그제야 패에 적힌 이름자(字)가 제대로 눈에 들어왔다.

가흔(苛痕).

가혹한…… 흔적…….

격통에 몸부림치던 지난 세월 동안 그녀가 그에게 어떤 존재였는지를 이보다 더 명징하게 표현할 수 있는 말이 과연 또 있을까. 이름자가 지닌 서글픈 뜻에 그녀의 얼굴빛이 흐려졌다.

"이 이름은…… 폐하께서…… 직접 지으신 것이옵니까……?"

그가 그녀를 응시하며 느릿하게 고개를 끄덕였다.

"참으로 그대에게 딱 맞는 이름자가 아닌가. 내게 그대는 가혹한 흔적이지……. 평생 여기에 남아 지워지지 않을……."

"……."

그가 자신의 가슴께를 가리키며 시큰이 내뱉었다. 인두 자국을 가리키는 것인지, 그저 제 심장을 가리키는 것인지는 알 수 없었지만, 부인할 수 없는 뼈아픈 사실을 굳이 되새김질하게 만드는 그가 못내 야속했다. 원망인지 연민인지 모를 격한 감정에 돌연 코끝이 찡해지고 눈시울이 뜨거워져 아리는 황망히 고개를 숙였다.

그가 그런 그녀를 한참 물끄러미 응시하더니, 가만히 손을 뻗어 그녀의 턱을 슬며시 들어 올리곤 웃음기가 묻어나는 음성으로 장난스레 말을 내뱉었다.

"그 말을 믿는 건가? 설마 내 끝까지 그렇게 옹졸하려고……."

나직이 웃으며 품에서 다시금 무언가를 꺼내 든 그가 그것을 가만히 그녀의 손에 쥐여 주었다. 아리는 엉겁결에 받아 든 물건을 멍하니 내려다보았다. 그 또한 신분패였으나, 이번에는 나무가 아닌 상아로 만들어진 것이었다.

"……금도끼…… 은도끼이옵니까……?"

그녀가 저도 모르게 한숨을 내쉬곤 작게 볼멘소리를 내뱉자, 그가 너털웃음을 터뜨렸다. 그 안온한 웃음소리마저 어째서 이토록 가슴을 후벼 파는 것인지 도무지 모를 일이었다.

아리는 미소 띤 그의 얼굴을 아릿하게 바라보다가, 이내 제 손에 들린 상아패를 찬찬히 살펴보았다.

크기와 모양은 나무패와 꼭 같았으나, 새겨진 이름 두 글자가 달라져 있었다.

가(佳)……흔(欣)…….

"아름다울 가…… 기쁠 흔이다……."

진중하고 다정한 그의 음성이 미풍처럼 잔잔히 그녀의 귓가에 스며들었다.

"그대는 늘 봄처럼 아름다워서…… 깨닫지 못한 순간에도 문득문득…… 그 이름처럼 나 역시 기뻤다……. 그러니 그대도…… 봄처럼 아름다운 날들, 이제는 더없이 기쁘게 살아가라고……."

"……."

"하여…… 가흔(佳欣)이다……."

그가 그녀의 반응을 살피듯 제 아랫입술을 잘근거리며 뚫어지게 응시했다.

"마음에…… 드나……."

슬며시 떠보는 목소리에는, 행여 그녀가 마음에 들어 하지 않으면 어쩌나 노심초사하는 기색이 역력했다. 아리는 순간 왈칵 쏟아져 나올 것 같은 눈물을 애써 삼키며 그를 향해 더없이 환하게 미소 지어 보였다.

"참으로…… 제게는 과분할 만큼 어여쁜 이름이옵니다……. 제 이름보다도 더, 훨씬 더 마음에 드옵니다."

그제야 안심한 얼굴을 한 그가 그녀의 말을 덤덤히 정정해 주었다.

"이제 이것이 그대의 이름이야. 오늘부로 진아리는…… 내 기억 속에서도, 그대의 기억 속에서도 존재하지 않는 이름이다. 그러니 그대도 지워, 그 이름은……. 이제 그대의 삶에서 영원히……. 알겠나."

"……."

선뜻 대답하지 못하는 그녀를 보며 그가 나직이 이름을 불렀다.

"가흔."

"……."

한참을 기다려도 대답하지 않는 그녀를 재촉하듯, 그러나 더없이 다정한 음성으로 그가 다시금 이름을 불렀다.

"가흔……."

"예…… 폐하……."

마침내 그녀가 제 부름에 답하자, 입꼬리를 휜 그가 여상히 말을 이었다.

"성의 피해를 복구하는 대로 그대의 오라비에게서 연락이 올 거야. 슬슬 낙안으로 떠날 마음의 준비를 하고 있어."

"……폐하……."

차마 아무런 대꾸도 하지 못한 채 아연히 그를 부르는 그녀를 향해, 덤덤하지만 어딘지 짓궂기도 한 묘한 시선이 슬며시 날아들었다.

"내 친우의 누이이니, 이제는 내게도 누이로군……."

"……."

"또한 제국의 봉토를 받았으니, 짐의 신하이기도 하고."

"……."

"그것이 무슨 뜻인 줄 아나?"

그가 한쪽 입꼬리를 비뚜름히 말아 올린 채, 더없이 오만하게 미소 지었다.

"앞으로 그대와 관련된 그 어떤 대소사도 황제인 나의 허락 없이는 안 된다는 뜻이야. 특히, 혼인은 더더욱……! 더더욱 불가한 일이니 꿈도 꾸지 말라는 뜻이지……. 내 말, 알아들었나."

"……."

"어찌 대답이 없지?"

아리는 순간 저도 모르게 실없는 웃음이 터져 나오려는 것을 꾹꾹 참으며 그를 새삼 빤히 올려다보았다. 뻔뻔하리만치 기세등등한 얼굴을 보니 예전의 주단휘가 과연 어디 갈까 싶었다. 강산이 변하고 천지가 뒤바뀌어도, 주단휘는 역시 주단휘일 터였다. 하마터면 그 사실을 까맣게 잊을 뻔했다.

"예…… 명심하겠사옵니다."

못 이기는 척 대꾸하고는 못 말린다는 듯 그를 향해 웃어 보이자, 짐짓 지엄한 표정을 짓고 있던 그가 슬며시 눈가를 휘며 그녀를 따라 웃었다. 진심을 다한 미소가 서로를 향해 올곧게 가 닿고 있었다.

문득 생각에 잠기듯 골똘히 허공을 응시하던 그가 돌연 혼잣말처럼 중얼거렸다.

"어화원에…… 아직 단풍이 남아 있더군."

"예……. 금년에는 동장군이 늦게 오시려는 모양이옵니다."

아리가 대꾸하며 고개를 끄덕이자, 허공을 배회하던 그의 시선이 다시금 그녀에게로 향했다.

"명일, 석양이 질 무렵에…… 어화원으로 나와 줘. 세쌍둥이와 함께……."

차분하게 가라앉은 척안이 한참을 그녀의 얼굴 위에 머물렀다. 아리는 그의 시선을 말없이 마주 바라보다가, 공손히 고개를 숙였다. 얼마간의 침묵이 흐른 후, 그가 피로한 듯 얼굴을 쓸며 자리를 파할 뜻을 비쳤다.

"쉬고 싶군. 이만 처소로 돌아가도 좋아……. 이제, 혼자서도 잠들 수 있을 것 같으니……."

당장이라도 쓰러질 듯한 그의 수척한 안색에 일순 가슴이 저릿해져 왔지만, 아리는 애써 감정을 추스르곤 머뭇머뭇 자리에서 일어섰다.

"……예, 폐하……. 하오면…… 편히 침수 드시옵소서……."

단휘는 그녀에게 시선을 주지 않은 채 조용히 고개를 끄덕였다. 치맛자락이 사각사각 스치는 소리가 조금씩 멀어지는 듯싶더니 이내 문밖으로 완전히 사라졌다.

그녀가 물러간 후에도 그는 한참을 보료 위에 미동 없이 앉아 있었다. 그녀가 떠난 빈자리를 물끄러미 응시하던 그의 시선이 곧 침실 한편의 벽면으로 천천히 향했다. 그곳에는 그녀가 일전 그에게 그려 준 서화가 걸려 있었다.

꼭 저와 같이 지독히도 외롭게 홀로 피어 있는 붉은 작약 위로…… 열린 창을 통해 취한 듯 쏟아져 들어온 달빛이 포근히 내려앉고 있었다.

들릴 듯 말 듯 희미하게 흘러나온 목소리가 적요한 공간 속에 아스라이 흩어졌다.

"……홀로 고고히 피어난 꽃이여……. 취한 달빛이 밤새 꽃잎을 비추노니…… 어찌 고독하다 하리오……."

기억 속에 고이 담아 둔 서화 속의 글귀를 나직이 읊조리며, 그는 쓸쓸히 미소 지었다.

저물어 가는 석양이 서천을 붉게 물들였다.

하루 중 이 무렵의 어화원에는 보는 이의 마음을 벅차오르게 할 만큼이나 아름다운 풍경과 고즈넉한 정취가 가득 넘쳐흘렀다.

세쌍둥이와 함께 조금 전 어화원에 도착한 아리는 아이들이 뜰을 뛰노는 모습을 미소 띤 얼굴로 바라보며 그가 오기를 기다렸다. 오가는 궁인 하나 없이 주변이 고요한 것을 보니, 그는 아직 도착하지 않은 모양이었다.

기실, 아랫것들을 모두 물린 채 이미 한참 전부터 팔각정에 홀로 자리 잡고 앉아 어화원의 경치와 차를 즐기며 그녀와 세쌍둥이가 저 멀리서 걸어오는 모습을 모두 지켜보고 있던 그였지만, 그녀는 팔각정 코앞까지 와서도 여전히 그가 그곳에 있다는 것을 눈치채지 못하고 있었다. 그 둔함에 단휘는 고개를 내저으며 여태 온기가 남아 있는 찻잔을 집어 들었다.

찻잔을 입으로 가져가려던 그가 돌연 손길을 멈추고는 그녀에게로 시선을 고정했다. 아이들을 한참 흐뭇하게 바라보던 그녀가 갑자기 단풍잎 하나를 주워 제 한쪽 눈을 가리더니, 똑바로 서서 앞을 향해 한 발 한 발 조심스레 걸음을 내디뎠다.

그 행동이 의미하는 바가 무엇인지는 어지간한 둔자(鈍者)가 아니고서는 누가 보더라도 쉽사리 알 수 있었다.

한껏 억누른 애달픈 한숨이 기어이 메마른 입술 새를 비집고 흘러나왔다.

"……어찌 자꾸 그리하나……. 놓을 만하면 사람 속을 또 이리 멋대로 뒤흔들고……."

단휘는 쓰게 웃으며 중얼거리고는 안대에 가려진 제 한쪽 눈두덩 위를 손끝으로 가만히 더듬었다. 성한 눈의 초점이 일순 뿌옇게 흐려졌다가, 다시금 서서히 또렷해지며 그녀의 모습이 어렴풋이 한쪽 시야에 담겼다. 편치 않은 시야를, 아마 그녀 또한 느껴 보려 하는 것이리라.

그녀의 곁에 선 세쌍둥이가 너도나도 그런 제 어미를 따라 하며 아장아장 걸음을 뗐다. 눈을 가린다고 가렸지만, 어느 녀석은 제 코를 가리고, 또 어느 녀석은 제 이마를 가리고, 나머지 한 녀석은 제 귀를 가린 채였다. 제대로 눈을 가린 녀석은 단 한 명도 없었다. 그 모습에 단휘는 결국 큰 소리로 웃음을 터뜨렸다.

난데없는 웃음소리에 그제야 팔각정에 있는 그를 발견한 아리가 화들짝 놀라 하던 행동을 멈추었다. 그녀는 잠시 당황해 어쩔 줄 몰라 하더니, 무슨 영문인지 돌연 이마를 찌푸린 채 씩씩대며 그에게로 한달음에 달려왔다.

어찌 그리 성난 기색일까 고개를 갸웃하던 단휘는 곧 그 까닭을 알아챌 수 있었다. 그의 손에 들린 찻잔은 가까이서 보아도 술잔과 그다지 구분이 가지 않았다. 그녀가 예의 그 카랑카랑한 목소리로 그를 나무라듯 왕왕거렸다.

"폐하! 어찌 또 술을 드시는 것이옵니까! 존체에 해롭다고 누누이 말씀드렸지 않사옵니까! 제국의 지존이신 분께서 어찌 그리 철부지처럼 제멋대로 구시는……!"

"……차야."

"예……?"

"술이 아니라 차……."

"……아……."

"어찌…… 못 미더우면 향이라도 맡아 볼 텐가?"

당황한 듯 귀까지 빨개진 채로 할 말을 잃고 서 있는 그녀를 향해 그가 찻잔을 들어 보이자, 그녀가 황망히 손사래를 쳤다.

"아…… 아니옵니다……. 그러니까 저는…… 호, 혹시나 하여……."

"조금 전 달려오던 품새가 꼭 발광이 난 황소 같기도 하고…… 한 달 열흘쯤은 굶주린 멧돼지 같기도 하고……. 그대에게 그 얼굴을 보여 줄 수 없는 것이 참으로 아쉽군. 큭……."

"그리 골리지 마시옵소서. 폐하를 향한 충정이 넘쳐 그러한 것이옵니다."

"아무렴."

단휘는 피식 웃으며 그녀에게서 시선을 거두고는 팔각정 아래에서 뛰노는 아이들을 바라보았다. 누가 먼저 시작한 것인지, 세쌍둥이는 붉은 단풍잎을 주워 서로의 머리 위로 휙 던지며 까르르거리고 있었다.

천진난만한 세 아이를 바라보는 그의 눈가에 다정하고 온화한 미소가 맺혔다.

"낙엽 놀이인가. 즐거워 보이는군."

단휘는 그리 말하며 찻잔을 내려놓고는, 팔각정 아래로 내려가 바닥에 떨어진 단풍잎들을 하나둘 주워 모으기 시작했다. 어느새 두 손 가득 모은 단풍잎을 머리 위에 뿌려 주자, 아이들이 한바탕 자지러지게 웃으며 그의 발치에서 신이 난 듯 발을 굴러 댔다.

"까아!"

"까르르!"

그런 아이들을 보며 즐거이 따라 웃던 그가, 문득 뒤돌아서 아직 팔각정에 서 있는 그녀를 손짓해 불렀다.

"가……흔. 그대도 이리 와."

어렵사리 내뱉어진 이름이 노을빛으로 물든 어화원에 잔잔히 울려 퍼졌다. 그가 선물한 그녀의 새로운 이름은, 아직은 생경하기만 해 입 안에 부드럽게 감겨 오지 않았지만, 서로가 익숙해지고 편해지기 위해서는 이리 자꾸만 불러 주는 것이 좋을 터였다.

제 부름에 선뜻 대답해 오지 못하는 그녀를 재촉하듯 그가 다시금 부드럽게 이름을 불렀다.

"가흔, 어서 그대도 이리 와. 단풍잎을 모으지 않고 무얼 하나."

"예, 폐하……. 그리하겠사옵니다."

그녀가 묘한 얼굴을 한 채 어색한 미소를 떠올리며 서둘러 팔각정 아래로 내려섰다. 그러곤 수긋이 허리를 숙여 땅에 떨어진 붉은 단풍잎을 줍기 시작했다. 그런 그녀를 바라보며 조용히 미소 짓던 그는, 곧 다시금 자신 역시 단풍잎을 주워 모으는 일에 열중했다.

하나둘 손안에 모이기 시작하는 단풍잎의 바스락거리는 감촉이, 그 숭미한 자연의 소소한 자취가 새삼 시리도록 선명히 그의 뇌리에 각인되고 있었다.

그녀와, 그녀의 아이들과…… 자신이 함께…… 이 붉은 계절의 끝자락에서 더없이 행복하고 더없이 찬란한 한때를 보내는 이 눈부신 시간 역시도······ 그의 가슴에 평생 지워지지 않을 각인으로 새겨지리라.

단휘는 치마폭에 한 아름 주워 모은 단풍잎을 아이들의 머리 위로 흩뿌려 주는 그녀를 아릿한 눈길로 응시했다.

새장 같은 황궁 안에 갇혀 황후도, 후궁도, 그 무엇도 아닌 채로······ 그대의 아이들과 평생을 살아가야 한다는 건······ 그대에게는 아마 또 다른 이름의 지옥일 테지······.

그러니······ 보내 줄게······.

미련일랑 모두 접어 두고, 기꺼이 그댈 향해 미소 지어 보이며······ 우리의 눈부신 마지막을 찬란히 맞이하면서 그렇게······.

하늘하늘 춤사위를 펼치듯 유려한 몸짓으로 낙엽을 허공에 흩뿌리던 그녀가, 문득 멈춰 선 채 그를 천천히 돌아보았다.

불어오는 바람에 그녀의 머리칼이 부드럽게 나부꼈다.

아이들의 천진한 웃음소리가 손안에서 바스락대는 단풍잎처럼 그의 귓가에 간지럽게 밀려들었다.

어느 날엔가 꿈꾸었던······ 꿈결처럼 펼쳐진 붉은 단풍 길 위를 뛰노는 세쌍둥이와······ 그 길 위에서 그를 향해 더없이 행복하게 미소 짓고 있는 눈부신 그녀의 모습······.

바라 마지않았던······ 완전무결한 이별이었다.

그는 벅차게 눈을 감았다.

잔혹하고 눈부셨던 나의 사랑아······.

부디 안녕히······.

43

봄의 노래

유난히 길었던 그해 가을이 그렇게 저물었다.

퍽 더디게 찾아와 서슬 퍼렇게 날뛰던 동장군도 어느새 제풀에 지쳐 꼬리를 감춰 버리고, 겨우내 하얗게 얼어붙었던 대지가 여린 숨을 내쉬기 시작했다.

바야흐로 만물이 소생하는 계절, 약동하는 새봄이 찾아와 있었다.

거리마다 푸르고 싱그러운 생명의 기운이 넘실거렸다. 담장 너머로 늘어진 가지 위엔 금세 꽃잎을 틔울 듯 고개를 쳐든 연둣빛 꽃망울들이 서로 앞다투듯 저마다 봄을 노래했다. 낙안성에 찾아온 봄은, 예년과 조금도 달라진 것이 없었다.

전쟁의 칼바람이 매섭게 훑고 지나가 폐허로 변해 버렸던 마을은 새로운 성주에 의해 빠르게 복구되었고, 절망 속에 흐느끼던 민심은 서서히 회복되어 웃음을 머금기 시작했다. 저잣거리는 다시금 활기를 되찾아 오가는 사람들로 북적거렸고, 외성 문에는 입성 절차를 기다리는 이국 상단들의 줄이 예년처럼 끝이 보이지 않을 정도로 길게 이어져 있었다.

낙안성의 성주로 부임해 온 아리가 근 넉 달 만에 일궈 낸 성과였다. 성의 업

무에 서툰 그녀를 성심으로 보좌해 준 이들의 덕이 크기도 했지만, 그녀가 성의 복구를 위해 누구보다도 애써 왔다는 사실을 모르는 이들은 없었다.

그녀는 매일같이 밤늦도록 성의 주민들이 올린 탄원을 빠짐없이 살펴보며 무엇보다 주민들의 목소리에 귀를 기울이려 노력했고, 그들이 공통적으로 호소하는 문제들을 가장 시급하게 처리했다. 그 어떤 사안보다도 주민들의 편의에 관한 문제가 그녀에게는 늘 우선이었다.

그러한 그녀의 노력과 진심이 모두에게 전해진 까닭일까. 성주로서 아직은 서툴고 부족한 그녀의 업무 능력에 대해 폄하하거나 비난하는 이들은 많지 않았다. 오히려 그 세심한 마음 씀씀이에 그녀가 성주가 된 것을 진심으로 반기는 이들이 대부분이라 해도 과언이 아니었다.

황궁을 떠나기 전까지만 해도 불가능하리라 여겼던 일들이 그렇게 어느새 그녀에게는 당연한 일상이 되어 있었다. 기적이라는 말 외에는 달리 표현할 수가 없었다. 아리는 자신 앞에 기적처럼 펼쳐진 새로운 일상에 마음 깊이 감사해 하며 하루하루 최선을 다해 성주로서의 소임을 수행해 나가고 있었다.

"성주님, 지금 여기서 뭘 하고 계시는 겁니까?"

돌연 등 뒤에서 들려온 원성에 놀란 아리가 화단의 새싹들을 어루만지던 손길을 거두고 황급히 뒤돌아섰다. 그 반동으로 그녀의 얼굴 위에 드리운 자줏빛 너울이 춤을 추듯 흔들렸다.

너울 너머로 보이는 흑립을 쓴 인영이 유와라는 것을 알아차린 아리는 겸연쩍은 미소를 떠올렸다. 잠시 머리를 식히러 후원에 나와 있던 참이었는데, 그 사실을 모르는 유와가 저를 한참이나 찾아다닌 모양이었다. 그의 호흡이 흐트러져 있었다. 미안한 얼굴로 바라보고 있자니 그가 밭은 숨을 몰아쉬곤 불퉁하게 입을 열었다.

"아, 한참 찾았잖습니까. 어딜 가시면 가신다고 말씀이라도 해 주셔야죠."

어딘지 조급함이 묻어나는 유와의 삐딱한 핀잔에 아리의 얼굴에 묘한 긴장감과 기대감이 어렸다.

성안은 며칠 전부터 국빈을 맞을 준비로 몹시도 분주하게 돌아가고 있었다.

성주인 그녀가 그 누구보다도 가장 바쁜 하루하루를 보내고 있음은 말할 것도 없었고, 그것은 금일도 마찬가지여서 조금 전까지도 사절단이 머물 처소와 저녁에 있을 연회의 요리 목록을 몇 차례나 확인해 보다가 잠깐 짬을 내어 나온 길이었다.

그녀가 기억하기로는 금일 준비할 일정에 한해서는 더 이상 성주가 처리해야 할 사안은 남아 있지 않았다. 그렇기에 유와가 저리 숨이 턱까지 차도록 한달음에 달려올 만한 까닭은 아무리 생각해 봐도 단 하나밖에 떠오르지 않았다.

식은땀이 배어 나오는 손바닥을 마주 잡으며 용건을 재촉하듯 조급히 바라보자 유와가 쯧 하고 혀를 차고는 이내 괄괄하게 말을 쏟아 냈다.

"지금 이러고 계실 때가 아닙니다. 남문 밖에 개떼처럼 몰려오고 있다고요. 성미 급하신 양반께서 벌써 당도하신 모양인데 어서 성 밖으로 나가 보셔야 할 것 아닙니까."

"……폐하께서…… 오셨다는 말이니?"

겨우 목소리를 짜내어 확인하듯 되묻자 유와가 더 말해 무엇 하냐는 듯 요란스레 고개를 주억거렸다. 아리는 당혹스러운 얼굴로 황망히 중얼거렸다.

"하지만 어제 도착한 척한에는 빨라도 오후 늦게나 당도하실 수 있을 것이라 하셨는데……."

"그 성질에 또 얼마나 사람들을 재촉하시고 다그치셨겠습니까. 안 봐도 뻔하지요, 뭐."

"……."

이죽거리는 소리를 흘려들으며 넋이 나간 듯 고개를 주억거리던 그녀가 문득 시선을 들어 남쪽 하늘 아래 어디쯤을 물끄러미 응시했다. 아마 지금쯤이면 황제와 사절단이 질풍처럼 내달리고 있을 그곳……. 반갑기도 그립기도…… 또 거북하기도 한 알 수 없는 마음에 일순 그녀의 심장 한편이 짜르르 울렸다. 더 뜸 들일 것도 없이 구시렁대는 유와를 지나쳐 앞장서 걷기 시작하던 그녀가 돌연 멈춰 서더니 유와를 홱 돌아보았다.

"유와. 네가 폐하께 감정이 좋지 않다는 건 잘 알지만, 꼭 그렇게 티를 내야

겠니? 넌 아마 그 입만 조심하면 명줄이 지금보다 두 배는 더 길어질 거야."

"오호, 과연 그럴까요? 쳇, 죽었어도 벌써 죽었을 제가 여태 살아 있는 거 보면 지금도 명줄이 썩 짧은 것 같지는 않은데요?"

밉살맞게 깐죽대는 유와를 흘겨보며 아리는 설레설레 고개를 저었다. 그 누가 황제의 사절단을 개떼에 비유할 것이며, 황제를 성미 급한 양반이라 칭한단 말인가. 저러다 행여 폐하의 면전에서 말실수라도 하는 건 아닐까 하는 노파심이 잠시 일었지만, 막상 그런 자리에서 저를 곤란케 할 유와가 아님을 알기에 그녀는 걱정을 몰아내고는 걸음을 재촉했다. 그런 그녀의 뒤를 바싹 따르며 유와가 퉁명스러운 목소리로 잔소리를 퍼부어 댔다.

"아직 날이 차다고 제가 누차 말씀드렸는데도 하고한 날 새벽부터 밤중까지 그리 쏘다니시더니, 결국 고뿔이나 걸리시고……. 제 말을 안 들으시면 그런 꼴이 되신다니까요? 목소리가 그게 뭡니까? 예?"

"괜찮아. 난 멀쩡하니까 걱정할 것 없어."

"참 나, 성주님이 아니라 제가 걱정돼서 하는 소리거든요? 멀쩡하긴 뭐가 멀쩡해요? 지금 성주님 목소리가 얼마나 끔찍한 줄 아십니까? 듣는 사람 입장은 단 요만큼도 생각을 안 하시는 거예요?"

"……그렇게 듣기 거북하니?"

"정말 몰라서 물으시는 겁니까? 꼭 귀신 같다고요! 단둘이 있을 때 들으면 진짜 소름이 다 돋을 정도라니까요?"

협상 준비를 하느라 지나치게 신경을 쓴 탓인지 몸이 부쩍 약해져 있던 상태에서 며칠 무리하며 찬 바람을 쐈더니 바로 고뿔에 걸리고 말았다. 열도 없는 데다 그저 조금 몸이 노곤한 것을 빼면 딱히 불편한 곳도 없기에 협상을 앞둔 이때 이만하길 참으로 천만다행이라 여기던 차였는데, 어제 아침부터 듣기 거북할 정도로 목이 끔찍하게 쉬어 버린 것이다.

이 정도로 심하게 목이 쉬어 버린 것은 태어나 처음이었다. 그러니 저렇게 호들갑을 떨어 대는 유와의 대거리가 마냥 과장된 것만은 아니었다. 그녀가 듣기에도 귀신이 말을 한다면 이런 목소리가 아닐까 싶었다.

"하……. 그래요, 뭐 차라리 잘된 일인지도 모르지요. 그깟 천 쪼가리로 과연 그를 속이실 수 있으실까 싶었는데, 그 목소리를 듣고 어떻게 성주님이라 생각할 수가 있겠어요?"

"……."

아리가 아무런 대꾸도 하지 않자 유와가 흘끗 눈치를 살피곤 말을 이었다.

"폐하도 참 끝까지 그렇게 나오시는 거 보면, 아무튼 쪼잔하기로는 천하제일이 따로 없다니까요?"

"유와, 내가 말조심하라고 했지?"

"아니, 뚫린 입으로 말도 못 해요? 사실이잖습니까?"

잠시 유와를 흘겨보던 아리는 고개를 내젓고는 다시금 걸음에 속도를 붙였다. 조금 후 그녀가 마주하게 될 상황을 떠올리자 바위가 얹힌 듯 마음이 갑갑해졌다. 사실 유와와 이리 아옹다옹하고 있을 마음의 여유조차 없었다.

명후일은 파안제국과 아라하의 첫 교역 협상이 열리는 기념비적인 날이었다. 첫 협상의 자리이다 보니 이례적으로 양국의 두 군주가 직접 만나 협상을 타결해 나가기로 했고, 이틀 전인 오늘이 바로 양국의 사절단 모두가 협상 장소인 이곳 낙안성으로 모이기로 한 날이었다. 두 군주를 맞을 준비로 오전 내내 분주한 시간을 보내며 정신을 쏟고 있던 차였는데, 제국의 사절단이 전일 예고한 것보다 반나절이나 이른 시각에 급작스럽게 들이닥쳐 버렸다.

끝내 편전으로 불려가 그곳에 모인 모든 대소신료들 앞에서 낙안 태수의 봉작을 받고 낙안으로 떠밀리듯 떠나온 후로 그와는 꼭 넉 달 만의 재회였다.

아리는 단휘의 모습을 머릿속에 천천히 떠올려 보았다. 고작 넉 달이 흘렀을 뿐이건만, 마지막으로 보았던 그의 얼굴이 어떠했는지조차 희미하기만 했다.

도성에서부터 함께 온 수행원들의 도움을 받으며 그녀가 낙안성의 복구에 힘쓰는 동안, 단휘에게서는 서신 한 통 없었다. 아마도 그는 그녀 스스로 잘해 나갈 것이라고 철석같이 믿고 있는 게 분명했다. 아리는 그렇게 짐작하며 성주로서의 모든 소임에 더욱 성실히 임했다. 예전과 다름없이 활기찬 낙안성을 보며 기뻐할 그를 고대하면서, 낙안성의 새로운 태수 담리가흔이 이토록 성심을 다하였음에 그가 대견해하며 웃어 줄 그날을 기대하면서…….

벅차고 뿌듯한 마음에 슬그머니 피어오르는 미소를 삼키며 그녀는 마구간으로 걸음을 재촉했다. 마구간에 거의 다다르자 이미 말을 끌고 나와 대기 중인 하인들의 모습이 보였다.

서둘러 말 위에 오른 두 사람은 쏜살같이 성문 밖으로 내달렸다. 단휘의 명으로 도성에서부터 함께 온 스무 명의 수행원들과 낙안성의 귀족 관리들 모두 미리 그곳에 나와 대기하고 있었다.

"성주님, 오셨습니까!"

깍듯이 예를 갖추는 그들을 향해 엷은 미소를 떠올리며 고개를 끄덕여 보인 아리는 성문 밖 둔덕 아래로 빠른 속도로 가까워지고 있는 장중한 행렬에 시선을 고정했다.

선두의 병사들이 높이 치켜든 흑룡기가 기세 좋게 휘날렸다. 황제와 사절단의 행렬이 틀림없었다. 저 멀리 마을 곳곳에서 황제를 환영하는 낙안성 주민들의 함성 소리가 우레처럼 울려 퍼졌다. 힘차게 내달리는 행렬이 성문 가까이로 다가올수록 아리의 심장도 더욱 세차게 뛰었다.

긴 행렬의 선두가 마침내 성문 앞에 다다랐다. 아리는 심호흡을 한 뒤 말에서 내려 그들을 맞이하기 위해 서둘러 그곳으로 다가갔다. 흑룡기를 들고 있는 선두의 기수들을 빠르게 훑어보던 그녀의 시선이 마침내 다다른 곳에, 황제의 위용스러운 검은 군마가 늠름히 서 있었다.

아리는 검은 군마에 탄 사내를 멍하니 올려다보았다. 아침 해를 등지고 있는 탓에 그의 얼굴이 제대로 보이지 않았다. 군주에 대한 예를 올리는 것도 까맣게 잊은 채 한참을 넋이 빠진 사람처럼 그를 올려다보고 있는데, 그가 돌연 말에서 훌쩍 뛰어내려 그녀에게 성큼 다가왔다. 아리는 그제야 정신을 차리며 황급히 허리를 숙였다.

"황제 폐하! 만세! 만세! 만만세! 신 낙안 태수 담리가흔이 폐하를 뵙사옵니다!"

"황제 폐하! 만세! 만세! 만만세! 미천한 신들이 감히 제국의 지존을 뵙사옵니다!"

황제를 향해 그녀가 예를 갖추자, 수행원들과 귀족 관리들이 뒤이어 깍듯이 예를 갖추었다. 숙였던 허리를 펴고 슬며시 고개를 들자 그의 모습이 선명히 시야에 들어왔다.

그는 넉 달 전에 비해 눈에 띄게 강건해 보였다. 창백하던 안색은 혈기를 띠고 있었고, 앙상하게 푹 파였던 뺨에는 보기 좋을 만큼 제법 살이 올라 있었다. 그녀가 떠난 넉 달 동안 그가 얼마나 충실히 하루하루를 살아왔는지를 지금의 모습을 통해 충분히 짐작할 수 있었다. 그녀를 떠나보내고 행여 그가 상심하여 자신을 돌보지 않으면 어쩌나 내심 걱정했었는데, 이토록 강건한 그를 마주하고 보니 가슴이 터질 듯이 벅차올랐다.

아리는 감격스럽고 기쁜 마음에 저도 모르게 그를 향해 활짝 미소 지었다. 예전의 그였다면 설령 너울에 가려진 그녀의 미소를 보지 못했다 해도 이 순간 응당 그녀에게 환히 웃어 주었으련만. 그는 더없이 무심하고 건조하게 그녀를 바라보고 있을 뿐이었다.

마치 편전에서 대소신료들을 대할 때의 그 철저한 군주의 가면을 뒤집어쓴 듯한 얼굴을 하고서, 그가 형식적인 인사치례를 건네 왔다.

"환대해 주어 고맙소, 성주. 모두 평안해 보이는군."

"……황공……하옵니다, 폐하. 먼 길 오시느라 노고가 많으셨사옵니다."

생각지도 못한 그의 무덤덤한 태도에 그녀의 마음속에 까닭 모를 서운함이 짙게 피어올랐다. 아리는 그런 제 자신에게 당혹감을 느끼며 마음을 다스리기 위해 무던히 애를 썼다. 그의 강건한 모습을 본 것만으로도 감사해야 할 자신이 아니던가. 그가 자신을 어떤 마음으로 보내 주었는지를 누구보다도 잘 알고 있으면서, 고작 이런 사소한 반응 하나로 그에게 서운함을 품는 자신이 가증스럽고 한심하게만 느껴져 일순 괴로운 마음이 일었다.

아리가 속으로 치열하게 마음을 다잡는 동안, 단휘는 그녀에게 제대로 눈길 한 번 주지 않은 채 무미건조한 목소리로 말을 이었다.

"오는 길에 보니 마을이 거의 복구되었더군. 저자도 예전처럼 북적거리고.

경이 애쓴 덕이겠지."

"……폐하께서 신경 써 주신 덕분에 모든 일들이 수월히 진척되었사옵니다. 모두 폐하의 은덕이옵니다."

"겸손이 지나치군. 짐이 신경 쓴 것이 무에 있다고."

잠시 그녀를 빤히 응시하던 그가 이내 고저 없는 목소리로 툭 덧붙였다.

"제 몸조차 살피지 않고 열성을 다해 준 경이 이룬 성과이지. 노고에 감사하는 바요."

유와의 표현대로라면 귀신의 목소리에 가까웠을 제 쉬어 빠진 목소리에 대한 그의 반응은 그것으로 끝이었다. 감정이 실리지 않은 형식적인 위로와 치하의 말 한마디……. 그의 표정과 목소리, 혹은 태도 그 어디에서도 그녀의 안위에 대한 아주 작은 염려의 기색조차 찾아볼 수 없었다.

"그렇게 말씀해 주시니 황감할 따름이옵니다……."

아리는 대꾸하며 복잡한 심정으로 그를 올려다보았다.

"오래 달려왔더니 조금 피로하군. 그럼 이만 처소로 안내를 부탁해도 되겠소?"

"예, 폐하. 용서하소서. 먼 길을 오셨사온데 제가 눈치 없이 폐하를 너무 오래 서 계시게 하였나 보옵니다. 평안히 쉬실 수 있도록 성심껏 준비하였사오니 어서 성안으로 드시지요. 처소 앞까지 모시겠사옵니다."

"고맙소. 그럼 부탁하지."

"예, 폐하……."

오로지 군신의 관계로서 저를 대하는 그의 태도가 소름이 쭈뼛 돋을 만큼 너무도 낯설었다. 철저하게 공적인 그와의 재회에 마음이 심란하다 못해 혼란스럽기까지 했다. 이런 재회를 단 한 순간도 상상해 본 적이 없었다. 아리는 못내 당혹스러운 마음을 떨쳐 내지 못한 채 무거운 걸음을 겨우 옮겨 세워 둔 말 위에 올라탔다.

심란한 마음으로 그와 나란히 말을 몰며 성문으로 향하고 있는데, 등 뒤에서 잠시 부산스러운 소란이 일었다. 성주에게 보고될 만한 일이라면 굳이 그녀가 나서지 않아도 자연히 전달될 터였기에, 아리는 그곳에는 일절 신경을 두지 않은 채 그저 황제를 모시는 일에만 열중했다. 예상했던 대로 잠시 후 그녀의 뒤를 따르던 수행원 하나가 조심스럽게 곁으로 다가와 넌지시 고해 올렸다.

"성주님. 북문의 보초로부터 방금 전 기별이 왔습니다. 붉은 깃발을 든 행렬이 북문으로 접근 중이라고 합니다. 아라하의 사절단이 당도한 것 같습니다."

"……!"

아리는 저도 모르게 숨을 삼키며 눈을 커다랗게 떴다. 하나는 남문으로 또하나는 북문으로, 양국의 사절단이 이렇게 같은 시각에 당도할 줄은 정말이지 예상치 못했다.

잠시 아연실색하던 아리는 곧 정신을 다잡고는 목소리를 낮추어 사내에게 빠르게 명을 내렸다. 자국의 군주를 모시는 중이었기에 우선순위가 무엇인지는 너무도 명료했다.

"청설. 그대가 나를 대신해서 수행원들과 함께 북문으로 가 아라하의 왕과 사절단을 맞이해 주세요. 제국의 황제 폐하께서 당도하신 터라 성주가 친히 마중 나와 환대하지 못함을 용서하십사 양해를 구하도록 하고요. 그들 모두에게 국빈으로서의 예우를 다하여야 할 것입니다. 그럼 부탁합니다."

"존명!"

청설이라 불린 든직한 사내가 그녀의 명이 떨어지자마자 수행원들과 함께 성문으로 쏜살같이 내달렸다. 그들이 성안으로 사라지는 것을 물끄러미 바라보던 아리는 떨리는 마음을 가라앉히려 애쓰며 제 곁의 단휘를 돌아보았다. 그는 어느새 느려진 그녀의 속도에 맞추어 저 역시 말의 속도를 늦춘 상태였다.

"송구하옵니다, 폐하. 어서 가시지요."

돌아가는 사정을 파악한 듯 그가 미묘한 얼굴로 느리게 고개를 끄덕였다. 아리는 너울을 쓰고 있어서 천만다행이라 여겼다. 그렇지 않았다면 제 혼란스러운 얼굴이 지금 이 자리의 모두에게 고스란히 드러났을 터였다. 두 사내가 하필 같은 시각에 당도하다니, 참으로 공교롭기 짝이 없지 않은가.

아리는 무심결에 가슴께로 손을 가져갔다. 이러다 멈춰 버리면 어쩌나 싶을 정도로 심장이 터질 듯이 요란하게 뛰고 있었다. 소류가 낙안성으로 오고 있다는 사실을 몇 번이나 떠올리고 또 떠올리며 단단히 마음의 대비를 해 두었지만, 막상 그가 도착했다는 소식을 들으니 그간 마음을 다졌던 것이 무색하게도 누군가 심장을 통째로 쥐고 흔드는 것처럼 마음이 거세게 소용돌이쳤다.

황궁에서는 물론이거니와 낙안성에 온 이후에도 아리는 소류에게 단 한 차례도 연락을 취하지 않았다. 자신이 진아리가 아닌 완전히 다른 신분의 여인이 되어 낙안성의 태수로 부임했다는 것을 그에게 어찌 설명해야 할지 막막한 심정이 들기도 했지만, 그 과정에서 과연 어떤 일들이 벌어졌으며, 황제와 그녀 사이에 어떤 말도 안 되는 조건들이 오갔을지 하는 것들에 대해 행여라도 그가 온갖 추측을 떠올리며 마음 쓰게 될까 저어되었다.

그녀가 낙안성을 살피는 것 이상으로 아라하를 추스르는 데에 온 힘을 기울여야 할 그가, 저로 인해 일말이라도 마음이 어지러워지는 것은 원치 않았다.

하지만, 그녀가 지금껏 소류에게 서신 한 통 띄우지 못한 데에는, 기실 그보다 결코 작지 않은 또 다른 까닭이 있었다.

'그것 아나? 제국 초기에 황가에서 행해지던 상례의 의식 중에는 이런 것이 있었지. 황제가 죽어 장례를 치른 후에는 황후가 제 지아비의 무덤을 지키며 1년간 거상하는 것. 더도 덜도 말고 꼭 1년을 말이야.'

그녀가 낙안성으로 가던 날, 황궁을 떠나는 그녀를 배웅하지 않겠다던 황제가 무슨 변덕에서인지 갑작스럽게 말을 내달려 성문 밖까지 쫓아 나와 건넨 말이었다. 난데없이 황가의 옛 상례라니, 도대체 무슨 이야기를 꺼내려는 건가 싶었다.

'내 죽은 셈 치고 그댈 보내 주는 것이니, 그대도 그리 1년만은 죽은 듯이 살아. 죽은 지아비의 1년 상을 치르듯이 말이야. 그동안은 그자에게 그대의 바뀐 신분을 알려서도, 세쌍둥이의 존재를 알려서도, 안부조차 전해서도 안 돼. 옛 지아비에 대한 마지막 예의를 다해 달라 청하는 것이지만, 그저 강짜라고 여긴대도 상관없어. 알았나? 1년…… 딱 1년간이야. 그 안에는 절대 허락 못 해. 그대 곁에 나 아닌 그 어떤 사내도……'

참으로 주단휘답다고 생각했다. 일말의 남은 미련도 없다는 듯 세상 자비로운 사내의 모습으로 저를 깨끗이 보내 주나 싶더니, 채 갈무리하지 못한 미련을 끝끝내 졸렬하게 내보이고야 마는 게 너무도 그다워서, 결국 그녀 역시 미처 지워 내지 못한 연민을 끌어안은 채 끝내는 눈물을 보이고야 말았다. 움켜쥔 용포 자락 위에 서럽게 얼굴을 묻고서 몇 번이나 고개를 주억거린 후에야 그녀도 그도 서로에게서 힘겹게 발길을 돌릴 수 있었다.

그로부터 넉 달의 시간이 흐른 지금, 그는 언제 그랬나 싶게 냉랭하게 변해 있었다. 미련스러운 그 미련을 끝내 숨기지 못하던 그가, 이토록이나 무정하고 무감하게…….

수차례 그에게 안부 서신을 보냈지만 어째서 매번 오로지 공사에 관한 황제의 간결한 전언만이 전부인 대장군의 형식적인 답서가 돌아왔던 것인지를, 그녀는 이제야 알 수 있을 것 같았다.

아마도 그는, 담리가흔이 아닌 진아리를 완벽하게 지워 낸 것이 분명했다. 냉정하기 이를 데 없던 과거의 그를 떠올려 보면 그리 놀랍거나 새삼스러울 일도 아니었다. 하지만 어째서인지 자꾸만 마음이 쓰라리고 아려 왔다. 까닭 모를 상실감이 먹물이 번지듯 그녀를 잠식하고 있었다.

주변의 공기를 짓누르는 무거운 정적이 버티기가 버거울 만큼 오랫동안 둘 사이를 가로막았다. 제 곁에서 말없이 말을 몰고 있는 그에게 온 신경을 곤두세운 채 성문을 통과해 어느새 중정을 지나고 있는데, 북문으로 보냈던 청설의 부하가 황급히 다가와 그녀에게 깍듯이 고해 올렸다.

"성주님. 아라하의 사절단이 입성하고 있습니다. 하명하신 대로 예를 다해 정중히 그들을 맞이하였습니다. 알려 온 대로 왕을 포함하여 사신 60명과 시위 30명, 짐꾼 200명까지 도합 291명의 인원입니다. 왕과 그 측근들이 이미 입성하여 지금 이쪽으로 이동 중이온데, 잠시 그들과 대면하여 인사 나누시겠습니까?"

"……."

"성주 합하……?"

갑작스러운 상황에 아리가 선뜻 입을 떼지 못하자, 사내가 조심스럽게 그녀를 부르며 대답을 재촉했다.

"······그리하지."

그러나 정작 답을 건네 온 사람은 성주가 아니라 황제였다. 어째서인지 아무런 대답도 꺼내지 못한 채 망설이는 성주를 대신해 친히 하답한 황제를 향해 사내가 황공히 머리를 조아렸다.

북문으로 입성한 그들이 잠시 후면 북정에 당도할 것이라는 수행원의 뒤이은 보고에 아리와 단휘는 처소로 향하려던 발길을 돌려 북정으로 향했다.

아담한 중정을 지나 보초들이 사용하는 건물을 돌자 다시 너른 중정이 나왔다. 북정이었다.

말에서 내리는 단휘를 따라 아리도 말에서 내렸다. 아직 그들이 도착하지 않은 듯 북정은 고요하기만 했다. 아리는 마른침을 삼키며 자꾸만 식은땀이 배어 나오는 손바닥을 연신 소매 안으로 문질렀다. 위장을 쥐어짜는 듯한 통증에 저도 모르게 미간을 찡그리던 순간이었다.

"폐하. 그들이 도착했사옵니다."

정적을 깨뜨리며 조심스럽게 고해 오는 목소리에 고개를 들자, 저 멀리 서른 보쯤 떨어진 북쪽 입구로 들어서고 있는 장정들의 무리가 시야에 들어왔다.

그들을 발견한 순간 아리의 심장이 터질 듯이 무섭게 뛰기 시작했다. 멀리서도 충분히 알아볼 수 있었다. 선두에 선 소류와 그 뒤를 따르고 있는 서문진, 친위대장 무흔 그리고 아밀부 군장의 모습이 차례로 보였다.

그들 역시 황제와 그녀의 존재를 알아챘는지 일제히 말에서 내려 이쪽을 향해 성큼성큼 걸어오기 시작했다. 그들과의 거리가 서서히 좁혀질수록 그녀의 심장은 더욱 빠르게 두방망이질해 댔다.

대략 스무 보쯤, 서로의 얼굴을 충분히 확인할 만큼의 거리를 남겨 두었을 무렵이었다.

"아······ 아니 됩니다! 거기들 멈추십시오······!"

어디선가 난데없이 기함할 듯한 외침 소리가 들려왔다. 중년 여인의 목소리였다. 갑작스럽게 들려온 소리에 모두가 자리에 멈춘 채 그쪽을 돌아보았다. 그와 동시에 작고 소란스러운 무언가가 화단의 뒤편에서 튀어나와 정확히 두 무리의 사이로 뛰어 들어왔다.

"강이 아기씨……! 운이 아기씨! 설이 아기씨……! 그쪽으로 가시면 아니 됩니다! 그쪽으로는 절대로……! 에구머니……!"

화단 뒤에서 황급히 뛰어나온 장 상궁이 부랴부랴 세쌍둥이를 쫓다가 황제를 발견하고는 소스라치게 놀라 그를 피해 잽싸게 돌아서는가 싶더니, 반대편에 있는 소류를 발견하고는 그보다 몇 곱절은 더 까무러치게 놀라 세쌍둥이를 버려둔 채 쏜살같이 줄행랑을 놓았다.

굼떠 보이는 겉보기와는 달리 어찌나 동작이 재빠른지 혀를 내두를 지경이었다. 언젠가 아라하의 데오니 화전에서 저를 버려둔 채 한달음에 달아나던 장 상궁의 모습이 문득 떠올라 아리는 당혹스러운 와중에도 헛웃음이 새어 나오는 것을 겨우 삼켰다.

장 상궁은 세쌍둥이의 유모 자격으로 낙안성에 와 있었다. 황궁을 떠난 후에도 아리의 곁에 그녀를 진심으로 아껴 줄 이들이 함께하기를 바랐던 단휘가 장 상궁을 아리와 같이 이곳으로 보낸 것이다.

장 상궁의 신분이 밝혀진다 하여 아리의 신분까지 들통나는 것은 아니었지만 조심해서 나쁠 건 없었기에 장 상궁 또한 덩달아 성안에서 차면을 쓴 채 생활하고 있었다. 지금 역시 차면을 단단히 두른 터라 얼굴을 들킬 리 없건만, 그 작은 천 조각 하나를 철석같이 믿고 안심하기에는 장 상궁이 지나치게 새가슴이라는 점이 문제라면 문제였다.

아라하 왕의 예리한 눈은 분명 얄따란 천을 뚫고 한눈에 저를 알아볼 게 틀림없다고, 그 짧은 순간에 빠르게 판단을 마친 장 상궁은 소류를 발견하자마자 꽁지 빠지도록 줄행랑을 놓아 버렸다. 그런 장 상궁 덕에 세쌍둥이는 북정 한복판까지 뛰어나와 정확히 두 무리의 사이를 가로막은 채 세상 해맑게 뛰놀고 있었다.

"아…… 아이들이……."

아리는 아연실색한 채 당혹스러운 얼굴로 아이들을 응시했다. 수행원 중 누군가가 재빨리 나서 세쌍둥이를 데려오려 했지만, 슬며시 손을 들어 저지하는 황제로 인해 차마 나서지 못하였음을 그녀는 알지 못했다.

아리와 단휘는 제자리에 멈춰 서 있는 상태였고, 소류는 측근과 함께 이쪽으로 이동 중인 상태였다. 당연하게도 소류 쪽이 세쌍둥이에게 먼저 닿았다. 세쌍둥이가 나타난 순간부터 천천히 속도를 늦추어 걷던 그들이 이윽고 아이들 곁에 다다라 걸음을 멈추었다. 아직 두 돌이 채 안 된 세쌍둥이들은 거인 같은 낯선 장정들의 앞을 가로막고도 마냥 천진하게 까르르거리며 오로지 뛰노는 데에만 열중하고 있을 뿐이었다.

제 발치로 다가와 툭 다리를 끌어안는 작은 아이를 한참 내려다보던 소류가 보채는 듯한 아이의 행동에 당황한 얼굴로 엉거주춤 허리를 굽혔다. 그가 당혹스러워하는 기색이 멀찍이 떨어져 서 있는 아리에게까지 느껴졌다.

"아나……. 아나!"

"……."

"아나! 아나아! 으응? 빠이!"

"응? 안아…… 달라고?"

아이들은 아직 발음은 부정확했지만 제법 말이 빨라 의사를 짧게 표현할 줄 알았다. 고개를 비스듬히 기울인 채 아이의 말을 해석하는 듯하던 소류가 천천히 한쪽 무릎을 꿇고 앉아 아이와 시선을 맞추었다. 아이가 그에게 안겨 오듯 두 팔을 뻗어 오자 그가 저도 모르게 본능적으로 아이를 안아 들었다.

"까아!"

앉았던 몸을 일으키며 한 팔로 번쩍 아이를 안아 올리자 아이가 자지러질 듯 웃었다. 나머지 두 아이가 덩달아 꺅꺅거리며 저도 안아 달라는 듯 쪼르르 그의 다리에 매달려 왔다.

소류는 묘한 기분에 사로잡혔다. 심장을 헤집는 듯한 통증이 가슴에 아릿하게 번져 갔다. 어미의 태 안에서 탈 없이 자라나 세상의 빛을 보았더라면, 그녀와 자신의 아이도 아마 꼭 이 나이쯤 되었으리라. 끝내 지켜 내지 못한 제 아이를 향한 죄책감과 그리움이 가시처럼 날카롭게 그의 심장을 파고들고 있었다.

"……."

안아 든 아이의 살에서는 좋은 향기가 났다. 그것은 꽃향기도 아니었고 과일향도 아니었지만, 그보다 더 달콤하고 향기로워서 문득 아이의 뺨에 코를 묻고 살냄새를 깊이 들이마시고 싶은 충동이 강하게 일었다. 그런 제 자신이 이해가가지는 않았지만, 지금 이 자리가 아니었더라면 아마 분명 그리하고도 남았을 터였다.

성주에게 세쌍둥이가 있다는 사실은 무흔에게 전해 들어 알고 있었다. 성주의 자녀들을 지나치게 스스럼없이 대하는 태도는 다소 무례하게 비칠 소지가 있었기에 겨우 그 충동을 눌렀으나, 그럼에도 그는 품에 안아 든 아이를 선뜻 내려놓지 못하고 있었다.

소류는 아이를 안은 채로 전방을 응시했다. 자줏빛 너울을 쓴 여인과 황제가 제게로 천천히 걸어오고 있었다.

오랜만에 본 황제는 이전보다도 더 말끔하게 회복된 모습이었다. 눈 한쪽을 잃었다는 사실 외에는 도무지 죽다 살아난 사람이라고는 생각하기 힘들 정도로 그는 놀랍도록 강건해져 있었다. 그런 그를 마주하자 문득 지독한 의문 하나가 씁쓸히 뇌리를 스쳤다.

그를 저토록 치열하게 살아가도록 만든 것은 과연 무엇일까…….

그의 생에 대한 애착은…… 역시 그녀로부터 비롯된 걸까.

"오랜만이오, 아라하의 천궁. 먼 데까지 오시느라 고생이 많으셨소."

환영 인사를 마치고 나서야 황제가 곁에 서 있는 수행원에게 아이를 데려오라 슬며시 눈짓했다. 그러자 수행원은 서둘러 소류에게 다가와 그의 품에 안겨 있던 아이를 조심히 받아 안았다. 찰나 가슴속에 우련히 번지는 헛헛함에 적잖이 당혹감을 느끼며, 소류는 제 품에서 멀어지는 아이에게서 가까스로 시선을 떼어 내곤 황제의 인사에 예를 차려 화답했다.

"파안의 황제께서 염려해 주신 덕분에 편안히 왔소이다. 환대에 감사드리오."

한때는 서로가 서로에게 오로지 적국의 군주일 뿐이었던 두 사내의 전례 없는 화합의 순간이었다. 익숙지 않은 자리에 다소 어색한 분위기가 흐를 법도 한데, 두 사내에게서는 어떠한 미편한 기색도 찾아볼 수 없었다. 그 자리가 가시방석인 것은 오로지 아리 하나뿐이었다.

얼굴이 두껍기로는 아마 주단휘만 한 이가 없으리라 여겼는데, 소류 역시 그와 크게 다르지 않아 보였다. 그 사실을 눈앞에서 직접 확인하고 보니 군주란 뻔뻔함을 타고나기라도 한 존재인가 싶은 생각이 들어 아리는 내심 혀를 내둘렀다.

"소개하겠소. 이쪽은 낙안의 새로운 성주요. 제국의 충신 사혼단주의 쌍둥이 누이지."

단휘가 제 뒤에선 아리를 돌아보며 소류에게 소개했다. 아리는 심장이 너무 날뛰어 이대로 몸 밖으로 튀어나와 허공으로 날아가 버리는 것은 아닐까 심히 염려스러울 지경이었다. 전신이 무섭게 떨려 오는 것을 겨우 추스르며 그녀는 조심스레 단휘의 곁으로 다가서 소류를 향해 공손히 허리를 숙였다.

"……담리가흔이라 합니다. 뵙게 되어 광영입니다, 전하. 계시는 동안 편안히 지내실 수 있도록 성심을 다하겠사오니 부디 편히 머물다 가십시오."

너울과 차면을 써 얼굴을 두 겹으로 가리고 있었지만 그럼에도 그가 저를 알아볼 것만 같아 심장이 터질 듯이 쿵쾅거렸다. 자줏빛 너울이 그와 그녀 사이를 가로막고 있어 시야는 선명하지 않았으나, 단 두 걸음 떨어져 있는 가까운 거리여서인지 그의 얼굴이 퍽 또렷이 보였다.

그의 시선이 제게로 날아들고 있는 것이 느껴졌다. 아리는 저도 모르게 양손을 꽉 마주 잡았다. 어찌나 세게 움켜잡았는지 손아귀 안에 갇힌 손가락의 뼈마디가 아파 올 정도였다.

문득 그의 눈매가 슬며시 휘어지는 듯싶더니, 이내 중저음의 듣기 좋은 목소리가 귓가에 부드럽게 박혀 왔다.

"환대에 감사드리기 전에, 성주께는 먼저 위로를 드려야겠군. 이리 부임해 오자마자 양국의 교역을 주관하게 되었으니 이보다 더 골치 아플 일이 어디 있겠소."

그가 스스럼없이 농을 건네 올 거라곤 조금도 예측하지 못하였기에, 아리는 농이라는 것을 깨닫지도 못한 채 당황하여 고개를 내저었다.

"처, 천부당만부당하신 말씀입니다. 기쁜 마음으로 준비하였습니다. 진심으로 그러합니다."

정색하며 부인하자 그가 겸연쩍게 웃었다.

"이런. 내 성주를 당황케 하였나 보군. 그저 농일 뿐이오. 하지만 내 하나는 당부드리지. 행여 군주 간의 협상이 순조롭지 않더라도 성주의 재량으로 부디 중재를 잘 부탁드리겠소."

"그 점이라면 심려치 마십시오, 전하. 양국 첫 교역의 주관자로서 제가 감히 장담컨대 협상은 분명 순조로울 것입니다."

"글쎄. 그리 장담할 일은 아닌 듯싶은데."

픽 웃으며 느른히 대꾸한 소류가 돌연 시선을 틀어 단휘를 날카롭게 응시했다.

"아니 그런가, 황제?"

빈정대듯 동조를 구하자 단휘가 가소롭다는 듯 입꼬리를 올리며 대꾸했다.

"천만다행이로군. 행여 네놈이 착각이라도 하면 어쩌나 했지."

그가 말을 마침과 동시에 둘 사이에 고요히 흐르던 기류가 서서히 충돌하듯 험하게 일렁이기 시작했다. 조금 전까지의 호의적인 태도를 거짓말처럼 싹 지우고, 어느새 두 사내 모두 만면에 조소를 떠올린 채 혐오와 환멸 가득한 시선으로 서로를 잡아먹을 듯 노려보고 있었다. 대번에 서로에게 하대를 하며 본색을 드러내 버린 그들은 표정과 눈빛부터가 처음과는 판이하게 달라져 있었다.

두 지존의 대면에 혹시나 분위기가 험악해지면 어쩌나 마음을 졸였던 것이 괜한 염려였다 싶을 만큼, 서로에게 깍듯이 예의를 차리는 두 사람을 보며 안도하던 모든 이들이 그제야 그들에게 감쪽같이 속아 넘어갔다는 사실을 깨달았다. 그것은 아리 또한 마찬가지였다. 시선을 부딪치며 고요히 으르렁거리는 두 사람의 머리 위로 거대한 불길이 화르르 치솟아 오르는 듯한 환영이 뇌리에 선연히 펼쳐졌다. 아리는 심란한 얼굴로 깊이 한숨을 내쉬었다.

"……폐하, 그리고 전하. 두 분 인사를 나누셨으니 이만 처소로 모실까 합니다."

그녀가 나서서 중재하자 단휘와 소류가 서로 주고받던 거센 시선을 마지못해 거두었다. 아리는 분위기를 살피듯 두 사람을 찬찬히 번갈아 바라보았다. 단휘에게 잠시 머물렀던 그녀의 시선이 머뭇머뭇 소류에게 가닿았다. 소류의 시선은 어느새 수행원들에게 안긴 채 저만치 멀어지고 있는 세쌍둥이의 모습을 고요히 좇고 있었다. 그런 소류를 바라보는 아리의 심장이 주체할 수 없이 떨렸다.

"가지."

"……예, 폐하."

어딘지 재촉하는 듯한 단휘의 성마른 말투에 퍼뜩 정신을 차린 아리는 소류에게 서둘러 예를 갖추었다.

"전하, 수하들이 처소로 안내해 드릴 것이니 어서 여독을 푸시고 편히 쉬십시오. 연회 전에 찾아뵈어 정식으로 인사 올리겠습니다."

"고맙소. 그럼 또 봅시다."

간단히 대꾸하곤 돌아서서 멀어져 가는 소류를 일별한 아리는 말을 향해 서둘러 걸음을 옮겼다. 잠시 흘끗 뒤돌아보자 어느새 입구로 돌아간 그가 말 위에 올라타는 것이 보였다. 그를 돌아본 것은 아주 찰나일 뿐이었다. 서둘러 고개를 바로 하고는 말에 올라타려는데, 문득 곁에서 퉁명스러운 목소리가 들려왔다.

"그리 표 나게 굴어서 1년은커녕 오늘 하루나 제대로 속일 수 있겠나?"

"예……?"

멍하니 돌아보며 되묻자 단휘가 삐뚜름히 고개를 기울인 채 서늘한 눈초리로 그녀를 응시하고 있었다.

"얼굴을 가리고 목소리까지 속이면 뭘 하느냐 말이야. 그가 그리워 죽겠다고 온몸으로 외쳐 댈 거면서."

"제, 제가 언제……. 전 그런 적 없습니다. 참으로 그런 게 아니라……."

"그런 게 아니면, 뭐지?"

"……."

"그것 봐. 둘러댈 말도 없지 않나."

되묻은 말에 입만 벙긋거린 채 대답을 주저하는 아리를 보며 그가 빈정대듯 픽 웃더니, 당황해 하는 그녀에게서 시선을 거두고는 말 등 위에 훌쩍 올라탔다.

"장헌당에서 묵도록 하지. 안내할 것 없어."

"폐하……."

난감해하는 그녀를 서늘하게 일별한 그가 고삐를 한쪽으로 힘껏 잡아당기며 말의 방향을 틀었다.

"……핏줄은 당긴다더니…… 영 헛소리는 아니었던 모양이지? 여하튼, 빌어먹게 재수 없는 놈……."

고삐를 움켜쥔 채 이를 사리물며 씹어뱉듯 중얼거린 뒷말은 거의 혼잣말에 가까워 그녀에게는 잘 들리지 않았다. 그렇게 제 할 말만 퍼부어 댄 그는 당황해 하는 아리를 남겨 둔 채 쏜살같이 말을 내달렸다. 그런 황제의 뒤를 바짝 쫓으며 시위들이 요란하게 달려 나가자 흙먼지가 삽시간에 뿌옇게 사위를 뒤덮었다.

짙게 피어오른 흙먼지가 서서히 걷혀 갈 즈음, 한바탕 소란이 스치고 지나간 북정에는 적막만이 가득히 내려앉았다.

어울리지 않는 봄바람이 살랑살랑 불어와 옷깃을 흔들 때야 아리는 겨우 긴장을 풀고 어깨를 축 늘어뜨리며 참았던 한숨을 폭 내쉬었다. 잠시 맥이 풀린 채 아연히 서 있던 그녀는 마음을 추스르고는 제 뒤에 도열해 있는 수행원들을 돌아보았다.

"모두 애썼습니다. 그만 자리로 돌아가 각자 맡은 바 임무를 다하도록 하세요."

모두에게 명을 내린 후 아리는 다소 심란한 마음으로 자신 역시 서둘러 자리를 떴다.

그녀를 곤란케 하는 이런 상황은 제발 이것이 처음이자 마지막이면 좋으련
만. 유감스럽게도 금일의 일정은 이제부터가 시작이었다. 잠시 여독을 푼 후에
는 양측의 사절단이 예정에도 없던 오찬을 함께해야 했고, 저녁에는 만찬을 겸
한 성대한 환영 연회가 열릴 예정이었다.

"……성주님. 괜찮으신 겁니까?"

어디론가 몸을 피해 있다가 주변이 고요해지자 소리 없이 나타난 유와가 염
려하듯 물어 왔다. 아리는 묵직하게 터져 나오려는 한숨을 애써 삼켜 넣으며
괜찮다는 듯 고개를 끄덕였다. 그러나 솔직히 말하자면 전혀 괜찮지 않았다. 괜
찮을 리가 없었다.

자신을 숨긴 채로 철저히 성주가 되어 소류를 속여야 한다는 사실도 내키지
않았고, 제게 1년 상이라는 뻔뻔한 요구를 해 왔으면서도 정작 저리 냉담하게
구는 단휘와 마주하는 것도 편치 않았다. 게다가 서로에게 날을 세우며 으르렁
대는 둘을 눈앞에서 직접 지켜보는 일은 더욱 견디기 힘들었다. 각오했지만 그
것은 상상한 것 이상으로 피를 말리는 일이었다.

하지만 고작 이 정도로 나가떨어져 주저앉을 수는 없었다. 아리는 제 자신을
다독이듯 나직이 중얼거렸다.

"그럼, 괜찮고말고. 이제 시작인걸."

괜찮지 않았지만, 괜찮아야 했다. 무사히 협상이 타결되어 양국의 군주 모
두가 흡족한 마음으로 돌아갈 때까지는 어떻게든 괜찮아야 했다. 이번 협상의
결과에 따라 오랜 세월 숙적이었던 파안과 아라하의 유구한 관계가 새로이 정
립될 수도 있었다. 양국의 오랜 반목을 잘라 낼 다시없을 기회였고, 또한 아이
혜와의 못다 한 약속을 이번에야말로 제대로 지켜 낼 그런 기회였다. 떠밀리듯
마지못해 앉은 자리였지만, 그러한 굳건한 대의와 사명이 어느새 그녀의 가슴
속에 깊이 뿌리를 내리고 있었다.

아리는 재차 각오를 다지듯 깊이 심호흡을 하고는 이내 힘껏 말을 달렸다.
오찬은 정오쯤 시작될 터였고 그때까지는 아직 시간이 남아 있었다. 여독을 풀

고 정식 일정을 준비하려면 양국의 사절단 모두에게 충분한 시간이 필요하리라. 그사이 한숨을 돌릴 시간은 그녀에게도 얼마쯤은 주어질 터였다.

서둘러 처소로 말을 몰며 그녀는 이번 협상의 일정을 머릿속에 천천히 되짚어 보았다. 금일 오찬과 만찬 연회를 마치고 나면, 명일은 공식 일정 없이 양국의 사절단이 각자의 시간을 보내고, 명후일에는 마침내 양국의 군주가 협상의 자리를 갖는다. 이처럼 몇 마디로 정리해 보면 참으로 간단하기 그지없는 일정이었다.

문득 무겁게 가슴을 짓눌러 오는 부담감에 한숨이 절로 새어 나왔다. 그 간단한 일정이 아직 본격적으로 시작되기도 전이건만, 벌써부터 머리가 터질 듯이 지끈거리고 심장이 떨어질 듯 쿵쾅거렸다. 협상이 끝날 때까지 정신은커녕 과연 몸이나 제대로 버텨 줄지 심히 염려스러웠다.

마침내 처소에 다다른 아리가 말을 멈춰 세우자, 유와가 재빨리 다가와 그녀가 말에서 내리는 것을 도와주었다. 부리나케 달려 나온 하인들이 두 사람이 타고 온 말의 고삐를 넘겨받고는 공손히 물러났다.

처소에 도착하고 나니 복잡했던 머릿속이 그런대로 차분히 가라앉았다. 이제는 잠시라도 쉬고 싶은 마음이 간절했다. 아리는 서둘러 전각 안으로 몸을 밀어 넣었다. 대청마루로 이어진 계단을 총총히 내딛던 그녀의 발걸음이 무슨 영문에서인지 점차 느려졌다.

계단 한가운데 멈춰 선 그녀가 무언가에 홀린 듯 마당을 향해 뒤돌아서자, 유와가 잠시 의아한 얼굴로 바라보다 그녀를 따라 천천히 몸을 돌려세웠다.

"……아……!"

마당에 찬연히 쏟아져 내리는 금빛 햇살이 일순 두 사람의 동공 가득히 밀려들어 왔다. 다물렸던 입술이 슬며시 벌어지며 의식도 하지 못한 채 나직한 탄성을 흘려 내고 있었다.

온전히 담아내기가 버거워 슬며시 찡그려 뜬 두 눈이 새삼 낯선 곳을 바라보듯 생경하게 마당을 훑었다. 어쩐지 마음 한구석이 시큰해져 오는 듯해, 아리는 선뜻 눈을 떼지 못한 채 봄 햇살이 눈부시게 쏟아져 내리는 앞마당을 뇌리에 새겨 넣듯 휘둘러보다 나직이 중얼거렸다.

"……이제 정말…… 봄이 왔구나……."

시리고 혹독했던 계절이 끝나고 마침내 찾아온 봄…….

햇살이 내려앉은 마당의 마른 흙들은 금빛으로 찬란히 빛나고, 작은 화단에 늘어선 나무들은 연둣빛으로 싱그럽게 반짝거리는…… 시리도록 찬연하고 아름다운 봄…….

시야를 가득 채운 이 너른 마당의 그 어디에도 봄의 숨결이 닿지 않은 곳이 없었다. 그 자연한 현상이 못내 눈물겹게 감격스러웠다. 아리는 가슴 가득 북받쳐 오르는 벅찬 환희에 전율하듯 몸을 떨며, 어느 때보다도 절박하고 절실한 심정으로 온 마음을 다해 간절히 기도했다.

부디 이 찬연한 봄의 노래가 모두의 마음속에 울려 퍼지기를…….

그리하여…… 찬란한 생을 함께할 모든 이들이, 이 아름다운 계절을 진심으로 찬미할 수 있게 되기를……!

44

성주의 알현

시간이 더디 흐르는 것인지 쏜살같이 흐르는 것인지 도무지 알 수 없었다.

다행인지 불행인지 양국의 군주 모두 점심은 처소에서 간단히 해결하고 싶다는 뜻을 비쳐 온 터라, 아리는 다음 일정까지 얼마간 시간을 더 벌 수 있었다.

물론 가시방석과 같을 그 순간이 미뤄졌다는 점에서만큼은 분명 다행이라 여길 만했지만, 예정에 없던 일정이었다고는 해도 양국의 첫 회동이 될 뻔했던 오찬회가 두 군주에 의해 무산되었다는 사실은 그녀의 의욕을 한풀 꺾어 놓을 만큼이나 맥 빠지는 일이기도 했다.

잠시 한숨을 돌릴 시간이 주어졌으나 그녀에게는 그것을 즐길 심적인 여유가 전혀 없었다. 연회장 상석에 휘황찬란하게 마련된 두 군주의 자리가 끈덕지게 그녀의 사고를 붙들었다. 그 둘 사이에서 온 신경을 곤두세운 채 진땀을 빼고 있는 자신의 모습까지도 벼락처럼 눈앞을 스쳐 갔다.

"하아……."

매도 먼저 맞는 게 낫다 하였건만, 이리 가시방석에 앉은 채 기다리고만 있으러니 정말이지 생지옥이 따로 없었다. 땅이 꺼지도록 무겁게 한숨을 내쉰 아리는 서랍에서 면경을 꺼내 들었다. 휴식 같지도 않은 휴식을 취하며 시간을 허비하느니 차라리 연회장에 나가 준비되는 과정을 지켜보는 편이 마음 편할 듯싶었다.

흐트러진 머리와 옷매무새를 가다듬은 후 차면과 너울을 챙겨 쓴 그녀는 면경에 비친 자신의 모습을 찬찬히 훑어보고는 보료에서 몸을 일으켰다. 순간 무언가를 잊은 듯한 찜찜한 기분이 어렴풋이 느껴졌지만, 아무리 생각해 봐도 도무지 떠오르는 바가 없어 그저 마음의 여유가 없는 탓이려니 했다.

찜찜한 마음을 뒤로한 채 아리는 서둘러 연회장으로 향했다.

연회장의 자리 배치를 꼼꼼히 살피고 진상할 요리들을 거듭 점검하는 사이 예상외로 시간이 훌쩍 흘러갔다. 빈틈없이 준비를 마쳤다고 그리도 자신했건만 막상 점검해 보니 미처 확인하지 못한 자잘한 문제들이 하나둘씩 튀어나왔다. 처음에는 그저 시간을 때우고자 시작한 일이었는데, 이제는 도리어 시간에 쫓기는 지경이 되어 있었다. 만찬회는 유시부터 시작될 예정이었고 어느덧 그때까지 반 시진 남짓을 남겨 두고 있었다.

아리에게 남은 금일의 마지막 임무는 연회가 열리기 전 성주가 직접 귀빈을 찾아가 연회에 초청하는 관례에 따라 두 군주를 각기 알현하는 것이었다. 바로 그 마지막 임무를 다하는 동안 남은 시간들은 도리어 잡고 싶어질 정도로 번개처럼 빠르게 흘러가 버릴 터였다.

아리는 각오를 다지며 깊이 심호흡을 한 뒤 연회장을 나섰다. 긴 복도를 지나 전각 밖으로 나가자 타오를 듯 붉은 석양이 서편 하늘 끝을 붉게 물들이고 있었다.

노을이 지기 시작하는 하늘을 한참 동안 우두커니 서서 바라보던 그녀는 어깨를 곧게 펴고는 결연히 걸음을 내디뎠다. 저 해가 완전히 기울어 땅거미가 까맣게 내려앉을 즈음에는, 자신은 연회장 상석의 거대한 원탁 앞에 앉아 마침내 두 사내를 마주하고 있을 터였다.

"폐하, 소신들 안으로 들어도 되겠습니까?"

오찬을 거절하고 장헌당에 하염없이 틀어박힌 채 휴식 같지도 않은 휴식을 취하는 동안 어찌나 시간이 빠르게 흘러가던지 벌써 만찬 시간이 가까워져 있었다.

어깨를 주무르는 여인의 손길에 노곤함을 이기지 못하고 눈을 감고 있던 단휘가 조금씩 커지는 발소리에 눈을 뜨고 문 쪽을 바라보았다. 아리와의 독대를 피할 요량으로 그녀가 제게 알현을 청해 오기 전에 이번 협상에 대동한 자함과 백하를 미리 자신의 처소로 불러들인 터였다.

그녀와 단둘이 있으면 또다시 담리가흔이 아닌 진아리로 대할 것만 같았다. 아까도 그러하지 않았던가. 오랜만의 재회이니 제법 그럴싸하게 그녀를 성주로서 대할 수도 있었으련만, 진아리를 향한 말들을 꾹꾹 눌러 넣다가도 불쑥불쑥 튀어나오는 것을 끝내 막지 못했다.

"들어오게."

허락의 말이 떨어지자 자함과 백하가 조심스레 문을 열고 방 안으로 들어왔다. 그들의 시선이 자신들의 주군 곁에 그림처럼 앉아 있는 여인에게로 잠시 향했다가 단휘에게로 슬며시 되돌아왔다. 그새 제법 여독이 풀렸는지 나른한 얼굴로 편안히 누워 있는 그의 모양새는, 누가 보더라도 꼭 계집과 노닥거리러 온 팔자 좋은 한량 같았다.

"폐하. 만찬회 시간이 다 되어 갑니다. 곧 황…… 성주가 알현을 청하러 올 것입니다."

"하여?"

"하온데 이리 계시면…… 그러니까 그게…… 아무래도 모양새가 조금……."

"왜, 내 모양새가 무어가 어때서."

"……그것을 진정 몰라 물으십니까?"

자함이 단휘 곁에 앉은 여인을 매섭게 일별하며 불만을 표하자 단휘가 엷게 실소했다.

"무어가 어떻다고 또 타박을 하는 겐가. 이런 방탕한 모습이야말로 원래의 나다운 모습이잖나. 아니 그런가?"

단휘가 동의를 구하듯 밉살맞게 눈썹을 치켜올리자, 제 군주의 뻔뻔한 태도에 질렸다는 듯 자함이 깊은 한숨을 내쉬었다. 아무러면 어떻냐는 듯 픽 웃은 단휘가 가만히 턱을 괴곤 허공을 응시했다.

폐위된 황후의 죽음이 공표된 지는 오래였다. 세인들에게 그녀는 이 세상에 없는 사람이었다. 비밀을 아는 몇 명을 제외한다면 말이다. 사정이 그러하건만 퍽 우스운 일이었다. 정작 당사자인 단휘 본인은 그 사실을 받아들여 이리도 지워 내려 애를 쓰고 있는데, 명색이 제 측근이란 자들은 그와 그녀를 여전히 붉은 실로 동여매 끊임없이 속박하려 들었다.

그녀가 알현을 청하러 오는데, 그게 대체 뭐가 문제라는 건가.

단휘는 뻗대듯 심술을 부리며 부러 더 낯뜨겁게 여인의 허벅지 안쪽 은밀한 부위를 베고 누웠다. 그런 저를 보며 대놓고 인상을 구기는 자함은 물론이거니와, 백하의 얼굴마저 표 나지 않게 미세하게 굳어졌다. 한데 그들의 반응이 내심 싫지만은 않으니 그러한 제 자신이 더욱 우스울 노릇이었다.

"아무것도 모르는 이 하나쯤 섞여 있는 것이 낫지 않겠나. 그 편이 서로 조심하기에도 좋을 테니."

곁의 여인을 의식해 두루뭉술하게 제 의도를 전한 단휘가 조용히 말을 이었다.

"자네들에게도 익숙해질 시간이 필요할 것 같아 이리 미리 불렀네."

"예, 폐하."

제 앞의 사내들이 대체 무슨 소리들을 하고 있는 것인지 제법 궁금해할 법도 하건만, 함께 자리한 여인은 아무런 내색도 하지 않은 채 그저 다소곳이 앉아 있을 뿐이었다.

단휘는 그런 여인을 보며 픽 웃었다. 들어도 못 들은 척, 보아도 못 본 척하는 데는 도가 튼 여인이었다. 그녀는 바로 이태 전 낙안성을 방문한 제게 손파영이 붙여 주었던 그 숙맥 같던 소녀, 채아였다.

그때는 여인이라 부르기도 모호한 나어린 소녀였는데, 지금은 제법 성숙한 여인의 태가 흘렀다. 오랜만의 재회이기는 하지만 몰라보게 변한 그녀의 모습에 단휘는 내심 놀랐다. 이태 전보다도 한층 더 무르익은 미색은 경국지색이란 표현으로도 부족할 정도로 빼어났다. 그저 외양 하나만으로도 심사가 무딘 그마저 감탄을 자아내게 할 만큼 곱고 아리따운 용모였으나, 그것은 다만 감상일 뿐 감정이 일지는 않았다.

정작 주군이며 황제인 자신은 참혹한 변고를 겪어 생사를 헤매는 동안, 사혼단은 그가 과거에 내린 황명을 충직히 받들어 교하성에 갇혀 있던 그녀의 동생을 무사히 구명하고, 전장의 아비규환 속에서 그들 남매를 안전히 피신시켰다. 비록 두 사람의 신변을 그 이상으로 돌보아 주지는 못했지만, 손파영에게 볼모로 잡혀 있는 동생을 구해 주겠다 했던 여인과의 약조만큼은 분명히 지킨 셈이었다.

도성의 민가에서 동생과 함께 조용히 살아가던 채아를 뜬금없이 황궁으로 불러들여 이번 협상에 대동한 것은 그로서도 퍽 충동적인 결정이었다. 이유라면 단 하나였다.

그저 아리를 안심시키고 싶었다. 그녀가 곁에 없어도 이렇게 그새 다른 여인을 끼고서 희희낙락 잘 살아갈 것이니 제 걱정 따윈 말라고……. 행여 그녀가 그런 저를 보며 뻔뻔하다 치를 떨더라도, 차라리 그 편이 홀로 남은 저를 연민하며 애태우는 것보다는 백번 나았다.

"황제 폐하. 아뢰옵니다. 성주가 알현을 청하나이다."

마침내 아리가 당도한 모양이었다. 문밖에서 시위가 절도 있게 고해 오는 소리에 세 사람의 눈빛과 표정이 가면을 쓰듯 빠르게 평정을 가장했다. 단휘 곁에 다소곳이 앉아 있는 여인은 처음 이곳에 자리했을 때부터 지금까지 쭉 동요 없이 평온한 얼굴을 유지했다.

여인의 무릎을 벤 채 편안한 자세로 고쳐 눕고는 피로한 듯 눈을 감은 단휘가 문밖을 향해 나른히 대답했다.

"안으로 들라 하라."

"존명!"

알현 허가가 떨어지자 닫혀 있던 문이 스르륵 열렸다. 그 사이로 너울을 쓴 아리가 고개를 숙인 채 조용히 걸어 들어왔다.

황제를 향해 공손히 예를 갖춘 후 조심스럽게 고개를 든 그녀의 시선이 상석을 향했다. 너울에 가려져 있어 표정을 볼 수는 없었지만, 순간 몸을 움찔할 만큼 그녀가 당혹했다는 게 전신에서 고스란히 느껴지고 있었다.

아리는 내실의 상황을 빠르게 살펴 파악했다. 그의 처소에는 그 홀로 있는 것이 아니었다. 자함과 백하가 함께 자리한 것은 물론이요, 그 둘 외에도 빼어난 미모의 어린 여인 하나가 봄꽃에 내려앉은 나비처럼 그의 곁에 함께하고 있었다. 그리고 그는 여인의 무릎을 베고 반쯤 누운 채였다.

찰나 무엇인지 모를 불쾌한 감정이 폐부 속에서 소용돌이치듯 뒤엉켰다. 아리는 너울을 쓰고 있음에 깊이 안도했다. 지금의 이 끝 모를 당혹감과 미묘한 상실감을 그에게 들켜 버린다면, 그녀는 아마 두 번 다시는 낙안의 성주 담리 가흔으로서 그 앞에 설 수 없으리라.

"……황제 폐하. 쉬시는 데 방해가 되었다면 용서하소서. 연회 시간이 다 되어 폐하께 참석을 청하고자 찾아뵈었사옵니다."

"그것참 반가운 소리로군. 이리 하릴없이 빈둥거리는 것도 슬슬 지겨워지려던 참이었는데 말이야."

"무료하셨사옵니까. 미처 더 신경 써 살펴 드리지 못하여 송구하옵니다."

"아니오. 그것이 어디 성주의 탓이겠소? 편히 쉬도록 배려해 준 것을 내 설마 모르려고."

송구해하는 그녀에게 단휘가 부드럽게 웃어 보였다.

"그건 그렇고, 그대의 오라비와는 만나 보았소? 오랜만의 상봉일 터인데 회포는 푼 건가? 백하는 내게 사적인 이야기들은 일절 들려주질 않아서 말이야."

"아…… 아직…… 오, 오라버니를 따로 만나 뵙지는 못하였사옵니다."

"이런. 어째서? 오찬회를 무른 것은 사실 그런 연유였는데. 퍽 오랜만의 남매 상봉이니 거추장스러운 오찬회에 신경 쓰는 대신 둘이 회포나 풀라고."

"황공하옵니다. 그러한 뜻이 있으신 줄은 몰랐사옵니다. 연회 준비로 미처 시간을 내지 못하였사옵니다."

"흠, 그랬군. 무어 그러하다 한들 무엇이 문제겠소. 지금 예서라도 편히 이야기들 나누도록 하시오. 대장군과도 꽤 오랜만이지 않소?"

"……예, 폐하……."

말을 마친 단휘는 마치 광대놀음을 즐기는 관객처럼 눈빛을 빛내며 그제야 여인의 무릎을 베고 누웠던 상체를 슬며시 일으켜 앉았다. 그것이 신호라도 되는 듯 놀랍게도 백하가 먼저 입을 열었다.

"잘 지내는 듯하여 안심이다. 그래, 성주의 업무는 많이 익혔느냐? 오라비가 오면서 들으니 제법 주민들의 마음을 얻은 모양이더구나."

백하의 어디에 저런 뻔뻔함이 있었던가? 광대가 가면극을 벌이듯 천연스러운 작태에 아리는 저도 모르게 입을 벌렸다. 참으로 그가 자신의 오라비이고 그녀가 오랫동안 기억을 잃었던 것은 아닐까 하는 착각마저 들게 할 정도였다.

"아닙니다, 오…… 오라버니. 아직 많이 부족합니다. 하지만 더욱 정진할 것이니 심려치는 마셔요."

"담리가의 여식이라면 마땅히 그리하여야지……. 오라비는 너를 믿는다."

아리는 백하를 물끄러미 응시했다. 그의 차분한 눈동자가 너울에 가려 보이지도 않을 제 얼굴을 부드럽게 응시하고 있었다. 말투가 바뀌고 호칭이 달라졌다 해도, 그가 전하려는 진심이 와닿지 않을 리 없었다.

'나는 당신을 믿습니다…….'

이제 저와는 남매로서의 새로운 연을 엮어 갈 백하의 그 믿음을 지켜 주고 싶은 마음이 강하게 용솟음쳤다. 아리는 반드시 그리하리라 다짐하며 진심을 가득 담아 백하에게 미소를 건넸다. 그러자 백하가 마치 그 미소를 본 것처럼 다정한 얼굴로 화답하듯 부드럽게 웃어 보였다.

어떤 일이든 첫 시작이 어려운 법이다. 백하가 막중했던 제 임무를 충실히 해내자 내실에 미묘하게 감돌던 어색함이 서서히 자취를 감추었다.

그를 돕듯 자함 역시 틈을 주지 않고 이런저런 대화들을 쉴 새 없이 건네 왔다. 그 말투나 태도가 어찌나 자연스러운지 놀이판의 광대들도 이들보다 더 출중한 연기를 보여 줄 수는 없을 것이란 생각마저 들었다.

"성주. 며칠을 죽도록 고생하며 달려왔으니 만찬회에서는 가장 맛 좋은 요리와 술을 내어 주셔야 할 거요. 특히 술 말이오. 당장이라도 쓰러질 지경이지만 그 기대로 지금껏 버티고 있소."

자함이 그답지 않게 엄살을 부리며 너스레를 떨었다. 평소의 자함은 무뚝뚝한 편이었지만, 과거의 어느 순간들에는 분명 이런 모습의 그도 있었다는 사실을 아리는 어렴풋이 기억해 냈다.

"술에도 여러 종류가 있지 않습니까? 독주, 약주, 과실주…… 합하께서는 어떤 술을 좋아하십니까?"

"가리지 않고 두루 즐기는 편이지만, 오늘처럼 피로에 찌든 날이라면 역시 독주가 그만 아니겠소? 폐하, 안 그렇습니까?"

돌연 제게 동의를 구해 오는 자함을 향해 단휘가 픽 웃으며 가볍게 고개를 끄덕였다. 아리는 그런 단휘를 잠시 바라보다 다시 자함에게로 슬며시 시선을 옮기며 말했다.

"예, 쌓인 피로를 날려 버리기엔 독주가 제격일 테지요. 마침 좋은 술이 있습니다. 입 안이 알싸해지도록 독하지만 깔끔한 뒷맛이 일품인 그런 술이지요. 설유의 상인들에게서 얻은 모린주라는 귀한 술이랍니다. 시중들에게 일러 준비해 놓도록 하겠습니다."

"모린주라. 무척 기대가 되오. 곧 있으면 맛볼 수 있겠구려."

그리 말한 자함의 목울대가 크게 일렁였다. 분위기가 어색해지지 않도록 쉼없이 대화를 이어 가는 와중에도 진정으로 술이 간절한 모양이었다. 아리가 그런 자함을 보며 작게 웃음을 터뜨렸다. 제 속을 들킨 것이 머쓱했던지 자함이 겸연쩍게 따라 웃었다.

내실의 분위기는 처음 이곳에 들던 순간 우려했던 것과는 달리 지극히 편안하게 흘러가고 있었다. 백하는 그녀를 철저히 제 누이처럼 대했고, 자함 역시 대장군보다 한 품계 아래인 그녀를 철저히 아랫사람으로 대했다.

두 사람과의 관계가 한순간에 뒤바뀌어 버려 어찌 대해야 할지 몰라 막막하기만 했었는데, 그들이 너무도 자연스럽게 저를 그리 대하여 주니 마치 자신이 정말로 담리가흔이 되어 낙안의 태수로서 그들과 황제를 대면하고 있는 것만 같은 기분이 들었다.

분위기에 동화된 모양인지 어느새 그녀 역시 자연스럽게 그들을 대하고 있었다. 물론 그들을 그리 대해야만 하는 또 다른 이유도 있었다.

단휘의 곁에 있는 듯 없는 듯 고요히 앉아 있는 여인……. 비밀을 공유하지 않은 이가 이 자리에 함께하고 있다는 사실이 아리를 더욱 철저히 성주로서 그들을 대하도록 만들었다. 여인이 마치 이 이상한 관계 속의 감시자처럼 느껴졌다. 아리가 어색하지 않게 행동하는 데는 분명 그 감시자의 역할이 크게 작용하고 있었다. 그가 이 자리에 굳이 여인을 대동한 목적이 그것 하나라면 그는 제 본연의 목적을 확실하게 이룬 셈이었다.

어쩌면 기실은, 본디 사내라는 그 뻔한 이유 때문인지도 모르지만, 설령 그렇다 해도 그를 비난할 자격이 그녀에게는 없었다. 진아리를 지워 낸 주단휘가 곁에 다른 여인을 두는 건 자연의 이치만큼이나 지극히 합당한 것이었다. 그것은 그를 아끼는 모두가 바라마지 않는 일일 터였다. 또한 제국의 미래를 위해서도 그리되는 것이 옳았다.

"……."

아리는 단휘 곁의 여인을 조용히 바라보았다. 여인 또한 묘한 눈길로 자신을 응시하고 있었다.

이 순간 왜 하필 초혜의 모습이 여인 위에 겹쳐 보이는 것인지 모를 노릇이다. 여인에게서 묘하게 풍겨 나오는 알 듯 모를 듯한 분위기에 아리는 슬며시 미간을 좁혔다. 확신할 수는 없지만 고명한 귀족 가문의 정숙한 여인과는 어딘지 거리가 멀어 보였다.

아리는 지그시 입술을 깨물었다. 그래서 그것이 뭐 어떻다는 건가. 그가 어떠한 여인을 곁에 두든 더는 자신이 관여할 수 있는 문제가 아니었다.

그것을 누구보다도 잘 알고 있는 그녀였기에 꾹꾹 참아 보려 애를 썼지만,

나이를 조금 더 먹고 어미가 되었다 하여 타고난 성미가 어디로 사라질 리 없었다. 아리는 잘근거리던 입술을 놓아주며 끝내 참지 못하고 입을 열었다.

"폐하."

어딘지 조급함이 묻어나는 그녀의 음성이 미묘하게 단휘의 신경을 자극했다. 단휘가 대답하지 않은 채 아리를 물끄러미 응시했다.

"폐하께 긴히 드릴 말씀이 있사옵니다. 잠시 주위를 물려 주시옵소서."

"……."

"폐하, 청컨대 잠시만 곁을……."

"모두 물러가."

한일자로 닫혀 있던 그의 입술이 너무도 간단히 명을 뱉어 냈다. 고민하는 데에는 그리 오랜 시간이 걸리지도 않았다. 그저 느리게 눈을 한 번 깜빡할 만큼의 시간이 걸렸을 뿐이었다.

단휘는 헛웃음을 삼켰다. 아리와의 독대를 피하고자 자함과 백하 그리고 채아를 불러들인 것이건만, 그 노력이 실로 무안하리만치 무색해지는 순간이었다. 그는 나직이 한숨을 내뱉곤 미동 없이 앉아 있는 아리를 향해 시선을 고정했다.

자신에게 독대를 청하면서까지 그녀가 할 말이란 게 대체 무엇일까.

그가 아는 진아리는 차분해 보이는 외양과는 달리 성미가 꽤 급한 여인이었다. 만약 그가 그녀의 청을 거절했다면, 그녀는 성급했던 자신의 행동에 뒤늦게 가슴을 쓸어내리곤 그대로 영영 입을 다물어 버릴지 몰랐다.

황제의 하명에 두말 않고 조심스레 물러가는 세 사람을 흘긋 일별한 단휘는 문이 닫히고 아리와 단둘만이 남자 기다렸다는 듯 입을 열었다.

"그래, 할 말이란 게 뭐지?"

"……."

퍽 대담하게 독대를 청한 것치고는 영 자신 없어 보이는 그녀에게 한참 동안 그의 시선이 머물렀다. 치렁치렁 늘어진 너울 탓에 그녀의 표정을 살필 수는 없었지만, 맞잡은 손을 가만두지 못하는 사소한 버릇들로 충분히 그녀의 상태를 짐작할 수 있었다. 단휘가 그녀를 슬며시 재촉했다.

"곧 만찬이라 하지 않았나. 내게 먼저 온 것일 테니 그에게도 가 보아야 할 터인데. 이리 뜸 들일 여유가 있는 것인지 모르겠군."

"……폐하."

그의 재촉에 마침내 입술을 뗀 그녀가 작게 한숨을 내쉬곤 결심한 듯 말을 이었다.

"폐하께 여쭐 것이 있사옵니다."

"얼마든지."

"폐하의 곁에 앉아 있던 여인 말이옵니다. 혹시……."

생각이 정리되기도 전에 멋대로 튀어나온 제 말에 화들짝 놀란 아리가 도로 말문을 닫아 버렸다. 혹시 기녀가 아니냐고 따져 물을 뻔한 것을 가까스로 삼켜 넣는데, 뒷말을 귀신같이 알아들은 그가 나직이 웃으며 대꾸했다.

"혹시 기녀가 아니냐고? 설마, 내 또 예전처럼 방탕하게 굴려고. 그저 우연 찮게 연이 닿은 여염의 여인이다."

"여염의…… 여인이요?"

"어찌 그리 난감한 표정이지? 여염의 여인은 안 된다는 법이라도 있나? 궁녀도 후궁도 눈에 차지 않는 것을 어찌하나. 내 시답잖은 사내라 한들 명색이 일국의 군주이거늘, 평생 홀로 지낼 수는 없잖은가?"

오만하게 치켜든 턱을 손끝으로 쓸며 뻔뻔히 답하는 단휘를 아연히 바라보던 아리가 저도 모르게 슬며시 이마를 찌푸렸다. 제게는 죽은 지아비의 1년 상을 치르라더니. 제 소식도 아이들의 존재에 대해서도 소류에게는 절대로 알리지 말라더니……. 정작 제게 그리 신신당부했던 그는 잘도 여염의 여인을 이곳까지 데려와 이렇게 뻔뻔한 소리를 늘어놓고 있었다.

폐부를 긁어 대는 이 감정이 정확히 무엇인지 알 수 없어 혼란스러웠다. 당혹스럽고 심란한 틈을 타 말이 제멋대로 튀어 나갔다.

"제게 1년 상을 치르듯 하라 하셨으니, 폐하께서도 1년은 그리 쥐 죽은 듯 지내셔야 하는 것 아니옵니까?"

"뭐라……? 나 역시 1년을 그리 쥐 죽은 듯 지내라……?"

그의 작태가 여전히 **뻔뻔**하였으나, 충동적으로 쏘아붙인 말들이 그새 후회가 되어 아리는 난감한 심정으로 황망히 시선을 내리깔았다.

"물론…… 그저 말이 그렇다는 것이옵니다. 일신이 편해지니 객쩍은 농만 늘었나 보옵니다."

"객쩍은 농이라……. 한데 어째서 내게는 꼭 진심처럼 들리는지 모르겠군."

"오해는 마시옵소서. 참으로…… 참으로 그저 농이었사옵니다."

거듭 부인하는 그녀를 잠시 말없이 바라보던 그가 고개를 모로 기울인 채 묘한 웃음을 떠올렸다.

"그거 아나?"

"예?"

"그대가 '참으로'라고 거듭 이야기할 때는, 참으로 참이 아닐 때가 훨씬 더 많았다는 거……."

"……."

단휘는 너울 속 그녀가 어떤 표정을 짓고 있을지 궁금하다는 생각을 하며 느른히 말을 이었다.

"뭐 아무러면 어떤가. 내 본디 이토록 **뻔뻔**한 사내였다는 것을 이미 지겹도록 겪은 그대가 아닌가. 내 또다시 이리 변해 버린들 놀라운 일도 아닐 터. 아니 그런가? 내 그대에게 앞으로 이보다 더 **뻔뻔**하게 굴어도 전혀 개의치 않을 테지, 그대는."

"물론이옵니다……. 말씀처럼 딱히 놀라운 일도 아니옵니다. 본래 그런 분이셨사온데 새삼 무엇이 문제겠사옵니까."

"그래, 그렇게 말해 주니 마음이 놓이는군."

속을 긁으려 부러 밉살스럽게 지껄여 대는데도 호수처럼 차분하기만 한 아리의 반응에 단휘는 쓸쓸히 웃었다. 이로 인해 그녀가 그에게 남은 감정이 오로지 실망감과 혐오감뿐이라 해도, 채아를 이곳에 데려온 당초의 목적이 그것이었으니 상심할 까닭이 없었다.

단휘는 짧게 한숨을 내쉬며 표정을 갈무리했다. 제 진심이 행여 일말이라도 드러날까 봐 자신은 이토록 감추려 애를 쓰고 있건만, 그녀는 속 편하게 너울 속에 숨어 있으니 문득 억울한 생각마저 들었다. 그녀의 얼굴에 치렁치렁하게 늘어진 자줏빛 너울이 성문 앞에서 그녀와 재회하던 순간부터 지금까지 쭉 몹시도 눈에 거슬렸다.

"그대와 나 둘뿐이니 너울은 그만 벗도록 해. 얼굴이 보이지 않으니 나까지 갑갑한 느낌이 드는군."

"송구하옵니다, 폐하……."

머뭇거리던 아리가 조심스레 너울을 벗어 내렸다. 그를 바라보는 동그랗고 까만 눈동자가 보이니 갑갑함이 한결 수그러들었다. 하지만 그것만으로는 부족했다.

"그 차면도."

"……."

재촉하듯 집요하게 바라보자 그녀가 그와 마주쳤던 시선을 내리깔며 순순히 차면을 벗었다.

이제야 오롯이 드러난 그리운 얼굴을 단휘가 덤덤한 눈길로 응시했다. 오는 내내 수없이 연습했으니 지금 제 얼굴은 무덤덤하기 그지없는 표정을 짓고 있을 테지만, 그와 달리 속은 참기 힘들 만큼 벅차고 아릿하기만 했다.

"……오랜만이야."

하마터면 '보고 싶었어, 아리.' 하고 남은 속말을 모두 뱉어 낼 뻔했다. 입 밖으로 튀어나오려 날뛰어 대는 말을 단휘는 간신히 삼켜 넣었다.

한편 아리는 단휘의 말을 어찌 받아들여야 할지 몰라 당황하고 있었다. 이미 재회의 순간이 한참이나 지난 이 시점에서, 오랜만이라니……. 그저 단순히 그녀의 얼굴을 제대로 보는 게 오랜만이라는 건지, 아니면 실은 진아리에게 전하는 인사인 건지 도무지 알 수 없었다. 하여 그의 의뭉스러운 말을 그대로 돌려주는 것 외에는 달리 대꾸할 만한 말이 떠오르지 않았다.

"예…… 오랜만이옵니다, 폐하."

그런 그녀의 의중을 읽기라도 한 듯 단휘의 입가에 엷은 미소가 피어올랐다.

"세쌍둥이는 그새 많이 자랐더군."

단휘는 자연스레 화제를 돌렸다. 어색해진 분위기를 바꾸려는 의도도 다소 있었지만, 진심으로 아이들이 궁금했다. 북정에서 세쌍둥이와 마주친 후로 자꾸만 눈앞에 어른거리는 아이들의 모습에 혼자 실실 웃고 있는 저를 깨달은 적이 한두 번이 아니었다.

세쌍둥이의 이야기가 나오자 언제 곤란해했냐는 듯 아리의 얼굴이 단숨에 환하게 밝아졌다. 그녀의 눈동자에 어린 기쁨과 행복이 그에게까지 고스란히 전해져 오는 듯했다.

"예. 그새 부쩍 자랐사옵니다. 아이들은 하루가 다르게 자란다더니 그 말이 정말 실감이 나옵니다."

"참으로 그렇더군. 전에는 통 모르겠더니 이제는 사내아이인지 계집아이인지 제법 분간도 가고 말이야."

"예, 맞사옵니다. 정말 신기한 일이옵니다. 서너 달 새에 강이와 운이가 설이보다 확연히 몸집이 더 커졌사옵니다."

"하하. 저들도 사내라 이건가."

잠시 즐거운 듯 웃음을 터뜨리던 그가 이내 흥미롭게 눈을 빛내며 말을 이었다.

"그래, 하면 사내아이 중에는 누가 더 크지?"

"예, 둘째 운이가 손가락 두 마디 정도 키가 더 크고, 골격도 조금 더 벌어졌사옵니다."

"운이가? 제아무리 한날한시에 태어났기로서니 아우가 형을 제치다니 고얀 놈이로고."

장난스러운 타박에 아리가 황급히 덧붙였다.

"강이가 왜소하다는 뜻은 아니옵니다. 강이도 또래에 비해서는 체구가 큰 편이옵니다. 그리고 아이들은 자라면서 또 언제 어떻게 변할지 모르는 일이옵니다."

별 뜻 없이 내뱉은 자신의 농에 황급히 말을 덧붙이며 아이들을 감싸고도는 그녀를 물끄러미 응시하던 단휘가 낮게 웃음을 터뜨렸다.

"왜, 내 그저 속없이 한 소리라는 것을 알면서도 아이들이 그리도 눈에 밟히나."

"……어미이니 당연히 그러하지 않겠사옵니까."

"그렇군……. 그새 뼛속까지 어미가 다 된 모양이야, 그대는. 하기야 세쌍둥이가 벌써 두 돌이 다 되어 가니 그대가 어미가 된 지도 벌써 이태나 되었군."

"예. 벌써 그리되었사옵니다……. 세월이 참으로 유수 같사옵니다."

그녀의 말에 단휘가 감회에 젖어 든 얼굴로 고개를 끄덕였다.

"그대도 그걸 느끼나……. 그래, 참으로 유수 같지……. 요즘 들어 그 사실이 점점 더 뼈저리게 와닿아. 아무리 움켜쥐어 보아도 손 틈새로 유유히 흘러가 버리지……."

"……."

하여 돌이키지 못한 시간들은 까마득히 멀어져 버린 과거 속에 속절없이 묻혀 버리고, 매정히 흐르는 그 거센 세월의 물살을 또 그렇게 움켜쥐고 막아 보려 발버둥을 치면서…….

단휘는 눈을 감은 채 한 손으로 가만히 얼굴을 쓸었다. 언제쯤이면 그녀를 제 삶 속에서 완전히 지워 낼 수 있을까. 아니, 그것이 불가능하다는 것을 알면서도 구태여 그런 의문을 떠올려 보는 자신이 우스울 뿐이었다.

장담하건대, 그러한 날은 절대 오지 않을 것이다.

진아리를 완전히 지워 낸 주단휘가 세상에 존재할 수 있을 리 없었다. 살아서도 죽어서도 그것은 가당치도 않은 일이었다. 그녀에게 속죄하려면 그의 남은 평생을 다 바쳐도 턱없이 부족할 테니까.

"……용건이 더 남았나."

또다시 고개를 쳐드는 헛된 감정들을 억누르며 애써 덤덤히 묻자, 어째서인지 선뜻 대답하지 않고 머뭇거리던 그녀가 조용히 고개를 가로저었다.

그런 그녀의 얼굴을 한참 물끄러미 바라보던 단휘는 그녀에게서 슬며시 시선을 거두고는 피로하다는 듯 눈을 감은 채 나직이 입을 열었다.

"하면 이제 어서 아라하의 군주에게 가 보아. 곧 있으면 연회가 시작될 터인데 성주의 임무를 다하여야 하지 않겠나."

마치 축객을 하듯 채근하는 단휘의 말에 일순 아리의 눈동자가 심란하게 흔들렸다. 변덕스럽게 구는 그가 이해되지 않는 건 아니었지만, 온전히 감당하기에는 여전히 버거웠다.

"폐하께 누가 되는 일이 없도록 성심을 다할 터이니 심려치 마시옵소서."

"……성심을 다할 테니…… 심려치 말라……?"

가만히 눈을 뜨며 묘한 어투로 그녀의 말을 되뇐 그가 한숨을 쉬듯 낮은 소리로 웃었다.

"그러지."

아리는 알 수 없는 표정을 짓고 있는 그를 한참 바라보다가 차면과 너울을 쓰고는 자리에서 일어났다. 그의 시선이 그런 그녀를 따라 느리게 움직였다.

"하오면 연회장에서 다시 뵙겠나이다."

그리 말하고는 깍듯이 예를 갖춘 그녀가 조심조심 뒷걸음질 쳐 이내 문밖으로 고요히 사라졌다. 그녀를 꼭꼭 숨기듯 빈틈없이 닫혀 버린 문을 향해 날아가 박힌 그의 헛헛한 시선이 한참 동안 그곳에 머문 채 떠날 줄을 몰랐다.

□ ■ □

장헌당에서 나와 중정을 걷는 내내 심장 한편을 콕콕 쑤셔 대는 듯한 아릿한 통증이 사슬처럼 그녀를 휘감았다.

걱정과는 달리 여전히 예전처럼 뻔뻔하고 오만하기만 한 주단휘 때문인지, 건강을 완전히 되찾은 듯 보이는 그의 감격스럽도록 활기찬 혈색 때문인지, 어떤 연유로 이리 마음이 뜻 모를 비명을 내질러 대는 것인지 그녀조차 정확히 콕 꼬집어 말할 수 없었다.

물론 어쩌면 지금의 이 심란함은 주단휘라는 사내가 그 이유의 전부는 아닐 수도 있었다. 잠시 후면 마주해야 하는 또 다른 사내의 존재가 깨닫지도 못한 새에 야금야금 그녀의 뇌리와 심장을 잠식하고 있었다.

산 넘어 산이라던가. 지금의 제 상황이 꼭 그러하게 느껴졌다. 소류와의 재회를 이런 식으로밖에 표현할 수 없는 자신의 처지가 더없이 서글프고 야속했지만 달리 받아들일 여유가 그녀에겐 없었다.

소류가 머무는 별당에 가까워질수록 숨이 가빠지고 마음이 더욱 흐트러졌다. 호흡을 가다듬고 마음을 다잡으려 부단히 애쓰는 사이에 그녀는 어느새 그의 처소 앞에 다다라 있었다.

아리는 긴장으로 무거워진 발걸음으로 계단을 올라 대청마루에 살그머니 발을 내디뎠다. 최대한 발소리를 죽여 걸으며 마침내 복도로 들어서자 제 치맛자락이 사락거리며 스치는 소리가 좁은 복도 안을 천둥처럼 크게도 울렸다.

숨죽인 채 걸음을 옮겨 놓는 사이 그의 방에 조금씩 가까워졌다. 열 보쯤 떨어진 곳에 위치한 방문 앞에는 친위대가 흐트러짐 없는 자세로 절도 있게 서 있었다.

"……."

아리는 잠시 멈춰 선 채 숨을 크게 들이마셨다. 그러고는 터질 듯한 긴장과 불안을 꾹꾹 누르며, 더는 지체하지 않고 그곳을 향해 조급히 걸음을 내디뎠다. 한 걸음 한 걸음 발을 옮기는 그 시간이 억겁처럼 느껴졌다. 차갑게 식은 손바닥에선 식은땀이 흥건히 배어 나오고 있었다.

"낙안의 성주가 아라하의 군주께 알현을 청하러 왔습니다. 전하께 여쭤 주시겠습니까?"

방 앞에 다다른 그녀가 청하자, 위대의 시선이 그녀를 향해 날아들었다. 그의 곁에 있을 때 퍽 자주 보았던 익숙한 얼굴들이었다. 그런데 친위대장 무흔의 모습은 보이지 않았다. 장정들 중 하나가 한 걸음 앞으로 나서며 그녀에게 공손히 대답했다.

"전하께서는 잠시 자리를 비우셨습니다."

응당 그가 방에 있을 것이라 생각하였는데, 예상치 못한 대답이 돌아오자 아리의 얼굴에 잠시 난감한 빛이 떠올랐다.

"내가 때를 맞추지 못했군요. 하는 수 없지요. 하면 잠시 후에 다시 오겠습니다."

그리 답하고는 돌아가려는데, 어째서인지 친위대가 그녀를 다급히 만류했다.

"번거롭게 두 번 걸음 하지 마시고 안으로 드십시오. 안에서 잠시만 기다리시면 전하께서 곧 돌아오실 것입니다."

친위대의 말에 아리의 눈이 커다랗게 떠졌다. 왕과 친분도 없는 자신에게 왕의 공간을 이리도 쉽게 허락하다니. 다른 이도 아닌 그의 친위대가. 그들의 지나친 친절과 호의에 당황한 아리가 고개를 크게 저었다.

"예? 아…… 아닙니다. 어찌 주인도 계시지 않은 방 안에 함부로……. 잠시 후에 다시 오지요."

"전하께서 그리하라 일러두신 것이니 개의치 마십시오. 이대로 돌아가시면 저희가 전하께 꾸중을 듣습니다."

"예……?"

"어서 안으로 드시지요, 성주님."

"아…… 나는……."

방문을 열어 보이며 이해할 수 없을 정도로 간곡히 청하는 친위대원을 당혹스러운 눈길로 바라보던 아리는, 결국 그들의 등쌀에 못 이겨 주인도 없는 방 안으로 떠밀리듯 들어오고 말았다.

그녀는 방 한가운데에 오도카니 선 채 심란함에 양손을 마주 잡고는 방 안을 찬찬히 휘둘러보았다. 초조한 와중에도 그녀의 눈동자는 본능적으로 그의 작은 흔적 하나라도 찾기 위해 방 안 구석구석을 훑고 있었다. 하지만 방 안은 그가 오기 전과 조금도 달라진 게 없었다.

아리는 적잖이 실망한 채 한숨을 내쉬고는 무심결에 손을 들어 습관처럼 앞섶을 더듬었다. 무슨 영문인지 돌연 그녀의 얼굴이 딱딱하게 굳어지더니 그예 벌어진 입술 새로 경악에 찬 낮은 탄성이 흘러나왔다.

"……맙소사!"

그녀가 확인하려던 것은 상의 안에 매달아 둔 비단 주머니였다. 정확히는 소류와 나눠 낀 칠보 지환을 넣어 두던 바로 그 비단 주머니…….

주머니 안에 반지가 없다는 것을 깨달은 순간, 그제야 조금 전 처소를 나설 때에 무언가를 잊은 듯 저를 찜찜하게 만들던 그 실체가 무엇이었는지 명확히 떠올랐다. 아까 방 안에서 반지를 꺼내어 껴 보고는 주머니에 도로 넣어 두는 걸 그만 깜빡해 버린 것이었다. 화접지몽 한 짝은 지금 이 순간에도 여전히 그녀의 왼손 약지에 단단히 끼워져 있었다.

아무리 정신이 없기로서니 반지를 빼 두는 것을 잊고 있었다니. 스스로가 한심해 머리를 쥐어박기라도 하고 싶은 심정이었지만 지금은 책망 따위를 하고 있을 시간조차 없었다. 아리는 서둘러 약지에서 반지를 빼내어 손에 쥐고는 다른 한 손으로는 품 안의 비단 주머니를 꺼내기 위해 다급히 앞섶을 들추었다.

문밖은 더없이 고요하기만 했다. 친위대의 기척조차 느껴지지 않았다. 아직은 그가 돌아오지 않은 것이 분명했다.

앞섶 안을 더듬어 마침내 주머니의 끈을 찾아 내곤 손에 쥔 채 옷 밖으로 빼내려던 순간이었다.

드르륵—!

분명 아무런 기척도 느껴지지 않았건만 방문이 소름 끼치는 비명을 내지르며 느닷없이 활짝 열렸다. 소스라치게 놀란 아리는 앞섶에서 손을 떼어 낸 뒤 반사적으로 문을 향해 돌아섰다.

"아……!"

당황한 나머지 힘이 풀려 버린 손 틈새로 빠져나간 반지가 야속하게도 떼구루루 요란한 소리를 내며 문 앞에 선 인영의 발치로 빠르게 굴러갔다.

창백하게 얼어붙은 채 반지가 굴러간 방향을 다급히 눈으로 좇는데, 문득 커다란 인영이 자신을 내려다보고 있는 게 느껴졌다.

'아…… 안 돼!'

아리는 속으로 기함을 하며 그가 누구라는 것도 잊은 채 필사적으로 그의 발치로 달려가 바닥에 풀썩 주저앉았다. 복도의 불빛이 새어 들어와 희미하게 방 안을 비추었지만, 그의 그림자가 드리워진 바닥은 어두워 잘 보이지 않았다. 어두컴컴한 실내에서 너울까지 쓰고 있으니 앞이 제대로 보일 리 없었다.

낭패감에 등줄기에서 식은땀이 솟았다. 제게로 내리꽂혔을 그의 시선이 고스란히 느껴지는 것만 같아서 정수리가 따가울 지경이었다. 자신의 무례함을 어찌 둘러대야 할지 난감하기 그지없었지만, 그보다도 난감한 것은 반지가 사라져 버렸다는 사실이었다.

"전하, 송구합니다. 제가 실수로 무언가를 떨어뜨려서…… 제게 몹시 소중한 물건인지라……."

차마 그를 올려다보지도 못한 채 더듬더듬 변명을 늘어놓자, 그가 돌연 그녀를 향해 상체를 숙이더니 팔을 뻗어 왔다. 제게 가까워진 그의 기척에 화들짝 놀란 그녀가 그제야 그를 향해 고개를 들었다. 어느새 숙였던 상체를 바로 한 그가 손가락으로 집고 있는 무언가를 내려다보며 나직이 입을 열었다.

"이것 말이오?"

"예……?"

"반지 같은데."

"……!"

순간 심장이 쿵 하고 떨어져 내렸다. 너울 속에 감춰진 그녀의 눈동자가 걷잡을 수 없이 떨렸다. 1년은커녕 단 하루도 속이지 못하고 들켜 버린 걸까. 바닥에 주저앉은 채 아연히 그를 올려다보던 아리는 체념하며 자리에서 몸을 일으켰다.

그 앞에 마주 서서 떨리는 손을 내밀자, 그가 들고 있던 반지를 그녀의 손바닥 위로 올려놓았다. 그녀는 반지를 손안에 꼭 움켜쥐었다. 그런 그녀를 말없이 지켜보던 그가 비뚜름히 팔짱을 끼고는 입을 열었다.

"소중한 물건이라면서."

"예?"

"고맙다는 말 한마디쯤은 들을 줄 알았는데."

"예……?"

아리는 멍하니 되묻곤 당황한 표정으로 그를 응시했다. 그가 반지를 알아보고 응당 저인 것을 알아챘으리라 여겨 그에게서 책망을 들을 각오를 단단히 하고 있던 참이었는데, 그녀를 대하는 그의 태도는 전혀 달라진 바가 없었다.

아리는 혼란스러운 기색을 애써 감추며 그의 의중을 살피려 애썼다. 하지만 한참을 뜯어봐도 그에게서는 아무런 동요도 찾아볼 수가 없었다. 믿기 힘든 일이었지만 아무래도 반지를 알아보지 못한 모양이었다.

복도의 불빛에 익숙해져 있던 시야를 순식간에 어둠에 적응시키는 건 무예에 능한 그에게도 썩 쉬운 일이 아니었던 걸까. 아리는 종내 그리 결론을 내리며 떨리는 목소리를 가다듬었다.

"송구합니다, 전하. 경황이 없어 결례를 저질렀습니다. 불쾌하셨다면 용서하십시오."

"괘념치 마시오. 매번 정색을 하니 함부로 농도 못 건네겠군."

"아닙니다. 결례를 범하였으니 사죄드려 마땅하지요. 소중한 물건을 찾아주셔서 참으로 고맙습니다. 어찌 보답해 드려야 할지……."

깍듯이 인사를 건네자 그가 난감하다는 듯 웃으며 어깨를 으쓱해 보였다.

"보답이라면 만찬회로 충분하오."

"예?"

"낙안에는 산해진미가 가득하기로 유명하니, 그보다 좋은 보답이 또 어디 있겠소?"

"아…… 물론입니다, 전하. 실망하지 않으실 겁니다."

그가 대답 대신 가볍게 고개를 끄덕였다. 아리는 다시 한번 그의 표정을 살피고는 이내 안도하며 가슴을 쓸어내렸다.

언젠가는 자신의 정체를 밝혀야 했지만 아직은 때가 아니었다. 단휘와의 마지막 약속을 어기고 싶지 않은 마음을 차치하고라도, 소류에게도 이 상황이 갑작스러울 테니 적어도 지금만큼은 피하고 싶었다. 지금은 무엇보다도 양국의 교역 협상을 성공적으로 끝마치는 일에 온 힘을 쏟아야 할 터였기에 그에 방해가 되는 어떤 일도 만들고 싶지 않았다.

"만찬회 시간이 다 되어 알려 드리기 위해 찾아뵈었습니다. 자리에 계시지 않아 잠시 방에서 기다리던 참이었습니다."

아리는 연회 시간이 다 되었음을 상기하며 서둘러 이곳에 온 목적을 밝혔다. 더 시간을 끌다가는 유와의 말마따나 성질머리 급한 주단휘가 먼저 만찬장에 도착해 자신들을 기다리고 있게 될지도 몰랐다. 그의 속을 알 수는 없었지만 굳이 심기를 거스르고 싶지는 않았다.

아리의 말에 소류가 고개를 끄덕이며 대꾸했다.

"벌써 시간이 그리되었는지 몰랐소. 오래 기다리게 했다면 미안하오."

"아닙니다. 저도 방금 전에야 왔습니다."

"다행이군. 하면 만찬장까지 안내를 부탁드려도 되겠소? 지금 바로 회장으로 갈까 하는데…… 아, 성주께 이런 부탁은 결례인가?"

"그럴 리가요. 일국의 군주를 모시는 일을 어찌 결례라 할 수 있겠습니까. 기꺼이 모실 터이니 저와 함께 가시지요."

"고맙소. 그럼 부탁드리겠소."

두 사람은 여전히 문지방을 사이에 두고 마주 선 채였다. 소류가 그제야 그녀에게 입구를 터 주듯 슬며시 옆으로 비켜섰다. 어째서인지 아까까지만 해도 문 앞을 지키고 있던 친위대의 모습이 보이지 않았다.

아리가 조심스럽게 문을 나서자 그가 그녀 곁으로 가까이 다가오더니 천천히 걷기 시작했다. 아리는 그와 나란히 선 채 속도를 맞추어 걸었다. 그에게는 느린 걸음이었지만 그의 큰 보폭에 맞추려면 그녀는 조금 바삐 걸음을 놀려야 했다.

오가는 대화 한마디 없는 적막 속에서 그와 함께 복도를 걸으려니 긴장감에 심장이 터질 것만 같았다. 어느 틈엔가 그림자처럼 슬그머니 나타나 멀찌감치에서 자신들을 뒤따르고 있는 친위대의 숨소리까지 들려오는 듯했다.

아리는 그 중압감을 이기지 못하고 결국 먼저 말문을 열었다. 목이 잔뜩 쉬어 버린 탓에 목소리만으로는 절대 들킬 일이 없다는 확신이 그녀를 부추긴 것도 사실이었다. 아마도 신이 저를 도우시고자 이리 해괴한 고뿔에 걸리게 만드신 모양이었다. 진심으로 그러한 생각마저 들었다.

"하온데 어디에 다녀오시는 길이신지요?"

서슴없이 질문을 건네며 아리는 곁눈질로 그를 흘끔거렸다.

"……아…… 호수에 다녀오는 길이었소."

생각에 잠긴 듯 잠시 묵묵부답이던 그가 두어 걸음을 더 뗀 후에야 뒤늦게 대답했다. 그의 말에 아리는 일순 가슴이 빠근해져 왔다. 그가 그곳에 다녀온 이유를 충분히 헤아려 알 것 같았기 때문이었다.

"아시다시피 낙안은 내게도 많은 기억이 남아 있는 곳이오."

"……"

"추억이라 부르기도 힘든 기억이지. 누군가를 아프게만 한 그런 기억들뿐이라……."

자신의 이야기를 덤덤히 꺼내 놓는 그의 목소리에서는 쓰디쓴 자책이 묻어나고 있었다. 스스로를 책망하는 그를 보니 마음이 아파 견딜 수가 없었다. 지금 당장 자신이 바로 그 진아리라는 사실을 밝히며 그의 품에 뛰어들고 싶은 마음이 간절하기만 했다. 하지만 차마 그리할 수 없어 억장이 무너졌다. 아리는 발소리를 내지 않고 걸으며 소류의 목소리에 한껏 귀를 기울였다.

"비록 찰나 같은 시간이었지만 왕비와 함께 이곳에서 지낸 적이 있소."

아련히 젖어든 그의 음성에 아리는 너울 너머를 아릿하게 응시한 채 조용히 대꾸했다.

"……왕비님께서는 어떤 분이셨는지요? 어여쁘신 분이셨나요?"

그의 사랑을 부족함 없이 느끼면서도 늘 그의 진심을 확인하고 싶었다. 그러한 마음이 저도 모르게 질문을 꺼내 놓게 만들었다.

소류가 기억 속의 그녀를 떠올리듯 희미하게 미소 지으며 혼잣말처럼 나직이 중얼거렸다.

"그저 자그마한 여인이었소……. 봄바람에도 흩어져 사라지는 민들레 홀씨처럼 여리디여린 여인이었지……. 그런 그녀를 내가 칼바람 속으로 내몰았소……."

"……."

그의 고백 아닌 고백에 심장이 저며 오는 듯해 대꾸할 말을 찾지 못한 채 묵묵히 걷고 있는데, 문득 걸음을 멈춘 그가 아리를 향해 돌아서더니 물끄러미 내려다보았다.

"그러고 보니 꼭 그대만 하군."

"예……?"

"체구 말이오. 키도 체격도…… 그대와 몹시 비슷하오."

"아……."

"북방의 여인들은 이곳 여인들에 비해 키와 골격이 큰 편이오. 어쩌면 그래서 더 여려 보였는지도 모르지. 그녀도 그대와 같은 제국의 사람이거든."

"……그러하다는 소문은 들었습니다."

아라하와 파안의 두 군주와, 그들의 황후이자 왕비였던 한 여인…….

세 사람에 대한 소문은 이곳 낙안에도 무성하게 퍼져 있었다. 하지만 목숨이 서너 개쯤 된다면 모를까, 그 허무맹랑한 이야기들을 참으로 사실이라 믿고 떠벌리는 간 큰 자들은 없었다. 모두가 그저 풍문이라 여기며 술안주 삼아 몇 마디 주고받는 것이 고작일 뿐이었다.

그러한 세간의 사정을 그 역시 알고 있을 테니, 비록 사실 여부는 알려지지 않았으나 공공연하게 퍼져 있는 자신의 이야기를 초면인 성주에게 이리 아무렇지 않게 꺼낼 수 있는 것일 터였다.

이야기를 주고받는 사이 어느새 처소를 완전히 벗어나 연회장으로 향하는 길목에 다다라 있었다. 길은 곧고 길게 뻗어 있었다. 그리고 그 길의 왼편에는 반짝이는 호수의 전경이 드넓게 펼쳐져 있었다.

그가 조금 전 다녀왔다던 바로 그 호수였다. 그녀에게도 그와의 추억이 깃들어 있는 장소…….

저물어 가는 석양이 드넓은 호수를 온통 붉은빛으로 물들이고 있었다. 저도 모르게 걸음을 멈춘 아리는 수면 위에 비치는 붉은 석양빛에 눈이 부셔 실눈을 뜬 채 아련히 호수를 응시했다.

낙안에 온 뒤로 하루도 빠짐없이 늘 이 주변을 거닐었다. 하여 이리 고운 노을이라 한들 기실 그녀에게는 그다지 특별할 것 없었지만, 그와 함께 있어서인지 새삼 오랜 기억들이 주마등처럼 그녀의 뇌리를 스쳐 갔다.

그가 저를 차디찬 호수 속에 빠뜨렸던 일, 모닥불을 피워 놓고 그와 두런두런 나눴던 이야기들, 끝내 외면할 수 없었던 그의 진심……. 그에게 검술 수련을 받던 순간들과, 호수 저편에서 착의례를 치르던 소류와 아이혜의 서글프도록 눈부셨던 그 모습까지…….

"제게도 그런 기억들이 있는 곳입니다……. 떠올리면 아릿하기만 한 기억들이지만, 어느새 제게는 그 무엇보다 소중한 추억으로 새겨진 기억들이지요."

아련하게 흘러나오는 그녀의 목소리에 곁에 나란히 선 채 호수를 바라보던 그가 그녀를 물끄러미 바라보았다. 아리는 그의 시선을 느끼며 말을 이었다.

"아마 그분께서도 그리 여기실 것입니다. 전하께서 생각하시는 것처럼 민들레 홀씨같이 여리기만 하신 분은 아니실지도 모르지요. 여인들이란 때로 사내보다 강해지기도 하는 존재이니 말입니다."

"참으로 그러하다면 내 더 바랄 것이 없겠지만……."

"같은 여인으로서 제가 감히 장담하지요. 그러니 전하께서도 제 말을 한번 믿어 보시는 게 어떻겠습니까?"

마치 그를 위로하려는 듯 확신에 찬 그녀의 말에 그가 나직이 웃으며 대꾸했다.

"……빈말이라도 고맙군."

"빈말이 아니라 진심으로 드리는 말씀입니다. 제가 전하께 빈말을 할 까닭이 없지 않습니까."

그의 시선이 한동안 그녀에게 머물렀다. 일순 스산히 불어오는 저녁 바람에 그의 긴 흑발이 산란히 흩어졌다. 그가 헝클어진 머리카락을 쓸어 올리며 나직이 입을 열었다.

"그저 뜻 없이 꺼낸 이야기일 뿐이었는데, 생각지도 못한 위로를 받았소. 진심으로 고맙게 생각하오."

어딘지 헛헛함이 묻어나는 그의 목소리에 아리는 마음이 아려 와 슬며시 입술을 깨물었다. 평온한 미소를 떠올리고 있는 것과는 달리 지금 그가 느끼고 있을 상실감과 깊은 상심이 고스란히 전해져 와 가슴이 못 견디게 아팠다. 아리는 애써 마음을 추스르며 공손히 답했다.

"그리 여겨 주시니 저 역시 기쁠 따름입니다, 전하."

그가 고개를 끄덕이곤 천천히 걸음을 뗐다. 두 사람은 다시 연회장을 향해 느릿느릿 걷기 시작했다. 석양이 지는 쪽의 반대편 하늘이 서서히 암청색으로 짙게 물들어 가고 있었다.

"한데……."

"예?"

무언가를 더 묻고 싶은 듯 그가 말끝을 흐렸다. 아리가 시선을 돌리자, 그가 그녀를 돌아보며 슬며시 물었다.

"그 너울 말이오. 벗지 못하는 사정이라도 있는 거요?"

"아…… 이건……."

한 번쯤은 그가 물을 수도 있을 것이라 여겨 슬하게 답을 궁리해 두었던 바로 그 질문이었다. 아리는 당황하지 않고 수없이 연습했던 대로 태연히 대답했다.

"얼굴에 보기 흉한 흉터가 있어 가리고자 쓴 것입니다. 하여 차마 벗을 수가 없으니 부디 너그러이 이해해 주십시오, 전하."

"내 괜한 것을 물었군. 미안하오."

"아닙니다. 괘념치 마십시오."

아리는 나긋이 대답하고는 속으로는 가슴을 쓸어내리며 천천히 걸음을 옮겼다. 혹시라도 그가 눈치채면 어쩌나 염려했던 것이 무색하게도 그는 그녀의 말을 하등 의심 없이 믿고 있었다. 안도감이 드는 한편 허탈감과 뜻 모를 서운함이 동시에 밀려들었다.

얼굴을 감춘 데다 목소리까지 달라져 있으니 그가 저를 알아보지 못하는 것이 당연한데도, 어째서 마음 한구석에 이토록 헛헛한 감정이 차오르는지 모를 노릇이었다.

정작 자신은 다른 사내와의 마지막 정리를 지키기 위해 그와의 신의를 저버리고 있으면서, 그는 자신을 한눈에 알아봐 주기를 바랐던 걸까. 아리는 이기적인 제 마음을 책망하며 한껏 의기소침해진 채로 하염없이 발끝만 바라보며 걸었다.

끊겨 버린 대화에 잠시 어색한 침묵이 감돌았다. 그녀의 작은 보폭에 맞추어 느리게 걸음을 옮겨 놓던 그가 문득 그녀를 가만히 돌아보았다. 할 말이 있는 듯 슬며시 벌어졌던 그의 입술이 주저하듯 잠시 다물렸다가 이윽고 속절없이 다시 열렸다.

"그간 협상을 준비하느라 이만저만 애를 쓰신 것이 아닌 모양이오. 그리 목이 쉰 것을 보니……. 혹 몸이 많이 안 좋은 것은 아니오?"

그의 갑작스러운 물음에 그녀는 발끝을 향해 있던 시선을 들며 서둘러 대답했다.

"염려하실 정도는 아닙니다. 그저 가벼운 고뿔에 걸린 것뿐입니다. 목소리가 변한 것을 빼고는 괜찮습니다."

그리 대꾸하고 나니 문득 유와가 제게 투덜대던 말들이 떠올랐다. 잔뜩 쉰 제 목소리가 귀신의 목소리처럼 끔찍하다던. 아리는 아차 싶은 얼굴로 말을 이었다.

"혹 제 목소리가 듣기 거북하셔서 그러십니까? 그러하시면 말씀을……."

한껏 조심스러운 투로 묻자, 그가 낮게 한숨을 내쉬며 고개를 저었다.

"내 말이 어찌 그렇게 해석이 되는지 모르겠군. 듣기 거북하지 않소, 조금도. 그런 뜻으로 한 말이 아니었으니 곡해 마시오. 참으로 성주는 사람을 미안하게 만드는 재주라도 있으신 모양이오."

"송구합니다. 저는 그저…… 혹시라도 전하께서 편치 않게 여기실까 염려가 되어서……."

그녀의 목소리에 어린 당혹감과 불안감을 감지한 그가 그제야 제 반응이 다소 과민했다는 것을 깨달았는지 누그러진 말투로 입을 열었다.

"내 그리 강퍅한 위인은 아니오. 난 다만 그대가 안쓰러워 말을 건넸을 뿐이오."

"예……?"

"두 군주 사이에서 치일 걱정에 밤새 잠이나 제대로 이루었을까 싶어 말이오. 지금 성주의 상태를 보면 누구라도 그리 생각하지 않을까 싶은데."

솔직히 말하자면 그의 짐작대로였으나 차마 그렇다고 대답할 수는 없었다. 아리는 슬며시 고개를 저었다. 잠시 내리간 시선 끝에서 너울 자락이 찰랑거리며 흔들렸다. 목이 잔뜩 쉬어 듣기 좋을 리는 없었지만, 그녀는 최대한 명랑한 투로 대꾸했다.

"제가 본의 아니게 오해를 산 모양이군요. 염려해 주시는 것은 감사하나 짐작하시는 것만큼 심각하지는 않습니다. 어젯밤에도 아주 편안히 잠이 든 것을요."

"그러하다면 다행이오만……. 하여도 하루빨리 쾌차하시길 바라겠소. 양국이 오랜 반목을 끊고 화친하는 기념비적인 순간에 내 성주의 얼굴은커녕 음성조차 알지 못한 채 돌아간다면 두고두고 서운할 일이니."

"황감할 따름입니다, 전하. 변변치 못한 이를 그리 의미 있게 여겨 주시니 그 마음에 보답하기 위해서라도 각별히 몸조리를 하여야겠군요. 곧 온전한 모습으로 전하를 뵙겠습니다."

"기대하고 있겠소. 진심으로."

"예, 전하. 저 또한 기대하지요."

그 말을 끝으로 대화가 뚝 끊긴 두 사람은 퍽 오랜 시간을 말없이 걸었다. 둘 사이에 무겁게 감도는 어색한 침묵에 아리는 입 안이 바짝 마르는 것만 같았다. 무슨 말이든 그가 먼저 꺼내 주길 바랐지만, 이 무거운 정적이 몸서리쳐질 정도로 불편한 것은 아무래도 자신뿐인 모양이었다.

그는 호수 저편에 붉게 내려앉은 석양에 고요한 시선을 던진 채 사색에 잠긴 듯 묵묵히 걷고 있었다. 그 조각 같은 얼굴 어디에서도 불편한 기색이라고는 찾아볼 수 없었다.

그는 지금 무슨 생각을 하고 있을까. 골똘히 생각에 잠긴 듯한 그의 옆얼굴을 훔쳐보고 있자니 참을 수 없는 궁금증이 밀려왔다. 겉으로는 더없이 평온하고 차분한 얼굴로 태연히 걷고 있었지만 그녀의 머릿속은 온갖 잡다한 생각들로 시끄럽게 돌아가고 있었다. 마치 그런 그녀의 속을 다 안다는 듯 그가 돌연 나직이 웃음을 터뜨리며 입을 열었다.

"무엇이 그리도 번잡하오?"

"예?"

"그대의 머릿속 말이오."

"……송구하오나, 무슨 말씀이신지……. 제가 무엇을 어찌하였다고……."

내심 찔리는 속을 감추고 억울하다는 듯 대꾸하자 그가 그녀의 말을 순순히 시인했다.

"맞소. 그대가 무얼 어찌한 것은 아니지. 그저 내 감각이 지나치게 예민한 탓이라 칩시다. 아무래도 내 입을 닫는 것이 그댈 몹시도 불편하게 만드는 모양이니 연회장까지 담소나 나누며 가는 게 어떻겠소?"

마치 속내를 들켜 버린 것만 같아 그녀의 얼굴이 순식간에 붉게 달아올랐다. 얼굴을 가리고 있는 이 너울에 오늘 하루 동안 도대체 몇 번이나 더 감사해야 할지 모를 노릇이었다. 그의 말에 뜨끔해하던 아리는 아무렇지 않은 척 시치미를 뗐다.

"딱히 불편하게 여긴 적은 없으나 그리하는 것도 나쁘지 않겠군요. 하온데…… 무슨 생각을 그리 골똘히 하고 계셨습니까?"

"……그대는 무슨 생각을 하였소?"

"제가 먼저 여쭙지 않았습니까? 그러니 전하의 대답을 먼저 듣는 것이 순서이지요."

대답 대신 되돌아온 질문에 그녀가 은근히 어깃장을 부리자, 짐짓 못쓰겠다는 듯 절레절레 고개를 저은 그가 슬며시 입매를 휘었다.

"떼쟁이 소녀가 따로 없군."

"……."

기시감이 느껴지는 장난스러운 힐난에 아리는 문득 고개를 들어 그를 쳐다보았다. 희미해졌던 오랜 기억이 다시금 불현듯 생생하게 뇌리를 스쳐 갔다.

아직은 수온이 차갑기만 하던 어느 초가을 밤, 지금 그와 자신이 걷고 있는 바로 이곳 낙안성의 호숫가에서 그가 그녀를 밤손님으로 오인하여 호수 속에 빠뜨렸던 그 기억……. 조금 아까 붉은 호수를 응시하며 잠시 떠올리기도 했었던 바로 그 기억이었다.

서로 오해를 풀고 장작불로 한기를 달래며, 어째서 이런 야심한 시각에 호수에 나와 있는 것이냐고 꼭 같은 질문을 서로에게 던진 채 옥신각신 대답을 미루던 대화 끝에도 그는 지금과 꼭 같은 말을 내뱉었었다.

'떼쟁이 소녀 같군.'

나이 스물일곱에 소녀라니 듣기 싫은 말도 아니라며 뻔뻔스럽게 받아치던 제 대답도 고스란히 기억이 났다. 아리는 더는 그에게 대답을 재촉하지 못하고 심란한 마음으로 걸음을 옮겼다. 돌연 입을 다물어 버린 채 묵묵히 걷기만 하는 그녀가 신경이 쓰였는지 그가 그녀를 돌아보며 조심스러운 투로 입을 열었다.

"어찌 말이 없소? 기분이 상하였소?"

"아닙니다. 스스럼없이 농을 건네시니 뭐라 대꾸하여야 할지 모르겠어서……."

"이번엔 농이란 것을 알았다니 그것참 다행이오."

"아무래도 제가 조금, 아니 꽤 둔치인 모양입니다."

"그 또한 안다니 다행이군."

두 사람은 누가 먼저랄 것 없이 유쾌하게 웃음을 터뜨렸다. 큰 보폭으로 성큼성큼 걸음을 옮겨 놓던 그가 자신의 걸음이 빠르다는 것을 깨달았는지 조금 속도를 늦추어 걸었다. 그의 배려에 아리가 한결 가벼워진 걸음으로 그의 곁을 편히 따랐다.

그렇게 몇 걸음을 걸었을까. 조금은 가라앉은 진중하고 나직한 목소리가 그녀의 머리 위로 조용히 내려앉았다.

"그저…… 지어미 생각을 하였소. 어째서인지 성안에 들어온 후부터 자꾸 어디선가 그녀의 향기가 풍겨 오는 것 같아 말이오."

"향기요……?"

그녀가 되묻자 그가 천천히 고개를 끄덕였다.

"그렇소. 진짜 향기인지 아니면 기억 속의 향기일 뿐인지는 모르겠지만……."

오감이 썩 뛰어나지 않은 그녀조차도 문득문득 그의 체취가 코끝을 스쳐 가는 게 희미하게나마 느껴질 정도이니 그는 오죽할까. 아리는 본능적으로 숨을 크게 들이마셨다. 살냄새든 분 냄새든 제게서 나는 향취가 있다면 모조리 들이마셔 없애 버리고 싶다는 우스꽝스러운 생각으로 한 행동이었지만, 그 행위를 다르게 해석한 소류가 슬며시 웃었다.

"그리 들이마셔도 아무런 향도 느끼지 못할 거요. 그대는 그녀의 향기를 모르잖소."

"아…… 성안에서 향기가 난다 하시기에 궁금하여 저도 모르게 그만……."

웃음을 거두지 않은 채로 그가 그녀에게 나직이 물었다.

"그대는 무슨 생각을 하고 있었던 거요?"

그가 자신의 물음에 뒤늦게라도 대답했으니 이제는 그녀가 대답할 차례였다. 아리는 잠시 주저하다 머뭇거리는 목소리로 대답했다.

"저도 전하와 다르지 않습니다. 세쌍둥이의 아버지 생각을 떠올리고 있었습니다."

"세쌍둥이의…… 아버지……? 그대의 부군 말이오?"

"예……."

아리의 대답에 그녀를 흘낏 곁눈질한 소류가 무언가를 골몰히 생각하는 듯싶더니 곧 입을 열었다.

"이런 질문을 해도 될지 모르겠으나…… 내 성주에게 궁금한 것이 하나 있소."

"무엇인데 그러십니까? 편히 하문하십시오."

그는 어째서인지 선뜻 말을 꺼내지 못하고 머뭇거리는 기색이었다. 아리는 그런 소류를 의아한 눈길로 바라보았다. 그녀의 시선을 의식한 모양인지 그가 그제야 머뭇머뭇 입을 열었다.

"세쌍둥이가…… 그 아이들이 참으로 그대의 아이들이 맞소?"

"예……?"

"그러니까 내 말은……."

그는 무슨 말인가를 더 하려다 말고 돌연 한숨을 내쉬더니 가만히 고개를 저었다.

"아니오. 퍽 신기한 생각이 들어서 말이오……. 그대처럼 자그마한 여인이 세쌍둥이의 어미라니 쉬이 믿기지가 않아서……. 그저 뜻 없이 건넨 질문일 뿐이니 부디 언짢게 여기지는 마시오."

"아닙니다. 충분히 그리 여기실 만도 하지요……. 세쌍둥이를 낳는다는 게 흔한 일도, 또 쉬운 일도 아니니까요."

"솔직히 말하면 몹시 놀랐소."

아리는 실토하며 열없이 웃는 그를 물끄러미 바라보았다. 문득 북정에서 아이들을 안고 당황해 하던 그의 모습이 떠올랐다. 세쌍둥이가 자신의 아이들이란 사실을 알게 된다면 그는 어떤 반응을 보일까. 지금 제 앞에 있는 그는 그 사실을 꿈에도 모를 것이다.

단지 아이들에 대해 몇 마디를 나누었을 뿐인데도 심장이 걷잡을 수 없이 쿵쿵 뛰었다. 아리는 떨리는 마음을 애써 가라앉히곤 큰 보폭으로 느릿느릿 앞장서 걷는 그를 서둘러 뒤따랐다. 말없이 걸음을 놀리며 속으로는 그의 질문을 곱씹고 있는데, 돌연 자리에 멈춰 선 그가 그녀를 돌아보지도 않은 채로 불쑥 입을 열었다.

"한데, 부군과는 떨어져 지내신다 들었소."

"……."

"그가 보고 싶지는 않소?"

그저 여상한 인사처럼 툭 던져진 말이었다. 그런 그의 한마디가 그녀 스스로도 납득할 수 없으리만치 거대한 돌풍이 되어 그녀의 마음을 뒤흔들었다.

　　애써 꾹꾹 눌러 참아 왔던 마음에 순식간에 셀 수 없는 균열이 일었다. 주워 담을 수조차 없이 맹렬히 흘러넘치는 절절한 감정들이 강물이 범람하듯 그녀를 한순간에 송두리째 덮쳐 오고 있었다.

　　"……보고…… 싶습니다……."

　　"……."

　　"하루 온종일…… 눈을 감고 있어도 뜨고 있어도…… 그가 보고 싶습니다……."

　　이렇게 눈앞에 그가 있는데도 사무치게 보고 싶고 그리워 견딜 수가 없었다. 손만 뻗으면 닿을 거리에 서 있는데도 그의 품 안에 뛰어들어 안길 수 없는 현실이 야속하고 원망스러울 뿐이었다. 그예 눈물이 왈칵 치솟았다. 가슴 가득 걷잡을 수 없이 밀려드는 애틋한 그리움에 마음속에 꽁꽁 감추어 둔 말들을 더 이상 도저히 숨길 수가 없었다.

　　"그의 단단한 품속에 안기고 싶고…… 그를 제 품에 꼭 안아 주고 싶습니다……. 이 몸이 부서져 없어진다 해도 그리할 수만 있다면 무엇을 더 바랄까요……. 그가 보고 싶습니다……. 그에게 달려가 안기고 싶습니다……. 그와 다시 만나면…… 꼭……."

　　가슴속에 켜켜이 쌓인 절절한 바람이 아릿하게 흘러나왔다. 소류에게는 기만임이 분명하지만 지금은 이렇게 몰래 진심을 전하는 것 외에는 달리 도리가 없었다. 주단휘에게 남은 신의가 단지 제 우둔한 아집일 뿐이라 해도 차마 그마저 저버릴 수는 까닭이었다.

　　그녀가 힘겹게 꺼낸 말들을 잠자코 듣고 있던 소류가 저도 모르게 주먹을 꽉 움켜쥐었다. 그녀를 향해 무심결에 내뻗어지려는 손을 가까스로 멈춘 것이었다. 그런 자신의 행동에 당혹감을 느낀 소류는 움켜쥔 주먹을 의식적으로 펴고는 다소 껄끄러워진 목을 가다듬으며 위로하듯 말을 건넸다.

　　"……모쪼록 그대의 부군과 하루빨리 재회하시길 바라겠소."

느닷없이 휘몰아치는 감정의 폭풍에 맥없이 휩쓸려 가던 아리는 그의 위로에 그제야 퍼뜩 정신을 차렸다. 뒤늦게 밀려오는 부끄러움에 당장 저 호수에라도 뛰어들고 싶은 충동이 강하게 일었다. 불에 덴 듯 화끈거리는 얼굴을 너울 속에 감출 수 있다는 사실이 그나마 작은 위안으로 다가오고 있었다.

"송구합니다. 전하……. 노을 지는 호수가 이토록 위험한 것인 줄은 미처 몰랐습니다. 이렇게 감상에 빠져 부끄러운 말들을 잔뜩 늘어놓다니요. 아무래도 제가 뭔가에 홀리기라도 했나 봅니다. 지금 들으신 그 말들은 모두 잊어 주십시오……."

"마음에 둘 것 없소. 그 같은 심정을 모르는 바도 아니니. 하여도 그대가 원한다면 내 그리하겠소."

"……헤아려 주셔서 고맙습니다, 전하……."

어느새 석양이 완전히 저물어 짙푸른 어둠이 하늘 전체를 뒤덮고 있었다. 연회장으로 향하는 내내 소류는 그녀가 불편해하지 않도록 소소한 화제들을 끊임없이 이어 가며 대화를 이끌었고, 그 덕분에 아리는 심란한 마음을 얼마쯤 내려놓은 채 성주로서의 남은 소임에 보다 충실히 집중할 수 있었다.

가벼운 담소를 나누는 사이 두 사람은 어느덧 연회장에 도착했다. 그들이 서둘러 입구로 향하자 굳게 닫혀 있던 연회장의 거대한 문이 기다렸다는 듯 활짝 열렸다.

"……."

마침내 문이 열리자 아리는 마른침을 꿀꺽 삼키고 연회장 안을 눈으로 빠르게 살폈다.

장내는 이미 참석을 마친 양국의 사절들로 빈자리 없이 빽빽이 메워져 있었다. 성큼 앞장서 들어가는 소류를 따라 그녀가 잔뜩 긴장한 채 조심히 안으로 들어섰다. 고요하던 장내가 아라하의 왕과 낙안성주의 동반 입장에 잠시 요동치듯 술렁거렸다.

소류와 아리가 중앙으로 난 통로를 빠르게 지나치자 서둘러 기립한 양국의 인사들이 일동 두 사람을 향해 예를 갖추었다. 물론 단 한 사람은 예외였다. 혹시나 하며 불안해했던 아리의 예감대로 연회장에는 단휘가 이미 먼저 도착해 두 사람을 기다리고 있었다.

연회장 중앙의 상석에 마련된 거대한 원탁은 한눈에 봐도 두 군주의 자리라는 것을 알아차릴 정도로 휘황찬란하게 꾸며져 있었다. 교의에 착석한 황제의 양옆에는 그의 측근인 대장군과 사혼단주가 시립해 있었고, 그 맞은편에는 세절군장, 아밀군장, 친위대장이 그들의 군주를 기다리며 서 있었다.

두 사람이 군주의 원탁으로 서둘러 향하자 단휘의 시선이 그들에게로 날카롭게 날아와 박혔다. 긴장으로 굳어진 그녀의 몸이 잠시 휘청거렸다. 줄곧 보아 오던 연회장의 익숙한 내부가 기괴하리만치 낯선 느낌으로 다가와 그녀의 불안과 긴장을 더욱 부추겨 대고 있었다.

아리는 식은땀으로 축축하게 젖어 든 손바닥을 소맷자락에 문지르고는 두 손을 꼭 마주 잡은 채로 떨어지지 않는 발걸음을 재촉했다. 천 리쯤 멀게만 느껴지던 거대한 원탁이 어느새 눈앞으로 서서히 가까워지고 있었다.

45

깊어 가는 연회의 밤

원탁에 다다른 아리는 제계로 날아드는 단휘의 시선을 고스란히 느끼며 서둘러 그의 곁으로 가 시립했다.

소류가 단휘의 맞은편 교의에 착석하자 시립해 있던 이들이 그제야 모두 각자의 자리로 가 앉았다. 아리도 잔뜩 긴장한 채 단휘의 옆자리에 마련된 자신의 자리에 조심스레 몸을 앉혔다.

만찬 자리에 어울리지 않는 긴 너울을 쓴 그녀의 모습은 당연하게도 사람들의 시선을 끌고 있었다. 연회를 위해 식음이 불편하지 않도록 턱 끝에서 반 뼘쯤 내려오는 짧은 길이의 너울을 특별히 제작해 두었으나 소류를 이곳까지 직접 안내하느라 바꿔 쓸 틈이 없었다. 아리는 두 군주께 잠시 양해를 구하고는 급히 자리를 떴다. 연회장 뒤편의 밀실에 여벌의 너울을 미리 준비해 놓은 터라 시간은 그리 오래 걸리지 않았다.

남청빛의 짧은 너울을 쓴 아리가 서둘러 자리로 돌아올 때까지도 양국의 인사들은 서먹하게 마주 앉아 경계 어린 시선만 주고받고 있었다. 원탁의 공기는 여전히 숨이 막히도록 무거웠다.

분위기야 어떠하든 태평하게 턱을 괴고서 손가락으로 톡톡 탁자를 두드리던 단휘가 제 곁에 앉은 아리를 흘끗 쳐다보았다. 시선은 그녀를 향해 있었지만, 제 맞은편에 자리한 사내가 연회장에 나타나던 그 순간부터 실은 줄곧 그를 의식하고 있었음을 굳이 부인할 생각은 없었다.

쓴웃음을 삼킨 단휘는 아리에게서 시선을 거두고는 소류를 향해 여상한 투로 툭 말을 내뱉었다.

"늦었군."

"기다렸나."

"꽤 오래?"

"사과하지."

속사정을 모르는 이들이 듣는다면 마치 죽마고우처럼 느껴질 만큼 격 없고 친근한 말투가 두 군주 사이에 아무렇지 않게 오가자, 원탁에 둘러앉은 모두가 제각기 떨떠름한 얼굴을 하고서 그런 두 사람을 번갈아 쳐다보았다. 누군가 끙 앓는 소리를 내는 게 아리의 귀에까지 들렸다.

대수롭지 않게 선뜻 사과해 오는 소류를 마뜩잖은 눈길로 쳐다보던 단휘가 아리에게로 시선을 돌리며 입을 열었다.

"어찌 생각하나. 우리 새 성주께서 교역국의 군주를 이렇게 연회장까지 직접 모셔 올 줄은 몰랐는데. 그 정성이 참으로 지극하지 않나."

"덕분에 오는 길이 지루하지 않았으니 성주께 감사해야겠군."

"진심으로 그리 생각한다면 제대로 보답이란 걸 해 보시든지. 물론, 지금 이 자리에서가 아니라 명후일에 말이야."

소류가 어처구니가 없다는 듯 미간을 좁혔다.

"치졸한 발언이란 생각은 안 드나? 마치 성주를 협상에 이용이라도 하겠다는 말로 들리는데."

"하! 가당찮은 소리. 내 아끼는 충신이 친히 네놈을 모시는 것을 보니 속이 뒤틀린다는 뜻이었는데, 잘도 곡해를 하시는군그래."

단휘의 말에 픽 코웃음을 치며 고개를 돌린 소류가 백하와 눈이 마주치자 다소 곤란한 표정으로 입을 열었다.

"백하. 성주가 자네의 쌍둥이 누이라고 들었네. 이런 대화는 자네에게도 듣기 거북할 테지. 미안하네."

"아…… 아닙니다, 전하."

소류의 시선이 백하의 옆에 앉은 아리에게로 자연스레 향했다.

"성주께도 사과하겠소."

"괘념치 마십시오, 전하. 그저 뜻 없이 하시는 말씀들이란 것을 압니다."

세 사람이 스스럼없이 대화를 주고받는 것을 영 편치 않은 얼굴로 지켜보던 단휘가 발끈하며 불쾌하다는 듯 말을 내뱉었다.

"하, 누가 보면 네놈의 신하라도 되는 줄 알겠군. 백하에게 어째서 그토록 격 없이 구는 거지? 내 아끼는 충신과는 감히 말도 섞지 않아 줬으면 좋겠는데."

유치하게 딴지를 거는 단휘의 말을 한 귀로 흘려듣던 소류는 이번에는 자함과 눈이 마주치자 그에게 역시 안부 인사를 건넸다.

"대장군도 오랜만이오."

"예, 오랜만에 뵙는군요. 전하."

제 말을 깔끔하게 무시하는 소류의 태도에 단휘가 얼굴을 구기며 버럭 역정을 냈다.

"지금 내 말을 무시하는 건가? 내 분명히 경고해 두겠는데, 내 아끼는 충신과는 감히 말도 섞지……!"

"폐하. 그러지 마시고 기왕 이리된 것 저희와도 친하게 지내보시는 게 어떻겠습니까? 이래 봬도 저희 모두가 폐하께는 생명의 은인이 아닙니까."

"뭐라? 생명의 은인……?"

모두의 시선이 황제에게 서슴없이 진언하는 서문진에게로 향했다. 자신에게로 일제히 날아드는 시선에 진이 멋쩍게 콧등을 문질렀다. 그가 감히 끼어들 자리가 아니란 것을 모르는 바 아니었지만, 저토록 훤히 속을 내비치고 있는 황제의 진짜 속내를 어쩐지 알 것도 같아서 일단은 장단을 맞춰 보기로 작심을 한 것이었다.

"기억나실 리 없겠지만, 그날 폐하를 아수라장 같은 황궁에서 피신시켜 드리고 목숨을 바쳐 퇴로를 연 것이 바로 저희들입니다."

잠시 의도적으로 말을 멈춘 진이 그날 그곳에 함께 있었던 모두를 둘러보았다. 무흔과 아밀군장이 고개를 크게 끄덕이며 제 말에 동조해 왔다. 황제의 측근들도 시인한다는 듯 침묵하고 있었다. 진은 다시 말을 이었다.

"만일 그날 저희들이 폐하를 돕지 않았다면 아마 지금처럼 이렇게 한자리에 모여 서로 마주 보고 있는 일도 없었겠지요. 폐하께 은인이 아닌 사람이 과연 이 자리에 단 한 사람이라도 있을까요? 아, 물론…… 성주님은 그날 그곳에 계시지 않았으니 논외로 치고 말입니다."

진이 아리를 언급하자 진과 무흔을 향해 있던 사람들의 시선이 자연히 그녀에게로 쏠렸다. 아리는 저도 모르게 고개를 푹 숙인 채 어깨를 움츠렸다. 겨우 달래고 있던 심장이 터질 듯이 거세게 뛰기 시작했다.

진의 말은 틀렸다. 성주가 된 그녀를 포함한 이 자리의 모두가 그날 그곳에 있었다. 진의 주장대로 단휘에게는 생명의 은인임이 분명한 저들과는 달리, 그날 유일하게 그를 죽음으로 내몰았던 장본인이 바로 그녀 자신이었다.

죄의식과 자괴감이 한순간에 몰아닥치자 식은땀이 치솟고 속이 울렁거렸다. 아리는 숨을 크게 들이마시곤 휘청이는 몸을 지탱하려 손마디가 새하얘지도록 교의의 손잡이를 꽉 붙들었다.

아리의 상태를 눈치챈 단휘가 자신에게로 주의를 끌고자 탁자를 쿵 내리치며 일갈을 터뜨렸다.

"생색 한번 요란스럽군! 그 목숨 빚 전부 다 갚은 지가 언제인데. 그런 해묵은 일 따위를 여태도 들먹거리는 걸 보니, 내 자비를 베풀어 낙안성에서 피 한 방울 안 흘리고 퇴각하게 해 준 일은 기억에서 아예 사라진 모양이지?"

빈정대는 단휘의 말에 진이 짐짓 황송하다는 듯 깍듯이 고개를 숙였다.

"언감생심 그럴 리가 있겠습니까? 폐하께서 성심을 베풀어 주신 덕에 금일 이리 감격스러운 자리가 마련된 것이지요."

"하! 말은 청산유수로군. 이런 걸 두고 엎드려 절받기라는 게지."

"그거야 피차일반인 듯싶은데."

묵묵히 상황을 관망하던 소류가 대화를 자르듯 툭 말을 내뱉자 단휘의 시선이 소류에게로 날아가 박혔다.

서로를 베어 낼 듯 날카롭게 마주친 시선 끝에서 번쩍하고 불꽃이 튀었다. 팽팽히 대립하는 두 군주를 모두가 잔뜩 숨죽인 채 지켜보았다. 자신이 경솔하게 껴들어 외려 분위기를 더 망친 건 아닌가 싶어 난감해진 진이 수습하려 애를 썼지만 뾰족한 수가 없어 진땀을 뺐다.

순식간에 냉랭히 얼어붙은 공기와 터질 듯한 긴장감 속에서 긴 침묵이 이어졌다. 그렇게 얼마가 흘렀을까. 숨이 막히도록 무겁게 내려앉은 정적을 깨뜨리며 먼저 선뜻 한발 물러선 건 뜻밖에도 황제였다.

"그래, 뭐…… 그렇다 치지. 이제 와 무의미한 언쟁을 하며 소모전을 벌이는 일만큼 아둔한 짓도 없을 테니. 시간이든 체력이든 그런 식으로 허비하는 건 서로에게 손해 아닌가?"

단휘는 소류를 노려보던 시선을 거둔 채 시큰둥하게 말했다. 바람 빠지듯 피식 새어 나오는 웃음을 차마 다 숨기지는 못했던지 아리가 제 쪽으로 슬며시 고개를 돌려 한참이나 저를 빤히 바라보는 것이 느껴졌다.

기왕 사정이 이리된 것, 굳이 분위기를 어렵게 만들 필요가 뭐 있나 싶어 부러 군소리를 늘어놓은 그였다. 황제가 먼저 체면을 차리지 않고 행동하니 슬금슬금 눈치만 살피던 이들도 쭈뼛대며 하나둘 말문을 트기 시작했다. 아마 모르긴 몰라도 물색없이 떠들어 대는 황제 덕에 그리하기가 한결 수월해졌으리라. 그런 단휘의 짐작은 크게 틀린 바 아니어서, 자타 공인 넉살 좋기로 유명한 그 서문진에게조차도 버겁게 느껴졌던 이 자리의 압도적인 중압감이 어느새 모두에게 불편하지 않을 정도로 해소되어 있었다.

다른 이유랄 것은 없었다. 이 자리가 누구보다도 가장 가시방석일 아리의 마음을 편하게 해 주고 싶었을 뿐이었다. 원탁에 둘러앉은 이들 중 몇몇은 이미 그런 자신의 속내를 눈치챘으리라. 황제가 친히 이 딱딱한 분위기를 누그러뜨리고자 한 이유가 실은 성주를 위함이었다는 사실을……. 그것이 담리가흔을 위한 것이 아니라 오롯이 진아리를 위함이었다는 감춰 둔 진실 하나를 **뺀다면** 말이다.

다소 험악하리라 예상했던 연회 분위기는 태세를 바꾼 황제 덕분에 차츰 화기애애해졌다. 원탁에 자리한 이들 모두가 어느새 들뜬 마음으로 두런두런 이야기를 주고받으며 호쾌하게 술잔을 부딪치고 있었다. 원탁의 공기가 눈에 띄게 변하자 장내 또한 시끌벅적해졌다. 양국 군주의 측근들이 서로 허물없이 술잔을 나누는 것을 지켜본 양국의 사절단은 더는 누구의 눈치도 보지 않고 흥에 취해 연회를 마음껏 즐겼다.

두 군주도 아주 예외는 아니었다. 물론 그새 마치 십년지기라도 된 듯이 친밀해진 자함과 진, 백하와 무흔만큼은 아니었지만, 단휘와 소류 역시 이 들뜬 분위기에 적당히 심취한 채 그저 생의 한순간에 불과한 지금 이 순간을 아무런 계산 없이 오롯이 즐기고 있었다.

오랜 적이었으나 전쟁만큼 치열했던 생의 절박하고 혹독하기 그지없던 순간들을 함께 지나왔다는 묘한 공감대가 지금 이 자리에 함께하고 있는 모두를 하나로 아우르고 있었다.

"그때 그 적장 놈이 대장군의 목을 치려는 걸 이 서문진이 잽싸게 달려가서 막았다, 이 말씀이지! 나 원, 명색이 장수라는 이가 전장에서 정신을 팔다니, 오래 싸워 온 입장에서 실망이 이만저만이 아니더군."

"잘난 척 그만하시지? 그 한 번을 평생 두고두고 우려먹기라도 할 심산인가? 좀스럽기는."

"뭐? 좀스러워? 하, 하하! 그래, 그리 좀스러워서 적국의 대장군을 친히 구해 준 거겠지? 이 서문진이? 하하하!"

"정말이지 유치해서 못 봐 주겠군!"

"창피하다 솔직히 말하는 편이 덜 민망하지 않을까?"

"정녕 검 맛을 봐야 그 입을 다물 텐가."

"뭐 결투 신청이라면 얼마든지 환영이야. 하지만 그 목숨 빚 먼저 갚는 것이

인지상정이지. 안 그래?"

"……."

제게 불리한 상황이 분명한 데다가, 말싸움으로 서문진이라는 사내를 상대하는 것은 결코 녹록한 일이 아님을 이미 오래전에 깨달은 자함이 붉으락푸르락해진 얼굴로 거칠게 술잔의 술을 들이켰다. 진이 능글맞게 웃으며 자함의 빈 술잔을 향해 술병을 가져다 대자, 술병을 한참 노려보던 자함이 한숨을 푹 내쉬며 못 이긴 척 잔을 내밀었다.

아웅다웅하는 두 사람을 지켜보던 이들이 유쾌하게 웃음을 터뜨렸다. 티격태격하면서도 쉼 없이 대화를 이어 가며 친근히 술잔을 기울이는 둘의 모습에 모두가 긴장을 푼 채 서로를 더욱 격 없이 대했다.

마치 처음부터 줄곧 그렇게 지내 왔던 것처럼 와자지껄 이야기를 나누며 호탕하게 웃음을 터뜨리는 사내들의 모습을 아리는 너울 너머로 멍하니 바라보았다.

제 눈으로 직접 보고 있으면서도 도무지 믿기지 않았다. 마치 꿈을 꾸고 있는 것만 같았다. 눈물겹도록 행복하고 다디달아서 깨어나고 싶지 않은 그런 꿈을…….

깨닫지도 못한 새에 차면이 축축하게 젖어 들었다. 아리는 자신이 울고 있다는 사실을 그제야 깨달았다. 눈 앞에 펼쳐진 벅찬 광경에 일순 참을 수 없는 감격과 환희의 감정이 북받쳐 올라 온몸이 떨려 오고 가슴이 벅차올랐다.

서로 창칼을 겨누던 이들이었다. 서로를 철저히 적으로서 대하며 긴 세월을 반목해 왔던 이들이, 누구의 강요도 없이 오로지 자신들만의 의지로 이렇게 한자리에 모여 화합과 상생을 도모하고 있었다.

이런 날이 오리라는 것을 감히 상상이나 할 수 있었을까. 단 한 순간도 꿈꿔본 적 없던 일이었다. 그리 뻔뻔한 꿈을 꾸었다가는 어디선가 그런 저를 굽어보고 계실 신께서 또다시 제게 끔찍한 형벌을 내리실 것만 같아서…….

흥겹게 술잔을 부딪치며 와자지껄 떠드는 사내들의 틈에서 가슴속에서 폭풍처럼 소용돌이치는 격정을 조용히 삭이던 아리는 새삼 아릿해진 시선으로 그들의 얼굴을 하나하나 새기듯 찬찬히 둘러보았다. 그 낯익은 얼굴들을 바라보고 있자니 그들과 마주쳤던 생에 더없이 절박하고 치열했던 순간순간이 마치 벼락이 번쩍하듯 뇌리를 강렬히 스쳐 갔다.

성에서 도망치려던 저를 가로막으며 제 목에 검을 겨누던 서문진의 서슬 퍼렇던 눈초리……. 죽음마저 불사한 채 손파영의 수하들로부터 저를 지켜 주던 백하의 서럽도록 처절했던 뒷모습……. 자격 잃은 저를 여전히 제국의 안주인으로서 극진히 맞아 주던 자함의 우직한 얼굴……. 자신들의 왕을 위해 부디 그의 곁을 잠시 떠나 달라 간청하던 온건파 군장들의 복잡하고 죄스럽던 낯빛……. 그 어떤 순간에도 저를 아라하의 왕비로서 강건히 받들던 친위대장 무흔의 충직한 눈동자와, 저를 지키며 장중히 죽어 간 친위대원들의 처절했던 마지막 모습 하나하나까지…….

심장을 관통하듯 아프게 박혀 오는 기억들을 가슴에 꾸역꾸역 갈무리하며 아리는 충동적으로 교의에서 몸을 일으켰다. 아무래도 이대로 더 앉아 있다가는 소용돌이치는 이 감정을 더는 주체할 수 없을 것만 같았다. 행여 미련스럽게도 여기서 그것들을 쏟아 내 이 자리를 망쳐 놓기라도 한다면 그보다 더 낭패스러운 일은 없으리라. 지금 그녀에게는 마음의 격랑을 가라앉힐 시간이 무엇보다도 절실히 필요했다.

어느새 다들 제법 거나하게 취해 있어 자리를 뜨려는 그녀에게 크게 신경을 쓰지 않았다. 너울 때문에 이미 한 차례 자리를 비웠던 까닭인지 다소 돌발적인 행동에도 새삼 누구도 그녀에게 관심을 두지 않았다. 그것은 술에 취하지 않은 단휘와 소류 또한 마찬가지였다. 두 사람 역시 그저 묵묵히 술잔을 기울이고 있을 뿐 그녀에게는 시선조차 주지 않고 있었다.

슬며시 주위의 반응을 살피며 속으로 작게 안도의 한숨을 내쉰 아리가 조용히 원탁을 벗어나 서너 걸음쯤 옮겼을 무렵이었다.

자함과 무슨 대화를 나누는 중이었는지 갑자기 제 배를 움켜잡으며 박장대소를 터뜨린 진이 자리에서 멀어지는 그녀를 발견하고는 돌연 큰 소리로 외쳤다.

"아니, 성주님께서는 어찌 그리 바쁘십니까? 어디를 또 가시려고요? 다른 일들은 이제 그만 아랫것들에게 맡기시고 성주님께서도 연회를 제대로 좀 즐기시지요."

"아…… 저, 저는……."

자리에 엉거주춤 멈춰 선 아리가 당황한 채 뒤돌아서자 진이 능글대며 말을 이었다.

"뭐라도 좀 들기는 하신 겁니까? 어찌 이런 자리에서마저 그 답답한 너울을 쓰고 계십니까? 이거 원, 이 맛 좋은 술과 음식들을 저희들만 즐기려니 영 송구스러워서 말입니다. 그리고 자리가 자리이니만큼 술 한 잔 정도는 다 같이 함께 나누어야 하지 않겠습니까?"

다행인지 불행인지 자신을 붙잡은 서문진 덕분에 주체할 수 없이 소용돌이치던 감정들이 찬물을 끼얹은 듯 거짓말처럼 한순간에 가라앉아 버렸다. 잠시 주저하던 아리는 다시 원탁으로 되돌아가 애써 태연히 자리에 앉았다.

"너울을 벗는 것은 곤란하나 술은 이대로도 얼마든지 마실 수 있으니 원하시는 대로 하시지요."

너울을 바꿔 쓰고 오길 잘했다며 안심하고 있는데, 서문진이 생각지도 못한 부분에서 말꼬리를 잡았다.

"오호, 지금 분명 얼마든지라 하셨습니다……? 이거야, 아무래도 한 잔 갖고는 부족하겠는데요?"

"제 말은 그런 뜻이 아니라……."

"아아, 그렇게 빼실 것 없습니다. 좋습니다! 협상의 주관자이신 우리 성주님께서도 얼마든지 우리와 함께 대작하겠다 하시니, 그럼 우선 다 같이 건배 한 번 하실까요?"

넉살 좋게 외친 진이 자리에서 벌떡 일어나 제 잔을 번쩍 들어 보이자 연회장에 모인 모두가 환호하며 각자의 잔을 높이 치켜들었다. 아리 역시 어딘지 불길한 느낌을 뒤로한 채 너울 속 차면을 벗고는 자신의 잔을 들어 올렸다.

"자, 양국의 화친과 성공적인 협상을 위하여, 건배!"

"건배!"

원탁에 둘러앉은 두 군주와 측근들이 다 함께 건배하자 양국 사절단의 열띤 환호성이 연회장이 떠나갈 듯 울려 퍼졌다. 양국의 화합으로 새로운 시국을 맞은 모두의 가슴속에는 설렘과 흥분이 가득했고, 그것을 증명하듯 장내의 분위기는 한층 더 고조되어 가고 있었다.

이 순간 이 자리의 모든 이들이 이미 예견하고 있는지도 몰랐다. 이변이 없는 한 명후일 치러질 양국의 교역 협상은 더없이 순조로울 것이라는 사실을……. 그것은 예견이라기보다는 이제는 거의 확신에 가까웠다.

진의 호쾌한 권주로 연회장의 분위기가 한껏 무르익었다. 가히 천상의 요리라 뽐낼 만한 환상적인 음식들과 각지에서 올라온 진귀한 술들이 떨어지기가 무섭게 탁자 위에 줄지어 올라왔다. 모두가 흥청망청 먹고 떠들고 마시며 이 자리를 원 없이 즐기고 있었다. 군주의 측근들은 물론 양국의 두 군주가 서로 편안히 술잔을 기울이는 모습은 이제는 더는 놀랍거나 새삼스럽지도 않았다.

그 분위기에 휩쓸려서인지 아리 역시 진이 권하는 술을 몇 잔 더 사양치 않고 받아 마셨다. 제법 독한 술을 주는 대로 연거푸 들이켰더니 그새 취기가 오르는지 얼굴이 뜨겁게 달아올랐다. 이런 증상을 우습게 넘겼다가는 저도 모르는 사이 형편없이 취해 버릴지도 몰랐다. 이토록 경계심이 강하게 드는 걸 보면 그래도 아직 정신만큼은 온전히 붙어 있는 듯하니 그나마 다행이었다.

아리는 더 늦기 전에 잠시 바람이라도 쐬며 술기운을 쫓아야겠다고 생각하며 휘청이는 몸을 애써 단정히 바로잡아 일으켰다. 다행스럽게도 이번에는 자리를 비우는 그녀를 누구도 만류하지 않았다. 저 능글맞은 서문진조차도 자리에서 일어서는 그녀를 그저 흘끗 일별하기만 할 뿐 짓궂게 막아서지는 않았다.

조심스레 연회장을 빠져나가는 그녀를 조용히 눈으로 쫓고 있던 단휘와 소류 역시 굳이 그녀를 붙잡지 않았다. 두 사람은 마지못해 무겁게 시선을 거둬들이곤 그저 서로를 말없이 노려볼 뿐이었다.

□ ■ □

잔뜩 열기가 오른 연회장을 빠져나오니 숨통이 한결 트였다. 아직은 밤에는 꽤 쌀쌀했음에도 알싸하게 오른 술기운 탓인지 밤공기가 차갑게 느껴지지는 않았다.

밤하늘 한가운데 휘영청 떠 있는 둥근 달이 호수의 푸른 수면 위로 제빛을 산란히 흩뿌렸다. 반짝이는 은사를 풀어 놓은 듯 흐르는 물결을 따라 번지는 달빛을 멍하니 바라보던 아리는 호수를 따라 느릿느릿 걷기 시작했다.

굳이 호수로 걸음을 한 것에 특별한 이유는 없었다. 연회장 가장 가까운 곳에 호수가 자리하고 있다는 그 단순한 사실이 그녀를 자연히 이곳으로 이끌었을 뿐이었다. 바람을 쐬는 것이 목적이라면 구태여 이곳을 두고 다른 장소를 물색할 필요가 없었다.

물기를 잔뜩 머금은 호숫가의 바람을 한껏 맞으며 한참을 멍하니 걷던 그녀는 호숫가 옆 공터에 다다라 걸음을 멈추었다. 오래전 소류와 함께 낙안성에서 잠시 머물 때 그에게 검술 수련을 받던 바로 그 장소였다. 그곳을 의식한 것인지 의식하지 않은 것인지는 그녀 자신조차 알 수 없었다.

아리는 공터 한편에 서 있는 수련용 허수아비 앞에 오도카니 선 채 한참을 심각한 얼굴로 골몰히 생각에 잠겼다. 도무지 두 사내의 속을 모르겠기에 가슴이 답답했다. 보란 듯 여염의 여인을 데려와 놓고서 굳이 제게 퉁명을 떨어 대는 단휘의 속을 모르겠고, 성주인 제게 필요 이상으로 살갑게 굴며 제 아픈 속내를 털어놓는 소류의 속도 모를 노릇이었다.

아니, 기실 그보다 더 모를 것은 그녀 자신이었다. 두 사내를 향한 제 마음의 무게가 어찌 이토록이나 같을 수가 있을까. 물론 그 성질은 다를 테지만 무게만큼은 정말이지 한 치의 다름도 없이 똑같았다.

그것이 그녀를 혼란스럽게 만들었다. 어쩐지 두 사내 모두에게 죄를 짓고 있는 것만 같아서……. 스스로에게 떳떳하지 못할 까닭이 없다 여기면서도 자꾸만 움츠러드는 기분을 도무지 떨쳐 내기가 힘들어 마음이 심란하기만 했다.

하지만 지난 인연이라 하여 무 자르듯 속 시원히 잘라 낼 수 있는 이가 과연 몇이나 될까. 설령 수없이 많다 해도 자신은 그럴 수 있는 위인이 못 되었다. 그리 모질 수 있었다면 현재의 모든 것이 지금과는 사뭇 달라져 있을 터였다.

아리는 발끝을 쳐다보며 한숨을 푹 내쉬고는 천천히 고개를 들었다. 제 앞에 서 있는 허수아비의 고개가 살짝 비뚤어져 있는 게 어쩐지 꼭 저를 비웃고 있는 것만 같아 슬며시 기분이 상했다. 입을 앙다문 채 허수아비를 노려보던 그녀는 땅바닥을 이리저리 두리번거렸다. 마침 적당한 굵기의 나뭇가지가 떨어져 있는 것을 발견하고는 그것을 주워 와 허수아비 앞에 꼿꼿이 허리를 펴고 선 채 검처럼 겨누었다.

그래, 아무러면 어떠할까. 그저 이리 물러 터진 속을 지닌 이가 과거의 진아 리이자 현재의 담리가흔이라고 인정해 버리면 그만인 것을…….

생각이 지나치게 많다는 게 자신의 고질적인 문제였다. 아리는 나뭇가지를 꽉 움켜쥐었다. 잡념을 없애는 데에는 이보다 더 좋은 방법이 없다는 걸 몸소 겪어 알고 있었다. 낙안의 성주로 부임해 온 이후로 그녀는 단 하루도 빠지지 않고 수련장에 나가 검술 수련을 했다. 제게 검술을 가르치던 소류의 역할을 세상에 둘도 없는 잔소리꾼인 유와가 대신하고 있다는 것이 흠이라면 흠이었지만…….

"틀렸소. 조금 더 앞쪽을 잡으시오."

"……!"

불현듯 등 뒤에서 들려온 나직한 음성에 아리는 작게 비명을 내지르며 들고 있던 나뭇가지를 내동댕이치듯 떨어뜨렸다. 경악한 얼굴로 황망히 뒤돌아서자 소류가 그런 저를 바라보고 있었다.

"놀라게 했다면 미안하오. 술기운이 올라 잠시 바람이나 쐴 겸 하여 나왔다가 예서 인기척이 느껴지기에……."

"어, 언제부터 거기 계셨습니까? 분명 제, 제가 먼저 연회장에서 나왔는데……."

너무 당황한 나머지 말이 매끄럽게 나오지 않았다. 더듬거리며 묻자 소류가 기억을 더듬듯 고개를 모로 기울인 채 대답했다.

"글쎄. 먼저 연회장을 나선 게 그대였는지는 몰라도, 분명한 건 이곳에는 내가 먼저 와 있었다는 거요. 정확히는 저곳…… 저 커다란 바위 옆 말이오."

그가 가리키는 곳에는 그의 말처럼 커다란 바위가 하나 있었고, 그 옆에는 걸터앉을 만한 낮고 넓은 바위가 나란히 붙어 있었다. 그녀가 수련장으로 걸어오던 방향에서는 커다란 바위 뒤로 가려져 보이지 않는 위치였다.

"인기척이라도 내 주시지 그러셨습니까."

"설마 내 그리하지 않았을 것 같소? 그대가 알아차리지 못한 것이지. 보아하니 종종 수련을 하는 모양인데 감각이 그리 둔해서야……."

"예? 지금 제게 둔하다 하셨습니까?"

"애석하게도 몹시 그렇소."

귀신처럼 기척을 지울 줄 아는 그가 이런 식으로 나오니 지금의 이 당혹스러운 상황마저 뒷전으로 밀려나며 슬며시 부아가 치밀었다. 궁술도 검술도 이제는 꽤 쓸 만한 실력이라 자타가 공인할 정도이건만, 정작 인정받고 싶은 유일한 사람에게 저토록 형편없는 평가를 들으니 그녀답지 않게 오기가 생겼다.

아리는 허리를 숙여 떨어진 나뭇가지를 주워 들고는 그를 향해 똑바로 겨누었다. 여유롭게 팔짱을 낀 그가 그런 그녀를 보며 낮게 웃음을 터뜨렸다. 오기라는 걸 저뿐만이 아니라 그 역시도 알 테지만 도무지 그 치기 어린 행동을 멈출 수가 없었다.

달이 아무리 밝다 한들 오밤중에 너울을 쓴 채로, 게다가 취기까지 오른 상태로 눈앞의 사물을 정확히 공격하는 게 쉬울 리 없었다. 눈 가리고 아웅 한다는 말이 딱 지금 제 꼴을 가리키는 말이리라.

"좋습니다. 그럼 어디 한번 피해 보십시오!"

자조하던 속내와는 달리 짐짓 큰소리를 치며 아리는 그를 향해 나뭇가지를 힘껏 휘둘렀다. 행여라도 그가 다치진 않을까 하는 걱정은 들지 않았다. 어쩌면 술기운을 빌어 제 답답한 속을 무모하게 풀고 있는 것인지도 몰랐다. 그가 제 하찮은 공격 따위를 피하지 못할 리는 없었기에 그리 안심하고 객기를 부려 보는 것이었다.

나뭇가지를 단단히 그러쥔 두 손이 그를 향해 우습잖은 공격들을 서슴없이 퍼부어 댔다. 나뭇가지를 힘껏 내지르고 마구잡이로 휘두르길 한참, 그녀는 뒤늦게야 무언가 이상하다는 걸 깨달았다. 그토록 터무니없는 자신의 공격을 그가 피하지 않은 채 온몸으로 고스란히 받아 내고 있었다. 술기운에 모든 감각이 느려진 탓에 이제야 그 사실을 알아챘다.

"……!"

아리는 황망히 한 걸음 뒤로 물러서며 당황한 목소리로 그에게 소리쳤다.

"어, 어째서 피하지 않으십니까?"

"피하지 않은 게 아니라 피하지 못한 거요."

"예……?"

"그대의 공격이 어찌나 전광석화처럼 빠르던지 내 미처 피하지 못하였다 이 말이오."

본인의 능청스러운 언사에 스스로도 기가 찬 모양인지 그가 제 반반한 아래턱을 문지르며 나직이 웃음을 터뜨렸다.

"정말…… 끝까지 이러실 겁니까?"

"무엇을 말이오? 둔하다 하였더니 화를 내기에 민첩하다 한 것인데 또 그렇게 볼멘소리를 하고……. 대체 어느 장단에 춤을 춰야 할지 모르겠군."

"어느 장단에 춤을 춰 달라 말씀드린 적 없습니다. 저는 그저……."

아리는 대거리를 하다 말고 문득 말끝을 흐렸다. 순간 울컥 눈물이 치솟아 견딜 수가 없었다. 그가 지금 제 곁에 있다는 사실이 눈물겹게 행복해서……. 그리 행복한데도 그 품 안에 안길 수 없다는 사실이 너무나도 서럽고 서글퍼서……. 지금 자신은 진아리가 아니라 다만 낙안의 성주 담리가흔일 뿐인데, 저토록 살갑게 저를 대하는 그가 야속하면서도 사무치게 밀려드는 그리움에 아릿해져 오는 마음을 차마 가눌 길이 없었다.

"……흑……."

저도 모르게 툭 터져 나오는 울음을 미처 삼키지 못한 아리가 한껏 숨죽인 울음을 뱉어 내자, 당황한 소류가 그녀에게 한 걸음 다가갔다.

무심결에 뻗어진 그의 손이 그와 그녀를 가로막고 있는 너울을 꽉 움켜쥐었다. 갑작스러운 소류의 행동에 소스라치게 놀란 그녀가 그의 손을 뿌리치며 뒤로 주춤 물러섰다.

"무…… 무슨 짓입니까. 얼굴에 끔찍한 흉터가 있다고 말씀드리지 않았습니까."

스스로 깨닫지 못한 행동에 놀란 건 소류 역시 마찬가지였다. 소류는 그녀를 향해 뻗었던 손을 거두며 복잡한 얼굴로 그녀를 응시했다.

길어지는 침묵만큼 치열한 고민이 그의 뇌리에서 소용돌이쳤다. 땅이 꺼지도록 무겁게 한숨을 내쉰 그가 마른세수하듯 제 한쪽 얼굴을 거칠게 쓸었다.

만일…… 그녀에게 해명을 해야 한다면, 어디서부터 어떻게 시작하는 게 좋을까…….

기실 처음부터 성주가 그녀라는 것을 알고 있었다. 굳이 증좌를 댈 필요도 없었다. 그로서는 도저히 모르려야 모를 수가 없는 것이니까.

낙안에 새로 부임하는 성주가 놀랍게도 여인이라는, 다소 파격적이고 경악스러운 제국의 소식을 보고받던 그 순간부터 소류는 그녀가 아리라는 걸 직감적으로 알았다. 당시에는 심증뿐이었지만, 이후 도성으로 무수히 보냈던 세작들이 전해 온 황궁의 소식들과, 그녀가 부임한 이후로 쭉 주시해 온 낙안성의 동태들로 말미암아 그는 확신할 수 있었다. 근거조차 불명확했던 그의 직감이 더없이 정확했다는 걸.

두 달쯤 전 미우강을 건너 제국 땅으로 넘어와 낙안의 저자를 시찰하는 그녀의 모습을 멀리서 지켜보기도 했었다. 그녀의 일거수일투족, 사소한 몸짓과 버릇 하나하나까지도 놓치지 않고……. 비록 그녀의 얼굴은 너울로 철저히 가려져 확인할 길 없었지만 성주가 그녀라는 확신에 보다 힘을 실어 주는 것들은 도처에 수없이 깔려 있었다. 그녀와 마찬가지로 얼굴을 꼭꼭 숨긴 채 그녀의 곁을 지키는 장 상궁과 유와만 해도 그랬다.

그런데도 그가 이 같은 사실을 모른 체하기로 마음먹은 것은 그녀가 제 신분을 그에게 감추고 있는 데에는 분명 모종의 피치 못할 사정이 있을 것이란 생각 때문이었다.

어떤 이유가 되었든 그녀를 곤란케 하고 싶지 않았다. 마음 쓰게 하고 싶지 않았고, 힘겹게 하고 싶지 않았다. 사는 내내 걸어온 그 길이 온통 가시밭길이었던 가련한 여인이 아니던가……. 저로 인해 그녀가 진 마음의 짐이 더 이상 무거워지는 것을 그는 정말이지 원치 않았다.

어쩌면 그녀가 참으로 저를 잊은 채 성주라는 새로운 옷을 입고 황제의 숨겨진 여인으로 평생을 살아가려 하는 것인지도 모른다는 서글픈 생각이 들기도 했다. 진실로 그렇다 하여도 감히 그녀를 탓할 수는 없으리라. 그녀에게 무엇하나 해 준 것 없는 자신이 감히 어떤 자격으로 그녀를 탓하고 원망한단 말인가. 그녀가 황제의 여인으로 남길 택했다면, 자신은 그저 한 철 불어오고 불어가는 삭풍처럼 평생토록 그녀의 주변을 맴돌며 스치듯 머물다 간대도 그것으로 좋을 일이었다.

그녀를 언제든 볼 수만 있다면…… 그리할 수만 있다면 그녀가 행여 저를 지운다 한들 무엇이 문제일까.

그렇기에 지금의 상황에 대해 채근하거나 해명을 강요할 마음은 없었다. 어째서 사실대로 알리지 않은 것이냐고 그녀를 탓하며 죄책감이나 부채감 따위를 안겨 주는 못난 짓 따위를 할 생각도 없었다. 그보다는 그녀가 저리 나올 수밖에 없는 진짜 까닭이 무엇인지를 알아내고 싶은 마음이 간절했다. 그 명확한 이유를 알아야만 자신도 그저 이렇게 물러나 있기만 할 것인지, 아니면 그녀를 다시금 되찾을 것인지, 그 행보를 분명하게 택할 수 있을 테니까.

모르긴 몰라도 아마 황제의 입김이 작용한 것이리라. 이리 꼭꼭 숨어 버린 그녀에게 다른 사정이 있을 것이라고는 기실 생각되지 않았다. 자신의 눈에 비친 황제는 그녀에게 분명 진심이었다. 단지 같은 사내로서의 어떤 직감 때문이 아니라, 그 눈빛을 본 이들이라면 열이면 열 백이면 백, 누구라도 응당 그리 느꼈을 것이다. 그러니 제아무리 성인군자처럼 굴고 있다 한들 조금도 신경 쓰고 있지 않다면 거짓일 터였다.

행여…… 그가 그녀를 품었을까…….

만신창이가 된 몸으로도 그녀를 절절히 찾아 헤매던 그이니, 그녀를 품지 않았다면 오히려 그것이 더 이상한 일일 테지.

목구멍에서 쓴웃음이 올라왔다. 하지만 설령 그렇다 해도 상관없었다. 물론 그녀의 의사와는 상관없이 그가 그녀를 강제로 취한 것이라면 사지를 찢어 죽여도 시원찮을 테지만, 자의로든 타의로든 다른 사내와 동침한 사실 자체는 자신에게 털끝만큼의 흠도 되지 않았다.

율타와의 전투에서 내성까지 내몰려 더는 물러설 곳조차 없던 그때, 시기적절하게 쳐들어온 제국군이 공격 대신 전령을 보내왔던 그 순간, 그녀와 황제 사이에 필시 어떠한 조건이 오갔을 것이라는 사실쯤 어렵지 않게 짐작할 수 있었다.

그리고 마침내 대면한 황제가 무혈입성을 요구해 왔을 때, 짐작은 확신으로 변했다. 나라 대신 그녀를 잃었다는 참담한 현실을 이 악물고 버텨 내야 했던 순간에조차 소류는 느낄 수 있었다. 황제의 눈동자 속에 깃든 그녀를 향한 그 오롯한 진심을…….

사정이 이러하건만, 그녀와 황제 사이에 오갔을 조건이란 게 그녀가 아니면 무엇이란 말인가. 성주로 그럴싸하게 둔갑시켜 놓은 그녀를 자신이 못 알아볼 리 없다는 것을 황제 또한 모를 리 없었다. 그런데도 이리 뻔한 장난질을 치고 있으니 그 속내가 훤히 들여다보여 유치하기 짝이 없었지만, 제가 지금 그 장난질에 넘어가 이토록 분개하고 있는 걸 보면 썩 효과적인 도발이었던 것만은 분명했다.

아마도 황제는 제게 뻐기듯 똑똑히 보여 주고자 하는 것이리라.

그녀는 여전히, 어쩌면 평생을 지금처럼 그의 울타리 속에 머물러 있을 것이라고……. 그 울타리를 스스로 치워 줄 마음 따위는 전혀 없다고.

너울에 가려져 있지만 여전히 저를 힐난하듯 바라보고 있는 그녀의 시선이 느껴져 소류는 서둘러 잡념을 끊어 냈다.

"장난이 지나쳤다면 사과하겠소. 미안하오, 성주."

"······."

짙은 밤처럼 그녀와 자신 사이를 가로막은 저 남청빛 너울을 당장이라도 찢어 없애 버리고 싶은 충동이 또다시 울컥 치밀었지만, 소류는 간신히 억누른 채 태연히 웃으며 사과했다.

그런 소류를 보며 아리는 저도 모르게 이마를 찡그렸다. 장난이라 제 행동을 얼버무리려는 듯한 그의 진중하지 못한 태도보다도, 조금 전 그가 저를 부른 호칭 때문이었다. 지난 몇 달간 익숙하게 들어왔던 성주라는 호칭이 이 순간 몹시도 거북하게 느껴졌다. 그에게 성주라 불리는 것이 당연한데도 자꾸만 마음속에서 거부감이 스멀스멀 피어올랐다. 아리는 괜스레 발끝만 쳐다보다가 모깃소리로 대꾸했다.

"가흔입니다. 편히 이름을 불러 주십시오."

"싫소."

"예······?"

소류가 무안할 정도로 단칼에 거절하자 아리가 당황하여 그를 올려다봤다. 그가 어깨를 으쓱하고는 대수롭지 않게 말했다.

"어쩐지 그 이름은 그대에게 어울리지 않아. 성주라 부르는 것이 내게는 편하오."

의중을 알 수 없는 말에 가슴 깊은 곳에서 알 수 없는 무언가가 울컥 치밀어 올랐다. 그는 어째서 저런 말을 하는 걸까. 설령 그 이름이 정말로 제게 어울리지 않게 느껴졌다 하더라도 상대에게 결례가 될 게 뻔한 말을 구태여 입 밖으로 꺼내는 저의가 무얼까. 마치 너울 속에 숨어 있는 이가 진짜 담리가흔이 아니라는 것을 알고 있기라도 한 사람처럼······.

"어째서 제게 어울리지 않는다 하십니까? 어엿한 제 이름입니다. 죽는 순간까지 오롯이 불릴······ 지금의 제 이름 말입니다."

"지금의······?"

"제 말은······ 지금도, 그리고 앞으로도 쭉 제 것인 그런 이름이라는 뜻입니다."

"해명 한번 거창하군."

당황한 듯 말을 얼버무리는 그녀를 보며 그가 낮은 소리로 웃었다.

"내 말에 마음 쓸 것 없소. 성주의 무게를 짊어진 이의 이름이라기엔 그저 곱고 가냘프게만 느껴져 그렇게 말한 것뿐이니. 교역국의 군주로서 협상 주관자를 그리 여겨서는 곤란하지 않겠소?"

"……"

그를 물끄러미 바라보던 아리는 겨우 고개를 끄덕였다. 그의 말을 듣고 나니 얼마쯤은 수긍이 가기도 하는 탓이었다. 제 속을 들었다 놨다 하는 그 덕분에 심장이 절반으로 줄어들어 버린 기분이었지만, 작은 산 하나를 또 그렇게 무사히 넘긴 듯해 줄어든 심장만큼 안도감이 일었다.

일순 어디선가 세찬 바람이 불어와 너울 자락이 허공으로 붕 떠올랐다. 가려졌던 시야가 반쯤 트이자 화들짝 놀란 아리가 황급히 고개를 숙인 채 펄럭이는 너울을 붙잡으려 손을 휘저었다.

아직 술기운이 다 가시지 않은 데다 고개를 푹 숙인 상태로 팔을 휘저어 대는 통에 균형을 잃은 그녀의 몸이 찰나 휘청거렸다. 반사적으로 한 발 크게 내디딘다는 것이 그만 발치에 치렁치렁 늘어진 치맛단을 당기듯 밟아 버리고 말았다.

가느다란 비명을 내지른 그녀가 질끈 눈을 감았다. 그와 동시에 기우뚱 기울어진 그녀의 몸이 단단한 무언가와 부딪치며 순식간에 앞으로 고꾸라졌다.

"……!"

몸으로 전해져 온 충격은 그다지 크지 않았음에도 안도감이 들기는커녕 오히려 정신이 번쩍 들었다. 아리는 가빠지는 호흡을 진정시키려 애썼다. 어째서인지 불길한 예감이 엄습해 왔다. 바닥을 짚고 있는 손바닥에서 까끌까끌한 흙의 감촉이 느껴지지 않는 것을 보니 아무래도 자신의 예감이 틀리지 않은 모양이었다.

마른침을 삼킨 그녀는 슬며시 눈을 뜨고는 조심스레 고개를 들었다. 천천히 시선을 들자 나란히 놓인 제 양손 사이로 뭉개져 흐트러진 앞섶이 눈에 들어왔다. 조금 더 위로 시선을 옮기자 앞섶 위로 이어지는 옷깃을 따라 금사로 수놓아진 문양이 달빛에 어슴푸레하게 빛나고 있는 것이 보였다.

시야가 어두웠지만 못 알아볼 정도는 아니었다. 아라하 천궁의 복식이었다. 눈을 감아도 선명히 떠오를 만큼 그녀에게는 너무도 익숙하기만 한……

지금의 상황을 제대로 인지한 그녀의 심장이 터질 듯이 뛰기 시작했다. 그의 몸 위에 올라타듯 엎드려 있는 제 모습이 경악스럽기도 했지만, 그의 얼굴에 내려앉은 너울 자락 끝으로 그의 턱선이 아슬아슬하게 보이고 있다는 사실에 차마 숨도 쉬지 못할 지경이었다. 엎드려 있는 몸을 이대로 일으킨다면 너울이 들려 그의 얼굴이 보이게 될 터였다. 그리되면 그에게도 그녀의 얼굴이 보이게 될 것은 자명한 이치였다.

그가 그녀의 체중을 버티지 못하고 함께 넘어졌다는 게 이 순간 몹시도 의아했지만, 하필 그의 발 뒤에 커다란 돌부리가 있었다는 사실을 그녀는 몰랐을뿐더러, 설령 돌부리가 없었다 해도 지금의 상황과 크게 달라지지는 않았을 것이란 걸 그녀로서는 전혀 알 길이 없었다.

이러지도 저러지도 못한 채 그의 가슴께를 짚고 있는 손을 뗄 생각조차 하지 못하고 있는데, 손안에서 서서히 느껴지기 시작하는 어떤 감각에 아리의 눈이 커다랗게 떠진 채 혼란스럽게 흔들렸다.

손바닥에 닿은 그의 가슴에서 전해져 오는 거센 심장의 박동……

천둥처럼 요란하게 고동치는 그의 심장의 울림이 손을 타고 그녀의 심장으로 고스란히 흘러들어 오고 있었다.

"……!"

아리는 소스라치게 놀라며 그의 가슴을 힘껏 밀어 냈다. 그에게 일어나고 있는 그 같은 현상을 선뜻 이해할 수 없어 혼란스러웠다. 행여 그가 지금의 제 상태에 대해 해명한다 해도 영영 이해할 수 없을 것만 같았다.

어째서 진아리가 아닌 다른 여인과 함께 있는 지금 그의 심장이 저토록 격렬히 뛸 수 있는 것일까. 뭐라 정의할 수 없는 복잡한 심경으로 벌떡 몸을 일으킨 그녀가 그에게서 황망히 달아나려는데, 단숨에 따라 일어선 그가 그녀를 재빨리 붙들었다. 그러고는 품 안으로 강하게 당겨 안았다.

"무…… 무슨 짓입니까! 노, 놓아주십시오! 취하셨습니까?"

경악할 행동에 그녀가 사색이 된 얼굴로 기함하며 소리쳤다. 정말이지 심장이 터져 나갈 것 같았다. 아리는 자신을 안고 있는 그의 억센 팔을 뿌리치려 안간힘을 썼다.

그녀의 필사적인 저항에도 아랑곳 않고 그녀를 자신의 품에 더욱더 단단히 가둔 소류가 돌연 땅이 꺼질 듯한 긴 한숨을 내쉬더니 억눌린 목소리로 낮게 중얼거렸다.

"대체…… 언제까지 속아 줘야 하는 거지?"

"……."

"아니, 정말로 내가 속고 있다고 생각한 건가?"

"……!"

아리는 일순 무언가에 머리를 세게 얻어맞은 듯 머릿속이 새하얗게 변해 버렸다. 다리에 힘이 풀려 휘청이는 몸을 겨우 가누고는 놀라 흐트러진 숨을 가쁘게 몰아쉬었다.

놀란 그녀를 품에 꼭 안고 달래듯 등을 쓸어 주는 소류를 밀어 낼 생각조차 하지 못한 채, 아리는 그의 말을 과연 자신이 제대로 들은 것인지를 고민하고 또 고민했다. 하지만 곱씹으면 곱씹을수록 머릿속이 뒤엉켜 버려서 종국에는 그가 무슨 말을 했는지조차 명확히 떠오르지 않았다.

혼란스러운 표정으로 아무런 말도 꺼내지 못하고 있는 그녀를 보며 소류가 자조하듯 중얼거렸다.

"이유가 있을 것이라 생각했어. 그대가 내게 이리할 수밖에 없는 그런 이유가……. 그 이유를 알아내기 전까지는 그저 이렇게 모른 척해 주는 것이 그대를 위한 일이라 여겼지."

"……."

"한데 도무지 모르겠어. 내 아무리 도성 도처에 세작들을 풀어 황궁의 일거수일투족을 살핀다 한들, 그대와 황제 사이의 내밀한 일들까지 속속들이 알아

낼 도리가 없지 않나."

무겁게 한숨을 내쉰 그가 돌연 품에서 그녀를 놓아주며 너울 너머 그녀의 얼굴을 헛헛하게 응시했다.

"하면 그대와 난 언제까지 이리 지내야 하는 거지? 기약도 없이…… 언제까지……."

"……."

"이렇게 생판 남인 것처럼 모른 척하며 주위를 빙빙 맴돌면서…… 행여 그대가 날 지운 건 아닐까, 마음 졸이고 애를 태우면서…… 대체 언제까지……."

그의 공허한 넋두리가 그녀의 마음을 무겁게 짓눌렀다. 그녀에게서 시선을 떼며 힘없이 고개를 떨구는 그의 침잠한 모습에 초조하게 입술을 달싹이던 그녀가 저도 모르게 덜컥 소리쳤다.

"……여, 여덟 달……! 앞으로 여덟 달만 있으면……!"

"여덟 달……?"

"아……!"

충동적으로 뱉어 낸 말에 스스로 놀란 그녀가 두 손으로 자신의 입을 틀어막았다. 그녀의 말을 나직이 되뇐 그가 그제야 납득이 간다는 듯 느리게 고개를 주억거렸다.

"그대가 성주로 부임해 온 게 넉 달 전의 일이니, 하면 시작은 1년이었겠군……. 대체, 그 1년이라는 기간은 누가 정한 것이지? 그대의 뜻인가? 아니면 저 빌어먹을 황제의 뜻이었나."

한마디 대꾸조차 하지 못하고 그대로 얼어붙은 그녀를 보며 그가 한숨을 내쉬었다.

"어느 쪽이라 해도 상관은 없어. 그래, 지금은 그런 것 따위 중요하지 않아. 나는 다만 그대와 이런 실랑이를 해야 하는 순간순간이 그저 한탄스러울 따름이니까."

소류는 그녀가 제게서 달아나지 못하도록 한 팔로 허리를 단단히 휘감아 안고는 그녀의 얼굴에 드리운 남청빛 너울을 초립까지 통째로 휙 벗겨 냈다.

"……!"

그와 그녀 사이를 가로막던 너울 자락이 눈앞에서 순식간에 사라지자 아리의 눈이 화등잔만 하게 떠진 채 위태롭게 그를 향했다. 턱 밑에 단단히 묶어 놓은 초립의 끈을 대체 어느 틈에 풀어 버린 것인지조차 알 수 없었다. 눈 깜짝할 새에 벌어진 상황에 아리는 놀라 숨을 들이켰다.

달빛을 받아 음영이 진 조각 같은 그의 얼굴이 트인 시야 가득 선연히 맺혀 왔다. 일순 현기증이 일 만큼 저릿한 통증이 그녀의 심장을 휘감았다. 온몸의 떨림이 도무지 멈출 기색을 보이지 않았다.

"……아리."

그가 그녀의 이름을 부르며 커다란 손으로 뺨을 부드럽게 어루만졌다. 그를 뿌리쳐야 할지 아니면 온전히 그 품에 안겨야 할지 도통 갈피를 잡지 못한 그녀의 몸이 더욱 뻣뻣하게 굳어져 갔다. 완전히 방향성을 잃고 만 그녀의 혼란한 사고는 어떤 명령도 내리지 못한 채 그가 불러 준 저의 옛 이름에 무연히 머물러 있었다.

그것은 낯설다 못해 기묘하기까지 한 느낌이었다. 꼭 넉 달만의 일이었다. 그 힘겹고 지난했던 과거의 이름으로 누군가 새삼 저를 다시 불러 준 것은……. 온전한 애정을 담아 저를 부르며 이토록 애틋한 손길로 소중히 제 뺨을 어루만져 주는 것 역시도…….

그 누군가가 더는 주단휘가 아니라 단목소류라는 사실이 이 순간 못내 서럽고도 기꺼웠다. 쓰디쓰면서도 다디달기만 한 이 모순된 마음 또한 갸륵하고도 죄스러웠다.

내내 피하고 싶었던 건 소류와의 아슬아슬한 마주침이 아니라 어쩌면 이런 제 마음과 끝내 마주하게 될 자신이었는지도 모른다. 이런 마음으로 그를 마주하게 될 제 자신이 두렵고 또 두려워서 감히 그에게 안부조차 전할 수 없었던 것이었는지도 몰랐다.

"……."

죄책감에 핑 도는 눈물의 의미를 아마 짐작조차 할 수 없을 그가 저를 위로

하듯 품 안에 꼭 끌어안았다. 그 다정함이 서럽고 아파서 아리는 끝내 참았던 울음을 소리 내어 쏟아 냈다.

눈물로 축축이 젖은 그녀의 뺨을 손끝으로 부드럽게 쓸던 그가 그녀의 서러운 울음을 삼키듯 입술에 깊게 입맞춤을 했다. 그의 갑작스러운 행동에 흠칫 놀란 그녀가 황급히 뒷걸음질 치며 그를 밀어 냈다.

"미…… 미치셨습니까?"

걸러 내지 않은 거친 힐난에 그가 웃으며 어깨를 으쓱하자 아리의 미간이 절로 좁혀졌다.

"폐하의 시위가 도처에 깔려 있습니다. 이러다 눈에 띄기라도 하면……!"

"그래. 그건 곤란하지."

"……예……?"

그는 나긋이 대꾸하곤 의외로 순순히 물러났다. 펄쩍 뛰며 책망하던 그녀가 오히려 당혹스럽고 멋쩍어질 만큼 즉각적인 수용이었다.

그렇게 대번에 물러나면서도 어째서인지 입가에 묘한 웃음을 짓고 있는 그가 어딘지 오싹하고 야릇하기만 해서 아리는 불안한 눈으로 그를 올려다봤다. 그가 그녀를 마주 보며 씩 웃었다. 마치 그녀의 불길한 예감이 틀림없다고 인정하듯, 짓궂다 못해 사악해 보이는 미소가 그의 눈가에 짙게 맺혔다. 의미를 미처 깨닫기도 전에 그가 돌연 그녀의 손목을 잡고 힘껏 뛰기 시작했다.

"저…… 전하!"

그녀의 당혹한 외침에도 그는 멈춰 서기는커녕 뒤를 돌아보지조차 않았다. 그녀와 저항은 이 순간 애석하게도 오히려 그를 더욱더 자극하며 부추기고 있을 뿐이었다.

달은 밝고 밤은 고요하기만 했다.

두 사람이 일으킨 작은 소동을 숨겨 줄 생각이 없다는 듯 까만 밤하늘에는 구름 한 점 없었고, 적막한 사위에는 바람 한 자락 불어오지 않았다.

땅을 내딛는 두 사람의 발소리는 물론, 허공에 토해 내는 가쁜 숨소리까지 정적이 내려앉은 호숫가에 선명히 울려 퍼졌다. 여태 누군가의 눈에 띄지 않고 있다는 것이 오히려 신기할 지경이었지만 다행스럽게도 그들 앞을 막아서는 이는 단 한 사람도 없었다.

그의 손에 이끌려 한참을 숨이 차도록 내달려 온 곳은 연회장 근처의 작은 별당이었다. 미리 알아 둔 장소라기보다는 아마 무작정 내달리다 가장 먼저 발길이 닿은 곳일 터였다. 호숫가에서 가장 가까운 별당이니 충분히 그럴 만도 했다.

자륜당이라 불리는 이 별당은 세쌍둥이들이 낮 시간에 종종 머물며 노는 곳이었다. 금일은 날이 날인지라 장 상궁이 아이들과 함께 이미 일찌감치 아리의 전각으로 건너간 터였다. 본래 하인들이 기거하고 있지는 않은 별당이었다. 그 말인즉슨 지금 이곳에는 그와 그녀 단둘밖에 없다는 뜻이었다.

용케도 사람 하나 없는 장소로 그녀를 데려온 그가 단단히 그녀의 손을 붙잡고는 성큼성큼 별당으로 들어섰다. 길지 않은 복도를 지나 굳게 닫혀 있는 방문을 벌컥 열어젖히는 그의 손길은 마치 제집 안방에 들듯 거침이 없었다.

내실은 불빛 하나 없이 캄캄했다. 마치 퇴로를 막기라도 하듯 그녀의 뒤에서 허리를 감싸 안은 채로 방 안으로 한 발 들여놓은 소류가 문지방을 넘자마자 등 뒤의 문을 탁 닫고는 그녀를 제 쪽으로 돌려세웠다.

"하아…… 하아……."

그를 향해 반강제적으로 몸을 돌린 그녀가 가쁜 숨을 몰아쉬었다. 이토록 숨이 가쁜 이유가 여태 숨이 차도록 내달려 와서인지 아니면 사방이 막힌 공간에 그와 단둘이 있어서인지 쉬이 분간이 가지 않았다. 하지만 그 역시 고르지 않은 숨을 내뱉고 있는 것을 보면 아마도 지금은 후자 쪽에 더 가까운 듯싶었다.

캄캄한 어둠이 내려앉은 방 안에서 오로지 서로의 가쁜 숨소리만이 선명히 느껴졌다. 그의 손에 붙들린 어깨가 불에 덴 듯 뜨거웠다. 심장이 뜨겁게 달아오른 채 미친 듯이 뛰고 있었다. 아리는 터질 듯한 심장을 진정시키려 애쓰며 목소리를 쥐어짜 내 겨우 입을 열었다.

"……처음부터…… 저라는 걸 알고 계셨습니까……?"

여전히 타국의 군주를 대하듯 깍듯한 말투로 그녀가 혼란스럽게 묻자 그가 조용히 고개를 끄덕였다. 아리는 지금의 이 상황을 도무지 받아들이기가 힘들어 망연자실 그를 바라보았다.

"심증뿐이긴 했지만……. 설령 모른 채 왔더라도 이 모습을 보고 어찌 속을 수 있겠어. 제아무리 목소리가 변했다 한들, 그깟 천 쪼가리 몇 겹으로 얼굴을 가리고 있다 한들…… 어찌 내가 그대를 못 알아볼 수 있겠느냔 말이야."

"……."

"알고 있나? 그대는 종종 내 사랑을 너무 과소평가해."

긴 한숨을 내쉰 그가 눈을 가늘게 뜨곤 단호한 투로 말을 이었다.

"내 오늘 그 벌을 주지. 아주 단단히."

짐짓 으름장을 놓듯 말을 내뱉음과 동시에 대뜸 그의 숨결이 그녀를 덮칠 듯 훅 끼쳐 왔다. 뜨겁고 농밀하고 야릇한 감각이 한순간에 그녀의 입술을 삼켰다.

벌어진 입술 사이로 그녀가 가느다란 신음을 흘리자 소류가 그녀의 허리를 으스러뜨릴 듯 끌어안으며 그에게로 바짝 당겼다. 그에게 드리운 짙은 열락의 그림자가 저를 송두리째 집어삼킬 것만 같아서 아리는 흠칫 몸을 떨며 다급히 그를 밀어 냈다.

"소, 소류……!"

"그래. 이제야 그리 불러 줄 마음이 드는 모양이군. 하지만 날 진정시키려는 의도라면 소용없어. 내 더는 그대를 봐줄 생각이 없으니."

"미안해요. 미리 말하지 못해서……. 하지만 내게도 그럴 만한 사정이 있었어요."

"사정이 있었다? 물론 그렇겠지. 하지만 그대에게 그럴 만한 사정이 있었듯이 지금 내게는 충분히 이럴 만한 사정이 있어. 그러니 피차일반인 그런 이야기를 하는 건 이제 와선 그저 시간 낭비일 뿐이야."

반박할 수 없는 말들을 단숨에 쏟아 낸 소류는 더는 그녀의 말을 듣지 않겠다는 듯 그녀를 방 한편에 자리한 침상으로 몰아갔다. 그의 의도를 모를 리 없는 그녀가 다급히 그의 소매를 붙들었다.

"소류……! 화나게 했다면 미……!"

그러나 그에게 사죄를 구하려던 그 말은 순식간에 그녀를 덮쳐 온 그의 뜨거운 입술 안으로 삼켜져 버려 밖으로 나오지 못했다. 거칠게 입맞춤을 퍼부어 오는 그의 입술 사이로 뜨거운 숨결이 뿜어져 나왔다. 달뜬 숨결과 함께 새어 나오는 억눌린 신음이 그녀의 귓가에 아득히 내려앉고 있었다.

"하아……."

그녀가 저도 모르게 참았던 숨을 신음처럼 토해 내자 그의 몸이 순간 딱딱하게 굳어졌다. 욕망을 억누르듯 잠시 그녀의 어깨에 얼굴을 묻은 채 숨을 고르던 그가 이내 그녀를 번쩍 안아 들어 침상에 눕혔다.

욕정으로 혼탁하게 잠겨 든 그의 눈동자를 마주 보고 있자니 배 속이 간질거리다 못해 저릿하게 조여 왔다. 온몸에 전율이 일고 허리가 자꾸만 뒤틀렸다. 제 의지와는 상관없이 발가락이 제멋대로 꼼지락거리고 잔뜩 경직된 두 다리가 무언가를 끝도 없이 애타게 갈구했다.

행여 누군가에게 들키지는 않을까 밀려오는 불안감에 심장이 터질 것만 같은데, 치솟는 불안감만큼 어느새 배 속 가득 터질 듯 들어찬 이 기묘한 흥분과 떨림이 그를 조금도 저지하지 못하게끔 만들고 있었다.

그와 재회하던 그 순간부터 제 몸이 이토록이나 그를 원하고 있었음을 그녀는 그제야 새삼 확연히 실감했다. 성마르게 제 옷가지를 풀어 헤치는 그의 투박한 손길에 가슴이 무섭게 요동쳤다. 어느새 반라가 된 그녀를 팔 아래 가둔 채 물끄러미 내려다보는 그의 시선 속에 가득한 뜨거운 갈망이 그의 몸을 받아들이기도 전에 이미 그녀를 녹아내릴 듯 아찔한 감각 속으로 이끌고 있었다.

그녀와 한참 동안 눈을 맞추던 그가 천천히 고개를 숙였다. 그녀의 입술을 거칠게 탐하던 그의 입술이 미끄러지듯 목을 타고 내려와 말랑하게 솟아오른 둔덕 위를 지분거렸다. 그가 그녀의 분홍빛 유륜을 입 안에 한가득 물어 삼키자 그녀가 몸을 비틀며 아찔한 신음을 내뱉었다.

제 속에서 부단히 싸우던 불안과 열망 중에 결국 꼬리를 내린 쪽은 전자인 모양이었다. 그럴 만도 하지 않느냐고 그녀는 애써 스스로에게 변명했다. 양국의 군주가 모인 장소였다. 서로가 서로의 동태를 단 한시도 주시하지 않을 리 없었다. 그러니 여태 이 별당 안으로 누구도 들이닥치지 않고 있는 건, 들키지 않아서가 아니라 나서지 않겠다는 뜻일 터였다.

어쩌면 황제는, 그 몹쓸 주단휘는 이리될 것을 이미 충분히 예상하고 있었으리라.

뜬금없고 억지스럽게 엄포를 놓던 1년 상이라는 추벌(追罰)이 옹졸하고 유치하기 짝이 없는 발상이었다는 것을 그 스스로도 부정할 수 없을 테니, 사정이 이리 흘러간다 해도 그 역시 그녀에게 달리 따질 말은 없을 터였다.

잠시 다른 사내를 떠올리고 있는 그녀를 눈치채기라도 한 듯 소류가 그녀의 유륜을 잘근 씹고는 힘껏 빨아들였다.

"아……!"

아리의 입에서 가느다란 교성이 흘러나왔다. 그간 참아 왔던 것을 모두 쏟아붓듯 그의 전희는 뜨겁고도 아찔하며 달콤하고 숨 가쁘도록 황홀했다.

그의 투박한 손길에 거추장스러운 옷가지가 하나둘 벗겨져 바닥을 나뒹굴었다. 부끄러움을 느낄 새도 없이 본능적으로 그에게 매달린 그녀가 재촉하듯 그의 단단한 허리를 두 다리로 바짝 휘감아 안자, 그가 억눌린 신음을 내뱉으며 무겁게 몸을 포개 왔다.

육중히 저를 내리누르는 그 숨 막히도록 아찔하고 벅찬 감각에 아리는 참지 못하고 탄성을 내질렀다. 벌어진 입술 틈으로 말캉한 그의 혀가 침범해 들어와 입 안을 제멋대로 헤집으며 유영했다.

서로의 끈적한 타액을 뜨겁게 주고받고, 난잡하게 살을 섞으며, 절정 속에 터져 나오는 자지러지는 교성과 달뜬 숨소리를 서로의 귓가에 가감 없이 토해 내는 이 음란하고도 아찔한 행위가, 어느새 그녀에게는 더없이 숭고하고 간절한 일이 되어 버렸다. 이렇게 온몸으로 그를 뜨겁게 갈구하고 갈망할 만큼이나……

이 들끓는 욕망을 두 해 동안이나 어찌 참아 온 걸까. 하물며 저조차도 이러할진대 그동안 그는 어떠했을까.

"하아…… 아리……!"

그의 거친 숨결과 아찔한 신음이 그녀의 어깨 위로 뜨겁게 내려앉았다. 저릿하도록 강렬한 쾌감과 전율이 폭풍처럼 전신을 휘감아 왔다. 휘몰아치는 절정에 그녀의 눈가 가득 차오른 눈물이 뺨을 타고 주르륵 흘러내렸다.

잠시 숨을 고르다 고개를 든 소류가 그녀의 눈물을 닦아 내듯 혀끝으로 부드럽게 뺨을 핥아 올렸다. 열락에 들뜬 채 그런 그를 몽롱하게 바라보던 아리는 뒤늦게 벼락처럼 밀어닥치는 부끄러움에 어깨를 움츠리며 그의 상체를 슬며시 밀어 냈다.

부끄러움도 부끄러움이었지만 홀연히 사라졌던 이성이 되돌아오고 나니 연회장으로 돌아갈 생각에 눈앞이 깜깜해졌다. 밀려오는 암담함에 진심으로 울고 싶은 심정마저 들어 그녀는 한껏 풀 죽은 목소리로 말했다.

"……이만…… 돌아가요. 다들 기다릴 거예요."

참으로 술만 한 요물이 세상천지에 또 어디 있을까. 알싸하게 오른 술기운이 아니었다면 저지를 엄두조차 내지 못했을 일이었다. 연회 중에 바람을 쐬러 나와서는 사내와 한바탕 정사를 치르다니. 황제가 자신들을 기다리고 있을 것이라 생각하니 순간 죄인이라도 된 듯 가슴이 묵직하게 조여 오고 숨이 턱 막혔다.

열락이 휘몰아치고 지나간 자리에는 그렇게 혼돈만이 가득 남아 버렸다. 자괴감과 자책에 빠져 말을 잃은 아리를 빤히 내려다보던 소류가 그녀의 콧등을 장난스레 잡아 흔들었다.

"그리 걱정이 되나."

"교역국의 왕과 성주가 이렇게 오래도록 자리를 비우고 있으니…… 분명 다들 이상히 여길 거예요……. 그러니 소류, 당신도 어서 일어나요."

아리는 그의 상체를 다시금 밀어 내며 서둘러 몸을 일으키고는 풀어 헤쳐진 저고리의 앞섶을 서둘러 여몄다. 그녀의 하는 양을 가만히 지켜보던 소류가 옷매무새를 정갈히 다듬는 그녀의 손목을 돌연 잡아채며 애써 단정히 여민 앞섶을 도로 활짝 풀어 헤쳐 놓았다. 그 바람에 그녀의 보드라운 젖가슴이 다시 고스란히 드러났다. 아리가 그의 행동에 기함할 듯이 놀라 소리쳤다.

"미쳤어요? 장난치지 말아요, 소류. 어서 연회장으로 돌아가야 한다고요."

"미치지 않았어. 장난은 더더욱 아니고, 돌아갈 필요도 없어."

농담인지 진담인지조차 분간하기 힘든 그의 대꾸에 아리가 이마를 찌푸리며 되물었다.

"그게 무슨 뜻이에요?"

"황제는 이미 그의 처소로 돌아갔어. 우리가 이 별당에 도착하기도 전에."

"예……?"

"여독이 쌓여 일찍 쉬고 싶다더군. 그가 먼저 자리를 파하고 난 뒤에 내가 나온 거야."

아리가 연회장 밖으로 나간 후 묵묵히 술잔을 비우던 황제는 돌연 그만 돌아가 쉬고 싶다는 의사를 밝히고는 그대로 자리를 떴다. 소류 역시 남은 이들에게 편히 연회를 즐기라 이르곤 바로 뒤따라 나온 터였다. 아리가 믿기 힘들다는 듯 미간을 모으고는 재차 확인하듯 물었다.

"……참말이에요?"

"그래, 참말이야. 내 아무리 그대에게 목말랐기로서니 설마 연회에서 잠시 빠져나와 이런 짓을 벌일까. 날 그 정도로 심각한 호색한으로 여겼다면 실망이군."

"나는 그저 걱정이 되어서……. 하지만 그런 사정을 진작 알았다면 나도 이렇게까지 걱정을 하진 않았을 거예요."

"그리 걱정을 하면서도 날 거부하지는 않았다는 건가? 하면 실망할 게 아니라 기뻐해야겠는데?"

"……."

그의 짓궂은 농에 그녀가 쏘아보듯 바라보자 소류가 천연덕스럽게 웃으며 말을 이었다.

"하긴. 예전의 그댈 생각해 보면 새삼스러운 일도 아니지. 예전부터 그대가 내게 안기는 것을 얼마나 좋아……."

"한마디만 더 하면 당장 여기서 나가 버릴 테니 그리 알아요."

"입 다물겠다고 약조하지."

"잘 생각했어요."

그녀의 협박 아닌 협박에 즉시 태세를 바꾸는 소류의 넉살에 아리는 결국 풋하고 웃음을 터뜨렸다. 슬며시 따라 웃던 소류가 그녀를 다시금 침상에 눕히곤 자신의 두 팔 사이에 단단히 가두었다.

"……."

그를 아득히 올려다보는 그녀의 가지런히 뻗은 속눈썹이 일순 파르르 떨렸다. 소류의 말대로 황제가 먼저 자리를 파하였다면 교역국의 왕과 성주의 부재가 더 이상 크게 문제 될 것은 없었다. 군주의 측근들과 양국의 사절들은 떠들썩한 분위기 속에 더할 나위 없이 신명 난 연회를 즐길 테고, 연회가 파한 뒤의 마무리는 가신들이 알아서 도맡아 처리할 테니 그 또한 그녀가 신경 쓰지 않아도 될 일이었다. 그 말인즉슨, 지금 이곳에서 소류를 오롯이 느끼고 받아들이는 데 방해가 될 만한 그 무엇도 이제 더는 남아 있지 않다는 뜻이었다.

고요히 시선을 마주치는 것만으로도 숨이 가빠지고 등줄기에 저릿한 소름이 돋았다. 아까와는 결이 다른 흥분과 전율이 전신 가득 피어오르며 그녀 안에서 무섭게 소용돌이쳤다. 불안감에서 완전히 해방된 심장이 폭발할 듯 쿵쿵 거세게 두방망이질을 쳐 댔다.

그의 거친 숨결이 목덜미에 뜨겁게 내려앉자 아리는 작은 신음을 흘리며 매달리듯 그의 어깨를 끌어안았다. 그녀의 하얀 목에 새붉은 꽃잎을 짙게 새겨 넣은 그가 잠시 고개를 들어 그녀를 응시했다.

"아리……."

속삭이듯 애틋한 그의 목소리가 꿈결처럼 그녀의 귓가에 스며들었다.

"보고 싶었어……. 정말이지 죽을 만큼…… 그대가 보고 싶었어."

"나도요……. 나도 당신이 정말……."

무언가 더 말하려 달싹이는 그녀의 입술을 막으며 그가 뜨겁게 입맞춤했다.

그의 단단한 몸이 다시금 해일처럼 그녀 안으로 거세게 밀려들자 정신이 혼미해질 만큼 아찔한 쾌락과 환희가 폭풍처럼 그녀의 전신을 휘감았다.

형용할 수 없는 황홀감에 그녀의 허리가 활처럼 휘어졌다. 야릇한 교성과 달뜬 신음을 연신 흘려 내는 그녀의 입술을 삼킬 듯 빨아들이며 그가 제 온 열망을 그녀 안에 사납게 쏟아 냈다.

"아…… 소류……!"

"……아리…… 은애해……. 은애해 그대를……!"

형용할 수 없는 열락과 환희가 다시금 그들을 격정적으로 뒤덮었다. 전신 가득 뻐근하게 번져 가는 벅찬 황홀경에 전율하듯 몸을 떨며 두 사람은 서로를 뜨겁게 안았다.

숨 가쁘게 토해 내는 두 사람의 달뜬 숨소리가 열기로 가득한 방 안에 아득히 울려 퍼지고 있었다.

"1년 상……?"

그녀의 어깨를 부드럽게 쓰다듬던 소류의 손길이 우뚝 멈추었다. 기가 찬 듯 눈살을 찌푸린 채 생각에 잠긴 소류를 아리는 죄인이라도 된 양 안절부절못하며 바라보았다.

아까 호수에서 대체 언제까지 이렇게 지내야 하느냐며 절절한 심경을 토로하던 그에게 저도 모르게 여덟 달이라고 외쳐 버린 것이 일의 발단이 되었다. 끈덕지게 그 여덟 달의 전모를 캐묻는 그의 집요함에 못 이겨 아리는 결국 사실대로 실토하고 말았다.

"1년 상을 치르듯 잠자코 죽은 듯이 지내라? 내게 안부조차 전하지 말고?"

"소류, 그건…… 폐하께서 악의가 있어 그리하신 것이 아니라……."

"지금 내 앞에서 그자를 두둔하는 건가?"

"그런 뜻이 아니라 내 말은……."

당황한 듯 말끝을 흐리는 아리를 보며 소류가 무겁게 한숨을 내쉬었다. 그 사내를 두둔하려는 게 아니라 자신의 화를 달래기 위함이라는 걸 알고 있지만,

그녀의 입술에서 자연스럽게 흘러나오는 사내의 존재가 그저 치 떨리게 싫을 뿐이었다. 그도 미처 몰랐다. 자신이 이토록 옹졸한 속을 지녔을 줄은.

"물론 신하로서 군주를 두둔해야 함은 마땅한 일이지. 해묵은 정리라든가, 그런 이유 때문은 아닐 거야. 그렇지?"

"……그래요."

불안하게 흔들리는 그의 눈동자를 바라보며 아리는 작은 소리로 겨우 대답했다. 기실 후자에 가까웠지만, 확답을 갈구하는 그의 눈을 바라보며 아무렇지 않게 사실대로 말할 수는 없었다.

실은 당신만큼 그가 마음이 쓰인다고……. 해묵은 정리라는 간단한 말로 정의할 수 없을 만큼…… 긴 세월 동안 저도 모르는 새 가슴에 켜켜이 쌓여 버린 무수한 감정들이 타 버린 재처럼 아직 제 안에 남아 있다고…….

그녀의 거짓 대답에 소류가 자조하듯 웃으며 나직이 중얼거렸다.

"이번은 속아 주지. 그래야 내 속이 편할 듯싶으니 말이야."

"소류……."

"하지만…… 황제의 그 파렴치한 행태는 도저히 참지 못하겠어."

그녀를 안심시키듯 억지웃음을 짓던 그가 이내 미간을 일그러뜨리며 서늘한 분노를 쏟아 냈다. 행여 그녀가 저를 잊은 건 아닐까 하고 마음 졸였던 지난 시간들이 그의 뇌리에서 고스란히 되살아났다. 그러니 그 원인 제공자인 황제에게 분노가 치미는 건 지극히 당연한 현상이었다.

화를 억누르고 있는 그의 싸늘한 음성에 그녀의 안색이 눈에 띄게 창백해졌다.

"소류, 괜한 짓 말아요. 부탁이에요……. 이번 협상은 내게 아주 큰 의미가 있어요."

"어떤 의미이기에? 나보다 더 큰 의미라도 되나?"

잔뜩 날이 선 반응에 처연히 그를 응시하던 그녀가 슬픔이 묻어나는 목소리로 말했다.

"아이혜의 마지막 당부…… 기억해요?"

"……."

가슴 깊이 묻어 둔 서러운 이름이 그녀의 입술에서 흘러나오자 소류의 얼굴빛이 어두워졌다. 그는 무겁게 고개를 끄덕였다. 그를 지켜 달라 했던 아이혜의 생애 마지막 당부를 어찌 제 평생에 잊을 수 있을까……

"소류, 난…… 제국과의 교역과 화평이 작금의 불안한 아라하를 버텨 내게 해 줄 유일한 길이라고 믿고 있어요. 물론 당신에게는 치욕적인 일이겠지만…… 어떻게든 아라하를 존속시키는 것이 내게는 곧 당신을 지키는 일이에요. 그러기 위해서는 무엇보다도 이번 협상을 무사히 끝마쳐야만 하고요……."

"……."

"아이혜가 세상을 떠난 뒤로 지금껏 단 한 번도 그녀에게 떳떳했던 적이 없어요. 아이혜와의 마지막 약조를…… 이번만큼은 꼭 제대로 지켜 내고 싶어요……."

침잠한 얼굴로 자신을 내려다보는 그를 간절한 눈길로 바라보던 그녀가 그의 입술에 입을 맞추고는 두 팔을 뻗어 목을 끌어안았다.

"소류, 부탁이에요……. 그러니 이번 협상을 무사히 마칠 수 있게 해 줘요……. 아이혜를 위해서, 나를 위해서…… 그리고 당신을 위해서."

"……."

"미안해요. 당신에게 이렇게 염치없는 부탁을 해서……."

한참을 묵묵부답이던 소류가 제 품에 매달리듯 안긴 그녀의 허리를 힘껏 당겨 안으며 어깨에 얼굴을 묻었다.

이 모든 것이 자신을 지켜 주기 위한 행보였다니……. 가슴이 저미듯 아려 왔다. 그저 한때의 우정을 나누었을 뿐인 아이혜와의 약조를 지키고자 내내 발버둥 치고 안간힘을 써 왔던 그녀를 떠올리니, 휘청대고 흔들렸던 그의 지난 시간들이 무거운 자책으로 그를 덮쳐 왔다.

하 못난 놈 같으니……. 그녀가 어떤 마음으로 여태껏 버텨 왔는지도 모르고……. 끝없이 의심하며 불안에 떨었던 제 자신이 한심하고 경멸스럽기 짝이 없었다.

"미안해……. 속 좁게 굴어서……."

"그런 말 말아요. 전부 내 잘못인걸요. 당신을 속인 건 나잖아요……."

그가 그녀를 안은 팔에 더욱 힘을 주어 당겨 안았다. 그의 입술이 그녀의 쇄골에 눌려 애써 힘겹게 꺼낸 고백의 말들이 웅얼거리듯 흩어져 나왔다.

"아니……. 그대가 설령 이보다 더한 것을 속였더라도 나는 그대를 온전히 믿고 기다렸어야 했어. 하지만 그러지 못했지. 솔직히 말하면…… 미치도록 불안했거든. 그대가 그에게 돌아간 것일까 봐……. 다시는 내게 돌아오지 않을까 봐……."

수없이 떠오르곤 했었다. 황제에게 돌아간 그녀가 그 곁에서 해사하게 미소 짓고 있는 모습이……. 떠올리지 않으려 해도 꾸역꾸역 뇌리에 파고들어 그를 끔찍한 악몽 속에 몰아넣고는 했다. 그녀가 없는 자신의 생이 어떠할지를 상상해 보는 건 무딘 칼날에 생살이 찢기는 것보다 더한 고통으로 다가왔다.

"하면 남은 삶을 어찌 살아갈까…… 두렵고, 두렵고…… 또 두려웠어……."

아리는 귓가에 나직이 내려앉는 그의 먹먹한 음성에 조용히 귀를 기울였다. 그가 느꼈을 슬픔과 고통이 고스란히 그녀에게로 밀려들어 왔다. 순간 가슴이 아파 와 눈가에 핑 도는 눈물을 애써 삼킨 채 그의 머리칼을 가만히 쓰다듬어 주는데, 문득 그가 얼굴을 묻고 있는 제 어깨에 따뜻한 감각이 번져 가는 게 느껴졌다. 아리는 놀라 슬며시 고개를 들었다.

"지금…… 우는 거예요?"

"……."

"소류……?"

그녀가 그의 얼굴을 확인하려 슬며시 그의 어깨를 밀어 내려 하자, 그가 그녀를 다시 바짝 당겨 안으며 더 깊이 얼굴을 파묻곤 투정하는 듯한 말을 내뱉었다.

"그대가 염려하는 다른 괜한 짓들을 하느니, 내 그저 이리 울고 마는 것이 낫지 않나."

"그거야…… 물론 그렇긴 하죠. 음, 그럼 마음껏 울어요. 내가 토닥여 줄 테니까."

그의 말을 순순히 시인한 그녀가 아이를 어르듯 등을 토닥거렸다. 그런 그녀의 행동에 지금의 이 상황이 어처구니없을 만큼 당혹스러워진 소류가 맥없이 웃음을 터뜨렸다. 그러자 그녀가 그의 등을 두드리던 손길을 멈추고는 장난기 어린 목소리로 종알거렸다.

"어……? 지금 웃은 거죠? 그렇죠? 도성의 민가에서 어린아이들이 부르는 노래가 있어요. 울다 웃는 아이를 놀릴 때 부르곤 하는 노래인데, 어떤 노래냐면……."

"울다가 웃으면 어디에 뿔이 난다고?"

"당신도 그 노래를 알아요? 아라하에도 그런 노래가 있나 보죠?"

그녀가 눈을 동그랗게 뜨며 신기해하자 그가 돌연 그녀의 귓불에 입술을 가져다 대며 야릇한 투로 속삭였다.

"내가 아는 그 노래가 맞는다면……? 하면 어디에 뿔이 난다는 건지도 알 것 같은데, 아마……."

"소, 소류……!"

순식간에 상체를 일으켜 세운 그가 그녀의 양 허벅지를 붙잡아 위로 들어 올렸다. 그가 아래로 고개를 숙이자 그녀의 은밀한 속살 위로 축축하고 뜨거운 숨결이 아찔하게 내려앉았다. 상상치도 못한 낯 뜨거운 행위에 소스라치게 놀란 그녀가 비명을 지르며 그에게서 달아나려 애를 썼지만, 그의 힘을 도저히 당해 낼 재간이 없었다. 그녀는 결국 저항하는 것을 포기한 채 버둥거리던 다리를 힘없이 늘어뜨렸다.

이미 몇 차례의 정사로 잔뜩 부풀어 오른 속살을 혀로 핥고 삼키듯 빨아들이는 그의 음란하고도 아찔한 전희에 그녀의 입술에서 참지 못한 신음이 연신 터져 나왔다. 은밀한 곳에서부터 시작해 그녀의 온몸 구석구석에 집요하게 자신의 흔적을 남긴 그가, 다시금 억센 손길로 그녀를 끌어안으며 제 묵직해진 하체를 그녀의 젖은 몸 안으로 힘껏 밀어 넣었다.

"아……!"

아래로 뻐근하게 밀려들어 오는 그를 한껏 몸을 열어 맞은 그녀가 달뜬 신음을 내뱉었다. 그녀의 여린 입술에서 흘러나오는 야릇한 탄성에 그가 전율하듯 몸을 떨었다. 아찔하고 황홀한 쾌감이 격랑처럼 쉴 새 없이 몰아쳤다. 폭발할 듯한 격정과 환희로 가득 찬 그녀와의 이 벅찬 행위가 미치도록 좋아서, 소류는 몇 번이고 그녀를 안고 또 안았다.

온몸으로 혼미하게 퍼져 가는 아찔한 감각 속에서 그는 비로소 깨달았다.

과거도, 미래도…… 이미 지나가고, 아직 오지 않은 그 어떤 시간도 그녀와 자신에게는 무의미할 뿐이라는 걸…….

오로지 지금 이 순간을 뜨겁게 사랑하며 살아가면 그것만으로도 충분하다고…….

휘몰아치는 절정에 몽롱하게 풀린 눈으로 그를 아득히 올려다보는 그녀를 그가 으스러뜨릴 듯 끌어안았다.

형용할 수 없는 아찔하고 황홀한 유희에 온몸과 온 마음을 맡긴 채, 두 사람은 서로를 끝없이 탐하고 탐했다.

이 순간이 끝나지 않을 것처럼…….

긴긴밤을 사르며, 오래오래 뜨겁게…….

"……."

고요히 흐르는 호수의 수면 위로 달빛이 산란히 부서져 내렸다.

달빛이 명멸하는 잔물결을 따라 의미 없는 시선을 던지던 단휘가 문득 고개를 들어 밤하늘에 휘영청 떠오른 달을 올려다보았다.

오늘따라 달이 참 빌어먹게도 밝았다. 호수의 건너편에서 애틋이 마주 보며 서 있던 두 사람이 손을 잡고 어디론가 내달려 사라지는 것을 멀리서도 훤히 볼 수 있었을 만큼…….

달빛을 피해 어둑한 나무 그늘 아래 서 있던 자신이 두 사람의 눈에 띌 일은 없었지만, 설령 그들의 눈에 띄었다 한들 과연 지금의 상황이 달라질 게 있었을까 싶었다.

온전히 보내 주기로 수없이 다짐했건만, 고민하고 각오했던 시간들이 무색하리만치 미련의 찌꺼기들은 여전히 제 안에 덕지덕지 붙은 채로 남아 있었다. 그런 스스로가 한심하다는 듯 입술을 실그러뜨리던 그가 곧 체념하는 투로 시 틋이 입을 열었다.

"자그마치 15년이야. 고상하게 보내 주기엔 너무 긴 세월 아닌가. 하여 심술 이라도 부려 볼까 했지."

"……."

"한데 구차해서 더는 못 해 먹겠군."

단휘는 묵묵히 곁을 지키는 자함에게 이죽거리곤 피식 웃었다. 괜찮지 않은 것 같다가도 또 어찌 보면 괜찮은 것 같기도 하고, 때론 심장이 얼얼하다가도 또 그새 무감각해졌다. 사람 마음이라는 게 참으로 종잡을 수 없는 노릇이었지 만, 그래도 이만하면 넉 달 전보다는 나아진 듯싶었다. 그녀가 황궁을 떠나던 그 무렵에는 마치 폭풍에 휩쓸려 절벽 끝까지 내몰린 사람처럼 하루하루가 위 태롭기 그지없었으니까.

"생각 외로 무딘 건지, 아니면 체념이 빠른 건지 이상하게 살 만해. 분명 아 까까지만 해도 죽을 것 같았는데…… 언제 그랬냐는 듯 또 이렇게 금세 살 만 해지니 이런 내가 너무 우습지 뭔가."

자조하듯 비식거리는 단휘를 흘깃 일별한 자함의 얼굴에 쓸쓸한 미소가 피 어올랐다. 희미한 옛 기억을 떠올리듯 아릿하게 허공을 응시하던 자함이 혼잣 말처럼 나직이 중얼거렸다.

"그러다 또 금세 죽을 것 같아지실 겁니다……. 살 만해지다가도 또 금세 죽 을 것 같고…… 죽을 것 같다가도 잠깐은 또 괜찮아지는 것 같기도 하고…… 그 과정을 수없이 되풀이하고 나서야 조금은 무뎌졌나 싶은 순간이 비로소 오 게 될 겁니다."

"그건 자네의 경험담인가?"

"……."

"그래, 자네는 어떠하던가. 원망이 쉽던가, 연민이 쉽던가……. 그 긴 세월 을 자넨 대체 어떤 마음으로 버텨 왔느냔 말일세."

덤덤히 묻는 말에 자함이 굳어진 얼굴로 단휘를 돌아보았다.

"······알고······ 계셨습니까."

되묻는 음성에 가느다란 떨림이 묻어났다. 단휘는 고개를 끄덕였다.

"뒤늦게 알아 버렸지. 어찌 손써 볼 수조차 없을 만큼 늦어 버린 후에
야······. 하여 그 긴 세월을 그저 뻔뻔히도 모른 척 살았네."

감히 누구도 서로에게 언급해 본 적 없는, 서로가 그저 각자의 가슴속에 아
프게 묻어 두었던 지난한 옛이야기였다. 자함의 얼굴이 혼란스러움에 미묘하게
일렁였다. 초혜와 자신의 일을 황제가 알고 있을 것이라고는 전혀 생각지 못했
다. 일말의 내색조차 단 한 번 내보인 적 없던 황제였다. 한 많고 미련 많았던
자신의 구질구질한 연애사는 오로지 초혜와 저 단둘만의 비밀이라 믿어 의심치
않아 왔건만, 진실은 그게 아니었던 모양이다.

"부아가 치밀거든 언제든 내 목을, 심장을 노리게. 난 자네 앞에서는 늘 무
방비 상태이니까."

그리 말하는 단휘를 물끄러미 응시하던 자함이 묵묵히 고개를 내저었다.

"······그럴 일은 없습니다."

모른 척하며 살아왔을 그 속도 저 못지않게 따갑기만 한 가시밭길이었으리
라. 그러니 그만하면 충분할 터였다. 엉킨 인연이 하 얄궂고 안타까워 운명이나
신 따위를 원망해 본 적은 있었어도, 그 원망의 화살을 제 오랜 친구이자 주군
인 그에게 돌려 본 적은 없었다. 단 한 순간도 그리해 본 적 없다고 감히 장담
할 수 있었다.

"속이 좋은 건지, 물러 터진 건지, 쯧······. 내 목이든 심장이든 노릴 일이 없
다면 한 대 치기라도 하든지. 내 처음이자 마지막으로 주는 기회이니 지나서
후회 말고······ 자, 어서."

단휘가 한 걸음 바짝 다가서며 얼굴을 들이밀자 자함이 기함할 듯이 놀라며
뒤로 물러섰다.

"폐하, 어찌 저더러 그런 불경한 짓을 하라 하십니까. 부디 거두어 주십시
오."

충분히 예상했던 자함의 반응에 단휘가 씁쓸히 입을 열었다.

"나는 우리의 이 지긋지긋하게 꼬여 버린 인연을 이 생에서 끊어 내고 싶은 마음이 간절하네. 내생까지 이 업보가 이어진다면 정말 그땐 누구 하나가 다른 누군가에게 죽임을 당해야 끝날 것 같아서 말이야. 생각해 보게, 자함. 정말 끔찍한 일이 아닌가."

"하오나 폐하……. 그러하여도 어찌 소신이……."

"거참, 군소리 말고 어서 날 한 대 치게. 엉망으로 뒤엉킨 연을 끊어 버리고, 이제라도 새로 매듭지어 온전히 이어 나가자 이 말일세. 늦었지만 지금부터라도……."

초혜와 자함, 그들 두 사람을 향한 죄의식과 죄책감은 때로 형용할 수 없을 만큼 무겁게 그의 가슴을 짓눌러 오곤 했다. 일생토록 벗어날 수 없는 잔혹한 형틀처럼 그렇게……. 그 자신이 편해지기 위해 자함에게 무리한 요구를 하고 있다는 걸 알고 있었지만, 그렇게라도 자신의 죄를 조금이나마 단죄받을 수 있기를 단휘는 염치없게도 간절히 바랐다. 끝까지 그토록 이기적인 제 자신에게 환멸이 났지만 달리 도리가 없었다. 그것이 주단휘인 것을 어찌하랴.

"시, 신은 그리는 못 합니다. 신이 어찌 폐하께 그런 짓을……."

"하……. 역시 무리한 청인가? 그래, 그렇다면 하는 수 없군. 내 내생에는 분명 자네의 검에 목이 잘릴 팔자로 태어날 테지. 업보라는 것이 그렇지 않나. 쌓이고 쌓일수록 더 커지는 것은 자명한 일이지."

"……."

무겁게 가라앉은 목소리로 풀 죽은 소리를 잔뜩 늘어놓는 단휘를 심란하게 바라보던 자함의 입에서 묵직한 한숨이 터져 나왔다. 단휘가 부러 들으란 듯 몇 마디를 더 구시렁댔다.

"그래, 내생에 기꺼이 자네 손에 죽으면 그만이지 뭐가 문제겠나. 그리되어도 싸지. 나란 놈은……."

단휘는 짐짓 씁쓸히 중얼거리고는 뒷짐을 진 채 별당의 중문을 향해 터덜터덜 걷기 시작했다. 안절부절못하며 제 뒤를 따르는 자함을 흘긋 돌아보며 한숨을 내쉰 단휘가 곧 고개를 바로 하고는 얼마나 더 버티나 보자 하는 얼굴로 짓궂게 웃었다.

중문에 다다랐을 즈음이었다. 앞서 걷던 단휘를 한걸음에 성큼 앞지른 자함이 그의 앞을 막아서며 주저하듯 입을 열었다.

"하, 하오면……!"

"하오면……?"

"차, 참으로 이번 생으로 끝내는 겁니다, 폐하!"

비장하게 말을 내뱉은 자함이 결연한 표정으로 주먹을 그러쥐었다. 자함의 커다란 주먹이 피할 틈도 주지 않고 단휘의 얼굴을 향해 벼락같이 날아들었다.

"……!"

대경실색한 단휘가 눈을 질끈 감았다. 끈덕지게 졸라 대기는 했지만 자함이 주군인 자신에게 정말로 주먹을 쓸 수 있을 것이라고는 조금도 생각지 못했기에 완전히 무방비한 상태였다.

보통 사내들의 두 배쯤 되는 커다란 주먹이 곧 제 얼굴을 강타할 거라 생각하자 단휘의 몸이 바짝 경직되었다. 이제 곧 눈앞에서 불이 번쩍하리라. 저 무시무시한 주먹을 고스란히 받아 내고 나면 아마 뼈도 추리지 못할 터였다. 그 짧은 순간에 온갖 잡생각들이 그의 머릿속을 들쑤셔 댔다.

"……."

어금니를 꽉 깨물고 있던 그의 뺨에 마침내 무언가가 날아들었다. 한데 어찌 된 영문인지 아무런 충격도 느껴지지 않았다.

제 얼굴에 와 닿은 그것의 정체가 자함의 무쇠 같은 주먹인지, 아니면 바람에 실려 온 꽃잎이나 나뭇잎 따위인지 도무지 분간이 가지 않아 단휘는 그제야 감았던 눈을 슬며시 떴다.

시야 끝에 흐릿하게 걸린 자함의 주먹이 부들부들 떨리고 있었다. 자함이 조심스레 주먹에 힘을 가하자 단휘의 얼굴이 그에 슬쩍 눌리며 고개가 느릿하게 옆으로 돌아갔다. 자함의 이마에는 그새 식은땀까지 송골송골 맺혀 있었다. 굳은 얼굴 가득 흐르는 비장함은 흡사 나라의 명운을 짊어진 장수가 홀로 전장에 나가기라도 한 듯한 기세였다.

찰나 긴장이 풀리자 순간 어처구니가 없어진 단휘가 십년감수했다는 듯 가슴을 쓸어내렸다. 굳어졌던 그의 얼굴에 찰나 부르르 경련이 인다 싶더니 그예 벌어진 입술로 정돈되지 않은 커다란 웃음이 터져 나왔다.

"하하!"

배를 움켜잡고 대소하는 단휘의 행동에 자함이 질끈 감았던 눈을 부릅떴다. 자함의 얼굴은 노을에 물든 듯 시뻘겋게 달아올라 있었다. 숨이 넘어갈 듯이 웃어 젖히는 제 얄미운 군주에게 단단히 다짐을 받듯 자함이 볼멘소리로 투덜거렸다.

"이제 폐하와 저 사이의 모든 업보는 이 생에서 다 끝난 겁니다. 아시겠습니까?"

"아무렴. 여부가 있겠나. 알았네. 내 아주 잘 알겠네."

"……자꾸 그렇게 웃지 마십시오. 충신인 저로서는 그게 최선이었단 말입니다!"

"내 어찌 그것을 모르겠나. 하지만 자꾸 웃음이 나오는 것을 나인들 어찌하나."

"……"

새어 나오는 웃음을 굳이 참아 볼 생각조차 없어 보이는 단휘를 쏘아보듯 일별한 자함이 토라진 듯 휙 대찬 바람을 일으키며 성큼성큼 앞서 걷기 시작하자, 뒤에서 그 모습을 지켜보던 단휘가 다시금 큰 소리로 웃음을 터뜨렸다.

한참을 웃어 젖힌 그가 웃음을 갈무리하려 폐부 깊이 숨을 들이마셨다. 이리 가슴이 뻥 뚫리도록 크게 웃어 본 것이 얼마 만이던가. 가슴이 트이다 못해 뻐근하게 저려 왔다. 제 손으로 무참히 헝클어뜨려 놓았던 자함과 초혜와의 그 모진 인연의 실타래를 풀어낼 한 가닥 실마리를 이제야 겨우 찾아낸 듯싶었다.

너무 늦어 버린 것을 알지만, 아직 다하지 않은 생을 마저 살아가야 할 자신들의 세월 속에 오늘 이 순간의 기억이 희미한 각인으로나마 남아 주기를 단휘는 바라마지 않았다.

오늘 이곳에서의 기억은 다만 그뿐이면 충분하리라……

미련의 찌꺼기처럼 폐부에 진득이 들러붙던, 못내 서러운 기억들은 이제 그에게는 지워 내야 할 서글픈 춘몽(春夢)에 지나지 않을 뿐이었다. 그 뼈아픈 사실을 순순히 받아들이는 것 외에는 달리 방도가 없음을 이제는 깨끗이 인정해야만 하리라.

단휘는 뻑뻑해진 눈꺼풀을 조용히 내리깔았다. 어디선가 봄꽃 내음을 가득 실은 혜풍이 불어와 그의 옷깃을 흔들며 지나쳐 갔다.

가만히 눈을 감고 저를 스쳐 가는 봄바람을 음미하는 그의 얼굴 위로, 봄을 닮은 처연하고도 찬연한 미소가 아릿하게 번져 가고 있었다.

46
깨끗한 완패(完敗)

　두 군주와 성주가 모두 자리를 비운 덕에 연회 내내 희희낙락하고 왁자지껄한 분위기가 이어졌다. 양국의 사절들은 날이 새도록 허심탄회하게 이야기를 나누며 적대국으로서 쌓아 왔던 그간의 벽을 허물었고, 긴 세월 단단히 굳혀 왔던 앙금은 부딪치는 술잔에 눈 녹듯 스르르 녹아 사라졌다.

　양국의 화합은 그렇게 모두에게 벅찬 감동을 안긴 채 순조롭게 닻을 올렸다.

　먼동이 희끄무레 밝아 오기 시작할 무렵이 되어서야 연회는 서서히 끝이 났다. 늦게까지 연회장에 남아 있던 이들이 하나둘씩 자리를 뜨고 마침내 장내가 텅 비자 하인들이 기다렸다는 듯 탁자 사이를 분주히 오가며 밤새 어질러진 것들을 정리하기 시작했다. 사절들에게는 그제야 긴 하루가 끝난 것이었지만, 실상은 새로운 날이 시작되고 있었다.

　파안제국과 아라하가 교역국으로서 낙안성에 한데 모인 기념비적인 날. 그 이튿날인 금일은 공식 일정 없이 모두에게 자유로운 시간이 주어졌다. 연회를 늦게까지 즐긴 이들에 대한 배려이기도 했고, 협상을 하루 앞두고 차분히 머리를 식혀야 할 두 군주에 대한 배려이기도 했다.

간밤 곧장 처소로 돌아와 일찍 잠자리에 든 단휘는 이른 새벽녘부터 잠에서 깨어나 있었다. 오랜 행군에 퍽 고단했던 까닭인지, 독주 몇 잔에 노곤해진 때문이었는지…… 그도 아니면 그저 아무런 생각도 떠올리고 싶지 않아서였는지, 의외로 쉽게 잠이 들어 한잠 푹 자고 일어난 터였다. 피로함이 그런대로 가시고 기분도 이만하면 괜찮았다. 여전히 가슴속에 미미하게 남아 있는 헛헛한 상실감을 빼면 딱히 마음 쓸 일도 없었다.

아침 일찍 조반을 먹고 편안하다 못해 무료한 상태로 채아와 하릴없이 방 안에서 빈둥거리고 있자니 슬슬 좀이 쑤셔 왔다. 세쌍둥이를 보러 가고 싶은 마음이 굴뚝같았지만, 아직은 아이들이 곤히 잠들어 있을 시각이기에 그것도 여의치가 않았다. 무료함을 떨치게 해 줄 무언가가 지금의 그에게는 아주 시급하게 필요했다.

솔직히 말하자면 무료함보다는 갑갑함을 떨쳐 내려는 심사가 더 컸다. 간밤 호숫가에서 애틋하게 마주 보며 서 있던 두 사람의 모습이 자꾸만 눈앞에 어른거리는 탓이었다. 이 기억을 지워 내려면 대체 무엇을 어찌해야 할까…….

"채아야."

"예, 폐하?"

"어떤 장소에 좋지 않은 기억이 있다 치자. 어찌하면 그 기억이 사라지겠느냐? 방도가 있겠느냐?"

난데없는 질문임에도 채아는 당황한 기색 없이 대꾸했다.

"다시 그곳에 가 보면 어떻겠사옵니까?"

"다시 그곳엘……? 어째서? 다시 가 보아야 안 좋은 기억만 떠오를 터인데."

"새로이 좋은 기억을 만들면 안 좋은 기억이 희미해지지 않겠사옵니까? 다른 기억으로 예전의 기억을 덮는 것이옵니다."

"다른 기억으로 덮는다?"

"그러하옵니다. 폐하."

"흠…… 그래, 퍽 그럴듯한 소리로구나."

고개를 주억거린 단휘가 더 생각할 것 없이 그대로 자리에서 일어섰다.

"하면 내 어디 좀 잠시 다녀와야겠다. 이리 틀어박혀 있으려니 영 좀이 쑤셔 못 견딜 노릇이기도 하고……."

"예……? 폐하, 어디를 가시려는……."

제 말을 끝까지 듣지도 않고서 성큼 문을 나서는 단휘를 보며 채아가 무슨 영문인지도 모른 채 서둘러 일어나 그의 뒤를 쫓았다. 단휘는 그를 따라 나오는 그녀를 굳이 말리지 않은 채 그길로 호숫가로 향했다.

호수로 향하는 내내 봄바람이 살랑거리며 곁을 스쳐 가고 봄볕이 어깨 위로 따사로이 내려앉았다. 어느덧 완연한 봄이 찾아와 있었다.

단휘는 잠시 멈춰 서서 가만히 눈을 감은 채 찬연한 이 계절을 음미했다. 혹독한 계절이 지난 뒤에 비로소 찾아오는 이 계절의 간절함과 소중함을 지금만큼 절절히 느꼈던 적이 또 있을까…….

뼈에 사무치듯 스며드는 온기가 눈물겹도록 애틋하고 감격스러워서 단휘는 한참이나 눈을 감은 채 우두커니 멈춰 서 있었다. 채아가 그를 따라 눈을 감고서 봄을 느끼듯 잔잔한 미소를 머금었다. 산들산들 불어오는 봄바람이 그들 사이를 기분 좋게 스쳐 지나가고 있었다.

그렇게 한껏 봄에 취한 채 걷다 서다를 반복하는 사이 어느새 호숫가에 다다랐다. 찰랑거리는 호수의 수면 위로 산란히 흩어지는 햇빛에 눈이 부셔 단휘는 콧등을 찡그린 채로 호수 주변을 느릿느릿 한가로이 거닐었다. 그의 등 뒤에서 참새처럼 쉴 새 없이 조잘거리는 채아의 낭랑한 목소리가 끊임없이 들려왔다. 제가 대꾸를 하든 안 하든 개의치 않고 꿋꿋하게 종알대는 채아를 슬며시 돌아본 단휘가 못 말린다는 듯 설레설레 고개를 내저었다.

채아는 황제인 저를 어려워하면서도 속에 품은 말들을 곧잘 입 밖에 늘어놓기 일쑤였다. 그 계산 없는 솔직함이 마음에 들어 단휘는 그녀를 종종 궁으로 불러들여 말동무 삼아 곁에 두곤 했다.

"폐하, 하온데 어젯밤 연회에서는 어찌 그리 일찍 돌아오셨사옵니까? 황후 마마와는 넉 달 만의 재회가 아니옵니까? 좀 더 계시지 않으시고요."

"내 거기 더 있어 보아야 무엇 하겠느냐. 이래저래 내 살만 깎아 먹는 꼴이지."

"살 좀 깎아 먹으면 어떻사옵니까? 그토록 그리워하시던 분이 아니시옵니까?"

"……."

제 살을 깎아 먹다 못해 뼈도 못 추릴 만큼 상처 입을 것 같아서였다는 말을 차마 이 어린 계집 앞에서 늘어놓고 싶지는 않았다. 진심으로 제 자신이 그 정도로 형편없는 지경은 아니기를 바랐으니까. 단휘는 통명한 소리로 대꾸했다.

"네 눈에는 내 그리 시답잖은 위인으로 보이느냐?"

"예……? 어찌 그런 말씀을 하시옵니까? 사람이 사람을 그리워하는 게 어찌 시답잖은 일이옵니까? 그보다 간절하고 숭고한 일은 없다고 소녀는 감히 생각하옵니다. 그 대상이 연인이든 부모이든 자식이든 말이옵니다……."

채아가 진솔한 눈빛으로 단휘를 바라보며 말을 이었다.

"소중한 이를 향한 그리움은, 누군가에게는 평생을 버티게 하는 힘이 되어 주기도 하는 것이옵니다. 절대 함부로 시답잖다 말할 수 있는 게 아니옵니다."

"……."

감히 황제 앞에서 핏대를 세우며 저토록 열변을 토하고 있는 채아에게는 아마도 일찍 그녀 곁을 떠난 부모의 존재가 그 그리움의 대상일 터였다. 한껏 목소리를 높여 제 할 말을 거침없이 쏟아 내던 채아가 문득 화들짝 놀라 어깨를 움츠렸다.

"소, 송구하옵니다, 폐하. 소녀가 그만 너무 흥분을 하여……."

"무얼 그렇게 놀라느냐. 이제 와 새삼스러울 것도 없거늘."

"하여도 매번 송구한 것은 송구한 것이옵니다……."

"감히 황제를 가르치려 드는 계집은 도성 땅에 오직 너 하나뿐일 게다. 그러니 송구해할 것 없다. 내 너의 가르침에 늘 감사하고 있느니."

잔뜩 풀이 죽은 채아의 모습에 단휘가 나직이 웃으며 돌아서 걷기 시작했다. 잠시 잠잠해졌던 채아의 목소리가 다시금 조잘조잘 들려오기 시작할 무렵, 저 멀리 이쪽을 향해 서서히 다가오고 있는 장정들의 무리가 보였다. 채아 역시 그들의 존재를 알아차린 모양인지 경계하듯 목소리를 낮추며 조심스레 물어 왔다.

"폐하. 저쪽에서 사내들이 이리로 오고 있사옵니다. 혹시…… 저분이 아라하의 왕이옵니까?"

멀리서도 유표히 눈에 띄는 장신의 사내들, 그중에서도 단연 돋보이는 한 사내의 황금빛 의관이 봄 햇살 아래 찬연히도 빛나고 있었다. 단휘가 슬며시 미간을 구긴 채 잠시 멈추었던 걸음을 느릿하게 떼어 놓으며 고개를 끄덕였다.

"그래. 저자가 바로 아라하의 왕이다."

단휘의 대답에 채아가 사색이 된 채 황급히 몸을 돌려세웠다.

"하, 하오면 저쪽으로 돌아가시옵소서. 이대로 가다가는 저자와 마주치겠사옵니다."

"돌아가라? 제국의 황제인 내가, 일개 소국의 왕 따위를 피해 가란 말이냐?"

"그런 뜻이 아니오라……. 소녀의 말이 주제넘었다면 용서하소서, 폐하. 하오나 호위도 가까이 두시지 않고 이리 마주치시는 것은 너무 위험한……."

"딱히 위험할 일이 무어가 있다고. 왜, 행여 내 저자와 주먹다짐이라도 할까 봐 겁이 나느냐?"

"사실을 말씀드리면…… 그러하옵니다."

채아의 솔직한 대답에 단휘가 피식 웃음을 터뜨렸다.

"걱정도 팔자라더니, 네 그 사서 걱정하는 버릇만큼은 참으로 알아줘야겠구나."

"그저 사서 하는 걱정이 아니옵니다. 두 분의 사정을 아는 이라면 누구라도 저와 같을 것이옵니다."

"하면 내 어찌 너를 안심시키면 되겠느냐? 맹세라도 할까?"

농처럼 던진 물음에 채아가 꿀 먹은 벙어리처럼 아무런 대꾸도 하지 못하자 단휘가 걱정 말라는 듯 확신에 찬 어조로 내뱉었다.

"참으로 아무런 염려도 할 것 없다. 내 감정적으로 휘둘릴 일은 손톱만큼도 없을 것이니……. 만에 하나 그러한 일이 생긴다면 이번만큼은 내가 아니라 저 놈 쪽일 게다."

뜻 모를 말들을 늘어놓는 황제를 채아가 불안한 시선으로 바라보았다. 단휘는 그저 어깨를 으쓱해 보이고는 걸음에 속도를 붙였다. 황제의 뒷모습을 걱정스러운 눈길로 바라보던 채아가 마지못해 종종걸음을 놓으며 그의 뒤를 바짝 따랐다.

간밤 별당에서 아리와 함께 밤을 지새운 소류는 동틀 무렵에야 처소로 돌아와 반 시진 정도 겨우 눈을 붙였다. 정오가 되어 측근과 사절들을 불러 모아 간단한 회의를 마치고 바람이나 쐴 겸 하여 잠시 호숫가에 들른 터였다.

잠이 부족하긴 했지만 일말의 피로감도 느끼지 못할 만큼 그의 마음은 한껏 들떠 있었다. 사무치게 그리워하던 그녀를 밤새 품에 안은 채 살 내음을 맡고 숨소리를 들으며 꿈결 같은 시간을 보냈으니 그 벅찬 심정이 오죽하랴.

아무리 참아 보려 해도 입가에 걸리는 웃음을 막을 도리가 없어 소류는 실없이 웃으며 호수를 거닐었다. 그의 속사정을 모를 리 없는 진이 뱁새눈을 하고서 반편이를 보듯 한심하게 쳐다보는 것을 알고 있었지만, 그럼에도 자꾸만 실실 새어 나오는 웃음을 도저히 멈출 수가 없었다. 그의 얼굴에서 웃음기가 싹 사라지게 만든 장본인이 눈앞에 나타나기 전까지는 말이다.

"……이런. 황송하게도 제국의 황제께서 행차하셨군그래."

진이 호숫가를 따라 이쪽으로 천천히 다가오고 있는 황제를 발견하고는 비식거리며 느릿느릿 내뱉었다.

"하지만 이제야 우리 천궁께서 제정신을 되찾으신 듯하니 황송할 뿐 아니라 황감하기 그지없는걸?"

세상 점잖은 투로 깐족대며 비꼬는 진의 천연스러운 작태에 피식 웃은 소류가 이내 표정을 갈무리하곤 전방을 향해 성큼성큼 빠르게 걸음을 놓았다.

지난밤 그녀가 그에게 실토한 이야기들이 하나둘 떠오르자 속이 부글부글 끓어올라 그의 걸음이 자연히 빨라졌다. 여유작작한 걸음으로 한가로이 걷고 있는 황제와는 퍽 대조적인 모습이었다.

스무 보…… 열 보…… 다섯 보…….

마침내 단 두 보를 남겨 둔 채 두 군주가 마주 섰다.

파안과 아라하의 군주를 각각 상징하는 붉은색과 금색 의관을 몸에 걸친 훤칠한 사내 둘…….

두 사람이 정면으로 마주 서 있는 모습은 실로 위압적이었고, 그것은 모두에게 자연스레 경외심을 불러일으키는 것이었다. 주변에 시립해 있던 모든 이들이 황공히 국궁한 채 두 사내에게서 멀찍이 물러섰다.

탐색하듯 서로를 살피던 두 사람의 얼굴에 복잡한 심사가 빠르게 스쳐 갔다. 서둘러 표정을 갈무리한 단휘가 먼저 천연스레 말문을 열었다.

"간밤에는…… 그래, 편히 쉬었나?"

"방해하지 않아 준 덕분에."

얼음장처럼 냉랭한 시선을 주고받으며 나누는 대화치고는 퍽 살가운 내용이었지만, 그 말속에는 창칼을 주고받는 것과 다름없는 살벌함이 담겨 있었다.

간밤 소류가 아리와 함께 밤을 보낸 사실은 그들에게 공공연한 비밀이었다. 이곳에 자리한 모두가 알고 있는 마당에 구태여 간밤의 사정을 숨길 이유는 없었다.

"한데, 간밤에 아주 어처구니없는 소리를 들었어."

나긋하면서도 묘하게 신경을 긁어 대는 어투에 단휘가 슬며시 인상을 구겼다. 사내가 무슨 말을 꺼낼지 어쩐지 알 것 같은 예감 때문이었다.

"잃은 거라곤 고작 눈 한쪽뿐이면서, 뻔뻔하게 죽은 이 행세라도 하겠다는 건가?"

"……."

"1년 상이라니, 기가 차는군. ……졸렬하기는."

소류의 빈정거림에 단휘의 눈썹이 꿈틀거렸다. 성주와 교역국 군주의 관계로 아리가 그와 재회하고 난 후에, 과연 1년 상이라는 자신과의 비밀이 며칠이나 지켜지게 될지 염려치 않았던 것은 아니었지만, 고작 단 하루라니……. 이유는 달랐지만 기가 차는 건 이쪽 역시 마찬가지였다.

배신감이라 하기도 실망감이라 하기도 뭣한 복잡한 심사가 가득 들어차 일순 뱃속이 뒤틀렸다. 단휘는 이를 악문 채 애써 대수롭지 않게 웃음을 짓고는 소류의 말을 느리게 되받아쳤다.

"졸렬……? 졸렬한 게 어떤 건지 제대로 한번 보여 줘 봐야 그따위 파렴치한 소리를 못 지껄일 텐데. 내 그간 너무 성인군자처럼 굴었나 보군."

"이미 충분히 보여 주고 있잖나."

"보여 주다니, 무엇을?"

소류의 시선이 단휘의 등 뒤에서 멀찍이 떨어져 서 있는 여인에게로 향했다. 그가 조소하듯 입꼬리를 말아 올리곤 잇새로 내뱉었다.

"네놈이 죽다 살아난 몸으로 저 광대한 평원을 내달려 끝내 아리를 황궁으로 데려간 사실을 알았을 때…… 나는 그녀가 네놈 곁에서 평생을 살아도 좋다는 생각을 했었다. 그녀가 그것을 원한다면…….."

그때의 기억이 떠올라 소류가 트적지근한 시선으로 허공을 응시했다.

진심으로 그렇게 여겼던 적이 있었다. 아라하를 존속시키는 것만으로도 힘에 겹던 그때, 오로지 아라하의 명운에만 사활을 걸 수밖에 없었던 그때……. 머릿속이 온통 그녀 생각으로 꽉꽉 들어차 있었지만 돌아볼 일말의 여유조차 없었던 그 지난한 시기에, 황궁에서 안온히 지내고 있을 그녀를 떠올리면 황제에게 차라리 감사한 마음마저 들었었다.

어디에서든 그녀가 무탈하다면 그것으로 되었다고…….

남은 평생을 다른 사내에게 극진히 사랑받으며 살아가는 것도 그녀에게는 썩 나쁘지 않을 삶이리라고…….

위태롭고 험난하기만 할 아라하 천궁의 고단한 생을 함께하는 것보다는…….

"한데 한때나마 그렇게 여겼던 내 자신이 경멸스러울 지경이야. 그새 이리 계집이나 끼고 시시덕대는 꼴을 보고 있자니 역겹군."

그를 따라 황궁으로 돌아간 그녀는 그와의 신의를 지키겠다고 자신에게 안부는커녕 하물며 생사조차도 알려 오지 않았건만, 정작 그녀에게 1년 상이라는 뻔뻔한 요구를 한 당사자는 이렇게 희희낙락 계집과 산보나 거닐고 있다니.

소류가 경멸이 담긴 눈초리로 노려보자 단휘가 어깨를 으쓱하며 피식 웃었다.

"네놈이 그리 느꼈다면 영 헛짓을 한 건 아니었나 보군."

"무슨 뜻이지?"

"……."

단휘는 아무런 대꾸도 하지 않고 호수를 향해 몸을 돌려세웠다. 강렬하리만치 찬란한 한낮의 볕이 수면 위에서 눈부시게 부서졌다. 눈을 가늘게 뜬 채 빛이 일렁이는 잔잔한 수면을 한참 동안 응시하던 그가 혼잣말을 하듯 느른한 투로 이죽거렸다.

"내가 어떻게 아리를 보냈는지를 안다면…… 지금 그따위 소리들을 내 앞에서 지껄일 리 없지. 당장 내게 엎드려 절을 올려도 모자랄 판에."

"일부러 이리하기라도 한다는 건가?"

"내게 남은 일말의 정이라도 있다면 이참에 싹 떼게 해 주려던 참이었는데, 아무래도 네놈은 불만이 많은 모양이야. 네놈 하는 작태를 보니 집어치울까 싶기도 하고……."

빈정대는 말과는 달리 그의 표정은 덤덤했다. 소류는 의외라는 듯 눈썹을 치켜올렸다.

"그 말이 사실이라면, 불만이라기보단 불쾌할 듯싶은데."

"뭐가 불쾌하다는 거지?"

"글쎄. 네놈이 생각보다는 덜 구질구질한 놈일까 봐?"

가식이 느껴지지 않는 퍽 솔직한 언사에 단휘가 비스듬히 팔짱을 끼고서 소류를 향해 빙글 돌아섰다. 그러고는 입꼬리를 말아 올린 채 여유작작하게 말을 내뱉었다.

"불쾌한 게 아니라 불안한 거겠지. 혹시라도 그녀가 내게 다시 돌아오기라도 할까 봐."

단휘의 도발에 소류가 어이없다는 듯 헛웃음을 지었다. 대수롭지 않은 듯 웃어넘기고 있었지만, 기실 욱하고 치밀어 오르는 화를 속으로 억누르는 중이었다.

"뻔뻔하다 못해 낯부끄럽기까지 한 네놈의 그 자신감은 제국의 황가 대대손손 물려받는 유산이라도 되나?"

"그렇다면 그럴 수도 있겠지. 차라리 뻔뻔하게 구는 편이 패배감에 찌드는 것보다야 훨씬 낫다고 배워 왔으니."

"그 잘난 자신감으로 구질구질하게 남의 여인을 탐낼 게 아니라, 황궁의 가련한 후궁들이나 품어 주는 게 어떻겠나? 명색이 황제라는 작자가 후계 하나 없으니 황실의 조상들이 관에서 뛰쳐나오지나 않으면 다행일 듯싶은데."

생각지 못한 반격에 단휘의 얼굴이 대번에 구겨졌다. 감히 제게 아리를 '남의 여인'이라 못 박는 것도, 아라하의 천궁에게는 없는 후궁들을 꼬집어 비꼬는 것도, 정작 자식들을 눈앞에 두고도 몰라보는 주제에 후계가 없는 저를 조롱하는 것까지도……. 속이 뒤집힐 노릇이었지만 마땅히 반박할 말이 없으니 그저 태연히 참아 내는 것 외에는 할 수 있는 일이 없었다.

당장이라도 멱살을 잡아채고 싶은 심정이었지만 단휘는 꾹꾹 눌러 참았다. 채아에게도 큰소리를 치지 않았던가. 감정적으로 휘둘릴 일이 있다면 이번만큼은 저놈 쪽일 거라고.

"제국의 앞날을 걱정해 주는 건 고맙지만, 글쎄…… 후계가 없기는 피차일반 아닌가?"

"……."

부아가 치미는 것을 겨우 누르며 서둘러 표정을 갈무리한 단휘는 시치미를 뚝 뗀 채 빙그레 웃었다.

아침 일찍 장 상궁에게 보냈던 시위가 제게 돌아와 고하기를, 어제도 오늘도 그가 아이들을 따로 찾아와 만난 적이 없다고 했다. 그것으로 단휘는 두 사람의 사정을 어렴풋이 눈치챘다. 아마 그는 세쌍둥이가 제 자식들일 거라고는 감히 생각지 못하는 게 분명했다. 또한 어째서인지 아리 역시 그 사실을 그에게 알리지 않은 듯했다.

조금 전 자신이 한 말에 사내가 끝내 묵묵부답인 걸 보면 그러한 제 짐작이 틀리지 않을 터였다. 자신이 모르는 둘만의 복잡한 사정이 있을 테지만, 그것까지는 굳이 알고 싶지 않았다. 단휘는 태연자약 느긋하게 걸음을 옮겨 사내와의 거리를 좁혀 섰다.

어딘지 의뭉스러운 단휘의 태도에 소류가 눈을 가늘게 뜬 채 그를 빤히 쳐다보았다. 그러자 마치 대단한 비밀이라도 건네듯 소류에게 상체를 가까이 들이댄 단휘가 은근한 목소리로 속닥거렸다.

"혹시 아나? 내게도 떡두꺼비 같은 아들이 갑자기 하늘에서 뚝 하고 떨어질지……."

황궁에서 아리와 자신이 함께 보낸 몇 달의 시간을 저 사내는 감히 짐작조차 하지 못할 것이다. 그러니 이 뜬금없고 황당무계한 언사가 사내를 얼마나 뒤흔들어 놓을지를 잘 아는 바였다. 사내의 속을 헤집어 놓을 생각에 그제야 뒤틀렸던 속이 조금은 풀리는 듯해 단휘는 입가를 길게 늘이며 씩 웃었다.

"내가 네놈에게 구태여 무혈입성을 요구한 까닭이 뭐였을 것 같나."

단휘가 의기양양하게 내뱉은 말에 소류의 눈썹이 꿈틀거렸다. 까닭 모를 불쾌감이 폐부에 진득하게 스며 와 소류는 이를 악문 채 주먹을 꽉 움켜쥐었다.

소류의 손을 흘끗 내려다본 단휘가 슬며시 웃으며 입을 열었다.

"그녀와 거래를 했지. 그 조건이 과연 뭐였을까?"

"……."

나긋이 말을 내뱉곤 생글거리는 단휘의 얼굴을 소류가 싸늘히 노려보았다. 황제가 내건 조건이라면 듣지 않아도 뻔히 짐작할 수 있는 것이었다.

물론…… 그녀를 원했을 테지…….

그럴 리 없다 믿으면서도 떠올리는 것만으로도 속이 뒤틀리는 듯해 소류는 숨을 억누르며 씹어뱉듯 잇새로 내뱉었다.

"내가 네놈 말을 믿을 성싶나?"

"무엇을? 내 아직 아무 말도 하지 않았는데."

자신이 겨우 참고 있다는 것을 모르지 않을 텐데도 황제는 약을 올리듯 얄밉도록 천연스럽게 대꾸했다. 작정하고 자신을 도발하는 황제의 작태에 소류는 저도 모르게 반쯤 들어 올렸던 주먹을 가까스로 내려놓았다. 휘말릴 일말의 가치도 없는 뻔한 도발일 뿐이다. 설령 그가 그녀를 품었다 해도 달라질 건 없을 테니까……

행여 그리되었다 한들 누구의 잘못도 아니라고, 소류는 제 자신에게 부단히 되뇌고 또 되뇌었다. 비겁한 합리화에 지나지 않을 뿐이라 해도, 피할 도리조차 없었던 불행을 미련스레 족쇄처럼 채우고서 저를 좀먹는 짓 따위를 하는 것보다는 나았다. 감정을 억누르기 위해 크게 심호흡을 한 소류는 이내 제 앞에 선 사내를 무감한 얼굴로 바라보며 딱하다는 듯이 말했다.

"네놈과 그녀 사이에 무슨 일이 있었든, 어떤 조건이 오갔든 상관없어. 그런 이유로 그녀가 네게 돌아갈 거라 생각한다면 그건 우습지도 않은 착각이고 오산이야."

드팀없는 음성으로 소류가 단호히 말을 내뱉자 단휘는 지그시 입술을 깨물었다. 여유롭다 못해 오만하게 느껴지는 목소리가 송곳이 되어 심장으로 날카롭게 날아와 박혔다.

"그녀는 절대로 네놈에게 돌아가지 않아."

"……."

"수줍게 올려다보는 눈동자도, 마주 잡아 오는 작은 손도…… 바람에 흩날리는 머리카락 한 올까지도……."

"……."

"전부 다, 이미 내 것이니까."

그러고는…… 비수처럼 파고들어 심장이 얼얼하도록 들쑤셔 대더니, 끝내 가차 없이 쐐기를 박는다.

"그 오랜 세월을 곁에 두고도 네놈은 잡지 못했던…… 오롯한 나의 것……. 알겠나? 이리 친절히 설명해 줘도 모르겠다면 더 똑똑히 알려 줄 의향은 물론 얼마든지 있어."

"……."

머리 위로 내리쬐는 봄볕이 빌어먹게도 화사해서 단휘는 한껏 눈살을 찌푸렸다. 제 성한 한쪽 시야로는 감히 다 감당치 못할 그 찬연한 빛에 잔뜩 인상을 구긴 채 단휘는 속으로 세상의 온갖 욕지거리를 내뱉었다.

그래, 이리 울화가 치미는 데에 다른 까닭이 무에 더 필요할까. 넝마가 되어 너덜거리는 제 자존심까지 굳이 들먹일 필요는 없으리라. 오로지 저 빌어먹게 화사한 봄볕 하나 때문이면 충분할 테니까.

제 앞에 오만하게 선 사내의 머리 위로 눈부시게 내려앉은 정오의 햇살을 노려보듯 응시하던 단휘는 그제야 입술을 짓씹던 것을 멈추고 호수를 향해 몸을 휙 돌려세웠다. 호숫가를 휘도는 바람에 허공으로 붕 떠오른 용포 자락이 꼭 그의 마음처럼 산란하게 휘날렸다.

명멸하듯 빛을 흩뿌리는 잔물결을 따라 정처 없이 떠돌던 단휘의 시선이 마침내 갈피를 잡은 듯 먼 허공 한곳에 머물렀다. 한참 동안 입을 굳게 다물고 있던 그가 돌아보지 않은 채 퍽 무덤덤한 투로 내뱉었다.

"그리 자신하지는 마라……. 인생이란 늘 예측 불허한 것이니까……."

네놈도…… 그리고 나도…… 이미 지독하게 겪어 알고 있듯이…….

애써 여상히 말을 내뱉은 단휘는 헛웃음을 삼키며 시큰둥하게 고개를 내저었다. 터질 것 같은 마음을 가까스로 누른 채 겨우 뱉어 낸 한마디가 스스로도 민망하리만치 군색스러운 탓이었다.

누가 보더라도 자신의 깨끗한 완패였다.

휘둘리지 않으리라 그리도 자신했건만, 도리 없게도 결국 휘청이게 된 쪽은 저 사내가 아니라 자신이었다. 그나마 다행스러운 것은, 이제 와 새삼 패배감이나 자괴감 따위가 저를 짓누르지는 않는다는 사실이었다. 그들과의 결말이 결국 이리되리란 것을 이미 스스로 잘 알고 있었던 까닭일 터였다.

문득 처소를 나서기 전 채아와 나누었던 말들이 단휘의 머릿속에 스쳐 지나갔다.

'어떤 장소에 좋지 않은 기억이 있다 치자. 어찌하면 그 기억이 사라지겠느냐. 방도가

있겠느냐?'

'다시 그곳에 가 보면 어떻겠사옵니까?'

'다시 그곳엘……? 어째서? 다시 가 보아야 안 좋은 기억만 떠오를 터인데.'

'새로이 좋은 기억을 만들면 안 좋은 기억이 희미해지지 않겠사옵니까? 다른 기억으로 예전의 기억을 덮는 것이옵니다.'

슬며시 눈살을 찌푸린 단휘가 기도 차지 않는다는 듯 긴 한숨을 내쉬었다.

"좋은 기억은 개뿔…… 퍽이나……."

시퉁하게 혼잣말을 내뱉고선 저만치 선 채아를 째려보듯 일별한 그는 당장 돌아가 그녀에게 엄벌을 내려야겠다고 단단히 벼르며 허탈하게 미소 지었다.

47
한밤의 소동

　두 군주가 호숫가에서 계획에도 없던 우연한 회동을 갖게 된 일을 제외하고는, 둘째 날은 아무런 사건 사고도 없이 조용히 지나갔다.

　모두가 잠든 시각. 별과 달이 고요히 천체에 흐르고, 바람이 대지를 스쳐 가는 적막한 밤……. 영원히 끝나지 않을 것 같던 긴긴밤이 어느덧 서서히 물러가고, 새벽 여명이 어둠을 사르며 동쪽 하늘에 짙게 스며들었다.

　모두가 고대해 마지않던 협상일 아침이 마침내 밝아 오고 있었다.

　파안제국과 아라하가 비로소 오랜 적대 관계를 청산하고 교역국으로서 새로운 길을 열어 가는 역사적인 순간이 바야흐로 도래한 것이다.

　성안은 여느 때보다도 소란하고 분주했다. 양국이 간단히 조찬회를 함께하기로 해 회담장은 이른 아침부터 한 사람도 빠짐없이 참석한 양국의 사절들로 인해 인산인해를 이루었고, 하인들은 준비를 위해 바삐 오가고 있었다.

　양국의 군주와 성주는 회담장 안쪽에 따로 마련된 밀실에 함께 자리해 있었다. 두 군주가 성주의 중재하에 교역 품목을 정하고 나면, 사절들이 남아서 수량 등의 세부 사항을 조율하는 형식으로 협상이 진행될 예정이었다.

전날의 퍽 불미스럽던 조우의 찌꺼기가 여태 서로에게 앙금처럼 남아 있었지만, 단휘와 소류는 태연히 회담장에 나와 밀실 안에서 무심한 얼굴로 마주 앉은 채 협상 품목을 논의 중이었다.

두 사람의 곁에는 긴 쪽빛 너울을 쓴 아리가 협상 주관자의 자격으로 함께 자리하고 있었다. 너울에 가려진 그녀의 미간에 살포시 내려앉은 주름은 협상이 썩 순조롭지 않게 흘러가고 있음을 알려 주고 있었다.

"쌀, 곡식, 인삼, 각종 약재에…… 포목, 모피, 가축…… 그리고 또 뭐……? 또 뭐라 하였는지 물어봐 주겠나, 성주?"

"……."

아리는 황제의 명에 터져 나오려는 한숨을 꾹꾹 삼키고는 소류에게 시선을 옮기며 단휘의 말을 앵무새처럼 읊었다. 물론 자신이 대신 답을 해 줄 수도 있었지만, 그것은 그것대로 황제의 심기를 불편케 할 것이 뻔했기에 두 군주의 이 같은 유치한 작태에 울며 겨자 먹기로 동참할 수밖에 없었다.

"쌀, 곡식, 인삼, 각종 약재에 포목, 모피, 가축…… 그리고 또 무엇이었는지 폐하께서 여쭙고 계십니다. 다시 말씀해 주시겠습니까, 전하?"

"책, 문방사우, 악기, 향료…… 그게 전부요. 빠짐없이 전해 주시오, 성주."

"……."

아리는 다시 한번 한숨을 삼키곤 소매 속으로 주먹을 꾹 쥐며 단휘를 돌아보았다.

"책, 문방사우, 악기, 향료이옵니다, 폐하."

"고작 홍염화와 흑철 두 가지에 그 많은 것들을 요구하다니, 너무 양심 없는 것 아닌가? ……라고 전해 주겠나, 성주?"

"……홍염화와 흑철, 그 두 가지와 교환하기에는 요구되는 품목이 너무 많다고 폐하께서 말씀하십니다, 전하."

"고작 홍염화와 흑철이라 불린 그것은 아라하 외에는 생산되는 곳이 없으니, 이만하면 충분히 양심적인 요구인데. ……라고 전해 주시면 고맙겠소, 성주."

"……홍염화와 흑철이 아라하에서만 생산된다는 사실을 감안하면, 무리한 요구는 아닐 것이라고 아라하의 군주께서 말씀하시옵니다, 폐하."

회담장에 나와 형식적인 인사를 주고받은 후 자리에 착석하고 나서부터는 대뜸 저렇게 서로 말도 섞기 싫다는 듯 유치한 짓을 이어 오고 있는 그들이었다. 직접 말을 나누면 협상 진행이 분명 더 수월해질 텐데, 두 군주가 모두 저렇게 오기를 부리고 있으니 협상은 도무지 진척되지 않고 있었다. 그리고 그들의 유치한 행동에 별수 없이 장단을 맞춰 주던 아리는 이미 인내심의 한계에 다다른 지 오래였다.

"책, 문방사우, 악기, 향료는 못 주겠는데? 작금의 아라하에는 사치 아닌가? 그리 전해 주게, 성주."

"제국의 황제가 친히 내게 교역을 청해 왔으니, 아라도 그 덕에 어디 사치나 한번 부려 볼까 싶은데. 안 될 것 없잖나? 그중 하나라도 빠진다면 유감이지만 이 협상은 무효야. 그렇게 전해 주시오, 성주."

"감히 아라하가 제국을 상대로 배짱을 부릴 처지던가? 잘난 자존심에 애먼 손해 보지 말고 그쯤 하는 게 좋을 텐데? ……라고 전해 주겠나, 성주?"

"나야 밑질 것 없으니 굳이 몸을 사릴 이유가 없지. 배짱을 부릴 만하니 부리는 게 아니겠나? 큰소리칠 처지가 못 되는 건 오히려 그쪽이겠지. 그대로 전해 주시오, 성주."

이제는 굳이 제가 전달하기를 기다리지도 않고 서로 주거니 받거니 하고 있는 두 사내를 해탈한 심정으로 바라보던 아리는 결국 더는 참지 못하고 자리에서 벌떡 일어섰다. 서로를 잡아먹을 듯 노려보던 두 군주의 시선이 그제야 그녀를 향했다.

"……이제…… 그만들 하십시오!"

저도 모르게 벌컥 소리친 아리가 흥분을 가라앉히려 심호흡을 하고는 겨우 차분해진 음성으로 다시금 말을 이었다.

"지금부터는 두 분께서 직접 논의하십시오. 그 편이 훨씬 더 협상이 수월할 테니 말입니다. 제가 없어도 두 지존께서 능히 잘해 나가시리라 믿고 저는 이만 자리를 비켜 드리겠습니다."

둘 중 누구의 허락도 떨어지지 않았건만 아리는 그대로 탁자를 떠나더니 문을 열고 밀실 밖으로 사라져 버렸다.

허락도 만류도 하지 않은 채 그녀가 사라진 문을 물끄러미 응시하던 두 사람은 곧 시선을 거두고는 다시금 서로를 냉랭히 마주 보았다.

"오래 말 섞기 싫으니 간단히 하지."

"원하던 바야."

조소 어린 시선이 잠시 오가는가 싶더니 두 사람이 거의 동시에 조건을 뱉어냈다.

"책과 문방사우는 줄 수 없어."

"악기와 향료는 포기하지."

"……."

"……."

서로가 내건 조건에 한일자로 굳게 입을 다문 채 잠시 침묵하던 두 사람이 다시금 동시에 입을 열었다.

"악기, 향료."

"책, 문방사우."

소류가 애당초 궁극적으로 원하였던 건 책과 문방사우 두 가지였다. 악기와 향료를 굳이 요구 품목에 끼워 넣은 것도 실은 책과 문방사우에 황제의 관심이 쏠리지 않게 하기 위해서였다. 하지만 황제가 그 두 가지를 내어 주지 않으려 저리 기를 쓰는 것을 보니, 같은 군주이기에 어쩔 수 없이 이심전심으로 통하는 부분이 있기는 한 모양이었다. 그는 제가 원하는 게 무엇인지를 정확히 간파하고 있었다.

책이든 문방사우든 어느 하나를 포기해야 이 협상이 끝날 터였다. 둘 중 더 나은 하나를 사수하기 위한 두 사람의 줄다리기는 끈덕지게 이어졌다.

"문방사우, 악기."

"책, 향료."

책만큼은 절대로 내어 주지 않으려는 자와, 기필코 책을 얻어 내려는 자. 협상은 난관에 봉착해 있었다.

쳇바퀴를 돌듯 지지부진하게 되풀이되는 상황에 소류가 어이없다는 듯 낮게 웃음을 터뜨렸다.

"아라하의 문비(文備)가 그리도 두려운가."

조롱 섞인 소류의 말에 단휘가 코웃음을 쳤다.

"야만족에게 문명이라니, 어불성설이잖나."

"제국이 문명을 널리 폈다 한들 야만의 시대가 없었을 것 같나."

"물론 먼 과거에는 있었을 테지. 중요한 건 파안은 이미 그 길을 지나왔고, 아라하는 아직 그 길을 걷고 있다는 사실이야."

"……."

여유롭게 말을 내뱉은 단휘를 서늘히 노려보던 소류가 단호한 어조로 내뱉었다.

"책, 향료……. 더는 양보 못 해."

"……."

더 이상 누구도 선뜻 입을 열지 않은 채 꽤 오랫동안 침묵이 흘렀다. 괜한 실랑이를 그만 끝낼 때가 왔다는 것을 두 사람 모두가 이미 알고 있는 까닭이었다.

짜증스럽게 한숨을 푹 내쉰 단휘는 이마로 흘러내린 머리카락을 성가신 듯 쓸어 올리곤 종국에는 한발 물러섰다.

"그 면상을 계속 보고 있으려니 꽤나 피로하군. 책, 향료……. 좋아, 받아들이지. 하면 더 나눌 말은 없겠지? 이쯤 협상을 끝냈으면 싶은데."

"그거 고마운 소리로군."

잠시 난관에 부딪히는 듯하던 협상은 예상외로 선뜻 양보하고 나온 단휘의 결단 덕에 간단히 끝이 났다. 제국으로서는 다소 손해 보는 장사였으나 양국이 궁극적으로 원하는 바를 얻었으니 그만하면 크게 나쁘지만은 않은 결과였다.

결과적으로, 자리를 비켜 주기로 한 아리의 판단은 퍽 현명한 처사였다. 서로 거북하게 얼굴을 마주한 채로 길게 말을 섞고 싶지 않았던 그들이었기에 오래 실랑이를 벌일 생각 자체가 없었던 것이다.

협상을 마치고도 두 사람 사이에는 차마 군주 간의 대화라 보기엔 심히 민망할 지경인 유치한 말다툼이 계속 이어졌다. 협상을 무효로 하겠다는 으름장도 왕왕 오가고 있었지만, 그저 말뿐이란 것을 알기에 상대의 그 같은 발언은 서로가 깨끗이 무시할 뿐이었다.

아리가 다시 돌아오길 기다리며 옥신각신 설전을 벌이던 두 사람은 한참을 기다려도 그녀가 돌아오지 않자 누가 먼저랄 것 없이 자리를 박차고 일어나 휑하니 밀실을 나섰다.

오랜 숙적이었던 파안제국과 아라하의 위대한 화합의 첫걸음이자 역사에 길이 남을 기념비적인 순간인 양국의 첫 교역 협상은 그렇게 두 군주의 치기 어린 언쟁 속에 마무리되었다.

아리가 장담했던 대로, 그만하면 썩 순조로운 협상이었다.

아리는 회담장 밖에서 두 군주가 협상을 마치고 나오기만을 기다렸다. 성주의 책무를 두 군주에게 전가한 것 같아 마음이 편치는 않았지만, 그들의 유치한 언쟁이 그 자리에 함께하고 있는 그녀라는 존재로 인해 비롯된 것임을 아는 까닭에 달리 뾰족한 수가 없었다.

그녀의 곁에는 장 상궁과 세쌍둥이가 함께하고 있었다. 세쌍둥이를 데리고 산책을 나온 장 상궁이 회담장 앞마당에 서 있는 아리를 발견하곤 잠시 들른 것이다.

홀로 마음 쓸 제 상전이 염려되어 군주들이 나올 때까지 곁에서 함께 기다리려 한 것이건만, 장 상궁의 얼굴은 어느새 초조함으로 잔뜩 굳어진 채 흙빛이 되어 있었다. 상전을 배려하고자 했던 장 상궁의 본의와는 달리 오히려 아리가 장 상궁을 위로해 주어야 할 판국이었다.

"마마, 대체 어찌 이리들 안 나오시는 것이옵니까? 이미 한참이 지났사온데 혹 무슨 문제라도 생긴 건 아니겠지요?"

"자네도 참. 마음을 편히 갖게. 기다리다 보면 곧 나오실 테지."

"하오나 안에 두 분만 계신다고 하시니 행여 무슨 사달이라도 날까 소인 염려가 되옵니다. 긴 세월 동안 철천지원수처럼 지내 오신 분들이 아니시옵니까? 그 앙금이 어디 하루아침에 사라지겠사옵니까?"

아리는 장 상궁의 말에 저까지 마음이 초조해져 입술을 잘근잘근 씹었다. 두 사내를 오롯이 믿고 있기에 둘만 남겨 둔 채 자리를 뜰 수 있었다. 하지만 막상 회담장을 나와 안의 사정을 전혀 알 수 없게 되고 보니 장 상궁이 불안하게 늘어놓는 저 말들이 뭐 하나 틀린 소리가 없게만 느껴졌다.

더 늦기 전에 지금이라도 다시 들어가 보아야겠다는 생각에 다급히 걸음을 옮기려던 순간이었다.

"마, 마마! 저기 폐하께서 나오고 계시옵니다!"

장 상궁의 놀란 외침대로 단휘가 붉은 용포 자락을 휘날리며 전각의 계단을 내려서고 있었다. 그 뒤로 황금빛 은의를 입은 소류가 천천히 뒤따라 나오는 것이 보였다.

아리는 두 사람의 모습을 발견하자마자 그들 곁으로 뛰다시피 다가갔다. 단휘가 어느새 제 곁으로 다가와 선 그녀를 흘끗 쳐다보며 다소 퉁명스러운 투로 말했다.

"예서 기다리면 기다린다고 말이나 해 줄 것이지. 그런 줄 알았으면 서로 유쾌하지 않을 얼굴 오래 마주 볼 일 없이 진즉 나왔을 것 아닌가."

"송구하옵니다, 폐하. 협상이 끝나지 않은 듯해 혹 방해가 될까 저어되어……."

"퍽이나. 명색이 군주라는 사내들이 밴댕이 소갈머리처럼 구는 꼴을 보고 싶지 않았던 거겠지."

"폐하……."

"왜, 내 너무 정곡을 찔렀나?"

잠시 말문을 잃은 아리가 이내 한숨을 폭 내쉬곤 순순히 시인했다.

"……예. 폐하의 말씀이 맞사옵니다. 두 분 유치한 다툼이 꼴 보기 싫어 예서 기다리고 있었사옵니다."

그녀의 솔직한 대답에 단휘가 나직이 웃음을 터뜨렸다.

"제법 솔직해졌군."

"협상은 잘 끝내셨사옵니까?"

아리는 곁에 나란히 선 단휘와 소류를 번갈아 올려다보며 물었다.

"뭐…… 그런대로?"

단휘가 건성으로 대꾸하자 소류가 안심하라는 듯 부드러운 음성으로 말했다.

"성주가 내게 단언했던 대로 몹시 순조로운 협상이었소."

"참말이십니까?"

"참말이니 마음 놓으시오."

소류의 말에 안도의 한숨을 내쉰 그녀는 문득 그의 시선이 제 어깨 너머로 향하고 있는 걸 깨닫고는 천천히 뒤를 돌아보았다.

어느새 세쌍둥이에게로 성큼성큼 걸음을 옮긴 단휘가 양팔에 강과 운, 두 아이를 한 명씩 번쩍 안아 들고는 즐거운 듯 웃음을 터뜨리고 있었다. 그의 다리에 매달린 채 안아 달라고 보채는 설의 모습도 보였다.

아리는 지금의 이 상황이 몹시도 곤란하고 불편하게만 느껴져 저도 모르게 소류를 흘끔거리며 눈치를 살폈다. 하지만 소류는 딱히 언짢아하거나 불쾌해하는 기색이 아니었다. 아리는 그런 소류의 반응이 다행스러우면서도 한편으론 어쩐지 가슴이 시릴 정도로 서운하게 느껴졌다.

생각해 보면 소류는 그녀의 정체를 확인한 이후에도 단 한 번도 아이들의 이야기를 묻지 않았다. 아이들이 보고 싶어 슬쩍 한번 찾아올 법도 한데, 아이들의 침실이 있는 성주의 전각이나 아이들이 낮에 머무는 일전의 그 별당으로 단 한 번도 찾아오지 않았다.

세쌍둥이가 태어나고 자라나던 순간순간을 함께해 주지 못하였다는 뼈아픈 자책 때문일까……. 소류가 아이들에게 조금도 다가가려 하지 않는 까닭을 짐작해 보려 아리는 무던히 애를 썼다.

세쌍둥이의 존재를 누구보다도 기뻐해 주길 바란 단 한 사람이었다. 서운한 마음이 물밀듯 밀려왔지만 그를 탓할 마음은 없었다. 가슴 깊은 곳에 감추어 둔 그의 속은 아마 한없이 무너지고 있을 테니까. 죄책감과 상실감, 회한……. 그의 안에서 휘몰아칠 폭풍 같은 감정들을 갈무리하고 추스를 시간을 주어야 함이 마땅하리라. 하여 아리는 세쌍둥이를 마치 남의 자식 바라보듯 하는 소류를 지금은 그저 이해하기로 했다.

단휘의 다리에 매달려 칭얼대던 설이 문득 이쪽을 보더니 아장아장 걸어오기 시작했다. 정확히 소류 앞에 멈춰 선 채 안아 달라는 듯 양팔을 뻗는 설을 무심히 내려다보던 소류가 마지못한 듯 천천히 아이를 안아 들었다. 무표정한 그의 얼굴이 그녀의 마음에 잔뜩 생채기를 내고 있었다.

헛헛한 마음을 애써 추스르는데, 단휘가 아이들에게 두런두런 이야기를 건네는 소리가 들려왔다.

"운아. 천지가 뒤바뀌어도 강은 네 형님이니 잘 모셔야 한다. 알겠느냐?"

단휘가 말을 할 때마다 그의 팔에 안긴 강과 운이 쉴 새 없이 까르르 웃어 댔다.

"강아. 너 또한 세상이 무너져도 네 아우와 누이를 잘 보살펴야 하느니라. 짐의 말을 명심하거라."

"으응, 아부우……찌이! 아부찌!"

마치 그 말에 대답하듯 운이 서툰 발음으로 무슨 말인가를 좋알거리자 단휘가 짐짓 난감한 표정으로 아리를 흘끗 쳐다보곤 다시 운에게로 시선을 향했다.

"운아, 네 지금 무어라 하였느냐? 어디 다시 한번 말해 보거라."

"……아부……찌! 까르르!"

"뭐라? 아버지……?"

낙안성에 머무는 동안 단휘는 남는 시간을 거의 세쌍둥이와 함께 지냈다. 하릴없이 방구석에 틀어박혀 있다 보면 눈앞에 아이들의 모습이 어른어른해져 도저히 가만 앉아 있을 수가 없었다. 이제 말문이 트이기 시작한 아이들이 좋알대는 게 마냥 신기하기만 해서 단휘는 아이들에게 이것저것 말을 가르쳐 주었더랬다. 그러다 보면 어찌나 시간이 빨리 가던지……. 잡을 수 없는 시간이 이토록 아쉽게 느껴지기는 퍽 오랜만이었다.

여러 말들을 가르쳤지만 그중에서도 단휘가 아이들에게 가장 자주 가르친 말은 '아버지'였다.

"아찌이…… 아부찌!"

운에 이어 이번에는 강이 그 말을 비슷하게 따라 했다. 단휘는 안아 올렸던 두 아이를 가만히 바닥에 내려 주곤 아이들의 머리를 흩뜨리듯 쓰다듬었다.

"그래, 아주 잘하였다. 내 만백성의 아비이니, 충신의 자식들인 너희에게도 분명 아비는 아비인 게지."

"……."

흡족한 표정으로 말한 단휘는 몇 걸음 떨어진 곳에 서 있는 아리와 소류에게로 슬며시 시선을 돌렸다. 그녀는 아무런 반응도 내보이지 못한 채 그와 아이들을 바라보고 있을 뿐이었다. 그 곁의 사내 역시 서늘하리만치 무심한 시선을 아이들과 자신에게로 보내고 있었다.

단휘는 감정이 실리지 않은 사내의 건조한 시선을 흘끗 일별하곤 속으로 뒤틀린 웃음을 삼켰다.

참으로 아둔한 사내 같으니…….

눈에 넣어도 안 아플 제 자식들을 셋씩이나 눈앞에 두고도 알아보지 못하는, 참으로 한심하고 가엾은 작자가 아닌가.

일전에 이곳 낙안성에서 무혈입성을 요구하던 그때, 그녀에게 혹 아이가 있지 않느냐고 무너질 듯이 묻던 그에게, 유감스럽게도 아이는 없다고 단호히 답했던 자신의 말을 그는 여태도 철석같이 믿고 있는 모양이었다. 하기야, 하나도 둘도 아닌 셋이니 그리 믿는 편이 더 쉬웠을 테지…….

내내 헛헛하기만 하던 가슴에 퍽 고소한 심경이 일어 단휘는 그런 제 옹졸한 심사가 한심하고 기막혀서 고개를 내저었다. 하지만 아무러면 어떠할까. 스스로도 기특하리만치 이토록 깨끗이 물러나 주는 마당에, 속 좁고 얄팍한 찌그렁이쯤 부린다 한들 누구도 쉬이 저를 탓할 수는 없으리라.

세쌍둥이와 자신이 서 있는 곳을 응시하며 말없이 서 있는 두 사람을 향해 씩 웃어 보인 단휘는 먼저 돌아갈 뜻을 비쳤다.

"더 나눌 이야기가 있다면 편히들 나누시오. 난 먼저 실례해야겠소. 장 상궁, 자넨 날 따르게."

"예……? 아…… 예, 폐하……."

갑작스러운 단휘의 명에 장 상궁이 아리를 흘끔 쳐다보자 그녀가 고개를 끄덕였다. 장 상궁은 허둥지둥 강과 운의 손을 잡고 서둘러 황제의 곁으로 갔다.

그때까지도 설은 여전히 소류의 품에 안겨 있었다. 소류에게 뚜벅뚜벅 다가간 단휘가 설을 향해 팔을 뻗으며 다정한 목소리로 말했다.

"설아, 이리 오련."

단휘가 살갑게 말을 건네자 설이 방싯방싯 웃으며 고사리 같은 손을 그에게 뻗었다. 그 순간 마치 천하라도 얻은 듯 뿌듯해지는 황제의 표정을 보며 소류는 어쩐지 기분이 몹시 언짢아졌다. 설을 안고 있는 소류의 팔에 부지불식간에 힘이 들어갔다. 설을 받아 안으려던 단휘의 미간이 슬며시 구겨졌다.

"뭐 하는 짓이지?"

"……."

"아이가 내게로 오고 싶어 하잖나."

제 행동이 스스로도 당혹스러워 눈썹을 꿈틀거리던 소류는 그제야 팔에서 힘을 풀고는 설을 단휘에게 넘겨주었다. 어째서 이러한 기분이 드는 건지 알 수 없었다. 손안에 가득했던 보드라운 모래알이 한순간에 빠져나간 것처럼 헛헛하고 쓸쓸한 느낌에 가슴마저 따끔거렸다.

소류에게서 설을 빼앗아 들듯 안아 든 단휘가 그제야 볼일이 끝났다는 듯 두 사람에게서 등을 돌렸다.

"그럼 저녁 연회 때 봅시다."

설을 안고서 느릿느릿 마당을 벗어나는 단휘를 장 상궁이 강과 운의 손을 잡은 채 조용히 뒤따르고 있었다. 천천히 멀어지고 있는 그들을 하염없이 바라보던 아리는 문득 정신을 차리고는 고개를 돌려 소류의 표정을 조심스레 살폈다.

소류는 여전히 그들이 사라져 간 방향에서 시선을 떼지 않은 채 우두커니 서 있을 뿐이었다.

그들이 사라지고 난 뒤 아리는 혹시라도 소류가 먼저 제게 아이들의 이야기를 꺼내 주지 않을까 하고 기대했지만, 한참이 지나서야 말문을 연 그의 입에서는 기대와는 달리 건조한 말들이 흘러나왔다.

"의외로군. 아이들을 꽤 좋아하는 모양이야. 황제는……."

"……소류…… 당신은요……? 당신은 그렇지 않나요……?"

"나는…… 글쎄……."

"……."

무심한 표정으로 대답을 회피하듯 시선을 돌리는 소류의 반응에 아리는 선득한 한기마저 느껴져 가만히 제 팔을 감쌌다.

초혜의 심정이 이러했을까. 가슴이 조각나 떨어져 나가는 느낌이었다. 자신이 품은 소중한 생명이 다른 이도 아닌 지아비에게 부정당한다는 게 얼마나 가슴이 아리고 원망이 일 만큼 서러운 일인지를 이제야 뼈저리게 알 것 같았다.

자책으로 힘겹고 괴로울 그의 심정을 헤아리고 기다려 주어야 한다고 스스로를 부단히 달랬지만, 가슴이 미어지도록 아파 오는 건 그녀로서도 어찌할 도리가 없었다.

저녁이 되자 양국의 첫 교역 협상이 성공적으로 이루어진 것을 축하하는 성대한 연회가 열렸다.

첫날의 환영 연회 때보다도 더욱 화려하게 차려진 연회장의 분위기는 더할 나위 없이 흥겨웠다. 모두가 그 속에서 허물없이 술잔을 주고받고 이야기를 나누며 마음껏 연회를 즐겼다.

오전에 회담장에서 서로에게 날을 세우던 두 군주도 한결 느슨해진 표정으로 원탁에 앉아 여유롭게 술잔을 기울였다. 이따금 스스럼없이 상대에게 말을 붙이거나 혹은 술잔을 들어 건배를 권하기도 하는 그들의 행동은 양국의 변화된 관계를 모두에게 보여 주는 것이나 다름없었고, 그런 두 사람으로 인해 연회장 안에 모인 양국의 사절단 사이에는 한층 더 친밀한 분위기가 흘렀다.

아리 역시 모처럼 걱정을 내려놓은 채 역사에 길이 남을 오늘의 이 감격스러운 순간들을 벅찬 마음으로 가슴에 새기며 모두와 함께 기쁨과 설렘을 나누었다.

지난 몇 달간 밤잠을 설쳐 가며 온 정성을 쏟아부어 준비해 왔던 협상은 그렇게 아무런 탈도 없이 평화롭게 막을 내리고 있었다.

양국의 사절단 모두 다음 날 아침 일찍 성을 떠나야 했기에 새벽녘까지 흥청망청했던 첫날의 연회와는 달리 자정이 되기도 전에 일찌감치 마무리되었고, 떠들썩했던 성내는 언제 그랬냐는 듯 금세 한밤의 적요한 공기로 뒤덮였다.

다소 일찍 자리를 뜬 두 군주와 아리를 포함한 측근들은 물론이요, 자정이 다 되어 느지막이 일어선 양국의 사절들과, 늦게까지 연회장을 정리하고 새벽녘이 되어서야 처소로 돌아간 성안의 하인들까지……. 번을 서는 성의 병사들을 제외하고는 성안에 머무르는 모든 이들이 깊은 잠에 빠져들었을 야심한 시각이었다.

고요히 스치는 바람 소리마저 선명하게 들려오는 적요한 밤.

난데없이 들려오는 여인의 찢어질 듯한 비명 소리가 성안을 발칵 뒤집어 놓았다.

"헉……!"

비명 소리에 놀라 잠에서 깬 아리가 침상에서 벌떡 몸을 일으켰다. 혼미한 정신을 다잡으며 쿵쾅쿵쾅 무섭게 뛰어 대는 심장을 진정시키려 애를 쓰고 있는데, 잠시 후 침실 문이 벌컥 열리며 유와가 한달음에 방 안으로 뛰어 들어왔다.

"성주님! 괜찮으십니까?"

유와가 다급한 시선으로 재빨리 그녀의 상태를 확인했다. 그녀가 무사하다는 것을 확인한 그의 얼굴에 찰나 안도감이 빠르게 스쳐 갔다. 하지만 아리는 오히려 그런 유와로 인해 무언가 심각한 변고가 생겼다는 걸 직감적으로 깨달았다.

"유와……. 무슨 일이야……? 대체 그 비명 소리는……."

"……별일 없을 겁니다. 심려치 마십시오."

"아주 가까운 곳이었어. 바로 옆에서 들리기라도 하는 것처럼…… 아주 가까운……."

"……."

"……서, 설마……."

아연실색하여 중얼거리던 아리의 얼굴이 일순 창백하게 굳어졌다. 그런 아리를 보며 묵직한 한숨을 터뜨린 유와가 양손으로 제 얼굴을 거칠게 쓸었다.

그녀의 말대로 비명 소리는 아주 가까운 곳에서 들려온 것이었다. 아리의 침실과 나란히 붙어 있는 바로 옆방, 장 상궁이 하녀 둘과 함께 세쌍둥이를 데리고 자는 침실이었다. 원래는 아리의 침실에서 아이들을 재웠지만 그녀가 고뿔에 걸린 뒤로는 방을 따로 쓰고 있었다.

"유와, 당장 사실대로 말해……. 무슨 일이 생긴 건지 넌 이미 알고 있잖아. 응? 어서…… 어서 사실대로 말을 해!"

본능적으로 불길함을 느낀 아리가 온몸을 떨며 목소리를 쥐어짜듯 소리치자, 마른 입술을 잘근거리며 잠시 고민하던 유와가 결국 사실대로 실토하기로 마음먹고는 무겁게 입술을 뗐다. 당장 그녀를 속인다 한들 결국은 무용한 일이라는 것을 아는 까닭이었다.

"……장 상궁과…… 운이 아기씨가……."

"……."

"사라졌습니다……."

"……뭐……?"

유와의 대답에 아리의 얼굴이 새하얗게 질렸다.

"사라지다니……? 그게…… 무슨 뜻이야……?"

"병사들이 뒤쫓고 있으니 너무 걱정 마십시오. 분명 금세 찾아낼……."

뒷말은 들리지도 않았다. 유와의 말이 다 끝나기도 전에 아리는 자리에서 벌떡 일어나 방문을 벌컥 열고 옆방으로 미친 듯이 달려갔다.

"화연……!"

병사들이 빽빽이 지키고 선 방 안에는 강과 설, 두 아이만 남아 있었다. 장상궁과 함께 아이들을 돌보는 하녀 둘이 두 아이 곁에서 사색이 된 채 떨고 있을 뿐이었다. 아리는 아연실색한 채 그들 곁으로 다가갔다.

"화, 화연은……. 운이는……?"

"흐흑…… 성주님…… 괴, 괴한들이…… 괴한들이 갑자기 방에 들어와서 화연 님과 운이 아기씨께…… 자, 자루를 뒤집어씌우더니…… 흑……!"

"괴한이라니……? 어찌 생긴 자들이더냐……? 얼굴을 기억하느냐?"

"모, 모두 검은 복면을 쓰고 있어서 얼굴을 보지 못하였습니다……. 죽여 주셔요, 성주님! 흐흑……!"

"말도 안 돼……. 참으로 말이 안 되지 않느냐……? 두 나라의 군주께서 와 계신 곳에 복면을 쓴 괴한이라니……! 친위대와 사혼단이 지키고 있는 곳을 누가 이렇게 귀신처럼 다녀간단 말이냐?"

망연자실 넋을 놓은 채 중얼거리던 아리가 절박한 눈빛으로 애타게 하녀를 채근했다.

"잘 생각해 보거라. 혹 잠이 덜 깨 헛것을 본 것인지도 모르잖니. 응? 아는 이들이 데려간 것인지도 몰라. 혹 폐하께서 보낸 사람인지도 모르지……. 그래, 폐하께서는 아이들을 각별히 여기시니 문득 보고 싶어 그리하신 것인지도 몰라……!"

"하, 하지만…… 송구하오나, 성주님…… 참으로 복면을 쓴 자들이었습니다. 저이도 함께 보았으니 틀림없습니다……."

"맞습니다, 성주님. 소인도 분명 똑똑히 보았습니다……. 호리호리한 사내 하나와 덩치 큰 사내 둘이었습니다. 세 사람 모두 복면을 쓰고 있었습니다."

하녀들의 말에 아리는 다리에 힘이 풀려 바닥에 털썩 주저앉았다. 갑작스러운 소동에 잠에서 깬 두 아이가 칭얼대기 시작하자 하녀들이 다급히 아이들을 안아 달랬다. 심란한 눈으로 그들을 일별한 유와가 조심스럽게 아리를 부축해 일으켜 방에서 데리고 나왔다.

완전히 넋이 나간 상태로 유와의 손길에 이끌려 침실로 되돌아온 아리는 그대로 쓰러지듯 보료에 주저앉은 채 두 손에 얼굴을 묻었다.

납치라니……. 악귀 같던 손파영도 죽어 없어진 지 오래이건만, 그녀의 아이를 노릴 이가 세상천지에 또 누구란 말인가. 아무리 생각해 봐도 원한을 살 만한 이조차 없었기에 지금 이 상황이 더 암담하기만 했다.

흐느껴 울던 아리가 돌연 자리에서 벌떡 일어났다. 넋을 빼고 앉아 있을 때가 아니었다. 하나라도 더 힘을 보태 두 사람을 찾아 나서도 부족할 때가 아닌가.

하지만 그런 그녀를 붙들어 반강제적으로 자리에 앉힌 유와로 인해 그녀는 제대로 시도조차 하지 못한 채 제 뜻을 접어야 했다. 그녀의 어깨를 붙든 유와가 긴 한숨을 내쉬고는 거의 애원하다시피 말했다.

"성주님, 제발 여기에 계세요. 제발 지금은 그냥 계십시오."

"운이가…… 장 상궁과 운이가 사라졌어. 그냥 사라진 것도 아니고 괴한들에게 납치를 당했다고……. 한데 대체 나더러 어찌 가만히 있으라는 거야?"

"성주님 심정이 어떠실지는 저도 잘 압니다. 하지만 정확한 정보가 입수될 때까지는 제발 가만히 계세요."

"유와……!"

"하아, 제발요! 그러다 성주님까지 위험해지시는 꼴은 도저히 못 보겠으니까, 제발 제 말 좀 들으시라고요!"

버럭 역정을 낸 유와가 무너질 듯한 그녀의 표정을 보며 속으로 제 자신에게 욕설을 퍼붓고는 애써 가라앉힌 말투로 입을 열었다.

"멀리 가지는 못했을 겁니다. 덜미가 잡히면 그때 움직여도 충분해요."

인정머리가 없게 느껴질 만큼 침착한 말투였지만 저도 속이 타는지 유와의 입술이 바짝 말라 있었다. 그녀에 대한 염려로 가득한 그의 표정을 한참 동안 망연자실 응시하던 아리는 차마 더는 고집을 부리지 못하고 힘없이 고개를 떨구었다.

곧 성안에는 한밤중이란 사실이 무색하게도 대낮보다도 밝은 불이 곳곳에 훤히 밝혀졌다.

갑작스러운 집결 명령에 성주의 전각 앞마당에 일사불란하게 모여든 병사들이 조를 나누어 성 안팎으로 뿔뿔이 흩어져서 수색을 시작했다.

깊은 밤의 요란한 소동에 그때껏 잠들어 있던 사람들의 처소에도 하나둘 불이 켜지기 시작했다.

밤의 적막은 어느새 꼬리를 감춰 버리고, 여느 때와 달리 소란하고 뒤숭숭한 밤이 시작되고 있었다.

장 상궁과 운이 괴한들에게 납치되었다는 경악할 소식은 곧바로 단휘의 귀에까지 전해졌다.

한달음에 성주의 전각으로 달려온 단휘가 그녀의 방 안으로 서둘러 들어서며 눈으로 빠르게 그녀를 찾아 헤맸다. 그녀는 보료에 미동 없이 앉아 있었다. 한눈에 보기에도 제정신이 아닌 듯한 흐리멍덩한 눈빛에 그가 미간을 찌푸렸다. 방 안으로 들어선 이의 존재를 뒤늦게 자각한 아리가 문 앞에 선 그를 멍한 눈길로 올려다보다가 곧 그가 단휘라는 걸 깨닫고는 얼굴을 일그러뜨리며 울음을 터뜨렸다.

"……흐흑…… 폐하, 운이가……!"

주저앉아 있는 자리에서 일어날 생각조차 못 한 채 울음을 터뜨리는 아리에게 성큼성큼 다가가 곁에 자리한 단휘가 그녀의 어깨를 단단히 쥐고는 자신을 보게 했다.

"백하에게 수색을 명했으니 곧 찾아낼 거야. 그러니 아무 걱정 마. 반드시 찾아낼 테니."

"하오나 괴한들이……."

"해하지 않고 납치해 갔다는 건 다른 목적이 있다는 뜻이야. 내 장담하지. 운이나 장 상궁에게는 아무 일도 없을 테니 걱정 말고 기다려. 누가 어떤 조건을 요구해 오든 내 전부 다 들어줄 요량이니까."

"폐하…… 흐흑…….."

단휘가 한참 동안 아리를 달래고 있을 때였다. 급히 단휘를 찾은 자함이 문 밖에서 알현을 청해 왔다.

"폐하, 소신 자함입니다. 잠시 들겠습니다."

조심스레 고하는 자함의 목소리가 심상치 않았기에 단휘는 물론 아리까지 안으로 들어서는 자함을 심각하게 바라보았다.

"무슨 일인가, 자함."

"궁에서 전갈이 왔습니다. 아뢰옵기 송구하오나…… 도성에 문제가 생긴 듯 합니다. 예정보다 일찍 떠나셔야 할 것 같습니다."

갑작스러운 자함의 보고에 단휘가 인상을 쓴 채 불평을 쏟아 냈다.

"뜬금없이 도성에 문제라니? 하, 자다가 봉창을 두드리는 건 한 번으로 족하 거늘."

짜증스러운 기색이 역력한 단휘를 보며 면목 없다는 듯 고개를 숙여 보인 자 함이 심각한 얼굴로 말을 이었다.

"대사농 강홍인의 사노들이 노비들을 선동하여 난을 일으켰다고 합니다. 현 재 진압은 되었으나 잔존 세력의 규모가 아직 파악되지 않아 애를 먹고 있나 봅니다."

"뭐라? 강홍인의 사노들이 난을?"

"예, 폐하. 일부러 폐하의 출궁에 맞춰 시기를 잡은 모양입니다."

"하……. 그래서, 피해는?"

"그의 사저에 보관 중이던 재물들이 모두 약탈당했고, 방화까지 저질러 별 당 몇 채가 소실되었다고 합니다."

단휘가 골치 아픈 얼굴로 신음을 내뱉었다.

"그들이 요구하는 건 뭐지? 뭐, 들으나 마나겠지만……."

"예, 폐하. 노비 문서입니다."

제국의 현 신분 제도에 불만을 품은 노비들이 조용히 세를 모으며 조심스레 움직이고 있다는 사실은 이미 몇 해 전부터 도성에 횡행하게 떠돌던 소문이었 다. 손파영의 반란과 아라하와의 전투로 황궁이 정신없던 그때 조용히 세를 키

왔을 그들이 마침내 봉기한 모양이었다.

바짝 신경을 곤두세운 채 두 사람의 대화를 듣고 있던 아리의 얼굴이 한층 더 창백하게 굳어졌다. 노비의 난이라니. 게다가 대사농의 사노라면 이미 그들만으로도 수가 결코 적지 않을 터인데, 그들이 다른 노비들을 선동하였다면 사태는 더욱 심각할 것이 자명했다. 잔뜩 굳어진 단휘의 얼굴을 굳이 확인하지 않았더라도 지금의 사태가 얼마나 심각한 상황인지 충분히 짐작하고도 남았다.

사정이 그러한데도 선뜻 제 곁을 떠나지 못하고 심각하게 고민하는 단휘를 보며 아리가 힘겹게 입술을 뗐다.

"……폐하, 속히 떠나시옵소서."

"……."

"낙안성의 병사들이 이미 수색을 벌이고 있사옵니다. 이곳의 일은 제가 해결할 것이니 심려치 마시옵소서. 폐하께서는 폐하의 책무를 다하셔야 하지 않겠사옵니까."

고작 제 사적인 문제로 한 나라의 지존인 그를 붙잡아 둘 수는 없었다.

"하필 이런 때에…… 빌어먹을……."

"폐하……. 저는 참으로 괜찮사옵니다. 폐하의 말씀대로 운이와 장 상궁에겐 별일 없을 것이옵니다."

깊이 한숨을 내쉰 단휘가 마지못해 고개를 끄덕였다.

"다른 도리가 없군. 내가 떠난 이후에도 백하가 남아 샅샅이 수색할 테니 너무 걱정하지 말고 기다리고 있어."

"예, 폐하. 제 오라비만으로도 충분하옵니다. 하오니 폐하께서는 더는 이곳의 일로 성심을 어지럽히지 마시고 속히 환궁하소서."

애써 차분한 표정으로 말하는 아리를 안타까운 시선으로 한참이나 바라보던 단휘가 자리에서 무겁게 몸을 일으켰다.

"내키지 않지만 하는 수 없지. 지체할 시간이 없어. 바로 떠나야 할 듯해."

"예, 하오면 저도 성문까지……."

"아니. 일어날 것 없어. 지금 그대가 배웅 따위를 할 정신이 어디 있나. 이번은 여기서 작별하지."

따라 일어서려는 그녀를 극구 만류하며 유와에게 눈짓으로 아리를 부탁한 단휘는 자함과 함께 서둘러 자리를 떴다.

두 사람이 사라진 문가를 한참 동안 망연자실 바라보던 아리는 자꾸만 덮쳐 오는 불길한 예감을 애써 몰아내며 마음을 진정시키려 안간힘을 썼다.

하지만 아무리 침착해지려 애를 써 봐도 몸은 오히려 발작을 일으키듯 더 주 체할 수 없으리만치 무섭게 떨려 올 뿐이었다.

□ ■ □

성을 떠날 준비를 마친 단휘와 제국의 사절단이 성문 앞에 대기하고 있던 그 시각, 황제가 도성으로 떠난다는 급작스러운 소식을 전달받은 소류는 아라하의 사절단을 이끌고 서둘러 성문으로 향했다.

도성의 급박한 사태에도 불구하고 간단하게나마 작별 의식을 치르기 위해 성문 앞에서 대기 중인 제국의 사절단과 마찬가지로, 아라하 역시 교역국에 대 한 국가적 예우를 다해야 했기 때문이다.

동이 트려면 아직 한참이나 남았건만, 황제까지 부랴부랴 떠나는 걸 보니 도 성에서 벌어진 사태가 가볍지는 않은 듯싶었다. 하지만 천 리 밖 도성의 일은 소류의 흥미를 조금도 끌지 못하고 있었다. 성안에 생긴 변고에 온통 신경이 곤두서 있는 탓이었다.

질서 정연하게 도열한 제국의 사절단 대열을 조용히 지켜보고 있는데, 진이 곁에서 나직이 이죽대는 소리가 들려왔다.

"나 참, 기가 막혀서……. 어느 정신 나간 놈이 두 나라의 군주가 와 있는 장 소에서 감히 성주의 아이와 유모를 납치해 간단 말이야? 얼마나 간이 큰 놈이 길래? 잡히면 배를 갈라 보든지 해야지, 원."

"……."

소류는 진의 말을 묵묵히 들으며 제국의 사절단을 눈으로 천천히 훑었다. 성의 침입자를 잡아야 한다는 의견에는 물론 동의하는 바였지만, 어느 정신 나간 놈이 누구를 납치했는지는 기실 지금의 그에겐 중요한 문제가 아니었다. 괴한이 노린 곳이 자신과 황제가 아니라 아리의 곁이었다는 사실이 등골이 서늘해지도록 꺼림칙할 뿐이었다.

"……."

도열해 있는 무리 속에서 붉은 용포를 입은 사내를 발견한 순간 때마침 그가 이쪽으로 고개를 돌렸다. 자신과 눈이 마주친 황제가 곧 이쪽을 향해 성큼성큼 걸어왔다. 다소 굳은 황제의 얼굴에서 편치 않은 심기가 고스란히 느껴졌다. 자신의 바로 앞에 멈춰 선 황제가 덤덤한 표정으로 말을 건네 왔다.

"이렇게 이른 시각에 나오게 해 미안하오. 사정이 생겨 일찍 떠나게 되었소. 며칠 새 정도 들었으니 인사는 하고 가는 게 인지상정일 듯싶어서 말이오."

"경황이 없었을 텐데 마음 써 주어 고맙소. 하면 도성의 일이 잘 해결되길 바라겠소. 모쪼록 조심히 돌아가시오."

"그대와 아라하의 사절단 또한 무탈하게 돌아가길 바라겠소. 기약은 없지만, 그럼 후일 또 봅시다."

인사를 마친 황제가 병사가 대령한 말 위에 올라탔다. 고삐를 휘어잡아 힘차게 당긴 그가 말을 출발시키자 사절단이 일제히 말을 내달리며 그를 뒤따르기 시작했다.

고요한 새벽녘, 거센 말발굽 소리가 지축을 뒤흔들었다. 놀란 개들이 컹컹 짖어 대는 소리와 갓난아기의 자지러지는 울음소리가 마을 곳곳에서 희미하게 들려왔다.

황제와 사절단의 모습이 외성 문 주변의 어둠 너머로 사라져 더는 보이지 않을 즈음, 소류는 집결시켰던 사절단에게 해산을 명한 후 말 머리를 돌려 서둘러 성안으로 향했다.

성마르게 말을 내달려 그가 도착한 곳은 다름 아닌 성주의 전각이었다. 놀랐을 그녀가 걱정되어 속이 타들어 갔다. 기실 태연자약하게 황제와 작별 인사 따위를 나눌 마음의 여유조차 없었다. 괴한이 노린 대상이 그녀가 아니라 장 상궁과 아이라 해도, 과거에 그녀에게 벌어졌던 끔찍하고 참담했던 일들이 자꾸만 떠올라 그의 간담을 서늘케 하고 있었다.

그가 전각에 도착했을 때 그녀는 마당에 나와 있었다. 소류는 금세라도 쓰러질 듯 창백한 낯빛으로 이리저리 서성이고 있는 그녀에게로 한걸음에 다가갔다. 그녀의 곁에는 유와가 함께하고 있었다. 제게 등을 보이고 선 채 유와를 채근하는 그녀의 초조한 목소리가 들려왔다.

"유와, 아직 아무런 소식도 없는 거니? 백하는? 백하에게서도 아직 연락이 없는 거야? 응?"

"수색을 시작한 지 이제 겨우 반 시진입니다. 곧 기별이 올 테니 조금만 더 기다려 보세요."

"아니, 더는 못 기다리겠어. 지금이라도 내가 직접 나가 보는 게……!"

"자꾸 그러시면 정말 가둬 놓을 겁니다! 전 분명히 경고했습니다. 제발 경거망동하지 마십시오."

"경거망동……? 얼마나 더 고분고분하게 네 말만 듣고 있으라는 거야? 네가 그런다고 내가……! 아……!"

다소 강압적으로 만류하는 유와를 뿌리치고 뒤돌아선 그녀가 무언가에 이마를 부딪히곤 충격에 잠시 비틀거리다 멈춰 섰다. 이마의 얼얼한 감각을 느끼며 고개를 들자 언제부터 거기 서 있었던 것인지 소류가 그녀를 내려다보고 있었다.

"……소류……."

"전하, 오셨습니까."

소류는 조용히 고개를 끄덕였다. 그러면서도 그의 시선은 그녀에게 못 박혀 있었다. 그녀의 안색을 살피던 그의 미간이 슬며시 구겨졌다. 이렇게까지 흥분하는 아리가 이해되지 않았다. 물론 납치된 장 상궁과 그 운이라는 아이가 걱정되는 것이야 당연하겠지만, 이성을 잃을 정도로 유별스럽고 과한 반응을 보이는 그녀를 그는 도무지 이해할 수 없었다. 아니, 이해하고 싶지 않았다.

그녀는 어째서 자신의 아이도 아닌 아이들에게 저토록 마음을 쏟는 걸까.

지나치리만큼 격한 그녀의 반응도 그러하거니와, 황제의 의뭉스러운 속내를 도무지 알 길이 없어 더욱이 불쾌하고 불안했다.

그 넓은 도성 땅에서 부모 잃은 아이 셋을 구하는 것쯤은 물론 어려운 일도 아니었을 테지만, 구태여 그리 성가신 일을 벌여 가면서까지 황제가 궁극적으로 얻으려 한 바가 대체 무엇일까.

그녀를 누군가의 지어미로 만들어 평생 제게 돌아오지 못하도록 족쇄라도 채워 두려고? 아니면…… 홑몸도 아니었던 그녀를 끝내 지키지 못한 자신을 조롱하고 싶어서……? 그토록 옹졸한 장난질이 그녀에게 얼마나 잔인한 일이 될지를 모르지 않을 텐데도, 기어코 그 사내는 그런 짓을 자행하면서까지 저를 능멸하고 싶었던 건가……?

그 졸렬한 심사가 납득이 가지 않는 건 아니었다. 하지만 오로지 그 때문이라고 확연히 단정 짓기엔 분명 무언가 석연찮았다.

까닭을 알 수 없게도 심장이 무섭게 요동쳤다. 소류는 우두커니 선 채 떨림이 이는 손으로 입매를 쓸며 나직이 중얼거렸다.

"어쩌면…… 내가 너무 쉽게 단정 지었던 걸까……."

"……"

어쩌면 실은…… 회피해 왔던 걸까. 어느 쪽이든 진실을 알게 되는 게 두려워서…….

"……내 아이들이 아니라고…… 그렇게 사라져 버린 그대가 무사히 아이를 낳았을 리 없다고…… 하나도 둘도 아닌 셋은 더더군다나 말이 되지 않는다고……."

잔뜩 가라앉은 음성으로 혼잣말처럼 중얼거리는 그의 말에 그녀가 멍하니 그를 바라보았다. 그의 눈동자가 위태롭게 흔들리고 있었다.

"대답해, 아리……. 세쌍둥이가 설마…… 내 아이들인가?"

"……"

그가 혼란스러운 표정으로 그녀에게 힘겹게 물어 왔다. 아리는 심장이 조여드는 것만 같아 저도 모르게 가슴께를 움켜쥐었다. 아이들을 따스하게 바라봐 주지 않는 그를 야속하다 여기면서도, 그가 그 당연하고 명백한 진실을 저토록 홀로 서글프게 외면하고 있으리라곤 꿈에도 생각지 못했다.

그런 그가 안타까워 눈물짓던 그녀가 겨우 고개를 끄덕이자 석상처럼 굳어 있던 그의 얼굴이 그예 무섭게 일그러졌다. 아리는 떨리는 목소리로 말했다.

"나는…… 당신도 알고 있을 거라고 생각했어요……. 당신의 핏줄이니까…… 아이들을 보면 분명 한눈에 알아볼 수 있을 거라고……. 성주가 나라는 것을 알았으니 당연히 그럴 것이라 생각했어요."

"……족장비는 그대에게 아이가 없다고 했어. 난 그 말을 철석같이 믿을 수밖에 없었지……. 일말의 기대를 품는 것조차도 내겐 죄악이었으니까."

그가 억눌린 한숨을 내뱉었다. 어째서 그가 아이들에 대해서는 단 한 마디도 묻지 않았는지, 어째서 그렇게 무심한 눈길로 아이들을 바라보았는지, 아리는 그의 이해할 수 없었던 행동들의 이유를 그제야 온전히 깨달았다. 회임 초기에 화살을 맞은 채로 그 멀고 험한 가달 평원까지 이동한 그녀이니, 아이가 없다는 샤하티의 말을 그가 그대로 믿어 버린 것도 어쩌면 당연한 일이었다.

"카다르 부족민들은 신중한 사람들이에요. 부족의 일 외에는 절대 관여하지 않아요……."

"하지만 게다가 그대는 심각한 부상까지 당한 몸이었어. 그런 몸으로 그대가 무사히 아이를 낳았을 거라고…… 내가 어떻게 그런 뻔뻔한 바람을 품을 수 있었겠어. 더구나 세쌍둥이를 낳았을 거라고 어찌……."

"……미안해요, 소류……."

그녀의 자책 어린 사과에 그가 마른세수하듯 거칠게 얼굴을 쓸었다.

"어째서 그대가 미안하다고 하는 거야."

"당신 곁을 떠난 건 나였으니까요……. 아이들이 태어난 사실조차 당신에게 알리지 못했으니까……."

"……."

그녀가 처연한 미소를 떠올리며 애써 담담히 말을 이었다.

"그날 세쌍둥이가 무사히 세상에 태어난 건 모두에게 기적 같은 일이었어요……. 내게도, 그리고 내가 무사히 아이들을 낳을 수 있게 도와준 카다르 부족민들에게도……. 천궁의 핏줄이니 분명 천신께서 지켜 주신 걸 거라고, 난 그렇게 굳게 믿었어요……. 성미가 급해 일곱 달 만에 태어나긴 했지만, 당신을 닮아 강건한 아이들이라 기특하게도 잘 버텨 주었고요…….”

덤덤한 그녀의 말에 그가 무겁게 탄식하며 얼굴을 일그러뜨렸다. 일그러진 얼굴 위로 고통스러운 미소가 스쳤다. 그런 그를 바라보는 그녀의 가슴 가득히 아릿한 통증이 일었다.

세쌍둥이에게 지극정성인 그녀를 그가 어떤 심정으로 바라보고 있었을지, 그 쓰린 속이 그제야 고스란히 그녀의 가슴에 와 박혔다. 아마 그는 그녀가 자신의 아이에게 못 해 준 것들을 세쌍둥이에게 대신 해 주는 것이라 여겼을 게 분명했다. 하여 그토록 무심하고 냉담한 눈길로 아이들을 바라보았는지도……. 그녀가 아이를 잃은 건 모두 자신의 탓이라 자책하면서…….

짙은 장막처럼 드리운 채 그녀를 불안에 떨게 만들던 의문들이 걷히자 막혔던 가슴이 뚫린 듯 조금은 후련하기도 했고, 한편으로는 저릿하기도 했다. 아리는 어느새 눈물이 차올라 흐릿해진 시야로 그를 올려다봤다. 이토록 극명한 진실을 눈앞에 두고서 서로가 서로의 눈을 가리고 있었다는 사실이 야속하고 안타깝기만 할 따름이었다.

“…….”

여전히 충격에서 헤어 나오지 못한 채 장승처럼 우두커니 서 있는 그의 어깨가 미세하게 떨리고 있었다. 달래 주고 싶은 마음에 두 손으로 그의 팔을 가만히 감싸는데, 돌연 그가 굳어진 표정으로 선득하게 그녀와 눈을 마주쳐 왔다. 어째서인지 그의 눈초리가 사납게 변해 있었다.

“황제는…….”

“…….”

“세쌍둥이가 내 아이들이란 걸…… 황제도 알고 있나?”

어딘지 화를 삭이는 듯한 그의 억눌린 목소리에 그녀가 불안한 표정으로 머뭇머뭇 고개를 끄덕였다.

"……네……. 폐하께서도…… 알고 계세요……."

그녀의 조심스러운 대답에 얼음장 같은 그의 얼굴 위로 싸늘한 자조가 드리
웠다.

역시…… 그런 건가.

화를 삭이기 위해 억눌린 한숨을 길게 내뱉은 소류는 치미는 욕설을 삼키며
허공을 날카롭게 응시했다. 움켜쥔 주먹에 서서히 분노가 실렸다. 깨진 조각이
맞춰지듯 그제야 돌아가는 상황이 그의 눈앞에 그려졌다.

한밤의 침입자, 납치된 운과 장 상궁, 도성의 급작스러운 사태, 황제의 때 이
른 귀환…….

흩어져 있던 사건들에 얽힌 인과(因果)가 선연히 드러나고 있었다. 불쾌한 직
감이 트적지근하게 뇌리를 파고들었다. 그러나 확신하기엔 아직 일렀기에 분노
를 갈무리한 채 무엇부터 확인해야 할지를 머릿속에 차분히 떠올려 보고 있는
데, 때마침 하인 한 명이 숨이 넘어가도록 헐레벌떡 달려왔다.

"성주님!"

제 주인을 애타게 찾은 하인이 손에 꼭 쥐고 있던 반듯하게 접힌 종이를 그
녀 앞으로 내밀었다.

"백하 님께서 이것을…… 이 서찰을 성주님께 전해 드리라고 하셨습니다."

긴장한 채 서찰을 받아 든 아리가 문득 서찰을 펼치려던 행동을 멈추곤 스르
르 고개를 들었다. 그녀의 하얀 얼굴에 드리운 표정이 몹시도 기이했다. 그녀가
떨리는 목소리로 하인에게 요연히 물었다.

"어째서…… 이걸 지금 전해 주는 것이냐……? 오라버니께서는 한 시진 전
에 수색을 나서셨는데…… 하면 그때 이미 이 서찰을 받았을 게 아닌가."

"그, 그게…… 백하 님께서 자신이 성을 떠나고 한 시진이 지난 뒤에 전해
드리라고 하셔서……. 반드시 한 시진이 지난 뒤에 전해 드려야 한다고 제게
신신당부를 하신 터라……."

안절부절못하며 황망히 대답하는 하인을 멍하니 쳐다보던 아리가 서찰을 내
려다보았다. 어째서 한 시진 후에 서찰을 전하라 한 것인지 감히 백하의 뜻을

짐작조차 할 수 없었다. 그녀는 가슴이 선득해지도록 기묘한 기분을 느끼며 서둘러 서찰을 펼쳐 보았다. 익숙한 백하의 서체가 눈앞에 까맣게 펼쳐졌다.

「황후 마마, 면목 없습니다. 소신 마마께 또다시 큰 좌를 지었습니다. 운 아가씨와 장 상궁을 납치한 건 바로 저입니다. 폐하의 엄명이 계셨기에 어쩔 수가 없었습니다. 오늘의 이 좌는 운 아가씨께 평생 소신의 목숨을 다 바쳐 갚겠습니다. 운 아가씨는 폐하의 비호 아래 잘 자라나실 것입니다. 장 상궁 또한 곁에서 아가씨를 극진히 보살필 것이니 부디 마마께서는 아무런 격정도 하지 마십시오. 마마께서 늘 안온하시기를 소신 진심으로 빕니다. 아울러 오라비로서도 감히 한 말씀 남깁니다. ……부디 담라가(家) 일족으로서의 자긍심을 늘 잃지 않길 바라며, 성주의 임무에 더욱 매진하여 모든 이들에게 공경받는 성주가 되기를…… 하오면 황후 마마, 강녕하십시오. 백하 배상.」

아리가 망연자실한 얼굴로 고개를 들었다. 힘이 빠져나간 그녀의 손에서 스르륵 미끄러진 서찰이 땅으로 떨어졌다. 그 서찰을 주워 들어 내용을 읽어 내려가던 소류의 표정이 서서히 굳어져 갔다. 중간쯤을 읽을 때는 움켜쥔 서찰이 이미 그의 손아귀에서 형편없이 구겨져 있었다.

불현듯 어제 호숫가에서 황제가 뜬금없이 제게 내뱉었던 말이 벼락처럼 그의 뇌리를 스쳐 갔다.

'혹시 아나? 내게도 떡두꺼비 같은 아들이 갑자기 하늘에서 뚝 하고 떨어질지……'

자조하듯 입매를 비틀던 소류의 얼굴이 그예 험상궂게 일그러졌다. 흩어졌던 조각들이 비로소 완벽하게 제자리를 되찾았다.

"그런 뜻이었나……. 빌어먹을……."

잇새로 나직이 욕설을 내뱉은 그가 곁에 서 있는 무흔과 친위대를 사납게 돌아보았다.

"황제를 뒤쫓아라! 반드시 따라잡아야 한다! 알겠나!"

"존명!"

일의 전말을 완벽히 알았으니 앞으로의 계획을 차분히 떠올려 볼 까닭이 더는 없었다. 무섭게 치솟는 분노를 가까스로 억누르며 말을 세워 둔 곳으로 대차게 걸음을 내딛는 소류를 아리가 다급히 막아섰다.

"소류! 안 돼요! 제발 멈춰요."

운과 장 상궁이 납치당한 게 괴한의 소행이 아니라 황제가 꾸민 짓이었다는 사실을 알고 나니 철렁했던 마음이 거짓말처럼 단숨에 진정되며 빠르게 이성이 되돌아왔다. 이제 더 이상 운을 걱정하고 있을 때가 아니었다. 장 상궁도 곁에 있으니 아이에 대한 걱정은 잠시 뒤로 미뤄 두고 지금은 어떻게 해서든 소류를 진정시켜야만 했다.

서로 화친을 맺고 첫 교역을 성공적으로 이룬 지금, 두 사람이 충돌하는 일만큼은 무슨 수를 써서든 막아야 했다. 그녀에게 가장 중요한 게 아이들이라는 사실은 변함없지만, 운으로 인해 양국의 사이가 틀어지게 되는 건 정말이지 원치 않았다.

그가 자신의 말을 제대로 들어 주기나 할지 자신은 없었지만 아리는 조심스럽게 소류를 설득했다.

"소류, 부탁이에요. 잠시만 화를 가라앉혀요……. 감정적으로 해결해선 안 된다는 걸 당신도 잘 알잖아요."

"……."

"물론 쉽지는 않겠지만…… 날 봐서라도 조금만 참고 기다려 주면 안 되겠어요……? 간혹 괴팍하게 구시긴 해도 어미와 자식을 억지로 떼어 놓을 만큼 모진 분은 아니에요. 폐하께선 틀림없이 운이를 곧 돌려보내 주실 거예요……. 그러니 그때까지만……."

"……."

"소류…… 내 말 듣고 있어요? 당신들이 또다시 싸우게 되는 건 정말이지 더는 보고 싶지 않아요……. 그러니까 제발……."

그에게 매달려 한참이나 간절히 애원해 보았지만 소류는 묵묵부답이었다. 이성을 완전히 되찾은 그녀와는 달리 그의 분노는 여전히 극에 달해 있었다. 저토록 살벌한 눈빛은 전에 본 적 없는 것이어서 아리는 오싹한 한기마저 들었다.

그녀의 애타는 만류에도 불구하고 끝끝내 친위대와 함께 떠나려는 그를 끝까지 뒤따르며 사정사정하고 있는데, 그녀를 외면한 채 말에 올라타려던 그가 돌연 자리에 우뚝 멈춰 서더니 이쪽을 향해 느리게 고개를 돌렸다. 그의 시선은 그때껏 그의 팔을 붙잡고 있는 그녀의 어깨 너머 어딘가를 향해 있었다.

"……."

그의 시선을 따라가 보니 잠 못 들고 보채는 아이들을 품에 하나씩 안은 하녀 둘이 마당으로 내려오고 있는 게 보였다.

아이들을 어르며 다정히 별을 세는 하녀들의 목소리가 들려왔다. 칭얼대던 아이들도 어느새 하녀들을 따라 서툰 발음으로 별을 세기 시작했다. 서서히 먼동이 터 오며 하늘에 걸려 있던 별들이 하나둘 사라지고 있었다.

"별 하나, 별 둘…… 별 셋, 별 넷……."

"아나아, 뚜우…… 떼……."

자장가를 부르듯 살가운 가락을 흥얼거리며 아이들에게 별을 세어 주던 하녀들이 마당에 서 있는 아리를 발견하고는 아이들을 그녀의 곁으로 데려와 바닥에 내려 주었다.

"……."

소류는 그때까지도 바닥에 못이 박힌 듯 멈춰 서 있었다. 아이들을 향해 있는 그의 눈동자가 걷잡을 수 없이 흔들리고 있었다.

한참이나 얼어붙은 듯 우두커니 서 있던 그가 이윽고 아이들에게로 천천히 다가갔다. 한 걸음 한 걸음 힘겹게 걸음을 내디디며 아이들 앞에 멈춘 그가 가만히 몸을 낮추곤 한쪽 무릎을 세워 앉았다. 그러자 아이들이 칭얼대며 그를 향해 안아 달라는 듯 손을 뻗었다.

소류는 떨리는 두 팔로 아이들을 품에 꼭 끌어안았다. 코끝에 감도는 아이들의 애틋하고 사랑스러운 살 내음에 그의 눈에서 참았던 눈물이 울컥 터져 나왔다.

두 아이가 아비의 품 안에 안겨 있는 모습을 눈물 고인 눈으로 바라보던 아리가 아릿하게 미소 지으며 아이들을 향해 애틋이 속삭였다.

"강아, 설아…… 아버지란다……."

그녀의 고요한 음성에 아이들을 안은 그의 커다란 어깨가 요동치듯 격렬히 떨려 왔다.

아리는 그런 소류의 등 뒤로 다가가 앉아 그의 어깨를 두 팔로 감싸 안았다. 얼굴을 기댄 너른 등을 타고 전해져 오는 슬픔, 고통, 환희 그리고…… 이 순간 그를 집어삼키고 있을 무수한 감정들이 그녀에게로 고스란히 흘러들어 가슴이 선득해지도록 아려 왔다.

아리는 북받치는 감정에 가만히 눈을 감은 채 다시금 애절하게 속삭였다.

"……이분이 바로…… 너희들의 아버지란다……."

지금껏 너희들을 제 자식처럼 끔찍이 아끼고 귀애하던 그가 아니라…….

그 너른 품에 이제야 너희들을 애틋이 보듬어 안고서 뜨겁게 울고 있는 이 사내가…….

바로…… 너희들의 진짜 아버지란다…….

48
천신의 유희

　낙안성을 벗어나 벽주에 도착한 단휘는 이미 그곳에 당도해 자신들을 기다리고 있는 백하 일행과 합류했다.

　자함이 대경실색한 낯빛으로 눈앞의 기막힌 광경을 입을 떡 벌린 채 망연자실 바라보는 걸 보며, 단휘는 행여 저러다 턱이 빠지기라도 하는 게 아닐까 심히 염려되었다.

　그것이 괜한 염려가 아닐 만큼 자함은 몹시도 혼란스러운 상태에 빠져 있었다. 낙안성 인근을 샅샅이 수색하라는 황명을 받은 백하가 어째서 감히 그 명을 이행하지 않고 자신들보다도 먼저 이곳에 도착해 있는 걸까.

　게다가, 그런 백하의 등 뒤로 보이는 문제의 두 사람……. 발을 동동거리며 안절부절못하고 서 있는 장 상궁과, 까르르 웃어 대며 천진하게 뛰노는 운 아기씨의 모습까지……. 그 어처구니없는 광경을 시야에 담는 순간 사고가 그대로 정지해 버리기라도 한 듯싶었다.

　"폐하……, 설명해 주십시오. 지금 이게…… 대체 어찌 된 상황인지 신을 도통 모르겠습니다."

"뭘 더 설명해야 하나. 이렇게 눈앞에 훤히 다 보이는 것을, 새삼스럽게."

"……저를…… 속이신 겁니까?"

그가 따지듯 묻자 단휘는 그저 어깨를 으쓱해 보일 뿐이었다. 자함은 부르르 떨리는 턱 끝을 당기며 입을 옥다물었다. 저와 마주친 시선을 은근슬쩍 거두는 황제의 행동이 말해 주고 있었다. 벽주까지 오는 동안 그가 저를 완벽하게 속였다는 걸.

"어디까지가 참이고…… 어디까지가 거짓입니까?"

"지금 자네 눈앞에서 벌어진 상황이 참이고, 다른 건 모두 거짓이야."

"……대사농의 사노들이 일으킨 난까지도 말입니까?"

"왜, 도성에 당도하여 할 일이 줄어 심히 유감인가?"

자함에게 노비의 난이 일어난 도성의 사태를 보고한 병사는 황제의 지엄한 명으로 제 상관에게 거짓 보고를 올렸다. 그리고 자함은 황제로부터 뒤늦게 실토를 받아 낸 지금에서야 그 사실을 알아차렸다. 우둔한 자신을 탓해야 할지, 용의주도한 그를 탓해야 할지 갈피조차 잡히지 않았다. 삐뚜름히 팔짱을 끼고 선 채 세상 뻔뻔한 얼굴로 자신을 바라보던 황제가 얄밉게 입꼬리를 늘이며 씩 웃었다.

"언제 어느 때든 거짓을 용납지 않는 자네의 그 인생 신조를 존중하여 내 지켜 주려 한 것이거늘, 어찌 뭐라도 씹은 얼굴이지?"

"거짓에 서툰 제가 행여 황후 마마 앞에서 실수라도 할까 저어되어 그리하신 것은 아니시고요?"

"엎어 치나 메치나 매일반이지. 뭘 새삼 따지고 그러나. 자네와 나 사이에."

혹 자제심을 잃고 저도 모르게 불손한 말이라도 내뱉을까 싶어 입술을 꾹 감쳐문 채 겨우 속을 진정시키던 자함은 이내 하늘을 올려다보며 체념하듯 땅이 꺼지게 한숨을 내쉬었다. 곁에서 그런 두 사람의 눈치를 살피며 곤란한 얼굴로 서 있던 백하가 돌연 가자미눈으로 자신을 째려보는 자함의 시선에 움찔 놀라 도망치듯 자리를 떴다.

벌써 저만치 멀어진 백하를 시퉁하게 노려보던 자함은 제 곁에서 까르르까르르 귀여운 소리를 내며 주위를 뛰어다니는 운과, 행여나 아이가 넘어질세라 양팔을 뻗은 채로 쉴 새 없이 그 뒤를 쫓아다니는 장 상궁을 맥을 놓고 바라보며 중얼거렸다.

"아무래도…… 이 생에서는 폐하께 당해 드리는 게 제 업보인 모양입니다."

"……저런, 그것참 유감이로군."

"하지만 그렇게 대놓고 즐거워하진 마십시오. 내생에는 몇 배로 돌려드릴 테니 각오해 두시는 게 좋을 겁니다."

단휘의 뻔뻔한 태도에 마치 해탈이라도 한 듯 자함이 초연한 음성으로 으름장 아닌 으름장을 놓자 단휘가 짓궂게 눈썹을 치켜올리곤 천연덕스럽게 고개를 까딱였다.

"얼마든지. 나 역시 기꺼이 바라는 바이네. 그러니, 자함……. 우리 내생에도 꼭 같은 세상에서 다시 보세나."

천하태평 느긋이 대꾸하곤 대수롭지 않게 웃어넘긴 단휘의 귓가로 자함의 깊은 한숨 소리가 아련히도 들려왔다.

단휘와 자함의 짧은 실랑이는 늘 그렇듯 단휘의 승리로 끝이 났다. 승자도 패자도 종내에는 그저 웃고 마는, 결말이 뻔히 정해진 시답잖은 승부였다.

상황을 정리한 그들은 여유롭게 휴식을 취하고 난 뒤 다시금 대열을 이끌고 황궁을 향해 빠른 속도로 내달렸다.

벽주까지 직접 말을 몰았던 단휘는 백하와 합류한 후 장 상궁과 운이 탄 마차에 옮겨 타 두 사람과 함께 도성으로 향했다.

흔들리는 마차 안에서 운을 제 무릎에 앉혀 놓고 태평하게 어르고 있는 그에게 장 상궁이 한참이나 애걸복걸하고 있었다. 제발 성으로 돌아가 주십사 끈질기게 애원하고 있는 그녀의 청을 듣는 둥 마는 둥 하며 단휘는 천연스럽게 아이와 장난질만 해 댈 뿐이었다. 세상 시름을 다 짊어진 사람처럼 초췌한 낯빛으로 장 상궁이 애타게 아뢰었다.

"폐하, 성주님께서 심려가 크실 것이옵니다. 참으로 어찌 이리하시옵니까.

어미에게 자식이 어떤 존재이온데 이토록 잔인한 일을 서슴지 않으시는 것이옵니까. 부디 통촉하시어 지금이라도 제발 다시 낙안성으로 돌아가 주시옵소서, 폐하. 성주님께서 분명 운이 아기씨 걱정에 밤잠도 못 이루실 것이옵니다.”

애걸복걸 사정을 하면서도 기실 거의 체념한 상태였던 터라 이번에도 아무런 반응이 없을 거라 여겼는데, 그런 제 짐작과는 달리 황제가 나직이 한숨을 내쉬고는 자신의 말에 대꾸했다.

“하여 내 이리 장 상궁 자네마저 납치해 가는 것이 아닌가. 자네와 함께이니 성주도 마음을 놓을 것일세. 그러니 자네도 그만 걱정을 내려놓게.”

“폐하, 하오나…….”

장 상궁은 뭐라 더 말을 잇지 못한 채 울상을 지었다. 황제의 저 황소고집을 과연 누가 꺾을 수 있단 말인가. 뻔한 결과에 낙담하는 것도 새삼스러웠지만, 곤혹스러운 사태에 참으로 속이 타들어 가서 장 상궁은 발만 동동 굴렀다.

그런 장 상궁의 심정을 아는지 모르는지 함박웃음을 지은 채 재롱을 떠는 운을 흐뭇하게 바라보던 단휘가 문득 생각에 잠기며 나직이 중얼거렸다.

“운……. 주운이라…… 주운…….”

골몰히 턱을 문지르며 한참 동안 멍하니 아이의 이름을 입 안으로 되뇌던 그가 돌연 박장대소를 터뜨렸다. 영문을 알 리 없는 장 상궁이 화들짝 놀라며 그를 바라보았다. 어깨를 들썩이며 한참을 웃어 젖힌 그가 눈물까지 고인 눈가를 닦아 내며 말했다.

“참으로 그 이름처럼 주운 자식이 아닌가. 아니 그러한가, 장 상궁. 하하!”

“…….”

장 상궁이 어찌 대답해 올려야 할지 몰라 당혹스러운 표정을 짓자 겨우 웃음을 갈무리한 단휘가 기막히다는 듯이 설레설레 고개를 저었다. 참으로 그 이름 한번 다시없을 걸작이었다.

“운아, 아무래도 네 어미가 네 이름을 지을 때 선견지명이라도 있었던 모양이다. 그게 아니면 어찌 이토록 절묘할 수가 있겠느냐.”

단휘는 제 말에 까르르 웃는 운을 보며 다시금 호탕하게 웃음을 터뜨리고는,

이내 진중한 목소리로 말했다.

"듣거라, 운아. 이 아비의 이름은 단휘이니라. 홑 단 자에 빛날 휘 자를 쓴다……. 내 너에게 아비의 이름자를 하나 주마."

세쌍둥이 중에서도 둘째 운이 특히 더 그의 눈에 밟히기 시작하던 순간부터 어렴풋이 생각해 온 이름이었다. 그의 이름자와 아이의 이름자를 한 글자씩 따서 만든.

"휘운(輝雲)."

그의 입에서 나직이 흘러나온 이름을 들은 운이 '이으은' 하고 따라 하자 단휘가 기특하다는 듯 흡족한 표정을 지었다.

"그래, 휘운. 빛나는 큰 물결이 되어 이 세상 가득 환히 차오르라는 뜻이다. 어떠하냐. 마음에 드느냐?"

아이가 그의 말을 알아듣기라도 한 듯 다시금 방싯거리며 웃었다. 단휘는 어쩐지 가슴이 뭉클해져 와 입술을 지그시 깨문 채 아이의 뺨을 부드럽게 쓰다듬었다. 비록 그는 이름처럼 홀로 빛나는 삶을 살지 못하였지만, 이 아이만큼은 그런 자신과는 다른 삶을 살게 해 주고 싶었다. 진짜 아비도 아니면서, 반드시 그리해 주고만 싶은 열망이 가슴 가득 뜨겁게 끓어올랐다.

늘 제 가슴을 싸늘히 얼어붙게 만들던 무심하고 냉담한 누군가의 얼굴이, 이 순간 그의 뇌리에 사무치게 떠올랐다.

아바마마, 보고 계시옵니까……?

소자, 이 아이가 비록 제 핏줄은 아닐지라도 아낌없이 귀애하며 온 정성을 쏟아 키울 것이옵니다.

소자와는 다른 삶을 살아갈 수 있도록…… 홀로 빛나는 창천의 태양처럼 눈부시고 찬란한 아이로 키워, 아바마마께서 제게 남기신 제국의 모든 것들을 이 아이에게 물려줄 것이옵니다.

가슴속에 들어찬 불덩어리가 또다시 날뛰는 것만 같았다. 응어리진 마음은 오랜 세월이 흘러도 조금도 나아지지 않았다. 잠잠해진 듯싶다가도 시시때때로 속에서 천불이 났다. 치유될 수 없는 지독한 심고(深痼)였다. 제게 그러한 고통을 안겨 준 바로 그 장본인이 아니고서는, 제아무리 전지전능한 신이라 해도 이 지옥 같은 불길을 제게서 거둬 줄 수 없을 터였다.

"주휘운……. 이제부터 네 이름은 주휘운이다. 주씨 황가의 후계를 이을 나의 유일한 아들, 주휘운……. 알겠느냐? 휘운아."

그새 잠이 오는지 졸린 듯 눈을 비비던 운이 잠투정을 하며 칭얼거렸다. 그러다 금세 그의 무릎에 엎드려 스르륵 잠들어 버린 아이를 편히 누인 단휘는 아이의 작은 어깨를 가만히 토닥거렸다.

"그래, 그저 곤히 자거라……. 휘운아……. 내 궁으로 돌아가면 너에게 무엇이든 다 해 줄 터이니……."

그리하려면 또 많은 것들과 싸워야 할 테지만, 새삼 두려워할 것은 없었다. 문득 곁에서 장 상궁의 염려 가득한 목소리가 조심스레 들려왔다.

"폐하. 참으로 어찌 감당하시려고 그리하시옵니까?"

"글쎄……."

잠시 고민하듯 골똘히 미간을 좁히던 단휘는 이내 아무러면 어떻겠냐는 듯 담담히 웃었다.

"무어 어찌 되든 되지 않겠나. 사는 내내 늘 그래 왔듯이 말일세……."

어떤 선택을 하든 미래란 늘 알 수 없는 법……. 그러니 다가오기도 전에 지레 겁을 먹거나 애를 태울 필요는 없으리라. 행여 뜻한 바와 다르게 흘러간다면, 그땐 필시 또 다른 길이 보이기 마련일 테니.

제 무릎 위에서 곤히 잠든 아이의 얼굴을 한참 동안 바라보던 그가 장 상궁에게 여상히 물었다.

"자네는 궁금하지 않은가? 이 아이가 어찌 자랄지 말일세."

황제의 덤덤한 음성에 어쩐지 가슴 한편이 먹먹해진 장 상궁이 숨죽여 한숨을 내쉬고는 조심스럽게 대꾸했다.

"아기씨께서…… 훗날 이 같은 진실을 받아들이실 수 있을 것이라 생각하시옵니까……?"

"감당할 수 있을 그릇으로 만들어 주면 될 일이지."

어떤 세파에도 흔들리지 않을 굳건한 심지를 지닌 그런 그릇을…….

아이의 이마를 가린 솜털 같은 머리카락을 가만히 쓸어 올려 주며 그가 말을 이었다.

"하늘이 무너지든, 태산이 덮쳐 오든, 절대 깨어지지 않을 그런 단단한 그릇으로……."

"폐하……."

"바람만 스쳐도 바스러지던 내 그릇과는 다르게 말이야."

공허하게 늘어놓은 말들이 처연하기 그지없어서 장 상궁은 슬픔이 북받쳐 오르는 눈으로 황제를 바라보았다. 애잔한 마음을 가눌 길이 없어서 끝내 눈물 지은 그녀가 황망히 눈물을 훔쳤다. 곁눈질로 흘끗 바라본 황제의 눈시울도 조금은 붉어져 있었다.

"나의 아비가 적자인 내게 해 주지 못한 것들을, 내 원수의 아들놈에게 한번 해 줘 보려 하네."

"폐하……."

"어떤 이는 제 자식을 진정으로 미워하기도 하고, 어떤 이는 원수의 자식 놈을 사랑하기도 하는 게지. 아니 그런가? 그게 무어 대단한 기행이라고……."

황제가 조용히 웃었다. 모든 속박을 벗어던진 사람처럼 그는 초연하고 편안한 얼굴이었다.

"내 이 아이에게 모든 걸 물려주고 훗날 저승에서 아바마마를 뵈오면…… 과연 어떤 얼굴로 날 바라보실지…… 자네도 기대되지 않나?"

"……."

"그 기대로 여생을 버티는 것도 나쁘지 않을 듯싶어."

덤덤히 말하곤 제 무릎에 누워 잠든 아이를 애틋이 바라보는 그에게 장 상궁은 아무런 대꾸도 하지 못한 채 그저 황공히 국궁했다.

신께서 이 가엾은 분들께 또 어떤 짓궂은 장난을 치시려고 이리하시는지 도무지 알 수 없는 노릇이었다.

주단휘……. 그리고 주휘운…….

어느 괴팍한 신이 또다시 장난처럼 인연의 실로 묶어 버린 두 사람을 태운 마차가, 황궁을 향해 쏜살같이 질주하고 있었다.

□ ■ □

소란이 잦아들고 잠시 고요를 되찾았던 성안의 분위기는 다시 얼마간 분주해졌다.

이른 새벽 황제와 제국의 사절단이 서둘러 황궁으로 떠나고 난 후 간단히 조찬을 마친 아라하의 사절단은 예정대로 아침 일찍 본국으로 떠나기 위해 서둘러 행장을 꾸려 성문 앞에 집결해 있었다.

찬연히 떠오른 아침 햇살이 눈부시게 대지를 비추었다. 구름 한 점 없이 유난히 화창한 날이었지만, 맑은 날과는 달리 제법 사나운 바람이 성벽을 찢을 듯이 할퀴며 날카로운 소리를 내고 있었다.

불어닥치는 바람에 힘껏 땅을 딛고 선 채 성문 앞에 흐트러짐 없이 도열한 아라하의 사절단과 그런 그들과 다르지 않은 모습으로 맞은편에 자리한 낙안성의 관리들이 서로를 향해 정중히 예를 갖추고 있었다.

교역국인 아라하의 왕과 협상의 주관자인 낙안성의 성주가 대표의 자격으로 각 대열의 앞에 나와 마주 섰다.

본국으로 돌아가는 아라하 사절단을 배웅하는 송별식……. 협상의 마지막 일정이었다.

"덕분에 편히 머물다 가오. 무탈히 지내시길 빌겠소, 성주."

"……전하께서도 평안하시길 빌겠습니다. 조심히 돌아가십시오."

왕의 인사에 화답한 성주가 수긋이 고개를 숙였다. 더 이상의 대화는 그들 사이에 오가지 않았다. 짧은 인사를 끝으로 서로에게서 돌아선 두 사람이 원래의 자리로 되돌아오자 출발 신호인 듯 누군가의 외침이 성안에 우렁차게 울려 퍼졌다.

그 소리에 왕의 친위대가 기다렸다는 듯 선두에서 서서히 말을 출발시키자,

잠시 고개를 돌려 성의 모습을 눈에 담듯 휘둘러본 왕이 곧 훌쩍 말 위에 올라타고는 힘차게 고삐를 휘두르며 말을 내달리기 시작했다. 그 뒤를 사절들과 짐꾼들의 긴 행렬이 일제히 따랐다.

말들이 요란하게 땅을 박차고 간 자리에 흙먼지가 뿌옇게 피어올랐다.

성문 앞에 남은 이들은 한참 동안 자리를 지킨 채 멀어져 가는 아라하의 사절단을 눈으로 좇으며 배웅했다.

오래지 않아 성주의 해산 명령이 떨어졌지만, 사절단의 모습이 둔덕 너머로 완전히 사라져 더는 보이지 않을 때까지 누구도 자리를 떠나지 않았다. 꼭 자신들의 상전인 성주가 못 박힌 듯 그곳에 남아 있는 탓만은 아니었다.

떠나는 아라하의 사절단을 배웅한 뒤 남은 일들을 정리하고 처소로 돌아온 아리는 침상에 쓰러지듯 누웠다가 그대로 잠들어 오후 늦게야 일어난 터였다. 정신이 몽롱하고 몸에 힘이 하나도 없었다.

수백 년간 이어진 적대 관계를 깨고 화합을 다짐하는 자리라 하기엔 턱없이 짧기만 한 일정이었다. 고작 사흘이라는 짧은 시간 동안 감당하기 벅찬 너무 많은 일들이 한꺼번에 몰아치고 지나가 버렸다. 두 군주와 사절단들이 돌아가자마자 이리 맥없이 나가떨어진 것도 당연했다. 그들과 함께 지내는 사흘 동안 어찌나 신경을 곤두세웠던지 입술이 갈라지고 부르터 있었다.

아리는 까칠한 입술을 손끝으로 만지작거리며 멍하니 생각에 잠긴 채 허공을 응시했다.

소류는 지금 어디쯤을 달리고 있을까.

미우강 저 너머 거친 모래바람이 몰아치는 아라하의 메마른 대지 위를 힘차게 내달리고 있으려나……. 그의 둘도 없는 친우와, 충직한 친위대와 함께…….

굳은 신의를 나눈 미더운 이들이 그의 곁에 함께하고 있다는 사실에 새삼 감사한 마음이 들었다. 오늘 아침 본국으로 떠나는 아라하의 사절단을 배웅하는 송별식에서 내내 가라앉은 얼굴로 자리를 지키던 소류의 모습이 떠올랐다. 아이들과 자신을 성에 남겨 두고 홀로 떠나는 그 심정이 오죽했을까. 그를 홀로 떠나보내는 자신의 심정이 편할 리 없는 것처럼……. 그런 그의 곁에 미덥고 충직한 이들이 든든히 함께해 주고 있으니 적잖이 위안이 되었다.

그가 떠나간 지 이제 겨우 반나절이 지났을 뿐이건만, 겨우 눌러 두었던 그리움이 새록새록 피어났다. 그를 떠나 가달 평원에서 지냈던 2년이라는 시간 동안은 대체 어찌 이러한 그리움들을 참아 내며 살아왔던 걸까? 새삼 그때의 시간들이 아득하게만 느껴졌다.

"성주님, 기침하셨습니까?"

문득 문밖에서 들려온 유와의 목소리에 아리는 퍼뜩 정신을 차렸다. 또 무슨 문제라도 생긴 건가 싶어 괜스레 심장이 철렁했다.

"유와…… 어쩐 일이야? 혹시 무슨 일이 생긴 거니?"

그녀가 걱정스레 되묻자 유와가 무슨 소리냐는 듯 심드렁하게 대꾸했다.

"일이 생기긴요. 간만에 느긋하게 저자나 둘러보고 올 생각인데, 괜찮으시면 함께 다녀오지 않으실래요? 혹시 피곤하시면 더 쉬시……."

"아니, 나도 갈게! 같이 가."

"……."

제 쪽에서 그리 권해 놓고도 흔쾌히 수락하는 그녀가 의외였던지 잠시 침묵하던 유와가 이내 느릿하게 대꾸했다.

"그러실래요? 그럼 마당에서 기다리고 있을 테니 천천히 채비하고 나오십시오."

"알았어. 금방 나갈게."

아리는 급히 대답하곤 벌떡 몸을 일으켰다. 안 그래도 정신을 좀 차리고 나면 저자든 강가든 나가 보려던 참이었다. 헛헛한 마음에 잡아먹히지 않으려면 몸이라도 분주히 움직이는 게 나을 테니까. 그런 그녀를 모를 리 없는 유와이니 아마 그녀가 깨어나기만을 기다리고 있었을 터였다.

세숫물을 들고 들어온 하녀들이 그녀의 소세와 단장을 도왔다. 잠시 뒤 채비를 마친 그녀는 유와가 기다리고 있는 마당으로 서둘러 나갔다.

저녁 무렵이 다 되어 가는 느지막한 시간이었지만 저잣거리는 여전히 사람들로 붐볐다.

유와와 호위무사들과 함께 저자에 도착한 아리는 오랜만에 여유로운 기분을 만끽하며 느긋하게 저자 구경을 즐겼다. 몇 달간 협상 준비에 매진하느라 까맣게 잊고 지낸 즐거움이었다.

목청 높여 호객하는 상인들의 시원시원한 목소리와 부지런히 거리를 오가며 마음에 드는 물건들에 눈도장 찍는 구경꾼들의 상기된 얼굴, 사람들 사이를 신명 나게 뛰어다니는 아이들의 천진난만한 웃음소리…… 생기 가득한 저자의 풍경에 허전했던 마음이 차츰 사그라지고 있었다.

"성주님, 나오셨습니까요!"

"오랜만에 뵙습니다요, 성주님!"

너울을 쓴 성주를 알아본 상인들이 허리를 숙이며 인사를 건네 왔다. 아리는 고개를 끄덕여 그들에게 화답하면서 천천히 저잣거리를 걸었다. 한참을 걷다 마침내 그녀의 걸음이 멈춘 곳은 다름 아닌 장신구 가게였다. 이제는 익숙함을 넘어 친근하기까지 한 점주가 인상 좋은 얼굴로 반갑게 그녀를 맞았다.

"성주님! 평안히 지내셨습니까요?"

"자네도 평안하였나."

"아무렴요, 소인이야 더할 나위 없이 잘 지냈습죠!"

아리는 웃으며 고개를 끄덕이곤 좌판의 물건들을 이리저리 둘러보았다. 지난 넉 달간 소류가 그리워질 때마다 장신구 가게를 들르곤 했던 터라 점주와는 종종 농을 주고받기도 하고 티격태격 흥정을 벌이기도 하는 등 제법 친밀한 사이가 되어 있었다.

"그 물건이 마음에 드십니까? 역시 여전히 안목이 탁월하십니다요!"

"그리 알랑거려 봐야 소용없네. 내 안목은 내가 잘 알고 있으니. 필시 값을 올리려는 심산이지."

"예에? 아니, 소인을 대체 어찌 보시고…… 서운합니다요, 성주님."

짐짓 울상 짓는 점주를 보며 아리는 풋 웃음을 터뜨리고는 단호한 투로 말했다.

"다섯 냥."

자주 들르다 보니 장신구 가게에 있는 웬만한 물건들의 값은 그녀도 훤히 꿰고 있었다. 지금 고른 물건은 처음 보는 것이었지만, 그동안 쌓인 정보들로 판단했을 때 그 정도 값이면 충분할 터였다.

"예? 무슨 말씀이십니까? 그건 본전이 열 냥인 물건입니다요."

"하지만 난 다섯 냥밖에 없는데, 이를 어쩐다?"

"에이, 명색이 이 낙안성의 주인이신 분께서 저자에 겨우 다섯 냥을 들고나오셨단 말씀이십니까?"

"오는 길에 다 썼네."

"에헤, 무슨 말씀을 그렇게……. 좋습니다. 여덟 냥! 여덟 냥에 드리겠습니다요."

두 사람은 서로 지지 않겠다는 듯 눈을 빛내며 흥정에 열성을 쏟았다. 모처럼 만에 상대하는 것이니 흥정하는 재미를 놓칠 수는 없었다.

아리가 고른 물건은 연분홍빛 꽃 한 송이가 달린 단아한 머리꽂이였다. 협상을 무사히 치러 낸 자신에게 주는 선물이었다. 늘 세쌍둥이와 주변 사람들의 물건만 사다가 처음으로 자신의 것을 골라 보았다. 그런데 막상 제 것을 사려니 어쩐지 한 푼이라도 더 값을 깎고 싶어졌다.

"여섯 냥!"

"다섯 냥 빼고 다 쓰셨다 하지 않으셨습니까요?"

"생각해 보니 한 냥이 더 남았지 뭔가?"

천연덕스럽게 대꾸하는 아리를 보며 점주가 여유롭게 코웃음을 치고는 소리쳤다.

"하오면, 일곱 냥! 잘 생각해 보시면 분명 한 냥이 더 남아 있을 겁니다요!"

"아닐세. 이제 진짜 여섯 냥뿐이네."

"그러지 마시고 한 번 더 잘……."

두 사람 모두 터져 나오려는 웃음을 꾹 참으며 실랑이를 벌이고 있는데, 점주의 말이 채 끝나기도 전에 그녀의 뒤에서 누군가가 점주를 향해 불쑥 팔을 뻗었다. 커다란 손에는 엽전 꾸러미가 들려 있었다. 한눈에 보기에도 열댓 냥 이상은 되어 보이는.

"스무 냥일세. 그 물건 내가 사지."

"서, 성주…… 아…… 아니, 그……!"

순간 어떤 호칭으로 불러야 할지 몰라 당황하여 우왕좌왕하던 점주가 아리의 등 뒤에 선 사내를 향해 황망히 머리를 조아렸다. 그리고 그 순간 아리는 그대로 자리에 얼어붙어 버렸다. 일순 심장이 떨어져 나갈 듯 거세게 쿵쾅거렸다.

성큼 그녀의 곁으로 다가선 그가 그녀의 손에 들린 연분홍 꽃 모양의 머리꽂이를 슬쩍 빼앗아 들더니 이리저리 뒤집어 보곤 마음에 든다는 듯 씩 입꼬리를 늘여 웃었다.

"내 아는 어떤 여인과 아주 잘 어울리겠어."

"……."

"이런 건 사내가 직접 꽂아 주어야지. 아니 그런가?"

아리는 선뜻 움직여지지 않는 고개를 가까스로 움직였다. 고개를 돌려 겨우 그를 바라보자 너울 너머의 그가 짙은 미소를 떠올리더니 짓궂게 한쪽 눈썹을 치켜올리곤 돌연 그녀의 손목을 덥석 그러쥐었다.

"점주, 반가웠네. 그럼 다음에 또 보세."

"……!"

그는 점주를 돌아보지도 않은 채 작별 인사를 툭 건네고는 그녀의 손목을 잡아끌며 장신구 가게를 빠르게 벗어났다.

갑작스러운 인사에 놀라 황급히 허리를 숙인 점주가 슬그머니 고개를 들었을 때는 두 사람은 이미 골목 어귀로 사라진 뒤였다. 행여 누가 보았을세라 흘끗 주위를 살펴본 점주는 아무도 이쪽을 보고 있지 않자 안심한 듯 한숨을 내쉬고는 시치미를 뚝 뗀 채 느긋하게 좌판을 정리하기 시작했다.

성주를 호위하던 유와와 호위무사들, 그리고 천궁을 호위하던 친위대만이 두 사람을 그림자처럼 뒤따르며 주변을 단단히 경계하고 있을 뿐이었다.

골목 어귀로 들어선 두 사람은 다시 좁은 골목을 지나 마침내 인적 없는 으슥한 골목 끝에 다다랐다. 조용한 공간에 단둘이 있게 되자 그녀를 자신에게로 돌려세운 그가 순식간에 너울을 벗겨 버리곤 숨 돌릴 새도 없이 진하게 입을 맞춰 왔다. 아리는 그런 그를 제게서 간신히 떼어 내고는 혼란스러운 목소리로 물었다.

"소류, 어째서 여태 낙안에 있는 거예요? 아직 다들 아라하로 떠나지 않은 거예요?"

"사절단만 먼저 보냈어."

놀라 커다랗게 떠진 그녀의 두 눈을 빤히 바라보던 그가 서글서글하게 웃으며 대수롭지 않게 대꾸하자 그녀의 눈이 당혹감에 더욱 커다래졌다.

"먼저 보냈다니…… 그럼 당신은요? 천궁을 그렇게 오래 비워 두면 안 되잖아요."

"내 마음이야."

말장난 같은 대답에 그녀가 그를 새초롬히 흘겨보았다. 지금의 이 상황이 진심으로 당혹스러운 자신과는 달리, 그는 그러한 자신의 반응조차도 즐겁기만 한 모양이었다.

"소류, 제발 진지하게 대답해 주면 안 되겠어요?"

"무척 진지하게 한 대답이었는데 몰라주는군. 참으로 내 마음 탓인 것을……. 그대와 아이들을 두고 가려니 차마 발길이 내키지 않는 것을 어찌하나. 그래서 하는 말인데…… 성에서 며칠만 더 머물다 가면 안 될까?"

"물론 안 돼요."

"어째서?"

"그걸 몰라서 물어요?"

"전혀 모르겠는데."

뻔뻔한 얼굴로 천연스레 대답한 그가 다시금 그녀를 끌어당겨 입을 맞추었다. 당황한 그녀가 그를 밀어 내며 황급히 한 걸음 뒤로 물러서자, 그녀보다 훨씬 큰 보폭으로 다시 한 걸음 바짝 다가선 그가 그녀의 허리를 한 팔로 휘감아 안고는 더 길고 진하게 입맞춤을 퍼부었다.

잠시 버둥거리던 그녀가 결국 순순히 안겨 그의 뜨거운 숨결을 고스란히 받아들이고 나서야 그는 입술을 떼곤 그녀를 놓아주었다. 그새 얼굴이 붉게 상기된 그녀가 불안한 눈으로 흘끗 주위를 살피고는 볼멘소리를 했다.

"누가 보면 어쩌려고 그래요?"

"보고 싶으면 실컷 보라지."

짓궂게 대꾸한 그가 그녀의 입술에 다시 쪽 하고 가볍게 입을 맞추자 그녀가 질겁하며 그에게서 잽싸게 떨어졌다. 그녀의 민첩한 행동에 웃음을 터뜨린 그가 문득 잊을 뻔했다는 듯 한쪽 손을 펼쳤다. 그의 커다란 손바닥 위에 놓인 연분홍 꽃잎이 파르르 제 몸체를 떨어 댔다.

"아…… 머리꽂이……."

"내 아주 후하게 값을 치른 물건이니, 모쪼록 그대의 마음에 들었으면 좋겠군."

"마음에 들고말고요……. 정말 예뻐요……. 고마워요, 소류……."

단아한 모양의 머리꽂이가 참으로 마음에 쏙 드는 모양인지 한참을 바라보며 눈웃음을 짓던 그녀가 무슨 영문인지 돌연 고개를 들고는 작게 투덜거렸다.

"그런데 스무 냥이 뭐예요? 여섯 냥이면 충분히 살 수 있었을 텐데."

"이런, 못 보던 새에 도둑 심보라도 생긴 건가?"

"도둑 심보라니요? 저자에선 다들 그렇게 한다고요."

"열 냥짜리를 여섯 냥에?"

"설마 진짜 열 냥짜리겠어요? 장사치들이 본전이라고 하는 말은 절대 믿으면 안 된다는 거 몰라요? 정말 그렇게 순진하게 생각하고 있던 건 아니겠죠?"

잠시 묘한 표정을 떠올리던 그가 조용히 미소 지으며 대꾸했다.

"그래도…… 아주 가끔은 손해 보는 장사치도 있기는 해."

"그렇다면 그치는 장사치가 아닌 걸 거예요."

"음…… 그런 건가?"

"네, 그래요. 분명히."

그녀의 단호한 대답에 뜻 모를 미소를 짓던 그가 손에 든 머리꽂이를 조심스레 그녀의 머리로 가져갔다. 서툰 손길로 몇 차례 시도한 끝에야 머리꽂이가 그럭저럭 예쁜 모양새로 자리를 잡았다. 불어오는 바람결에 연분홍빛 꽃잎들이 그녀의 머리 위에서 살랑살랑 춤을 췄다.

"잘 어울리는군."

"예뻐요?"

"그래. 몹시 예뻐."

그녀가 수줍은 듯 배시시 웃자 그가 그녀의 뺨을 부드럽게 쓰다듬었다. 어쩐지 지금은 그와 눈을 마주치고 있기가 부끄러워 시선을 내리까는데, 그런 그녀의 시야에 문득 그의 허리춤에 매달려 있는 푸른 향낭이 보였다.

일전 그녀가 샤하티와 함께 잠시 낙안성에 들렀을 때 장신구 가게에서 샀던 것과 똑같은 모양의 향낭이었다. 그와 갑작스럽게 마주쳐서 달아나는 통에 바닥에 떨어뜨리고 말았던, 오묘한 빛깔의 옥돌 세 개가 달린 푸른 향낭…….

"그걸 어떻게……."

"아…… 이 향낭 말인가?"

향낭을 그녀 앞으로 슬며시 내밀어 보인 그가 짐짓 의아하다는 듯 고개를 갸웃한 채 말을 이었다.

"어느 칠칠치 못한 여인이 떨어뜨리고 간 물건인데, 어째서인지 장신구 가게 점주가 내게 전해 주더군."

"……."

"내 그에게 아주 비싸게 값을 치르고 사 왔지. 장사치가 말한 본전보다도 훨씬 더 비싸게……. 점주는 한사코 돈을 받지 않겠다 하였는데, 그대의 말을 듣고 보니 그조차 앙큼한 장삿속이었는지도 모를 노릇이로군, 후일을 위한?"

그의 능청에 그녀는 설레설레 고개를 젓는 작게 웃음을 터뜨렸다. 그날 향낭을 사 간 쪽빛 너울의 여인이 저라는 것을 그는 아마 진작 알고 있었던 모양이다.

새삼 그때의 기억이 떠올라 한참 동안 향낭을 바라보고 있는데, 그가 그녀의 손을 부드럽게 그러쥐며 말했다.

"함께 갈 데가 있어."

"어디를요?"

"가 보면 알아."

그녀는 물끄러미 그를 바라보다 천천히 고개를 끄덕였다. 그녀의 손을 부드럽게 잡아끈 그가 골목 구석에 세워 둔 말에 그녀를 태우고는 자신도 훌쩍 올라탔다.

그가 고삐를 휘두르자 말이 히힝 우렁차게 울며 내달리기 시작했다.

함께 말을 탄 채 어딘가로 빠르게 질주하고 있는 두 사람의 머리 위에서 석양이 붉게 지고 있었다.

두 사람이 함께 말을 타고 내달려 간 곳은 외성의 북문 너머에 유유히 흐르고 있는 미우강이었다. 제국과 아라하 사이에 국경처럼 존재하는 그 강······.

예기치 못한 인연으로 얽혀 버린 그들이 도리 없이 함께 건너야 했던······ 그 아득히 너른 강······.

잔잔히 흐르는 강물이 석양빛을 머금어 타오를 듯 붉게 빛났다. 노을 진 강가의 풍광은 쓸쓸함과 아름다움이 공존하여 보는 이에게 아련한 정취를 느끼게 해 주었다. 오래전 이곳에서의 기억은 까마득한 추억으로 남아 두 사람을 감회에 젖어 들게 하고 있었다.

강가의 바람을 맞으며 저물어 가는 석양을 멍하니 응시하던 소류가 제 곁에 나란히 선 그녀를 향해 조용히 입을 열었다.

"우리가 함께 이 강을 건넜던 날을 기억하나?"

나직이 물은 그가 새삼 묘한 눈길로 그녀를 응시했다. 불현듯 아주 오래전의 신탁이 떠오른 탓이었다.

천궁의 활이 뜨는 날, 차라의 뜰에서 아라하의 존멸을 움켜쥔 운명의 별을 만날 수 있을 것이라던…… 신녀 별리하가 제게 전해 준 그 신탁…….

신탁을 이행하기 위해 제국에 와 있던 그의 앞에 그녀가 나타났었다. 별리하가 말한 운명의 별은 정말 그녀였을까……. 스스로에게 수없이 질문해 보았지만, 여전히 답을 찾지 못한 채 가슴 한편에 풀지 못한 의문으로 남아 있었다.

그녀로 인해 아라하는 멸망의 위기를 겪었고, 또한 그녀로 인해 아라하는 존속될 수 있었다. 물론 어리석은 천궁을 둔 아라하의 숙명이 그러한 탓도 있었겠지만, 그를 어리석게도, 현명하게도 변화시킬 수 있었던 유일한 여인이 그녀였음은 분명하니, 어쩌면 신탁이 말한 운명의 별이 참으로 그녀였는지도 모를 일이다.

황룡의 인이 어째서 그녀와 제게 다시 나타나지 않고 있는 것인지는 모를 노릇이었지만, 그녀를 신탁 속의 운명의 별이라 여기며 천궁으로서의 남은 삶을 살아가는 것도 나쁘지 않을 듯싶었다.

"그럼요. 잊을 리가 있겠어요?"

그의 물음에 당연하지 않냐는 듯 눈을 크게 뜬 채 되묻는 그녀를 보며 그가 조용히 미소 지었다.

"배 안에서 스치듯 시선을 마주친 게 어제 일처럼 생생하기만 한데, 그새 해가 벌써 세 번이나 바뀌었군."

"네……. 정말 찰나처럼 한순간에 흘러가 버렸어요……. 그사이 우리에겐 참 많은 일들이 있었고 말이에요……."

"그래. 수없이 많은 순간들이 있었지. 죽고 싶을 만큼 고통스러운 순간들도…… 살아서 참 다행이다 싶을 만큼 기쁜 순간들도……. 마치 긴 꿈을 꾼 것만 같아."

"……."

아리는 그의 말에 동감한다는 듯 고개를 끄덕이곤 아득한 눈길로 먼 강가를 응시했다. 빛바랜 기억들이 하나둘 희미하게 떠올랐다. 그래, 그런 순간들이 있었다.

옛이야기를 하듯 덤덤히 그때를 이야기하는 지금 같은 미래를 감히 상상치도 못할 만큼 더없이 고통스럽고…… 또 때론 죽어서도 잊고 싶지 않을 만큼 더없이 기쁘기도 했던 그런 순간들이…….

"내가 가장 후회했던 순간이 언제였는 줄 아나?"

갑작스럽게 던져진 질문에 그녀가 답을 고민하듯 미간을 모은 채 대꾸했다.

"음…… 황룡의 인을 공표했던 순간이요?"

"어째서 그렇게 생각하지?"

"그 후부터 모든 게 다 뒤죽박죽이 되어 버렸으니까요. 이미 엉망이었지만 더 심하게 말이에요."

"아니, 틀렸어."

"그럼 언제였는데요?"

대답을 재촉하듯 그녀가 물끄러미 바라보자 그가 손을 들어 그녀의 보드라운 뺨을 어루만지며 입을 열었다.

"행궁으로 가겠다던 그대를 보내 주었던 순간……."

"……."

황제와의 정리를 갈무리하겠다는 그녀를 미련하게도 끝내 순순히 보내 준 자신이 치가 떨리도록 한심하기만 해서 그런 결정을 내린 자신을 스스로 끔찍이도 괴롭혔었다. 감히 오만한 잔정을 베풀었던 저의 아둔함이 경멸스러워 그렇게 오랜 시간 자신을 탓해 왔었다.

"충분히 막을 수 있는 일이었는데도 아둔하게 그댈 보내 주었으니까……. 배려라는 명목으로 저지른 나의 어리석음 때문에 우리 둘 모두가 참담한 시간을 겪어야 했지……. 굳이 겪지 않아도 될 그런 시간들을 말이야……."

만일 또다시 그 순간으로 돌아가게 된다면 결코 두 번 다시는 그 같은 선택을 반복하지 않을 것이다. 만약 그때 자신이 그리하지 않았더라면 그녀와 자신을 둘러싼 많은 것들이 지금과는 달라져 있으리라.

후회로 남아 버린 순간이었지만, 지나가 버린 그 일의 결말이 내심 궁금하기는 했다.

행궁에서 재회한 두 사람은…… 그리고 격통의 시간이 지난 후에 가달 평원에서 다시 조우한 그들은…… 그녀의 그때 그 바람처럼 서로를 가두던 속박에서 비로소 자유로워졌을까…….

소류는 강가를 응시하고 있는 그녀를 느리게 돌아보았다.

"하여 어떠하던가……. 엉킨 실타래는 잘 풀어진 것 같나."

여상히 묻는 그의 음성이 다정하고도 아릿하게 그녀의 귓가에 울려 왔다. 10년도 더 지난 것처럼 아득하기만 한 그때의 기억이 그의 목소리를 타고 서럽도록 선연하게 뇌리에 떠올랐다. 주마등처럼 스쳐 가는 옛 기억에 까마득하게 잊고 있었던 그 당시의 감정들이 고스란히 되살아나 가슴에 저릿한 통증이 일었다.

어쩐지 목이 메어 와 그녀는 목소리를 가다듬고서 먹먹하게 대꾸했다.

"그리 큰소리치며 당신 곁을 떠났었는데…… 실은…… 아직도 잘 모르겠어요……."

"……"

"잘 풀어진 것인지…… 아니면…… 결국에는 끊어져 버린 것인지……."

그리 답하고 나니 느닷없이 눈물이 핑 돌아 애써 입꼬리를 당겨 웃는데, 그런 그녀의 머리 위에 그의 커다란 손이 툭 하고 투박하게 얹혔다.

"아무러면 어떠할까……. 그만큼 애썼으면 되었지."

"……"

소류는 손바닥에 닿는 그녀의 머리카락을 부드럽게 흐트러뜨렸다. 그러고는 웃는 건지 우는 건지 모를 얼굴로 그를 서럽게 올려다보는 그녀에게 괜찮다고 말해 주듯 커다랗게 고개를 끄덕였다.

인연을 맺고 끊는 게 어디 마음처럼 쉽다던가. 그토록 쉬운 것이라면 천연이라 한들 무에 특별하고 애틋할까.

그러니 애써 연연할 필요는 없으리라…….

이 기나긴 춘몽 또한 어쩌면 한낱 스치는 천신의 유희에 불과할지 모르니…….

"행여 끊어졌다 한들, 새 실타래에 다시 감아 나가면 그만인 것을……."

제게 다정히 웃어 주며 달래듯 머리를 쓰다듬어 주는 그를 먹먹한 눈길로 바라보던 그녀가 이내 시리게 미소 지었다.

"……응…… 소류…… 당신 말이 옳아요……."

슬며시 머리를 끌어당기는 손길에 그의 품에 스르르 안긴 그녀가 단단한 가슴팍에 살며시 머리를 기댔다. 그의 억센 두 팔이 그녀를 제 너른 품 안에 애틋이 보듬어 안았다.

석양에 붉게 물든 하늘이 두 사람의 머리 위로 끝도 없이 펼쳐졌다.

저 멀리 고고히 자리한 노을빛 성채 주위로 저녁 바람이 스산하게 스쳐 가고 있었다.

성벽을 사납게 할퀴던 바람이 고요히 강가로 불어와 두 사람의 옷자락을 흐트러뜨리곤 또다시 어디론가 쉼 없이 불어 갔다.

때로는 잔잔하게, 때로는 거세게…….

인연이 흘러오고 흘러가듯이…….

〈完〉

외전
속죄(贖罪)

파안제국, 여미성(麗美城).

눈이 부시도록 찬연했던 봄이 느리게 물러나고 있었다.

이제 막 편전에 입어(入御)하여 용상에 느른히 기대어 앉은 황제를 향해 깎듯이 국궁하며 예를 갖추어 올린 신료들이 저마다 결연한 표정으로 고개를 들었다.

단휘는 따분하다는 듯 턱을 괸 채 그런 그들을 시큰둥한 눈길로 바라보았다. 그의 미간에는 그새 주름이 깊게 파여 있었다. 언제부턴가 한편으로 똘똘 뭉친 신료들이 오늘도 어김없이 침을 튀기며 열변을 토해 낼 사안들이 무엇일지 이미 지겹게 들어 알고 있는 까닭이었다.

"폐하! 낙안 태수 담리가흔의 아이를 하루빨리 낙안성으로 돌려보내셔야 할 줄로 아옵니다!"

"그러하옵니다, 폐하! 태수의 아들을 양자로 들이시겠다니 이는 천부당만부당하신 말씀이옵니다! 통촉하여 주시옵소서, 폐하!"

신료들의 반발이 거셀 거라 이미 충분히 예상하고 각오했기에 저들이 이런 식으로 나온다 해도 딱히 곤란한 마음은 들지 않았다. 문제는 저들이 궁리해낸 묘책이란 것에 있었다. 전혀 염두에 두지 않았던 건 아니었지만, 미처 대비할 겨를이 없었던 터라 그것은 그를 당혹스럽게 만들기에 충분했다.

"군주께서 그릇된 선택을 하시려는 걸 알면서도 신들이 입을 다물고 있는 것은 더없는 불충이옵니다. 하여 소신들 감히 폐하께 간언 올리나이다. 폐하께서 양자를 들이고자 하심은 여태 후계를 세우지 못하신 까닭이 크옵니다. 간곡히 아뢰옵건대, 그 문제를 해결키 위해 필요한 것은 양자가 아니오라 바로 황후 마마이시옵니다!"

선동하듯 슬슬 발동을 걸기 시작하는 태사의 꼬장꼬장한 외침에 단휘의 미간이 절로 찌푸려졌다. 단휘는 언짢은 심기를 굳이 숨기지 않은 채 시큰이 대꾸했다.

"또 그 이야기들을 하는 것이오? 내 분명히 답하였을 터인데."

"폐하! 언제까지 황후 마마의 자리를 공석으로 두실 것이옵니까? 폐하의 춘추 올해로 서른셋이시옵니다. 하루빨리 적자를 두어 적통 후계를 세우심이 마땅하다 사료되옵니다!"

그들의 주장은 지겹도록 한결같았으며 날이 갈수록 쇠심줄처럼 끈질겨졌다. 그저 운을 데려오고자 한 일이 이런 식으로 골치 아프게 자신의 발목을 잡을 줄은 미처 몰랐다. 아니, 알면서도 외면해 왔는지도 모른다. 길게 한숨을 내쉰 단휘는 성가시다는 듯 한 손을 휘휘 내저었다.

"충분히 알아들었으니 그만들 하시오. 귀에 딱지가 다 앉을 노릇이니."

"폐하, 이제 그만 용단을 내려 주시옵소서!"

"용단이라. 태사, 말씀 참 잘하셨소. 내 바로 그 용단을 내릴 용기가 여태 이리 부족한 걸 보면 역시 아직은 때가 아닌 듯싶어. 그러니 그 문제는 조금 더 고민해 보리다."

"폐하!"

상황이 불리하다 싶으면 능구렁이 담 넘어가듯 어물쩍 넘어가려 드는 황제를 도무지 구워삶을 방도가 없었다. 황제가 슬며시 입가를 늘이며 느긋이 웃었다. 갈수록 넉살만 늘어 가는 황제를 보며 이심전심으로 갑갑함을 느낀 신료들이 가슴을 억눌러 오는 깊은 체증에 무겁게 한숨을 내쉬었다.

장내의 분위기가 한없이 가라앉던 그때였다. 밖에서 혜문관 대제학이 입실을 청해 왔다. 황제에게서 윤허가 떨어지자 편전의 문이 스르륵 열리더니 단정한 사내가 안으로 들어섰다.

조심스레 걸음을 내딛는 사내의 손에는 황금빛 장대(帳臺)가 들려 있었다. 용상 앞으로 걸어간 그가 황제를 향해 깊이 국궁하고는 양손에 들고 있던 장대를 머리 위로 들어 올렸다. 모두의 시선이 그에게로 쏠렸다. 그 덕에 겨우 한숨을 돌린 단휘가 사내의 손에 들린 장대를 물끄러미 응시하며 입을 열었다.

"그건 뭐요?"

황제가 하문하자 대제학이 황공히 답했다.

"아뢰옵니다, 폐하. 조금 전 아라하에서 서한이 당도했사옵니다."

"서한?"

"예, 폐하. 아라하의 왕이 보내온 친서이옵니다."

대제학이 전한 소식에 편전 안이 웅성거렸다. 단휘는 그대로 들고 나가 태워 버리라 하고 싶은 것을 꾹 참고는 곁의 내관에게 가져와 보라는 듯 턱짓해 보였다.

단휘의 명에 내관이 대제학에게서 서둘러 장대를 받아 들고 자리로 돌아와 장대 안에 든 두루마리를 조심히 꺼내어 황제에게 공손히 내밀었다. 장대와 같은 황금빛 두루마리는 한눈에 보기에도 예사로운 내용이 적혀 있을 것 같지 않아 보였다.

"허 내관, 자네가 읽어 보게."

"예, 예?"

"어허. 자네까지 두 번 말하게 할 심산인가?"

"아, 아니옵니다. 황공하옵니다, 폐하."

직접 읽고 싶지도 않은 터라 슬쩍 내관에게 미루자 내관이 허둥지둥 서한을 받아 들었다. 황망한 손길로 두루마리를 펼쳐 든 채 빠르게 내용을 훑어보던 내관의 얼굴이 얼마 못 가 그예 사색이 되었다. 내관은 겨우 목청을 가다듬고 서 곧 떨리는 목소리로 서한의 첫 문장을 조심스레 읊었다.

"맹방(盟邦)의 군주이며 또한 나의 맹우(盟友)이기도 한 파안의 황제께 간청드리오."

"……."

서한의 내용을 잠자코 듣고 있던 단휘의 입에서 피식 실소가 흘러나왔다. 그 뻔뻔한 첫머리부터 기가 찰 노릇이건만, 어째서인지 듣기도 전에 뒤의 내용을 다 알 것 같은 기분에 단휘는 짜증스럽게 미간을 구겼다.

맹방이니 맹우니 하는 낯 뜨거운 말들을 들먹거려 가면서까지 네놈이 내게 구차하게 간청할 게 있다면 딱 하나겠지…….

마치 친서의 주인을 노려보기라도 하듯 황제가 싸늘한 시선으로 저를 응시하자 내관이 식은땀을 뻘뻘 흘리며 서둘러 낭독을 이어 갔다.

"본 왕 아라하의 천궁 단목소류가 제국의 충신 낙안 태수 담리가흔과 백년가약을 맺고자 하니, 부디 혼인을 승낙해 주시길 간청드리오. 아울러 바라건대 성주의 아이들을 본 왕의 친자와 같이 여겨 아라하의 왕자와 왕녀로 삼으려 하니, 성주의 차남 운을 조속히 낙안성으로 돌려보내 주시면 고맙겠소."

고요하던 장내에 일순 웅성웅성 큰 소란이 이는 듯싶더니, 그새 저들끼리 재빠르게 눈빛을 교환한 신료들의 급박한 외침이 여기저기서 동시다발적으로 터져 나왔다.

"찬성이옵니다! 소신은 무조건 찬성이옵니다, 폐하!"

"소신도 찬성하겠나이다!"

"소신들도 모두 찬성하겠사옵니다, 폐하!"

친서의 낭독을 끝마친 내관이 고개를 들기가 무섭게 마치 지금이 아니면 끼어들 틈이 없다는 걸 잘 안다는 듯 신료들은 앞다투어 의사를 표명해 왔다. 친서의 내용도 기막힐 따름이거니와, 신료들의 반응 또한 괘씸하기 짝이 없어 단휘는 잠시 그들을 매섭게 쏘아보다 못마땅한 눈초리로 사관(史官)에게 명했다.

"답신할 터이니 낱낱이 받아 적으라."

"예, 폐하. 하명하시옵소서."

황제의 지엄한 명에 공손히 대답한 사관이 침착하게 붓을 고쳐 들었다. 그런 사관을 일별한 단휘는 노련한 사관도 잠시 당황케 할 만큼 빠른 속도로 씹어뱉 듯 말을 내뱉었다.

"내 이 남은 한 눈 시퍼렇게 뜨고 있는 동안에는 전자도 후자도 절대 불가하 니 언감생심 턱없는 꿈은 꾸지도 말라! 그리 적어 보내거라!"

"......!"

"폐하!"

단휘가 불러 준 답신의 내용에 신료들이 경악하며 다급히 황제를 뜯어말렸다.

"폐하! 비록 과거에는 좋지 못한 관계였사오나 지금은 명색이 교역국의 군 주이옵니다. 군주 간의 예에 어긋나는 발언이라 사료되오니 부디 거두어 주시 옵소서!"

"그러하옵니다, 폐하! 아라하의 왕이 기실 그리 턱없는 요구를 한 것은 아니 지 않사옵니까? 충분히 숙고하신 이후에 결정하심이 옳은 줄로 아옵니다!"

신료들의 극성스러운 만류에 단휘가 짜증 어린 시선으로 그들을 휘둘러보았다.

"하, 아라하와 화친을 맺은 지 얼마나 되었다고 경들이 감히 지금 짐 앞에서 그자를 두둔하는 건가? 다들 진정 실성이라도 한 게요?"

"황공하옵니다, 폐하! 부디 통촉하여 주시옵소서!"

"황제 폐하, 부디 통촉하여 주시옵소서!"

"시끄럽소! 내 무슨 말만 꺼내면 그놈의 통촉, 통촉! 되었으니 다들 그만 물 러가시오!"

서릿발 같은 황제의 불호령에도 신료들은 쉽게 물러날 생각이 없어 보였다. 그들에게는 세 마리의 토끼를 잡을 절호의 기회일 테니 저토록 악착같이 물고 늘어지는 것도 당연했다.

내내 문젯거리로 여겨 온 낙안의 여자 성주를 자연스레 갈아 치우고, 성주의 아이를 양자로 들이겠다는 황제의 선언을 백지화하며, 황제가 끝내 황후 간택을 거부할 수 없게 만들 더할 나위 없는 명분…….

"폐하! 아라하의 왕과 낙안 태수의 혼인을 윤허하여 주시옵소서!"

"황제 폐하! 두 사람의 혼인을 부디 윤허하여 주시옵소서!"

굶주린 승냥이 떼처럼 달려드는 그들을 피곤한 시선으로 바라보던 단휘가 더 고민할 것 없이 용상에서 몸을 일으켰다.

"경들이 물러가지 않는다면 짐이 일어나는 수밖에."

"폐하! 피하신다고 해결될 문제가 아니옵니다! 통촉하여 주시옵소서, 폐하!"

"폐하! 그들의 혼인을 반드시 윤허하셔야 할 줄로 아옵니다! 폐하, 부디 두 사람의 혼인을 허락해 주시옵소서!"

신료들의 끈질긴 외침을 뒤로한 채 단휘는 도망치듯 서둘러 편전을 빠져나왔다.

피한다 하여 영영 피해 갈 수 없으리라는 걸 모르는 바는 아니었지만, 경험상 지금과 같은 상황에서는 우선은 피하고 보는 것이 상책이었다.

□ ■ □

"으애앵! 으앙!"

담장 밖으로 울려 퍼지는 아이의 찢어질 듯한 울음소리에 서궁의 상궁 나인들은 오늘도 쩔쩔매며 진땀을 빼는 중이었다. 이제는 일상이 되어 버린 일이었지만 그들에게는 익숙함을 느낄 일말의 여유도 없었다.

"운이 아기씨, 꽃잎 놀이를 하러 갈까요?"

"반짝반짝 호수를 보러 갈까요?"

"한숨 코하고 올까요?"

어미와 형제들과 떨어져 홀로 황국에서 지내게 된 운은 부쩍 투정이 심해져 거의 온종일 보채다시피 했다. 본래의 유순했던 성정과는 달리 점점 예민해져 가는 아이의 모습에 보살피는 이들 모두가 애를 먹고 있었다. 특히 장 상궁의 시름은 이만저만한 게 아니어서 얼굴이 그새 10년은 더 늙어 버린 듯했다.

황궁으로 돌아온 지도 벌써 보름이 훌쩍 지났건만, 운은 황궁 생활에 조금도 적응하지 못하고 있었다. 혼자가 된 불안한 상황과 낯선 환경을 견디지 못하는 듯싶었다.

이제 두 돌, 한창 어미의 품 안에서 자라나야 할 저 작은 아이가 어찌 이런 커다란 변화를 홀로 감당할 수 있을까……. 아이에게 그 같은 변화를 안겨 준 장본인에게 절로 원망이 드는 것은 어쩔 수가 없었다.

생각이 거기쯤 미쳤을 때 바로 그 원망의 대상이 중문을 열고 서궁 안으로 들어서는 것이 보였다. 장 상궁은 화들짝 놀라며 황제를 맞이했다.

"황제 폐하, 오셨사옵니까."

부쩍 수척해진 장 상궁을 보며 느리게 고개를 끄덕인 그가 나직이 입을 열었다.

"하루 새에 어찌 낯빛이 그러한가. 자네가 참으로 고생이 말이 아닌 모양이군."

"망극하옵니다, 폐하. 어찌 고생이라 하겠사옵니까. 소인은 괜찮사오나 운이 아기씨께서 저리 힘들어하시니 그것이 걱정이옵니다."

"……금일도 그리 보채나."

"예……. 송구하옵니다, 폐하. 벌써 보름이 지났는데도 아직도 궁이 낯설어 그리하시는지…… 통 나아지실 기미가 보이지 않사옵니다……."

"그렇군……."

단휘는 갑갑한 심사를 느끼며 깊이 한숨을 내쉬었다. 운을 황궁에 데려온 이후로 매일 같이 서궁에 찾아오는 건 물론이요, 아랫것들을 통해 운이의 상태에 대해 매시간 빠짐없이 전해 듣고 있었다.

하루 이틀 지나다 보면 금세 괜찮아질 거라고 안일하게 생각했더랬다. 하지만 아이는 그의 바람과는 달리 나날이 생기를 잃어 갔다. 통통히 올랐던 볼살이 그새 다 어디로 사라져 버린 건지 그 작은 얼굴이 안쓰럽게도 반쪽이 되어 있었다.

듣기로 노는 것도 자는 것도 먹는 것도 예전 같지가 않다고 하니, 아이 걱정에 덩달아 입맛을 잃은 단휘 역시도 운이나 장 상궁과 마찬가지로 눈에 띄게 수척해졌음은 물론이었다.

"폐하, 용안이 많이 상하셨사옵니다. 혹 미편하신 곳이라도 있으시옵니까?"

"아닐세. 내 미편하다 한들 저 어린것만 할까."

"폐하……."

"내 뒤틀린 욕심이 저 아이를 이토록 힘들게 할 줄은 미처 몰랐네. 저지르고 나서야 깨닫게 되니 이 얼마나 아둔한가. 하…… 차마 더는 못 해 먹을 짓이로군."

원대한 포부까지는 아니더라도, 남은 생을 전부 다 바친대도 후회 없을 만큼 진정으로 원하는 바라 여겼었다. 한데 그저 알량한 치기에 지나지 않았던 모양이다. 지금의 이 힘든 시기만 잘 넘기면 분명 괜찮아질 거란 사실을 알면서도, 힘들어하는 아이의 모습에 이리도 쉽게 단념이 되는 것을 보면…….

나인에게 안겨 있던 운이 그가 온 걸 알고는 칭얼대며 안아 달라는 듯 그를 향해 팔을 뻗었다. 단휘는 나인에게서 가만히 운을 받아 안았다.

"그래, 운아. 이리 온."

그는 품에 안아 든 운의 얼굴을 한참 들여다보다 보드라운 뺨에 얼굴을 파묻었다. 아이가 지닌 특유의 체취에 그의 얼굴이 미미하게 일그러졌다. 이 달큼한 살 내음을…… 눈물이 날 만큼 보드랍고 여린 살결의 감촉을 다시는 느낄 수 없다고 생각하면 가슴이 찢어질 듯이 아파 와 견딜 수가 없었다.

하지만 도리 없는 일이란 것을 이미 너무나 절실히 깨닫고 있지 않은가. 하루하루 갈수록 메마른 꽃잎처럼 시들어 가는 이 가엾은 아이를 더 이상 외면할 수는 없는 노릇이었다.

신료들을 회유하는 것에만 급급했지 정작 아이의 안위와 행복에 대해서는 진중히 고민해 볼 생각조차 하지 못했다.

모질고 잔혹한 이기심이었으며 무모한 치기였음을 이제는 인정해야 하리라.

"장 상궁……. 짐 싸게."

"······예······?"

갑작스러운 명에 황제의 의중을 선뜻 이해하지 못한 장 상궁이 얼빠진 얼굴로 멍하니 되묻자, 마음을 다잡듯 긴 한숨을 내쉰 그가 분명한 어조로 재차 명했다.

"성으로 돌려보내 줄 터이니, 당장 채비하라 이 말일세."

"예······? 폐, 폐하······. 그게 차, 참말이시옵니까?"

"그래. 참말이야. 그러니 내 마음 바뀌기 전에 어서 서두르는 것이 좋을 게야."

"지, 지금 당장 채비하겠나이다! 가, 감읍하옵니다! 참으로 감읍하옵니다, 황제 폐하!"

바닥에 넙죽 엎드린 채 목멘 소리로 한참을 감읍하던 장 상궁이 그예 부리나케 전각 안으로 쏜살같이 내달렸다. 그런 장 상궁을 일별한 단휘는 곧 시선을 떼곤 그새 자신의 품 안에서 곤히 잠든 운을 안쓰러운 눈길로 응시했다.

"······내 정녕 미쳐도 단단히 미쳤던 게지······. 이 어린것을 어찌······."

세상모르고 잠든 아이의 얼굴은 더없이 평온해 보였다. 단휘는 아직 아이의 눈가에 남아 있는, 마르지 않은 눈물 자국을 손으로 조심스레 쓸어 주었다. 그러자 심장이 조여 오며 찌르르 울려 댔다.

"운아. 내 그만 심술이 나 널 이리 힘들게 하였구나······. 부디 용서해 다오······."

무겁게 자책하는 그를 달래기라도 하듯 어디선가 여린 꽃잎을 실은 미풍이 잔잔히 불어왔다. 아직은 봄이 다 끝나지 않은 모양이었다.

아이의 뺨 위에 살포시 내려앉은 진분홍빛 꽃잎을 가만히 떼어 낸 단휘가 아릿하게 미소 지었다.

"이제······ 네 진짜 아비의 곁으로 보내 주마······."

이 봄이 다 가기 전에······.

늦봄의 따사로운 햇살이 앞마당 가득히 시리게 쏟아져 내리고 있었다.

□ ■ □

단휘의 명이 떨어지자마자 장 상궁은 그날로 지체 없이 운과 함께 낙안성으로 떠났다.

떠날 채비를 꾸리는 데 못해도 하루는 걸릴 거라 예상했건만, 그것이 오판이라는 것을 깨닫는 데는 한 시진도 채 걸리지 않았다. 마치 늘 준비해 두고 있던 사람처럼 부리나케 채비를 끝마친 장 상궁이 상기된 얼굴로 그에게 달려왔을 때는 정오의 태양이 이제 막 머리 위로 떠올랐을 즈음이었다.

단휘는 운을 보내 주기로 한 자신의 결정을 잠깐은 후회했다. 하루만 더 머물다 가라며 붙잡고 싶은 마음이 간절했지만, 결국에는 두 사람을 순순히 보내 줄 수밖에 없었다. 그것이 서로를 위한 최선임에는 의심할 여지가 없는 까닭이었다. 하루만 더 보고 싶은 그 마음은 오늘도 내일도 모레도 여전히 변함없을 테니까······.

몇 날 며칠 침전에 틀어박혀 술이나 들이켤 수 있었다면 좋았겠지만, 야속하게도 먹먹한 마음을 달랠 시간 같은 건 그에게 단 하루도 주어지지 않았다.

낙안 태수 담리가흔의 둘째 아들이 낙안으로 떠났다는 소식이 알음알음 궐 밖으로 퍼져 나가자, 신료들은 약속이라도 한 듯 편전으로 떼 지어 몰려와 자신들의 뜻을 피력하며 그를 거세게 압박해 왔다.

그날을 시작으로 황후 간택을 종용하는 상소가 밤낮으로 끊이지 않았고, 날마다 열리는 어전 회의에서는 하루가 멀다 하고 황제와 신료들 사이에 팽팽한 줄다리기가 벌어졌다.

예상한 일이었지만 단휘는 극심한 피로감에 시달리고 있었다.

"하여간 지긋지긋한 놈들."

잠행을 나온 단휘가 함께 따라나선 자함에게 짜증스럽게 말을 내뱉었다. 챙이 넓은 흑립 아래로 드리운 자색 면사가 그의 척안을 완벽하게 가려 주고 있었다. 그의 얼굴 중 유일하게 드러난 곳은 불만을 토로하고 있는 붉은 입술뿐이었다.

그들은 각자 말을 몰며 저잣거리의 어귀로 들어섰다. 단휘의 불평에 자함이 주변을 살피며 신중히 입을 열었다.

"폐하. 영원히 피하실 수는 없는 문제입니다. 차라리 못 이기는 척 받아들이시는 게 어떻겠습니까."

"내 이길 것이 뻔한데 어째서 져 주라는 겐가. 난 싫네."

더 듣기도 싫다는 듯 단호한 대답에 자함이 낮게 한숨을 내쉬었다.

"언제까지 홀로 지내실 수는 없지 않습니까."

"홀로라니. 내 두 후궁에 번갈아 드나드는 것만으로도 기력이 달리는 판국인데, 거기다 황후까지 새로 들이라?"

"후궁에서 그저 침수만 드신다는 걸 모르는 이가 궁 안에 단 한 명이라도 있을 것 같습니까?"

"하여간…… 이 빌어먹을 놈의 궁엔 당최 비밀이란 게 없어."

제대로 정곡을 찔린 단휘가 짜증스럽게 미간을 구기며 한탄하듯 말하자 자함이 슬며시 웃고는 진지하게 권했다.

"폐하. 신료들의 주청을 그만 받아들이시지요."

"……."

"폐하의 안위를 위해서라도 이제는 황후 마마를 새로 맞이하셔야 합니다."

"자네까지 내게 이리 나올 줄은 몰랐는데. 실망이군."

"송구합니다, 폐하. 하오나 소신이 보기에도 그 길이 최선인 것 같습니다. 아라하의 왕과 그분의 혼인을 허락하시고 폐하께서도 하루빨리 새장가를 드십시오. 그분을…… 이제는 온전히 놓아주시라는 말씀입니다."

자함의 우직한 간언에 단휘가 씁쓸히 자조했다.

"이만큼 놓아주었으면 되었지, 무얼 얼마나 더……. 여하튼 되었네. 충언은 새겨듣도록 하지."

"황감합니다, 폐하."

자함이 굳이 저렇게 나오지 않더라도 더는 물러설 곳이 없다는 걸 단휘는 이미 충분히 실감하고 있었다. 황후 간택을 허락하지 않고 있는 이유는 비단 아리 때문은 아니었다. 조금 전 자함에게 답한 대로 그녀를 마음에서 놓아준 지는 이미 오래였다.

그저 자신이 없었다. 누군가를 또다시 제 곁에 들일 자신이……. 또다시 누군가를 상처 입히게 될까 두려웠고, 그 상처들이 또 그렇게 제게 고스란히 되돌아올까 두려웠다.

멍하니 생각에 잠긴 채 골목으로 들어서려 방향을 틀던 때였다. 단휘가 돌연 거칠게 고삐를 잡아당기며 황급히 말을 멈춰 세웠다. 말 머리를 돌리고 나서야 뒤늦게 골목 어귀 귀퉁이에 사람이 서 있는 것을 발견한 까닭이었다.

갑작스럽게 제 앞으로 튀어나온 말을 미처 피하지 못한 인형(人形)이 짧은 비명을 지르며 뒷걸음질 치다 중심을 잃고 바닥에 그대로 쓰러졌다.

"……!"

히힝! 난데없는 장애물에 놀란 말이 요란하게 울며 허공에 앞발질을 해 댔다. 단휘는 행여 말이 바닥에 쓰러진 이를 밟기라도 할까 봐 있는 힘껏 말의 방향을 틀고는, 날뛰는 말을 겨우 진정시킨 뒤 말에서 훌쩍 뛰어내렸다.

바닥에 나동그라진 이는 한눈에 보기에도 가냘프기 그지없는 여인이었다. 뒤집혀 올라간 치맛자락 아래로 희고 가느다란 맨다리가 고스란히 드러나 있는 게 그의 눈에 들어왔다. 단휘는 낭패스러운 얼굴로 쓰러진 여인에게로 다가갔다.

"미안하오. 내 미처 피하지 못하여 그만…… 어디 다친 곳은 없소?"

"……괜찮습니다."

부축하려 황급히 내민 손길이 무색하게도, 여인은 그의 도움을 거부한 채 홀로 꼿꼿이 몸을 일으켰다. 그 태도와 눈빛에 어딘지 퍽 고집스러운 성미가 묻어났다.

여인 또한 그와 마찬가지로 차면으로 얼굴을 가리고 있어 어떤 표정을 짓고 있는지는 알 수 없었지만, 백색 차면 위로 드러난 동그란 눈동자가 흔들리고 있는 걸 보면 적잖이 놀란 것만은 분명했다. 그런데도 여인은 겉으로는 아무런 내색도 하지 않은 채 그저 흙 묻은 치마를 툭툭 털어 내더니 그와는 더 볼 일이 없다는 듯 휑하니 자리를 떴다. 그런 그녀를 살피는 그의 시선을 끝까지 철저히 외면한 채로.

"……."

단휘는 제게서 멀어지는 여인의 뒷모습을 물끄러미 응시했다. 넘어지면서 다친 모양인지 한쪽 다리를 절뚝거리면서도 여인은 최대한 몸을 꼿꼿이 세운 채 아무렇지도 않다는 듯이 태연히 걷고 있었다. 그대로 보내자니 영 마음에 걸리는 터라 그는 순식간에 여인을 따라잡고는 앞을 막아섰다.

"다리를 저는 것 같은데. 댁이 어디시오? 내 부축할 테니 함께 갑시다."

"아니요, 괜찮습니다. 혼자 걸을 수 있습니다."

"그러지 말고 내 손을 잡으시오."

"……."

단휘가 재차 권하자 여인이 미간을 찡그리며 냉랭히 쏘아붙였다.

"괜찮다고 말씀드리지 않았습니까. 상대가 원치 않는 배려는 배려가 아니라 무례라는 것을 모르십니까?"

"하……."

"참으로 도움은 필요치 않으니, 가시던 길이나 마저 가십시오."

단휘가 내민 손을 매몰차게 쳐 낸 여인이 그를 매섭게 쏘아보고는 싸늘히 곁을 지나쳐 갔다.

곁에서 그런 두 사람을 멀뚱히 지켜보던 자함이 결국 참지 못하고 쿡쿡거리며 웃음을 터뜨렸다. 단휘는 기가 차 아연히 헛웃음을 내뱉고는 저만치 멀어진 여인에게서 시선을 떼지 않은 채로 어찌하는 게 좋을지를 잠시 고민했다. 하지만 고민은 오래가지 않았다. 여인이 그에게서 벗어나기가 무섭게 하인들로 보이는 사내와 여인들이 사색이 된 채 그녀의 곁으로 허둥지둥 몰려와 부축하고 나선 까닭이었다.

"에구머니! 아가씨! 다치지 않으셨습니까요? 어서 소인의 등에 업히십시오!"

야단법석을 떨며 여인을 업고 허둥지둥 멀어지는 이들을 어처구니없는 표정으로 지켜보던 단휘는 그들이 골목 끝에 내려 둔 가마에 여인을 태우자 코웃음을 치며 이죽거렸다.

"내게는 한사코 괜찮다더니, 저리 요란하게 실려 갈 거면서."

자함은 이죽대는 단휘를 물끄러미 바라보았다. 어딘지 묘한 기시감이 든 탓이었다. 아주 오래전에 보았던 익숙한 얼굴을 한 그가 거기에 있었다.

여인을 태운 가마가 골목 밖으로 사라지자 단휘는 그제야 조용히 시선을 거두며 자함에게 명했다.

"자함……. 어느 집안의 여식인지 알아보게."

"예?"

자함이 얼떨떨한 얼굴로 되묻자 단휘가 쯧 하고 혀를 차곤 말을 이었다.

"조금 전까지만 해도 황후를 들이라고 지긋지긋하게 잔소리를 해 대더니. 척하면 알아들어야 할 것 아닌가."

"예? 설마 지금 저 여인을…… 폐하, 진심으로 하시는 말씀이십니까?"

"진심이면 어떻고 또 진심이 아니면 어떤가. 결국엔 누구라도 곁에 두어야 하는 것을……. 내 솔직한 심정으론 참으로 길 가다 마주친 아무와 혼인을 한들 무슨 상관일까 싶은 심정이네만."

"폐하……."

"하여도 명색이 황후를 들이는 일이니 두루두루 잘 따져 보아야겠지. 그러니 최대한 소상히 알아 오라, 이 말일세."

제 말에 두 눈을 화등잔만 하게 뜬 채 입만 벙긋거리는 자함을 보며 단휘는 피식 웃었다. 자함에게 말은 그렇게 했지만, 어쩌면 그저 치기가 동해 또 슬슬 소싯적 버릇이 나오는 것인지도 몰랐다.

생각해 보면 태자 시절엔 퍽 유치한 장난질을 재미 삼아 숱하게 저지르곤 하지 않았던가. 그 사실을 새삼 자각하고 나니 하여 선황께서 저를 그토록 미워하셨던가 싶은 생각도 들었다.

무엇이 먼저였는지는 기실 잘 기억나지 않았다. 선황께서 저를 미워하신 게 먼저인지, 자신이 온갖 사고를 몰고 다녔던 게 먼저인지…….

빛바랜 옛일들을 떠올리자 가슴 한편이 조금 저릿해져 왔다. 어느 틈에 세월이 이리 훌쩍 흘러가 버린 것인지……. 덧없고 허망하기로 치자면 인생만 한 게 또 있을까. 기루를 전전하며 한창 부황의 노여움을 사던 그 철없던 시절, 생각 없이 찾아간 흑무문의 축제에서 아리와 처음 마주쳤던 때가 정말이지 엊그제 일처럼 눈에 선하기만 한데…….

멀거니 상념에 빠져 있는데, 농지거리 같은 제 말을 그제야 진심으로 받아들인 모양인지 자함이 고삐를 힘주어 잡아채며 흥분에 찬 음성으로 다급히 외쳤다.

"폐하, 잘 생각하셨습니다! 참으로 잘 생각하셨습니다! 소신 지금 당장 알아보고 오겠습니다!"

단휘의 대답이 떨어지기도 전에 '이랴!' 하며 말을 다그친 자함이 가마가 사라져 간 쪽으로 부리나케 내달리자 그가 지나간 자리에 뿌옇게 흙먼지가 일었다.

그새 골목 끝을 돌아 사라진 자함을 확인한 단휘가 못 말린다는 듯 절레절레 고개를 흔들었다. 수하들을 시켜 천천히 알아보라는 뜻이었거늘. 변복한 시위들이 아무리 지척에서 저를 뒤따르며 지키고 있다지만, 명색이 대장군이란 자가 황제를 궐 밖에 혼자 내버려 둔 채 미련 없이 뒤도 안 돌아보고 자리를 뜨다니.

그렇게까지 급박할 일인가 싶어 피식 싱거운 웃음을 흘린 단휘는 흙먼지가 잦아들기를 기다렸다가 느긋하게 말을 몰았다.

□ ■ □

편전 안의 분위기는 흡사 전쟁터와도 같았다. 황후 간택을 주청하는 신료들의 고성이 포탄처럼 날아들며 고막을 왕왕 울려 대고 있었다.

저들이 혈기 왕성한 한창때가 아니라는 게 천만다행한 일로 여겨졌다. 그랬더라면 참으로 제 고막이 남아나지 않았거나 아니면 편전의 천장이 무너졌을지도 모르겠다는 시답잖은 생각을 하며 단휘는 따분한 시선으로 신료들의 하는 양을 심드렁히 지켜보았다.

"폐하! 황후 간택을 더는 미루셔서는 아니 될 줄로 아옵니다! 통촉하여 주시옵소서!"

"그러하옵니다, 폐하! 부디 황후 간택을 허락하여 주시옵소서! 하루빨리 적통 후계를 보셔야 함이 마땅하옵니다! 이는 제국의 안위에 직결되는 매우 중차대한 문제이옵니다. 폐하의 춘추 올해로 서른하고도……!"

"허락하겠소."

"셋…… 예, 예에?"

생각지도 못한 황제의 대답에 놀란 신료들이 입을 떡 벌린 채 멀뚱멀뚱 서로의 얼굴만 쳐다보았다. 황제가 언젠가는 별수 없이 자신들의 끈질긴 주청을 받아들일 수밖에 없을 거라고는 생각해 왔지만 시기가 이렇게 빠를 줄은 몰랐다.

"폐하, 지금 그 말씀이…… 진정 참말이시옵니까?"

"내 허락을 하겠다는데도 어찌 표정들이 그 모양이오? 내 그대들의 지극한 충심에 감복하여 주청을 받아들이고자 하니, 오늘부로 전국에 황후 간택령을 내리도록 하시오!"

"황제 폐하! 성은이 망극하옵니다! 참으로 성은이 망극하옵니다!"

"폐하! 참으로 옳으신 결정을 내리셨사옵니다! 황감하기 그지없사옵니다, 폐하!"

신료들의 기쁜 외침 소리가 천장을 뚫을 듯 쩌렁쩌렁 울렸다. 단휘는 그들의 소란이 잦아들기를 기다렸다가 대수롭지 않은 투로 가볍게 덧붙였다.

"단, 각 가문의 장녀만 단자를 올리도록 하시오."

가볍게 던진 말이었지만 그 여파는 결코 가볍지가 않았다. 저들끼리 내심 황후 후보로 점찍어 둔 몇몇 가문의 여식들은 장녀가 아닌 경우가 대다수였다. 기뻐하던 신료들이 대번에 난색을 표해 왔다.

"폐하, 꼭 장녀만 단자를 올려야 하는 연유가 무엇이옵니까? 타당한 이유가 있으시옵니까?"

"황후는 그 태생부터가 든직하고 책임감이 강한 장녀였으면 하오. 그게 이유요."

"하오나, 폐하. 장녀라 하여 모두가 성정이 꼭 그러하다 장담할 수는 없는 문제이옵니다. 그러한 이유라면 받아들이기 어렵사옵니다."

"받아들이기 어렵다? 하면 나 역시 간택을 허락하기는 어렵겠군. 모두 없던 일로 합시다."

"폐하!"

"사람 맘이란 게 그렇지 않소? 내 큰 것을 먼저 양보했으니 그 정도쯤은 그대들이 양보해 주는 게 인지상정 아니오?"

황제의 어깃장에 신료들이 하나같이 곤란한 표정으로 서로 눈치를 살폈다. 단휘는 느긋하게 그런 그들을 지켜보았다. 아쉬운 건 저들 쪽이니 자신은 기다리기만 하면 될 터였다.

누가 황후가 된들 지금의 사정들로 봐서는 크게 달라질 것 없는 문제였지만, 기왕 새 황후를 들이게 된다면 무엇에도 쉽게 상처받지 않을 여인이라면 좋을 듯싶었다. 정치적인 계산을 다 떠나서 그런 여인이 자신의 황후가 된다면 이 묵직한 마음의 짐이 조금은 가벼워질 수도 있지 않을까 하는 기대감이 있었다.

예부 상서 송재학의 장녀 송유하는 단휘의 바람에 딱 맞는 그런 여인이었다.

자함을 통해 그녀에 대해 가장 먼저 알게 된 사실은 그녀가 절름발이라는 것이었다. 송재학에게 세 명의 여식이 있다는 건 알았지만 그중 절름발이가 있다는 소문은 듣지 못했다. 그만큼 쉬쉬하며 키워 왔다는 뜻이리라. 어쩌면 자신이 관심 두지 않아 몰랐던 것일 수도 있었다. 어느 쪽이든 상관없었다.

송유하가 일곱 살 되던 해, 그녀는 아비인 송재학을 따라 저자에 나섰다가 큰 사고를 당했다고 한다. 길가의 낡은 담장이 무너져 그만 발목이 깔려 버린 것이다. 불행 중 다행으로 뼈를 다치진 않은 터라, 발목에 남은 흉터를 빼면 겉보기에는 다리가 멀쩡히 자라났지만, 절뚝거리는 걸음만큼은 도저히 고칠 수가 없었단다. 전국 방방곡곡 용하다는 의원들을 다 찾아다녔지만, 그녀가 다리를 저는 원인은 끝내 밝혀내지 못한 모양이었다.

그녀에게는 생애 가장 불행한 일이었을 테지만, 단휘는 송유하의 바로 그 점이 마음에 들었다. 예기치 못한 불운한 사고로 지난 십수 년간 온갖 끔찍한 시선들과 참담한 시간들을 견뎌 내며 살아왔을 테니, 웬만한 풍파에는 눈 하나

깜짝하지 않으리라. 그날 저자에서도 보았지 않나. 까딱 잘못했더라면 말에 밟히는 끔찍한 사고를 당할 뻔해 놓고서도 제게 그토록 대차게 굴던 모습을 말이다.

"내 분명히 말해 두지만, 간택 단자에 이름을 올릴 수 있는 건 오직 장녀뿐이오."

집착인지 아니면 단순한 호기심인지…… 혹은 연민일지, 그도 아니라면 동질감일지…….

무엇인지도 모를 오기가 폐부에서 진득하게 피어올랐다.

"장님이든 벙어리든 귀머거리든 내 개의치 않을 것이오. 그러니 반드시 장녀여야 하오. 다들 아시겠소?"

예부 상서 송재학의 얼굴이 표 나게 굳어지는 것을 본 단휘는 용상에서 천천히 몸을 일으켰다. 저자에서 마주쳤던 그의 여식 송유하의 얼굴이 단휘의 뇌리에 빠르게 떠올랐다 사라졌다.

그녀를 다시 만나 보고 싶었다. 뭉근히 데워진 이 미온한 감정이 대체 무엇인지, 그녀를 다시 만나면 어렴풋이나마 알 수 있을 것도 같았다.

"황후로 간택될 이가 과연 누구일지, 내 진심으로 기대되는군."

그리 말을 맺고는 편전을 나서는 단휘를 막아서는 이는 아무도 없었다. 결국에는 다들 한발 물러나기로 마음을 먹은 모양이었다. 단휘는 만족스럽게 입꼬리를 당겨 올렸다. 비록 조건부라고는 해도 저들이 그토록 끈질기게 주청하던 황후 간택을 끝내 허락했으니, 당분간은 저들에게 시달릴 일은 없으리라.

물론 앞으로 저들과 더 큰 싸움을 벌이게 될 테지만, 그건 그때 가서 다시 고민해 볼 문제였다. 당분간만이라도 홀가분하게 보낼 수 있다면 우선은 그것으로 족했다.

□ ■ □

예부 상서 송재학은 황제의 정적이 될 소지가 다분한 자였다.

지금은 정쟁의 중심에서 한발 물러나 관망하고 있는 태도에 가까웠지만, 언제든 그가 마음만 먹는다면 많은 세를 끌어모아 황제를 뒤흔들 수 있을 정도의 권력을 손에 쥐고 있었다.

그는 현 황제가 군주의 재목으로는 적절치 않다고 여겼다. 황제는 너무 충동적이었고 때론 지나치게 감정적이었다. 황제의 그러한 성정으로 인해 제국에 이미 한 차례 큰 위기가 찾아오기도 하지 않았나.

또다시 반란이 일어나 세상이 뒤집히기를 바라는 건 아니었지만, 가능하다면 황제의 권력을 그보다 월등한 힘으로 찍어 눌러 제어하고 싶은 욕심이 있었다. 이는 개인적인 욕망은 아니었다. 스스로 청렴하다 자부할 수는 없었으나 진심으로 제국을 위하는 길이 무엇인지를 그는 늘 고민했다. 제국을 위해서라면 악인을 자처할 수도 있었다. 그러한 사명감과 자부심은 그를 송씨 세가의 가주로서 부끄럼 없이 살아가게 만드는 원동력이었다.

황제는 그런 그를 확실한 자신의 편으로 만들고 싶어 했지만, 송재학은 황제의 끈질긴 회유의 손길을 내내 모른 척해 왔다. 물론 황제가 자신에게 내민 손길이 늘 회유의 형태는 아니었다. 때로는 압박이었다. 바로 지금처럼 말이다. 이토록 강한 압박은 단연 이번이 처음이었다.

황제가 마침내 황후 간택을 허락했을 때, 그 시기가 생각보다도 빨랐음에 황제도 슬슬 나이를 먹어 가니 그만 아집을 내려놓기로 한 모양이라 생각했다. 하지만 곧 착각이란 것을 알았다.

간택 단자에 오직 장녀만 이름을 올리라니…….

송재학은 그 조건을 듣자마자 그것이 자신을 향한 황제의 선전 포고임을 깨달았다. 자신의 절름발이 여식을 부득부득 황후로 만들어, 후일 정적이 될지도 모를 자신의 두 발에 미리 단단히 족쇄를 채워 두려는 황제의 용렬한 의도가 빤히 읽힌 탓이었다.

황후 간택이 시작된다면 응당 장녀인 유하가 아닌 차녀 유채를 단자에 올릴 생각이었다. 유채는 외모며 학식이며 교양이며 어디 한 군데 빠지지 않았고, 이미 도성 안에 최고의 며느릿감이라 소문이 자자하게 난 아이였다. 그런 유채를 두고 가문에 흠집이라도 날까 저어되어 십수 년간 숨기다시피 키워 온 장녀 유하를 간택 단자에 올려야 하다니, 이런 날벼락이 또 어디 있단 말인가.

맘 졸이며 꼭꼭 숨겨 온 세월이 참으로 덧없이 느껴졌다. 신료들이 절름발이 황후를 반대할 것은 너무도 자명했다. 그들의 반대는 차라리 기꺼운 일이었다. 자신의 짐작이 참으로 틀리지 않아서 만일 황제가 끝내 유하를 황후로 간택한다면, 송가의 절름발이 여식이 황후가 되었다는 사실이 만천하에 알려질 테고, 그 친정인 송씨 세가는 신료들뿐 아니라 제국의 만백성에게조차 두고두고 조롱받을 게 틀림없었다. 황제가 노리는 것이 바로 그것이리라. 송씨 가문의 지엄한 권위와 세를 떨어뜨리는 것.

"하……."

무거운 한숨이 절로 터져 나왔다. 그 순간 내실 문이 조용히 열렸다.

송재학은 한쪽 다리를 절뚝이며 방 안으로 조심스레 들어서는 장녀 유하를 물끄러미 응시했다. 단지 시선을 주었을 뿐이건만 딸아이의 몸이 눈에 띄게 경직되는 것이 느껴졌다.

"아버지, 소녀를 부르셨습니까."

"그래. 앉거라."

"예……."

송재학은 자신의 앞에 고개를 푹 숙이고 앉은 딸을 바라보며 재차 무겁게 한숨을 내쉬었다. 아이는 그의 앞에서 늘 죄인처럼 굴었다. 정작 용서받을 수 없는 죄인은 아비인 자신이건만.

아이가 일곱 살 되던 해, 아이를 저자에 데리고 나갔던 이는 바로 자신이었다. 눈에 넣어도 아프지 않을 어여쁘디어여쁜 딸이 그 고사리 같은 손가락에 가락지를 끼고 싶다기에 직접 사 주려 아이와 함께 저자에 마실을 나온 참이었다. 사고는 순식간에 일어났다.

손수 반지를 골라 주기 위해 잠시 한눈을 판 사이였다. 길 저편에 흐드러지게 핀 능소화를 발견하곤 신이 나 쪼르르 달려가 꽃을 구경하며 서 있던 아이의 바로 앞 돌담이 엄청난 굉음과 함께 순식간에 와르르 무너져 내린 건 정말이지 한순간이었다. 그 뒤의 끔찍하고 혼미했던 기억은 드문드문 지워진 채 까마득히 남아 있을 뿐이었다.

사경을 헤매며 몇 날 며칠을 끙끙 앓던 아이는 천만다행으로 차도를 보이기 시작했고 생각보다 회복이 빨라 그제야 안도했지만, 한번 절뚝거리기 시작한 다리는 십수 년이 흐른 지금까지도 영영 고쳐지지 않고 있었다. 유하를 그렇게 만든 죄인은 다름 아닌 자신이었다.

"고개를 들거라."

"예, 아버지."

머뭇머뭇 고개를 든 딸아이의 얼굴을 말없이 들여다보던 송재학이 표정을 흐렸다. 다리만 절지 않는다면 이보다 곱디고운 아이가 천하에 또 어디 있을까. 평생토록 자신을 괴롭혀 온 쓰라린 자책이 다시금 폐부에 똬리를 틀며 가슴을 짓이겨 왔다.

송재학은 묵직한 한숨을 토해 내고는 차분히 입을 열었다.

"너도 알겠지만, 곧 황후 간택이 열릴 게다."

"예."

"황제 폐하께서 어떤 분이신 줄 아느냐?"

"……용맹하신 분이라 들었습니다."

유하의 대답에 송재학이 쓴웃음을 지었다.

"폐하께서는 성정이 아주 괴팍하고 종잡을 수 없는 분이시다. 금세 손을 내밀었다가 또 금세 멱살을 틀어쥐었다가…… 아주 변덕이 심한 분이시지."

"……."

유하는 아무런 대꾸도 하지 못한 채 제 아비를 멀거니 바라보았다. 그가 왜 이런 말을 자신에게 하고 있는 것인지 도통 알 수가 없었다.

황후 간택이 열릴 것이라는 사실은 그녀도 알고 있었다. 이미 도성 곳곳에 방이 나붙지 않은 곳이 없었다. 간택령과 함께 모든 가문의 장녀들에게 금혼령이 내려졌다지. 황제 폐하께서 마침내 계비를 얻으시게 되었다며 도성이 떠들썩했지만, 자신과는 상관없는 일이었기에 유하는 크게 관심을 두지 않았다. 그

녀의 동생인 유채가 장녀인 저 대신 간택에 참여하게 될 것이 자명하니 관심을
가져 봐야 그저 딱 그 만큼에 불과했다.

기실 요즘 그녀의 관심을 붙들고 있는 건 일전 저자에서 마주친 한 사내에
관한 것이었다.

그날 아버지가 출타하신 틈에 모처럼 몰래 저자에 나갔다가 하마터면 큰 봉
변을 당할 뻔했다. 가마 안이 답답하여 잠시 밖으로 나온 게 화근이었다. 나와
보니 골목은 무척 한산했고, 문득 어릴 때처럼 저잣거리를 걸어 보고 싶다는
생각에 하인들을 가마 앞에 세워 둔 채 골목 어귀까지 걸어갔다가 그만 거기서
사고가 일어난 것이었다. 그날따라 평소보다 다리를 덜 저는 듯한 느낌이 들었
던 것도 문제라면 문제였다. 그렇지 않았다면 골목 어귀까지 홀로 걸어가는 일
은 없었을 테니까.

미처 피하지 못한 사내의 말이 자신을 칠 뻔했던 아찔한 순간을 떠올리니 일
순 등줄기에 식은땀이 솟았다. 바닥에 쓰러진 제게 한달음에 달려와 다급히 살
펴보던 사내의 모습이 불현듯 뇌리에 스치듯 떠올랐다. 챙이 넓은 흑립에 드리
운 자색 면사가 사내의 얼굴을 반이나 가려 보이는 건 입술뿐이었지만 꽤 준수
한 외모일 거란 짐작이 들었다.

물론 사내의 외모가 궁금해서 자꾸만 그날의 일을 떠올리는 건 아니었다. 아
직까지도 그 일을 곱씹는 이유는 정확히는 사내 때문이 아니라 다소 소란스러
웠던 그날의 상황이 마음에 걸려서였다. 조금 전 아버지의 부름에 그녀는 결국
올 것이 왔다고 생각했다. 아버지가 그녀를 따로 부르는 건 지극히 드문 일이
었다. 분명 저자에서의 소동이 아버지의 귀에 들어간 것일 터였다. 한데 저리
뜻 모를 말씀들만 하시니 그녀는 더 좌불안석이 되어 눈치를 살펴야 했다.

유하는 긴장한 나머지 저도 모르게 치맛자락을 꾹 움켜쥐었다. 오는 길에 단
단히 각오해 두긴 했지만 꾸지람을 들을 생각을 하니 눈앞이 깜깜했다.

어째서인지 유난히 긴장하고 있는 듯한 딸을 말없이 바라보던 송재학이 잠
겨 드는 목을 가다듬고는 입을 열었다.

"……간택 단자에, 내 너를 올릴 것이다."

"예. 소녀도 마을에 붙은 방을 보았습니다. 이번 간택에는 장녀만 참여할 수 있다지요?"

"그렇단다."

아비의 착잡한 표정과 무겁게 가라앉은 목소리에 유하는 우선은 안심했다. 이리저리 아무리 살펴봐도 아비의 얼굴이나 태도에 노여운 기색이 없는 걸 보면 다행히도 자신이 몰래 저자에 나간 것을 꾸짖으려 부르신 건 아닌 모양이었다. 하지만 군이 자신에게 직접 이런 이야기를 들려주고 계신 이유를 알 수 없기는 마찬가지였다. 유채와 자신을 바꿔치기해야 하니 혹 미안한 마음에 저를 부르신 것일까?

"아버지. 저는 괜찮습니다. 저 대신 유채를 황궁으로 보내 주셔요. 이제부터는 제가 아버지의 차녀 송유채가 되어 살겠습니다."

"그리했다가는…… 우리 송씨 가문은 화를 면치 못하게 될 것이야."

"예……?"

이해할 수 없는 말에 유하가 입술을 벌린 채 멍하니 송재학을 바라보았다.

"화를 면치 못하게 되다니요?"

"폐하께서는 이미 너를 알고 계신다."

"폐하께서…… 소녀를 알고 계신다고요……? 그 말씀은 혹, 제가 절름발이라는 사실을 폐하께서 알고 계신다는 말씀이십니까?"

"……그래."

송재학의 미간에 깊은 주름이 내려앉았다. 유하의 얼굴이 서서히 굳어졌다.

"설마…… 폐하께서 장녀라는 조건을 내거신 이유가 그것입니까? 아버지의 장녀인 제가 절름발이라서요?"

"그저 기우일지도 모르겠다만, 아비는 어쩐지 자꾸만 그런 느낌이 드는구나."

"……"

송재학은 깊은 한숨을 내쉬었다. 어려서부터 하나를 가르치면 열을 이해하는 영민한 아이였다. 지금 그와 나눈 단 몇 마디의 짧은 대화를 통해 유하는 어째서 황제가 장녀만을 고집하는 것인지, 돌아가는 상황을 이미 모두 파악한 눈치였다. 황제가 절름발이인 그녀를 이용해 제 아비와 가문을 욕보이려 한다는 사실을……

딸의 얼굴에 미세하게 번진 수치심과 분노에 송재학이 안타깝게 딸을 바라보며 무겁게 입을 열었다.

"폐하께서는 분명 널 간택하실 것이다. 그리 알고 있거라."

"……"

유하가 입술을 깨물었다. 송재학이 먹먹한 음성으로 말을 이었다.

"행여 집안이 한미해도, 학식이 부족해도…… 널 진정으로 아껴 주고 행복하게 만들어 줄 그런 사내에게 내 너를 보내 주고 싶었는데……"

"아버지……"

"네 다리를 그리 만들어 놓고…… 그리된 너를 누구보다 멸시하고 욕보일 이에게 내 너를 보내게 되었으니…… 이 모든 것이 아비의 업인 모양이다. 미안하구나, 유하야……"

송재학이 눈시울을 붉혔다. 금세 흘러내릴 듯 그의 두 눈 가득 차오른 눈물에 유하 역시 눈물을 글썽였다.

"그런 말씀 마셔요, 아버지……. 소녀에게는 아버지와 함께 저자를 구경했던 그날이 생애 가장 행복한 순간이었습니다. 소녀의 운명이 야박한 것이지, 어찌 그것을 아버지의 탓이라 하겠습니까. 소녀는 단 한 번도 그리 여겨 본 적이 없어요, 아버지."

"유하야……"

"마음 단단히 먹고 잘 처신할 터이니 아무 염려 마셔요. 폐하께서 저를…… 그리고 송씨 가문을 함부로 대하지 못하시도록 소녀 늘 언동을 삼가고 매사에 조심 또 조심할 것입니다."

송재학은 새삼 유하를 물끄러미 바라보았다. 그새 자신이 늙어 버린 것인지, 아니면 딸아이가 어느새 이토록 훌쩍 자라 버린 것인지 도무지 모를 노릇이었다.

"피해 갈 길이 없다면 부딪쳐 보는 수밖에 없겠지요. 소녀는 저의 자리에서 제가 할 수 있는 일을 찾겠습니다."

"고맙구나, 유하야……. 네 그리 말을 해 주니 이 못난 아비도 적이 안심이 되는구나……."

송재학은 다소 얼떨떨하게 대꾸했다. 전에 본 적 없는 딸아이의 강단 있는 모습에 무언가에 단단히 가로막혀 있던 사고가 서서히 트이는 느낌이 들었다. 그래. 저 아이가 절름발이인 것을 두고 황제가 송씨 가문을 멸시하려 든다면, 황제의 그 같은 용렬한 처사를 역으로 이용할 방법도 분명 있을 것이다. 상황이 어느 방향으로 흘러가게 될지는 부딪쳐 보아야 알게 될 터였다.

송재학의 얼굴 가득 드리웠던 그늘이 서서히 걷혔다.

총기로 반짝이는 딸의 눈동자를 그는 새삼 뿌듯하고 애틋한 눈길로 바라보았다.

다리가 성치 못하다는 사실 하나를 빼면, 보고 또 보아도 참으로 눈에 넣어도 아깝지 않을 어여쁜 딸이었다.

□ ■ □

오래 신경 쓰고 싶지 않으니 진행을 서두르라는 황명이 있었기에 황후 간택은 많은 절차가 생략된 채 빠르게 진행되었다.

간택 후보로 뽑힌 서른 명의 규수들이 입궁한 바로 다음 날부터 나흘에 걸쳐 초간택과 재간택이 서둘러 치러졌고, 두 시험에서 최종 합격한 세 명의 후보가 마침내 삼간택만을 남겨 두고 있었다.

단휘는 삼간택을 치를 최종 후보를 전달받기 위해 편전에 나와 있었다. 후보 명단을 훑어보던 그의 미간이 좁혀졌다. 명단에는 송재학의 장녀 송유하의 이름이 빠져 있었다.

단휘는 명단을 손에 든 채로 느릿하게 고개를 들었다.

"후보들 중 최고점을 받은 이는 분명 송재학의 장녀 송유하였다고 들었는데, 어째서 명단에 빠져 있지?"

서둘러 진행해 왔던 대로 응당 속히 삼간택을 진행하라는 황명이 떨어질 줄로 알았건만, 의외의 말이 떨어지자 신료들이 우물쭈물하며 서로 눈치만 살폈다.

"어째서 송유하가 후보에 들지 못한 것이냐고 물었소."

재차 묻는 질문에도 선뜻 누구도 대답하지 못하고 있었다. 이유는 너무도 뻔했다. 그녀가 절름발이기 때문일 터였다. 당황해 하는 신료들을 하나하나 훑어보던 단휘의 시선이 송재학에게 가닿았다. 동요하는 주변인들과 달리 정작 당사자인 그의 얼굴은 차분하기만 했다. 단휘와 눈이 마주친 송재학이 고개를 숙이고는 황송하다는 듯 입을 열었다.

"폐하. 신의 여식은 황후가 되기에는 부적격하옵니다. 후보에서 제외되는 것이 마땅한 줄로 아옵니다."

"부적격하다니, 어째서?"

"……신체가 온전치 못하기 때문이옵니다."

"신체가 온전치 못하다? 짐이 한 말을 그새 잊었소? 내 분명 장님이든 벙어리든 귀머거리든 개의치 않겠다고 말하였을 터인데."

"하오나 폐하……. 만백성에게 존경받아야 마땅할 제국의 국모에게 흠집이 있어서는 아니 될 것이옵니다."

송재학의 말에 피식 헛웃음을 흘린 단휘가 서늘한 눈초리로 나직이 말을 이었다.

"흠집? 왜, 하면 군주도 갈아 치우지 않고. 짐 역시 눈 한쪽이 온전치 못하니 말이오."

느긋이 웃으며 이죽거리듯 내뱉은 태연자약한 말에 송재학이 소스라치며 흙빛이 된 얼굴로 외쳤다.

"폐, 폐하! 신이 실언을 하였사옵니다. 결단코 그런 뜻으로 드린 말씀이 아니옵니다. 통촉하여 주시옵소서!"

황제가 스스로 자신을 비하하면서까지 유하를 황후로 만들려는 뜻을 관철하려 할 줄은 몰랐다. 진심으로 까무러칠 듯이 놀란 송재학은 비 오듯 식은땀을 흘리며 황망함을 감추지 못했다. 단휘가 그런 그를 보며 안심하라는 듯 입을 열었다.

"알고 있소. 그저 딸을 염려하는 것뿐이라는 걸. 하지만 내 다시 한번 분명히 말하겠소. 짐이 눈여겨보고자 하는 것은 신체가 아닌 심성이오. 또한 모든 시험에서 최고점을 얻은 그대의 여식이 어떤 심성을 지닌 여인일지 짐은 몹시도 궁금하오."

그리 말한 단휘는 손에 든 후보 명단을 구겨 바닥으로 휙 던졌다.

"명단을 다시 올리도록 하시오!"

황제의 단호한 음성에 여기저기서 묵직한 한숨이 흘러나왔다. 그러나 신료들은 감히 반발할 생각조차 하지 못하고 순순히 황명을 받들었다.

"예, 폐하! 명을 받들겠나이다!"

"황공하옵니다, 폐하! 명을 받들겠나이다!"

황제가 자신의 흠집까지 들먹여 가며 송유하를 감싸려 드는데 누가 그에 반대의 뜻을 내비칠 수가 있겠는가.

황제는 분명한 의중을 밝혔고, 이제 삼간택은 무의미했다.

황후는 이미 내정된 셈이었다.

□ ■ □

시간은 유수처럼 빠르게 흘러갔다. 그사이 황궁에는 많은 일들이 있었다.

그중 가장 중차대한 사건이라 한다면, 첫째로 낙안 태수의 둘째 아이가 낙안성으로 돌려보내졌고, 둘째로 아라하의 왕과 낙안 태수 담리가흔의 혼인이 윤가되었으며, 마지막으로 예부 상서 송재학의 여식 송유하가 황후로 간택되었다는 것이었다. 그 모든 게 단 한 달 새에 일어난 일이었다.

황후 책봉식은 천관의 택일 의식을 거쳐 다음 달 초하루로 예정되었다. 내달 초하루까지는 이제 딱 나흘이 남아 있었다. 앞으로 나흘 후면 황제와 송재학의 장녀 송유하가 마침내 부부의 연을 맺게 되는 것이었다.

모두가 황제와 황후의 성혼을 진심으로 기뻐하고 경축했다. 황실 제일의, 그 대단한 경사가 마치 생전 처음 있는 일이라는 듯이……. 예전의 황후에 대한 기억은 그렇게 어느덧 모두의 뇌리에서 말끔히 잊혀 있었다. 헛헛한 마음에 밤잠을 설치는 건 오로지 혼인의 당사자인 주단휘 하나뿐이었다. 그 사실이 못내 씁쓸했지만, 한편으로는 묘한 안도감이 들기도 했다.

그가 황후 간택을 윤가하고 혼인을 서둘렀던 건 아리가 홀로 남을 그에 대한 마음의 짐을 온전히 내려놓은 채 홀가분한 마음으로 떠날 수 있길 바라서였다. 그리하여 서로가 서로에게 인연이 아니었음을 이제는 덤덤히 인정하며, 더는 자책도, 후회도, 미련도, 그 어떤 감정의 찌꺼기도 남기지 않은 채 각자의 삶을 신실히 살아갈 수 있도록……. 그것이 그가 그녀에게 해 줄 수 있는 마지막 도리라고 여겼다.

허공을 응시하며 생각에 잠겨 있던 단휘는 손에 든 서찰을 펼쳐 까맣게 적힌 글자를 천천히 눈으로 훑었다. 어제 아침, 운과 장 상궁이 낙안성에 무사히 당도하였다는 아리의 서신이 도착했다. 정갈한 서체에서조차 뛸 듯이 기뻐하는 기색이 느껴져 피식 웃음이 났다. 아라하 왕과의 혼인을 허락한다는 친서 또한 아마 오늘내일 낙안에 당도할 것이다. 그녀가 그 소식을 받고 어떤 표정을 지을지 자못 궁금했지만, 누구에게도 묻지 않기로 했다. 구태여 들어 봐야 제 속만 쓰릴 테니까.

새로이 낙안 태수가 될 적임자를 두고 신료들은 또다시 매일같이 지겹도록 정쟁을 벌였다. 모든 성이 그러했지만 낙안은 특히나 미더운 이를 필요로 하는 곳이었기에, 단휘도 은근히 관심을 두며 지켜보는 중이었다. 예부 상서 송재학이 확실한 자신의 사람이 되어 준다면 송씨 문중의 누군가를 그 자리에 앉혀도 좋을 터인데……. 하지만 그것은 오로지 자신의 바람일 뿐이었다.

송재학은 차치하고, 단휘는 제게 지나치게 선을 그으려는 듯한 송유하로 인해 다소 심기가 불편해져 있었다. 나흘 후면 부부가 될 사이이건만 저를 대할 때면 그 말투나 태도가 어찌나 무심하고 서늘한지, 독기를 품고 왕왕대던 아리와는 또 다른 느낌으로 시시각각 빈정이 상하고는 했다.

"별궁에 기별을 넣어라. 예비 지아비께서 행차하시겠다고."

"예, 폐하."

한두 번 있었던 일이 아닌 듯 이죽거리는 퍽 묘한 어투에도 여상히 대꾸한 내관이 부리나케 문밖으로 사라졌다. 단휘는 용포가 펄럭이도록 자리에서 대차게 일어섰다.

하여간 황후라는 이들은 대체 어째서 그토록 황제인 자신에게 냉담하게 구는 것인지……. 처음 있는 일도 아니니 이해하고 넘어가려 했지만, 죽다 살아났어도 천성은 쉬이 변하지 않는 모양인지 또 이렇게 쓸데없는 치기가 동하는 건 어쩔 수가 없었다.

기실 치기라기보단 그저 짓궂은 장난질에 가까운 것이기는 했다. 그를 차갑게 대하는 이유가 혐오감이 아니라 두려움 때문이란 걸 이제는 분명히 알고 있는 까닭이었다. 그것을 진작 알았더라면 좋았겠지만…….

앞서 보낸 내관이 막 별궁에 들어 전언을 미처 끝맺기도 전에 단휘는 이미 그곳에 도착해 있었다. 10여 보 앞에서 종종걸음으로 걷는 내관을 성큼성큼 뒤쫓아 걸었으니, 내관을 먼저 보냈다기보다는 그저 앞세워 걷게 했다고 하는 표현이 차라리 정확할 터였다.

고하는 소리도 없이 내실 문이 벌컥 열리자 송유하가 놀란 얼굴로 이쪽을 바라보았다. 들어서는 붉은 용포의 사내를 확인한 그녀가 서둘러 자리에서 몸을 일으키려 하자, 난데없는 황제의 등장에 잠시 얼어붙었던 상궁이 정신을 차리며 재빨리 그녀를 부축했다.

서둘러 상석에서 내려온 유하가 황제를 향해 공손히 예를 올리고는 조심스레 고개를 들었다.

단휘는 그런 송유하의 얼굴을 뜯어보듯 느리게 눈으로 훑었다. 반짝이는 까만 눈동자는 퍽 총명해 보였고, 뽀얗고 앳된 얼굴은 퍽 어여뻤다.

"폐하, 별궁에는 어인 걸음이시옵니까?"

하지만 그녀가 건네 온 첫마디는 늘 그렇듯 무심하고 건조했다. 쯧 하고 혀를 찬 단휘는 내어 준 상석에 앉지 않고 그녀 앞으로 다가가 삐딱하게 팔짱을 끼고 섰다. 그런 단휘의 행동에 유하가 놀라 주춤거리며 한 걸음 물러섰다.

"또, 또 이리하시는군. 어서 오라는 말부터 해 주면 안 되는 거요?"

"……송구하옵니다, 폐하. 갑자기 찾아 주시니 소녀 당황을 하여 그만……. 어서 오시옵소서, 폐하."

"그래, 무어…… 환대해 주어 고맙소. 앉아 받으나 엎드려 받으나 절은 절인 게지. 아니 그렇소?"

"……황공하옵니다, 폐하."

유하는 황망히 고개를 숙였다. 농담인지 힐난인지 모를 말을 끝으로 황제의 낮은 웃음소리가 들렸다. 차마 고개를 들지도 못한 채 그가 상석에 앉기만을 기다리고 있는데 무슨 영문인지 그는 도통 자리에 앉을 생각을 하지 않았다.

한참을 기다리다 결국 궁금함을 이기지 못하고 슬며시 고개를 드는데, 그가 돌연 손을 뻗어 그녀의 손을 잡아 왔다. 흠칫 놀란 그녀가 다급히 손을 빼내려 했지만 그의 악력이 더 거세지더니 이번엔 아예 깍지까지 단단히 끼워졌다.

"폐…… 폐하."

"왜, 나흘 후면 부부가 될 터인데 이 정도도 못 할 만큼 내외할 사이는 아니지 않나?"

"하오나 아직 가례를 올리기도 전이옵니다. 어찌……."

"짐이 괜찮다는데 누가 뭐라 할까. 함께 산보나 나갈까 하여 들른 것이니 그리 곤란해할 것 없소. 온종일 별궁에서 나오지 않고 있다 들었는데 이 좋은 날 방 안에 틀어박혀 대체 뭘 하고 있는 거요? 갑갑하지도 않은가? 자, 어서 나갑시다."

혼란스러운 표정으로 한참을 망설이던 유하가 제 손에 깍지를 끼운 그의 커다란 손을 내려다보며 마지못해 머뭇머뭇 대답했다.

"……예, 폐하……. 분부 받들겠나이다……."

유하의 대답에 슬며시 미간을 좁힌 단휘가 그녀의 말을 정정했다.

"분부가 아니라 부탁이오. 듣자니 어화원에 복사꽃이 흐드러지게 피었다더군. 혼자 보려니 영 재미가 없을 듯해 말이오. 자, 갑시다."

성큼 앞장서 걸으며 잡은 손을 힘주어 당기자 뒤에서 유하가 잔뜩 숨죽인 채 놀란 숨을 들이켜는 소리가 들렸다. 단휘가 슬며시 입매를 휘었다. 송유하에게 이렇게까지 하는 자신이 스스로도 잘 이해가 가지 않았다. 다만 어렴풋이 그러한 생각은 들었다.

그저, 두 번 다시는 겪고 싶지 않은 거라고.

세상 가장 존귀해야 할 황후라는 여인의 삶이, 자신으로 인해 비참해지고 불행해지는 그런 일 따위는……

생애 두 번 다시는 절대로……

어쩌면 그것은, 속죄(贖罪)였다.

진아리라는 원죄로부터 구원받길 갈구하는, 생의 절실한 갈망과도 같은……

복사꽃이 흐드러지게 핀 어화원은 온통 진분홍빛 물결로 넘실거렸다.

어화원 한편에 길게 줄지어 늘어선 복사나무의 가지가지마다 흐드러지게 피어난 진분홍빛 꽃들이 늦봄의 따스한 바람을 타고 살랑살랑 꽃잎을 흔들었다.

문득 어딘가 간질간질해져 오는 듯한 느낌에 단휘는 저도 모르게 눈썹을 치켜올렸다. 겹쳐 잡은 손에서 번져 오는 느낌인지, 아니면 흐드러진 봄의 풍광이 전해 주는 느낌인지, 지금의 이 느낌이 정확히 무엇인지는 알 수 없었다. 다만 분명한 건 그것이 나쁘지 않다는 것이었다.

지난가을 단풍으로 붉게 물들어 쓸쓸하기 그지없던 곳이건만, 어화원은 세월의 순리를 따라 제 색을 감쪽같이 바꾸어 보는 이의 심경에마저 잔잔한 파문을 일으키고 있었다.

모든 것이 그렇게 계절처럼 제자리를 찾아가는 것이리라.

단휘는 천천히 걸음을 옮기며 늦봄 어화원의 풍광을 나른히 눈에 담았다. 작년 가을 아리를 낙안으로 떠나보내고 난 후 이곳에 걸음을 한 것은 오늘이 처음이었다. 의식적으로든, 무의식적으로든 그는 이곳을 찾지 않았고, 속이 갑갑해질 때면 어화원을 찾는 대신 수련장에 나가 백하나 자함과 함께 무예 수련을 하며 해소하고는 했다.

오랜만에 찾은 어화원은 완전히 새 옷을 입어 생경한 느낌이었지만, 계절이 그때와는 달라 차라리 다행이란 생각이 설핏 뇌리를 스쳤다.

단휘는 유하의 걸음에 속도를 맞추며 한가로이 복사꽃 길을 거닐었다. 다리를 절뚝이지 않으려 애를 쓰고 있다는 걸 바로 알아챌 수 있을 만큼 그녀의 걸음은 지나치게 느렸다. 저 풍성한 치맛자락 안에서 얼마나 안간힘을 쓰고 있을지, 그것을 떠올리니 어쩐지 마음이 조금 불편해져 그는 그녀의 손을 잡고 있는 손아귀에 저도 모르게 힘을 주었다.

말없이 한참을 거닐다 어화원의 연못가에 다다라 조용히 멈춰 선 단휘가 그때껏 힘주어 잡고 있던 유하의 손을 그제야 자유롭게 놓아 주며 그녀를 향해 천천히 돌아섰다. 유하가 그런 단휘를 조용히 올려다보았다.

"어화원에는 자주 와 보았소?"

"……처음 와 보았사옵니다."

"처음? 입궁한 지가 언제인데 여태 꽃구경 한번 안 와 보았단 말인가?"

"황실의 예법을 익히느라…… 그리할 여유가 없었사옵니다."

"내 간택이며 가례며 이리 서두르는 통에 애먼 그대가 고생이로군. 너무 애쓰지 마시오. 예법에 서툴다 한들 책잡을 이 없으니."

단휘의 말을 잠자코 듣던 유하가 입술을 감쳐물다 어딘지 결연한 표정으로 입을 열었다.

"어찌 그리 장담하시옵니까. 신료들과 후궁들에게 책을 잡히게 될 것이옵니다. 명색이 국모라는 이가 황실 예법에 서툴다면 모두가 그와 그 가문을 멸시할 것이고…… 그리되면 폐하께도 큰 흠이 되는 것은 자명한 일이옵니다."

퍽 비장하게 들리는 유하의 대답에 단휘가 낮게 웃었다. 신료들과 후궁들을 들먹이며 둘러대고 있지만, 실상은 그를 향해 하는 말이었다. 그러니 그들 앞에서 황후인 자신과 자신의 가문을 멸시하지는 말아 달라고.

"감히 누가."

"예……?"

"군주의 처와 처가를 능멸하는 발칙한 이들을, 짐이 설마하니 가만히 두고 볼 것 같나?"

그가 가당찮다는 듯 픽 하고 가볍게 코웃음을 쳤다.

"설령 짐이 그대를 책할 일이 생긴다 한들, 감히 그들이 그대에게 함부로 구는 꼴은 못 봐. 내 이 성미로는…… 천지가 뒤집힌대도, 절대. 아시겠소?"

"……"

말미에는 지나치다 싶을 만큼 단호한 강조까지 덧붙였지만, 그의 말은 도무지 아리송했다. 하여 그녀를 멸시하겠다는 것인지, 멸시하지 않겠다는 것인지……. 유하 역시 돌려 말하긴 했지만, 황제의 대답은 그에 한술 더 뜨는 것이었다.

대꾸할 말을 잃은 채 멀거니 그를 응시하는 그녀를 보며 그가 별걱정을 다 한다는 듯 가볍게 혀를 찼다.

"그러니 쓸데없는 걱정 말고 볕 좋은 날 자주 나와 바람도 쐬고, 볕도 쬐고, 꽃구경도 하고…… 그리 안온히 지내시오. 이 봄도 이제는 얼마 남지 않은 듯하니……."

"……"

짓궂게 놀리는 어른 앞에서 웃어야 할지 울어야 할지를 모르는 어린아이처럼 그녀는 눈만 멀뚱히 뜬 채로 아무런 대꾸도 하지 못했다.

그런 유하를 느긋한 눈길로 지켜보던 단휘는 곧 그녀에게서 슬며시 시선을 떼고는 연못가의 복사나무 가지로 가만히 손을 뻗었다. 진분홍빛 앙증맞은 꽃송이들이 소담스럽게 매달린 작은 가지 하나가 툭 꺾여 그의 손에 들렸다.

"어찌 대답이 없지?"

"……예……. 분부 받들……."

"분부가 아니라 부탁이래도."

"……그리하겠나이다, 폐하."

단휘는 방금 꺾은 작은 꽃가지를 손에 쥔 채 다시금 유하를 향해 느릿하게 돌아섰다. 제게 저토록 거리를 두려 하는 것을 보면 모두가 그리 여기듯 황후 간택에 대해 그녀 역시 단단히 오해하고 있는 게 분명했다. 속 시원히 해명할 길이 없으니 조금은 갑갑한 기분이 들었다. 그녀를 염두에 두고 벌인 짓이 맞으니 그 이유를 설명하기도 쉽지 않았다.

저자에서 마주친 순간 그저 끌렸다고, 기왕 누군가 황후가 되어야 하는 거라면 그대였으면 했다고…… 자신이 생각하기에도 말 같지도 않은 그 이유를 그녀가 진심으로 여겨 줄 리 없었다. 그날 저자에서 마주친 사내가 자신이라는 것도 그녀는 여전히 알지 못했다. 그조차도 의도된 만남이라 여길 게 뻔했기에 굳이 그녀에게 사실을 밝히지 않았다.

크게 마음 쓰고 있는 건 아니었지만, 그저 어째서 늘 이렇게 자신의 호의를 누군가에게 곧이곧대로 전하기가 쉽지 않은 것인지, 그것이 퍽 한탄스럽기는 했다.

송유하는 올해 스물하나였다. 그와는 열두 살이나 차이가 나는, 제법 다부지고 야무져 보이지만 그래 보아야 이제 스물을 갓 넘긴 어린 여인……. 지옥의 문턱마저 숱하게 넘나들었던 지난한 생의 풍파에 닳고 닳은 서른셋 중년의 그에게는, 그녀가 어떤 대단한 갑옷과 방패로 무장하고 있다 한들 다만 한없이 앳되고 여린 소녀로만 비칠 뿐이었다.

그저 홀로 부단히 애쓰는 것이 안쓰러웠고, 때로 발칙하리만치 도도하게 구는 것이 귀엽기도 했다.

단휘는 꽃가지를 쥔 손을 가만히 그녀를 향해 뻗었다. 그러자 유하가 움찔 놀라 반보쯤 물러났다. 물러난 거리만큼 좁혀 다가선 그가 다시금 손을 뻗어 꽃가지를 그녀의 귀 뒤에 조심스레 꽂아 주었다.

살랑이는 봄바람에 진분홍 꽃잎들이 그녀의 귓가에서 사르르 흔들렸다.

"예쁘군……. 복사꽃도 그대도……."

"……."

"아니, 실은 그대가 더……."

당혹감이 스민 그녀의 눈동자가 갈 곳을 잃은 채 방황하며 흔들리고 있었다.

당황해 하는 그 모습이 퍽 어여쁘단 생각을 떠올리자 심장 한구석이 까닭 없이 간질거려 왔다.

단휘는 비뚜름히 고개를 기울인 채 손가락 끝으로 가만히 자신의 턱을 문지르며 입을 열었다.

"황실의 예법을 익히느라 꽃구경할 여유도 없었다더니……."

"……."

"그리 꽃보다도 어여쁘니 새삼 구경 올 필요도 없었던 건가?"

"……."

낯간지러운 말을 천연덕스럽게 내뱉은 단휘가 자신의 뻔뻔함에 스스로 기가 차 헛웃음을 터뜨렸다. 꽃다운 나이의 꽃 같은 여인이 참으로 꽃보다도 어여뻐 무심결에 튀어나온 말이었다. 감정 아닌 감상이라 해도 진심은 진심이었다.

칭찬인지 조롱인지조차 모를 당혹스러운 찬사에 그녀는 그대로 말문이 막혀 버린 모양이었다. 벌어진 입술을 다물지도 못한 채 아연히 그를 올려다보는 그녀의 두 뺨이 복사꽃처럼 진분홍빛으로 서서히 물들어 갔다.

"……과찬……이시옵니다……. 황감하옵니다, 폐하."

당황한 기색으로 뒤늦게야 황망히 답인사를 건네 오는 송유하를 단휘는 물끄러미 바라보았다.

"……."

나흘 뒤면 자신의 황후가 될 여인…….

놀라 커다랗게 떠진 까만 눈동자를, 꽃물이 든 듯 붉게 상기된 두 뺨을, 살짝 벌어진 선홍빛 앙증맞은 입술을, 초조한 듯 맞잡은 작고 하얀 두 손을…… 하나하나 덧그리듯 눈에 담고 나니 일순 무엇인지도 모를 감정이 먹먹하고 뻐근하게 폐부를 조여 왔다.

불에 덴 듯 뜨겁고 칼에 베인 듯 쓰라린…… 생의 열망 같은 그것…….

그 처절하도록 치열한 생의 의미를…… 이 생에서, 감히 다시 품어 보아도 될까…….

"그거 아나?"

아직 끝나지 않은 이 삶을…… 다시 누군가와 함께해도 되는 걸까…….

비록 그것이…… 다만 지난 사랑에 대한 애달픈 속죄에 불과할 뿐이더라도…….

"……처음 본 순간부터 그대이길 바랐다는 걸."

불어오는 바람에 흐드러지게 핀 복사꽃 꽃잎들이 머리 위로 하늘하늘 떨어져 내렸다.

흩날리는 꽃잎들을 잠시 느른한 눈길로 좇던 그가 다시금 그녀와 고요히 시선을 마주쳤다.

"이유를 명확히 설명할 수는 없지만……."

"……."

"……그대가 나의 황후가 되어 주어서 기뻐. 진심으로……."

진분홍빛 복사꽃이 어화원 가득 흐드러지게 핀 어느 늦은 봄날…….

복사나무가 줄지어 선 길 위로 하나둘 떨어진 꽃잎들이 소복이 쌓여 가고, 뒤덮인 꽃잎들 사이로 흩어진 고운 금사들이 햇살을 머금어 반짝이는…… 그 찬연한 봄의 끝자락…….

나흘 후면 부부의 연을 맺게 될 주단휘와 송유하의 조금은 특별한 하루가 늦봄의 미풍처럼 느리게, 잔잔히 흘러가고 있었다.

먼 훗날 아득히 떠오를 생의 한 순간을 서로에게 각인처럼 새기면서 그렇게…….